Netzwerk unabhängiger Verlage

WWW.SCHOENEBUECHER.NET

Der pinguletta Verlag ist Teil des
Netzwerks »schöne bücher«, eine
Vereinigung unabhängiger Verlage.

AF178188

pínguletta

Das anonyme Päckchen mit Annas Tagebüchern stürzt die Zwillingsschwestern Helena und Christina in tiefe Verwirrung. Ihre Reise in die geheimnisvolle Vergangenheit ihrer Herkunft fördert unbequeme Wahrheiten ans Licht. Geständnisse aus längst vergangenen Zeiten und unerwartete Begegnungen stellen ihr Leben gehörig auf den Kopf. Bald ist nichts mehr, wie es vorher war.

Wintertöchter. Die Frauen führt die Erzählung über starke Frauen, die ihr Vermächtnis über Generationen erhalten und weitergeben zu einem fulminanten Abschluss.

Wintertöchter – eine Trilogie wie ein Sog.

MIGNON KLEINBEK ist 1964 geboren und lebt mit ihrer Familie in Baden-Württemberg. Neben der Schriftstellerei liebt sie Musik, Literatur und ihren Garten, in dem alles wachsen darf, wie es will. Sie publizierte bereits erfolgreich Sachbücher. Ihr Debutroman **Wintertöchter. Die Gabe**, der erste Teil und **Wintertöchter. Die Kinder**, die Fortsetzung der Bestseller-Trilogie, haben eine riesige Fangemeinde gefunden. **Wintertöchter. Die Frauen** ist das großartige Finale der Forstau-Saga.

MIGNON KLEINBEK

WINTERTÖCHTER 3
DIE FRAUEN

ROMAN

MIGNON KLEINBEK

WINTERTÖCHTER 3
DIE FRAUEN

ROMAN

ISBN 978-3-948063-05-4

7. Auflage 2026
Copyright © 2019 by Mignon Kleinbek
© 2019 pinguletta® Verlag, Keltern

Titelfoto: © Fabian Irsara | https://fabianirsara.com
Cover Artwork: © Sabrina Weber
Layout: © Helmut Speer | pinguletta Verlag
Produktion: Helmut Speer | pinguletta Verlag
Lektorat: Elsa Rieger

Druck: www.druckterminal.de
KDD Kompetenzzentrum Digital-Druck GmbH
D-90439 Nürnberg * Printed in Germany 2024

Hersteller: pinguletta Verlag
Durlacher Str. 32, 75210 Keltern, Germany
Tel. +49 7236 932471
verlag@pinguletta.de
www.pinguletta-verlag.de

Gewidmet
Juli Hohenwallner
2.5.1941 - 26.3.2015

Von so betörter Furcht ist Schuld erfüllt,
dass, sich verbergend, sie sich selbst enthüllt.

- William Shakespeare (1564 - 1616) -

Teil 1 der Forstau Saga
Wintertöchter. Die Gabe

Anna Hohleitner schreibt im Alter von vierundsechzig Jahren ihre Lebensgeschichte auf. Die Gabe umfasst die Zeitspanne von ihrer Geburt bis zum vierzehnten Lebensjahr.

In der Nacht zum Dreikönigstag 1940, in den Wirren des Zweiten Weltkriegs, bringt Marie auf dem abgelegenen Julianenhof eine Tochter zur Welt. Toni, ihr geliebter Mann, will Hilfe holen und kommt im Schneesturm ums Leben. Sein Tod stürzt sie in tiefe Trauer. Anna, das Kind, ist besonders, das erkennt Marie sofort.

Ihre Ziehschwester Barbara, Hebamme in der Forstau und Besitzerin des Haindlhofs, steht Marie zur Seite. Barbara trägt wie Anna die Gabe ihrer Familie: Sie kann durch Schmecken erkennen, was sich hinter Nahrung oder Gegenständen verbirgt, und wie sie entstanden sind. Darüber hinaus – wer sie berührt hat und was sie in sich tragen. Ein Vermächtnis, von dem niemand wissen darf. Sie nutzt es, um zu heilen.

Mutter und Tante setzen alles daran, Anna auszubilden und zugleich vor den Nazischergen zu schützen. Sie lernt schnell, mit ihrer Fähigkeit umzugehen, obwohl sie immer wieder Rückschläge erlebt. Die Ereignisse der letzten Kriegstage reißen Anna in eine Erfahrung, die sie fast das Leben kostet. Elsbeth Suter, das behinderte Kind von Jakob und Kathrin, wird deportiert. Ein amerikanischer Bomber stürzt brennend mitten im Dorf ab und zugleich kommt es zu einer blutigen Konfrontation zwischen Elsbeths Eltern und den SS-Soldaten. Die Gabe des Mädchens wird zu einer tödlichen Gefahr und Barbara ringt um Annas Leben. Einzig ihrem schnellen Handeln, der Kenntnis über Heilpflanzen sowie ihrer besonderen Veranlagung ist es zu danken, dass Anna aus dem Schockzustand gerettet wird.

Marie und ihre Tochter flüchten in den Schutz der Bergalm. Behütet wächst Anna dort auf – bis sie acht Jahre alt ist. Dann ist es an der Zeit, dass Anna ins Dorf zurückkehrt, um die Schule zu besuchen. In einer Dachkammer des Haindlhofs findet sie die alte Tracht und den Schmuck ihrer Vorfahrin, Juliana Haindl. Eine fantastische Welt eröffnet sich Anna; mithilfe der Schmuckstücke geht sie auf eigene Faust in die Vergangenheit.

An Annas Kommunionstag wendet sich das Blatt zu ihren Ungunsten. Von der Präsenz des Pfarrers auf der Hostie überwältigt, übergibt sie sich vor aller Augen in der Kirche auf seinen Talar. Marie zieht die Konsequenz. Sie geht mit der Tochter zurück auf die Alm, um ihr Schutz geben zu können.

Roman Wojtek, der auf seinen Schmuggelwegen immer wieder in die Forstau kommt, verliebt sich in Marie. Er ist ein Fahrender, wurde als Junge von den Lovara-Roma aufgenommen und wuchs bei ihnen auf. Die Nationalsozialisten deportieren seine Sippe und löschen sie aus. Er überlebt als Einziger. Marie wird von Roman schwanger und überstürzt heiraten die beiden. Die Beziehung ist nicht einfach, denn Roman trinkt und bald ziehen erste Schatten auf. Er möchte das Anwesen modernisieren, verschuldet sich und drängt darauf, dass seine Frau ihm den Julianenhof überschreibt. Im Streit schlägt er Marie und sie verliert das Kind.

Anna findet die Mutter im Blut liegend und setzt ihre Heilkunst ein, um sie zu retten. Marie überlebt, doch sie fällt in eine tiefe Depression. Weist Roman zurück, der sich daraufhin der vierzehnjährigen Anna zuwendet. An einem Abend, an dem sie zusammen Karten spielen und er sie betrunken macht, vergewaltigt er das bewusstlose Mädchen.

Wenige Wochen später erkennt Anna, dass sie schwanger ist. Sie liebt Mathis, den Hütejungen und Freund aus ihren Kindertagen. Ihre Abtreibungsversuche misslingen und Anna muss Mathis die Schwangerschaft gestehen. Er verspricht, dem Kind ein Vater zu sein, doch das Verhältnis zu Roman, seinem Lohnherrn, ist vergiftet. Marie weiß mittlerweile Bescheid – nach anfänglichem Misstrauen hält sie zur Tochter und weist Roman in die Schranken. Seit der Fehlgeburt ist sie kränklich und ihr Zustand zwingt Anna, auf der Alm zu bleiben, anstatt zur Oberschule zu gehen.

Immer wieder geraten die beiden Männer aneinander und während eines heftigen Sommergewitters gipfelt der schwelende Streit zwischen ihnen in einem Kampf. Roman stößt Mathis vom Heuboden, der Junge stürzt in eine Mistforke und stirbt. Als Marie ihn im Stall findet, erleidet sie einen Schlaganfall. Anna, hochschwanger, rennt durch den Sturm zum Schatthof hinunter, um Hilfe zu holen.

Anna ist verzweifelt; Mathis ist tot und Marie kämpft nach einem Hirnschlag ums Überleben. Das Kind kommt mit einem Wolfsrachen zur Welt. Noch in derselben Nacht stirbt die kleine Karoline.

Das Leben auf dem Julianenhof muss weitergehen. Anna stellt sich dem Erbe und ihren Aufgaben.

Marie gesundet allmählich, doch sie ist nicht mehr wie vorher. Roman erweist sich mehr und mehr als herrischer Despot und immer wieder geraten die beiden aneinander. Marie erleidet einen weiteren Schlaganfall; erneut wird Anna vom Stiefvater schwanger. An Allerseelen beschließt sie, ihrem Leben ein Ende zu setzen. Im letzten Moment hält Roman Anna zurück, bevor sie über den Felsgrat springen kann. In seiner Wut misshandelt er das Mädchen. Anna erleidet eine Fehlgeburt und flieht ins Dorf, in den Haindlhof und in Barbaras Schutz. Über den Winter bleibt sie dort, zusammen mit der Mutter, die im Rollstuhl sitzt und lernt Kilian Hallner, Maries Arzt und dessen Sohn Niklas kennen. Die Hallners werden zu Freunden, Kilian und Barbara verlieben sich ineinander.

Während die Frauen im Tal sind, bekommt Roman Wojtek auf dem Julianenhof ungebetenen Besuch. Schläger fordern die Schuld ein und verletzen ihn schwer. Beim Stöbern findet er Annas Notgroschen und den Schmuck ihrer Vorfahren. Mit ihrem Geld und dem Erlös aus dem Verkauf der Taschenuhr des Johannes Haindl löst er einen Teil der Schulden ab.

Als Marie unerwartet stirbt, ist Anna dem Stiefvater ausgeliefert. Wieder schwängert er sie – und dieses Mal erwartet sie Zwillinge. Kurz vor der Geburt erkrankt Anna an einer Lungenentzündung. Sechs Wochen zu früh bringt sie zwei Mädchen zur Welt. Roman Wojtek scheut nicht zurück, die Säuglinge und Anna dem Kältetod zu überlassen. Als Barbara sie findet, ist es schon fast zu spät. Zum zweiten Mal setzt sie das alte Wissen und die Gabe ein, um Anna zurückzuholen. Die Ahnfrau Juliana ringt ihr das Versprechen ab, die Zwillinge aus Romans Reichweite zu schaffen. In ihrer Not gibt Barbara die Neugeborenen einem kinderlosen Ehepaar nach Deutschland mit und lässt Anna in dem Glauben, die Kinder seien tot geboren.

Roman Wojtek tritt Barbara ein weiteres Mal zu nahe. Ihr bleibt keine Wahl; um Anna zu schützen, fasst sie einen entsetzlichen Entschluss. Obwohl sie damit die Gabe verrät, plant sie Romans Tod. Die Tat fordert Barbara bis an die Grenze und die Schuld lässt sie nicht mehr los.

Anna entdeckt Romans Goldkreuz, das letzte Erbe seiner Lovara Familie. Sie kann nicht widerstehen und geht mit dem Schmuckstück in die Vergangenheit. Entsetzt erkennt sie die Abgründe in Wojteks Seele. Als sie den Beweis für den Mord an Mathis findet, beschließt Anna, dass es aufhören muss. Mit dem Gift, das sie herstellt, geht Roman auf eine letzte Wandertour.

Ohne die Tat der anderen zu kennen, tragen Anna und Barbara an ihrer Schuld – für den Tod eines Menschen verantwortlich zu sein und die Gabe verraten zu haben.

Barbara hofft, dass die Nichte in ihre Fußstapfen tritt und ebenfalls eine Heilkundige wird. Anna hat eigene Pläne, sie will ihren Schulabschluss nachholen. Das Lernen stellt sie vor eine große Herausforderung, doch sie besteht die Matura.

Als bei einem Brand vier Kinder ums Leben kommen, nimmt Annas Zukunft erneut eine Wendung. Schnell wird der Verdacht laut, dass die behinderte Elsbeth Suter das Feuer gelegt hat. Es gibt nur eine Möglichkeit, die Wahrheit herauszufinden und Elsbeth zu rehabilitieren. Barbara zwingt die Nichte in eine Geistreise. Zutiefst erschüttert von dem Erleben und Elsbeths Sterben, zieht Anna sich endgültig auf den Julianenhof zurück. Sie trägt schwer an dem schrecklichen Geschehen.

Am Ende ihrer Tage bricht Anna endlich das Schweigen und mit der Vergangenheit.

Prolog
November 2004

Seit einer gefühlten Ewigkeit saß Barbara da und starrte auf die beiden Bücher. Schob das mit rotem Stickgarn zusammengeknotete Päckchen zur Tischmitte und zurück, nahm es in die Hand und legte es wieder hin.

Es gab im Leben Entscheidungen, die wollten gut bedacht sein. Diese hier war eine davon. Wer wusste schon, was sie auslösen würde? Ein Wimpernschlag hier, woanders ein Wind, der ein Feuer anfachte, das sich nicht mehr eindämmen ließ. Sie hatte genug Schaden angerichtet.

Leichte Schritte in der Diele; sie fuhr zusammen. Hastig zog sie die Schublade unter der Tischplatte auf und ließ das Päckchen hineingleiten. Draußen im Gang knallte das eiserne Ofentürl und gleich darauf ging die Tür zum Behandlungszimmer auf. Das protestierende Quietschen schabte an ihren Nerven. Der Junge muss die Angeln ölen, dachte sie, dieses Geräusch macht mich verrückt.

»Ich wär soweit fertig. Brauchst du noch etwas zur Nacht?«

Sie drehte sich nicht um, schob den Schieber betont langsam zu. Die Lade klemmte und ihre Hände verharrten. Marias besorgter Blick musterte sie; Barbara spürte es und beugte sich tiefer. »Nein. Schlaf wohl.«

»Ist alles in Ordnung? Ich kann noch bleiben …«

Ihre Antwort kam gezwungen, sie hörte es selbst. »Ich geh ohnehin gleich schlafen. Pfiat di[1].«

---

[1] ›Behüt dich Gott‹, österreichische Grußformel

Es war eine Lüge – sie hatte nicht die geringste Absicht, ins Bett zu gehen.

Die Tür fiel hinter Maria Suter zu. Ihre Enttäuschung blieb, hing spürbar zwischen Barbaras Schultern und eine Regung der Scham überkam sie. Mit einem Ruck schüttelte sie das dumme Gefühl ab, riss die Lade erneut auf und hob die Kladden heraus. Sie musste wissen, was Anna aufgeschrieben hatte! Es erschien ihr wie Verrat – nein, es war Verrat – doch ihre gekrümmten Finger nestelten wie von selbst an dem Knoten. Er war fest angezogen und mit einem unmutigen Laut suchte sie auf dem Schreibtisch nach einer Schere. Das Band fiel ab und achtlos wischte sie es zu Boden. Entschlossen klappte sie den Deckel des obersten Buchs auf und überflog die ersten Seiten. Ihre Augen fraßen sich an einem Satz, an den akkuraten, steil aufgerichteten Buchstaben fest.

Mein Vater wurde ins Haus meiner Tante Barbara gebracht.

Ein Stöhnen entrang sich der Alten und sie stellte die Arme auf, stützte die Stirn schwer in die Hände. Mit einem Schlag brach die Erinnerung an diesen unseligen Tag über sie herein, als ob es gestern gewesen wäre. Sie sah Toni dort auf dem Tisch liegen; den Kopf zerschlagen und das eisgraue Gesicht mit einer pudrig weißen Reifschicht bestäubt. Mit Anton Hohleitners sinnlosen Tod hatte all das Schlimme begonnen …

ERSTER TEIL

***

Kapitel Eins
Heidelberg November 2004

Helena reichte dem Pförtner den Funkempfänger unter der gläsernen Trennscheibe durch.

»Ein schönes Wochenende, Frau Doktor Hartenau«, rief er ihr freundlich nach, während sie durch die Empfangshalle eilte.

Sie lächelte über die Schulter zurück und winkte ihm zu. Die automatischen Glastüren glitten mit einem Zischen auseinander und Helena blieb kurz stehen, als die eisige Winterluft sie traf. Sie zog den Kopf ein, rannte durch den Schneeregen über den Parkplatz und schloss ihren Wagen auf. Wie immer klemmte die Tür; sie musste den Griff anheben und kräftig ziehen, bis sie sich öffnete. Die nassen Flocken abschüttelnd, ließ sie sich in die dunkelgrauen Ledersitze fallen und registrierte, dass es schon wieder durch das Verdeck tropfte. Auf dem Beifahrersitz hatte sich bereits ein feuchter Fleck gebildet. Helena warf den Laborkittel darüber und ließ ihre Handtasche darauf fallen.

Während sie den Motor startete und sich vor der Uniklinik in den Verkehr einreihte, nahm sie sich vor, das Auto am Montag in die Werkstatt zu bringen. Zum wievielten Mal in diesem Jahr? Der silbergraue Opel Astra mit dem schwarzen Verdeck war mittlerweile Dauergast bei dem netten Türken, der seine liebe Mühe hatte, dessen Wehwehchen zu reparieren. Ein in die Jahre gekommener Patient, der ständig Ersatzteile brauchte. Und doch konnte sie sich nicht dazu durchringen, endlich einen neuen Wagen anzuschaffen. Sie fuhr das Cabriolet schon ewig und es war ihr ans Herz gewachsen.

Der Freitagabendverkehr war wie immer eine nervige Tortur; die endlose Blechkarawane bewegte sich im Schneckentempo stadtauswärts. Obwohl es erst halb vier Uhr war, dämmerte es bereits. Vorsichtig lenkte Helena den Wagen durch den Schneematsch. Die abgefahrenen Sommerreifen trugen nicht wesentlich dazu bei, dass sie sich entspannte. Sie musste dringend Winterreifen aufziehen lassen!

Als sie in den Schlossbergtunnel fuhr, stockte der Verkehr endgültig. Zum hundertsten Mal nahm sie sich vor, endlich eine Bleibe in der Nähe der Uniklinik zu suchen, zumindest für die Wochentage. Die Fahrt war ätzend, für die wenigen Kilometer brauchte sie jeden Tag mindestens eine halbe Stunde. Doch so schön sie Heidelberg fand, permanent in der Stadt zu leben kam für sie nicht in Frage. Zu viele Menschen, zu viel Verkehr. Wenn Helena ehrlich war, genoss sie es, außerhalb im verträumten Ziegelhausen zu wohnen. Dort tickten die Uhren langsamer und neben dem hübschen Zweifamilienhaus, in dem sie lebte, gab es immer einen Parkplatz. Der Neckar schlang sich nahe an die Häuser und mit wenigen Schritten durch den Garten war das nahe Flussufer zu erreichen. Im Sommer saß sie oft auf den Steinstufen, die zum Wasser hinunterführten.

Ihr Mobiltelefon klingelte. Helena klaubte das blaugraue Nokia aus der Handtasche und warf einen Blick darauf. Mutter stand auf dem Display. Sie stöhnte und drückte das Gespräch weg. Nicht jetzt!

Der Verkehr floss nun wieder und mit einem erleichterten Stoßseufzer fuhr sie aus dem Tunnel und in das Schneegestöber hinein. Einige Minuten später kam sie rutschend in der engen Abfahrt zum Haus zu stehen. Während sie die Tasche vom Beifahrersitz nahm, beäugte sie das Verdeck. Es war wohl besser, sie ließ den Kittel liegen, um die eindringende Nässe aufzusaugen. Mit geübtem Fußtritt stieß sie die bockige Autotür auf.

Die Wohnung lag im Dunkeln und es roch abgestanden.

»Ich bin dahaaa«, rief Helena gezwungen fröhlich in die Stille hinein und bückte sich, um die Post aufzuheben, die vor dem Briefschlitz lag. Niemand antwortete, selbstverständlich nicht, wer sollte auch?

Sie lebte alleine. Jule, ihre erwachsene Tochter, befand sich derzeit in Kalifornien und half dem Silicon Valley, sein Netz über die restliche Welt auszuwerfen. Der dazugehörige Vater war lange vor Jules Geburt verschwunden; nach einem entgeisterten Blick auf die beiden roten Streifen des Schwangerschaftstests hatte er schleunigst seine Tasche gepackt und war weitergezogen. Sie hatte nichts anderes von ihm erwartet und war fast erleichtert gewesen, als er ging.

Einen Mann gab es in ihrem Leben derzeit nicht. Wobei derzeit die Untertreibung des Jahrhunderts war.

Ihre letzte und einzige Affäre lag über vier Jahre zurück und sie dachte nur ungern an die kurze Beziehung zu Joachim. Rösle hatte mitunter gespöttelt, dass der hochdotierte Biochemiker mit Abstand der langweiligste Mann sei, der ihr zeitlebens unter die Augen gekommen war. Obwohl er umwerfend aussah und Mutter – nun ja, die war ihm vom ersten Tag an förmlich zu Füßen gelegen. Doch sogar in Momenten der körperlichen Nähe schien Helena nicht an ihn heranzukommen. Letztlich war es dieses Gefühl oder eher Nichtgefühl, das sie bewog, die Beziehung zu beenden. Sie konnte nicht mit einem Menschen zusammen sein, der ihr Innerstes nicht berührte.

Als man ihr die stellvertretende Leitung am AZKIM antrug, hatte Joachim sein wahres Gesicht gezeigt. Sie stritten und er verließ wutschnaubend die Wohnung. Sie war zutiefst enttäuscht gewesen. Ärger als die Enttäuschung nagte das Gefühl in Helena, dass er sie und ihre Verbindung zu einer der wohlhabendsten Familien Heidelbergs benutzt hatte, um einen erfolgreichen Job zu ergattern. Joachim war nur eine weitere Baustelle in ihrem kümmerlichen Liebesleben.

So viel zu Beziehungen. Helena warf die Post auf die schmale Kommode in der Diele und kickte ihre Stiefeletten in die Ecke. Auf Strümpfen ging sie in die Küche und zog den Kühlschrank auf. Er war gähnend leer; ein Rest Cheddar vertrocknete neben einem verschrumpelten halben Paprika im Gemüsefach und die drei Putensalamischeibchen, die in dem aufgerissenen Plastikpäckchen lagen, rochen ebenso vergammelt wie sie aussahen. Sie warf alles in den Müll und nahm eine Pizza aus dem Tiefkühlfach. In der Not fraß der Teufel eben Fliegen. Fast bereute sie, die Salami weggeworfen zu haben, der Belag war mehr als kümmerlich. Hoffnungsvoll klaubte Helena das Käsestück aus dem Mülleimer und spülte es ab. Der Käse würde noch taugen. Sie rieb ihn über die mager bestückte Pizza und schob das Blech in den Ofen. Dann holte sie eine angebrochene Flasche Rosé aus dem Seitenfach des Kühlschranks und schenkte sich großzügig ein.

Das Handy dudelte und mit dem Glas in der Hand tappte sie in die Diele. Für Elise. Mein Gott, wie sie das nervige Geklingel hasste. Sie hatte Feierabend und ein langes, freies Wochenende vor sich.

Seit zwei Jahren bekleidete Helena das Amt der stellvertretenden Leiterin des Akademischen Zentrums für Komplementäre & Integrative Medizin. Zudem administrierte sie eine Brigade von Chemikern und Wissenschaftlern. Das AZKIM stand kurz vor dem Abschluss einer breit angelegten Forschungsreihe über die Wirksamkeit von pflanzlichen Präparaten bei Autoimmunerkrankungen. Die letzten Tage und Nächte hatte sie seitenlange Berichte und Laborergebnisse studiert und nebenher den anstehenden Ärztekongress vorbereitet. In der dritten Dezemberwoche würde eine Horde von Ärzten und Biologen ins AZKIM einfallen und sie brauchte zuvor dringend eine kleine Auszeit. Konnte man sie nun nicht einfach in Ruhe lassen?

Mutter las sie erneut und seufzte abgrundtief. Wenn sie jetzt nicht ranging, würde Erika wieder und wieder anrufen, solange, bis sie ihre Tochter endlich an der Strippe hatte. Helena drückte die kleine Taste mit dem grünen Telefonhörer.

»Schätzchen!«, zwitscherte Erika Hartenau, »na endlich, ich habe es schon ein paarmal probiert. Du hast nie abgenommen!«

»Ich habe gearbeitet, Mutter«, gab Helena trocken zurück, wohl wissend, dass ihre Antwort dem unterschwelligen Vorwurf, sich ohnehin selten zu melden, kaum genügen würde. Sie nahm einen tiefen Schluck aus dem Glas und wappnete sich.

»Kind, hast du dir schon Gedanken wegen deines Geburtstags gemacht? Bestimmt nicht, oder? Hör zu, ich habe da eine himmlische Idee …«

Helena schaltete gleich bei dem Wort *Kind* ab. Zum Kuckuck, sie war fast achtundvierzig Jahre alt, hatte einen Doktor in Humanmedizin, einen weiteren in Naturheilkunde und ihr Leben auf der Reihe. Wie oft musste sie sich dieses elende *Kind* noch anhören?

»… und deine Schwester hat zugesagt, dass sie kommt! Ist das nicht wunderbar?«

Helena stutzte und riss sich zusammen. Wie bitte? Was hatte sie verpasst? »Wie schön«, hörte sie sich schwach zustimmen.

Na prima, das hatte ihr gerade noch gefehlt! Sie konnte sich nichts Fürchterliches vorstellen, als ihren Geburtstag zusammen mit Tini zu begehen. Christina, ihre Schwester, die keine Gelegenheit ausließ, um jemanden, meistens sie, zu brüskieren oder bloßzustellen.

»Mutter, lass uns morgen reden, ja? Ich bin gerade erst von der Arbeit heimgekommen und hundemüde.«

Großzügig überhörte Erika den Einwand und plapperte weiter: »Und stell dir vor, die Lohsens haben zugesagt, zu dem Fest zu kommen. Weißt du noch? Herr Lohsen, der Schuldirektor eures Gymnasiums! Wir gehen neuerdings miteinander zum Kegeln. Er ist ja schon lange in Pension, aber er erinnert sich noch gut an deine Schwester und …«

Es klingelte an der Tür und Helena war fast dankbar. »Es hat geläutet«, schnitt sie Erika das Wort ab, »ich rufe dich morgen an, ja? Grüß Vater.« Hastig drückte sie auf das rote Symbol. Jede Störung war ihr in diesem Augenblick willkommener als die endlosen Tiraden ihrer Mutter. Nach einem langen Arbeitstag wie heute fand sie sich nicht mehr in der Lage, mit der Mutter über den anstehenden Geburtstag zu diskutieren. Wozu auch? Die letzten Male hatte keiner groß Notiz davon genommen, wenn sie ein Jahr älter wurde. Nur weil die Zwillingsschwester einmal wieder daheim aufschlug, nach langer Familienabstinenz wohlgemerkt, sollte sie die brave Tochter spielen und ein Fest feiern, das ihr in der Seele zuwider war? Das Mobiltelefon noch in der Hand, riss sie die Tür auf.

Die Vermieterin, Rosa Tobel, stand davor und streckte ihr lächelnd ein Päckchen entgegen. »Nanni, das ist heute mit der Post gekommen. Ich habe es für dich angenommen.«

»Rösle, du hast mich gerettet!« Helena warf das Mobiltelefon auf die Kommode und nahm Rosa das Päckchen ab. »Ich hatte eben Mutter am Telefon. Sie plant meinen Geburtstag – mit meiner Schwester zusammen.«

»O je«, Rosa bleckte strahlend das neue Gebiss, auf das sie mächtig stolz war, »du armes Kind.« Aus ihrem Mund hörte es sich lustig an und Helena musste lachen. »Sag mir Bescheid, wenn du eine Ausrede brauchst, Nanni. Ich könnte jederzeit einen kleinen Schwächeanfall vortäuschen«, versprach Rosa mit einem Kichern.

Helena beugte sich vor und küsste die grauhaarige Frau auf die Wange. »Hat dir schon mal jemand gesagt, wie klasse du bist?«, sie klemmte sich das Päckchen unter den Arm. »Ich komme morgen zu dir hoch und dann trinken wir einen Tee zusammen, okay? Ich habe bis Dienstag frei.«

»Schlaf dich erst mal aus, Mädchen. Und komm lieber am Abend, ich koche uns was Feines. Wie ich dich kenne, hast du eh nichts im Haus.« Rosa tätschelte ihr die Wange und wandte sich zur Treppe. »Aber erst nach der Sportschau!«, rief sie, über das Geländer gebeugt, nach unten.

Helena schwenkte das Glas und prostete ihr zu. Schloss, noch immer lachend, die Tür. Rosa Tobel war ein wahrer Goldschatz und trotz ihrer achtundsiebzig Jahre jung in Herz und Kopf. Die alte Dame begeisterte sich für Fußball und Tennis; sie verpasste keine Sportsendung und betete die Tabellen der letzten drei Jahrzehnte auswendig herunter. Seit dem Medizinstudium bewohnte Helena die Einlieger-wohnung und Rosa hatte Jule praktisch mit großgezogen. Die beiden Frauen verband eine innige Freundschaft und das war einer der Gründe, weshalb Helena noch immer in Ziegelhausen lebte. Sie genoss Rosas unaufdringliche Fürsorge ebenso sehr wie deren speziellen Humor; ab und zu saßen sie zusammen und bei Rosa konnte Helena einfach sie selbst sein.

Verwundert betrachtete sie das Päckchen und die österrei-chischen Weihnachtsmarken darauf. Sie kannte niemanden in Österreich. Ein Absender war nicht zu entdecken, lediglich Helenas Adresse. Jemand hatte sie in dicken Filz-buchstaben auf das braune Packpapier geschrieben. Mit einem flauen Gefühl in der Magengrube holte sie ein Messer aus der Schublade und schlitzte das Päckchen den Rand entlang auf.

Wenn es etwas gab, das Helena Hartenau nicht mochte, dann war es Unvorhergesehenes. Um genau zu sein, sie hasste das wie die Pest. Sie mochte es nicht, wie vorhin, in zentimeterhohem Schneematsch auf Sommerreifen nach Hause zu fahren. Wobei der Wetterbericht den Winter-einbruch gewiss vorausgesagt hatte, doch das war ihr leider entgangen. Im Institut glitten die Jahreszeiten irgendwie un-bemerkt vorüber. Seit sie dort arbeitete, ging sowieso alles an ihr vorbei. Spontane Anrufe der Mutter mit verrückten Ideen, wie gerade eben, waren ihr verhasst.

Und sie mochte keine Pakete ohne Absender! Nun lag dieses Päckchen auf dem Küchentisch und sie ahnte, dass mit ihm etwas faul war. Helena nahm einen Schluck und behielt den Wein im Mund.

Ein Medaillon war herausgefallen, eine kleine dunkel angelaufene Scheibe mit einem Heiligenbildchen an einer silbernen Kette. Darunter lagen zwei dünne schwarz kartonierte Bücher. Und während sie sich noch fragte, wer ihr das zugesandt hatte, wusste sie bereits, dass es einen Grund hatte. Haben musste.

Sie schluckte den mundwarmen Wein hinunter, bekam einen Tropfen in den falschen Hals und klopfte sich auf die Brust. Hustete unterdrückt und mit einem Mal schmeckten die Papillen ihrer Zunge nicht mehr den fruchtigen Geschmack der Trauben, sondern etwas Herbes, Bitteres, das tief darunter lag. Abrupt stellte Helena das Weinglas ab und schlug den Deckel der zuoberst liegenden Kladde auf. Einen Moment wunderte sie sich über die steil aufgerichtete, altmodische Handschrift, dann begann sie zu lesen, während im Backofen die Pizza vor sich hin schmurgelte. Was war das denn? Eine Art Tagebuch? Wer war diese Anna Hohleitner?

Im Nachhinein fragte sie sich, ob es nicht gescheiter gewesen wäre, sie hätte alles zusammengepackt und schleunigst im Mülleimer entsorgt.

Kapitel Zwei

Helena erwachte, weil etwas Hartes störend in ihre Seite drückte. Unwirsch warf sie sich herum. Das flappende Geräusch, mit dem die Kladde auf den Parkettboden fiel, weckte sie endgültig. Benommen setzte sie sich auf. Mit beiden Händen fuhr sie durch die kurzen weißblonden Haare und rieb sich die verklebten Augen. Der runde Lichtkegel der Stehlampe warf einen milden Schein auf den niedrigen Glastisch; auf den Teller mit den übriggebliebenen Krusten, die geleerte Weinflasche und das Glas daneben. Ein Rest Rosé stand darin und milchige Fingerabdrücke glänzten auf dem bauchigen Weinglas. Draußen war es noch dunkel; die breite Schiebetür zur Terrasse spiegelte das gelbe Licht der Lampe. Helena blinzelte auf die Armbanduhr. Ihr Nacken schmerzte und sie massierte ihn, gähnte und beschloss, noch für ein paar Stunden ins Bett zu gehen. Sie knipste die Stehlampe aus und tappte im Dunkeln ins Schlafzimmer hinüber. Ließ sich auf das breite Bett fallen und zog die Decke über den Kopf.

Der Schlaf wollte nicht kommen. Als sie die verspannten Glieder ausstreckte, ihre Wange ins Kissen drückte und die Augen schloss, stiegen die Gesichter auf. Schemenhafte Gestalten, die sich um sie scharten und flüsternd in ihren Kopf drängten. Anneli und Mathis. Marie. Roman. Barbara. Helena warf sich auf den Rücken, stopfte die Bettdecke fester um sich und zwang sich, tief ein und auszuatmen. Drängte die Gesichter weg. Schlafen, sie wollte einfach nur schlafen. Doch sie kam nicht zur Ruhe, drehte sich von einer Seite auf die andere. Der seltsame Aufschrieb dieser Frau wollte ihr nicht aus dem Kopf. Die Geschichte hatte etwas in ihr angestoßen.

Bis in die Morgenstunden hatte sie das Tagebuch nicht aus der Hand legen können und fieberhaft gelesen. Irgendwann waren ihr die Augen zugefallen und sie war in einen wirren Traum geglitten, in den sich zu den fremden Menschen Erika und Christina gemischt hatten.

Je länger Helena sich hin und her wälzte, desto wacher wurde sie. Irgendwann gab sie den Gedanken an Schlaf auf und schwang die Beine aus dem Bett. Ich kann ebenso gut aufstehen und meinen Haushalt erledigen. Mit einem energischen Ruck zog sie die Jalousie hoch und lugte nach draußen. Es hatte aufgehört zu schneien. Eine dünne Schneeschicht bedeckte die kleine Wiese hinterm Haus; die Trittsteine, die zwischen den kahlen Rabatten zur Uferböschung hinunterführten, schimmerten feucht. Winter im badischen Flachland war eine Sache für sich. Meistens nur Schneematsch und glatte Straßen.

Sie schauderte und drehte den Thermostat des Heizkörpers höher. Auf dem Weg ins Bad schaltete sie die Espressomaschine ein. Die heiße Dusche vertrieb die Geister endgültig; sie rubbelte die Haare trocken und schlüpfte in ihren alten Frotteebademantel. Mit der Zahnbürste im Mund füllte sie die Waschmaschine und rieb den beschlagenen Spiegel sauber. Kurz darauf stand sie in der Küche, um sich einen Kaffee herauszulassen. Sie nahm die Milchtüte aus dem Kühlschrank und roch hinein, probierte einen vorsichtigen Schluck. Die schien zum Glück noch brauchbar, Kaffee ohne Milch war eine mittlere Katastrophe.

Eine Minute später saß Helena wieder auf der Couch, schob Weinflasche, Glas und Teller beiseite, um Platz zu schaffen, und wischte die Krümel von den Polstern. Angelte nach dem Buch, das unter den Tisch gerutscht war, trank genüsslich einen großen Schluck Milchkaffee und klemmte erst den Bademantel, dann die Tasse zwischen ihre Knie.

Die nackten Füße unter eine flauschige Decke geschoben, die am Fußende der weißen Ledercouch lag, schlug sie die Kladde an der Stelle auf, über der sie eingenickt war. Anna Hohleitners Handschrift sprang sie an. Einige Worte waren verschwommen, das Papier darunter aufgequollen. So, als ob Tränen darauf getropft wären.

Es gibt keine Entschuldigung für das, was wir getan haben. Ich trug schwer an dem Wissen darum.

Wir hatten nie gelernt, offen zu sprechen. Eine Sache um der Sache willen auf den Tisch zu legen und sie auszuräumen. Uns unseren Taten zu stellen, sie klar zu benennen, um endlich vergeben zu können. Nein, wir schwiegen. Schwiegen alles tot. Verschlossen die Augen vor der Realität und machten einfach weiter. Ich nahm in Kauf, dass das Geschehene mich von meiner Mutter trennte. Um mich selbst und sie vor der Wahrheit zu schützen. Ich ließ mich einlullen, trotz meiner Bedenken ließ ich mich von ihm einlullen. Und keiner um uns herum sah genauer hin und gebot Einhalt. Wobei, wer sollte auch hinsehen? Es war ja niemand da. Die Alm war weit genug vom Dorf entfernt. Doch auch wenn wir mitten im Dorf gelebt hätten – es wäre nichts, rein gar nichts anders gewesen.

Wie dumm ich gewesen war. Naiv und zu vertrauensvoll. Blutjung und unerfahren dazu. Geschmeichelt und zu sehr beeindruckt von seinem kraftvollen Auftreten, ließ ich mich von den süßen Worten und dem schönen Äußeren verführen. Im Innern war er hässlich. Böse und verdorben. Genauso, wie er meine Mutter hofiert hatte, gewann er mich. Zog mich in seinen Bann und ließ uns beide fallen, als ihm nicht mehr danach war. Doch ich brauchte viel länger als sie, um es zu erkennen. Als ich realisierte, dass ich schwanger war, war es ohnehin zu spät.

Es war fast Mittag, als Helena das Buch zuklappte und sich die Augen wischte. Sie war nicht nah am Wasser gebaut und doch konnte sie nicht anders, als mit diesem fremden Mädchen zu weinen, das seine bewegende Lebensgeschichte aufgeschrieben hatte. Und dann war da noch die seltsame Sache mit dieser Gabe.

Etwas in ihr schien an einen Platz gerückt zu sein – wie ein Puzzleteil, das man drehte und wendete, immer wieder an einer bestimmten Stelle einzufügen versuchte und dann doch ganz woanders hinlegte. Und da passte es auf einmal.

Ein Frösteln ging sie an, obwohl es im Zimmer mollig warm war. Nachdenklich wog Helena die andere Kladde in der Hand und legte sie dann mit einem Seufzen zur Seite. Annas zweites Buch musste warten. Sie verspürte Hunger, eine unbändige Gier auf warme Croissants, und die Läden schlossen bald. Zuerst einmal musste sie einkaufen gehen. Danach würde sie ihre Mutter anrufen. Sie beide hatten wohl ein Wörtchen miteinander zu reden.

Zehn Minuten nach acht klingelte sie im oberen Stock an Rosas Tür. Die kleine Frau öffnete, die Wangen vom Kochen gerötet und Helena hob schnuppernd die Nase.

»Du hast mein Lieblingsessen gemacht«, stellte sie erfreut fest, »saure Kartoffelrädle, stimmt's?« Wie auf Kommando gab ihr Magen ein vernehmliches Knurren von sich und die alte Dame lachte. Wasserblaue Augen funkelten verschmitzt und verschwanden fast in dem Kranz feiner Fältchen. Die Frauen umarmten sich und Helena roch Rosas vertrauten Geruch; diesen unverwechselbaren Duft nach 4711. Rosa trug stets eines der winzigen Fläschchen mit Kölnisch Wasser in der Handtasche bei sich. Sie gehörten ebenso zu ihr wie die umhäkelten Batisttaschentüchlein, von denen sie immer eines zur Hand hatte.

Gleich darauf saßen sie sich in der altmodisch eingerichteten Küche am Tisch gegenüber und Helena hob ewartungsvoll den Deckel von dem roten Emailletopf. Rosa schöpfte die tiefen Teller voll. Während des Essens sprachen sie nur wenig. Helena genoss den Eintopf, der sie von innen heraus aufwärmte, ihr war den ganzen Tag über kalt gewesen. Sie liebte dieses einfache Gericht. Dicke mehlige Kartoffelscheiben in einer hellen sahnigen Rahmsoße, mit viel frischer Petersilie. Mit einem zufriedenen Laut ließ sie sich in den Stuhl zurückfallen und schob den Teller von sich.

»Ich bin pappsatt«, erklärte sie und massierte sich den Bauch. Rosa deutete auf die Fleischwurststücke, die Helenas Tellerrand säumten.

»Gib die mir, wenn du sie nicht magst.« Sie zog den Teller zu sich her und kratzte die Stücke auf den eigenen herüber.

»Sei mir nicht böse, Rösle, es hat hervorragend geschmeckt«, entschuldigte sich Helena, »aber du weißt, dass ich das Zeug nicht essen kann. Es schmeckt nach«, sie suchte nach Worten, »ach, es schmeckt einfach eklig. Ich kann die armen Viecher dahinter sehen. Ganz zu schweigen von dem ganzen anderen Mist, den sie da reintun. Und du solltest den Schweinkram ebenfalls nicht essen! Das ist total ungesund.« Angewidert schüttelte sie sich.

Rosa stupfte die Wurststücke auf ihre Gabel und schob sie nacheinander in den Mund. »Ja ja, Frau Doktor.« Ein Sticheln lag hinter ihren Worten, als sie mit vollem Mund erklärte: »Spar dir deine Weisheiten, Nanni. Ich seh nur schöne rosa Fleischwurst. Das ist die beste Lyoner, die ich beim Metzger bekommen konnte, und ich finde, sie schmeckt hervorragend. Aber ich kenne dich. Und nein, ich bin dir überhaupt nicht böse. Ehrlich gesagt, ich hatte schon auf deine Portion spekuliert.«

Helena lachte hellauf und sah amüsiert zu, wie die alte Dame genüsslich die Fleischwurst vertilgte. Genau dies war es, was sie an Rosa schätzte. Mutter wäre jetzt tödlich beleidigt gewesen; die vertrug Kritik am Essen überhaupt nicht. Die seltsamen Essgewohnheiten der Tochter waren ein ewiger Streitpunkt zwischen ihnen.

Rosa räumte die Teller in die Spüle und wehrte ab, als Helena anbot, den Abwasch zu erledigen. »Das mache ich morgen früh. Magst du eine Tasse Kaffee? Komm, wir setzen uns ins Wohnzimmer. Und dann erzählst du mir, wie deine Woche war, ja?« Sie goss heißes Wasser in den bereitstehenden Porzellanfilter und wartete, bis das Kaffeepulver aufgequollen war. Dann schüttete sie erneut Wasser nach. Das Tröpfeln des durchrinnenden Kaffees erfüllte die Küche, begleitet vom steten Ticken der antiquarischen Pendeluhr.

In stillem Einvernehmen schwiegen sie, sahen zu, wie die Glaskanne sich allmählich füllte, und Helena sog den köstlichen Duft ein. Rosa war in solchen Dingen altmodisch; sie besaß keine elektrische Kaffeemaschine und schwor darauf, dass von Hand aufgebrühter Kaffee der Beste überhaupt sei. Die Prozedur war ihr heilig.

Die Frauen trugen ihre Tassen hinüber und machten es sich gemütlich; Rosa in dem plüschigen Fernsehsessel, das Fußteil hochgeklappt und die Beine daraufgelegt, Helena auf dem braun- und goldgemusterten Biedermeiersofa. Sie schlüpfte aus den Clogs und zog die Beine unter sich.

Rosa reichte ihr ein Kissen. »Hier, mein Mädchen, mach es dir bequem. Und jetzt erzähl! Was ist los? Ich sehe dir schon die ganze Zeit über an, dass dich etwas beschäftigt.«

Überrascht schaute Helena zu Rosa hin. »Bist du neuerdings das Orakel von Ziegelhausen? Das finden die Damen in deiner Altenrunde bestimmt spannend«, entgegnete sie mit leisem Spott und nippte an der Tasse. Der Kaffee war glühend heiß und sie hechelte Luft über die verbrannte Zungenspitze. Rosa lächelte, schwieg aber.

Wo sollte sie beginnen? Bei dem unerquicklichen Telefonat, das sie heute Nachmittag mit der Mutter geführt hatte? Mit dem Gefühl der Unvollkommenheit, das sie stets beschlich, wenn sie miteinander sprachen? Oder mit den sonderbaren Büchern, die unerwartet ins Haus geschneit waren, und deren Inhalt sie so sehr aufgewühlt hatte. Eine aufdringliche Stimme in Helena flüsterte, dass alles auf irgendeine Weise miteinander zusammenhing. Die Ahnung schien derart monströs, dass sie Angst davor hatte, sie laut auszusprechen. Als ob sie dadurch wahr werden könnte.

Helena hatte ohnehin vorgehabt, das Päckchen während des Telefonats nicht zu erwähnen – die Mutter hatte ihr auch keine Gelegenheit dazu gegeben. Die war völlig darin aufgegangen, in einem sprudelnden Wortschwall die Planungen zum Geburtstag der beiden Töchter auszubreiten. Sobald Helena Luft geholt hatte, hatte Erika Hartenau bereits wieder angesetzt und war ihr ins Wort gefallen. Sie liebte ihre Eltern, doch manchmal fühlte sie sich von deren Fürsorge fast erdrückt. Mutter konnte es einfach nicht lassen, sich in ihr Leben einzumischen. Es war gleich, ob sie das Elternhaus betrat oder sie am Telefon hatte. Irgendwie genügte ein Satz und Helena überkam das Gefühl, als erwachsene Person auf eine Rutsche zu steigen und als kleines Mädchen unten in den Sand zu plumpsen.

»Tini kommt über Weihnachten nach Hause.«

Rosa zog die Brauen hoch. »Ach was, das Prinzesschen gibt sich die Ehre?«

Helena gluckste in ihre Tasse und stellte sie ab.

»Bleibt sie länger oder geht sie wieder?«

»Lieber Himmel, ich hoffe inständig, dass sie *nicht* bleibt! Sonst lande ich entweder im Zuchthaus oder in der Klapse!« Sie ächzte und warf in einer theatralischen Bewegung die Arme nach oben. »Mutter hat sich in den Kopf gesetzt, dass sie ein Fest für uns ausrichtet. Wenn wir schon mal beide an unserem Geburtstag da sind, wäre das ein Anlass, meint sie und hat sämtliche Honoratioren geladen. Ein riesiges Büffet ist bereits bestellt. Das Wohnzimmer wird komplett ausgeräumt und sogar Papas allerheiligstes Jagdzimmer muss dran glauben. Stell dir vor, Rösle, im Garten will sie Pavillons aufstellen lassen! Das ganze Programm, Fackeln, Feuerschalen und Glühwein.« Sie tippte sich an die Stirn, »Und eine Feuerstelle. Drinnen für die Alten und draußen für die Jungen, sagt sie.« Verdrossen verzog Helena das Gesicht. »Was für ein Getue. Glaub mir, ich hab alles versucht, doch sie lässt sich nicht dreinreden.«

Mit Mühe verbarg Rosa ihre Heiterkeit.

»Ich hatte nicht vor zu feiern. Und wenn überhaupt, dann nicht so. Aber das lässt sie nicht gelten. Immerhin darf ich selbst einige Leute einladen, bis nächsten Sonntag will sie meine Liste haben.« Sie zog die Mundwinkel abwärts und äffte die gekünstelte Ausdrucksweise der Mutter perfekt nach: »Kind, lade auf jeden Fall deine Chefin, die Frau Professor, und ihren gutaussehenden Mann ein. Natürlich auch alle deine netten Kollegen. Du weißt schon …«

Sie verdrehte die Augen und verzichtete darauf, Rosa zu erklären, dass sich ihre persönlichen Kontakte am AZKIM an einer Hand abzählen ließen. Helena war stolz darauf gewesen, dass man sie aus der Uniklinik abgeworben hatte, um das Institut mit aufzubauen. Die neue Aufgabe hatte sie gereizt und die meisten der Mitarbeiter hatte sie selbst eingestellt. Doch mittlerweile ertrank sie in langweiliger Schreibtischarbeit. Wenn sie tatsächlich einmal – und das selten genug – im Labor war, eingehüllt in den weißen Schutzanzug, fühlte sie sich wie bei einer Mondlandung; hermetisch abgeriegelt und vom Leben isoliert. Manchmal wünschte sie sich fast in die hektische Betriebsamkeit der Notaufnahme des Klinikums zurück. Dort war sie zwar ebenso ständig bleiern müde gewesen, doch immerhin hatte sie mit lebendigen Menschen zu tun gehabt. Wen sollte sie schon einladen? Etwa ihre Sekretärin Luise, die zwar das Vorzimmer mit eiserner Hand beherrschte, doch die Abende mit den Fallers und Wiederholungen der Schwarzwaldklinik verbrachte? Oder den ältlichen Herrn Seidel am Empfang, der die Nachtschichten schob? Ihn sah sie am häufigsten, denn meist verließ sie das AZKIM als Letzte und er hatte immer ein nettes Wort für sie übrig. Mutter würde Bocksprünge vollführen!

»Selbstverständlich nur diejenigen, die einen akademischen Titel vor dem Namen tragen; du kennst sie doch. Rösle, weißt du was? Ich glaube, ich frag den Mehmet, ob er mitkommt. Ein türkischer Automechaniker würde den erlesenen Kreis doch bestens abrunden.«

Rosa kicherte in sich hinein. Sie kannte Erika Hartenau ebenso lange, wie sie Helena kannte und wusste um deren kleinen Standesdünkel und ihren Hang zu rauschenden Festen. In den letzten Jahren war es still um die Hartenaus geworden. Robert Hartenau hatte einen hohen Posten am Amtsgericht innegehabt; seit seiner Pensionierung war er kränklich und ging am Stock. Anscheinend hatte Erika beschlossen, es noch einmal richtig krachen zu lassen und der Heidelberger Oberschicht zu zeigen, dass man im Hause Hartenau nach wie vor standesgemäß zu feiern wusste. Bei dieser Gelegenheit genoss sie es mit Sicherheit, ihre hübschen Töchter anzupreisen; die studierte Helena in gehobener Position und die weitgereiste Christina, zu ihrem Leidwesen beide noch immer ohne einen passablen Ehemann.

»Hört sich doch nett an mit der Party im Freien.« Rosa kreuzte die nylonbestrumpften Knöchel auf dem Plüsch. »Der zehnte Dezember fällt auf einen Sonntag, oder? Vielleicht liegt sogar Schnee. Ich stell mir das durchaus hübsch vor, mit den Fackeln, dem Feuer und so. Ich hoffe doch, ich bin eingeladen.« Der Schalk blitzte ihr aus den wasserhellen Augen. »Es wäre eine gute Gelegenheit, mir neue Winterstiefel zu kaufen. Schließlich will ich draußen bei den Jungen sein.« Sie grinste breit. »Moonboots vielleicht, was denkst du? In diesem herrlich knalligen Pink. Deine Mutter wäre sicher begeistert! Und ich hoffe, dein türkischer Moslemfreund trinkt Glühwein«, stichelte sie und verkniff sich erneut ein Lachen.

Helena drohte mit dem Finger. »Fall mir nur in den Rücken, du verrückte Nudel. Mama würde hyperventilieren, wenn du in rosa Moonboots aufkreuzt. Sie hält dich eh schon für plemplem.« Wieder parodierte sie die Mutter und ihre Stimme stieg einen Ton höher: »Kind, diese Rosa ist kein adäquater Umgang für dich. Du solltest dich mit Menschen umgeben, die dich weiterbringen.«

Rosa gluckste. »Wo sie recht hat, hat sie recht.«

Helena tätschelte Rosas Hand. »Damit das gleich mal klar ist, Rösle, ohne dich geh ich gar nicht erst hin! Ich brauche dich als Rückendeckung, sonst übersteh ich diesen Abend nicht. Da müssen wir beide durch, meine Liebe. Mutter kennt kein Erbarmen.« Nachdenklich tippte sie sich ans Kinn. »Deine Idee mit dem Schwächeanfall ist übrigens nicht dumm. Diese Option haben wir, wenn es uns stinkt. Dann kippst du einfach aus den Latschen und ich muss dich natürlich heimbringen. Ich reserviere uns schon mal einen Tisch beim Italiener.«

Sie gackerten beide bei der Vorstellung los, wie sie sich aus dem Staub machten. Helenas Verärgerung löste sich langsam auf und wich einer Art Gelassenheit. Was soll's, dachte sie, mag Mutter doch ihren Spaß haben, wenn ihr so viel daran liegt.

»Rösle, eigentlich wollte ich über etwas ganz anderes mit dir reden.« Helena stand auf und holte ihre Handtasche aus dem Flur. Sie zog die beiden Kladden heraus, reichte sie Rosa hin und machte es sich wieder auf der Couch gemütlich. Während sie an dem lauwarmen Kaffee nippte, wartete sie gespannt auf eine Reaktion.

Rosa setzte die Lesebrille auf, die sie an einem violetten Band um den Hals trug und blätterte das oben liegende Heft durch. Die Brille mit dem Zeigefinger zur Nasenspitze vorziehend, schaute sie Helena über die runden Gläser hinweg an. »Waren die in dem Päckchen gestern?«

Helena nickte und griff in die Tasche ihrer Jeans. »Zusammen mit dem hier«, sagte sie leise und legte die Kette mit dem Medaillon auf den blankpolierten Kirschholztisch, mitten auf den Intarsien-Stern, der darin eingearbeitet war. Rosa hob sie auf und drehte das angelaufene Medaillon nachdenklich zwischen den Fingern.

»Das ist der Heilige Leonhard, glaube ich. Ich meine, ich habe dieses Bild schon mal gesehen.«

»Das ist tatsächlich Sankt Leonhard, ein katholischer Schutzheiliger. Ich habe vorhin im Internet nachgeschaut. Man nennt ihn auch den Bauerngott.«

Rosa klappte das Buch zu, legte es in den Schoß und schob die Hand darüber. »Wer hat dir das geschickt, Nanni?« Sie schaute Helena ernst an. »Das scheint ein Tagebuch zu sein.«

»Ich habe keine Ahnung, Rösle. Es stand kein Absender darauf. Aber ich hab's gelesen und es ist ganz schön traurig.« Sie stockte, da spukte schon wieder diese verrückte Idee in ihr.

»Magst du mir davon erzählen?«

»Ansonsten würde ich es dir nicht zeigen. Eigentlich wollte ich mit Mutter darüber sprechen, doch die hat grad anderes im Kopf. Ich kam gar nicht dazu.«

»Ich bin ganz Ohr.« Die alte Dame setzte sich im Sessel zurecht, schaute Helena erwartungsvoll an, die sich mit fahrigen Fingern durch die Haare strich. Der flotte Kurzhaarschnitt steht ihr, dachte Rosa. Sie sieht hübsch damit aus.

Den schlanken Nacken und über den Ohren millimeterkurz ausrasiert, die längeren weißblonden Deckhaare zur Seite gescheitelt und hinters Ohr gestrichen, kam das feingeschnittene Gesicht gut zur Geltung. Helena war eine attraktive Frau, groß gewachsen, schlank und trotzdem zierlich. Ein klares Antlitz mit elegant geformten Wangenknochen und spitzem Kinn. Unter den gewölbten Brauen schauten große schiefergraue Augen, klar und intelligent. Der volle Mund schien fast zu breit für das schmale Gesicht. Und doch verlieh er ihr einen reizend koboldhaften Ausdruck, wenn sie lachte. Ein herziges Grübchen grub sich dann tief in ihre rechte Wange. Das Mädchen – Rosa bezeichnete Helena noch immer als Mädchen – war im Charakter ernst, zu ernst für ihren Geschmack, doch unzweifelhaft besaß sie Humor und eine fast komödiantische Ader. Für sie hatte Helena etwas Feenhaftes, auch wenn sie ansonsten nicht zu solchen Ausdrücken neigte. Nicht zum ersten Mal fragte sie sich, weshalb Erika Hartenau ihre Tochter nicht endlich so akzeptieren konnte, wie sie war.

»Erzähl, Nanni«, forderte sie die jüngere Frau noch einmal auf.

»Ich weiß überhaupt nicht, wo ich anfangen soll.« Helena setzte sich aufrecht hin und kreuzte die schlanken Beine im Schneidersitz. »Ich habe bis jetzt nur das erste Buch gelesen, das zweite nehme ich mir später vor. Diese Anna hat ihre Erlebnisse aufgeschrieben, von ihrer Geburt an bis etwa vierzehn. Sie muss jetzt ungefähr Mitte sechzig sein und lebt auf einer Alm in Österreich, im Pongau. Ihre Mutter Marie hat sie mutterseelenalleine dort oben zur Welt gebracht. Der Vater ist in derselben Nacht durch einen schlimmen Unfall ums Leben gekommen. Das war während des Zweiten Weltkriegs. Die hatten ein ganz schön hartes Leben da …« Sie hielt inne und versuchte, die umherfliegenden Gedanken einzusammeln. »Ich mach's kurz. Ein paar Jahre später hat Marie ein zweites Mal geheiratet, weil sie schwanger wurde. Er hieß Roman und stammte aus einer Zigeunerfamilie.«

Rosa hob irritiert die Brauen. »Du weißt schon, dass das eine sehr hässliche Bezeichnung ist, Nanni? Ich habe einen guten Freund, der den Roma angehört und ich schätze ihn sehr. Also bitte!«

Helena quittierte den Einwand mit einem schnellen Seitenblick. »Du hast natürlich recht, Rösle. Entschuldige. Man nennt sie die Fahrenden, oder?«

Rosa nickte.

»Er war wohl ein Kind der Fahrenden, wuchs aber in einem Waisenhaus auf. Der Lovara-Clan nahm ihn auf, als er von dort abhaute. Also, dieser Roman hat Marie misshandelt und darauf verlor sie das Baby kurz vor der Geburt. Tja, und wenige Wochen später hat er sich dann die Tochter gegriffen und sie ebenfalls geschwängert. Das Mädchen war völlig verzweifelt, als sie bemerkte, dass sie vom Stiefvater schwanger war, und versuchte, das Kind heimlich abzutreiben. Roman muss ein übler Zeitgenosse gewesen sein; er kam ständig mit Annas Freund und ihrer Familie aneinander. Der junge Mathis, also Annas Freund, ist dann irgendwie durch eine Luke im Stall gestürzt und grausam ums Leben gekommen. Annas Mutter erlitt einen Schlaganfall, als sie ihn fand. Stell dir vor, der Arme ist in eine Mistforke gefallen!« Helena schüttelte sich. »Eine entsetzliche Vorstellung, nicht wahr? Der Aufschrieb des ersten Tagebuchs endet da. Es hat mich mitgenommen, wirklich heftig, das alles zu lesen.«

Rosa musterte Helena aufmerksam. Die junge Freundin wirkte nervös und schien blass um die Nase. Sie stand auf und trat zu dem Eichenschrank, der behäbig die gesamte Wand einnahm. Aus einem Fach nahm sie eine Cognac-flasche und zwei geschliffene Kristallgläser. »Und warum berührt dich das so sehr? Da ist noch mehr, oder?«, hakte sie nach, bevor sie sich wieder setzte.

Helena nahm ihr die Flasche ab und schenkte beide Gläser großzügig ein. Sie legte die Handfläche um den Cognacschwenker und ließ die bernsteinfarbene Flüssigkeit kreisen. Gedankenverloren starrte sie in den wirbelnden Weinbrand. »Ja, da ist noch mehr. Anneli, also Anna,« sie verstummte und begann noch einmal von vorn. »Marie hat eine Kusine, mit der sie zusammen aufgewachsen ist. Sie stehen wie Schwestern zueinander. Maries Tochter Anna nennt sie Dede. Das ist wohl so eine Art Tante. Wirklich heißt sie Barbara Sittler und ist Hebamme. Die Barbara lebt im Dorf, in Forstau, hatte ich das schon erwähnt? Ach, ich weiß nicht, ist ja auch egal. Und Barbara, also die Dede«, wieder kam Helena ins Stocken. Sie nippte an dem Wein-brand, ließ ihn über die empfindliche Zunge gleiten, er kühl-te und wärmte sie zugleich. Sie schluckte und stellte das Glas hart auf der Tischplatte ab.

»Verflucht, ich weiß nicht, wie ich's ausdrücken soll. Es ist kompliziert!« Helenas Gesicht war käsebleich und die feinen Sommersprossen auf ihrer Nase stachen bräunlich hervor. »Ich muss andersherum beginnen.« Sie rieb sich über den Mund. »Rösle, du weißt, dass ich eigenartig reagiere, wenn ich etwas zu mir nehme, das ich nicht kenne. Oder dass ich manche Sachen überhaupt nicht esse, und vermeide, versehentlich die Finger in den Mund zu stecken, weil ich damit Bilder produziere, die mich dann durcheinanderbringen. Früher, als ich klein war, bekam ich Krämpfe, oft auch Fieber und mir wurde speiübel. Ich bin halt anders als andere Leute. Komisch eben.«

Rosa setzte sich auf und griff nach ihrem Arm. »Lass den Quatsch, Nanni! Das ist Blödsinn! Wir haben hundertmal darüber gesprochen, Mädchen. Du hast eine ganz besondere und sehr spezielle Begabung, für die du dankbar sein solltest. Ohne sie wärst du heute nicht stellvertretende Leiterin im Institut.«

»Wenn Mutter das nur auch so sehen könnte«, flüsterte Helena und wischte sich über die Augen.

Rosa zog ein Tüchlein aus dem Ärmel und drückte es ihr in die Hand. Sie nickte bedächtig und runzelte die Stirn. »Da gebe ich dir vollkommen recht, Nanni. Dann hätten deine Eltern dich gleich in die richtigen Hände gegeben und nicht jahrelang von einem Quacksalber zum anderen geschleift. Und die Aufenthalte in der Psychiatrie wären dir ebenfalls erspart geblieben! Wären deine Eltern einfache Leute gewesen, hätten sie vielleicht anders reagiert. Womöglich genauer hingesehen.« Das war tatsächlich ein, wenn nicht gar der Punkt, den sie Erika Hartenau anlastete. Rosa kannte Helena seit deren Studentenzeit und es hatte unzählige Gespräche gekostet, der jungen Frau das Selbstvertrauen wiederzugeben.

Erika Hartenau hatte nie akzeptiert, dass ihrer Tochter eine einzigartige Begabung zuteilgeworden war. Sie fand es krank und beschämend. Die Hartenaus waren durchaus stolz auf ihre hübschen Töchter, doch viel zu sehr damit beschäftigt gewesen, sich in Heidelberg eine hoffnungsvolle Zukunft aufzubauen. Die ungleichen Zwillinge hatten stets Kinderfrauen gehabt, die völlig überfordert mit dem kleinen Mädchen waren, das aus unerfindlichen Gründen plötzlich am Boden lag, zuckte und sich erbrach. Niemand verstand, was mit der Kleinen vorging, wenn sie etwas in den Mund gesteckt hatte, steif wurde und in Krämpfe fiel. Man dachte zuerst an Epilepsie und zerrte das Kind durch Arztpraxen und Krankenhäuser, von einem Sanatorium in das nächste. Anscheinend hatte sie Visionen und *das* war nicht vorstellbar. Ihren Schilderungen dessen, was sie sah, glaubte man nicht und tat sie als wahnhaft ab. Das Mädchen wurde mit Psychopharmaka ruhiggestellt und brachte Wochen und Monate unter dem Einfluss der Medikamente zu. Erstaunlicherweise nahm Helenas Geist keinen Schaden, zudem war sie hochintelligent. Ihre schulischen Leistungen blieben immer hervorragend – ganz im Gegensatz zu denen ihrer, offensichtlich völlig gesunden, Zwillingsschwester. Doch Helenas Seele war tief verletzt, als Rosa sie kennenlernte.

Nach dem Abitur floh die Kleine regelrecht aus dem Elternhaus. Rosas Einliegerwohnung stand leer und sie hatte ein Inserat aufgegeben. Nie würde sie den Tag vergessen, als die junge Frau vor ihr stand. Groß und überschlank, mit taillenlangem, fedrigem weißblondem Haar und diesen wunderbaren grauen Augen, die Zeitung unter den Arm geklemmt. Sie waren sich auf Anhieb sympathisch und es dauerte nicht lange, bis Helena sich ihr anvertraute. Rosa glaubte ihr jedes Wort, obwohl sich alles überaus surreal anhörte. Das verschlossene Mädchen wuchs ihr ans Herz wie eine eigene Tochter. Rosa Tobel war eine gutsituierte, gebildete Frau, die viele Stunden in der Bücherei verbrachte und alles las, was ihr unter die Finger kam. Sie war es gewesen, die in der Stadtbibliothek eine Veröffentlichung über Synästhesie gefunden hatte. Für das Mädchen bedeutete das Buch eine Offenbarung! Es gab tatsächlich einen Namen für dieses Phänomen, das die Hartenaus wie auch Ärzte und Therapeuten in deren Umfeld als unheilbare Krankheit verstanden. Und was das Erstaunlichste, Wunderbarste dabei war, es existierten noch mehr Menschen wie sie! Die meisten Hochsensiblen verbanden mathematische Zahlen, räumliche Erfahrungen oder Musik mit Farben, mit Gerüchen und Gefühlen. Doch sogar unter denen bildete Helena eine einzigartige Ausnahme; was ihr widerfuhr, ging über eine Synästhesie weit hinaus. Ihr auf Hochtouren arbeitendes Gehirn verband Geschmack mit Bildern und Visionen. Sie schmeckte eine Substanz und konnte sehen, was dahinter lag, wie Dinge entstanden waren oder wer sie berührt hatte. Auf eine Art fand sie sich in den Erfahrungen der Synästheten dennoch wieder. Wie sie kämpfte Helena gegen Unverständnis und der – fast arroganten – Haltung der *Normalen* gegenüber dem Abstrakten, nicht Erklärbaren. Mit einer solchen Belastung zu leben war furchtbar schwierig, wenn man der einzige Mensch weit und breit war, der so empfand. Es machte Rosa noch immer stinksauer, was man der jungen Frau angetan hatte.

»Das ist doch alles Schnee von gestern, Nanni. Damit bist du längst durch.« Rosa nippte an dem Weinbrand. »Wo liegt dein Problem? Was hat das alles mit diesen Tagebüchern zu tun?«

Helena beugte sich vor und klopfte mit angespannten Fingerknöcheln auf die Kladde, die zwischen ihnen auf dem ovalen Holztisch lag. »Rösle, du wirst es nicht glauben. Diese beiden, Anna und Barbara, die sind genau wie Jule und ich! Und ich denke, das ist kein Zufall!«

Der silbergraue Kopf mit der frisch gelegten Dauerwelle ruckte und um ein Haar ließ Rosa das Glas fallen. Perplex starrte sie erst Helena, dann das Buch an. Helena sah förmlich, wie Rosas wacher Geist hinter deren Stirn rotierte, genau wie ihr eigener vor wenigen Stunden, als sie realisierte, dass jemand ihr dieses Päckchen nicht ohne Grund zugeschickt hatte.

Nach einer langen, stummen Minute ließ sich die alte Dame in den Sessel zurücksinken und fast zufrieden konstatierte sie: »Nanni, mein liebes Mädchen, das wird Erika nicht schmecken. Ich bin gespannt, wie sie dir das erklärt.«

Helena konnte nicht anders; ein irres Kichern stieg in ihr hoch. Oder war es unsägliche Erleichterung, dass jemand ihr glaubte? Sie platzte heraus: »Rösle, du bist einfach unbezahlbar!« Das Lachen erstickte für einen Moment das unsägliche Gefühl, ein störendes Sandkorn in einem makellos laufenden Uhrwerk zu sein.

Die Cognacflasche war fast geleert, als Helena sich verabschiedete. Die beiden Frauen waren bis Mitternacht gesessen. Sie hatte weitere Details erzählt und Rosa gespannt zugehört.

Helena ließ ihr das Buch da, damit Rosa sich selbst ein Bild machen konnte; die zweite Kladde nahm sie mit nach unten. Sie waren übereingekommen, dass es das Beste war, zuerst Annas Aufschrieb zu Ende zu lesen, bevor sie mit ihren Eltern sprach.

Helena nahm das Heft mit ins Bett. Sie knipste die Leselampe an, stopfte sich ein paar dicke Kissen in den Rücken und schob die nackten Fußsohlen dicht an die heiße Wärmeflasche. Draußen schüttete es und der Regen pladderte gegen das Fenster.

Tiefer grub sie sich unter die Decke und schlug den abgegriffenen Pappdeckel auf. Der Geruch von altem Papier stieg ihr in die Nase und Annas zierliche Handschrift floss ihr entgegen.

＊

Ohne Mathis erschien mir alles unnütz.

Mit einem Schlag schien alles aus den Angeln gehoben. Der Orkan war nicht nur über den Julianenhof hinweggefegt, nein, er hatte mein Leben mit sich gerissen und es vernichtet. Ich war vierzehn Jahre alt und im siebten Monat. Ungewollt schwanger von dem Mann meiner Mutter. Mathis, mein Liebster, war tot. Versehentlich in eine blöde Forke gefallen, die seine Brust durchbohrte – wenige Tage nach seinem achtzehnten Geburtstag. Mein fröhlicher Mathis, der versprochen hatte, meinem ungeborenen Bastardkind ein Vater zu sein.

Durch das niedrige Fenster der Küche musste ich mit ansehen, wie sie seinen Leichnam aus dem Stall trugen, auf das Fuhrwerk hoben und ihn wegbrachten. Am liebsten hätte ich geschrien, mir die Haare gerauft, um mich geschlagen. Doch meine Glieder waren bleiern schwer und ich konnte nur dasitzen und zusehen. Tränenlos. Sprachlos. In mir war eine unsägliche Leere.

ZWEITER TEIL

✳✳✳

Kapitel Eins

Die Hartenau'sche Villa war hell erleuchtet. Es hatte den ganzen Tag über geschneit; die Spitzen des schmiedeeisernen Zauns trugen ebenso weiße Zuckerhauben wie die zu Kugeln geschnittenen Buchsbäume. Helena parkte den Astra hinter dem Haus. Sie nahmen die Abkürzung durch den Garten; den schmalen Pfad, der neben der mannshohen Thujahecke zur Eingangstür führte. Liebe Güte, Mutter hatte wirklich keine Mühen gescheut! Der verschneiten Wiese entlang steckten brennende Fackeln und in der Mitte loderte ein Feuer in einem eigens dafür eingesägten Baumstamm. Auf der hohen Balustrade, die die Steinterrasse umgab, leuchtete eine Armada von Kerzen in bauchigen Gläsern. Einige Leute standen im flackernden Schein auf der Veranda und wärmten sich die Hände an Glühweintassen. Sie musste zugeben, dass es gemütlich und wirklich hübsch aussah.

»Augen zu und durch, Nanni!« Rosa nickte ihr aufmunternd zu. »Es ist dein Geburtstag. Versuch einfach, den Abend zu genießen.«

Helena verzog den Mund und drückte die Klingel. Sie besaß zwar einen Schlüssel, benutzte ihn jedoch nur, wenn die Eltern nicht zu Hause waren. Kaum hatte sie den Messingknopf losgelassen, wurde die Tür auch schon weit aufgerissen.

»Nannniii!« Christina kreischte auf wie ein Teenager und umarmte sie stürmisch. »Mensch, da bist du ja endlich! Ich hab mich so auf dich gefreut!« Sie gab Helena einen schmatzenden Kuss auf die Wange. »Alles Gute zu unsrem Geburtstag, Sister!« Die Zwillingsschwester schob Helena ein wenig von sich und musterte sie anerkennend von Kopf bis Fuß. »Schicke Frisur, Nanni, hätt ich echt nicht geglaubt, dass du dir die weißen Fusseln einmal abschneiden lässt. Du siehst klasse aus! Und du bist kein bisschen fett geworden.« Sie schnippte Helena eine Haarsträhne weg, die ihr übers Auge gefallen war und zog sie ins Haus. »Komm rein, alle warten!«

Ungehalten befreite Helena den Arm aus Christinas Griff. Himmel, ihre Schwester war unverändert, impulsiv und direkt wie eh und je; ein Taifun, der alles um sie herum aufwirbelte und keinen zu Wort kommen ließ.

»Schön, dich zu sehen, Tini. Dir auch alles Gute«, presste sie heraus und legte Schlüssel und Handtasche auf dem runden Tischchen in der geräumigen Diele ab.

Rosa warf ihr einen belustigten Blick zu. »Auf in die Höhle des Löwen«, raunte sie und gab Helena einen auffordernden Stups in den Rücken. Während sie den Mantel öffnete, stieß Christina die Tür zum Wohnzimmer auf und hakte sich bei ihr ein. Helles Licht strömte heraus; der Raum war voller Menschen, die zu singen begannen.

»Happy birthday to you, happy birthday to you, happy birthday, liebe Helena, Christina …« Die Töne verschwammen ineinander, passten nicht mehr auf die schnell gehaspelten Silben und fanden sich in einem letzten langgezogenen »to youuuu« wieder.

Arm in Arm standen die Zwillinge auf der Schwelle, Christina strahlend und Helena blutrot übergossen, noch immer im Mantel.

Erika Hartenau stellte den Cocktail ab und breitete die Arme aus. »Ein Hoch auf Christina und Helena!« Während alle Gäste die Gläser hoben und ihnen zuprosteten, eilte sie auf Helena zu, umarmte sie und zischte ihr ins Ohr. »Wo bleibst du denn so lange! Wir warten seit über einer Stunde auf dich!«

Helena roch den alkoholgeschwängerten Atem und entzog sich der Umklammerung.

Der Vater enthob sie einer Antwort. Den Stock in der Hand, humpelte Robert Hartenau auf sie zu. Hochgewachsen, das weiße und noch immer volle Haar sauber zur Seite gescheitelt, in Smoking und Fliege, jeder Zoll der würdevolle Amtmann. Sein kantiges Gesicht wurde weich, als er die Zwillinge ansah. Wie unbeabsichtigt schob er seine Frau zur Seite und küsste erst Christina, dann Helena auf die Wange. »Herzlichen Glückwunsch zum Geburtstag, meine Mädchen!«

»Danke, Vater«, erwiderten sie wie aus einem Mund, und unwillkürlich musste Helena kichern. Christina glückste ebenfalls und sie warfen sich einen schnellen Blick zu.

Helena schwitzte wie ein Bär in dem dicken Daunenmantel. Himmel, es war so heiß hier drinnen. Sie wand sich heraus und nahm, den sperrigen Mantel überm Arm, die Glückwünsche der Gäste entgegen. Es lag ihr nicht, im Mittelpunkt zu stehen, die vielen Menschen flößten ihr zunehmend Unbehagen ein. Der Schwester schien der Trubel nichts auszumachen; die lachte und plauderte vergnügt, ließ sich küssen und stieß mit den Gästen an.

Als der Strom der Gratulanten endlich abebbte, suchte Helena nach Rosa. Die Freundin war nirgends zu sehen. Um etwas in der Hand zu halten und damit neuerlichem Händeschütteln zu entgehen, schnappte Helena sich ein Weinglas und irgendein Schnittchen vom Buffet und flüchtete auf die Veranda. Sie sehnte sich nach einer Zigarette! Ihr Vater hasste es, wenn sie rauchte. In der Öffentlichkeit zu rauchen schickte sich nicht für eine Hartenau-Tochter. Das war ein ungeschriebener Kodex.

In sich hineingrummelnd nippte sie an dem Weißwein. Der wenigstens war hervorragend, ein spritzig eleganter Tropfen und ganz sicher vom Kaiserstuhl; sie erkannte den Grauburgunder am vertrauten Geschmack. Vater schätzte die Rebsorte und kaufte bevorzugt von heimischen Winzern. Er hatte seinen Töchtern früh beigebracht, wie man einen Wein verkostete.

Der feuchtkalte Winterwind kühlte ihre hitzigen Wangen und trocknete die Schweißtröpfchen im Nacken. Helena stieg die paar Stufen hinunter und ging zu dem brennenden Baumstumpf in der Mitte des Gartens hinüber. Sie biss in das Sandwich und schmeckte im selben Augenblick die zerplatzenden Bläschen des Kaviars auf der Zunge. Angeekelt unterdrückte sie die aufsteigenden Bilder und legte das Toaststück auf dem Holz ab. Pfui Teufel, diese gezüchteten Fischeier waren wirklich widerlich. Mit einem Schluck Wein spülte sie den beißend fischigen Geschmack hinunter und beobachtete die Menschen hinter der breiten, hellerleuchteten Fensterfront.

Mutter mit dem violett getönten, frisch gelegten Haar und ihren Mund, eine Nuance dunkler geschminkt, nach allen Seiten plaudernd. Sie lachte überlaut, während ihre Augen suchend durch den Raum huschten. Helena wusste, es war kindisch, doch insgeheim empfand sie ein diebisches Vergnügen. Sie hatte nicht die geringste Absicht, sich wie eine kleine Debütantin präsentieren zu lassen. Der Vater, ins Gespräch vertieft mit einigen Männern, ebenso eisgrau wie er. Leute, die sie nur flüchtig kannte und ihr nichts bedeuteten, die in Grüppchen beieinanderstanden, aßen, tranken und lachten. Und dazwischen Christina, ihre Zwillingsschwester. Sie ging von einem zum andern, bewegte sich zwischen den Gästen wie eine Tänzerin und sah fantastisch gut aus. Tini trug hochhackige Stiefel, die bis übers Knie reichten und hauteng dunkelglänzende Lederhosen. Die tiefausgeschnittene weiße Bluse ließ gebräunte Schultern frei. Ihre Haare fielen in wilden Locken den schmalen Rücken hinunter, ebenso rabenschwarz wie die gewölbten Brauen und langen Wimpern, die herausfordernd blitzende Augen umrahmten. Wie schafft sie es nur, mit achtundvierzig derart jung und frisch auszusehen? Und das mitten im Winter, wunderte sich Helena, fast ein wenig neidisch. Nun, ganz sicher nutzt sie alle Segnungen der Kosmetikbranche, dachte sie boshaft und schlüpfte in ihren

Daunenmantel, während sie die Schwester aufmerksam betrachtete. Je länger sie Christina und die Eltern beobachtete und in deren Gesichtern und Bewegungen nach Ähnlichkeiten suchte, desto mehr fragte sie sich, wer sie eigentlich waren. Wer sie selbst war.

»Wirst du es ihnen sagen?«, fragte Rosa Tobel in ihrem Rücken. Helena fuhr herum. Die alte Dame saß im Dunkeln auf dem Bänkchen unter der winterkahlen Rosenlaube. Jetzt stand sie auf, kam zu dem lodernden Baumstumpf herüber und rieb sich die Hände am Feuer. Die wasserblauen Augen glitzerten im Schein der Flammen.

»Nicht heute«, gab Helena heiser zurück. »Morgen vielleicht.«

Rosa lachte leise. »Die Geister, die ich rief, oder?« Sie trat neben Helena und legte ihr die Hand auf den Rücken. »Wovor hast du Angst, Nanni? Hör auf dein Herz. Und wenn dir das nicht genügt, dann vertrau auf deinen Verstand. Doch schieb es nicht zu lange auf. Sie sind dir eine Antwort schuldig.«

»Nicht jetzt, Rösle. Es wäre unfair und würde ihnen die Freude an dem Fest nehmen. Schau sie dir doch an. Glaubst du wirklich, das macht heute Abend Sinn? Mutter hat eh schon genug intus.« Helena trank den letzten Schluck Weißwein aus. »Komm, lass uns von hier verschwinden.« Sie stippte das angebissene Sandwich ins Feuer. »Der Kaviar schmeckt scheußlich. Ich hab eine unbändige Lust auf Fettuccine und frisch geriebenen Parmesello.«

»Du willst wirklich nicht bleiben?« Erika Hartenaus violett geschminkte Lippen zogen sich missbilligend zusammen.

»Ich bin müde, Mutter.« Helena streifte die gepuderte Wange mit einem Kuss und nahm Schlüssel und Handtasche vom Tischchen. »Danke, du hast das alles toll arrangiert. Doch ich hatte eine harte Woche. Der Kongress, du weißt schon.«

Sie standen zu viert in der Diele, nein, zu fünft, denn Robert Hartenau zog eben die Türflügel zum Wohnzimmer hinter sich zu. Das Stimmengewirr verebbte zu einem dumpfen Murmeln. Er stützte sich auf den Stock und sein fragender Blick glitt über die kleine Ansammlung. Seine Frau, Rosa Tobel und die beiden Töchter; Helena, kühl wie immer, und die erhitzte Christina.

»Und was wird aus unserem Geschenk? Um Mitternacht wollten dein Vater und ich euch überraschen. Es ist doch euer Geburtstag, Kind!« Erika war sichtlich verärgert. »Deine Schwester ist extra gekommen. Du hast so gar keinen Familiensinn!«

Die böse Blase, die sich in Helena seit Tagen und erst recht heute Abend aufgebläht hatte, platzte jäh. Familie? Das war jetzt nicht wahr! Und ehe sie sich bremsen konnte, schossen die Worte aus ihrem Mund. »Hast du denn die Barbara Sittler eingeladen, Mutter? Das wäre eine echte Überraschung! Dann überleg ich's mir tatsächlich noch einmal.«

Es war, als hielte jemand die Zeit an. Für einen Moment war in der Diele so still, dass man eine Stecknadel hätte fallen hören. Robert Hartenaus kantiges Gesicht verlor alle Farbe. Erika erstarrte, unter dem Rouge wurde sie schneeweiß. Rosa Tobel schnappte nach Luft. Und während die Sekunden quälend langsam tropften, schaute Christina mit fragenden Augen von einem zum andern.

Rosa brach den Bann. Mit einem ratschenden Geräusch zog sie den Reißverschluss ihrer fliederfarbenen Jacke hoch. »Danke für die Einladung, Erika, das war nett von dir. Mir ist nicht gut und ich habe Nanni gebeten, mich nach Hause zu bringen. Es tut mir sehr leid. Ich hoffe, ich verderbe euch nicht den Abend.« Sie griff nach Helenas Hand und zog sie unter den Arm. »Fahren wir jetzt bitte, Liebes? Ich fühle mich wirklich schwach.« Eilig öffnete Rosa die Haustür und mit der hereinströmenden Winterluft wich ein wenig der Atemlosigkeit, die sie alle umfangen hielt.

Christina fasste sich zuerst. »Kommst du morgen, Nanni?«

Helena winkte mit der freien Hand. »Klar. Zu Mittag, ja? Ich helfe beim Aufräumen.« Hastig schob sie Rosa nach draußen.

Am ganzen Körper zitternd fiel Helena in den Sitz. Ihr Magen rebellierte und einen Moment befürchtete sie, sie müsse sich übergeben. Hektisch fummelte sie den Schlüssel ins Zündschloss, ließ den Motor aufheulen und setzte mit einem schlitternden Schwenk rückwärts aus der Einfahrt.

»Das hast du gründlich verpatzt, meine Liebe«, konstatierte Rosa trocken und schnallte sich eilig an. »Wie bist du nur auf Barbara Sittler gekommen? Ich hätte eher erwartet, dass du Anna …«

»Sag jetzt einfach nichts, Rösle!«, fauchte Helena und riss den Vorwärtsgang ein. Sie wusste selbst nicht, welcher Teufel sie geritten hatte, weshalb ihr ausgerechnet der Name dieser komischen Tante über die Lippen gesprungen war. Die Lust auf den Italiener war ihr gründlich vergangen.

Kurz nach eins, mitten in der Nacht, läutete es Sturm. Helena seufzte und stellte die Teetasse auf dem Couchtisch ab. Sie hatte es befürchtet.

Christina lehnte in der Tür, lässig, eine Weinflasche unter dem Arm; auf den wild aufspringenden Locken glitzerten Tröpfchen und in ihrem Blick brannte glühende Neugier. »Hello, Sister.«

Helena verdrehte die Augen. »Hör endlich auf mit dem Getue, du bist nicht in Vegas. Es nervt. Was willst du?« Sie hielt die Tür fest, drückte die Schulter dagegen. Die Schwester grinste breit und schob eine Stiefelspitze in den Spalt. Unwillig gab Helena den Weg frei.

Christina ging ins Wohnzimmer voraus, warf sich in den Sessel und sah sich um. »Gemütlich hast du es, Nanni. Ich war noch nie in deiner Wohnung.«

»Kein Wunder, ich wohne ja auch erst dreißig Jahre hier«, gab Helena sarkastisch zurück. »Fühl dich ganz wie daheim«, setzte sie bissig hinterher, als Christina die Stiefel abstreifte und mit einem Seufzer der Erleichterung die Beine ausstreckte.

»Jetzt sei nicht so kiebig, Frau Doktor. Hol lieber zwei Gläser aus deinem spießigen Wandschrank.« Sie schwenkte die Flasche. »Die hab ich Papa abgeschwatzt, im Auto ist noch mehr. Oder willst du mir etwa Kamillentee anbieten?«

Helena ignorierte das *spießig*; der Schrank im Vintage-look hatte sie fast ein Monatsgehalt gekostet. Sie knallte zwei Weingläser auf den Glastisch, warf einen Korkenzieher daneben und ließ sich auf die Couch fallen. »Hat er dich hergeschickt? Dann kannst du gleich wieder abzischen. Mir ist nicht nach väterlicher Seelsorge.«

»Hat er nicht.« Christina wackelte genüsslich mit den Zehen und Helena bemerkte ein kleines Loch in dem schwarzen Nylonstrumpf, durch das ein knallrot lackierter Zehennagel herausschaute. »Papa weiß nicht, dass ich hier bin. Er denkt, ich bin noch bei Freunden in der Stadt.«

Helena verzog den Mund zu einem schmallippigen Lächeln. Freunde in der Stadt? So selten, wie Tini in Heidelberg aufschlug, konnte sie sich kaum vorstellen, dass sie hier noch alte Freundschaften pflegte.

»Und was verschafft mir die Ehre?« Sie verschränkte die Arme und schaute die Schwester scharf an. »Du hast dich jahrelang nicht blicken lassen. Nicht einmal zu Weihnachten. Und schon gar nicht bei mir. Warum also jetzt?«

Christina spitzte die dunkelrot angemalten Lippen und blies die Luft aus. »Uh, uh, hör ich da etwa einen klitzekleinen Vorwurf? Empfindlich wie eh und je.« Sie drehte die Spindel in den Korken. »Ich bin immer wieder mal ein paar Tage daheim gewesen. Nicht gerade zu Weihnachten, das stimmt schon. Aber du weißt genau, dass ich den Firlefanz nicht leiden kann; sie werden da immer so rührselig. Doch wenn ich da war, hattest du entweder zu viel zu tun oder warst auf einer Fortbildung oder weiß der Geier.«

»Verschon mich. Du hast zehn Minuten, Tini. Sag, was du zu sagen hast. Und dann tanz weiter und lass mich in

Ruhe. Du hast sicher Besseres zu tun. Es würde mich wundern, wenn nicht irgendwo ein Kerl auf dich wartet. Du warst schon früher … na ja.« Sie verschluckte die garstigen Worte, die ihr auf der Zunge lagen. Tini besaß etwas, das ihr abging. Wie sie dasaß, gelassen und überheblich, wunderschön und sprühend vor Leben. Und dass die Schwester so rücksichtslos in ihre Privatsphäre eindrang, machte sie richtig zornig.

Christina beugte sich vor und klemmte die Flasche zwischen die Oberschenkel. Mit einem Ploppen glitt der Korken heraus und sie warf ihn auf den Tisch. »Lassen wir das Geplänkel, Nanni. Deswegen bin ich nicht hier. Mein verruchtes Leben diskutieren wir ein anderes Mal.« Sie schenkte ein und schob ihr das Glas hin. »Was sollte das denn vorhin?«

Helena hob die Brauen.

»Tu nicht so unschuldig. Dein Abgang war spektakulär.« Christina kicherte. »Kompliment, ich hätte es nicht besser hingekriegt. Sie vor den Kopf zu stoßen, ist doch sonst mein Revier. Das Fest war jedenfalls ziemlich schnell beendet. Mama ist nach oben gerauscht wie eine beleidigte Diva und ward nicht mehr gesehen. Und Papa, na ja, der hat sich ebenfalls verzogen. Allerdings ins Jagdzimmer zu seinen Zigarren und den scheußlichen Geweihen. Schwuppdiwupp war die Trennwand geschlossen und das Haus leer.« Sie nippte am Glas und ihre schwarzen Augen fixierten die Schwester. »Wer, zum Kuckuck, ist Barbara Sittler?«

Helena verfluchte sich, dass sie den Mund nicht gehalten hatte. Sie hatte sich so fest vorgenommen, an einem anderen Tag, ganz in Ruhe, die vielen Fragen zu stellen. Wenn sie bereit war zu hören, was die Eltern dazu zu sagen hatten. Ohne Tini. Rosa hatte recht, sie hatte es gründlich verpatzt.

Christina rutschte im Sessel nach vorn. »Hallo? Erde an Nanni! Krieg ich mal eine Antwort?«

Ohne ein weiteres Wort stand Helena auf. Sie ging ins Schlafzimmer hinüber und nahm Annas Bücher vom Nachtkästchen. Fast zärtlich strich sie über die abgegriffenen

Buchdeckel. Sollte sie ihr Wissen mit Christina teilen? Außer Rosa wusste niemand davon. Niemand – bis heute Abend. Sie hatte die Kontrolle verloren und einen Satz zu viel gesagt. Und nun geriet alles durcheinander. Der unselige Aufschrieb hatte sie tief in Annas Leben hineingesogen, so vollständig, dass sie sich kaum mehr auf die Arbeit konzentrieren konnte. Ihr friedliches, durchgetaktetes Leben war in den letzten Tagen komplett aus den Fugen geraten; sie konnte förmlich zusehen, wie es ihr entglitt. Wieder und wieder hatte sie die Kladdden gelesen, wusste manche Passagen fast auswendig.

In diesem verlorenen Augenblick, die Bücher an die Brust gepresst, erkannte Helena eines glasklar: Das Konstrukt ihres familiären Gefüges war, trotz aller Schwierigkeiten, immer eine feste Größe gewesen. Und nun? Es war nicht sonderlich viel davon übriggeblieben. Sie fühlte sich entwurzelt. Wie eine Marmorstatue, der man mit einem Hieb den Sockel zerschmettert hatte. Erika war nicht ihre leibliche Mutter, konnte es nicht sein, ebenso wenig wie Robert Hartenau ihr Vater war.

War es ratsam, die Schwester ins Vertrauen zu ziehen? Sie traf einen schnellen Entschluss. Christina hatte ein Recht darauf. Immerhin betraf es sie ebenso.

Helena warf ihr die beiden Hefte in den Schoss. »Die kamen vor einigen Tagen mit der Post. Lies sie. Und nachher reden wir darüber.«

»Was ist das? Du weißt schon, dass ich nicht gern lese, oder? Willst du mir nicht ein wenig auf die Sprünge helfen?«

Bitter lachte Helena auf. »*Das* wirst du lesen! Glaub mir, es wird dich umhauen.«

Kapitel Zwei

Der Wecker gellte in abgehackten Tönen. Helena drehte sich auf den Bauch und schlug ihn aus. Gleich darauf erklang das Fiepen erneut, bohrte sich schmerzhaft in ihr Gehirn. Sie warf einen verschlafenen Blick auf die Uhr und schoss hoch, stieß die Schwester an.

»Wach auf! Es ist schon fast zehn.«

Mit einem Grunzen zog Christina die Decke über die Ohren.

Helena setzte sich auf die Bettkante und fasste sich an den Kopf. Herrje, ihr brummte so dermaßen der Schädel. Sie glaubte sich zu erinnern, dass sie die dritte Flasche nicht ganz geleert hatten, doch dessen war sie sich nicht sicher. Nie wieder Burgunder, schwor sie sich und stöhnte. Zumindest nicht gleich heute.

Anna Hohleitners Aufschrieb, diese unglaubliche Geschichte und die noch unglaublichere Verbindung zu ihnen, waren schwere Kost für Christina gewesen. Sie sah noch immer die zunehmend fassungsloser zuhörende Schwester im Sessel kauern. Mit jedem Wort war Christina förmlich geschrumpft. Irgendwann, in den frühen Morgenstunden, war sie dagesessen wie geschlagen, das schöne Gesicht in die Hände vergraben, die Wimperntusche verwischt. Sie hatte geweint und das hatte Helena noch nie erlebt.

Was sie beide nun erwartete, war nicht minder unerfreulich; das bevorstehende Mittagessen mit den Eltern lag ihr im Magen wie ein Stein. Die Katze war aus dem Sack. Was jetzt kam, konnte sie nur erahnen.

Helena wankte in die Küche und wartete, dass die Kaffeemaschine aufheizte. Dann stellte sie zwei Tassen unter den Ausguss und drückte sechsmal hintereinander die Espressotaste. Die Maschine mahlte knirschend und das Geräusch malträtierte ihre empfindlichen Ohren. Der braune Strahl schoss heraus und Kaffeebohnenduft schmeichelte sich in ihre Nase. Die gefüllten Tassen vorsichtig balancierend, schlüpfte sie wieder ins warme Bett.

»Kaffee?«

Träge öffnete Christina ein Auge, schloss es wieder und ächzte. Dann schob sie sich hoch und legte die Hände an die Schläfen. »Shit. Hast du eine Alka Seltzer?« Sie rieb sich das verquollene Gesicht.

»Ne, nur Koffein.«

Christina streckte den Arm aus und ließ ihn wieder aufs Bett fallen. »Intravenös bitte. Oder besser noch, einen Herzkatheter«, murmelte sie und kniff die Augen gegen die Helligkeit zusammen.

Wortlos hielt Helena ihr die Tasse hin. Stumm schlürften sie den Kaffee, den Rücken an die Polster gelehnt.

»Du glaubst wirklich, wir sind die Kinder dieser Anna?« Christinas zaghafte Frage zerbrach den Gleichklang.

Helena fuhr mit dem Finger um den Rand der Kaffeetasse und leckte den bräunlichen Schaumrest ab. »Nicht nur das. Unser Erzeuger ist ein Vergewaltiger. Und sehr wahrscheinlich auch ein Mörder.«

Die Schwester ließ den Kopf an die Bettkante fallen. »Stimmt, hatte ich ganz vergessen.«

»Hattest du nicht«, erwiderte sie trocken und trank aus. Wenn nur das Getöse in ihrem Kopf einmal nachlassen würde. Kaum, dass sie die Augen aufgemacht hatte, drehte sich schon wieder dieses verrückte Gedankenkarussell. Und irgendein Fitzelchen sauste in diesem Wirbel herum und wollte an die Oberfläche.

»Er hat den jungen Mann umgebracht, diesen Mathis«, überlegte Christina halblaut.

Das Kreisen hielt mit einem Ruck an. Jäh und unvermittelt; der Kaffee kam ihr fast wieder hoch. Helena warf sich so abrupt zur Seite, dass Christina um ein Haar den Espresso verschüttete.

»He, pass doch auf!«

Porzellan klirrte auf dem Marmor des Nachtschränkchens. Helena riss die Schublade auf. Wühlte zwischen dem Krimskrams, der sich darin angesammelt hatte und warf den Stapel Stofftaschentücher durcheinander, die sie nie benutzte, bis sie endlich das Gesuchte fand. Die Holzschnecke lag in der hintersten Ecke, neben dem Schwangerschaftstest, der vor vielen Jahren Jules Werden bezeugt hatte. Sie tastete nach ihrer Lesebrille und besah sich eingehend die Unterseite der kleinen Figur.

»Ich wusste doch, dass da was ist!« Die Schnitzerei fiel auf die Bettdecke, sie rannte ins Wohnzimmer und kam mit den Büchern zurück.

Helena fand die Stelle fast sofort. Ihre Stimme kippte vor Aufregung, als sie laut las. »Mathis' Schnitzmesser war in einen fleckigen Stofffetzen eingewickelt; ich erkannte Romans Hemd an der Stickerei, mit der meine Mutter einst die Knopfleiste verziert hatte. Efeublätter, nun nicht mehr grün, sondern dunkel verfärbt von jahrealtem Blut und Dreck. Auf dem Messerheft war Mathis' Zeichen eingestochen, ein Ornament, das ich nur zu gut kannte; es zierte die Unterseiten aller Figuren, die er angefertigt hatte. Ein geschwungener, an fünf Stellen durchbrochener Kreis.« Sie warf der Schwester das Buch hin. »Sieh es dir doch an, Tini! Das ist mir die ganze Zeit im Kopf herumgespukt. Ich wusste, dass es einen Beweis gibt!«

Christina war blass, die dunkel umrandeten Augen ließen sie aussehen wie einen dieser Pandabären im Tiergarten. »Ich muss es mir nicht ansehen.« Matt griff sie nach ihrer Handtasche, die auf dem Stuhl neben dem Bett lag, zog den Reißverschluss an der Vorderseite auf und nahm einen Gegenstand heraus.

Mit zittrigen Fingern nahm Helena die zierlich geschnitzte Biene von der Handfläche der Zwillingsschwester und drehte sie um. Dasselbe Zeichen.

»Ich glaub, mir wird schlecht!« Christina schoss aus dem Bett. Den Unterarm vor den Mund gepresst, rannte sie ins Badezimmer.

Aufgewühlt untersuchte Helena die beiden Holztierchen, verglich immer wieder die eingestanzte Signatur. Unverkennbar handelte es sich um dasselbe Zeichen. Dass ihr das nicht früher eingefallen war! Da lag der Beweis seit Jahren in ihrer Schublade und Christina trug ihn sogar in der Handtasche mit sich herum! Ihr war, als griffe ein langer Arm aus der Vergangenheit an ihre Kehle und drücke ihr die Luft ab. Annas grausame Lebensgeschichte erreichte eine völlig neue Dimension. Sie war real geworden. Und sie spürte sich fürchterlich direkt an.

Die würgenden Geräusche aus dem Badezimmer trugen nicht dazu bei, dass Helena sich besser fühlte. Dennoch fand sie es überaus sympathisch, dass die Schwester auf einmal Gefühle zeigte. Wenn es nicht so traurig wäre, hätte sie gelacht; früher war immer sie es gewesen, die sich übergeben musste.

Die Toilettenspülung ging und gleich darauf rauschte die Dusche. Helena kroch aus dem Bett und öffnete das Fenster. Gierig sog sie die frische Winterluft ein und starrte in den trüben Vormittag. Was die Schwester gerade im Schnelldurchlauf erlebte, hatte sie vor zwei Wochen durchgemacht. Und es war ihr keinen Deut besser ergangen. Seitdem spielte ihr Seelenleben verrückt.

Sie riss sich von den düsteren Gedanken los und nahm saubere Wäsche aus dem Schrank, überlegte einen Augenblick, was sie anziehen sollte und entschied sich für eine verwaschene Jeans und die knielange graue Lieblingswolljacke. Sie brauchte heute Kleidung, in der sie sich geborgen fühlte.

Auf dem Weg in die Küche öffnete sie die Badezimmertür und legte Christina frische Unterwäsche auf den Rand des

Waschbeckens. Sie hatten ohnehin dieselbe Größe. »Im Spiegelschrank müsste noch eine neue Zahnbürste sein und auf dem Regal liegen genügend Handtücher. Nimm dir einfach, was du brauchst«, rief sie in die Dampfschwaden hinein.

Christina antwortete nicht. Reglos stand sie hinter der beschlagenen Glasscheibe, den Kopf an die Kacheln gepresst, während das Wasser auf ihren Körper niederprasselte.

Helena zog sich zurück und schloss leise die Tür hinter sich. Es war seltsam, alles schien verdreht. Sie beide hatten sich nie sonderlich gut verstanden; stets war Christina die Überlegene gewesen und sie selbst die Komische, Eigenartige. Und nun kehrte es sich um. Was passierte da nur mit ihnen?

Eine Viertelstunde später kam Christina aus dem Badezimmer. Sie hielt ein Gummiband zwischen den Zähnen und flocht die feuchten Haare zu einem einfachen Zopf. Die dunklen Augen lagen tief in den Höhlen und unter ihrem gebräunten Teint lag eine ungesund gelbliche Farbe.

»Hier, du siehst aus, als könntest du ihn vertragen.« Helena schob ihr die Teetasse hin.

Christina roch hinein und verzog angewidert den Mund. »Fencheltee trink ich nur, wenn ich krank bin. Und ich bin nie krank.«

Helena zuckte die Achseln. »Dann lass es.«

Die Schwester setzte sich und legte beide Hände um die heiße Tasse.

Es geschehen noch Zeichen und Wunder. Helena unterdrückte ein Glucksen. Die Tini, die sie kannte, hätte den hingeworfenen Fehdehandschuh sofort aufgenommen. Doch zuerst sehnte sie sich selbst nach einer heißen Dusche und danach – nun ja, man würde sehen.

Als sie in die Küche zurückkam, las Christina in einer der Kladden. Eine dunkle Haarsträhne hatte sich gelöst und ringelte sich über ihre blasse Wange. Helena blieb in der Tür stehen und betrachtete sie. Ohne die sprühende Fröhlichkeit, die Tini sonst ausstrahlte, sah sie seltsam verletzlich aus. In ihren Augenwinkeln zeigten sich dieselben winzigen Krähenfüßchen, die sie selbst dort zeichneten. Jetzt, ohne Schminke und im unbarmherzigen Licht des grauen Dezembermorgens, waren die Jahre deutlich zu erkennen. Helena schenkte sich Tee ein und goss der Schwester nach. Die sah auf und schob das Buch zur Seite.

»Danke. Schmeckt gar nicht so übel.« Sie griff nach dem Teebecher und in ihren Augen stand Ratlosigkeit. »Was tun wir jetzt, Nanni?«

Helena hob die Schultern. »Keine Ahnung. Ich hatte gehofft, du hättest eine Idee.«

Christina legte die Hand auf den Buchdeckel. »Ich würde das alles ganz gerne noch einmal in Ruhe durchsehen. Hast du was dagegen, wenn ich die Bücher mitnehme?«

Helena fuhr auf. »Hab ich! Man hat sie an mich geschickt. Sie gehören mir!« Sie wehrte sich gegen den aufsteigenden Zorn und das Gefühl, erneut überrumpelt zu werden. »Ich hätte sie dir erst gar nicht zeigen müssen! Und wohin überhaupt mitnehmen? Ich weiß nicht einmal, wo du grad lebst! Die letzte Postadresse, die ich von dir hatte, war von so einem komischen Ashram in Indien.«

Christina prustete in die Tasse. »Liebe Güte, Nanni, das ist tausend Jahre her. Dort war ich nur ein paar Monate, gleich nach dem Abi. Mittlerweile gibt es Handys und Internet! Und ganz nebenbei, Mutti wusste immer, wo ich bin.«

»Ja, klar. Schön für sie. Doch wie dir sicher nicht entgangen ist, reden Mutter und ich nicht viel miteinander. Tini, du hast deine Wohnsitze schneller gewechselt als andere Leute die Socken! Irgendwann verlor ich den Überblick. Ich hatte wirklich genug mit mir selbst zu tun.« Sie stieß den Löffel in ihren Tee und rührte hektisch. »Wir beide waren nie sonderlich eng miteinander. Wenn du Kontakt zu mir gewollt hättest, wusstest du ja, wo ich zu finden war. Du hast dich nie gemeldet.«

Christina schwieg. Dann hob sie den Kopf. »Hast du mich eigentlich jemals vermisst?«

»Ganz ehrlich, Tini? Nein. Und sag jetzt nicht, dass du Sehnsucht nach mir hattest. Das glaube ich dir nämlich nicht.« Jäh stand Helena auf und nahm die Bücher an sich. »Die bleiben jedenfalls hier! Ich kann dir am Montag im Institut Kopien machen, doch die Originale gebe ich nicht aus der Hand.«

»Ich will sie dir nicht wegnehmen, Nanni. Mir ist schon klar, dass wir drei Jahrzehnte nicht in einem Tag aufholen können. Ich wollte nur«, sie stockte und ihre Stimme zitterte, »ich wollte nur, na ja, einfach noch mehr erfahren. Ich fühle mich so …« Sie wischte sich mit dem Handrücken über die Augen. »Ich weiß überhaupt nicht mehr, wer ich bin.«

Helenas Zorn fiel in sich zusammen. Kraftlos ließ sie sich auf den Stuhl sinken. Hatte ihre Schwester, die stets alles besser wusste, gerade wirklich nachgegeben? Ein Zugeständnis gemacht? Das wurde alles immer noch verrückter. Ihre Antwort kam zögerlich. »Es tut mir leid. Ich weiß nur zu gut, wie du dich jetzt fühlen musst, mir ging es nicht anders. Doch ich kann und will dir die Bücher nicht mitgeben. Akzeptiere es einfach.«

Christina nickte. Sie nahm ein silbernes Etui aus der Handtasche, klappte es auf und zog ein Kärtchen heraus. »Hier. Damit du weißt, wo du mich findest. Schick die Scans an meine E-Mail-Adresse. Bitte.«

C. Hartenau
Kunsthändlerin
Chemin de Jerlons 31 A
Chemin de Jerlons 31 A
artem@christi.ch

»Du lebst in der Schweiz? Praktisch vor unserer Haustür? Das glaub ich jetzt nicht.«

»Meistens bin ich in den Staaten, den Wohnsitz in der Schweiz habe ich nur, um meine Tochter hin und wieder zu sehen. Annett lebt in Lausanne. Und ich kaufe und verkaufe Gold und antiquarischen Schmuck.«

Helena saß wie vom Donner gerührt. »Du hast eine Tochter?« Es war nicht zu fassen. Sie hatte eine Nichte und Jule eine Cousine! Wie oft hatte diese bedauert, dass sie außer den Großeltern und einer Tante, die sie eh nicht kannte, da die immer in der Weltgeschichte herumgondelte, keine weiteren Verwandten besaß.

»Wissen das die Eltern?« Helena getraute sich kaum zu fragen. »Sie haben nie ein Wort gesagt.« Und du auch nicht. Der Vorwurf hing unausgesprochen zwischen ihnen.

»Nein, und ich wäre dir dankbar, wenn du es nicht ausplauderst. Annett ist bei ihrem Vater aufgewachsen, mittlerweile neunundzwanzig und kommt sehr gut alleine klar. Ich wollte nicht, dass sie in all das hineingezogen wird.«

Noch immer erschüttert, musterte Helena die Züge der Schwester, die plötzlich so unnahbar schien wie eine verschlossene Auster.

»Was meinst du damit?« Irgendetwas platzte in ihr. Derart mächtig, dass es ihr die Luft raubte. Mit beiden Händen zugleich schlug sie auf die Tischplatte. »Liebe Güte, ich habe eine Nichte, fast genauso alt wie meine Tochter und weiß nichts davon! Wie kannst du nur?«

In Christinas Gesicht arbeitete es. Sie sah aus, als würde sie gleich umkippen. Sie holte tief Luft, legte den Kopf in den Nacken und verschränkte die Arme vor der Brust. »Das hat seine Gründe.«

»Verdammt, ich glaub das einfach nicht! Welchen Grund kann es geben, dass du mir, nein, uns, dein Kind vorenthältst? Ich versteh dich nicht!« Mit fahrigen Händen strich sie sich durch die Haare. »Ich hab dich nie verstanden«, setzte sie bitter hinterher.

»Denkst du, ja?« Fast drohend beugte Christina sich vor und Helena wich zurück. »Du bist mein Zwilling und jahrelang musste ich mit ansehen, was sie mit dir veranstaltet haben. Es war nicht immer so zwischen uns, erinnerst du dich? Als kleine Mädchen waren wir unzertrennlich, wir schliefen sogar zusammen in einem Bett. Dann kamen diese komischen Kinderfrauen, und eine nach der anderen kündigte, weil du ständig geschrien hast wie blöd, dich auf dem Boden gewälzt und sie vollgekotzt hast. Und dann hat man dich abgeholt und auf einer Trage festgeschnallt. Ich durfte nicht zu dir. Diese dumme Kuh – ich glaube, Elvira hieß sie, und sie hatte so ein fürchterlich ekliges Muttermal am Mund – hat mich festgehalten und gefaselt, dass du durchgedreht bist. Das geschah nicht nur einmal! Du warst wochenlang weg und wenn du wiederkamst, dann bist du nur noch auf dem Bett gesessen und hast mit dem Kopf gewackelt wie eine alte Frau.« Sie sprang auf. »Herrgott, kannst du dich denn nicht mehr erinnern? Du hast stundenlang nur ins Leere gestarrt wie eine völlig abgedrehte Irre. Hast du denn keine Erinnerung dran, dass sie dich mit Antidepressiva vollgepumpt haben, bis du nicht mehr wusstest, ob es Tag oder Nacht ist, wie du heißt oder wer ich bin? Nanni, du warst durchgeknallter als ein Junkie! Weißt du nicht mehr, wie ich dich in unserem Baumhaus gefunden habe, mit aufgeritzten Armen? An unserem zwölften Geburtstag?« Sie packte Helenas Hand. »Hast du wirklich vergessen, wie ich dir nachgelaufen bin, als sie dich weggebracht haben? Ich habe geschrien, genau wie du. Und ich bin vor Angst fast gestorben. Ich sag dir, das war der schrecklichste Tag in meinem Leben. Und es war nicht das einzige Mal.«

Sie schlug sich die Faust vor den Mund, trat ans Küchenfenster und starrte in den Garten hinaus. Der Schmerz in ihrer Stimme zerriss Helena fast das Herz. »Wenn du heimgekommen bist, hieß es nur: Lass deine Schwester in Ruhe, Christina! Sie ist krank, Christina; sie kann das jetzt nicht gebrauchen, Christina; sie muss sich erholen, Christina.« Sie biss sich auf die Lippen. »Nur, dass du dich nie erholt hast! Ich musste zum Ballett, zum Reiten, zum Klavierunterricht und in den Schwimmverein. In die Schule. Ohne dich. Ich durfte nie jemanden einladen. Es war ihnen peinlich, wie du warst. Ich wollte auch gar nicht, dass meine Freundinnen dich so sehen. Eine hat mich tatsächlich mal gefragt, ob du ein echter Zombie bist!« Sie schlang die Arme um sich und zog die Schultern hoch. Krümmte den Rücken. Ihre Stimme klang heiser. »Irgendwann wurde es mir gleichgültig. Es drehte sich ohnehin nur alles nur um dich! Helena muss zur Therapie, Helena muss in die Klinik, Helena spielt mal wieder verrückt. Ich musste mir ein eigenes Leben suchen. Und nach dem Abi bin ich gegangen. Ich wollte mit dieser Scheiße einfach nichts mehr zu tun haben.«

Helena senkte den Kopf. Betete, dass sie aufhörte. Christinas Worte wühlten all das wieder auf, was sie verdrängt und zu vergessen versucht hatte.

»Das alles wollte ich meiner Kleinen ersparen. Louis ist ein feiner Mensch und ein wunderbarer Vater, obwohl es mit uns leider nicht funktioniert hat. Ich bin nicht geschaffen für eine feste Beziehung, doch Annett hat darunter nie gelitten. Ohne die Hartenaus und ihre eigenartige Vorstellung von Fürsorge ist sie allemal besser dran.«

Das wollte ich meiner Kleinen ersparen, was meinte sie damit? Die Essenz der Worte kam nur langsam in ihrem Denken an. Doch sie zog ihr den Boden unter den Füßen weg und riss sie fast vom Stuhl. Konnte es bedeuten, dass Tinis Mädchen …

»Was willst du damit sagen?« Ihr Mund war trocken wie Sandpapier.

»Was denkst du denn?«, entgegnete Christina rau und presste die Stirn an die Fensterscheibe. »Als du mir gestern Nacht von dieser Anna erzählt hast, bin ich von einem Schock in den anderen gefallen. Es ist alles so irr. Mein Hirn weigert sich zu glauben, dass es so was geben kann. Und doch habe ich eine Tochter geboren, die genauso ist wie du. Sie sieht dir sogar ähnlich.« Kläglich lachte sie und es klang wie ein Schluchzen. »Die Geschichte mit dieser Gabe setzt allem die Krone auf.« Die Stimme versagte ihr.

Helena schloss die Augen. Sie war wie paralysiert. Eine Angst pulsierte in ihrem Bauch, wogte auf und ab und drückte ihr schier die Brust ab. Ging es nun von vorn los? Sie hatte all das hinter sich geglaubt; es war ihre Geschichte, ihr Unvermögen, ihr ganz eigener Unstern. Und doch ahnte sie, dass es mehr bedeutete. Sie musste sich räuspern, weil die Stimme ihr nicht gehorchen wollte.

»Tini.« Einen Moment zögerte Helena, doch dann überwand sie die Zurückhaltung. Sie trat hinter die Schwester und fast wie von selbst schoben sich ihre Arme um Christinas Mitte. »Es tut mir so unendlich leid. Alles. Ich hatte keine Ahnung, wie es für dich war«, flüsterte sie und barg das brennende Gesicht an dem gebeugtem Hals. Ihr war so sehr nach Weinen zumute. Dennoch war es wundervoll, die Schwester zu spüren, sie zu riechen, sie anzufassen. Christina antwortete nicht, doch ihre Finger umklammerten Helenas Handgelenke. Zogen die Arme der Schwester enger um sich.

Es war, als ginge ein Tor in Helena auf und all die Liebe, die dahinter verborgen gelegen war, strömte mit einem Mal heraus. Sie erschauderte unter dem Ansturm, gab dem Strom im Geist einen sanften Schubs. Er folgte gehorsam, legte sich in goldenen Schleifen um ihrer beider Seelen und füllte sie gänzlich aus. Es war köstlich, Christina zu erkennen. In allen Zellen des Körpers fühlte Helena, wie ihr Zwilling sich ebenfalls öffnete und sie annahm.

Eng aneinandergeschmiegt standen sie da. Staunend. Dankbar. Spürten der innigen Verbindung, dem goldenen Glühen nach. Tasteten sich behutsam in die Realität zurück.

»Ich wusste immer, was du kannst, Nanni. Es machte mir Angst und gleichzeitig war ich auch neidisch darauf«, brach Christina den Moment. »Du warst immer so besonders.«

Helena löste sich. Das süße Begreifen verflog. Sie nahm die Zwillingsschwester bei den Schultern und drehte sie zu sich um. Mit dem Ärmel ihres Shirts wischte sie sich die Augen und versuchte ein zaghaftes Lachen. »Jetzt machst du mir aber Sorgen, Tini. Ich kenne dich wirklich nicht wieder.

Hör sofort auf damit, sonst löse ich mich noch völlig auf.« Zart strich sie Christina über die Wange. »Es ist ein Anfang. Ich bin froh, dass du es zugelassen hast. Und dass du ehrlich zu mir warst. Danke.«

In den Augen der Schwester glänzte es schon wieder feucht.

Helena boxte sie in die Seite. »Komm, es ist gut jetzt. Ich glaube, noch mehr ertrage ich momentan nicht. Für heute reicht es mir gründlich. Lass uns lieber überlegen, was wir den Eltern sagen. Sie warten bestimmt schon auf uns.« Sie zupfte Christina am Ende des Zopfes.

»Und du solltest dich ein bisschen herrichten. Du siehst fürchterlich aus.«

Gemeinsam standen sie vor dem Spiegel im Badezimmer und hantierten mit getönter Tagescreme und Rouge, tuschten mit runden Mündern und aufgerissenen Augen die Wimpern und zogen feine Kajalstriche in Dunkelbraun und Grau. Vorsichtig scherzten sie miteinander und loteten die neugewonnene Nähe aus; löschten die äußerlichen Spuren, die diese lange Nacht hinterlassen hatte. Und dann trafen sich ihre Blicke im Spiegel.

Christina trat hinter sie und strich ihr mit beiden Händen die weißblonden Haare zurück. »Liebe Güte, ich wusste nicht, dass wir uns so dermaßen ähnlich sind. Sieh doch!«

Helena stutzte. Tatsächlich, nun erkannte sie es ebenfalls. Das gleiche schmale Gesicht mit den elegant geformten hohen Wangenknochen, schlankem Nasenrücken und breitem Mund, die Unterlippe ein wenig voller. Ein spitzes Kinn und das winzige Grübchen auf der rechten Wange. Die gleichen schräggeschnittenen Augen, die stolz geschwungenen Bögen der Brauen. Die eine silberhell, mit schiefergrauer Iris und fast durchscheinender Haut; die andere nachtdunkel und mit olivfarbenem Teint. Jetzt, wo sie beide die Haare glatt aus der Stirn gestrichen hatten, war die Ähnlichkeit unübersehbar. Sie hätten sich tatsächlich wie ein

Ei dem anderen geglichen, wäre der scharfe Kontrast der Farben nicht gewesen.

Christina löste den Zopf und kämmte mit beiden Händen die Locken aus, bis sie wild aufsprangen. Helena strich sich die feinen Haare glatt. Der Eindruck verwischte sich, nun waren sie wieder verschieden. Sie lachten sich im Spiegel an.

Dann wurde Helena plötzlich ernst. »Ich wüsste zu gern, wie unsere richtigen Eltern ausgesehen haben.«

Die schwarzen Augen der Schwester blitzten gefährlich auf. »Ich vermute, das werden wir schneller erfahren, als uns lieb ist.«

Kapitel Drei

Eine halbe Stunde später parkten sie die Autos hintereinander in der Einfahrt.

Der Baumstumpf in der Mitte des Gartens war erloschen, die Stummel ragten heraus wie die geschwärzten Knochenfinger einer Hand, der zertretene Schnee um die Feuerstelle war aschgrau verfärbt. Die abgebrannten Fackeln neigten sich krumm nach allen Seiten und hatten schmutzige Wachsspritzer im Weiß hinterlassen. Der Garten sah im trüben Dunst seltsam gruselig aus.

Im Haus war die Stimmung ähnlich geisterhaft. Sie betraten die geräumige Diele, warfen sich einen beklommenen Blick zu und wunderten sich, dass es so still war.

Erika Hartenau saß alleine an dem riesigen ovalen Tisch im Esszimmer, das Gedeck von sich geschoben. Sie hielt ein halbgeleertes Martiniglas in der Hand. Es war für vier Personen eingedeckt; weißer Damast und das gute Porzellan mit dem Goldrand, das nur zu Festtagen aus der Vitrine geholt wurde. In der Mitte des Tisches standen mehrere Silbertabletts, voll mit den Überbleibseln des Festes. Alles andere war bereits aufgeräumt, die Faltwände zwischen Wohnzimmer und Büro des Vaters wieder geschlossen. Der nussbraune Parkettboden glänzte frisch gewischt.

Helena hätte auf dem Absatz kehrtmachen wollen, als sie die Szenerie überblickte und den vorwurfsvollen Blick der Mutter auf sich spürte. Christina gab ihr einen Stoß in den Rücken und sie stolperte fast ins Esszimmer.

»Da seid ihr ja endlich.« Erika Hartenau hielt ihren

Töchtern die Wange hin. »Papa, kommst du? Die Kinder sind da«, rief sie ins Jagdzimmer hinüber.

Christina verdrehte die Augen und setzte sich. Helena nahm neben ihr Platz und faltete die Hände im Schoß.

»Knick jetzt bloß nicht ein«, zischte Christina. »Wir stehen das gemeinsam durch. Und verflixt, nimm die Hände hoch. Du bist nicht im Kloster!«

Helena unterdrückte ein albernes Kichern und verbarg es hinter einem Hüsteln. Befangen schob sie die schwere Silbergabel auf dem Damast hin und her. Besteck? Wofür brauchen wir eigentlich Besteck, fragte sie sich und ließ den Blick über den Tisch gleiten.

Da lagen, hochaufgetürmt, die Schnittchen von gestern Abend. Schwarzwälder Schinken und grau angelaufene Wurst, an den Rändern aufgeworfen. Käsescheiben, schwammig und blassgelb unter Paprikastreifen, Oliven und Gurkenstückchen; die Kaviarhäufchen auf bröckelnder Mousse längst zu einer Kruste eingetrocknet. Die Sandwiches sahen nicht mehr sonderlich appetitlich aus und vegetierten der Mülltonne entgegen, wo sie später sicherlich auch landen würden.

Ein Haufen trockener Brote. Und wir sitzen da und wollen sie mit Messer und Gabel essen. Das ist doch schwachsinnig, dachte Helena und schob unwillig das Besteck zur Seite.

Vielleicht war das der Moment, in dem sie innerlich ruhig wurde. Es war eine Scharade. Ein Spiel. Das alles konnte nur ein Spiel sein. Oder eher ein Kasperltheater. Von dem hellen Schein des gestrigen Abends war nicht viel geblieben. Nichts als die brüchige Fassade einer nach außen heilen Welt. Und wenn sie beide jetzt nicht behutsam vorgingen, dann landete das, was sie Familie nannten, ebenfalls in der Mülltonne.

Nun, sie würde erst einmal mitspielen.

Robert Hartenau setzte sich den Töchtern gegenüber und lehnte den Stock an die Tischkante. Er sah übernächtigt aus, sein Gesicht war fahl und die sonst so wachen Augen blickten müde. Als er nach dem Wasserkrug griff, bemerkte Helena, dass seine Finger zitterten.

»Geht es dir nicht gut, Papa?« Sie nahm ihm die Karaffe aus der Hand und schenkte ein. »Macht dir deine Hüfte wieder zu schaffen?«

Erika Hartenau schnaubte durch die Nase und nippte an ihrem Martini. »Wir wollen essen, ja? Es ist noch so viel übrig von gestern Abend.« Sie fischte ein Lachssandwich vom Silbertablett. Anstatt hineinzubeißen, legte sie es vor sich auf dem Teller ab und sah ihre Töchter vorwurfsvoll an. »Wir warten schon seit Stunden auf euch. Ihr wolltet zu Mittag da sein, um beim Aufräumen zu helfen. Jetzt ist es bereits nach zwei.«

»Tini hat bei mir übernachtet, Mutter, und wir haben uns verschwatzt.« Helena folgte instinktiv dem alten Automatismus und versuchte den unterschwelligen Vorwurf zu entschärfen. Sie zog die Platte her und entschied sich für den Brie. Der war zwar verlaufen, sah aber noch am ehesten genießbar aus. Ein undefinierbarer Klecks zierte den Käse und sie kratzte ihn mit dem altmodischen Messer ab.

»Das ist Walnusspaste und durchaus essbar! Stell dich bitte nicht so an.« Erikas Stimme klang genervt.

In ihr schäumte es auf. Wie sie diese kleinen, leicht dahingeworfenen Sticheleien hasste! Es änderte sich einfach nie etwas! Mutter schaffte es mit einem Satz, dass sie sich wie ein unartiges Kind vorkam. Sie holte bereits Luft, als Christinas Fuß ihr unter dem Tisch einen Stoß versetzte.

Robert Hartenau faltete die Stoffserviette auseinander. »Erika, ich denke, ein verspätetes Mittagessen oder Helenas Essgewohnheiten sind kein Grund, die Stimmung zu verderben, findest du nicht? Ich freue mich jedenfalls, dass wir euch beide einmal wieder hier bei uns haben. Selten genug, wie ich meine.«

Der abschätzige Blick seiner Frau streifte ihn. Mit einem einzigen Schluck leerte sie den Cocktail. Stocherte mit gefrorener Miene am Boden des Glases nach der Olive, die ihr ständig entwischte. Sie gab es auf, erhob sich und schenkte neu ein.

Robert Hartenau verschränkte die Hände ineinander. »Nun, Tini, du wolltest gestern noch Freunde besuchen. Wie es aussieht, bist du bei deiner Schwester gelandet. Hat das mit Nannis unverhofftem Abgang gestern Abend zu tun? Ich hoffe doch, Rosa hat sich erholt?« Er sah Helena scharf an. »Du hast einen Namen erwähnt, Tochter. Woher kennst du ihn?«

Sie schluckte und spielte nervös mit dem Messer. Das ging jetzt alles ein wenig zu schnell. Diese Direktheit war typisch für ihren Vater. Einerseits hatte sie gehofft, er würde den Fauxpas einfach übergehen und andererseits war sie froh, dass er es nicht tat. Ihr Herz begann zu pochen wie ein Schmiedehammer. Was sollte sie antworten? Ihre Mutter hob schon wieder das Glas.

Christina nahm es ihr aus der Hand und griff nach ihrem Arm. »Mutti, bitte. Wir müssen darüber reden und mir wär's recht, du trinkst jetzt nichts mehr.«

Erikas Lippen wurden schmal. Sie erwiderte nichts, doch ihre Finger umklammerten die Hand der Tochter.

Während Christina die verkrampften Finger ihrer Mutter streichelte, sah sie den Vater beharrlich an. »Nanni hat vor einigen Tagen mit der Post ein Päckchen bekommen und darin waren zwei Bücher. Eine Anna Hohleitner hat sie verfasst. Eine Frau aus Österreich, aus dem Pongau. Diese Anna hat am zehnten Dezember, vor genau achtundvierzig Jahren, Zwillinge zur Welt gebracht. An unserem Geburtstag. Ihre Tante Barbara Sittler hat sie entbunden. Und wir vermuten«, sie hielt einen Augenblick inne und sah den Vater auffordernd an. »Also, Nanni und ich glauben, dass wir diese Zwillinge sind.«

Die wenigen Worte waren wie Eissplitter. Fielen zwischen sie. Auf das weiße Tischtuch. Trafen ihre Haut. Versickerten, wurden von der Stille verschluckt und hinterließen dennoch winzige, blutende Schnitte. Rasiermesserscharf.

Helenas Augen huschten vom Vater zur Mutter. Sie bemerkte das kleine Zucken in Erikas steinernem Gesicht, und Robert Hartenau schien noch eine Spur bleicher zu werden. Mit angehaltenem Atem wartete Helena ab. Sie bewunderte die Schwester. Souverän, in aller Ruhe und mit wenigen Worten hatte sie die unfassbare Geschichte auf den Punkt gebracht. Endlich, endlich war es heraus. Ihre Beine begannen unkontrolliert zu zittern. Unter dem Tisch presste sie die Knie fest aneinander.

»Das ist doch blanker Unsinn, Tini!« Abrupt zog Erika die Finger aus Christinas Griff. »Solche Fantastereien kenne ich sonst nur von deiner Schwester. Von dir bin ich das nicht gewohnt.« Sie lachte auf und das gekünstelte Lachen klang schrill.

Helena ballte die Fäuste im Schoß. Nicht schon wieder! Sie hatte es so satt, ewig als Sündenbock herhalten zu müssen.

Christina blieb ruhig. »Mutti, das ist unfair und du weißt das. Nanni ist, wie sie ist und ich bitte dich inständig: Lass ihre Besonderheit jetzt einmal aus dem Spiel. Darum geht es hier nicht. Gib uns einfach eine Antwort. Eine, mit der wir leben können. Wir lieben euch, ihr seid unsere Eltern, doch wir würden es gerne verstehen.«

Erikas Wangen brannten, feuerrot zeichneten sie sich auf der zunehmenden Blässe ab, die sich unter der geschminkten Haut ausbreitete. Ihre Nasenflügel bebten und fest verschränkte sie die Finger mit den makellos lackierten Nägeln ineinander. »Ich weiß wirklich nicht, wo ihr diese Hirngespinste herhabt.«

Christina griff in ihre Tasche und legte wortlos die beiden Figuren aus hellem Zirbenholz auf die Tischdecke.

Erika starrte auf die Tierchen. Dann fuhr sie die Tochter an und ihre Stimme klang schneidend. »Was soll das?« Mit einer unerwartet heftigen Bewegung fegte sie die Figuren vom Tisch. Helena zuckte zusammen. Das Klappern der zu Boden fallenden Schnitzereien drang überlaut in ihre Ohren. »Was willst du mit dem Kinderkram? Bist du jetzt ebenso verrückt geworden wie deine Schwester?«

Christina schoss aus dem Stuhl hoch und einen winzigen Moment empfand Helena einen Hauch Genugtuung. Tini konnte ruhig einmal auf der eigenen Haut spüren, wie es sich anfühlte, als verrückt zu gelten. Fast im selben Augenblick überkam sie die Erinnerung an den heutigen Morgen; Tini hatte es nicht weniger leicht gehabt als sie, lediglich auf eine andere Art. Jetzt galt es, zusammenzuhalten. Sonst würde ihnen nichts bleiben.

Sie riss Christina am Hosenbund auf den Stuhl zurück und legte die Hand an ihren Rücken. Blendete das Zetern der Mutter aus und konzentrierte sich darauf, den Seelenkontakt zwischen ihnen wiederherzustellen. Es kostete sie Mühe, sie war so aufgewühlt. Doch der Funke von heute früh war noch da, folgsam entsprang er ihrem Geist, floss den Arm entlang und durch ihre Hand in Christinas Körper. Sie nahm das Beben wahr, das sie durchzuckte und fühlte gleich darauf, wie die Schwester sich entspannte. Helena schüttelte kurz den Kopf, um sich wieder zu sammeln, und die schneidende Stimme der Mutter drang ihr ins Bewusstsein. Innerlich stöhnte sie auf. Wenn sie doch nur einmal aufhören wollte. Ihr war ein wenig schwummerig von der Anstrengung. Aber jetzt gierig zu essen, hätte eine weitere Konfrontation bedeutet. Sie unterdrückte den heftigen Heißhunger nach Brot, besser noch nach Zucker, Süßem.

»Mit Helena hatten wir es wirklich schwer genug. Und jetzt attackierst auch du uns noch. Was denkst du dir dabei? Das gestern Abend war die Höhe! Kannst du dir überhaupt vorstellen, wie viel Zeit und Mühe es mich gekostet hat, dieses Fest zu organisieren? Bloß damit uns deine Schwester nur eine Stunde später den Rücken kehrt, um die, ach so arme Rosa nach Hause zu bringen!«

»Mutti, das tut jetzt nichts zur Sache. Beantworte bitte einfach meine Frage«, unterbrach Christina.

Erika Hartenau ließ sich nicht beirren. »Ich kann nicht fassen, dass ihr so undankbar seid. Wir haben doch immer alles für euch getan! Ihr hattet die besten Möglichkeiten; ihr konntet studieren und euer Vater hat euch finanziert. Jahrelang. Und das ist nun der Dank dafür!« Hastig, etwas zu hastig, trat sie zu dem kleinen Servierwagen, warf Eiswürfel in ein frisches Glas und kippte aus einer bauchigen Flasche großzügig Whisky darüber. Das Eis knackte unter dem Gluckern.

Der Knall, mit dem Robert Hartenaus Stock aufs Parkett stieß, sprengte die unheilvolle Atmosphäre, die über ihnen hing wie ein drohendes Sommergewitter. »Es ist gut, Erika. Setz dich!«

Sie fuhr herum, das Glas an die Brust gepresst. »Hör auf damit, Robert! Wage es nicht, mir zu befehlen, was ich zu tun habe!« Sie knallte das Kristall auf den Servierwagen und wandte sich den Zwillingen zu. »Ihr seid eine Enttäuschung! Beide!« Ein Schluchzen entrang sich ihrer Kehle. »Und ihr macht alles kaputt.« Mit den Händen fuhr sie sich an den Mund. Dann gab sie dem Servierwagen einen so heftigen Stoß, dass die Flaschen aneinander klirrten.

Die Wohnzimmertür schlug hinter Erika zu. Und gleich darauf krachte die Tür ihres Schlafzimmers im oberen Stockwerk.

Helena schloss die Augen, legte den schmerzenden Kopf in den Nacken und rieb ihre Schläfen. Zur Hölle, das war ja gründlich in die Hose gegangen. Sie verfluchte sich dafür, dass sie überhaupt etwas gesagt hatten. Es war wie hundertmal zuvor und würde sich niemals ändern. Wie immer trug sie die Schuld daran, dass Mutter sauer auf sie war. Weshalb hatte sie nicht die Klappe gehalten und es mit sich selbst ausgemacht? Es wäre der einfachere und womöglich bessere Weg gewesen. Nun war die Situation so verfahren, dass sie nicht wusste, wie sie aus diesem elenden Schlamassel wieder herauskommen sollten. Helena stand so schnell auf, dass die Stuhlbeine auf dem glatten Parkett quietschten. Verflixt, die konnten ihr alle gestohlen bleiben!

Christina hielt sie auf. Die schwarzen Augen glühten und Helena erschrak vor der Not darin. »Bleib, Nanni! Wir bringen das jetzt gemeinsam zu Ende!« Mit beiden Händen zugleich stieß sie auf den Damast und beugte sich über den Tisch. »Papa! Du kannst doch nicht nur zusehen. Ich bitte dich!«

Mühsam erhob sich Robert Hartenau. »Ich sollte mich um eure Mutter kümmern.« Sein kantiges Gesicht war asch-fahl. »Wir reden später, Christina.«

»Ich bin nicht mehr lange hier, Papa! Bitte! Mein Flug geht doch bald.«

Ihr Flehen prallte an ihm ab, als ob er es nicht gehört hätte. Die Tür fiel hinter ihm zu. Sie vernahmen seinen schweren Schritt, das Klacken des Stocks auf der Treppe und dann ein leises Klappen. Saßen da wie begossene Pudel.

»Sie mauern. Ich habe es gleich gewusst.« Helena war es übel. Sie war so angewidert, dass sie am liebsten quer über den Tisch gespien hätte. Eng zog sie die wollene Strickjacke um sich und stand auf. »Ich möchte jetzt gehen, Tini. Mir reicht es. Morgen früh muss ich wieder zur Arbeit und sollte meinen Kopf beisammenhaben. Wir richten einen Kongress aus und ich habe noch einiges vorzubereiten.« Der wahre Grund war, sie wollte und konnte einfach nicht mehr.

Christina zog sie an sich, legte das Gesicht an ihre Schulter und umklammerte sie. Eine lange Minute standen sie so.

Wirst du wiederkommen? Oder war es das endgültig? Helena sprach es nicht aus und dennoch schwebte die Frage zwischen ihnen.

»Es tut mir leid. Ich dachte wirklich, ich kriege das hin«, flüsterte Christina in die graue Wolle.

Helena drückte die Zwillingsschwester an sich. Dann schob sie sie weg und hielt sie an den Oberarmen. »Vergiss es. Es war von vornherein zum Scheitern verurteilt.« Sie grinste schief. »Du und ich, wir sind doch große Mädchen. Wir schaffen das schon.« Sie küsste die Zwillingsschwester, fast ein wenig verschämt, mitten auf den zuckenden Mund und sah sie dann ernst an. »Wir bleiben in Kontakt, ja?« Leicht knuffte sie ihr die Faust an die Schulter. »Und nicht erst wieder in zehn Jahren, hörst du?«

Christina nickte, in ihren Augen schimmerte es feucht.

»Ich liebe dich, Nanni«, flüsterte sie und schluckte an dem Kloß in ihrer Kehle.

Helena sah sie lange an. Prägte sich ihr Gesicht ein und den Ausdruck, der darauf lag. Dann strich sie der Schwester zart die glänzend schwarze Haarsträhne hinters Ohr zurück.

»Ich hätte nie geglaubt, dass ich das einmal sage. Aber ich liebe dich auch, Tini.«

Sie löste sich von ihrem Zwilling und ging zur Tür. Dann fiel ihr etwas ein und sie kehrte noch einmal um, bückte sie sich unter den Tisch und suchte auf allen vieren nach der Zirbenholzschnecke. Mit einem feinen Lächeln in den Mundwinkeln erhob sie sich und streckte Christina die kleine Biene hin.

»Hier, vergiss die nicht!«

Kapitel Vier

Helena klappte den Deckel des Laptops zu und rieb sich die Augen. Kurz überlegte sie, ob sie noch einmal frischen Kaffee aufsetzen und sich das Protokoll des Abschlusssymposiums vornehmen sollte. Zur Direktionsbesprechung am morgigen Nachmittag musste sie die wichtigsten Daten parat haben. Doch es war nach Mitternacht und für heute hatte sie bereits genug Koffein intus. Sie war schon ganz zittrig und fühlte sich völlig ausgelaugt. Zuerst einmal musste sie ein paar Stunden schlafen, ansonsten war sie morgen nicht zu gebrauchen.

Mit einem unmutigen Laut schob Helena den Hefter in die Arbeitstasche, packte den Laptop dazu und schlüpfte in ihren Mantel. Sie würde einfach zeitiger aufstehen als gewöhnlich und den Rest der Arbeit morgen früh erledigen. Das bekam sie bis zur Besprechung schon hin. In ein paar Tagen war ohnehin Weihnachten und das Institut über die Feiertage geschlossen. Sie konnte die freie Zeit wirklich gebrauchen.

Das Vorzimmer ihrer Sekretärin lag längst im Dunkeln, ebenso wie die anderen Räume des AZKIM, als sie das Büro verließ. Helena schaute noch kurz auf der unteren Ebene in der Forschung vorbei und klopfte an die breite Glasfront, grüßte die Kollegen der Nachtschicht über ihren Mikroskopen, bevor sie sich auf den Heimweg machte.

Es war eine anstrengende Woche gewesen und sie hatte kaum Zeit zum Durchatmen gehabt. Der Ärztekongress hatte sie voll in Anspruch genommen und das unsägliche Wochenende beiseitegeschoben. Wenn sie ehrlich war, kam es ihr nur recht. Sie vergrub sich in die Arbeit, um jeden Gedanken an Annas Bücher und die Familie zu verdrängen.

Nun stand das Weihnachtsfest vor der Tür. Auf das obligate Weihnachtsessen im trauten Familienkreis verspürte sie wenig Lust. Sie hatte seither nichts von den Eltern gehört und war unsicher, wie sie sich verhalten sollte. Christina hatte sich nicht gemeldet. Auch das war nichts Neues. Enttäuschend zwar, doch sie hatte es erwartet. Befürchtet.

Auf der Fußmatte vor ihrer Haustür stand ein sternförmiger Pappteller, gefüllt mit Weihnachtsgebäck. Rösle, du Gute, freute sie sich, hob den Teller hoch und sog den köstlichen Geruch ein, während sie mit einer Hand die Tür aufschloss. Du weißt einfach immer, was ich gerade brauche.

Sie setzte Teewasser auf, ließ sich am Küchentisch nieder und biss in einen Zimtstern. Packte die Tasche aus, schloss den Laptop an und fuhr ihn hoch. Bis das Wasser kochte, war sie bereits in ihre Unterlagen vertieft und kritzelte eifrig Notizen auf einen Block. Sie fühlte sich wieder hellwach; da konnte sie die Arbeit ebenso gut gleich erledigen.

Eine Stunde später war sie fertig, der Teller fast leer. Nur zwei, mit Puderzucker überstäubte Vanillekipferl lagen noch darauf. Die hatte sie sich bis zuletzt aufgehoben. Vanillekipferl liebte sie über alles.

Helena klappte den Hefter zu und trank den Rest des Minztees aus. Sie schob sich ein Kipferl quer in den Mund und saugte die Zuckerschicht ab. Rosa würde sich jetzt wahrscheinlich über sie lustig machen und Mutter hätte gescholten, doch sie fand, dass man Vanillekipferl einfach nur auf diese Art essen konnte.

Köstlich süß verging der Puderzucker in ihrem Mund. Sie saugte ihn ab und genoss es, wie er auf der Zunge schmolz und das mürbe Gebäck gleich darauf sein Aroma freigab; würzige Vanille, feinherbe Mandeln und ein Hauch Butter. Eine Geschmacksexplosion, die sie auskostete bis zur letzten Krume. Himmel, das war wundervoll.

Helena gönnte sich das Vergnügen der aufsteigenden Bilder; Rosas zierliche Hände, das vom Backen erhitzte Gesicht und den reinen Geschmack ihrer Seele, bevor sie den Halbmond vollends zerkaute. Wohlig seufzte sie und ließ sich gehen.

Es war selten, dass sie die Visionen zuließ, sich ihnen derart hingab. Die rasch aufsteigenden Bilder machten ihr noch immer Angst, obwohl sie mittlerweile genau wusste, dass es eher die Furcht vor den Konsequenzen war, nicht Angst vor den Bildern selbst. Man hatte sie erfolgreich konditioniert und es kostete sie große Überwindung, die Barriere zu überschreiten. Zumeist verschloss sie ihren Geist, bevor es soweit kam. Doch nun, am Ende eines langen Tages und einer anstrengenden Woche, nach getaner Arbeit, genoss sie die kleine Gedankenreise absolut.

Ein helles *Ping* holte sie aus der Versunkenheit. Aufgeschreckt schluckte sie den letzten Krümel hinunter und starrte verwundert auf den Monitor. Am unteren Ende des Bildschirms blinkte eine rote Eins am Mailpostfach. Wer schrieb ihr so spät? Es war nach zwei Uhr.

Sie klickte auf den Briefumschlag.

Eine unbekannte Domain mit der Endung US. Kein Betreff; nur eine Zeile im Text. »Nanni, bist du noch wach?«

Helena tippte eilig ein »Ja« und schickte die Mail zurück.

Ein paar Minuten später kam die Antwort. »Ruf mich auf meinem Mobile an. Bitte.«

Mit einer Hand wühlte Helena in ihrer Arbeitstasche nach dem Mobiltelefon und mit der anderen suchte sie im Porte-monnaie das Kärtchen mit Christinas Nummer. Sie wählte und wartete ungeduldig, bis es endlich tutete. Dann hob jemand ab.

»Nanni?« Die Stimme ihrer Schwester. Die Verbindung war schlecht und sie musste genau hinhören, um sie zu verstehen.

»Ja. Ist etwas passiert?«

Sie hörte Christina leise auflachen. »Nein, wieso? Klasse, dass du dich gleich meldest.«

»Tini, es ist mitten in der Nacht. Hast du kein Festnetz?«

»Das Telefon ist tot und die haben hier ein Scheißinternet. Und bei mir ist es fünf Uhr nachmittags. Ach so, ich bin in den Staaten, in einem Motel in La Pine. In Oregon.«

Helena stöhnte auf. »Das ist jetzt nicht wahr. Oregon! Das kostet mich ein Schweinegeld!«

»Ich mach es kurz. Hör zu! Ich komme am Achtundzwanzigsten. Holst du mich ab? Mein Flug landet um halb elf Uhr morgens in Frankfurt.«

»Das lässt sich einrichten. Ich habe Urlaub.«

»Prima, genau das wollte ich hören. Pack für eine Woche.«

Helena verschlug es die Sprache. »Was?« Es rauschte in der Leitung.

»Nanni … da? Hier … ein Schneesturm … kann dich kaum verste …« Aus den gebrochenen Fragmenten war der Satz nur zu erahnen.

»Tini!« Sie schüttelte das Handy und hob es wieder ans Ohr. Es knackte laut, die Verbindung brach ab. Helena wählte neu; zum Kuckuck mit dem Geld. Ungeduldig wartete sie. Doch das Telefon blieb stumm.

Sie zog den Laptop heran und schrieb eine weitere Mail. »Was meinst du mit Packen? Melde dich!«

Es kam keine Antwort mehr.

Die Weihnachtstage gingen vorüber, ohne dass sie etwas von den Eltern oder Christina hörte. Den Weihnachtsabend verbrachte sie mit Rosa. Traurig im Herzen, dass sie es nicht fertigbrachte, ihre Eltern anzurufen oder gar hinzufahren. Sie war enttäuscht über sich selbst, wusste nur zu gut, dass sie bockte wie ein aufmüpfiges Kind. Gerade das wollte sie nicht sein. Und hoffte doch so sehr, dass die Eltern ihr die Entscheidung abnahmen und die Tür wieder auftaten. Sie waren schließlich die Erwachsenen, die Älteren, die jetzt reagieren mussten.

Helena litt. Flüchtete in die Bücher und träumte sich in Annas Leben.

Die Nachrichten des zweiten Weihnachtsfeiertages rissen sie aus der Tristesse des trüben Morgens.

Im Vorbeigehen schaltete Helena den Fernsehapparat ein. Ließ sich einen Kaffee heraus und machte es sich auf der Couch bequem. Sie zappte durch die Kanäle, auf der Suche nach irgendeinen seichten Film, der ihr aufgewühltes Inneres nach einer weiteren schlaflosen Nacht betäubte.

Voller Entsetzen starrte sie auf den roten Balken, der am unteren Bildschirmrand durchlief. An den Küsten des Indischen Ozeans hatte ein Seebeben eine Reihe verheerender Tsunamis ausgelöst. In einer bewusstlosen Bewegung, fast in Zeitlupe, stellte Helena die Tasse auf dem Glastisch ab. Die Hand vor dem Mund, folgte sie der Berichterstattung und las die Zahl der Toten, die minütlich anstieg. Hunderttausende, großer Gott! Und obwohl ihr angesichts der schrecklichen Bilder die Tränen kamen, war sie dankbar, dass sie hier sitzen durfte. Sicher und beschützt. Weit weg von der Katastrophe, die so unfassbar viele Menschen in den Tod gerissen hatte.

Sie hatte Urlaub, den ersten richtigen Urlaub seit Jahren. Und war außerstande, mehr zu tun, als vor dem flimmernden Bildschirm zu verharren und darüber nachzudenken, dass der Tod unerwartet zuschlägt. Er mäht wie eine scharfe Sichel und holt seine Ernte ein. Ohne Rücksicht.

Sie sollte reinen Tisch machen, bevor es zu spät war.

Am achtundzwanzigsten Dezember stand Helena in der Ankunftshalle des Flughafens. Kurz vor elf öffnete sich die Schiebetür und spuckte einen Schwall Menschen aus, bepackt mit Koffern und Taschen. Die Boeing aus den Vereinigten Staaten war pünktlich gelandet und zwischen den fremden Gesichtern suchte sie das der Schwester. Tini war nicht darunter.

Helena wartete bis halb eins und fragte mehrmals an der Information nach. Christina war auf dem Handy nicht erreichbar und so langsam wurde sie stinksauer. »This participant is not available«; sie konnte es schon nicht mehr hören. Das war typisch Tini!

Leise schimpfend kaufte sie sich im Bistro einen Cappuccino und trat vor das Flughafengebäude. Ungeschickt jonglierte sie den heißen Pappbecher und wühlte mit der freien Hand in der Manteltasche nach dem Nokia. Nur neun Prozent Ladestand, das verflixte Handy war fast leer. Helena beschloss, es genau noch ein einziges Mal probieren. Wenn Christina jetzt nicht ran ging, ihr Pech. Dann würde sie nach Hause fahren.

Ein Arm umschlang sie von hinten. Helena erschrak fast zu Tode, als sie jemand so unvermittelt anfasste. Um ein Haar hätte sie den Becher fallengelassen.

»Servus! Da bist du ja!«, zwitscherte Christina, »Gott sei Dank, ich dachte schon, ich hätte dich verpasst! Der Flug hatte Verspätung und dann war obendrein mein Gepäck verschwunden.«

Helena starrte sie wütend an, verdrängte die unglaubliche Erleichterung, explodierte: »Servus? Ist das alles, was dir einfällt? Verdammt, Tini! Das ist doch jetzt nicht wahr! Du bist der unzuverlässigste Mensch, den ich kenne! Wir telefonieren gerade mal eine Minute vor über einer Woche. Du bestellst mich hierher, ich warte und warte und du kommst nicht! Hättest du dich nicht mal melden können? Oder vielleicht etwas genauer ausdrücken? Die Maschine aus Portland ist vor gut zwei Stunden gelandet! Ich war schon auf dem Weg zum Auto!«

Christina warf die schwarze Lockenmähne zurück und lachte spitzbübisch. »Ich bin doch aus Zürich gekommen, Nanni, nicht aus Oregon. Über Weihnachten war ich mit Annett auf einer Hütte in den Bergen. Und dort gab es nichts außer Schnee. Blöderweise hab ich mein Handy verloren und hatte noch keine Gelegenheit, mir ein neues zu besorgen. Jetzt zick nicht rum, es hat doch geklappt. War ja eh alles klar, oder?« Sie nahm den Koffer auf. »Sollen wir?«

»Du bist einfach unmöglich! Das warst du schon immer«, fauchte Helena, ehe ihr die Luft wegblieb.

Die Schwester pustete ihr ein Küsschen zu, während sie sich zwischen den wartenden Taxis hindurch schlängelte. Helena sah aufgebracht zu, wie sie auf ihren hohen Absätzen davonstöckelte und warf den halbvollen Becher in einen Mülleimer.

»Wir müssen übrigens hier lang«, schrie sie ihr hinterher und schnappte sich Christinas Reisetasche. »Es sei denn, die gnädige Hoheit ziehen es vor, mit dem Bus zu fahren.«

Helena lenkte den Astra aus dem Parkhaus und fädelte sich in die Spur zur Autobahn ein. Dann gab sie kräftig Gas und hoffte inständig, Christina hielte bloß die Klappe. Sie war angefressen und alles, was die sagte, würde sie weiter reizen.

»Hast du die Nachrichten verfolgt? Fürchterlich, oder?«

»Ja«, knurrte Helena und konzentrierte sich auf den Verkehr. Christina warf ihr einen verwunderten Blick zu. Als keine weitere Antwort kam, lehnte sie den Kopf ans Fenster, knüllte sich den Schal zurecht und schloss die Augen.

Eine gute Stunde später bogen sie in die Einfahrt ein. Helena stieß die wie immer klemmende Autotür mit einem festen Tritt auf und überließ es Christina, ihr Gepäck selbst auszuladen.

Sie schloss die Wohnung auf und ließ die Tür hinter sich offen. Erleichtert kickte sie die Schuhe von den Füßen und ging auf Strümpfen ins Badezimmer. Während sie auf der Kloschüssel hockte, hörte sie Rosas Stimme im Gang. Der angestaute Groll, die innere Anspannung wichen allmählich und sie atmete tief durch. Tini war gekommen, sie hatte ihr Versprechen gehalten. Rösle war da. Alles Weitere würde sich finden.

Kurz darauf trat sie ins Wohnzimmer, lehnte sich an den Türrahmen und beäugte pikiert die vertrauliche Szenerie. Rosa und Christina unterhielten sich angeregt. Es gab ihr einen Stich, dass die beiden sich offensichtlich bestens verstanden.

»Wie schön, dass ihr es euch bereits gemütlich gemacht habt.«

Die beiden Frauen sahen auf. Christina klopfte mit der Hand auf das Lederpolster neben sich. »Fertig geschmollt? Setz dich endlich her, Nanni.« Sie rückte ein Stück zur Seite. »Wir beide beratschlagen gerade, wie wir weiter vorgehen können.«

»Ach ja?« Helena hob die Hände. »Wie nett, dass ich dabei sein darf. Darf ich etwas reichen? Tee? Häppchen? Champagner?« Mit hochgezogenen Augenbrauen blickte sie in die kleine Runde.

Zuerst kicherte Rosa, dann begann Christina zu gackern. Zuletzt schüttelten sich beide aus vor Heiterkeit. Helena konnte nicht anders, als mitzulachen.

»Nanni, du bist köstlich«, keuchte die Schwester und wischte sich die Lachtränen weg. »Glaub mir, du warst grad ebenso schräg wie Mutter.« Erneut kicherte sie los. »Champagner? Oder vielleicht noch ein Gürkchen?« Ihre Stimme schlug über. Hemmungslos lachend warf sie sich auf die Armlehne. »Ich schmeiß mich weg.«

Rosa grunzte in ihr Taschentuch.

Helena ließ sich auf der Couch nieder. Und konnte nicht anders, als noch eins draufzusetzen. Kokett legte sie eine Hand unters Kinn und schlug vornehm die langen Beine übereinander. »Wenn ihr beide euch beruhigen wolltet? Das ist derart unschicklich.«

Christina und Rosa warfen sich einen Blick zu und wieherten erneut los.

»Nanni, bitte. Ich kann nicht mehr, mir tut schon alles weh. Hör sofort auf, sonst pinkle ich mich ein.« Christina sprang auf und rannte ins Badezimmer.

Rosa steckte das Tüchlein in den Ärmel zurück. »Entschuldige, Liebes, aber das war wirklich zu komisch.« Sie hievte sich aus dem Sessel. »Ich lass euch beide jetzt lieber allein.« Liebevoll strich sie über Helenas Arm. »Es freut mich übrigens sehr, dass ihr es gemeinsam angeht.«

»Bitte bleib, Rösle. Vielleicht ist es ganz gut, wenn wir eine Unparteiische dabeihaben, sozusagen als Schlichterin. Mit Tini und mir ist es nicht einfach. Und ich vertraue dir, das weißt du.«

Rosa lächelte gerührt und tätschelte ihr die Wange. Äußerst zufrieden ließ sie sich in den Sessel zurück plumpsen. Helena sah ihr an, dass sie vor Neugierde brannte. »Rosa Tobel, du bist so dermaßen leicht zu durchschauen«, sie grinste und ging in die Küche, um den Kaffeeautomat einzuschalten.

Christina wedelte mit einem schmalen Briefkuvert, als sie ins Zimmer zurückkehrte. »Mein Weihnachtsgeschenk für dich, Nanni! Ich bin gespannt, was du dazu sagst.«

»Ich kann mich nicht erinnern, wann du mir etwas zu Weihnachten geschenkt hättest.« Helena öffnete den Umschlag und zog einen Computerausdruck heraus. Las und legte das Blatt langsam auf den Schoss. »Du willst mit mir nach Österreich fahren?« Sie ließ sich in das Lederpolster fallen. »Tini. Das ist … das können wir nicht tun.«

»Klar können wir. Warum denn nicht? Ich finde, wir sollten uns dort mal umschauen und ein bisschen herumschnüffeln. Wer weiß, vielleicht lebt ja noch jemand aus der, na ja, Familie ist ja wohl nicht der richtige Ausdruck dafür. Aus Annas Geschichte halt. Und wenn die Eltern nichts sagen wollen, müssen wir eben selbst nachforschen.« Aufgeregt rutschte sie an die Sofakante. »Komm, Nanni, sag ja! Das Zimmer ist von übermorgen bis zum sechsten Januar gebucht. Ich hab ein Gasthaus mitten im Dorf ausgesucht. Wir haben ein schickes Doppelzimmer und Halbpension. Schließlich will ich im Urlaub nicht selbst kochen.«

Helena fühlte sich ganz schwach. Sie fand keine Worte. Christina hatte sie eiskalt erwischt. Insgeheim hatte sie den Gedanken ebenfalls gehabt. Doch jetzt, wo die Schwester gehandelt hatte, schreckte sie davor zurück. Und es fuchste sie, dass sie schon wieder nach Tinis Pfeife tanzen sollte.

»Freust du dich denn nicht? Ich dachte, es ist bestimmt das, was du auch willst.«

Helenas Hand zitterte, als sie das Blatt glattstrich. »Tini, ich weiß nicht. Meinst du nicht, das ist ein wenig vorschnell?« Mit fahrigen Fingern fuhr sie sich durch die Haare. »Womöglich gibt es eine ganz einfache Erklärung für alles.«

Rosa und Christina lachten gleichzeitig auf. Es war ein freudloses Lachen und berührte Helena mehr als alles andere, was sie hätten sagen können. Wie oft hatte sie in den letzten Tagen über diese elende Geschichte nachgedacht und war zu keinem schlüssigen Ergebnis gekommen.

Die Augen unter den langen Wimpern glänzten wie flüssige Schokolade, als Christina sie ansah. »Worauf willst du warten? Auf noch mehr Lügen?« Sie griff nach Helenas Arm. »Nanni, wenn dir irgendetwas an mir liegt, dann lass uns bitte dahinfahren. Ich will es wissen! Und ich bin mir sicher, dass du das auch möchtest. Vielleicht finden wir nicht, was wir suchen. Doch es ist einen Versuch wert, meinst du nicht?«

Helena massierte sich die Schläfen. Sie wusste nicht mehr, was sie wollte; sehnte sich nur danach, dass jemand den Deckel über diesem Kistenteufel wieder zudrückte, der so unvermittelt herausgesprungen war.

Rosa Tobel zupfte sorgfältig den braunen Rock an den Knien zurecht. »Darf ich euch etwas vorschlagen?« Sie wartete das Nicken der beiden Frauen nicht ab. »Um es vorneweg zu sagen, Christina, ich finde die Idee hervorragend. Wenn es auch gescheiter gewesen wäre, du hättest das mit Nanni vorher besprochen. Die Überraschungen kommen für deinen Zwilling in den letzten Tagen recht gehäuft, wenn du weißt, was ich meine.«

In Christinas Augen blitzte es ärgerlich auf.

Rosa hob die Hand. »Lässt du die alte Frau bitte ausreden, Liebes? Ich bin dann auch gleich fertig und wieder still.« Sie warf ihr ein entwaffnendes Lächeln zu und die

Fältchen um die wasserblauen Augen zogen sich zusammen. Christina konnte sich dem Charme der alten Dame nicht entziehen und ihr Ärger wich einer nachsichtigen Freundlichkeit.

Helena sah es mit stillem Vergnügen und unterdrückte das winzige Glucksen, das sich in ihrer Kehle breitmachte. Niemand widerstand Rosa, wenn sie einem auf diese Art kam.

»Wie gesagt, die Idee ist großartig. Schon allein deshalb, weil deine Schwester eine kleine Auszeit dringend nötig hat. Allerdings kannst du nicht wissen, was daraus entsteht. Womöglich rührt ihr dort etwas auf, was besser verborgen bliebe.« Sie massierte mit dem Knöchel ihres Zeigefingers den kleinen faltigen Hautsack unter dem Kinn. Das tat sie stets, wenn sie über ein Problem nachdachte. »Und dann sind da noch Erika und Robert. Wissen eure Eltern, was du planst, Tini? Ich darf dich doch so nennen, oder?«

Christina schüttelte den Kopf und nickte gleichzeitig.

»Ehrlich gesagt, ich finde, ihr solltet unbedingt noch einmal das Gespräch suchen. Ich mag mir gar nicht vorstellen, was Erika grad durchmacht. Wenn nur ein Fünkchen Wahrheit an dieser furchtbaren Geschichte ist, dann geht sie durch die Hölle. Für eine Mutter ist das hart. Auch für eine Adoptivmutter. Bitte bedenkt das.« Die wasserblauen Augen ruhten durchdringend auf den Frauen. »Wenn ihr es richtig anstellen wollt, dann geht zu euren Eltern und fragt sie noch einmal. Sollten sie euch keine Erklärung geben, nun gut, dann könnt ihr mit gutem Gewissen fahren und schauen, was ihr herausbekommt. Doch glaubt mir, ihr würdet euch schlechter fühlen als jetzt, wenn ihr sie mit dem konfrontieren müsst, was ihr womöglich erfahrt. Im besten Fall löst sich schon vorher alles in Wohlgefallen auf und ihr habt einfach einen schönen Urlaub.« Sie schmunzelte. »Den ersten gemeinsamen Urlaub seit wer weiß wie vielen Jahren. Also ich fände zumindest *das* großartig! Zwillingen sagt man eine besondere Bindung zueinander nach. Ihr beide seid viel zu lange getrennte Wege gegangen und habt einiges aufzuarbeiten.« Sichtlich zufrieden lehnte sie sich im Sessel zurück und nahm einen Schluck aus ihrer Tasse.

Nachdenklich schürzte Christina die vollen Lippen.

Helena trat zur Glastür, die auf die Terrasse hinausführte und starrte in den winterkahlen Garten. Der pappige Schneematsch war längst geschmolzen. Durch die entlaubten Zweige der Büsche schimmerte das graue Band des Neckars. Auf einmal hatte sie das Gefühl, hier drinnen zu ersticken. Mit einem Ruck öffnete sie die Schiebetür und schlüpfte in ihre Gartenclogs. Langsam wanderte sie den schmalen Weg entlang, der sich zum Ufer schlängelte. In der steilen Böschung führten einige flechtenüberwucherte Steinstufen ans Wasser hinunter. Sie zog den Reißverschluss ihrer Fleecejacke gegen die feuchte Kälte zu, setzte sich auf die oberste Stufe und stützte die Ellbogen auf den Knien auf.

Der Neckar war hier nur annähernd achtzig Meter breit; im nebeligen Dunst des trüben Dezembernachmittags war das gegenüberliegende Ufer kaum zu erkennen. Er strömte behäbig und nur in der Mitte konnte man an den kleinen, sich hastig überstürzenden Wellen sehen, wie schnell er wirklich floss. Bräunliches Wasser gluckerte über die bemooste Stufe. Der Fluss atmete steinerne Nässe und darunter lag ein leiser fischiger Geschmack, herb und schal, wie immer bei Nebelwetter.

Die Feuchte legte sich auf ihre Brust wie ein erstickendes Tuch. Rosa hatte in wenigen Worten alle Befürchtungen zusammengefasst. Gott ja, sie wünschte sich, in Österreich mehr zu erfahren. Mit allen Fasern ihres Herzens wünschte sie es. Im Grunde war es gleichgültig, ob ihre Mutter Anna oder Erika hieß, ob ihr Vater ein Amtmann oder einer vom fahrenden Volk war. Nun ja, egal vielleicht nicht, aber nicht wirklich wichtig. Doch sie musste endlich wissen, was es mit der Besonderheit auf sich hatte, die sie in sich trug. Die Gabe, wie Anna und Barbara sie nannten. Mutter bezeichnete es an besseren Tagen als *die Krankheit*. War sie nicht gut drauf, fand sie andere, schlimmere Worte. Tini war da profaner; sie hatte früher einfach *Spleen* dazu gesagt. Sie selbst hatte eigenartigerweise keinen Namen dafür. Weil diese Empfindungen so selbstverständlich zu ihr gehörten wie Kopf und Beine. Sie waren ein Teil ihres Selbst, einfach so ablegen wie eine Brille oder gar eine Prothese, das war nicht möglich. Sie hatte es immer als eine Art Fluch empfunden. Etwas, das anhaftete wie Pech und untrennbar mit ihr verbunden war. Es durchsetzte ihr Leben wie ein immer wiederkehrendes Furunkel an einer unaussprechlichen Stelle, schlummerte wie eine Pestbeule unter der Haut. Wenn es aufbrach, quoll Eiter heraus und verbreitete Schmerz. Und seit diese verdammten Bücher aufgetaucht waren, machte sich ungefragt breit, was Helena jahrelang in den hintersten Winkel der Seele zurückgedrängt hatte. Momentan reichte ja schon ein blödes Vanillekipferl, um sie in eine Vision zu reißen. Verdammt, nach all den Jahren, all den Therapien und Medikamenten, brauchte es nur ein Stück Keks, um sie von den Socken zu holen. Und da waren die Eltern. Der Gedanke an sie bedrückte Helena wirklich. Die Nachrichten über den schrecklichen Tsunami hatten sie mitgenommen, obwohl er am anderen Ende der Welt geschehen war. Die Menschen waren mitten aus dem Leben gerissen worden; sie hatten keine Gelegenheit gehabt, noch etwas ins Reine zu bringen. Ihren Frieden zu machen.

Mit dem Ärmel der Fleecejacke wischte sie sich die laufende Nase. Rosa hatte vollkommen recht, sie mussten mit ihnen sprechen. Unbedingt. Die Konfrontation lag ihr im Magen wie eine unverdaute Mahlzeit; als hätte sie sich an fetttriefenden Pommes und in schlechtem Öl Gebratenem überfressen. Sie fürchtete sich davor, wie sie selten etwas gefürchtet hatte. Und im Grund wusste Helena, dass sie an eine Mauer laufen würde.

Ein Zweig knackte hinter ihr. Ohne sich umzusehen, rückte Helena zur Seite. Die Schwester schlüpfte neben sie, zog die Beine hoch und umfasste die Knie mit den Armen.

Schweigend saßen sie nebeneinander und blickten in die Nebelschwaden, die über dem Fluss hingen.

»Es tut mir leid, Nanni. Ich wollte dich nicht überfahren.« Ihre Stimme klang klein und hilflos. »Ich dachte, es …«, Christina hielt inne. »Ich hätte zuerst mit dir sprechen sollen.«

Helena rieb mit der Gummisohle ihres Schuhs über das glitschige Moos. Sah zu, wie die Nässe darunter herausgepresst wurde und die feinen Fasern hell wurden. Unter der nächsten, die Stufe überspülende Welle saugten sie sich voll und nahmen ihre satte tiefdunkle Farbe wieder an.

»Wusstest du, dass Moose sich selbst befruchten können?«, fragte sie geistesabwesend.

Christina runzelte die Stirn.

»Sie brauchen keinen gegengeschlechtlichen Part. Die Sporen verbreiten sich mit dem Wind oder mit dem Wasser. Sie können sich klimatischen Veränderungen anpassen. Manche Arten überdauern jahrzehntelang und keimen erst dann, wenn die Bedingungen günstig sind.« Helena grub mit den Fingern neben sich in der Erde und suchte nach Steinen. Drehte einen zwischen den Fingern und ließ ihn über das Wasser springen. Mit einem Ploppen ging er unter. »Es gibt sogar welche, die von Dungfliegen an neue Standorte getragen werden. Dort warten sie, bis die Gelegenheit günstig ist. Dann breiten sie sich aus. Wenn sie sich erst einmal angesiedelt haben, wird man sie nur schwer wieder los.«

Den Arm auf Brusthöhe hebend, fixierte sie den Fluss und berechnete die Flugbahn. In einer fließenden Bewegung ließ sie den Stein los. Vier-, nein fünfmal flippte er über die unbewegte Wasseroberfläche. Sich träge ausbreitende Kreise bildeten sich unter jedem Aufprallen, bevor er versank.

Mit einem anerkennenden Nicken zollte Christina Beifall. Nur um im nächsten Augenblick unter dem Schmerz in der Stimme der Zwillingsschwester zusammenzuzucken.

»Genau so fühlt sich das alles an.« Helena drehte einen weiteren Stein in der Handfläche und legte ihn zurecht. »Ich hab mir immer alles erkämpfen müssen. Ich war endlich im Reinen mit mir und einigermaßen zufrieden mit meinem Leben!« Abrupt erhob sie sich. Rutschte auf den algenüberwucherten Stufen aus und fing sich im letzten Moment. Achtete nicht auf die Hand der Schwester, die nach ihrem Bein fasste, und richtete sich hoch auf. Eine plötzlich aufkommende Brise wehte durch ihre hellen Haare, bauschte sie im fahlen Nachmittagslicht, das durch die toten Zweige fiel, zu einer weißen Krone.

Helena schrie in den Dunst des nebelverhangenen Flusses. »Und nun kommt irgend so ein Scheißwind, so eine verkackt blöde Dungfliege daher und wirft mir diesen Dreck vor die Füße!« Sie hob den Arm und holte aus. »Ich will das nicht!«, ihre Stimme kippte mit einem Schluchzen. Der Stein beschrieb einen hohen Bogen, platschte weit draußen auf und versank in der Mitte des Neckars. Der Schrei wurde vom Nebel verschluckt.

»Nanni, um Himmels willen! Setz dich, du machst mir Angst!« Christina krallte die Hand in Helenas Jacke und zog die Schwester herunter. Sie legte ihr den Arm um die Schultern. »Wir tun nichts, was du nicht willst, ja?«

Heiser lachte Helena auf. »O doch, wir machen es genauso, wie du es dir ausgedacht hast. Es ist längst zu spät, um alles unter den Teppich zu kehren. Morgen reden wir mit den Eltern! Und dann fahren wir nach Österreich.« Sie befreite sich vom Arm der Schwester und erhob sich. Eiskalt sah Helena auf sie herunter. »Wir kriegen die Wahrheit heraus, das schwöre ich dir. Und wenn es das Letzte ist, was ich tu!«

Kapitel Fünf

»Hast du deinen Schlüssel dabei?«, fragte Christina, als niemand auf ihr Klingeln öffnete.

»Klar.« Helena kramte in der Manteltasche nach dem Schlüsselbund.

Die Stadtvilla der Hartenaus lag im winterlichen Licht des Spätnachmittags. Christina stand an den Türrahmen gelehnt und betrachtete das schräg gegenüberliegende Schloss, dessen roter Sandstein aus dem bewaldeten Hang leuchtete. »Ich war ewig nicht auf der Burg. Sie sieht so erhaben aus. Einfach schön.«

»Du hast Sorgen«, gab Helena trocken zurück und fummelte den Schlüssel ins Schloss. »Da oben tummeln sich tagtäglich Busladungen von Touristen. Sie fallen ein wie die Heuschrecken. Chinesisch ist die zweite Landessprache.«

»Höre ich da einen kleinen rassistischen Unterton?«

»Pfffh«, schnaubte Helena. »Dir fehlen einige Jahre. Hier hat sich viel verändert. Geh einfach mal in den Burgkeller. Sie schenken das Bier nur noch halb voll ein und ehrlich, es schmeckt dir nicht mal, wenn du die ganzen GoPros um dich herum hast. Du bohrst in der Nase und der gesamte asiatische Kontinent amüsiert sich nachher über deine Popel. Wohlbemerkt, vor den erhabenen Mauern des kurpfälzischen Schlosses.«

Christina stieß sich vom Türrahmen ab und prustete. »Sie werden nicht anders schmecken als ihre Eigenen.«

Lachend traten die Schwestern in die weiträumige Diele. Düstere Stille umfing sie.

Eine Gruft ist nichts dagegen, schoss es Helena durch den Sinn. Sie zog die Schultern hoch, um das Unbehagen abzuschütteln, und warf den Schlüsselbund in die Keramikschale auf dem Tischchen. Es klirrte so laut, dass sie hastig nachschaute, ob die Schüssel einen Sprung bekommen hatte.

»Mutter?«, rief sie nach oben in die Galerie.

Christina öffnete die Tür zum Wohnzimmer und sie traten ein. Niemand war da. Vor der halbrunden Fensterfront stand eine riesige künstliche Tanne, geschmückt mit elektrischen Lichtern und bunten Glaskugeln. Im hellen Gegenlicht waren die gedrehten dunkelgrünen Stromkabel, die sich nachlässig durch die Zweige zogen, deutlich zu erkennen. Der geschmückte Baum sah vor den hohen ledernen Sitzmöbeln seltsam deplatziert aus, wie ein Relikt aus einer vergangenen Zeit. Das Überbleibsel einer Familie, die erstarrt an Ritualen festhielt.

Ein Weihnachtsbaum ohne Menschen, die sich darum scharen, und ohne Päckchen darunter ist eine Farce, dachte Helena, einfach trist. Sie schnippte mit dem Finger an eine Kugel und machte einen Satz nach hinten, als die sich von dem Plastikzweig löste und mit einem Knacken auf dem Parkett zerplatzte.

Christina schnalzte mit der Zunge und drohte mit dem Zeigefinger. »Au weh, das war eine von den Mundgeblasenen aus Thüringen. Du böses Mädchen! Mama wird hocherfreut sein.« Sie schob die Splitter mit der Fußspitze zusammen, hob schnell einen Zipfel der Weihnachtsdecke unter dem Baum und fegte das glitzernde Häufchen darunter.

Helena lachte hellauf. »Sieht ganz so aus, als tust du das nicht zum ersten Mal.«

Christina erwiderte das Lachen mit einem schelmischen Grinsen und das Grübchen auf der Wange verlieh ihr den Ausdruck eines Gnoms. »Öhm, nein. Weißt du nicht mehr, wie ich eins der Glasvögelchen zerlegt habe, weil ich wissen wollte, wie es innen drin aussieht? Mama hat mich damals fast gekillt. Ihr Christbaumschmuck aus Lauscha ist ein kleines

Vermögen wert.« Mit langen Schritten durchquerte sie das Wohnzimmer und zog die Schiebetür zum Jagdzimmer auf.

Robert Hartenau saß hinter dem mächtigen Schreibtisch und sah erstaunt auf. »Ja, Tini, du bist hier? Schon wieder? Das ist aber schön.« Mühsam erhob er sich und suchte nach seinem Stock. »Nanni.« Er streckte der Tochter die Hand entgegen.

»Vater, was sitzt du denn hier im Dunkeln? Wo ist Mutter?« Helena ging zu ihm und küsste ihn auf die Wange. Ein kleiner Stein rollte ihr von der Seele; der Vater freute sich offensichtlich, sie zu sehen. Das wertete sie als ein gutes Omen.

Christina setzte sich auf die gepolsterte Armlehne des Bürostuhls und legte dem Vater den Arm um die Schultern. Ihr Gesicht wurde ernst. »Können wir miteinander reden, Papa? Du weißt schon, da gibt es noch etwas zu klären.«

Seine Kiefermuskeln zuckten. »Darum also.« Doch dann nickte er. »Nun gut. Nanni, ziehst du bitte die Tür zu?«

Helena sah ihn an. »Soll ich Mutter denn nicht dazu holen?«

»Sie hat sich vorhin hingelegt. Es ist besser, wir stören sie nicht.«

Martini, formte Christina unhörbar hinter seinem Rücken und deutete verstohlen auf die Armbanduhr. Helena verzog den Mund. Natürlich, es war ja schon Nachmittag.

Der Richter wies auf die beiden hochlehnigen Stühle, die vor seinem Schreibtisch standen. »Setzt euch, Mädchen.« Er wartete, bis sie Platz genommen hatten, und wandte sich dann an Christina. »Du hast nichts davon gesagt, dass du kommst. Wir sehen dich sonst Monate nicht.« Ein liebevolles Lächeln kräuselte seine Mundwinkel. »Nicht, dass du denkst, du bist nicht willkommen. Ganz im Gegenteil, es freut mich wirklich, doch ich wundere mich ein wenig.«

»Na ja.« Sie zuckte die Achseln und rückte sich den Stuhl zurecht. »Nanni und ich wollen einige Tage Urlaub machen.«

Robert Hartenau hob die Brauen, seine wachen Augen fixierten die Töchter skeptisch. »Ihr beide? Zusammen? Das solltest du mir erklären.«

Christina legte die Beine übereinander. »Papa, lass mal den Amtmann beiseite, ja? Wir sind hier nicht vor Gericht. Ich finde eher, dass es an dir ist, uns etwas zu erklären.« Sie griff nach Helenas Hand und sah ihn auffordernd an. Helena atmete tief durch und ihre schweißfeuchten Finger zuckten unter dem beruhigenden Druck.

Robert schwieg, die eisgrauen Brauen zogen sich finster zusammen.

»Nun?« Über Christinas Nasenwurzel erschien ebenfalls eine Furche. »Findest du nicht auch, dass wir nach achtundvierzig Jahren ein Anrecht auf die Wahrheit haben? Da sitzt du dein halbes Leben lang als Richter vor und bist der Inbegriff für Recht und Gesetz. Und in der eigenen Familie wird gelogen, was das Zeug hält. Echt krass.«

Feine Röte stieg über dem blütenweißen Hemdkragen seinen Hals hinauf.

Helena blies langsam die Luft aus. Das Herz pochte ihr bis unter die Haarwurzeln. Tini ging in die Vollen. Kompromisslos. Wie immer.

Roberts Hände ballten sich. Er begann, mit den Daumen gegen die Innenseite seiner Hand zu schnippen. Das rhythmisch raschelnde Geräusch der trockenen Haut furchte enervierend durch die Stille des Jagdzimmers. Er bemerkte es selbst, lehnte sich zurück und schob die Hände unter die Achseln. »Was wisst ihr?«

Christina riss die Hand aus Helenas Klammergriff. »Papa! Es geht nicht darum, was wir schon wissen!« Sie beugte sich vor und grub die schwarzen Augen in seine hellen. »Wir möchten es von dir«, scharf betonte sie das letzte Wort, »wissen!« Mit beiden Händen warf sie ihre Locken nach hinten, hob die schmalen Brauen und lehnte sich, ganz ein Spiegel der Haltung des Vaters, an die unbequeme Lehne. Mit gekreuzten Armen, genau wie er.

Helena musste trotz der angespannten Atmosphäre fast lachen. Alle Achtung, diesmal ließ sich die Zwillingsschwester nicht die Butter vom Brot nehmen. Tini hatte ihn festgenagelt und offensichtlich war sie nicht gewillt, auch nur einen Millimeter zu weichen. Kein Wunder, sie war eine gewiefte Händlerin und wie es schien, beherrschte sie ihr Metier.

Die Sekunden dehnten sich. Das Ticken der Standuhr drängte sich überlaut in die dämmrige Stille des Jagdzimmers. Es war ein wortloses Kräftemessen. Christina gab nicht nach und hielt seinen Blick fest. So lange, bis er endlich die Lider senkte.

Mit zitternden Fingern kramte Robert Hartenau in der nierenförmigen Stiftablage des Schreibtischs und suchte einen Schlüssel heraus. Er schloss eine Lade auf und entnahm ihr einen schmalen Ordner. Zögerlich legte er ihn auf den polierten Eichentisch und schob die Hand darüber. »Also gut.« Sein Mund wurde weich und überrascht sah Helena Tränen in seinen Augen glitzern. »Ich habe immer gewusst, dass es einmal soweit kommen würde. Und ich habe diesen Tag gefürchtet.« Seine Finger strichen über den Hefter. »Ich weiß nicht, was ihr erfahren habt und woher. Doch bevor ihr über mich«, er verbesserte sich, »über uns urteilt, sollt ihr beide wissen, dass wir euch lieben.« Seine Stimme wurde heiser. »Wir haben euch vom ersten Tag an geliebt.« Er schob Christina den Hefter hin.

Sie rührte sich nicht, hielt nur weiter seinen Blick fest. Dieses Mal senkte er ihn nicht.

Helena war es, die endlich nach dem Ordner griff und den Pappdeckel zurückschlug. Und während sie es tat, wusste sie mit schmerzhafter Gewissheit, dass sie an einer Wegscheide standen.

Zuerst kam eine Seite festen Kartons, blass rosafarben; oben stand in schwarzen Buchstaben *HELENA*. Dahinter war eine Geburtsurkunde eingeheftet. Ausgestellt und gesiegelt im Standesamt von Frankfurt.

Hastig blätterte sie den Hefter durch und überall sprang sie ihr Name an. Zeugnisse, Arztberichte, psychologische Gutachten und ihre Approbation; die Urkunden ihrer Doktortitel und die Bestellung zur stellvertretenden Leitung des AZKIM. Ausgeschnittene und sorgsam aufgeklebte Zeitungsartikel, in denen sie erwähnt wurde.

Sie blätterte das hellgrün kartonierte Trennblatt um, auf dem *CHRISTINA* stand. Dahinter befand sich deren Geburtsurkunde, ebenfalls in Frankfurt ausgestellt; ihr Taufzeugnis; Fotos, auf denen eine strahlende Christina Pokale und Trophäen präsentierte, die sie beim Reiten und Schwimmen gewonnen hatte. Ihr Abschlusszeugnis des Gymnasiums, Helena grinste verstohlen, als sie die Noten überflog; in kaum einem Fach mehr als acht Punkte. Die Immatrikulation der Zürcher Hochschule, der Abschluss und eine Menge Zeitungsartikel von allen möglichen Kunstmessen. Auf jedem weiteren Blatt war Christinas Name mit einer akkurat gezogenen Linie unterstrichen.

»Du hast alles, was wir je getan haben, dokumentiert und aufgehoben. Weshalb?« Helena sah auf.

Robert Hartenau erwiderte ihren Blick mit leiser Wehmut in der Stimme. »Weil das Eltern so tun? Weil ich stolz auf das bin, was ihr erreicht habt?«

Unwillig wehrte sie sich gegen das enge Gefühl in der Kehle. »Das mag für Tini gelten, doch auf mich warst du nie stolz, Vater! Aber egal. Es tut nichts zur Sache.« Sie schlug das letzte Trennblatt um, eines in unauffälligem Beige. Ihr Blick fraß sich fest. »Also doch«, hauchte sie und wunderte sich, dass sie überhaupt einen Ton herausbrachte.

Zwei weitere Dokumente lagen hinten eingeheftet. Handgeschriebene Beurkundungen auf grauem Pergament, die in verblasster Sütterlinschrift und einem seltsam gestelzten Deutsch angaben, dass Helena und Christina Hartenau am zehnten Dezember anno 1956, im Haindlhof in der Forstau, das Licht der Welt erblickt hatten.

Wie vor den Kopf geschlagen, blieb sie an der Zeile am Ende der beiden vergilbten Blätter hängen. Unter dem verschwommenen Siegel des katholischen Pfarramtes und einem unleserlichen Namenszug stand in prägnanten, tief eingedrückten Buchstaben: Bezeugt, Barbara Sittler, Hebamme.

Christina hatte ihr über die Schulter gesehen. Erschrocken fuhr sie zurück, als Helena den Ordner mit einem Knall zuschlug. Sehr langsam legte sie ihn auf die Tischplatte. »Nun sind wir also endlich bei der Wahrheit.« Sie sah ihn direkt an. »Weshalb bekamen wir die Urkunden nie zu Gesicht, Vater?«

Erneut begann der Nagel seines Daumens gegen die trockene Haut zu schnippen.

Sie dachte nach, dann lachte sie ungläubig auf. »Natürlich. So muss es sein.« Die Wucht der Gewissheit rauschte mit einer solchen Klarheit durch Helenas rotierende Gedanken, dass es sie förmlich hochriss. Der Stuhl krachte mit einem Poltern zu Boden. »Das ist es. Du hast die Papiere gefälscht! Ich habe recht, oder?«

Ihre Augen wurden zu Eis und der Richter wich dem kalten Blick der Tochter aus.

»Warum, Vater?!« Sie wischte den Hefter vom Schreibtisch. Er segelte zu Boden und schlug klatschend auf. Die Klammer sprang auf, einige Seiten und einzelne Fotos fielen heraus. Die Röte in Roberts Gesicht wich einer fahlen Blässe. Er antwortete nicht.

Christina war sprachlos. Sie bückte sich, um den Ordner aufzuheben, da wurde die Schiebetür aufgezogen und Erika trat ein.

»Was ist denn hier los? Tini, du bist da?« Sie eilte zu Christina und umarmte sie. Wandte das vom Schlafen verquollene Gesicht der aufgebrachten Tochter zu. »Helena.« Erikas Augen huschten von einer zur andern. Dann nahm sie den Ordner auf dem Boden wahr.

»Du kommst genau richtig!«, ätzte Helena und spürte die beruhigende Hand der Schwester am Arm. Gerade noch rechtzeitig, ansonsten wäre sie explodiert.

Erika wandte sich zum Wohnzimmer.

»Geh jetzt nicht weg, Mutter. Und wage es nicht, dir etwas zu trinken zu holen, sonst vergesse ich mich!«, warnte Helena.

»Ein Stuhl ist mir erlaubt, oder?« Erika zog einen Sessel ins Jagdzimmer und ließ sich hineinfallen. Fest verschränkte sie die Finger. »Nun? Was habe ich verpasst?« Sie sah Helena direkt an.

»Setz dich endlich hin, Nanni! Und beruhig dich.« Christina zog an Helenas Jacke und richtete den Stuhl wieder auf. »Papa wollte uns eben erzählen, warum unsere richtigen Geburtsurkunden in Österreich ausgestellt wurden. Und weshalb sie von Barbara Sittler unterschrieben sind«, wandte sie sich an ihre Mutter.

Erika Hartenau rang die schmalen Hände. Sie bückte sich und sammelte die verstreuten Papiere und Fotos zusammen, nahm den Ordner auf den Schoß und ordnete sorgfältig alles ein. Glättete den geknickten Deckel. Dann hob sie den Kopf und sah ihren Mann an. Ihre Blicke tauchten ineinander. Mit einem Zucken seiner Lider gab Robert Hartenau sein stilles Einverständnis.

Sie drückte den Ordner an sich und setzte sich im Sessel zurecht. »Ich hatte immer Angst vor diesem Tag und hoffte, er würde nie kommen. Ihr hättet es einfacher haben können.«

Die Zwillingsschwestern warteten. Wagten kaum, zu atmen.

»Barbara Sittler kennen wir tatsächlich. Das heißt, wir kannten sie. Früher einmal.« Erika zupfte an ihrem Seidenschal, und wie sie es tat, mit rastlosen Fingern, ließ erkennen, dass sie nach Worten suchte.

Du schindest Zeit, dachte Helena. Jetzt spuck's schon aus, Mutter.

»Wir hatten damals einige Tage auf ihrem Hof Urlaub gemacht und Frau Sittler war unsere Vermieterin. Ich erholte mich von einer Fehlgeburt und euer Vater hoffte, ein Tapetenwechsel würde mir helfen, darüber hinwegzukommen. Innerhalb von drei Jahren hatte ich mehrere Kinder verloren und der Arzt riet mir dringlich, nicht mehr schwanger zu werden.« Sie presste die Fingerknöchel unter ihre Nase und schloss die Augen. Leise fuhr sie fort und die Schwestern mussten genau hinhören, um sie zu verstehen. »Damals war alles im Umbruch. Ich war psychisch angeschlagen und eurem Vater hatte man gerade die Stelle am Landgericht in Heidelberg angeboten. Nach unserem Urlaub in Österreich wollten wir von Frankfurt hierherziehen. Einen Neuanfang machen. An unserem Abreisetag kam Frau Sittler zu uns und berichtete von einer jungen Frau, die in der Nacht zuvor bei der Geburt ihrer Zwillinge gestorben war. Die beiden Mädchen waren sechs Wochen zu früh geboren und sehr schwach. Die Frau war ledig gewesen; das war damals noch ein ungeheurer Makel und die beiden Kleinen hätten es dort nicht leicht gehabt. Frau Sittler hatte niemanden für die Kinder und so fragte sie uns. Ich habe mich sofort in euch verliebt. Wir überlegten nicht lange, trotz des Risikos, ob ihr die Fahrt nach Deutschland überlebt. Ihr wart so winzig klein und so hilflos.«

Die Zwillinge hingen begierig an Erikas Lippen, sogen jedes einzelne Wort auf.

»Aber wozu das Theater mit den Urkunden? Und diese ganze Heimlichtuerei? Ihr hättet uns doch einfach adoptieren können.« Christina war unter der Bräune käseweiß geworden. »Und es uns irgendwann sagen.«

Robert Hartenau räusperte sich. Er stellte die Ellbogen auf die Tischplatte und faltete die Hände unter dem Kinn.

»Eben nicht. Das war ja das Problem. Diese junge Frau hatte keinen Ehemann und anscheinend wusste niemand von der Schwangerschaft. Eine Adoption hätte Monate gedauert und zu viele Fragen aufgeworfen. Zudem musstet ihr dringend in ärztliche Behandlung. Wir hatten nur wenig Zeit zu überlegen; innerhalb einer Stunde mussten wir uns entscheiden. Und so haben wir euch ins Auto gepackt und illegal über die Grenze geschafft.«

Mit zittriger Stimme lachte Erika auf. »Ich bin tausend Tode gestorben, weißt du noch, Robert? Doch sie haben uns einfach durchgewunken.«

Er sagte nichts weiter, saß hinter dem Schreibtisch wie ein Opferstock. Überließ es ihr, zu erklären.

»Wir haben uns besprochen und entschieden, dass wir euch als unsere eigenen Kinder ausgeben. Ihr müsst das verstehen! Es war eine Herzensentscheidung. Wir wollten euch so sehr. Glaubt mir, wir haben keine Sekunde gezögert.« Sie machte eine kleine Pause. »Die beiden Figürchen hat Barbara Sittler mir in letzter Minute in die Hand gedrückt. Sie gehörten eurer leiblichen Mutter.« Erika fasste nach Christinas Arm. »Es tut mir leid, Schätzchen, dass ich so überreagiert habe. Doch als du sie auf den Tisch gelegt hast, da hat es mir den Boden unter den Füßen weggezogen. Ich wusste einfach nicht, was ich tun sollte.«

Helena musste an sich halten; in ihrem Bauch ballte sich eine wabernde Kugel aus Feuer. Sie krampfte die Hände zusammen und wehrte sich gegen den aufsteigenden Zorn. Die Wahrheit sagen, Mutter, einfach die Wahrheit. Sie wäre hundertmal leichter zu ertragen gewesen als das Gefühl, nicht hierherzugehören. Ein Freak zu sein.

»Und die Papiere?«, stieß sie gepresst hervor.

»Es sollte keinen Hinweis auf eure wahre Herkunft geben. Euer Vater bezahlte jemanden in Frankfurt, dem er einmal geholfen hat, viel Geld, um echte Dokumente zu erhalten. Wir hatten uns schon strafbar gemacht, weil wir euch illegal mitgenommen haben. Wäre das oder auch die Bestechung herausgekommen, dann hätte Robert sein Richteramt verloren. Ich fuhr mit euch direkt nach Heidelberg, das Haus war glücklicherweise schon gemietet. Niemand stellte Fragen. Die ersten Wochen musstet ihr ohnehin in der Klinik verbringen. Wir durften euch erst Ende Januar nach Hause holen, als ihr etwas über zweitausend Gramm gewogen habt. Du musstest einige Tage länger dableiben, Nanni, denn du vertrugst die Nahrung nicht. Doch es hat nie jemand in Frage gestellt, dass ihr unsere Kinder seid. Bis vor drei Wochen.«

»Falsch, Mutter. Bis ihr realisiert habt, dass ich nicht das war, was ihr euch erhofft hattet«, gab Helena bitter zurück und nahm den kupfernen Geschmack von Blut im Mund wahr. Sie bemerkte erst jetzt, dass sie sich die Unterlippe aufgebissen hatte.

Erika seufzte abgrundtief. »Es war nie einfach mit dir, Helena, das ist wahr. Du warst von Anfang an anders als Tini. Das hat mir Angst gemacht. Und oft brachte es mich an den Rand meiner Kraft.« Bevor Helena etwas erwidern konnte, rutschte sie an die Kante des Sessels und streckte die Hand aus. »Aber glaub mir, Nanni, deswegen habe ich dich nicht weniger geliebt!«

Mit einem Ruck erhob sich Helena und sah auf sie herab. »Bemüh dich nicht, Mutter. Ich weiß nur zu gut, dass ich nicht das bin, was ihr euch erhofft habt! Du hast nie verstanden, wie ich bin. Ich habe gelernt, damit zu leben, auch ohne deine Unterstützung.«

Sie wandte sich dem Vater zu, der wortlos hinter dem Schreibtisch saß. »Vor einigen Wochen bekam ich ein Päckchen mit zwei Büchern; das weißt du ja bereits. Anna Hohleitner war Barbara Sittlers Nichte und unsere leibliche Mutter. Also alles andere als nur *irgendeine* junge Frau.« Ihr Blick bohrte sich in ihn und die Enttäuschung, die sie fühlte, war kaum zu ertragen. Ebenso wenig wie der schale Geschmack in ihrem Mund. »Sie hatte dieselbe Fähigkeit wie ich; sie konnte Dinge schmecken, sie sah Bilder und hatte Visionen. Und ganz sicher ist sie nicht bei unserer Geburt gestorben!«

Mit weit aufgerissenen Augen starrte Erika sie an; die ausgestreckte Hand fiel auf den Stoff ihrer Hose zurück. Robert Hartenaus Schultern beugten sich tiefer. Er schob die Stirn an die gefalteten Hände und schloss die Augen.

»Ich will wissen, warum ich so bin. Ihr habt es nie verstanden. Darum fahren Tini und ich morgen nach Österreich.«

Helenas Worte platzten wie eine Bombe in das tonlose Entsetzen. Erika und Robert fielen unter dem Schlag förmlich in sich zusammen. Es war ihr gleich.

»Kommst du, Tini? Ich glaube, wir haben genug gehört.«

DRITTER TEIL

❄❄❄

Kapitel Eins

»Mist, da müssen wir raus!« Abrupt zog Helena den Astra nach rechts und scherte vor einem Transporter ein. Das Cabriolet schleuderte und der Fahrer hinter ihr quittierte das Manöver mit wildem Hupen.

Christinas Kopf ruckte hoch, als sie in den Gurt gedrückt wurde. »Sag mal, spinnst du? Mach doch langsam!«

»Entschuldige, ich hab die Ausfahrt zu spät gesehen. Es schneit zu stark.«

Helena fuhr vorsichtiger. Auf der Autobahn war die Straße einigermaßen frei gewesen, doch hier, in Radstadt, lag eine geschlossene Schneedecke.

Die Schwester verdrehte die Augen. »Eben drum.« Hellwach jetzt, sah sie nach draußen. »Das sieht ja schnuckelig aus. Guck mal, da gibt es sogar eine Burg. Oder ist das ein Kloster?«

»Schau lieber, wo wir hinmüssen, ich hab nämlich keine Ahnung.« Helena beugte sich vor und umklammerte das Lenkrad fester. Mit zusammengekniffenen Augen versuchte sie, zwischen den herantreibenden Flocken die Straße zu erkennen. Es dämmerte gerade erst und sie sah so gut wie nichts. Um drei Uhr früh waren sie in Heidelberg losgefahren und ohne Pannen durchgekommen. Doch nun schneite es plötzlich wie irre, die Scheinwerfer durchdrangen das Schneegestöber kaum.

»Links!«, brüllte Christina. Helena trat so hastig auf die Bremse, dass das Heck des Astras ausbrach. Rutschend kamen sie zum Stehen.

»Mann, du kannst einen erschrecken!«

Auf der verschneiten Fahrbahn stieß sie ein Stück zurück und bog in die schmale Abzweigung ein. Die Straße führte hinter einem Gasthof aus dem Ort heraus und stieg steil an. Vorsichtig gab Helena Gas und ahnte schon, dass sie es nicht schaffen würden. Die Räder drehten durch, der Wagen rutschte und blieb quer stehen.

»Verdammt, das hat mir grad noch gefehlt!« Mit der flachen Hand hieb sie auf das Lenkrad. »Da kommen wir nie und nimmer hoch. Wer weiß, wie weit sich diese Steigung hinzieht.«

»Hast du denn keine Schneeketten dabei?«

»Natürlich hab ich welche. Aber hast du schon mal Schneeketten aufgezogen? Dann kannst du das gern übernehmen. Sie liegen hinten im Kofferraum.«

»Wahrscheinlich ganz unten unter dem Gepäck, oder?«, feixte Christina und schlüpfte in ihre Stiefel.

»Für wie blöd hältst du mich eigentlich?«

Die Schwester grinste breit. »Da sag ich jetzt nichts dazu.« Sie zog den Reißverschluss hoch und boxte Helena in die Seite. »Auf geht's, Schwesterherz. Forstau Eins Punkt Null – das Abenteuer beginnt!«

Helena blieb noch einen Augenblick sitzen und schaute zu, wie der Schnee die Windschutzscheibe zudeckte. Dann erschien Christina neben dem Seitenfenster und klopfte dagegen. Mit einem Seufzen trat sie die Tür auf und stieg aus. Das fing ja gut an. Mehmet hatte ihr die Dinger förmlich aufgedrängt, doch sie hatte keinen blassen Dunst, wie man Schneeketten aufzog. Zudem standen sie mitten auf der schmalen Straße in einer Kurve. Das nächste Fahrzeug, das von oben kam, würde sie vermutlich rammen.

Wenige Minuten später saßen sie wieder im Auto und rieben sich die Hände. Das klirrend kalte Metall der Schneeketten hatte ihre Finger in kürzester Zeit zu Eisklötzen gefrieren lassen. Die Winterhandschuhe lagen in den Koffern, wo auch sonst.

Helena startete den Motor und gab vorsichtig Gas. Mit einem Ruckeln griffen die Reifen und tatsächlich fuhr der

Wagen an. Mit einem besorgten Gefühl lauschte sie dem blechern schlagenden Geräusch der Ketten in den Radkästen.

»Woher kannst du so etwas?«, fragte sie und lugte durch den herantreibenden Schnee auf die tief verschneite Straße. Sie fuhren. Gott sei Dank, ihr war hundekalt und ihre Knie zitterten, doch sie fuhren tatsächlich bergauf.

Christina schüttelte sich die Schneeflocken aus den Haaren und blies in ihre Hände. »Ach, weißt du, Nanni, so was kann man einfach. Ist ja nicht besonders schwer.«

Helena warf ihr einen konsternierten Blick zu, bevor sie sich wieder auf die steil ansteigende Straße konzentrierte. »Was du nicht sagst.«

Christina gluckste. Unterschlug, dass sie erst vor wenigen Wochen auf diesem blöden Bergpass in Oregon festgesteckt hatte. Eine gute Stunde lag sie bäuchlings unter dem Mietwagen im Schnee, bis die elenden Dinger endlich richtig auf den Reifen saßen und sie weiterfahren konnte. Learning by doing – da war niemand, der ihr half. Wobei sie insgeheim zugeben musste, dass sie geflucht hatte wie ein Bierkutscher.

Unwillig schnaubte Helena durch die Nase und war dankbar, dass sie die Straße hochkam. Die Schwester hatte die Schneeketten in Nullkommanichts angelegt und sie war froh, dass wenigstens eine von ihnen wusste, was mit den Dingern anzufangen war.

»Halt noch mal an«, befahl Christina. »Da vorn ist eine Ausweiche.«

»Was ist denn jetzt?« Sie lenkte das Auto in die Haltebucht und bremste vorsichtig ab. Folgsam kam der Astra zu stehen.

»Du hast echt überhaupt keine Ahnung, Frau Doktor. Man muss die Ketten nach ein paar Metern nachziehen, ansonsten kannst du deine schicken Alufelgen nämlich vergessen.« Sie sprang aus dem Auto und machte sich an den Hinterreifen zu schaffen.

Langsam pflügten sie auf der kurvigen Straße durch den Winterwald. Auf einer Anhöhe tauchte ein weitläufiges, hellerleuchtetes Anwesen aus dem trüben Weiß auf und verlor sich wieder im Dunst. Die Bäume wichen tief verschneiten Wiesen. Eine uralte Holzhütte am Straßenrand, schwarz und verwittert, das Dach eingebrochen. Ein Hexenhaus, dachte Helena und verscheuchte ein ungutes Gefühl. Dann ging es wieder steil nach unten, hinein in einen nächsten Wald. Schroffe Geröllwände zur Linken; rechts ragten hohe Bäume auf, die sich unter der Schneelast beugten. Ein weiteres großes Anwesen, vor dem etliche Baumaschinen standen.

»Nanni!« Aufgeregt beugte sich Christina nach vorn. »Hier geht es zum Julianenhof! Da war ein Schild!«

Helena bremste ab, das Klackern der Schneeketten wurde langsamer, doch sie waren schon vorüber. Sie warf noch einen schnellen Blick zurück und konzentrierte sich wieder auf die schneebedeckte Straße. Endlich kamen sie aus dem Wald heraus und ein weites Tal öffnete sich vor ihnen. Gehöfte lagen auf sanften Anhöhen, dahingewürfelt wie braune Dominosteine. Rauchfähnchen stiegen geduckt aus den Kaminen.

Sie atmete tief ein. Die Forstau. Sie waren da.

Die Straße verbreiterte sich und Christina hing mit der Nase am Seitenfenster. Aus dem Wald zog sich eine breite Piste, in der Frühe des Tages noch menschenleer, zwischen einem Hotel und der Liftstation herunter. Einige Männer standen vor dem Kassenhäuschen und rauchten.

»Sieh doch, da ist die Fageralm. Wir gehen zusammen Skilaufen, ja?«

»Ich bin ewig nicht auf Skiern gestanden, Tini. Ich fürchte, ich kann es nicht mehr. Und ich hab auch nichts dabei.«

»Ach was. Das verlernt man nicht, Nanni. Es ist wie Radfahren. Bestimmt können wir hier Skier und alles ausleihen. Wir machen das, ja?«

Helena antwortete nicht. Sie hielt an der Kreuzung und überblickte die lockere Ansammlung der Häuser. Aus einer Eingebung heraus setzte sie den Blinker, bog rechts ab und parkte vor einem Gasthof.

»Hier sind wir richtig, oder?«

»Jupp, ist ja das einzige größere Gasthaus weit und breit. Und schau, über der Tür steht es.«

Helena zog den Schlüssel ab und rieb die verkrampften Nackenmuskeln. Dann stieg sie aus und streckte den Rücken lang. Während Christina ihre Siebensachen vom Rücksitz suchte, sah sie sich um.

Gegenüber stand ein modernes Gebäude. Die Schilder über den gläsernen Türen und Fenstern wiesen es als Trafik und Touristik aus. Davor eine riesige Tanne, deren elektrische Kerzen matt unter kleinen Schneehäubchen hervorfunkelten. Über der Kreuzung lag ein Ladengeschäft; nein, zwei Läden. Ein Sportgeschäft und daneben eines, in dem man Lebensmittel kaufen konnte. Langsam drehte Helena sich um die eigene Achse, ließ den Blick schweifen und blieb am Gasthof hängen. Es war wie ein Déjà-vu.

Forstauerwirt stand in blauer Malerei auf weißem Bogen über der Tür des Gasthauses geschrieben; in den behäbigen Frakturbuchstaben, die sie in ihrem Deutschbuch, den alten Fabeln von Fuchs und Elster, lesen gelernt hatte. Eine breite Steintreppe führte zur Tür hinauf und ein seltsames Gefühl ging Helena an. Das musste die Treppe sein, der Vorplatz, auf dem Jakob und Kathrin Suter erschossen worden waren. Und da war die alte Eiche, winterkahl, die knorrigen Arme über dem Dorfplatz ausgebreitet. Sie stand noch.

Ein Bächlein rauschte hinter dem Baum vorbei, verschwand unter der Brücke und kam auf der anderen Seite, neben einem Wohnhaus mit breiten Fenstern im Untergeschoß wieder heraus. Das war wohl der Schreinbach. Oder der Forstaubach? Helena versuchte, sich Annas Aufschrieb ins Gedächtnis zu rufen. Auf jeden Fall musste das der Bach sein, in den damals der Bomber abgestürzt war. Die Seiten des Hauses waren von bepflanzten Holztrögen umgeben, die jemand liebevoll mit winterhartem Heidekraut, Tannenreisig und aus Baumscheiben gesägten Sternen geschmückt hatte.

Sie schaute die steile Straße hinauf, meinte im Schneetreiben ein einsames Haus auf der Anhöhe zu erkennen, gegenüber lagen einige Gehöfte. Irgendwo dort befand sich der Sittlerhof! Helena unterdrückte den Impuls, sofort hinaufzugehen und das Anwesen zu suchen. Zu sehen, wo Marie und Barbara ihre Jugendzeit verbracht hatten. Auf dem Friedhof die Namen zu entdecken, die ihr so vertraut geworden waren.

Das musste warten.

Wie in Trance ging sie neben dem Parkplatz ein paar Schritte am Gasthof vorbei und in eine schmale Auffahrt hinein. Ihre Augen blieben an einem Gebäude hinter dem Wirtshaus kleben und fanden, was gefehlt hatte, um ihre Vorstellung zu vervollkommnen. Das musste das neue Schulhaus sein! Es war hell getüncht, im Mauerwerk zwischen den schmalen Fenstern konnte sie grau hervorgehobene stilisierte Bilder erkennen. Ein Heiliger, der schützend die Hand ausstreckte; Bauersleute, die pflanzten, gossen und Kinder auf den Armen trugen; Männer mit Pferden und Kühen; einige Holzarbeiter, die eine Säge hielten.

Alles erschien ihr so vertraut. Als ob sie schon tausendmal hier gewesen wäre. Unter dem Eindruck, der sie überfiel wie ein Guss Eiswasser, kehrte Helena unvermittelt um. Rutschte auf einer schneebedeckten Eisplatte aus und fing sich in letzter Sekunde. Mit klopfendem Herzen schlitterte sie auf den Vorplatz zurück.

»Nanni? Wo bleibst du denn?« Christina wartete an der Treppe des Gasthofs und hielt die Tür auf. Helena schüttelte die Empfindung ab, die sie wie ein Traum umfing, und folgte ihr. Die Tür fiel schwer hinter ihnen zu.

Würziger Duft nach frisch gebratenem Speck drang aus der Küche, als sie die breite Diele betraten. Ein Mädchen im Dirndl kam mit einem hochbeladenen Tablett aus der Küche und schob mit einem Schwung ihrer Hüfte die Tür zur Gaststube auf.

»Servus!«, grüßte sie fröhlich. »Hier geht's rein!« Sie lächelte die Frauen an. »Bitte, nehmt's Platz, dort hinten ist noch ein Tisch frei. Ich bin gleich für euch da.« Geschickt stellte sie das überladene Tablett am Frühstücksbuffet ab und füllte die Schalen und Schüsseln auf, während sie mit den Gästen scherzte.

Christina und Helena setzten sich an einen runden Tisch in die Ecke der Gaststube. Der Raum war groß und hell, mit Holz gemütlich ausgestattet und weihnachtlich dekoriert.

Ein Mann, nicht viel jünger als sie, mit kurzen braunen Locken und schelmisch blitzenden Augen trat an den Tisch. »Grüß euch! Was darf's sein?«

Christina suchte in der Handtasche nach dem Voucher, den sie zu Hause ausgedruckt hatte und reichte ihn dem Mann. »Guten Morgen, ich habe ein Zimmer bei Ihnen gebucht. Und wenn Sie so fragen – ein Frühstück wäre prima!«

»Dann herzlich willkommen«, er sah auf der Buchungs-bestätigung nach, »Christina.« Nachlässig stopfte er das Blatt in die Hintertasche seiner knielangen Lederhose. »Frühstück gibt's dort drüben, ihr bedient's euch einfach, ja? Zwei große Braune dazu?« Er beugte sich über den Tisch und zwinkerte verschwörerisch. »Und wenn ich etwas empfehlen darf, dann probiert's unbedingt die Ribisel-marmelade. Die hat meine Mutter selbst eingekocht.«

»Das hört sich wunderbar an«, Christina lachte ihn an und klimperte mit den langen Wimpern.

»Der Kaffee kommt gleich!« Er winkte ihr zu und ging zum Tresen, hinter dem ein älterer Mann, mit dem Rücken zu ihnen, stand.

Helena schüttelte den Kopf. »Sag mal, hast du noch alle Tassen im Schrank? Du musst nicht gleich sämtliche Register ziehen. Also echt, Tini, manchmal bist du wirklich peinlich.«

»Jetzt hör schon auf, Nanni. Das Kerlchen ist doch goldig. Der nimmt das eh nicht ernst, das hab ich gleich gemerkt.« Sie knuffte die Schwester in die Seite. »Entspann dich mal! Wir sind im Urlaub.« Sie schob die Handtasche auf die gepolsterte Bank, warf die Jacke darüber und erhob sich. »Dann will ich mal nach dieser Ribiselmarmelade sehen, was auch immer das sein mag, ich sterbe nämlich vor Hunger.«

Zwei randvoll gefüllte Tassen wurden mit Schwung auf dem Tisch abgestellt. Helena sah von der Semmel auf, die sie grad dick mit Butter bestrich. Der Mann, den sie eben hinter dem Tresen gesehen hatte, zog einen Stuhl heran und setzte sich. Er legte ein Formular vor sie hin.

»Guten Morgen. Darf ich mich vorstellen? Leopold Oberndörfer, mir gehört der Gasthof. Herzlich willkommen in For …« Ihre Blicke trafen aufeinander und er hielt inne. »ähm, in Forstau. Also, hier, in unserem Haus«, brachte er den Satz stockend zu Ende.

Helena sah ihn fragend an. Der Mann war blass geworden, das eisgraue Bärtchen über den Lippen zuckte. Er rieb sich erst die Augen, dann die ausgeprägte Glatze. Lediglich in seinem Nacken standen noch einige kurze dunkle Härchen.

»Christina Hartenau?«

Mit der Semmel wies Helena zur Schwester, die eben an den Tisch zurückkam, einen Teller mit Rührei und Speck in der Hand.

»Das bin ich!« Christina setzte sich schwungvoll auf die Bank und streckte dem Wirt die Hand hin. »Freut mich! Und danke, dass es mit dem Zimmer geklappt hat. Obwohl Sie doch eigentlich ausgebucht waren.«

Leopold Oberndörfers zusammengekniffene Augen huschten zwischen den beiden Frauen hin und her. Dann fasste er sich und schob Christina das Blatt über den Tisch. »Ja. Nun, wenn ihr hier bitte die fehlenden Daten noch eintragen möchtet?« Er stand auf und verbeugte sich leicht. »Habe die Ehre. Einen angenehmen Aufenthalt wünsch ich.«

Mit gerunzelter Stirn sah Helena dem Wirt nach, der sich hinter den Tresen zurückzog. Verstohlen schaute er immer wieder herüber, dann band er sich die Schürze ab und verließ die Gaststube.

»Was hat der denn?«

»Keine Ahnung. Was soll er haben?« Christina zuckte mit den Achseln und biss in die Semmel.

Helena schob das Unbehagen weg und griff nach ihrer Kaffeetasse. »Jetzt sind wir also hier. Was hast du denn für heute geplant?«

Die Schwester schob sich eine Gabel voll Rührei in den Mund. »Nun ja, in Ruhe zu Ende frühstücken und dann das Zimmer beziehen. Wenn du nichts dagegen hast, lege ich mich eine Weile aufs Ohr. Ich bin nicht grad der Frühaufsteher. Und danach würde ich gerne endlich Annas Bücher zu Ende lesen.« Sie schob die Gardine zur Seite und schaute durch das breite Fenster ins trübe Licht. »Da draußen schneit es wie verrückt. Es wird gar nicht richtig hell. Man sieht sowieso nichts von der Gegend, da können wir doch einen Ruhetag einlegen.«

Helena lehnte sich zurück und nahm einen Schluck. Der Kaffee schmeckte fantastisch. »Einverstanden. Wir lassen es gemütlich angehen. Ich bin auch ziemlich kaputt von der langen Fahrt.«

Der Wirt kam wieder in die Gaststube, gefolgt von zwei älteren rundlichen Frauen, beide in fast identischen Dirndlkleidern. Weiße Blusen, die die Unterarme freiließen, feingemusterte dunkle Röcke mit blassblauen Schürzen darüber. Hinter dem Tresen steckten sie die grauen Köpfe zusammen und tuschelten, Helena spürte ihre Blicke auf sich. Sie schob den Teller weg. Der Appetit war ihr vergangen.

»Findest du nicht, dass die hier irgendwie komisch sind? Sie starren uns die ganze Zeit über an.«

Christina schaute kurz hoch, sah nur die Rücken der drei und konzentrierte sich dann wieder darauf, die Eireste zwischen den Zinken ihrer Gabel aufzusammeln. Mit dem letzten Bissen der Semmel wischte sie den Teller sauber. »Lass sie doch. Wahrscheinlich haben sie noch nie zwei so hübsche Dinger wie uns gesehen.«

Helena prustete heraus. »Du bist so ein verrücktes Huhn, Tini! Wir sind vor drei Wochen achtundvierzig geworden!«

»Na und?«, entgegnete die Schwester trocken. »Hast du damit ein Problem? Also ich nicht.«

Den Kopf schüttelnd, gluckste Helena in sich hinein. Sie hatte längst vergessen gehabt, wie viel Spaß man mit Tini haben konnte. Ein leises Gefühl der Hoffnung stieg in ihr auf. Auch wenn das hier nichts brachte, so hatte sie doch einige Tage mit der Zwillingsschwester vor sich. Zeit, das Band neu zu knüpfen und sich näherzukommen.

Der Wirt umrundete den Tresen und kam an den Tisch. »War alles in Ordnung? Ich würd euch jetzt gern das Zimmer zeigen.« Wieder musterte er die Frauen eingehend und schaute zu Boden, als er Helenas aufmerksamen Blick bemerkte. Er legte die Hände auf den Rücken und wartete, bis sie aufstanden.

Hintereinander folgten sie ihm die Treppe hinauf. Er führte sie den Gang entlang und schob die Tür zu einem Zimmer auf. »Abendessen gibt es von neunzehn bis zwanzig Uhr dreißig. Falls ihr etwas braucht, es ist immer jemand unten. Ich wünsch euch einen schönen Aufenthalt.«

Christina dankte ihm und nahm den Schlüssel entgegen. Leopold Oberndörfer wandte sich zum Gehen. Dann drehte er sich noch einmal um. »Ihr kommt wirklich aus Deutschland, ja?«

Weniger über die Frage an sich als den seltsamen Klang in seiner Stimme irritiert, sah Helena den Wirt an. »Ja, aus Heidelberg. Zumindest ich. Weshalb?«

Er senkte die schweren Lider. »Bitte entschuldige, es geht mich nichts an.« Mit einem Ruck zog er die Tür hinter sich zu.

»Sagt der echt du zu uns?« Helena hängte ihre Jacke ordentlich an den Haken neben der Tür.

»In den Alpenländern sieht man das viel lockerer als bei uns. Die Deutschen sind immer so steif. Ich finde das sympathisch. Du nicht?«

Helena krauste die Nase. Bei aller Liebe, ja, das war es, doch irgendetwas stimmte hier nicht.

Sie holten das Gepäck aus dem Auto. Christina stellte den Koffer mitten im Zimmer ab und ließ sich auf das breite Doppelbett fallen. Sie wippte ein paarmal auf und ab und nickte zufrieden. Dann zog sie Stiefel und Hose aus, warf die Jeans in einem weiten Bogen auf den Sessel und ließ sich in die Kissen plumpsen.

Bis Helena ausgepackt und ihre Sachen in den Schrank geräumt hatte, schlief Tini schon. Sie legte Annas Bücher auf das Nachtschränkchen an Christinas Bettseite und trat ans Fenster. Es schneite noch immer; unentwegt fiel Schnee aus dem grauen Himmel und deckte hartnäckig alles zu. Ein Vorhang stiebender Flocken lag über dem Dorf und kein Mensch war draußen zu sehen. Helena lehnte die Stirn an das kalte Fensterglas. Jetzt waren sie hier. Was sie wohl finden würden? Ihre Müdigkeit war verflogen. Der Drang, auf eigene Faust loszugehen, wurde übermächtig und sie drehte sich um, betrachtete die schlafende Schwester. Christina hatte die Decke über die Schultern hochgezogen; nur ihre dunklen Locken und der sanfte Schwung der Stirn waren zu erkennen.

Einen Moment überlegte sie und folgte dann dem inneren Drängen. Diesen ersten Weg wollte, ja, musste sie alleine gehen. Helena zog das silberne Medaillon aus der Hosentasche und legte es um. Dann riss sie ein Blatt von dem kleinen Block, der auf dem Schreibtisch unter dem Fenster lag, und schrieb eine Nachricht.

Ich bin spazieren. Mach dir keine Sorgen.

Sie schob die zusammengefaltete Notiz zwischen die Kladden und unterdrückte ein Lächeln. Als ob Christina sich sorgen würde. Sie kannte niemanden, der so pragmatisch wie ihre Schwester war. Die arrangierte sich beneidenswert problemlos mit allem, was auf sie zukam. Ganz anders als sie selbst. Sie, Helena, war immer die Vorsichtige, der Schisser, wie Tini es ausdrücken würde.

Behutsam zog sie die Zimmertür hinter sich zu und rannte die Treppe hinunter. Nickte dem Wirt zu, der ihr im Gang entgegenkam und blieb erst stehen, als die schwere Tür des Gasthofs hinter ihr zufiel.

Tief sog sie die Winterluft ein, legte den Kopf in den Nacken und spürte die kalten Flocken auf dem Gesicht. Helena zog sich die Kapuze über und überquerte die Kreuzung. Mit fast traumwandlerischer Sicherheit fand sie die schmale Abzweigung hinter dem Kaufladen. Schnee knirschte leise unter den Sohlen ihrer Winterstiefel, als sie zwischen den Häusern eine Steigung hinunterwanderte und dem gluckernden Bachlauf folgte. Niemand begegnete ihr, obwohl es früher Vormittag war. Die Wiesen lagen tief verschneit; ab und an sah sie ein kleines Anwesen auf den Hängen unter dem Wald schemenhaft im Weiß auftauchen. Bis sich aus dem hartnäckigen Schneetreiben ein Gehöft herausschälte.

Das Haus war groß, weit größer, als sie erwartet hatte. Das untere Stockwerk weiß gekalkt und rundherum gleichmäßig von Fenstern durchbrochen; das obere mit vom Alter dunkel gewordenem Holz verkleidet. Ein verwitterter Balkon zog sich an der Front entlang. Zwei ausgetretene Steinstufen führten zu der behäbigen Eingangstür. Unter den Fenstern standen eine grob geschnitzte Holzbank und daneben ein Blumenkübel, abgedeckt mit dick verschneitem Tannenreis.

Helena trat auf die oberste Stufe und hob die Hand, um anzuklopfen. Dann ließ sie den Arm sinken. Ihr Herz wusste, dass sie hier richtig war, doch etwas hielt sie zurück. Die Idee, den Haindlhof aufzusuchen, erschien mit einem Mal abstrus. Sie war einfach drauflos gegangen; völlig unvorbereitet, was sie erwartete. Womöglich wies man ihr die Tür. Vielleicht lebte auch mittlerweile jemand anderes hier und sie machte sich lächerlich.

Helena wich auf den Vorplatz zurück. Mit zögernden Schritten ging sie die Front entlang und schaute in den Durchlass zwischen Haus und Stall. In den niedrigen, doppelverglasten Fenstern des Untergeschosses waren Gardinen und einige Blumentöpfe zu erkennen, im Inneren brannte nirgends Licht. Quälende Wissbegierde trieb sie um das Haus herum. Neben der Hintertür lehnte ein einsamer Klappstuhl mit durchgesessenem Polster und daneben eine Rodel. Es war ein alter und augenscheinlich oft benutzter Schlitten, mit runden verkratzten Hörnern und verblichenem Webbezug, doch die Kufen glänzten eisengrau und frisch geschliffen. Ein gebundener Reisigbesen und eine Schneeschaufel lehnten an der Hauswand. In dem weitläufigen Garten, zwischen den verschneiten Rabatten, duckte sich ein quadratisches steingemauertes Häuschen. Konnte das Barbaras Waschhaus sein? Helena warf einen raschen Blick über die Schulter; es war niemand zu sehen. Geduckt, mit eingezogenem Kopf und langen Schritten, rannte sie den schmalen Trampelpfad entlang.

Ein Krug aus weißer Keramik, verziert mit aufgemalten grünen Schleifen, stand in dem einzigen und von Feuchtigkeit verzogenen Fensterrahmen des Waschhauses. Die Tür war verschlossen. Helena drückte das Gesicht an das staubblinde Fenster und versuchte, einen Blick ins Innere zu erhaschen. Sie erkannte nur aufgestapelte Gartenstühle und einen Rasenmäher.

Eine tiefe Stimme ließ sie zusammenzucken. »Was tun Sie hier? Das ist Privatgelände!«

Der Schreck fuhr Helena in die Glieder und sie drehte sich hastig um. »Ich … Bitte verzeihen Sie.« Mit schamrotem Gesicht sah sie dem hochgewachsenen Mann entgegen, der aus der Hintertür getreten war. »Ich wollte nicht aufdringlich sein.« Helena streifte die schneebedeckte Kapuze vom Haar. »Bitte, glauben Sie mir.«

Der Mann sah sie entgeistert an.

Sie trat einen Schritt zurück und hob die Hände. »Es tut mir wirklich leid!« Warf ihm einen entschuldigenden Blick zu und floh über den kleinen Trampelpfad zwischen den Gebäuden auf den Weg hinaus. Ihre Wangen brannten wie Feuer und sie spürte ihr Herz bis in die glühenden Ohren pochen. Verflixt, wie peinlich, beim Herumschnüffeln ertappt zu werden! Am Haus, seinen dunklen Fenstern und den forschenden Augen dahinter getraute sie sich nicht mehr vorüber. Verstört wandte sie sich nach links, rannte an den benachbarten Anwesen vorbei und blieb erst stehen, als der Haindlhof hinter ihr im Schneetreiben versank. Ein Gatter trennte sie von zottigen Rindern, die unbeweglich im Matsch standen. Außer Atem lehnte sie sich gegen die Holzstreben und schloss die Augen. Versuchte, ihr jagendes Herz zu beruhigen.

Helena erschrak fast zu Tode, als eine Hand sie hart am Ellbogen fasste. Der Mann von eben stand da. Er trug weder Jacke noch Mütze; nur schwarze Jeans, ein weißes Hemd und Halbstiefel, deren Schnürbänder offen herabhingen.

»Wer sind Sie?«

Er war durchaus attraktiv. Ein gepflegter Dreitagebart, der ein festes Kinn und kantige Wangen zierte. Dunkle kurzgeschnittene Haare, mit silbergrauen Fäden durchzogen und am Stirnansatz zu einem lustigen Wirbel gesträubt, der so gar nicht zu dem verkniffenen Gesichtsausdruck passen wollte. Eine gerade, etwas zu lange Nase und ein Mund, der anscheinend gerne lachte, nun aber zornig zusammengepresst war. Nussbraune Augen, die Iris golden gesprenkelt, die sie unwirsch musterten.

Mit einem Ruck zog Helena den Ellbogen aus seinem Griff. »Sie tun mir weh!«

Er ließ los, blieb aber beunruhigend nahe vor ihr stehen. »Was wollten Sie in unserem Garten? Was haben Sie da gesucht?«

Helena wich zur Seite und war froh, dass der Mann stehenblieb. »Ich hab mich entschuldigt, okay?« Es klang ebenso schwach in ihren Ohren, wie er es auffasste.

»Wer sind Sie?« Die Schärfe in der Stimme weckte ihren Widerstand. Das ging jetzt zu weit!

»Das geht Sie überhaupt nichts an. Lassen Sie mich endlich vorbei!« Helena wand sich am Gatter entlang. Die Rinder hinter ihrem Rücken kamen in Bewegung und muhten laut.

Eines der Tiere schob den gehörnten Kopf über das Gatter und stupste sie an die Schulter. Sie stieß einen schrillen Schrei aus und machte einen Satz nach vorn. Direkt in seine Arme.

Der Mann gab ein schnaubendes Lachen von sich und drehte sie vom Zaun weg. »Das sind nur Rindviecher. Die fressen kein Fleisch.« Er hielt Helena fest. »Sie kommen jetzt erst einmal mit.«

»Auf keinen Fall!«

Er ignorierte den Einwand. In offenen Schuhen stapfte er den Weg entlang und zog sie am Arm hinter sich her. Obwohl Helena wütend war, folgte sie. Immerhin kam sie ins Innere des Hauses, wenn auch anders als geplant, und konnte sich unauffällig umsehen.

Sie betraten den Haindlhof durch die Hintertür. Helena musste heftig schlucken, als sie in die Diele kam. Eine Holztreppe führte ins obere Stockwerk, die Stufen mit einem langen Läufer belegt und in den Winkeln von Messingstangen gehalten. Der Mann ließ endlich ihre Hand los, stieß die Tür mit dem Fuß zu und ging voraus. Wortlos zeigte er zu der Schuhreihe unter der Feuerstelle. Jeweils auf einem Bein hüpfend, zog Helena die Stiefel aus, während sie sich verstohlen umsah. Es war wie ein Flashback, und er traf sie mit voller Wucht. Der Steinboden, das eiserne Kamintürchen in der Wand; die Türen, die beidseitig in die Räume führten. Sie kannte das alles. Sogar den Geruch, den das Bauernhaus atmete, erkannte sie. Den heimeligen Geruch nach Holz, frisch angezündeten Scheiten und kalter Asche, das herbsüße Aroma von Kräutern und warmem Küchendunst, gebratenen Zwiebeln und Fleisch. Der Mann stieß eine Tür auf und schob sie hindurch. Helenas Augen flogen durch den Raum und erstickt schnappte sie nach Luft.

Die Stube wurde von dem mächtigen Kachelofen und einer hölzernen Ofenbank dominiert. Eine dunkelbraune Anrichte, daneben ein Uhrenschrank, aus dem es leise tickte, der große runde Tisch. Neben dem Kamin und der durchgesessenen Chaiselongue ein offener Türsturz, der in die

Küche führte. Sie wusste nur zu genau, wie es da drinnen aussah. Da würden sich unter den beiden Fenstern die Eckbank, ein einfacher Küchentisch und drei Stühle befinden. Gegenüber ein tiefes Spülbecken und ein riesiger gusseiserner Herd, stets eingeheizt. An der gekalkten Wand darüber ein Gitter, an dem Handtücher zum Trocknen hingen. Anna Hohleitner hatte den Haindlhof so authentisch beschrieben, dass Helena keinerlei Mühe hatte, sich zurechtzufinden.

Der abgetretene Dielenboden der Stube knarzte unter ihren Füßen. Helena taumelte, absorbiert von den Eindrücken. Es schien ihr, als wäre sie in eine Zeitschleife geraten. Geradewegs eingesaugt in ein tiefes Loch, in Annas vergangenes Leben. Am ganzen Körper zitternd, ließ sie sich auf die Ofenbank fallen. Drückte den Rücken an die gerundeten Kacheln, in die tröstliche Wärme, die sie verströmten. Ihr war heiß und kalt zugleich.

Der Mann verschwand in der Küche. Kurz darauf kam er wieder und berührte ihren Oberarm. »Komm.«

Das vertraute Du fiel ihr zwar auf, doch sie hatte keine Zeit darüber nachzudenken, was es zu bedeuten hatte. Seine breiten Schultern gaben den Türsturz frei.

Sie waren nicht allein. Grüne Augen, vom Alter blass und durchscheinend, musterten sie. Eine vorwitzige Nase, ein rundes Gesicht mit einem faltigen Doppelkinn unter dünnen weißen Locken, die runzelige Haut übersät mit bräunlichen Flecken. Die Frau war steinalt. Gebeugt saß sie im Lehnstuhl. Und dennoch strahlte sie eine ungeheure Würde aus.

»Setz dich nieder.« Der Mann wies auf die Bank unter dem Fenster.

Eingeschüchtert nahm Helena Platz. Die Alte sagte keinen Ton, sah sie nur unverwandt an.

Der Mann stellte eine Tasse vor Helena hin, schenkte aus einer Porzellankanne Tee ein und schob ein Honigglas herüber. Dann streckte er die Hand aus. Sie runzelte die Stirn. Was wollte er?

»Magst nicht deine Jacke ablegen? Es ist warm herinnen.«

Helena zögerte, doch dann öffnete sie den Reißverschluss und schlüpfte aus dem Daunenmantel. Plötzlich fror sie, doch diese Kälte kam aus ihrem Inneren. In den Augen der Alten blitzte es auf, als Helena den Schal abnahm. Sie nickte zufrieden und legte die gefalteten Hände auf den Tisch. Helena wunderte sich. Konnte sie nicht sprechen?

Der Mann nahm den Mantel über den Arm und streichelte über die Wange der weißhaarigen Frau. »Ich lass euch dann mal allein.«

»Bleib da, Bub. Setz dich her zu uns.« Ihre Stimme klang erstaunlich voll und dunkel; ganz anders, als Helena es bei einer so alten Frau erwartet hatte. Sie konnte sich ein kleines Schmunzeln nicht verkneifen. Bub? Dieser *Bub* war mindestens fünfzig Jahre alt, obwohl sie zugeben musste, dass er sich gut gehalten hatte. Der Mann hängte den Mantel sorgfältig über die Lehne des freien Stuhls und schob sich auf die kurze Bank an der Stirnseite des Tisches.

Die Augen der alten Frau richteten sich auf sie. Forschend, voller Neugier und auch ein wenig traurig vielleicht? Helena spürte diesen Blick bis auf den Grund der Seele. Unter dem Tisch rieb sie die Knie aneinander.

»Du siehst deiner Mutter unglaublich ähnlich.«

Zum Glück saß sie. In Helenas Ohren begann es zu rauschen und kalter Schweiß brach ihr aus. Sie schloss die Augen, atmete tief ein. Wie oft hatte sie sich in den vergangenen Tagen ausgemalt, wie es sein würde. Was sie sagen wollte, wenn sie auf jemanden traf, der ihre richtige Mutter gekannt hatte. Und jetzt brachte sie keinen Ton heraus.

»Du bist Helena.« Die Fältchen um die blassgrünen Augen vertieften sich, als die Alte sie zusammenkniff. »Du musst es sein, denn du trägst das Medaillon.«

Helenas Hand glitt unwillkürlich an die Silberkette an ihrem Hals.

Die Alte legte den Kopf schräg und ein Lächeln ließ das runzelige Gesicht aufleuchten. »Du fragst dich sicher, was das alles soll.«

Der Mann nahm Helena am Arm. »Ist alles in Ordnung? Hier, trink einen Schluck.« Er schob die Tasse näher.

Gehorsam nippte sie und schmeckte Minztee. Der pfeffrige Geschmack legte sich beruhigend auf ihre Sinne und allmählich verebbte das Rauschen in den Ohren zu einem Summen. Dankbar nickte sie ihm zu. »Es geht schon wieder. Das ist einfach – eine Überraschung.«

»Barbara fällt immer mit der Tür ins Haus. Das kann sie gut. Nicht wahr, Barbi?« Liebevoll tätschelte der Mann den Handrücken der alten Frau.

Helenas Kopf ruckte hoch. »Barbara? Sie sind – Barbara Sittler?« Das war unmöglich. Im Kopf versuchte sie, das Alter der Frau nachzurechnen, doch der verweigerte jegliches logisches Denken. Sie musste mindestens neunzig sein!

»Ja, wer denn sonst, Kind? Und bitte, sag du zu mir, schließlich bin ich deine Großtante. Deine Mutter hat mich immer Dede genannt. Vielleicht möchtest du das auch tun. Irgendwann einmal. Vorerst genügt Barbara. Oder lieber Barbi.« Sie deutete auf den Mann neben sich, der das Kinn in die Hand gestützt hielt und sie gespannt beobachtete. »Und das hier ist mein Ziehsohn Niklas. Niklas Hallner.«

Mit offenem Mund sah Helena von Barbara zu dem Mann. Niki, der kleine Niki mit dem braunen Wuschelkopf? In ihrem Kopf war nur Raum für die Vorstellung eines vorwitzigen sechs- oder siebenjährigen Buben, der ständig etwas anstellte.

Der gutaussehende Mann lächelte und in seinen Augenwinkeln blitzte der Schalk. »Du hast mir keine Gelegenheit gegeben, mich vorzustellen, als du einfach so davongestürmt bist. Außerdem war ich viel zu sehr überrascht. Du musst schon entschuldigen, dass ich dich einfach so verschleppt hab.«

Verlegen zupfte sie an der Kette. »Es war mir peinlich, in eurem Garten erwischt zu werden.«

»Zum Glück habe ich dich ja noch eingeholt.« Nun lachte er und wie er es tat, mit diesem spitzbübischen Zwinkern in den goldbraunen Augen, ließ ihre Beklommenheit schwinden.

Helena ließ sich an die Lehne der Bank zurückfallen und rieb die Wangen. »Ich kann das noch gar nicht glauben.« In ihrem Schädel wuselte es durcheinander wie in einem Ameisenhaufen. Sie hatte tausend Fragen und wusste nicht, welche sie zuerst stellen sollte. »Du hast mir dieses Päckchen geschickt, äh, Barbara. Woher hattest du meine Adresse?«

»Der Junge hat dich gefunden. In seinem Computer.« Niklas lachte geradeheraus und Helena unterdrückte ebenfalls ein Kichern. Diese Frau war ein Original.

»Im Internet, Barbi«, verbesserte er.

Sie winkte ungeduldig ab. »Ist doch egal. Ich wusste den Namen deiner Eltern und hab Niki gebeten, dich ausfindig zu machen. Es war wohl nicht besonders schwierig. Ich erinnerte mich, dass Erika erwähnt hatte, dass ein Umzug nach Heidelberg bevorstand. Niklas hat die Hartenaus sofort gefunden. Und dich ebenfalls. Du leitest dort ein Institut, wenn ich das richtig weiß?«

Helena nickte. »Ja, ich habe Medizin und Naturheilkunde studiert. Seit ungefähr zwei Jahren bin ich stellvertretende Leitung im akademischen Zentrum für komplementäre und integrative Medizin. Wir erforschen die Wirkung pflanzlicher Präparate bei Krankheiten. Bei Krebs, chronischen Erkrankungen wie Rheuma und so.« Es sprudelte nur so aus ihr heraus. Was rede ich denn da, dachte sie, ich plappere nur unnützes Zeug. Niklas Hallner sah sie unverwandt an.

Barbara wiegte den weißen Kopf. »Das ist unglaublich. Der Apfel fällt wirklich nicht weit vom Stamm. Du weißt sicherlich, dass die Frauen in unserer Familie alle Heilerinnen waren. Fast ausnahmslos, über viele Generationen.« Ein Ausdruck des Stolzes schlich sich in das faltige Gesicht. »Aber sag, leben deine Eltern noch?«

Etwas befremdet über diesen Ausdruck, den die alte Frau so selbstverständlich verwendete, nickte Helena wieder. »Ja, es geht ihnen ganz ordentlich. Mein Vater«, sie räusperte sich, »Papa ist in Pension. Er hat schon seit langem Probleme mit der Hüfte und wurde mehrmals operiert. Er muss am Stock gehen, aber es geht ihm gut. Und Mutter ebenfalls.«

»Und deine Schwester? Christina heißt sie, nicht wahr? Bist du alleine nach Forstau gekommen oder ist sie auch hier?«, hakte Barbara nach.

Helena schlug sich vor die Stirn. »Tini, liebe Güte, die hab ich total vergessen. Natürlich, ja. Sie ist im Gasthof geblieben.« Sie sah auf die Armbanduhr. Es war schon nach zwei Uhr. »Sie fragt sich bestimmt längst, wo ich bleibe. Ich sollte jetzt gehen.«

Barbara schwieg. Zu gerne hätte sie die Frage gestellt, die ihr vor allen anderen auf der Seele brannte. Doch das musste warten, bis die Zeit dafür war. Und insgeheim wusste sie die Antwort ohnehin. Sie konnte sie in den schiefergrauen Augen der Frau lesen, die ihr gegenübersaß. Helena war ebenso ätherisch wie Anna. Ihr ganzes Wesen atmete die Gabe. Sie musste mehr über die Mädchen erfahren, sie ganz bei sich haben. »Ihr wohnt sicher beim Oberndörfer?«

Ein drittes Mal nickte Helena. Wie es schien, wusste Barbara Sittler bestens Bescheid.

»Hör zu. Ich hätte gerne, dass ihr beide heute Abend zum Essen hierherkommt. Ich will deine Schwester kennenlernen und ich denke, wir haben einiges zu besprechen. Und wenn du einverstanden bist, dann würde ich mich freuen, wenn ihr bei mir im Haindlhof wohnt, solange ihr da seid. Es ist Platz genug.«

»Ich kann das nicht alleine entscheiden. Es war Tinis Idee, hierherzufahren. Sie hat das Zimmer schon im Voraus bezahlt. Wir wollten uns erst einmal umsehen und wussten ja nicht, was wir antreffen.« Und ob wir willkommen sind.

»Mit dem Poldi kläre ich das schon. Lass das meine Sorge sein. Wäre dir sieben Uhr recht? Ich hoffe, du magst Erdäpfeleintopf. Mehr gibt es leider nicht. Ich hatte keine Ahnung …«

»Ich liebe Kartoffeleintopf!«, sagte Helena aus tiefstem Herzen. »Und wir kommen gern. Sehr gern.« Sie stand auf, zögerte einen Moment und ging dann um den Tisch herum. Etwas, das sie nicht greifen konnte, drängte sie zu der alten Frau. »Danke, Barbara. Du kannst dir nicht vorstellen, wie ich mich gerade fühle.«

Die Alte streckte die Hand aus. Helena ergriff sie und fühlte den Druck der zerbrechlichen Finger. Die kleine Geste rührte sie und sie musste gegen die aufsteigenden Tränen ankämpfen. Barbaras Augen wurden ebenfalls feucht. Verstohlen wischte sie mit dem Handrücken darüber, erhob sich mühsam und richtete sich auf.

»Ich danke dir, mein liebes Kind. Ich hatte nicht zu hoffen gewagt, dass du kommst. Dass ihr beide zu mir kommt. Und jetzt bin ich mehr als froh.«

Sie war kleiner als Helena und musste zu ihr aufsehen. Einem Impuls folgend, beugte Helena sich und küsste vorsichtig die papierne Haut auf Barbaras Wange.

»Dann sehen wir uns heute Abend.«

Niklas brachte sie zur Tür. »Soll ich dich fahren?«

Helena schüttelte den Kopf und wand sich den Schal um den Hals. »Nein, danke. Das ist wirklich nett von dir, doch ich brauche jetzt Bewegung und frische Luft. Der Spaziergang wird mir helfen, meine Gedanken zu sortieren. Ich bin völlig durcheinander. Und es ist ja nicht weit.«

»Das verstehe ich. Du hast einiges zu verarbeiten.«

Mit einem Kopfnicken verabschiedete sie sich und trat in die Kälte hinaus. Es schneite noch immer. Sie war schon einige Schritte entfernt, als er ihr nachrief.

»Helena?«

Sie blieb stehen.

»Ich freue mich auf heute Abend.«

Ihr Herz tat einen kleinen flatternden Schlag. Zaghaft hob sie die Hand. Er ging hinein und schloss die Tür hinter sich.

Christina war nicht im Zimmer. Das Bett war zerwühlt, ihr Koffer stand aufgeklappt mitten im Raum auf dem Fußboden und überall lagen Kleidungsstücke verstreut. Helena öffnete die Tür zum angrenzenden Badezimmer. Ihre Schwester musste geduscht haben, denn ein feuchtes Handtuch lag zusammengeknüllt auf den Fliesen und an den Kacheln kondensierten Wassertropfen. Auf dem Glasbord und am Waschbeckenrand verteilten sich Tinis Schminkutensilien.

Mit der Hand wischte Helena über den beschlagenen Spiegel und betrachtete sich in dem perlenden Bogen. Sie sah zum Fürchten aus! Ein müdes Gesicht mit dunklen Ringen unter den Augen schaute ihr entgegen. Das frühe Aufstehen und der ereignisreiche Tag machten sich langsam bemerkbar. Sie beschloss, ebenfalls zu duschen. An Schlaf war ohnehin nicht zu denken, sie war viel zu aufgewühlt.

Eine halbe Stunde später betrat sie den Gastraum und schaute sich um. Es waren keine Gäste da und die Bedienung damit beschäftigt, die Tische für die Nachmittagsgäste neu einzudecken.

»Ich suche meine Schwester. Christina Hartenau.« Die junge Frau rückte die Tischdekoration zurecht und wies belustigt zur Tür.

»Tini? Die ist in der Küche. Geh einfach über den Gang.«

Helena traute ihren Ohren nicht. Tini? Die Bedienung nannte sie bereits Tini? Ihre verrückte Schwester hatte sichtlich keine Zeit gescheut, Kontakte zu knüpfen. Sie machte auf dem Absatz kehrt und lief wieder in den Gang hinaus. Eine heitere Lachsalve drang aus der Schwingtür, Helena drückte sie auf und lugte hinein.

Christina saß mit baumelnden Beinen und wild gestikulierend auf der Arbeitsplatte. Der Wirt und sein Sohn lehnten an dem riesigen Herd, der mitten in der geräumigen Küche stand, und schütteten sich aus vor Lachen. Die beiden ältlichen Frauen in ihren identischen Dirndlkleidern hockten vor einem beachtlichen Gemüseberg, hielten Schälmesser in der Hand und die Ohren gespitzt, während die grauen Köpfe vor Kichern wackelten. Helena brauchte einen Moment, um die Szenerie zu begreifen.

Christina winkte fröhlich und der Inhalt des halbvollen Glases in ihrer Hand schwankte bedenklich. »Schwesterherz, da bist du ja endlich! Komm her, wir probieren grad einen Wein aus der Wachau.« Mit einem Satz rutschte sie herunter. Der Sohn des Wirts sprang herzu, um sie aufzufangen. Sein Vater drehte sich um und Helena sah, wie ihm das Gesicht einfror, als er sie im Türrahmen stehen sah. Sie presste die Lippen aufeinander. So langsam ging ihr das seltsame Getue wirklich auf die Nerven.

»Ich habe dich überall gesucht. Kommst du? Ich muss mit dir reden.«

Das hübsche Gesicht der Schwester legte sich in sorgenvolle Falten. Eilig trank sie das Glas aus und drückte es Johannes in die Hand. »Die Vernunft ruft. Und die heißt Helena.« Mit einer übertrieben eleganten Bewegung wies sie auf die Schwester. »Sie hat das Sagen. Tut mir leid, ich muss gehen.« Sie deutete einen kleinen Knicks an und breitete unsichtbare Röcke aus.

Zorn kochte in Helena hoch. Sie musste sich auf die Zunge beißen, um nicht zu platzen. Christina tänzelte durch den Raum und warf den beiden Männern einen Luftkuss zu. Dann hakte sie die Schwester unter und zog sie in den Gang.

»Sag mal, spinnst du jetzt komplett?« Helena bebte vor Wut. »Hast du nichts Besseres zu tun, als dich anzubiedern und zu betrinken? Das ist ja mehr als widerlich!«

Christina stieß die Eingangstür auf. »Nanni, halt mal die Luft an, ja?« Sie trat auf die überfrorenen Stufen und tastete sich hinunter. Die Tür fiel mit einem dumpfen Schlag hinter ihnen ins Schloss. Christina stapfte über den Vorplatz und blieb unter der Eiche stehen. An den Baumstamm gelehnt, nestelte sie in der Jackentasche, zog ein Päckchen heraus und entzündete eine Zigarette. Tief inhalierte sie den Rauch und stieß ihn in einer kleinen Wolke wieder aus. Dann bot sie der Schwester die Schachtel an. Helena schüttelte den Kopf. Sie war stinksauer. Und maßlos enttäuscht. Was dachte Tini sich nur?

»Was war denn so wichtig? Du wolltest etwas mit mir bereden.« Ein kratzbürstiger Unterton lag in Christinas Stimme.

Helena schwieg.

»Herrje! Jetzt spuck's schon aus. Bist du sauer, weil ich nicht brav im Zimmer gewartet habe, bis du wiederkommst? Ich hatte einfach Spaß, Nanni!«

Aufgebracht schnaubte Helena durch die Nase.

»So etwas kennst du nicht, oder? Mensch, entspann dich doch mal. Du bist ja heiliger als der Papst«, fauchte die Schwester.

Helena zog die Schultern ein. Sie fror. Die Freude, Tini die Neuigkeiten zu erzählen, verging unter den schroffen Worten. »Vergiss es. Du bist betrunken. Und das eben war einfach nur peinlich.«

»Bin ich nicht. Nicht mal angeschickert. Wobei das momentan nichts zur Sache tut, denn du siehst eh nur, was du sehen willst. Ich gehe das auf meine Art an, Nanni. Mitunter macht es Sinn, mit den Wölfen zu heulen.« Christina warf die halb gerauchte Zigarette in den Schnee und trat sie aus. »Hör zu, wir sind nur wegen dir hier! Damit du mal endlich mit dir selbst klarkommst. Ich brauch so ein Familienzeugs nicht, weder hier noch woanders. Mir gefällt mein Leben nämlich ganz gut so, wie es ist. Du bist ein Mimöschen, Nanni, und dein ewiggestriges, konservatives Getue geht mir gewaltig auf die Nerven. Komm endlich mal aus deinem Schneckenhaus heraus! Womöglich erkennst du ja, dass es da draußen noch mehr gibt als Pflichtbewusstsein.« Sie drehte sich zu der Schwester um und ihre glänzenden Augen spiegelten Helenas Gesicht wider. »Wenn dir mein Benehmen nicht in den Kram passt, ist das einzig und allein deine Sache! Und wenn du nicht wissen willst, was ich herausbekommen habe, dann sieh selbst zu.« Unwirsch stieß sie sich von dem rindigen Baumstamm ab. »Mir ist kalt. Ich geh rein.«

Helena legte die Arme eng um den Körper und sah ihr nach. Sie war tief getroffen. So dachte Tini über sie. Hielt sie für unfähig, ihr Leben selbst auf die Reihe zu bekommen.

Und was sie erst recht kränkte, darüber hinaus für humorlos und eingestaubt. Wütend stieß sie die Stiefelspitze in den Schnee. Sie brauchte kein Kindermädchen! Und niemanden, der für sie dachte oder ihr sagte, wie sie zu sein hatte! Es war fast klar gewesen, dass der Frieden nicht lange anhielt. Sie waren einfach zu verschieden. Die nächsten Tage würden nicht leicht werden, wenn sie die Streitereien nicht sein ließen. Sie brauchte Tini an ihrer Seite, als Verbündete.

Helena hatte keine Ahnung, was sie jetzt tun sollte. Doch eines war sicher. Sie konnte auch anders.

In die Gaststube bestellte sie einen Cappuccino. Leopold Oberndörfer blieb neben dem Tisch stehen. Mit einem höflichen Nicken dankte sie ihm, riss das Zuckerpäckchen auf und ließ den Inhalt in die Tasse rieseln. Er machte keine Anstalten zu gehen. Genervt nahm sie den Löffel und zog den Zucker durch den weißen Schaum. Nachdem sie nicht aufblickte, drehte er sich um und verzog sich hinter den Tresen.

Spontan nahm sie ihr Mobiltelefon heraus und schrieb Christina eine Nachricht. *Kaffee? Wir sollten reden.* Dann fiel ihr ein, dass Tini kein Handy mehr besaß und warf das Telefon vor sich auf den Tisch.

Es musste so etwas wie Gedankenübertragung gewesen sein, denn kaum eine Minute später schlenderte Christina herein. Sie wechselte einige Worte mit dem Wirt und kam dann zum Ecktisch, an dem Helena saß. Die Hände in den Hosentaschen ihrer Jeans vergraben, musterte sie die Schwester, die unentwegt in der Tasse rührte.

»Demnächst bist du durch«, brach sie das Schweigen und setzte sich.

Helena legte den Kaffeelöffel weg. Der Wirt enthob sie einer Antwort. Er brachte Christina ein großes Häferl, auf dem in hellblauem Schriftzug *Leni* geschrieben stand und zwei Teller mit Apfelstrudel. »Ganz frisch gebacken. Mit einem Gruß von meiner Schwester. Leni lässt fragen, ob du später in die Wohnung hinaufkommst. Sie will dir etwas zeigen.«

»Danke, Poldi. Das mache ich gerne.« Sie schenkte dem Wirt ein Lächeln. Mit einem scheuen Blick auf Helena entfernte er sich.

»Du gehörst wohl schon zur Familie«, Helena wies auf die Tasse. »Poldi? Und Leni Oberndörfers persönlicher Kaffeebecher?«

»Ich war nicht untätig, während du weg warst«, gab Christina gelassen zurück und stach mit der Kuchengabel in das Gebäck. Genießerisch schob sie sich ein Stück Strudel in den Mund. Wortlos sah Helena zu. Als Christina die Vanillesauce auskratzte, rückte sie ihr den anderen Teller hin.

»Ein Friedensangebot?« Ohne aufzublicken, fiel sie über die zweite Portion her. »Selbst schuld, wenn du dir das entgehen lässt.«

Helena hatte Mühe, nicht ebenso spitz zu antworten. Mit aller Kraft nahm sie sich zurück. »Tini, wir müssen damit aufhören. Nein, das ist kein Friedensangebot und ich bin immer noch sauer. Was du vorhin gesagt hast, war gemein. Ich kann absolut für mich alleine denken und brauch kein Händchen, das mich führt. Schon gar nicht deines. Bisher kam ich auch ohne dich sehr gut zurecht. Du wolltest, dass wir hierherfahren, es war deine Idee, nicht meine. Nur damit das klar ist! Doch Schwamm drüber, streiten bringt uns nicht weiter.« Sie nippte an ihrem Milchkaffee. »Manchmal bist du wirklich ein Biest! Trotzdem bist du meine Schwester. Ich hab sonst keine.«

Mit der Fingerspitze tupfte Christina den Puderzucker vom Tellerrand. Ein winziges Lächeln schlich sich in ihre Augen. »Du hast auch nicht schlecht ausgeteilt. Doch ich verzichte auf eine Entschuldigung.« Mit einem Mal wurde sie ernst. Setzte sich zurück und kreuzte die Arme vor der Brust. »Nun gut! Ich dachte, wir gehen das gemeinsam an. Es hat mich tierisch geärgert, dass du ohne mich losgegangen bist. Wir hatten das anders besprochen. Aber du hast recht, so kommen wir nicht weiter. Waffenstillstand?«

»Nur, wenn du das Mimöschen zurücknimmst.«

In gespielter Nachdenklichkeit runzelte Christina die Stirn. »Ungern, aber okay.« Sie konnte ihre Belustigung nicht mehr verbergen.

Erleichtert nickte Helena. »Also dann. Waffenstillstand.«

Christina leckte sich einen Rest Vanillesauce aus dem Mundwinkel und legte die Kuchengabel weg. »Wo warst du eigentlich so lange? Ich hab mir echt Sorgen gemacht. Deshalb bin ich auch nach unten gegangen, um dich zu suchen.«

»Du und Sorgen? Danach sah es nicht aus.« Die Spöttelei konnte sie sich nicht verkneifen. Christina warf ihr einen warnenden Blick zu. »Ich habe dir doch eine Nachricht hingelegt«, beeilte sich Helena, zu erklären. »Auf die Bücher. Die wolltest du noch zu Ende lesen.«

»Hab ich nicht bemerkt. Ich bin erst um zwölf aufgewacht. Als du nicht kamst, bin ich runter. Der Wirt hatte dich rausgehen sehen. Und dann haben wir uns verschwatzt.«

Helena verzog den Mund. »Du hast ihm hoffentlich nichts erzählt, Tini?« Bei dem Gedanken wurde ihr komisch zumute.

»Hab ich nicht! Hältst du mich für eine Plaudertasche?« Sie ignorierte Helenas zweifelnden Gesichtsausdruck. »Das musste ich gar nicht. Stell dir vor, hier saßen ein paar Einheimische zusammen und haben über den Julianenhof gesprochen. Da wurde ich natürlich hellhörig …«

»… und hast dich prompt dazugesetzt, wie ich dich kenne«, vollendete Helena den Satz.

»Nein, zum Kuckuck! Lässt du das jetzt bitte sein? Sonst sag ich kein Sterbenswörtchen mehr!«

Helena hob die Hände. »Ist ja schon gut. Erzähl weiter.«

»Ich hab den Wirt ausgefragt. Und der wusste jede Menge zu erzählen. Anna hat die Alm dem Niklas Hallner überschrieben. Der hat in Radstadt die Praxis seines Vaters übernommen. Der alte Hallner ist vor ungefähr fünfzehn Jahren gestorben; so genau wusste Leopold das nicht mehr. Die Alm wird noch immer von den Kindern des damaligen Hütebuben bewirtschaftet.«

»Kaspar Wieser«, hauchte Helena. Der Rotschopf.

»Ja, genau. Leopolds Schwester Leni hat unser Gespräch mit angehört. Sie ist eine patente Frau mit einem fantastischen Gedächtnis, hat ihr Leben lang hier im Gasthof mitgearbeitet und praktisch alles mitbekommen, was im Dorf geschehen ist. Leni weiß noch, dass der Wojtek damals von heute auf morgen verschwand. Und sie hat geahnt, dass mit Anna etwas nicht stimmte.«

»Was heißt das?«

»Na ja, sie sagt, dass Anna nur selten ins Dorf kam. Man redete darüber, dass sie nach Maries Tod mit ihrem Stiefvater ganz allein dort oben lebte. Im Dezember 1956, sie erinnert sich genau an das Jahr, weil sie sich an dem Weihnachten verlobt hat, war Annas Tante Barbara mehrere Tage hintereinander auf dem Julianenhof. Sie weiß noch, dass Anna krank war. Leni versorgte über die Zeit die Hausgäste und den kleinen Niklas. Eines Morgens stand Barbara Sittler plötzlich in der Küche. Sie schickte Leni weg, um Ziegenmilch zu besorgen, gab ihr viel zu viel Geld mit und drängte sie, den Rest zu behalten. Leni sagt, sie habe damals das Gefühl gehabt, die Barbara wollte sie möglichst schnell aus dem Haus haben. Als sie sich in der Diele anzog, meinte sie, ein Baby zu hören. Als sie wiederkam, waren die Gäste abgereist und Barbara ziemlich wortkarg und durcheinander. Leni sagt, sie hätte geweint. Sie fuhr sofort wieder auf den Julianenhof hinauf und hat die Ziegenmilch, wegen der sie gekommen war, stehenlassen. Und weißt du, was das Beste daran ist?«

Helena schüttelte den Kopf.

»Sie erinnert sich noch ganz genau an den Namen der Hausgäste. Halt dich fest. Hartenau.«

»Dann stimmt Mutters Geschichte«, würgte Helena heiser hervor.

Christina drehte die Kuchengabel zwischen den Fingern. »Hast du daran gezweifelt? Ich nicht.«

Helena konnte den Blick nicht vom Kreiseln der blinkenden Gabel lösen. Ihr Flüstern war kaum zu hören. »Die arme Anna hat ihr Leben lang geglaubt, wir wären tot.«

Christina schwieg. Endlich antwortete sie und ihre Worte wogen schwer. »Und Barbara Sittler hat sie belogen.«

Helena barg das Gesicht in den Händen. »Ich war vorhin im Haindlhof. Bei Barbara.«

Christinas Kopf ruckte hoch.

»Wir sind um sieben bei ihr zum Abendessen eingeladen.«

Völlig entgeistert starrte die Schwester sie an. »Die alte Hexe lebt noch? Sie muss an die hundert Jahre alt sein. Das ist unmöglich, Nanni. Da hat dir jemand einen Bären aufgebunden.«

»Sie ist keine alte Hexe«, gab Helena leise zurück. »Alt ja, fünfundneunzig und ziemlich klapprig. Doch sie ist wundervoll. Noch ganz klar im Kopf und sie hat eine unglaubliche Ausstrahlung. Sie war es, die mir das Päckchen geschickt hat.«

Christina warf die Gabel auf das Tischtuch. Brüsk erwiderte sie. »Ein wenig spät, oder? Jetzt, wo außer ihr alle tot sind! Niemand hat mehr etwas davon. Welches falsche Spiel spielt diese Barbara Sittler?« Mit einer heftigen Bewegung schüttelte sie das dunkle Haar über die Schulter. »Ich halte sie für ein intrigantes Weibsstück. Sie hat Anna gegängelt und immer versucht, sie in ihre Richtung zu drängen. Sie hat ihr die Kinder weggenommen. Das ist doch das Letzte! Wer tut so was? Und jetzt, kurz vor ihrem Ableben, mischt sie uns auf.«

Nichts hätte Helena mehr treffen können. Es stimmte, Anna war tot und Roman ebenfalls. Mathis, Florian und Hannah längst unter der Erde wie all die anderen. Jeder, der Licht in das Dunkel ihrer Herkunft hätte bringen können, war verstummt. Christina brachte es auf den Punkt. Weshalb erst jetzt, nach bald fünfzig Jahren? Barbara Sittler hatte ihr Leben dermaßen durcheinandergerüttelt, dass sie sich fast wünschte, sie hätte Annas Aufschrieb nie gelesen. Alles wäre beim Alten geblieben und nichts von alldem zu wissen, so viel leichter. Tini hatte vollkommen recht. In der Vergangenheit zu wühlen und sie erneut aufzurühren, rief lediglich weiteres Übel hervor. Sie sollten besser nach Hause fahren. Das Hochgefühl, das sie nachmittags verspürt hatte, fiel zu einem Häufchen Asche zusammen.

Abrupt stand sie auf. »Ich kann da nicht hingehen. Nicht heute. Ich rufe an und sage ab.«

Ohne darauf zu warten, was die Schwester dazu meinte, eilte sie an den Tresen. »Haben Sie die Nummer des Haindlhofs?«

Leopold Oberndörfer musste nicht nachsehen. Er schrieb die vier Ziffern auf einen schmalen Block und riss das Blatt ab. »Das Telefon findest draußen im Flur, bei der Garderobe«, sagte er und reichte ihr den Zettel.

Mit schlecht verhohlener Neugier sah er Helena nach, wie sie die Gaststube verließ.

Nach dem vierten Klingeln nahm jemand den Hörer ab. »Haindlhof, bei Sittler.« Niklas Hallners tiefe Stimme gab ihr einen Stich ins Herz. Sie brachte kein Wort heraus.

»Hallo?«

Sie räusperte sich. »Ich bin es. Helena.«

Bevor er antworten konnte, sprach sie schnell weiter. »Ich muss absagen. Wir können nicht. Es ist etwas dazwischengekommen.«

Er schwieg. Sie hörte, wie er atmete. Dann fragte er leise: »Ist alles in Ordnung, Helena?«

Sie holte tief Luft. Nichts war in Ordnung. »Ich melde mich morgen. Es tut mir leid. Aber heute geht es wirklich nicht.« Hastig hängte sie den altmodischen Bakelithörer ein und legte den Kopf an die Holzwand.

Eine Hand berührte sie am Rücken. Christina stand hinter ihr, die Jacken über dem Arm. »Komm, lass uns noch eine Runde gehen, bevor es dunkel wird. Ich muss an die frische Luft, sonst krieg ich den Koller.«

Helena rieb die pochenden Schläfen. Sie hatte das Gefühl, einen Fehler begangen zu haben. Doch die Vernunft sagte, es war richtig so. Sie folgte der Schwester nach draußen und verbannte das Bedauern in den hintersten Winkel.

KAPITEL ZWEI

Obwohl es erst auf halb vier zuging, dämmerte es bereits. In den Häusern flammten nach und nach Lichter auf und warfen gelbe Rechtecke in die verschneiten Vorgärten. Schneeflocken stoben aus einem tiefhängenden Himmel, hüllten sie in einen weißen Kokon und erstickten alle Geräusche. Nur die Tritte ihrer Sohlen knirschten im Schnee. Wortlos stapften sie hintereinander den Kirchberg hinauf.

Ein freistehendes Haus hob sich wie ein gespenstischer Schemen aus dem Zwielicht. Es unterschied sich von den breit gebauten Höfen, die sie bisher in der Forstau gesehen hatten, ragte mehrere Stockwerke hoch und im Innern war es finster. Die Fenster lagen wie schwarze Höhlen in der dunkelbraunen schindelgedeckten Fassade.

Christina fröstelte trotz der dicken Jacke und las halblaut den Schriftzug des verwitterten Holzschilds, das über dem ersten Stockwerk angebracht war. »Volksschule Forstau. Liebe Güte, das alte Gemäuer sieht ja ganz schön gruselig aus. Die armen Kinder, da drinnen muss man ja regelrecht depressiv werden.«

Mit einem Anflug von Beklemmung musterte Helena das verwitterte Haus. Hier war Anna zur Schule gegangen. Sie hatte keine Mühe, sich vorzustellen, wie es im Innern aussah.

Ein Schneepflug tuckerte den Kirchberg herauf und schob den frischgefallenen Schnee seitlich an den hohen Wall, der den Gehweg von der Straße trennte. Sie warteten, bis er vorbei und auf der Kuppe angelangt war, eine Runde auf dem Kirchplatz drehte und die roten Lichter vom Dunstschleier verschluckt wurden, bevor sie weiter bergauf gingen.

Die schlichte Front der Kirche erhob sich vor ihnen. Leise Orgelklänge drangen heraus und Helena erkannte die Melodie. *Ein feste Burg ist unser Gott ...*

Christina hatte schon die Hand auf den Türgriff des Portals gelegt.

»Lass uns zuerst zum Friedhof gehen, bevor es zu dunkel ist«, bat Helena, überquerte den Vorplatz und trat durch den Einlass. Zwei Pfeiler mit spitz zulaufenden Dächlein aus dunkel verfärbtem Kupferblech trennten die weißgekalkte schulterhohe Mauer, die den Friedhof von allen Seiten umgab. Eine vermummte Gestalt kam mit gesenktem Kopf durch den freigeschaufelten Mittelgang und verließ den Totenacker. Christina ließ sie vorbei, bevor sie der Schwester nachging.

Das Gräberfeld war zugeschneit. Wie ein graues Leichentuch lag die Schneedecke im Dämmerlicht über den Hügeln. Nur hie und da schimmerte ein ewiges Licht mit rötlichem Schein aus kleinen Höhlungen unter dem Schnee. Eiserne Kreuze standen in Reih und Glied. Mit Schwarz und Gold geschmiedeten Ornamenten hielten sie einsame Wacht über den Grabstätten der verstorbenen Forstauer.

Mit einem Gefühl der Ehrfurcht ging Helena im tiefen Schnee durch die Reihen, betrachtete die sepiafarbenen Bildermedaillons der Frauen und Männer und las die Namen auf den Tafeln. Die meisten sagten ihr nichts und doch rührten sie die Abbilder der Menschen an, die da begraben lagen. Blasse Gesichter, die Haare glatt gescheitelt oder streng zurückgekämmt. Augen, die ernst blickten und Münder, die zu flüstern schienen: »Ich war einmal jung und lebendig wie du. Ich war eine Mutter, ein Vater, ein Sohn, eine Schwester. Ich bin schon dort, wo du auch hingehen wirst. Vergiss nicht, du bist endlich ...«

Langsam wanderte sie an den Grabstätten vorbei. Hinter jeder Inschrift, jedem Epitaph verbarg sich ein Leben. Neben fremden Namen fand sie auch welche, die ihr aus Annas Aufschrieb vertraut waren. Die betrachtete sie intensiver;

suchte nach etwas, das ihr mehr über die Menschen erzählte, von denen sie gelesen hatte.

Da ruhten Hannes und Juliane Hallner, Maries Eltern und ihre Urgroßeltern. Alfons Pirnbacher, der Schullehrer. Der Schattbauer. Sein Grab war frisch aufgeworfen und ein schlichtes Holzkreuz steckte in dem Hügel. Gleich dahinter befand sich das Doppelgrab Florian und Hannah Sittlers. Weiter oben, in der letzten Reihe, ein breites, steinernes Grabmal der Familie Oberndörfer. Clemens und Resi, dachte sie und trat näher. Clemens mit dem Holzbein. Das Bild zeigte ein rundes Gesicht unter dem haarlosen Kopf, verschmitzte Äuglein und ein schmales Bärtchen über dem scharf- gezeichneten Mund. Seine großen Ohren standen etwas ab. Helena lächelte in sich hinein, genauso hatte sie sich den alten Forstauerwirt vorgestellt.

Schritt für Schritt ging sie den Grabreihen entlang. Ein Austätter, ein Hilfinger. Dort ruhten Jakob und Kathrin Suter und Helena hielt die Luft an, als sie die Inschrift über dem nächsten Grab las. Auf der schwarzmetallenen Namenstafel am Fuße des Grabkreuzes standen nur wenige Worte.

Ruhe in Frieden

Mathis Suter
★ 16. Juli 1934 - † 30. August 1954

Karoline Hohleitner
★ 29. Oktober 1954 - † 30. Oktober 1954

Ein blutjunger Mathis schaute sie an. Der flackernde Schein des Totenlichts und die Düsternis der hereinbrechenden Nacht verliehen seinem Antlitz etwas seltsam Lebendiges. Die verblasste Fotografie in dem ovalen messingumrahmten Medaillon zeigte einen kaum erwachsenen Burschen mit sanf- ten Augen und braunem Haarschopf, der sich gegen Wasser und Kamm zu sträuben schien. Ein Tannen-kränzchen, geschmückt mit roten Vogelbeeren, hob sich in kräftigen Farben von dem unberührten Weiß auf der schmalen Grabstatt ab. Jemand musste es erst kürzlich hingelegt haben; es waren kaum Flocken darauf. Mit im Handschuh zitternden Fingern streifte Helena die Schneekruste von dem geschwungenen Band über den eisernen Strahlen, die sich hinter dem Leib des gekreuzigten Heilands in alle vier Himmelsrichtungen streckten. Hier, bei Mathis Suter, lag ihre Schwester begraben. Annas erstgeborenes Kind, das sein kurzes Leben in Roman Wojteks Hand ausgehaucht hatte. Hätte Karoline überlebt, wäre sie jetzt fünfzig, grad einmal zwei Jahre älter als sie beide. Der Verlust, den Anna in ihren Aufzeichnungen festgehalten hatte, bekam ein Gesicht. Mathis hatte sich gegen Roman gestellt und verloren. Er hatte versprochen, Annas Bastardkind ein Vater zu sein und innerhalb weniger Wochen hatte man sie hier beieinander begraben. Welch unfassbares Leid hatte Anna erlebt! Für einen Moment raubten die aufsteigenden Gefühle ihr die Fassung. Sie krampfte die Hände in den Handschuhen zusammen.

»Nanni! Komm her!« Die aufgeregte Stimme ihrer Schwester klang über den stillen Friedhof. »Ich habe etwas gefunden!«

Helena wandte sich von Mathis' Grab ab und stapfte den Pfad entlang auf die andere Seite des Gräberfelds. Christina stand neben der Friedhofsmauer.

»Hier, schau!« Sie wies auf ein Epitaph.

Tod, wo ist dein Stachel
Hölle, wo ist dein Sieg

Marie Juliane Wojtek
geb. Hallner verw. Hohleitner

⋆ 23.11.1911 - † 25.07.1956

Die schwarzweiße Fotografie zeigte eine Frau im Halbprofil. Der Kopf war ein wenig geneigt und bot die stolze Linie des freien Nackens dar, ein geflochtener dunkler Haarkranz zierte die hohe Stirn. Schwarze Augen schauten ernst unter den geschwungenen Bögen der breiten Brauen hervor, dunkel umschattet. In ihrer Halsgrube lag ein ovales Medaillon. Sie wirkte majestätisch und verletzlich zugleich.

»Das ist unsere Großmutter.« Christina flüsterte. »Und sieh doch, sie hat deine Kette um.«

Helena konnte nicht antworten. Marie Wojtek und deren Enkeltochter – ihre Schwester – glichen sich auf eine Weise, die fast unheimlich war. Sie sahen sich nicht wirklich ähnlich. Doch da war etwas in Maries Haltung, dem Ausdruck des herben Gesichts, das sie wiedererkannte. Die Melancholie in Maries Blick unterschied sich von Christinas lebhaft funkeln-den Augen. Sie trug die Haare zu einem Kranz um den Kopf geflochten, wogegen Tinis Locken unbändig aufsprangen. Das Kinn war anders geformt; Maries eher kantig, das der Schwester spitzer. Und die Linie der schmalen Wangen war bei Marie härter, bei Tini etwas höher angesetzt, runder und eleganter. Und doch war es Helena, als fände sie die Schwester in Maries Abbild.

Noch bevor sie sich gefasst hatte, zog Christina sie am Arm zu der Mauer hin.

Am Anfang der Reihe lagen vier schmale Gräber neben-einander, der Schriftzug auf der Tafel unter den Kreuzen bis auf die Namen identisch, der Todestag derselbe.

»Die Kinder, die bei dem Scheunenbrand ums Leben gekommen sind«, flüsterte Helena betroffen. Tobias und Alfred Steiner, Paul Winkler und Elisabeth Suter, Mathis' behinderte Schwester.

»Ja, aber das meinte ich nicht. Schau hier.«

Ergriffen sah Helena über die Reihe kleiner Steine und schmal eingefasster Grabstätten. Das Herz wurde ihr eng. Letzte Worte von trauernden Müttern und Vätern, die ihre Kleinsten überlebt hatten.

Geliebtes Kind. Auf Wiedersehen. Das Liebste verlieren, ist ewiger Schmerz. Alles Getrennte findet sich wieder. Geliebt und unvergessen.

Sie ging langsam an den Kindergräbern entlang, ihre Augen flogen über die Inschriften, die Namen und kurzen Lebensdaten und blieben an dem hoch aufragenden Stein dahinter hängen. Ein Engel wuchs aus dem rauen Felsen, die steinernen Flügel ausgebreitet; in den Armen hielt er ein Bündel, aus dem ein sacht angedeutetes Kinderköpfchen herausschaute. Jemand hatte die Steintafeln davor vom Schnee befreit. Manche trugen Namen, von den Jahren und der Witterung verblichen.

Christina wies in eine Ecke.

Eine Platte lag ein wenig abseits, nicht größer als eine Männerhand; matt geschliffen, die Bruchkanten scharf und unegal. Sie war zweifarbig, der Schiefer auf einer Seite dunkler als auf der anderen. Eine goldene Erzader zog sich quer hindurch und verband sie miteinander. Darauf lag ein kleines Kränzchen aus Tanne und blutroten Vogelbeeren.

»Das ist unserer. Darauf verwette ich meine rechte Hand!« Christinas Stimme zitterte, als sie auf die feucht schimmernde Steinplatte zeigte.

Mit einem verdutzten Ausdruck sah Helena sie an. »Dieses Familienzeugs ist dir wohl doch nicht so ganz gleichgültig«, murmelte sie, trat auf die Einfassung und hob das Kränzchen auf. Nachdenklich drehte sie es in den Händen. Auf Mathis' und Karolines Grab hatte ein ähnlicher Kranz gelegen. Sie beugte sich über die Tafel.

Das Kränzchen fiel achtlos in den Schnee, als sie sich hinkniete und versuchte, die Steinplatte aus dem gefrorenen Boden zu lösen. Sie zog die Handschuhe ab und kratzte mit bloßen Fingern Schnee und Dreck weg. Die Schwester kniete plötzlich neben ihr und half. Umsonst. Beharrlich umklammerten Erde und Eis den Stein. Christina wühlte in der Manteltasche und zog ein Taschenmesser hervor. Mit klammen Fingern suchte sie nach der größten Klinge und klappte sie zusammen mit dem Korkenzieher auf. Ihre Blicke trafen sich. Christina nahm den Griff fest in die Hand und bohrte Klinge und Korkenzieher unter eine Ecke des Steins, Helena krallte die Finger in den gefrorenen Boden. Gemeinsam hebelten und zogen sie mit aller Kraft. Mit einem singenden Knacken brachen Klinge und der spiralförmige Korkenzieher ab.

»Scheiße!« Christina ließ das Messer fallen.

Helena gab nicht nach. Tiefer grub sie die Hände unter den Stein. Spürte, dass ein Fingernagel brach, doch sie achtete nicht darauf. Mit einem Knirschen löste sich die Platte und rücklings fiel Helena in den Schnee.

Christina stieß ein Lachen aus und half ihr auf.

Sie klopfte sich den Schnee ab. Ihr Zeigefinger blutete, der Nagel war tief ins Fleisch gerissen und stand ab. Vorsichtig berührte sie die zerfetzte Nagelplatte und sog die Luft zwischen die Zähne. Sie steckte den Finger in den Mund, tastete mit der Zunge über den Splitter und saugte an der Wunde. Dann biss sie den Nagel ab und spuckte ihn aus, suchte nach einem Taschentuch und wickelte es fest um die blutende Fingerspitze.

Christina verzog angewidert das Gesicht, dann prustete sie heraus. »Wir sind schon zwei rechte Detektive! Hoffentlich lohnt sich das ganze Blut. Du hast grad zum Piepen ausgesehen, wie ein dicker Käfer auf dem Rücken.«

»Ich bin nicht dick. Halt die Klappe, das tut weh.«

Noch immer kichernd rutschte Christina auf den Knien an Helenas Seite, suchte im Schnee nach ihrem Taschenmesser und hob es auf.

»Schade, das Messer ist hinüber. Annett hat es mir gerade erst zu Weihnachten geschenkt. Schweizer Qualität. Na ja!« Sie klappte die kleinste Klinge aus und kratzte mit der flachen Schneide die vereisten Erdkrümel ab. Das Lachen erstarb ihr in der Kehle. Fassungslos starrten sie auf die Unterseite des grauen Schiefers. Da war ein Symbol eingeritzt. Ein Kreis, an fünf Stellen unterbrochen, mit nach innen geschwungenen Seiten.

»Mathis' Zeichen!« Helena keuchte auf.

»Das ist ja irre.« Christina klappte die Klinge ein, schob das Messer in die Tasche und setzte sich auf die Fersen zurück. »Woher wusstest du das? Und weshalb sollte jemand sein Zeichen hier einritzen? Mathis war längst tot, als wir gezeugt wurden. Roman Wojtek ist unser Vater.«

Der Schmerz pochte in dem verletzten Finger und sie war ebenso überrascht wie Christina. Und doch auch nicht. »Ich weiß nicht. Es war nur so eine Idee.« Sie schwieg. Formulierte zögernd ihre Gedanken. »Ich glaube, Anna hat den Stein hierhergelegt. Sie hat nie aufgehört, Mathis zu lieben. Karoline ist bei ihm beerdigt und sie betrachtete ihn als den Vater ihrer Kinder. Roman Wojtek war nur der Erzeuger. Anna hat ihn gehasst.« Und umgebracht. Sie sprach es nicht aus. Genauso wenig, wie sie Anna als Mutter bezeichnen konnte. Die Frau, die sie beide geboren hatte, war eine Fremde für sie, obgleich sie ihre innersten Gedanken kannte.

Mit dem Finger zeichnete Christina das Symbol nach. »Du hast wohl recht.« Sie nahm Helena die Steinplatte aus der Hand, legte sie an ihren Platz zurück und drückte sie fest an. Dann zog sie die Schwester hoch. »Komm, Nanni. Lass uns verschwinden, bevor uns noch jemand erwischt. Ich glaube, man nennt das Grabschändung oder Störung der Totenruhe, was wir hier tun.«

Helena hob die Handschuhe auf. Das Taschentuch um den blutenden Finger verrutschte und ein zuckender Schmerz fuhr durch die verletzte Fingerkuppe, als sie die Hand hineinschob. Ohne ein weiteres Wort trat sie in die ausgetretene Spur und ging zu dem Durchlass hinüber. Es waren nur wenige Meter, doch es war mittlerweile so dunkel, dass ihre schlanke Gestalt im Schneetreiben wie ein Schemen verblasste.

Christina musterte den zerwühlten Platz. Sie bückte sich und hob den Kranz auf, der achtlos neben dem Engel lag. Sorgsam legte sie ihn auf den zwiefarbenen Stein zurück. Dann folgte sie der Schwester.

Helena zog das schwere Portal zur Kirche auf. Das Orgelspiel war verstummt. Herber Geruch nach Weihrauch und altem Stein strömte ihr entgegen.

Christina hob die Hände und wich einen Schritt zurück. »Ohne mich. Nicht jetzt. Mach, was du willst, aber mir reicht es für heute.«

Verwundert sah Helena ihr ins Gesicht, das unter der Bräune blass geworden war. Sie ließ den Griff los und die Kirchentür schlug mit einem Hallen zu.

Nebeneinander wanderten sie den Kirchbichl hinunter, die Köpfe gegen den herantreibenden Schnee eingezogen, jede in die eigenen Gedanken versunken.

An der Eiche blieb Christina stehen und fasste nach Helenas Ärmel. »Nanni.« Ihre Stimme klang zaghaft. »Hast du ihr Grab gefunden?« Schneekristalle glänzten auf den dunklen Locken, die sich um ihren Kopf sträubten.

»Nein. Doch womöglich habe ich es übersehen. Ich bin nicht durch alle Reihen gegangen.« Genau dasselbe hatte sie sich ebenfalls gefragt. Wo lag Anna Hohleitner begraben? Insgeheim nahm sie sich vor, gleich morgen bei Tageslicht noch einmal zum Friedhof hinaufzugehen.

Kapitel Drei

»Das sollte genügen.« Leni Oberndörfer wand ein Pflaster um Helenas Fingerspitze und klebte die Enden fest. Sie stand auf und klappte die grüne Plastikbox zu, die Johannes heraufgebracht hatte.

Helena reichte ihr die übriggebliebenen Pflasterpapierchen und bewegte vorsichtig den Finger. »Dankeschön, Frau Oberndörfer.«

»Nicht der Rede wert. Und sag einfach Leni. So nennt mich hier jeder.« Sie stellte das Kästchen beiseite, schlurfte zur Anrichte hinüber und nahm ein ledergebundenes Buch aus einer Lade. Ließ sich in den Sessel sinken und streifte ihre Patschen ab.

»Wir haben heute Nachmittag über den Julianenhof gesprochen, Tini, und du wolltest wissen, wie es da oben aussieht. Ich hab dir das Gästebuch herausgesucht. Wir hatten einmal zwei befreundete Ehepaare aus München, die ihren Urlaub bei uns verbrachten. Die haben eine Wanderung hinaufgemacht und uns hernach Bilder geschickt. In zwei Sommern unterhielt Marie nämlich dort oben eine Jausenstation. Das muss in den frühen Sechzigern gewesen sein.« Sie schlug das Gästebuch auf, blätterte einige Seiten um und reichte es Christina.

Auf dem steifen Karton waren etliche Bilder untereinander eingeklebt. Annähernd handtellergroße Fotografien in Schwarzweiß und, typisch für diese Zeit, unregelmäßig gezackten Rändern. Die obersten zeigten den Gasthof, die Aufnahmen darunter eine junge Leni, einen untersetzten glatzköpfigen Mann, der sich auf einen Gehstock stützte und einen Jungen an der Schulter hielt, sowie vier weitere Leute. Zwei Männer und zwei Frauen. Sie standen auf der Treppe des Gasthofs und lächelten in die Kamera. Einer der Männer hatte auffallend helle Augen unter schweren Lidern. Am Rand des Bildes waren Stufen zu erkennen, die zum Kellergeschoss hinunterführten. In Frakturschrift stand Trafik über einer Tür, deren Scheibenglas gerade noch so zu erkennen war.

Auf dem nächsten Bild posierten zwei Frauen vor dem Hintergrund eines Bergmassivs. Am Ende der Seite standen einige handschriftliche Worte. *Wir bedanken uns für Ihre Gastfreundschaft und die schönen Tage, Konstantin Meyer und Hans-Peter Wolff.*

»Das bin ich.« Leni deutete auf die Fotografien in der Mitte. »Und das ist mein Vater und der Knirps da mein Bruder, der Poldi.« Ein, in die Rückschau verlorenes Lächeln huschte über das rundliche Gesicht. »Die Trafik gehörte damals zum Gasthof. Meine Eltern, und davor die Großeltern, haben sie geführt. Jetzt ist sie gegenüber, neben dem Bürgermeisteramt und der Touristik. Doch ich erinnere mich, dass die beiden Herren bei uns stets Zigarren kauften. Und nicht die billigsten. Die hatten das Geld locker sitzen. Bankiersleute halt.« Sie gluckste. »Vater hatte im Hinterraum eine besondere Lade mit sündhaft teuren Zigarren aus Kuba, die ihm der Wojtek immer besorgte.«

Christina sah auf und bohrte nach. »Wojtek? Das ist kein typischer Name von hier, oder?«

Leni verzog den Mund. »Ach, der. Das war ein eigenartiger Kerl. Keiner wusste so recht, woher er kam. Er war ein Rom[2] und schmuggelte in den Kriegsjahren und auch danach so allerhand in unser Tal. Alle Mädchen schmachteten ihm hinterher und so manch eine aus dem Dorf ließ sich auf ein Techtelmechtel mit ihm ein. Er hat dann die Marie geheiratet, als sie von ihm schwanger wurde. Mein Vater war mit dem Florian, Maries Ziehvater, eng befreundet. Der

---

[2] Der Begriff Roma: männliche Form Rom; weibliche Form Romni.

alte Sittler hat dem Wojtek nie über den Weg getraut.«
Schnell blätterte sie das pergamentene Trennblatt um.
»Schau her, das ist es, was ich dir eigentlich zeigen wollte.
Hier sieht man den Julianenhof.«

Helena hatte der Schwester über die Schulter geschaut.
Als Leni die Seite umschlug, unterdrückte sie einen Laut.

Zwei junge Menschen standen im Türrahmen einer Almhütte. Der Mann hielt die Daumen in die Träger seiner
Lederhose eingehakt und grinste breit. Er sah umwerfend
aus, war braungebrannt und eine Haarlocke fiel ihm verwe-
gen in die Stirn. Die hochgewachsene dunkelhaarige Frau
daneben hielt die Hände unter der Schürze und lächelte
unsicher in die Kamera. Helena erkannte sie auf Anhieb.
Das herbe Gesicht mit den schwarzen Augen war unverkennbar. Marie Hohleitner.

Die beiden letzten Bilder zeigten ein uriges Almhaus und
weite Wiesen, hinter denen ein dunkler Wald aufragte.

»Das ist die Alm. Es ist wunderschön da oben.« Leni
blätterte eine Seite um und plauderte unbefangen weiter.
»Und das hier ist Anna, Marie und Toni Hohleitners Tochter.
So hieß Maries Mann aus erster Ehe, er starb bei einem
Unfall. Ich glaube, das muss ungefähr ein Jahr vor Roman
und Maries Heirat gewesen sein.«

Wie gebannt schauten die Schwestern auf die Fotografie,
die ein etwa elf- oder zwölfjähriges Mädchen zeigte, das vor
einem Stallgebäude stand. Weißblonde Haarsträhnen flatter-
ten im Wind und graue Augen lachten direkt in die Kamera.

Christina klappte das Album zu. »Hast du etwas dagegen,
wenn ich mir das bis morgen ausleihe?« Ihre Stimme klang
belegt. »Du bekommst es bestimmt zurück.«

Leni schob ihre Füße in die ausgetretenen Patschen.
»Aber nein. Ich muss jetzt eh hinunter, die Hausgäste warten.
Es ist bald Zeit fürs Abendessen.«

»Danke Leni, das ist wirklich nett von dir.« Christina zog
die Schwester hoch und klemmte sich das Buch unter den
Arm. »Und danke, dass du Helena verarztet hast.«

Völlig erschlagen ließ Helena sich aufs Bett fallen. Ihr Finger pochte und sie fühlte sich wie ein ausgeklopfter Teppich.

Christina legte das Gästebuch auf das Nachtkästchen und warf sich neben sie. Lange Zeit schwiegen sie und stierten vor sich hin. Nur ihre leisen Atemzüge waren zu hören.

»Eigenartig, wenn man seine Mutter zum ersten Mal sieht, oder? Das ist wie in einem schlechten Film.«

Helena antwortete nicht.

Christina setzte sich auf und knipste das Licht der Nachttischlampe an. Mit einem Ruck drehte sie sich auf den Bauch und schnappte sich das Album vom Nachtkasten.

Helena blieb liegen. Sie war erschöpft und ihre Glieder fühlten sich bleischwer an. Sie wünschte sich nach Hause, in die Zuflucht ihrer kleinen Wohnung und zu Rosa. Sogar nach dem Schreibkram auf ihrem Schreibtisch und dem täglichen Einerlei der Arbeit sehnte sie sich. Alles wäre ihr lieber, als hier zu sein. Die Ereignisse des Tages nahmen ihr die Kraft. Tini hatte recht, es war wie in einem schlechten Film. Doch anders als bei einem Fernsehabend konnte sie nicht einfach die Aus-Taste drücken.

Christina blätterte die Seiten durch und sah sich erneut die Bilder an. Eingehend betrachtete sie die Fotografie des kleinen Mädchens vor dem Stall. »Sie hat dieselben Flusen wie du früher«, murmelte sie und erwartete schon Helenas Rippenstoß. Der blieb aus, die Schwester regte sich nicht. Sie schlug eine Seite nach der anderen um. Beim vorletzten Blatt zog sie mit einem Zischen die Luft durch die Zähne. »Herrje, nun wundert mich gar nichts mehr.« Christina setzte sich auf und rüttelte die Zwillingsschwester an der Schulter. Helena drehte ihr müde das Gesicht zu.

»Nanni, schau dir das an!«

Helena raffte sich auf und schob sich am Kopfteil des Betts hoch. Sie wollte nichts mehr wissen. Mit ablehnender Miene nahm sie das Buch auf den Schoß. Die Kinnlade fiel ihr herunter, als sie die postkartengroße Schwarzweißfotografie sah. Christi Himmelfahrt, 30. Mai 1957, hatte jemand mit Bleistift darunter vermerkt. Sie zeigte das blumengeschmückte Portal der Sankt Leonhard Kirche und davor drei Frauen in Tracht. Zwei Bäuerinnen standen mit dem Rücken zur Kamera und steckten die Köpfe zusammen. Die breiten Taftbänder ihrer Hüte fielen lang über die schwarzen Röcke. Die dritte stand etwas abseits. Sie trug kostbaren Schmuck und hielt den Kopf stolz erhoben. Unter dem kleinen Hut, dem aufgesteckten hellen Haar, schauten ernste Augen aus einem schmalen Gesicht. Sie wirkte zurückhaltend und strahlte dennoch etwas Hoheitsvolles aus.

Helena stockte der Atem. Die Stimme der Schwester drang durch das Summen in ihren Ohren.

»Du hast dir nichts eingebildet. Jetzt ist mir klar, weshalb dich hier jeder ansieht, als seist du von den Toten auferstanden. Das könntest du sein!«

»Ich will das nicht!« Helena fegte das Buch vom Schoß. »Ich bin kein bisschen wie sie!«

Christina schob die Beine aus dem Bett und ging auf die andere Seite. »O doch, Nanni. Genau den Ausdruck habe ich hundertmal bei dir gesehen.« Sie bückte sich und hob das Gästebuch auf. »Ich glaube, es ist höchste Zeit, dass wir der alten Hexe Barbara Sittler doch einen kleinen Besuch abstatten!«

Helena schlief wie ein Stein. Sie hätte nicht gedacht, dass sie überhaupt einschlafen konnte. Der verletzte Finger schmerzte und das Pochen begleitete sie in ihre wirren Träume. Als sie aufwachte, war es halb neun. Ein Lichtstrahl fiel durch den Spalt der Vorhänge und kitzelte sie an der Nase. Verschlafen blinzelte sie in die Helligkeit, räkelte sich in den Kissen und lauschte auf den tiefen Atem der Schwester. Ein Schaben, Metall auf Stein, trieb sie hoch. Hellwach nun, schlug sie die Decke zurück.

Helena trat ans Fenster und zog den Vorhang auf. Der Himmel war wie aufgerissen, zwischen den Wolkenfetzen schob sich eine strahlende Morgensonne hervor, stand direkt über dem Grat der bewaldeten Bergseite. Es war atemberaubend. Schnee lag dick auf Dächern und Wiesen, er glitzerte im aufgehenden Licht wie tausend funkelnde Diamanten. Sie öffnete das Fenster, legte die Arme auf den Rahmen und lehnte sich hinaus. Die Winterluft war eisig, biss in die Haut und sie rieb die nackten Schultern.

Johannes Oberndörfer war da unten zugange, mit gesenktem Kopf schob er eine breite Schneeschaufel vor sich her und räumte den Weg zur Treppe frei. Bevor er sie bemerkte, trat Helena einen Schritt zurück. Sie drückte das Fenster zu, ließ einen Spalt offen, um den nächtlichen Muff zu vertreiben, und setzte sich auf die Bettkante. Vorsichtig zupfte sie das durchgeblutete Pflaster ab und besah sich den angeschwollenen Finger. Das sah nicht gut aus.

Mit einem Schlag überfluteten sie die Ereignisse des gestrigen Tages und nahmen ihr das wohlige Gefühl der Zufriedenheit.

In einträchtigem Schweigen wanderten die Schwestern den Bachweg entlang. Christina hatte nicht lockergelassen und darauf gedrängt, zum Haindlhof zu gehen. Unbedingt wollte sie nun Barbara Sittler aufsuchen.

Der anheimelnde Geruch des Anwesens umfing die Frauen, als sie eintraten und unwillkürlich gaben Helenas angespannte Schultern nach. Sie fühlte sich wohl hier. Es war wie ein Nachhausekommen, obwohl etwas in ihrem Bauch Purzelbäume zu schlagen schien.

Christina erging es anscheinend nicht viel anders. Sie schaute sich um und betrachtete die Bilder an den Wänden. Das gestickte Wappen der Familie, eine Luftaufnahme des Anwesens, ein hölzerner Teller mit einem Sinnspruch. Ohne ein Wort zeigte sie auf die geschnitzte Rosette am Fuß des Treppenstocks.

Helena schüttelte den Kopf. Das Symbol war ihr ebenfalls aufgefallen, als sie zum ersten Mal hier gewesen war, doch Mathis' Zeichen sah anders aus. Hier war der Kreis geschlossen; lediglich die Riefen, die zur Mitte führten, ein wenig geschwungen. Sie zog ihre Stiefel aus und forderte die Schwester mit einer Handbewegung auf, dasselbe zu tun. Sie stellten die schneefeuchten Schuhe auf dem Teppichrest vor dem Kamin ab und betraten auf Strümpfen die Stube.

Der Raum war leer, ebenso die angrenzende Küche. Der Eisenherd wummerte leise, jemand musste erst kürzlich Feuerholz nachgelegt haben. Ein bauchiger Teekessel stand darauf. In einem Raum hinter der Küche klapperte es, dann öffnete sich eine Seitentür. Eine ältere Frau mit grauem, in einen Knoten gestecktem Haar trat ein und hievte eine blecherne Milchkanne auf die Anrichte. Ihr Blick richtete sich fragend auf die Schwestern, die unter dem Türsturz standen.

»Grüß euch.« Der Mund blieb ihr offen stehen. »Das ist nicht möglich!« Die Blicke der Frau glitten zwischen den Schwestern hin und her.

Christina schaute sie von oben herab an und in ihrer Stimme klang ein kühler Unterton. »Wir möchten Barbara Sittler sprechen.«

Die Frau fasste sich. »Wartet's einen Moment. Sie wird drüben im Behandlungszimmer sein. Ich hol sie.« Auf dem Absatz machte sie kehrt und lief über den Gang. Sie hörten, wie sie anklopfte und eine Tür quietschend aufging.

»Barbi, du musst kommen! Jetzt gleich. Da sind zwei Frauen und sie … Ach was, du musst es selbst sehen. Wart, ich helf dir.«

Am Arm der Frau schlurfte Barbara Sittler in die Küche. Ihr Gesicht leuchtete auf, sie zog den Arm aus dem stützenden Griff und ließ sich in den Lehnstuhl nieder. »Es ist gut, Maria. Wir kommen zurecht. Lässt du uns allein?«

Maria. Maria Suter. Helena durchfuhr es wie ein Stich. Das war Mathis' Schwester! Es konnte nicht anders sein — sie besaß dieselben sanften Augen wie der Junge auf dem Grabkreuz. Der Teekessel auf dem Herd begann zu singen und gleich darauf erfüllte schneidendes Pfeifen die Küche.

Maria griff nach einem Herdlappen und zog ihn vom Feuer. »Soll ich nicht …«

Wie aus einem Mund ertönte Barbaras und Christinas Antwort. Die eine auf Hochdeutsch, ein deutliches Nein; die andere im Dialekt und nicht minder unmissverständlich. Barbara Sittlers scharfes »Naa« ließ die Frau zurückschrecken. Sie warf den Lappen neben den Waschstein und verließ die Küche. Die Hintertür fiel ins Schloss. Gleich darauf huschte die hagere Gestalt vor dem Fenster vorbei. Christina sah nach draußen und Maria wandte hastig den Kopf ab, als ihre Blicke durch die blanke Scheibe aufeinandertrafen.

Barbara musterte die ungleichen Schwestern. Helena senkte die Lider. Sie verspürte ein schlechtes Gewissen, weil sie die gestrige Verabredung so überstürzt abgesagt hatte.

»Du bist Christina.« Barbaras Worte tropften, träge wie Öl, in die Stille der Küche. »Setzt euch nieder.«

Dankbar fühlte Helena die harte Bank unter ihren wackeligen Beinen.

Die Schwester legte den Kopf schräg. Ihre schwarzen Augen gruben sich in Barbaras wissenden Blick. »Ich stehe lieber.«

Barbaras Mund verzog sich zu einem Grinsen und ließ die Lücken im Gebiss sehen. »Du bist störrisch wie meine Schwester, Gott hab sie selig. Und wenn ich das sagen darf, so überheblich wie dein Vater.« Mit gesenkter Stimme setzte sie hinzu. »Und ebenso gutaussehend wie er. Er war ein schöner Mann.«

Christina blieb eine Erwiderung im Hals stecken.

Barbara wandte sich Helena zu. »Darf ich dich fragen, was euch abgehalten hat, gestern zu kommen?«

Christina ergriff das Wort, bevor sie antworten konnte. »Sie hat sich den Finger verletzt. Und umgekehrt. Darf ich fragen, weshalb du meiner Schwester die Tagebücher geschickt hast?« Sie duzte Barbara so selbstverständlich, als ob sie sich seit Ewigkeiten kannten.

Helena hielt die Luft an. Tini fiel mit der Tür ins Haus, impulsiv und nicht zu bremsen.

Die Alte hob die Hände. »Warum so unfreundlich, mein liebes Kind. Setz dich her zu uns.«

»Ich bin nicht dein liebes Kind.«

Barbaras Mund zuckte. Mit ausgestecktem Finger wies sie zum Herd. »Tee ist in der Lade gegenüber. Bist du so nett und gießt uns eine Kanne auf?«

Verblüfft sah Christina zum Herd, setzte schon zu einer Antwort an. Doch dann folgte sie, ging zur Anrichte hinüber und riss die Schublade auf.

»Nimm den ganz rechts. Melisse beruhigt. Ich denke, wir können das gut gebrauchen.«

Christina schnaubte und suchte Helenas Blick. Die verschränkte die Hände und sah stur auf den Stoff ihrer Jeans. Tini hatte den Ball geworfen, mochte sie selbst zusehen, wie sie anständig aus der Situation herauskam.

Christina fügte sich mit einem Achselzucken. Nahm das Tütchen, suchte im Küchenschrank nach einer Kanne und Tassen. Sie warf eine Handvoll des Krauts in die Porzellankanne, schüttete heißes Wasser darüber und knallte sie auf den Küchentisch.

Verstohlen schob Helena die Hand vor den Mund, um ein Lachen zu verbergen. Hier trafen zwei Dickköpfe aufeinander und unweigerlich würde einer Haare lassen. Wie es schien, hatte ihre Schwester den Kürzeren gezogen. Barbara mochte steinalt sein, doch sie war Tini durchaus gewachsen.

Barbaras knotige Finger griffen nach der Kanne. Mit zitternden Händen goss sie ein. Sie schürzte die Lippen und sah abfällig auf die kleinen Blättchen, die in der bräunlichen Flüssigkeit umhertrieben. »Nun ja. Mit einem Sieb wäre das nicht passiert. Du bist wohl nur Teebeutel aus dem Supermarkt gewohnt.«

Christina hob die scharf gezeichneten Brauen.

Amüsiert biss Helena in ihre Daumenwurzel. Liebe Güte, Barbara reizte es bis zum Äußersten aus. Sie konnte den Spott ebenso schlecht verbergen wie Tini ihre Herablassung.

Mit beiden Händen hob die Alte die Tasse auf und nahm einen schlürfenden Schluck. Dann setzte sie den Becher ab. »Nun?« Die blassgrünen Augen unter fast wimpernlosen Lidern fixierten Christina.

»Weshalb hast du meiner Schwester diese Tagebücher geschickt?«

Barbaras Hände umklammerten den Becher fester. »Ich hoffte, ihr würdet kommen. Ich wollte euch kennenlernen und sehen, was aus euch geworden ist.«

»Das fällt dir früh ein. Du hattest achtundvierzig Jahre lang Zeit dazu. Warum jetzt erst?«

Die beiden Frauen, die Alte und die Jüngere, musterten einander. Maßen sich mit unbewegter Miene. Keine fünf Minuten im selben Raum und schon kreuzten sie die Klingen.

Christinas flache Hand schlug auf den Tisch, sie blitzte die Kontrahentin an. »Du hast keine Ahnung, was du angerichtet hast, oder? Du bringst unsere Familie durcheinander. Oder besser gesagt, du bist dabei, sie zu zerstören!«

Nicht im Mindesten zerknirscht ließ Barbara sich in den Lehnstuhl zurücksinken. »Da hast du wohl recht. Ich habe mir reiflich überlegt, ob ich deiner Schwester Annelis Bücher schicken soll. Es war mir durchaus klar, dass es euch aufrührt. Doch ihr tragt die Gabe. Sie muss bewahrt werden und darf nicht untergehen.«

Helena ließ fast die Tasse fallen.

Christina lachte ungläubig auf. »Das ist nicht dein Ernst! Nur deshalb? Wegen dieser blöden Fantasterei? Ich fasse das nicht.« Sie schüttelte den Kopf, ihre Stimme klang spöttisch. »Wenn es dich beruhigt, ich bin völlig normal und habe keine Gabe. Spinn dir ruhig deine eigene kleine Lügenmär zusammen, wenn es dir gefällt. Doch ohne uns. Es hat völlig ausgereicht zu erfahren, dass wir von einem Vergewaltiger abstammen. Du hast eine einzige gute Tat getan, als du uns nach Deutschland mitgegeben hast. Hier wäre dasselbe aus uns geworden wie aus dir. Eine engstirnige und bornierte alte Frau, die an einen solchen Unsinn glaubt.«

Helena fühlte, wie sie wütend wurde. Was redete die Schwester da? Tini tat so, als wüsste sie von nichts.

Barbara ging nicht weiter darauf ein. »Eure Eltern haben es euch gesagt, ja?«

»Das haben sie, vor zwei Tagen und erst, nachdem wir sie dazu gezwungen haben. Wir hatten keine Ahnung! Nanni und ich hatten es nicht leicht. Wir haben uns ein eigenes Leben erkämpfen müssen und ich lasse nicht zu, dass du es kaputtmachst! Und ich weiß immer noch nicht, weshalb du uns das überhaupt antust. Du bist eine verrückte alte Hexe und ich glaube dir kein Wort.«

Helena hielt es nicht mehr auf der Bank, sie schoss hoch. »Das reicht jetzt, Tini! Hör auf!«

Barbara ließ sich von Christinas Anschuldigung nicht beeindrucken. Gelassen verschränkte sie die Finger ineinander. »Eure Mutter hatte die Gabe. Es ist eure Bestimmung!«

Verächtlich verzog Christina den Mund. »Du sprichst vermutlich nicht von Erika, oder? Denn unsere leibliche Mutter, die heilige Anna, war eine Giftmischerin. Sie hat Roman Wojtek das Licht ausgeblasen.«

Barbara verlor alle Farbe unter den braunen Flecken ihrer Haut. »Das ist nicht wahr«, ächzte sie. »Anneli trägt keine Schuld an seinem Tod. Obwohl er ihn hundertmal mehr verdient hat als jeder andere Mensch.«

»Du willst mir jetzt nicht weismachen, dass du Annas Bücher nicht gelesen hast, oder?« Christinas Stimme klirrte wie splitterndes Glas. »Immerhin hast du sie Helena geschickt!«

Barbara beugte den weißen Kopf und blieb eine Antwort schuldig.

Helena fasste die Schwester am Arm. »Lass sie! Sie ist eine alte Frau. Siehst du nicht, dass du sie verstörst?«

Ihre Schwester sah sie beschwörend an. »Nanni, ich bitte dich! Bestimmung! Das ist doch lächerlich! Sei nicht so naiv und glaube, was diese Alte dir einflüstert.« Sie griff nach

Helenas Hand. »Komm, lass uns gehen. Es war ein Fehler, hierherzukommen. Sie ist senil. Sie lebt in ihrer eigenen Welt. Das ist mir echt zu abgefahren.«

Mit einem Ruck zog Helena die Hand weg. Sie unterdrückte einen kleinen Schmerzenslaut und krümmte den wehen Finger. »Nein, Tini. Ich bleibe. Ich will hören, was sie zu sagen hat.«

Christina biss sich auf die Lippen. Dann zuckte sie mit den Achseln und stand auf. »Wie du willst.«

Eine Minute später fiel die Haustür mit einem erschütternden Krachen ins Schloss.

»Deine Schwester scheint recht aufgeregt zu sein. Ist sie immer so?« Barbara griente und die Runzeln in dem runden Gesicht vertieften sich.

»Sie beruhigt sich schon wieder, keine Sorge. Tini ist manchmal ein wenig, na ja, impulsiv.« Helena knibbelte an einer hochstehenden Ecke des Pflasters. Sie war sich nicht sicher, ob ihre Einschätzung richtig war. Doch Tini hatte ihre Chance gehabt.

»Was hast du denn da? Deine Schwester erwähnte, dass du dich verletzt hast.«

»Ach, ich hab mir nur den Nagel ein wenig eingerissen. Halb so schlimm. Ich besorge mir später eine Zugsalbe in der Apotheke.«

»Liebes Kind, hier in der Forstau bin ich die Apotheke. Zeig her!« Geschwind wie ein Habicht schnappte sie nach Helenas Hand und besah das Pflaster, das einen dunklen Flecken aufwies. Mit einem Ruck zog sie es ab. Helena ächzte. Barbara drehte den Finger hin und her und beäugte ihn. Vorsichtig drückte sie auf die Fingerkuppe.

»Autsch!« Verflixt, das tat höllisch weh! Helena riss die Hand weg.

»Lass mich das sehen und stell dich nicht so an!«, befahl Barbara und gehorsam legte Helena die Hand auf den Tisch zurück. Die Alte war ganz schön gebieterisch. Obwohl sie zugeben musste, dass der Finger übel aussah; das geschwollene

Nagelbett leuchtete grellrot und der abgerissene Rand eiterte bereits.

Barbara erhob sich und wieselte durch die Küche. Helena staunte. Für eine Frau in ihrem hohen Alter bewegte sie sich ziemlich flink. Sie holte eine Schüssel aus Edelstahl aus der Anrichte, nahm den Kessel vom Herd und prüfte die Temperatur. Dann schlurfte sie aus der Küche und ließ die Tür hinter sich offen. Von gegenüber klapperte es.

»Wo bleibst du?«

Wenn das keine klare Ansage war. Ergeben folgte Helena der unmissverständlichen Aufforderung, ging über die Diele und betrat Barbaras Behandlungszimmer.

Mit einem gehauchten Laut des Staunens setzte sie sich auf den Stuhl, der vor dem riesigen Holztisch bereitstand und ließ die Augen durch den Raum wandern. Ein altmodischer Waschstein war neben der Tür eingebaut, darüber glänzten blinkende Armaturen; der eiserne Pumpenschwengel war wohl ein Überbleibsel aus früheren Zeiten. Ein breiter Wandschrank nahm eine komplette Wand ein, die anderen Wände waren voller Regale. Bücher über Bücher, die Rücken fein säuberlich sortiert. Ein Ungetüm von Schreibtisch stand neben einem schmalen Eisenofen.

Helena sog die Luft ein; hier drinnen roch es nach Kräutern, nach altem Pergament und ein winziges bisschen nach Alkohol. Sie war völlig hingerissen von diesem wunderbaren Raum, Studierzimmer und Behandlungsraum zugleich. Und ein wenig schauderte es sie auch. Toni Hohleitner, ihr Großvater, hatte hier auf diesem Tisch gelegen. Tot und eiserstarrt. Und ihre Schwester Karoline. Wie vermutlich noch viele andere mehr, denen Barbara geholfen oder den letzten Dienst der Totenwäsche erwiesen hatte.

»Leg deine Hand hier hinein.« Die knarrende Stimme der alten Frau holte sie in die Gegenwart zurück. Folgsam tauchte Helena die Hand in die Schüssel mit dem warmen Sud. Barbara breitete derweil auf dem Behandlungstisch ein weißes Tuch aus und legte einige Instrumente zurecht.

»Was ist das? Eichenrinde, nicht wahr?«

Barbara lächelte erfreut. »Genau. Eichenrinde und ein paar Flocken Kernseife. Noch immer das beste Hausmittel bei Verletzungen dieser Art. Eichenrinde zieht die Gefäße zusammen und die Kernseife weicht den Dreck heraus. Du kennst dich anscheinend aus. Das ist gut.« Sie setzte sich Helena gegenüber. »Das sollte reichen. Lass sehen.« Sie tupfte die Verletzung mit einem Stück Mull trocken. Barbara setzte ihre Brille auf, die an einem Band um den faltigen Hals hing und nahm eine Schere mit langen dünnen Klingen von dem Tuch. Behutsam schnitt sie die zerfaserten Nagelreste ab. Mit einem Skalpell schabte sie die schwammige Eiterkruste von den Wundrändern. Ihre Finger zitterten nicht; sie arbeitete sorgfältig und konzentriert. Dann griff sie nach einer Flasche und sprühte großzügig über die Wunde.

»Aua.« Helena zuckte.

Barbara hielt die Hand unerbittlich fest. Sie grinste breit und ließ die Zahnlücken sehen. »Doktoren … ihr seid die wehleidigsten Patienten überhaupt. Das ist nur Desinfektionsmittel, Mädchen.« Trocken fügte sie hinzu: »Keine Angst. Wir sind nicht im Mittelalter stehengeblieben.« Sie suchte ein eisernes Häkchen aus den Instrumenten heraus und Helena zog instinktiv die Hand zurück.

»Wirst du jetzt endlich stillhalten? Da steckt Dreck unter dem eingerissenen Nagel und wenn ich den nicht herausbekomme, wird es noch schlimmer werden. Das ist schon jetzt bös entzündet.« Sie pulte unter den zersplitterten Nagelrand und kratzte ein schwarzes Klümpchen heraus, das sie auf dem Tuch abstrich. Helena blies die Backen auf, doch sie getraute sich nicht, einen Schmerzenslaut von sich zu geben. Endlich ließ Barbara den Finger los. »So, fertig. Wo hast du dir denn das geholt?«

Helena dachte fieberhaft nach. Sie konnte ja schlecht sagen, dass sie auf dem Friedhof in der Erde gegraben hatte. »Beim Schneeketten aufziehen«, erklärte sie hastig.

»Ich hoffe, du bist gegen Tetanus geimpft?« Die alten Augen musterten sie und Helena beeilte sich, zu nicken.

»Selbstverständlich. Und auch gegen Gelbfieber, Diphterie, Hepatitis A und B sowie gegen Herpes Zoster, Meningokokken, Pneumokokken und alles andere. Ich arbeite schließlich in einem Labor.«

»Dann schätze ich, du wirst es überleben«, erwiderte Barbara amüsiert. Mit einem hölzernen Spatel strich sie einen Klecks gelblicher Paste auf Helenas Finger und legte ein Mullstück auf die Wunde. Riss von einer Rolle ein langes Pflaster ab und klebte es drumherum fest.

»Was ist das?«, fragte Helena und schnupperte an dem Verband.

»Kuhsalbe«, Barbara gackerte und schien sich diebisch an ihrem Erstaunen zu ergötzen. »Anneli hat das Rezept vor Jahren entwickelt und die Salbe hilft wunderbar gegen Entzündungen aller Art. Auch bei den Menschen.«

»Das interessiert mich. Darf ich?« Voller Neugier auf die Mixtur zog Helena die offene Dose zu sich her und roch hinein. »Rosmarin. Auf jeden Fall Rosmarin. Und vermutlich Arnika.« Sie überlegte einen Moment. »Kampfer und … Fenchel? Die Basis ist bestimmt Lanolin. Etwas fehlt noch. Warte, ich hab's gleich.« Sie nahm ein wenig der Salbe auf die Zunge und lauschte den Bildern nach. Dann nickte sie und hob den verbundenen Finger. »Jetzt weiß ich's. Ingwer. Nein, Ingweröl! Denn das ist intensiver und verbindet sich leichter. Hab ich recht?«

Barbara erhob sich. Mit langsamen Bewegungen räumte sie die Utensilien zusammen und warf das benutzte Besteck in eine Schüssel. Sie schüttete den Eichenrindensud in den Ausguss und sah den Stückchen nach, wie sie gluckernd im Abfluss verschwanden. Dann drehte sie sich um. Ihre Augen glänzten feucht, leuchteten wie grüne Smaragde. »Ich wusste es. Ich wusste es schon, als ich dich zum ersten Mal sah.« Ihre Hand berührte die Stirn, tupfte rechts und links ans Brustbein und flog an den Mund. »Heilige Mutter Gottes, ich danke dir!« Sie sank in die Knie.

Helena sprang auf. Mit einem Satz war sie bei der alten Frau und versuchte, sie aufzuheben. Barbara umklammerte mit beiden Armen Helenas Oberschenkel und drückte den schütteren Kopf an ihre Jeans. Hilflos hielt Helena sie fest.

Kapitel Vier

Niklas Hallner half, die alte Frau auf das Kanapee in der Stube zu betten. Er stand plötzlich in der Tür und Helena war zutiefst erleichtert. Er kam wie gerufen.

»Was war denn mit ihr?«, fragte er leise, als Barbara eingeschlafen war.

Mit einem letzten Blick auf Barbara, die röchelnde Schnaufgeräusche von sich gab, folgte sie ihm in die Küche. »Barbi hat meine Verletzung versorgt und als ich die Zutaten der Salbe benannte, ist sie ausgeflippt. Sie hat sich bekreuzigt und ist zusammengebrochen. Zum Glück bist du gekommen.«

Niklas schob Helena zur Eckbank und sie ließ sich fallen. Er nahm eine Flasche und zwei Gläser aus der Anrichte, stellte sie auf den Tisch und schenkte ein. »Sie ist die halbe Nacht im Haus umhergegeistert. Mach dir keine Gedanken, Barbi ist robuster als sie aussieht. Hier, trink.«

Helena roch an dem Glas. »Das ist Schnaps!«

»Natürlich, was sonst? Bester Obstbrand von unseren eigenen Bäumen.« Er prostete ihr zu.

Helena hob das Glas an die Lippen und nippte. In einem Zug trank er aus und sie tat es ihm nach. Der scharfe Alkohol schoss ihr durch die Kehle und sie schnappte nach Luft. Eine brennende Spur zog sich bis in ihren Magen und entzündete dort ein kleines Feuer.

»Huh!«, ächzte sie und griff sich an den Hals.

Niklas lachte und schenkte nach. »Das ist reinste Medizin, Helena.«

»Meine Freunde nennen mich Nanni«, hörte sie sich sagen.

»Nanni? Das gefällt mir. Es passt zu dir. Also dann … Nanni.«

Sie schenkte ihm ein vorsichtiges Lächeln.

Der zweite Schnaps glitt leichter hinunter und Helena fühlte sich besser. Mit einem Seufzen stellte sie das Glas ab und legte die Handfläche darüber. »Genug. Bitte. Danke. Mir ist schon ganz komisch.«

Niklas korkte die Flasche zu. »In Ordnung. Ich will ja nicht, dass du denkst, wir lösen unsere Probleme mit Schnaps.« Er wurde ernst. »Ich dachte, ich hätte vorhin noch jemanden gehört. War das deine Schwester? Wo ist sie? Magst du mir sagen, was passiert ist?«

Helena schob das leere Glas hin und her. Dann traf sie eine schnelle Entscheidung. »Ich glaube, es ist besser, ich gehe jetzt. Sprich mit Barbara. Sie wird es dir sicher erzählen.«

Seine bernsteinbraunen Augen fixierten sie und sie sah die Fragen darin. Doch sie konnte sie nicht beantworten. Nicht jetzt.

»Danke, dass du rechtzeitig zur Stelle warst. Ich komme morgen wieder, ja? Kümmerst du dich um Barbara?«

»Freilich.«

Helena erwartete, dass er sie aufhielt. Doch er tat nichts dergleichen.

In der Diele schlüpfte sie in die Stiefel und strich zaghaft über das eiserne Ofentürchen. Mit einem eigenartigen Gefühl im Herzen verließ sie den Haindlhof.

Als Helena den Gasthof betrat, kam Leopold Oberndörfer aus dem Gastraum. »Servus, Helena«, grüßte er freundlich. »Magst einen Kaffee?«

Sie schüttelte den Kopf. Zum ersten Mal, seit sie angekommen waren, verhielt der Mann sich ihr gegenüber normal. Weder starrte er sie komisch an noch sah er zur Seite.

»Ich soll dir von deiner Schwester ausrichten, dass sie mit dem Johannes zum Skilaufen gegangen ist. Das Wetter soll morgen wieder schlechter werden und da wollten sie den Tag nutzen.«

»Aha.« Nun ja. Anscheinend hatte Tini nicht auf sie warten wollen. »Ist es üblich, dass«, fast hätte sie *das Personal* gesagt und verschluckte es grad noch rechtzeitig, »er mit den Gästen zum Skilaufen geht?«, fragte Helena ein wenig bissig.

Leopold Oberndörfers Oberlippenbart zuckte, als sich seine Lippen zu einem Schmunzeln verzogen. »Nicht unbedingt. Doch die beiden haben anscheinend einen Narren aneinander gefressen und ich mische mich da nicht ein. Es ist sein freier Tag und der Bursche ist alt genug. Bei Neuschnee hält ihn ohnehin nichts im Haus. Sie haben übrigens gefragt, ob du auch hinaufkommst. Um zwei wollen sie an der Heideggalm sein und dich dort treffen.«

Abwehrend hob Helena die Hände. »Oh nein! Ich bin seit Jahren nicht auf Skiern gestanden.«

»Du musst nicht Skilaufen. Du kannst mit der Sesselbahn zur Mittelstation hinauffahren; von dort sind es nur ein paar Schritte zur Heidegghütte. Es wird dir da oben sicher gefallen«, schlug Leopold vor.

Helena überlegte einen Moment. »Lieber nicht. Ich werde spazieren gehen. Zum Abendessen bin ich wieder da. Richtest du Tini das bitte aus?« Ohne sich dessen bewusst zu sein, duzte sie ihn ebenfalls.

»Freilich. Bis später.« Er nickte ihr zu und verschwand in der Küche.

Helena sah ihm verwundert nach. Was war denn nur in ihn gefahren? Der Mann war ja wie umgedreht. Sie gab sich nicht länger mit Leopold Oberndörfers ambivalentem Verhalten ab – sollte er doch denken, was er wollte – und rannte nach oben, um die Autoschlüssel zu holen.

Wenige Minuten später lenkte sie den Astra auf der gefrorenen Schneedecke vorsichtig an der Bergbahn vorbei und zum Ortsausgang hinaus. Sie bog an dem Schild ab, das zum

Julianenhof zeigte und parkte den Wagen hinter dem Schatthof in einer freigeräumten Haltebucht. Während sie ihre Wollmütze über die kurzen Haare zog und sich den Schal gegen die kalte Luft um den Hals schlang, kam ein breitschultriger Mann auf sie zu.

»Guten Tag. Darf ich für eine Stunde mein Auto hier parken? Ich möchte zum Julianenhof hinauf.« Sie zeigte mit der behandschuhten Hand nach oben.

»Da wirst nicht weit kommen. Ich hab keine Zeit g'habt, den Weg freizuräumen. Was willst denn dort oben?«

Helena grub die Hände in die Taschen ihres Daunenmantels. »Nichts Besonderes. Einfach ein wenig spazieren gehen.«

Er lachte und sein Atem gefror in der kalten Luft zu weißen Wölkchen. »Versuch dein Glück. Doch hinter der übernächsten Kurve ist Schluss, danach liegt der Schnee zu hoch.«

»Mal sehen, wie weit ich komme.«

Mit einem Kopfschütteln wandte er sich um. »Diese Touristen«, murmelte er, »meinen immer, alles besser zu wissen.«

»Kann ich denn jetzt hier stehenbleiben?«, rief sie ihm hinterher.

Der Mann hob die Hand und verschwand im Haus.

Das sollte wohl ein Ja bedeuten und achselzuckend stopfte sie den Autoschlüssel in die Hosentasche.

Der Hof lag in einer Mulde, eingebettet zwischen hohen Bäumen und der spärlich bewaldeten Steilwand, die dahinter aufragte. Jetzt, zur Mittagszeit, lag er in hellem Licht. Die Sonne stand hoch, doch sie berührte bereits die Baumwipfel, deren Spitzen lange Schatten warfen. Er hieß sicher nicht umsonst Schatthof.

Helena wanderte den steilen Weg hinauf, der von Schneemauern gesäumt war. Der Bauer hatte recht behalten; hinter der übernächsten Biegung endete das schmale Sträßchen an einem schräg zusammengeschobenen Wall.

Dahinter lag der Schnee fast einen halben Meter hoch und nach wenigen Schritten gab sie auf. Wieder und wieder brach sie bis über die Knie ein und bekam kaum einen Fuß vor den anderen. Der tiefe Schnee kostete Kraft und sie kam sofort ins Schwitzen. Mit einem Fluch auf den Lippen stieg sie im Krebsgang in ihren Fußstapfen zurück. Hier war kein Durchkommen.

Eine Bank stand unterhalb der Kehre, nur wenige Meter vom Weg entfernt. Helena bahnte sich eine Spur dorthin, schob mit dem Stiefel den Schnee vom Holz und fegte die Reste mit dem Handschuh weg. Mit einem großen Schritt stieg sie auf die Bank und setzte sich auf die verwitterte Lehne, stellte die Füße auf die Sitzfläche und zog den Reißverschluss ihrer Jacke auf.

Das Tal lag ausgebreitet wie ein kostbar besticktes Tuch unter ihr. Der Anblick war herrlich schön, eine Miniatur aus dahingestreuten Höfen und schneebedeckten Wiesen. Aus den Kaminen der schwarzbraunen Häuser stiegen Rauchfäden empor und zerfaserten in der klaren Luft. Gleißendes Weiß lag über Rainen und Anhöhen, hob sich stechend klar von dem dunkel aufsteigenden Wald und dem grauen Fels darüber ab. Eine feierliche Stille umgab sie und kaum ein Laut war zu hören; lediglich das eifrige Klopfen eines Spechts hallte zwischen den Bäumen. Der Wind glitt durch die Wipfel und wischte flüsternd den Schnee von den tiefhängenden Zweigen. Sie ließ sich auf die Bank gleiten, zog die Beine an und stützte das Kinn auf die Knie. Verlor sich in den Anblick dieser kleinen behüteten Welt.

Der Anhänger lag kühl an ihrer Halsgrube und Helena zog den Handschuh aus, um danach zu tasten. Sie barg das Medaillon in der Handfläche. Hatte Anna früher ebenfalls hier gesessen? Auf das Dorf geschaut und denselben Frieden empfunden? Es war ein schöner Gedanke, sich das auszumalen, obwohl sie sich im Klaren darüber war, dass er vermutlich reines Wunschdenken war. Und leider brachte er ihr die Frau, die sie geboren hatte, keinen Deut näher.

Einem Impuls folgend, nahm sie die kleine Scheibe in den Mund. Sog daran und schmeckte metallenes Silber. Ihr Kopf fiel hart nach hinten, als die Vision über sie kam.

Fremde Menschen tauchten vor Helena auf, huschten wie Schatten vorüber und hinterließen ein seltsam vertrautes Gefühl in ihrer Seele. Eine dunkelhaarige Frau, die auf allen vieren kniete und die Hand nach dem Mann ausstreckte. Helena konnte das Drängen in ihrem geschwollenen Leib spüren und wusste, dass die Geburt unmittelbar bevorstand. Er küsste die Frau auf die Lippen und legte seine Hände um ihre verschwitzten Wangen. Versprach, bald wieder da zu sein. Sie weinte, als er in der Nacht verschwand und wusste im Herzen, dass sie ihn nicht wiedersehen würde.

Der blonde Mann lag starr und totenbleich auf einem langen Tisch, ein Teil seines Kopfes entstellt von einer tiefen Wunde. Eine zitternde Hand riss die Kette entzwei und ließ sie auf den Leichnam fallen.

Helena fühlte ihren Schmerz; er war entsetzlich.

Eine rothaarige Frau mit Sommersprossen, die das volle Gesicht übertupften, nahm die Kette auf und verbarg sie in der Tasche. Sie reichte sie einem jungen Mädchen, das eine hölzerne Schale auf dem hochschwangeren Bauch balancierte und Nüsse knackte. Anna! Und wieder Anna, gertenschlank nun, im Nachthemd, das sich im Kerzenlicht um die grazilen Glieder bauschte. Das feine Haar floss wie ein schäumender Wasserfall bis über die Hüften. Hochaufgerichtet stand sie vor einem Mann und wies ihm die Tür. Hinter ihr vier Frauen, schemenhaft in den Schatten der Kammer. Eine war dunkel wie eine schwarze Madonna; das herbe Gesicht schimmerte blass aus der Flut der aufgelösten Haare. Neben ihr standen eine kleinere, mit derselben stolzen Haltung wie Marie und eine füllige Frau mit feuerroten Locken. Und eine überschlanke Gestalt in altmodischem Kleid, mit Haar wie Spinnenseide, das ein unsichtbarer Wind aufrührte. Sie hielten die Hände auf Annas Schultern gelegt und ein knisternder Lichtbogen umgleißte sie. Gemeinsam trieben sie den Mann zurück und Helena erschauerte unter der Macht. Sie nahm die geballte Kraft körperlich wahr, die durch die Verbindung aus Anna strömte.

Zwei Männer vor einer Almhütte; tödliche Gefahr ging von ihnen aus. Helena schmeckte die Silberscheibe auf Annas Zunge ebenso stark wie deren Angst und ging mit, als sie in ihrer Not nach der Macht griff. Sie wuchs mit Anna vor den aufgerissenen Augen der Männer und genoss es, wie sie über einen Vorplatz flohen. Von dem unbändigen Lachen, das aus dem Mädchen herausbrach, wurde sie mit zu Boden gerissen. Und wie Anna, erleichtert und siegesgewiss zugleich, spuckte Helena das Medaillon aus.

Sie fand sich auf der Bank wieder, zusammengekrümmt wie ein Wurm. Der Wind war kalt und ließ sie frieren. Ihr war sterbensschlecht. Der Inhalt ihres Magens stieg auf und drängte sauer in die Kehle. Helena übergab sich neben die Bank. Stopfte eine Handvoll sauberen Schnee in den Mund und sog durstig die Feuchte auf, die auf der Zunge schmolz und den schalen Geschmack vertrieb. Mit einem seltsam schwebenden Gefühl im Kopf setzte sie sich hin. Sie fühlte sich grässlich. Eine derartig lebhafte Vision hatte sie seit Jahren nicht erlebt und es kostete sie Mühe, sich daraus zu lösen. Einen Moment fragte sie sich ernsthaft, ob sie eingeschlafen war und nur geträumt hatte. Doch tief im Innersten wusste sie, dass dem nicht so war. Das Medaillon hatte den Kontakt hergestellt und sie hatte nicht nur Anna leibhaftig gesehen, sondern auch Großmutter Marie, ihre Urgroßmutter, Hannah Sittler und die Urahne. Juliana Haindl.

Verstört barg sie das Gesicht in den Händen. Der Himmel hatte sich zugezogen und fahles Licht fiel durch die Bäume. Das Bänkchen lag im Schatten. Wie lange saß sie schon hier? Ihre Armbanduhr war stehengeblieben, doch es dämmerte bereits. In einer halben Stunde würde es dunkel sein. Sie raffte sich auf und stapfte auf den Weg zurück.

Helena wühlte im Handschuhfach und fand die Tüte, die Tini auf der Herfahrt an einer Raststätte gekauft hatte. Sie wickelte eines der Bonbons aus und steckte es in den Mund. Gierig an dem zuckrigen Stück saugend, blieb sie einige Minuten im Auto sitzen und rang um Fassung, bevor sie endlich den Motor anließ. Die Vision hielt sie noch immer gefangen und das Zittern ihrer Glieder wollte nicht nachlassen.

Erstaunlicherweise begegnete ihr niemand, als sie aufs Zimmer schlich. Dankbar registrierte sie, dass Christina nicht da war. Helena verriegelte die Badezimmertür hinter sich und riss die verschwitzten Kleider vom Leib. Minutenlang stand sie unter dem prasselnden Wasserstrahl und wünschte sich, sie wäre niemals hierhergekommen. In ein frisches Badelaken gewickelt, fiel sie aufs Bett und zog die Bettdecke über sich.

»Nanni?« Jemand rüttelte sie an der Schulter. »Nanni, wach endlich auf. Willst du nichts essen?«

Benommen öffnete Helena die Augen.

Christina saß auf der Bettkante und sah sie besorgt an. »Was ist denn los mit dir? Du hast geschlafen wie eine Tote. Ist alles in Ordnung mit dir?«

»Wie spät ist es?«, krächzte sie. Die Zunge lag pelzig in ihrem ausgedörrten Mund.

»Schon nach zehn. Du hast echt nichts mitgekriegt, oder? Hier, ich hab dir was zu essen heraufgebracht.« Sie stand auf, nahm ein Tablett von dem kleinen Tischchen neben dem Fenster und stellte es auf dem Nachttisch ab. »Es ist nur Suppe. Leni hat gesagt, wenn du Hunger auf was Gescheites hast, sollst du runterkommen. Heute ist die Küche länger geöffnet. Es ist Silvester und sie haben ein Büfett aufgebaut.«

Verwirrt schüttelte Helena den Kopf. Silvester? Sie war völlig aus der Zeit!

Die Suppe duftete köstlich und plötzlich verspürte sie einen Bärenhunger. Helena kostete und seufzte wohlig auf. Sie legte den Löffel auf das Tablett, setzte die Suppentasse an die Lippen und trank die würzige Brühe mit langen Schlucken aus.

»Sag mal, ist wirklich alles okay mit dir? Mutti würde dir rechts und links eine hinter die Ohren geben, so wie du schlingst.«

Helena setzte die Tasse ab und fischte die Leberknödelbröckchen heraus. Mit der Suppe im Bauch fühlte sie sich wie neugeboren und grinste die Schwester an. »Sie sieht es ja nicht. Und du wirst nicht petzen. Was ist das?«, fragte sie mit vollem Mund und wies auf den Briefumschlag, der auf dem Tablett lag.

»Den hat ein überaus attraktiver Mann für dich beim Poldi abgegeben. So ein graumelierter George-Clooney-Typ. Hab ich da was nicht mitbekommen? Du hast mir nicht gesagt, dass du jemanden kennengelernt hast.« Ihre Stimme klang ein wenig vorwurfsvoll. Und neugierig.

Niklas! Helena beäugte den Umschlag. »Wenn du dich heute früh nicht so danebenbenommen hättest, dann würdest du ihn auch kennen.« Sie schob das Tablett aufs Nachtkästchen. »Tini, was ist nur in dich gefahren, dass du Barbara derart heftig angegangen bist?«

Die Schwester zuckte mit den Schultern und dunkle Röte stieg in die sonnengebräunten Wangen. »Ich weiß auch nicht. Das Gerede über Gaben und Bestimmung ging mir einfach über die Hutschnur. Die Alte spinnt doch.«

»Du warst unhöflich! Und ich mag es nicht, wenn du so über sie sprichst. Ihr Name ist Barbara und sie ist unsere Großtante.«

»Ach so, ja. Ich vergaß, ihr seid ja beste Freundinnen«, gab Christina in patzigem Ton zurück. »Mich sieht sie an wie etwas Ekliges, das zufällig unter dem Ofen hervorgekrochen ist! Sie hat gesagt, ich bin wie Roman!«

»Hat sie nicht! Sie sagte, du siehst ebenso gut aus wie er.«

»Und dass ich überheblich bin!«

»Stimmt ja auch. Du warst echt widerlich arrogant.« Helena kreuzte die Beine unter der Decke und beugte sich vor. »Du weißt ganz genau, dass sie die Wahrheit sagt. Zumindest, was die Gabe betrifft. Und wenn du weiterhin so pampig zu Barbara bist, erfahren wir von ihr überhaupt nichts mehr.«

Halb genervt stieß Christina ein Schnaufen aus. »Zum Kuckuck, Nanni. Du hast ja recht. Ja, es tut mir leid! Ist es das, was du hören willst? Ich entschuldige mich.«

»Bei mir musst du dich nicht entschuldigen. Sag das Barbara. Doch es hat sich nicht gut angefühlt, als du sagtest, du seist *normal*. Bin ich das etwa nicht?«

Gereizt fuhr Christina hoch. »Warst du das denn jemals? Du bist nicht wie andere, Nanni. Wann begreifst du das endlich?«

»Ich weiß das nur zu gut!«, giftete Helena. »Doch ich dachte, du hättest es allmählich verstanden. Aus deinem Mund zu hören, dass das alles Fantasterei und Aberglaube ist, macht es für mich nicht einfacher! Ich bin keine abgedrehte Verrückte!«

»Das habe ich nie behauptet!«

»Wir sind Zwillinge, verdammt nochmal. Und anscheinend habe ich trotzdem etwas mitbekommen, das du nicht hast. Ist es das, was dich kratzt? Dann sage ich dir, dass ich nicht darum gebeten habe, anders zu sein! Es ist nämlich nicht besonders lustig. Ich wünschte wirklich, du würdest nicht nur an dich denken und gedankenlos alles um dich herum niedertrampeln.«

Mit betretener Miene schwieg Christina. Dann stand sie auf. »Ich geh jetzt duschen. Unten ist Tanz und ich hab Johannes versprochen, zu kommen.« Sie suchte in ihrem Koffer nach frischer Wäsche und ging ins Badezimmer.

Helena ließ sich an das Kopfteil des Betts zurückfallen. Verflixt, würden sie irgendwann aufhören, sich zu streiten?

Sie nahm den Umschlag von dem Tablett und riss ihn auf.

Helena,
Barbara bittet dich und Christina morgen in den Haindlhof zu kommen. Sie würde sich freuen, wenn ihr

den Nachmittag mit uns verbringt. Wir erwarten euch um zwei Uhr.

Sie sagt außerdem, Entschuldigungen lässt sie diesmal nicht gelten. Die Apotheken hätten geschlossen. Was auch immer das bedeuten mag.

Niklas

Helena ließ das Blatt sinken und betastete den Finger. Er tat längst nicht mehr so weh wie heute früh. Mit einem Satz sprang sie aus dem Bett. Als die Schwester aus dem Bad kam, stieg sie grad in kniehohe Lederstiefel.

Christina pfiff durch die Zähne. »Du solltest öfter Mini tragen. Das steht dir ausgezeichnet. Zum Glück haben wir nicht die Gene der Sittlerin mitbekommen«, feixte sie und wühlte im Koffer. »Ich würde durchdrehen mit einer solchen Fettschürze.«

»Boah, manchmal bist du wirklich eklig. Lass sie das bloß nicht hören.« Helena zog die taillierte Jeansjacke mit dem beigefarbenen Spitzenbesatz über das ärmellose Top und musterte sich im Spiegel. Sie hatte nie Figurprobleme gehabt und konnte glücklicherweise essen, was sie wollte, ohne Fett anzusetzen. Wobei – meistens vergaß sie das Essen ohnehin. Mit den Hüften wackelnd, zerrte sie den Bund der Strumpfhose weiter hoch. »So ein Dirndl würde mir schon auch gefallen. Was meinst du, Tini, sollen wir nicht in die Stadt fahren und uns welche kaufen?«

Christina stopfte das paillettenbesetzte T-Shirt in den Hosenbund und zog ein Clownsgesicht. »Und wo wolltest du das zu Hause anziehen, hä? Etwa beim nächsten Ärzteseminar? Oder zur Krankenhausweihnachtsfeier? Spinn dich aus, Nanni.« Sie schloss den Hosenknopf und schob mit beiden Händen ihren runden Busen hoch. Selbstgefällig drehte sie sich vor dem Spiegel. »Andererseits … diese zwei Hübschen hier könnten sich in einer Dirndlbluse mit einem extrem tiefen Ausschnitt doch sehen lassen. Meinst du, ich soll den BH lieber weglassen?«

Helena verdrehte die Augen. »Sie müssen dich vertauscht haben! Du kannst nicht mein Zwilling sein.« Lachend verschwand sie im Bad.

Stimmengewirr empfing die Schwestern, als sie eintraten. Die Gaststube war mit bunten Luftschlangen geschmückt und voller Menschen. Man hatte alle Tische zur Seite geschoben, um Platz für die Tanzenden zu schaffen; in der Ecke spielte eine kleine Musikkapelle. Christina zog die Schwester zu dem runden Tisch vor dem Tresen. Neben Leopold und dessen Frau saßen Leni und Theres Oberndörfer, wie immer in identische Dirndl gekleidet. Schwungvoll stellte Johannes zwei Punschgläser vor ihnen ab, als sie sich setzten. Helena entging nicht, dass er Christina wie unabsichtlich an der Hüfte berührte. Ebenso wenig, wie sie Tinis funkelnde Antwort unter den getuschten Wimpern übersehen konnte.

»So so«, murmelte sie und beeilte sich, dem schwesterlichen Fußtritt auszuweichen.

Leopolds Frau streckte die Hand über den Tisch. »Ich bin die Evi. Wir haben uns noch nicht kennengelernt.«

»Helena«, stellte sie sich vor und schüttelte Evis Hand. »Oder lieber Nanni.« Es war schneller heraus, als sie darüber nachdenken konnte.

»Ich weiß. Freut mich, Nanni! Ich hoffe, es gefällt dir und Tini bei uns. Mir untersteht die Küche, ich bin selten in der Gaststube.« Sie lächelte verschmitzt und prostete Helena zu. »Bist du hungrig? Du warst nicht beim Abendessen. Schau, wir haben heute frisch geräucherte Forelle und Saibling. Magst du Fisch?« Evi stand auf und zog Helena hinter sich her zum Büfett. Bevor sie es sich versah, hielt sie schon einen Teller voller Köstlichkeiten in der Hand.

Ausgehungert machte sich Helena über das Essen her und spülte mit Punsch nach.

Die Kapelle spielte unermüdlich und der Geräuschpegel hob sich merklich. Der Saal war mittlerweile zum Bersten gefüllt mit Leuten, die tanzten, lachten und sich lauthals unterhielten; eine fröhliche Mischung aus Urlaubern und Einheimischen. Ein Paar kam an den Tisch und Evi rückte Stühle, um Platz zu schaffen. Der Hintergassner und seine Frau Susi führten einen Hof in der Nachbarschaft und waren mit den Oberndörfers befreundet. Helena hatte Mühe, den heimischen Dialekt zu verstehen. Oft kam sie gar nicht mehr mit, dann übersetzte Leopold unter dem Gelächter der anderen. Wenn Johannes und Christina nicht grad tanzten, saßen sie in der Runde und ihre Beine drückten verdächtig eng aneinander. Zu irgendeinem Zeitpunkt stellte Helena fest, dass sie sich amüsierte. Seit mindestens einer Stunde hatte sie nicht an Anna Hohleitner und das gedacht, was sie seit Wochen beschäftigte.

Die Glocke des Kirchturms schlug an. Alle erhoben sich und warteten den zwölften Schlag ab. Mit dem letzten Glockenton hob Leopold Oberndörfer die Hand. Sein tiefer Bass ließ das anhebende Summen verstummen. Er griff nach der Hand seiner Frau und zog sie neben sich. »Auf ein Wort, bevor wir das kommende Jahr begrüßen! Meine Evi und ich wünschen euch allen ein gesegnetes Jahr 2005. Wir danken euch, dass ihr uns und unserem Haus die Treu gehalten habt. Möge der Herrgott seine schützende Hand über die Forstau und euch alle halten.« Er hob das Glas und trank es in einem Zug aus.

Draußen knallten die ersten Böller und der stille Moment wich aufbrandendem Lärm. Die Kapelle spielte einen Tusch. Alle redeten durcheinander, küssten und beglückwünschten sich. Die Bedienungen kamen nicht hinterher, Sekt auszuschenken. Helena fand sich plötzlich in Leopolds Oberndörfers Armen, an seinen mächtigen Brustkorb gepresst. Er öffnete den Mund, um etwas zu sagen. Doch dann ließ er sie los und strich sich verlegen das Bärtchen.

Tini umarmte sie. »Ein gutes neues Jahr, Nanni«, flüsterte sie an Helenas Hals. »Egal, was kommt, wir lassen nicht zu, dass es uns wieder trennt, ja?« Sie drückte ihren Zwilling an sich.

Draußen wurde das Prasseln und Pfeifen lauter. Jemand riss die Tür auf und alle strömten hinaus. Johannes und Christina hielten sich an den Händen und ließen sich mitziehen. Im Nu war die Gaststube leer.

Helena nahm sich ein übriggebliebenes Sektglas vom Tresen und folgte langsam. Draußen an der Treppe blieb sie stehen und lehnte sich an die Brüstung. Feuerwerkskörper schossen in den Nachthimmel und die Luft war erfüllt von Lichtern, dem beißenden Geruch nach Magnesium und Schwefel.

Leni Oberndörfer trat aus dem Gasthof und stellte sich neben sie. In einvernehmlichem Schweigen schauten sie in den Nachthimmel; Rosetten erblühten in allen Farben und Sternenregen fielen auf die Menschen, die sich auf dem Vorplatz drängten und jede neue Explosion mit Ah und Oh bejubelten.

Leni legte eine Hand auf Helenas Schulter. Das runde Gesicht wurde vom Schein der Feuerwerkskörper überzuckt und Helena erkannte den Ernst in ihren Augen. »Du bist anders als deine Schwester.«

Helena wusste nicht, was sie antworten sollte.

»Es ist gut, dass ihr gekommen seid. Eurer Mutter ist ein großes Unrecht geschehen. Und wer weiß, vielleicht ist es an der Zeit, dass endlich alles ans Licht kommt. Ich wünsch dir, dass du findest, was du suchst.«

Die Worte jagten ihr einen Frost über den Rücken. Helena schluckte hart. »Du weißt …?«

»… wer ihr beiden seid?«, vollendete Leni den Satz. Sie lachte leise. »Nanni, ich bin alt, doch nicht auf den Kopf gefallen. Und mittlerweile weiß es wohl jeder im Dorf. Wir waren alle wie vom Donner gerührt, als wir euch sahen. Du bist Anneli dermaßen ähnlich, dass es keinen Zweifel gibt. Und deine Schwester hat die gleiche Ausstrahlung wie Roman Wojtek. Er war eine Augenweide und besaß genau denselben Charme wie sie. Sie lacht wie er und ist ebenso anziehend. Ich musste nur zwei und zwei zusammenzählen, um mir sicher zu sein. Und ich bin nicht die Einzige, die das tut.«

Ein Schatten glitt über das im bunten Licht alterslos erscheinende Gesicht und sanft strich sie über Helenas Arm. »Es muss sonderbar für dich sein, hier bei uns. Warst du schon bei Barbara Sittler im Haindlhof?« Leni wartete Helenas Antwort nicht ab. »Verzeih, ich schwatze dumm daher. Es geht mich nichts an. Doch du sollst wissen, dass du hier willkommen bist. Ihr beide seid es.« Sie seufzte. »Und jetzt muss ich ins Bett. Es war ein anstrengender Tag. Behüt dich Gott, Nanni. Ein vom Herrgott gesegnetes neues Jahr für dich.«

Stumm sah Helena der alten Frau nach, die in ihren Patschen ins Gasthaus schlurfte. Ein sonderbares Gefühl ergriff sie. Legte sich wie Balsam über ihre wunde Seele und schien die Zweifel zu verdrängen. Zum ersten Mal, seit sie in der Forstau angekommen waren, empfand sie so etwas wie einen Gleichklang, ein Einvernehmen. Nein, das traf es nicht. Ganz und gar nicht. Befreiung, das war es. Ein Dispens, der sie lossprach und Platz schuf für etwas Neues. Sie konnte nichts für die Vergangenheit. Die Verantwortung lag bei anderen, nicht bei ihr selbst.

Eine Therapeutin kam Helena in den Sinn, die sie vor vielen Jahren in der Jugendpsychiatrie kennengelernt hatte. Die junge Frau hatte kurz zuvor das Examen abgelegt und Helena war eine ihrer ersten Patientinnen gewesen. Die praktizierende Christin hatte die Sitzungen stets mit demselben Satz beendet. »Kannst du annehmen, dass Gott gerade dich ins Leben gerufen hat?« Erst jetzt, viele Jahre später, erhaschte Helena einen kleinen Zipfel dieser Weisheit. Und Rosa bezeichnete es stets als eine unverzichtbare Lektion, dass in Niederlagen auch immer eine Chance wartete.

Helena stützte die Arme auf die Brüstung und sah in Richtung des Haindlhofs hinüber, der sich in der Dunkelheit verbarg. Leni Oberndörfer hatte ihr in wenigen Sätzen das

Gefühl gegeben, angekommen zu sein. Man hatte sie wie einen Schössling ausgegraben und in einen viel zu engen Topf gepflanzt. Er war zwar gediehen, doch stets gestutzt worden; widerstrebend in die Richtung gewachsen, die man ihm vorgab. Nun gab man ihm Muttererde zurück: Raum, die Wurzeln auszubreiten und ins Licht zu kommen.

Womöglich steckte hier der Sinn des Ganzen. In der Eventualität, der Gunst der Stunde; es lag ganz bei ihr, ob sie der Schere nachgab und sich beugte.

Christina, die mit Johannes und einigen anderen jungen Leuten unter der Eiche stand, sah zu Helena herüber. Spontan warf sie der Schwester eine Kusshand zu. Sie sah das Aufleuchten in Tinis Gesicht und ihr Herz strömte über vor Liebe. Die Schwester war aufbrausend und mitunter verletzend ehrlich. Doch sie waren ein Blut und dieselbe Kraft trieb sie an. Tini tat sich so viel leichter mit dem Verzeihen als sie selbst. Vielleicht sollte sie sich ein Beispiel daran nehmen und die dunklen Gedanken endlich loslassen.

❄❄❄

Kapitel Fünf

»Du hast wohl nicht viel Schlaf bekommen«, spöttelte Helena, als die Schwester sich an den Frühstückstisch setzte. »Bist du nicht schon zu alt für durchgefeierte Nächte?«

»Ich habe nicht durchgemacht. Seh ich etwa so aus?«, entgegnete Christina aufgeräumt und griff nach einer Semmel.

»Na ja, im Bett warst du jedenfalls nicht.«

»Nicht in meinem.« Sie beugte sich vor und wedelte mit dem Messer vor Helenas Nase. »Und bevor du platzt, er ist total süß.«

»Und bestimmt verheiratet.«

»Nein, du Unke.« Mit Genuss biss Christina in das honigtriefende Brötchen. »Glücklich geschieden, wenn du es genau wissen willst. Sonst noch Fragen?«

Wie gerufen stand Johannes neben dem Tisch und stellte zwei Teller mit Rührei und Schinken vor sie hin. Amüsiert beobachtete Helena die verliebten Blicke, die sie tauschten, bevor er sich zurückzog.

»Liebe Güte, dem hast du ja gründlich den Kopf verdreht. Er strahlt wie ein Kronleuchter.« Sie konnte sich das Lachen nicht mehr verbeißen.

Christina legte das Besteck weg. Sie war ungeschminkt und die dunklen Augen sahen sie unverhohlen an. »Hör mal, Nanni. Mach dich nicht lustig über ihn, ja? Der Johannes ist ein sehr lieber Mensch. Er hat mich gestern zum Skilaufen eingeladen und ich hatte schon lange keinen so schönen Tag mehr. Er nimmt mich, wie ich bin, und ich bin gern mit ihm zusammen. Du musst das nicht verstehen, ich verstehe es selbst kaum. Doch lass es mir bitte.«

»Es scheint dir wirklich ernst zu sein«, Helena war ehrlich überrascht.

Ein unsicheres Lächeln huschte über Christinas Gesicht. »Ich weiß nicht. Doch es fühlt sich richtig an, Nanni. Besser als alles, was ich bisher hatte.« Sie nahm das Besteck wieder auf und schaufelte Rührei in sich hinein. »Und damit können wir das Thema nun beschließen, okay?«, sagte sie kauend und griff nach der Pfeffermühle. »Mein unanständiges Liebesleben geht dich echt nichts an.«

Helena verkniff sich einen weiteren Scherz. Wir beide haben nie den Mann fürs Leben gefunden und wenn Tini glücklich ist, soll sie es genießen, dachte sie. Wie lange – oder wie kurz – es auch dauern mag.

»Ich frag dich auch nicht nach George«, murmelte Tini mit vollem Mund.

Verständnislos runzelte Helena die Stirn. »George?«

»Na, George Clooney. Der Typ mit dem Brief gestern.«

Helena nahm einen Schluck Kaffee. Betont gleichmütig setzte sie die Tasse ab. »Ach so. Wir haben ein Date mit ihm. Um zwei.«

Christina blieb der Mund offenstehen. »Echt jetzt?« Sie ließ das Besteck fallen und ihre Augen funkelten vor Wissbegier.

Helena hüllte sich in beredtes Schweigen und ließ sie noch ein wenig zappeln.

Christina warf die Serviette auf den Tisch. »Jetzt spann mich doch nicht so auf die Folter, Menschenskind!«

»Also gut«, gab Helena nach. »George heißt Niklas und ist der Sohn von Barbaras verstorbenen Lebensgefährten. Du weißt schon, von Kilian Hallner, dem Arzt. Sie haben uns gebeten, den Nachmittag mit ihnen zu verbringen. Ich hoffe, du hast nicht schon was Besseres vor?«

Christina stöhnte auf. »Natürlich. Niklas Hallner. Der fehlte noch in der Menagerie. Leider habe ich nichts vor, denn Johannes muss arbeiten. Die alte Hexe wird hocherfreut sein, mich zu sehen.« Sie schob den Stuhl zurück. »Ich sollte mich wohl landfein machen und mir einen versöhnlichen Satz überlegen.«

»Das dürfte nicht schaden«, feixte Helena und schob ihr den Zimmerschlüssel hin.

Schwere Wolken hingen grau und tief über dem Tal, als sie sich auf den Weg machten; es würde bald wieder schneien. Doch der kalte Wind tat gut und blies ihnen die übernächtigten Köpfe frei.

Die Frauen stießen die schneeverkrusteten Stiefel an der Steinstufe ab und Helena klopfte kurz an, bevor sie eintraten.

Niklas empfing sie in der Diele. »Ein gesegnetes neues Jahr, Nanni!« Er umarmte Helena und streifte sanft ihre kalte Wange. Über ihre Schulter sah er zu Christina, die an der Tür wartete.

Helena erwiderte seine Umarmung und trat einen Schritt beiseite. »Meine Schwester Christina. Niklas Hallner«, stellte sie die beiden einander vor.

»Freut mich, dich endlich kennenzulernen, Christina. Dir auch ein gutes neues Jahr!« Er streckte ihr die Hand hin.

»Tini genügt. Dankeschön. Und das wünsche ich dir ebenfalls.«

Er ging ihnen durch die Diele vor und öffnete die Tür zum Behandlungszimmer.

Christina spitzte hinter Niklas' Rücken den Mund zu einem lautlosen Uhhh und hob den Daumen.

Helena rollte die Augen. »Hör auf damit! Und benimm dich«, zischte sie und stieß sie in die Seite.

Barbara saß am Schreibtisch. Sie klappte ein Buch zu, das vor ihr lag und erhob sich. »Nun, da seid ihr ja.« Wieder war Helena überrascht, wie kräftig ihre Stimme klang. Ganz anders, als man es von einer Frau in dem hohen Alter erwartete. Barbara lehnte sich an den Schreibtisch und streckte beide Hände aus. Helena ergriff sie und küsste sie auf die runzelige Wange.

»Ein gesundes neues Jahr für dich, Barbi.« Die vertraute Anrede ging ihr wie von selbst von den Lippen.

Barbara hob die Hand und zeichnete mit dem Fingerknöchel ein Kreuz auf Helenas Stirn. »Möge der Herrgott mit dir sein, mein liebes Kind.« Dann wandte sie sich Christina zu. »Und mit dir ebenfalls, Mädchen.« Die blassgrünen Augen glitzerten, als Christina ihr zögernd die Hand reichte.

»Alles Gute für dich, Barbara. Und entschuldige. Ich war gestern etwas unhöflich zu dir.« Sie räusperte sich. »Es tut mir wirklich leid.«

Helena grinste in sich hinein. Etwas? Das war wohl leicht untertrieben.

Barbara nickte gnädig und der feine Fältchenkranz um ihre Augen zog sich zusammen. »Vergessen wir das. Und du hast ja recht. Wenn ich in den Spiegel seh, dann schaut tatsächlich eine alte Hexe heraus.« Sie lachte vergnügt und Christina entspannte sich.

Barbara zog Helena an den Behandlungstisch; sie hatte schon alles bereitgelegt. »Lass mich nach deinem Finger schauen.« Sie sah zu Niklas, der an der Tür wartete. »Wir sind gleich so weit. Nimm sie mit in die Küche, es steht noch Kaffee auf dem Herd.«

Niklas gab Christina einen gutmütigen Stups. »Na, komm mit, wir werden hier wohl nicht gebraucht.«

Amüsiert setzte Helena sich hin. Die Großtante war zwar alt, doch das Kommando lag in ihrer Hand. Barbara zog den Klebestreifen ab und entfernte behutsam den Mull von der Wunde. Das Nagelbett war am Rand noch ein wenig geschwollen, doch das Fleisch wies eine gesunde rosa Farbe auf. Die eitrige Stelle an dem zerrissenen Nagelrand sah wesentlich besser aus als gestern.

»Die Entzündung ist zurückgegangen.« Sie säuberte die Wunde, gab einen Klecks der Paste auf die Fingerspitze und verstrich ihn sorgsam. »Ein einfaches Pflaster sollte genügen. Allerdings wird's eine Weile dauern, bis der

Nagel nachgewachsen ist. Du musst das rein halten, Nanni, doch das weißt du sicher selbst. Ich geb dir ein Töpfchen Salbe mit; wenn du sie regelmäßig aufträgst, wird das ohne Probleme heilen.« Sie schnitt ein Heftpflaster schmetterlingsförmig ein, legte es über die Fingerkuppe und klebte die Seiten fest. »Na bitte. Wunderbar.«

Helena wackelte mit dem Finger und tippte auf das Pflaster. »Danke, Barbi. Es tut kaum mehr weh.«

»Ja, die Kuhsalbe hilft immer hervorragend.« Barbara erhob sich und warf den alten Verband in den Mülleimer. Dann füllte sie mit einem frischen Holzspatel einen Batzen der bräunlichen Schmiere in ein Töpfchen ab, schraubte es fest zu und reichte es ihr. »Hier. Nimm das mit. Und jetzt wollen wir gehen.«

»Gehen? Wohin denn?« Helena steckte den kleinen Behälter ein und erhob sich ebenfalls.

»Zum Julianenhof.« Barbaras krumme Gestalt stand schon an der Tür. »Ich könnte mir denken, dass ihr darauf brennt zu sehen, wo ihr geboren wurdet.«

»Oh.« Mehr bekam sie nicht heraus.

Wenige Minuten später saßen sie in Niklas' schwarzem Rover und fuhren durch die Dorfmitte, am Skilift vorbei und dem Ortsausgang zu. Niklas bog am Schatthof ab und hielt in der Haltebucht an. Er ließ den Motor laufen, sprang heraus und lief mit langen Schritten den schmal ausgetreten Weg zur Haustür des Anwesens hinunter. Der Mann, den Helena gestern getroffen hatte, trat heraus und sie wechselten einige Worte. Dann kam Niklas wieder.

»Der Basti hat den Weg geräumt. Mit dem Allrad schaffen wir es ganz hinauf.«

Basti. Sebastian Schattner, Peter Schattners Sohn. Eben der Basti, der ungefähr ebenso alt sein musste wie Anna Hohleitner. Frustriert schlug Helena den Gedanken weg, dass sie jemanden begegnet war, der ihre Mutter zu Lebzeiten gekannt hatte.

Niklas legte den Gang ein und fuhr an. Der Gelände-wagen schraubte sich die Windungen hinauf. In den Kurven gab er vorsichtig Gas, trotzdem brach der Rover in der schneeglatten engen Fahrrinne einige Male aus. Die Böschung kam den Außenspiegeln gefährlich nahe und Helena zog den Kopf ein, als Zweige an der Karosserie entlangkratzten. Auf einer Anhöhe, weit über dem Dorf, bog er in einen schmalen Weg ein. Zu beiden Seiten türmten sich hohe Schneewälle; der Wagen passte geradeso hindurch.

Die Schwestern verrenkten sich die Köpfe, doch man sah nicht viel mehr als weiß, weiß und noch mehr weiß. Weiß, wohin das Auge blickte. Anhöhen, sanft gerundet unter unberührtem Schnee. Schwere Wolken hingen zwischen den Bergen, die nur zu erahnen waren.

Sie tuckerten durch ein Wäldchen und dann öffneten sich die Bäume. Niklas hielt auf ein kleines Gehöft zu. Er fuhr zwischen Stall und einer urigen Almhütte auf den Vorplatz und hielt an. Vom tiefgezogenen Dachfirst hingen Eiszapfen und an den Seiten des Hauses reichte der Schnee bis unter die Rahmen der Fenster. Die hölzernen Läden im Obergeschoß waren halb geschlossen. Aus den Scheiben des gemauerten Erdgeschosses fiel kein Licht; die Hütte schien unbewohnt.

Niklas half Barbara beim Aussteigen. Die Schwestern sahen sich um.

Es war still hier oben; nur der Winterwind fuhr böig kalt über das Plateau.

Barbara schob die Holztür auf und betrat die Hütte. Sie winkte die Schwestern herein. Es war mollig warm in der Küche, die größer war, als es von außen den Anschein hatte. In dem gusseisernen Herd knisterten Scheite. Es wohnte wohl doch jemand hier; nicht anders war die Wärme zu verstehen, die sie willkommen hieß.

Gleichermaßen befangen blieben Helena und Christina mitten im Raum stehen.

Die Einrichtung hatte schon viele Jahre hinter sich, sie war einfach und dennoch gemütlich. Kleine Fenster mit karierten Vorhängen unter einer niedrigen dunkelgerauchten Holzdecke, eine Eckbank mit dicken Kissen, der blankgeschrubbte Zirbenholztisch. Ein grober Dielenboden, eine nussbraune Kredenz. Alles war alt, aber pieksauber. Durch einen offenen Türsturz ging es in einen nächsten Raum, der im Dunkeln lag, und am Ende der Küche führte eine steile Stiege nach oben.

Barbara bedeutete ihnen, Platz zu nehmen. Eine Hand an der Wand, die andere am Geländer, zog sich die Alte ins obere Stockwerk. Eine Tür quietschte und die Dielen über ihren Köpfen knarrten unter den schweren Schritten.

»Genauso hab ich mir das hier vorgestellt. Wahnsinn, oder?«, flüsterte Christina, nahm den Schal ab und schüttelte die Locken aus.

Helena schob sich neben sie auf die Bank unter dem Fenster, zog die Handschuhe ab und streifte sich die Mütze vom Kopf. Sie fand kaum Worte. All dies zu sehen, raubte ihr den Atem. Hier, auf dem gescheuerten Boden, hatte Marie Hohleitner ihre Tochter Anna geboren. Vor diesem Herd. An dem eisernen Handlauf hatte sie sich festgeklammert und da hatte Roman sie später zum Krüppel geschlagen. Helenas Blick suchte den Herrgottswinkel. Frische Tannenzweige steckten vor den geschnitzten Krippenfiguren und daneben in einem kleinen Bilderrahmen mit dem verblassten Antlitz eines jungen Mannes. Eine unglaubliche Ruhe herrschte; das Haus atmete Behaglichkeit und doch schien es, als dränge es nur darauf, die alten Geschichten neu zu erzählen. Sie warf die Handschuhe neben sich und öffnete die Jacke. In der Küche war es warm und sie schwitzte.

Niklas kam herein. Er brachte einen Schwall eisiger Luft mit sich und warf einen Armvoll Feuerholz in den Korb vor dem Ofen. Dann hängte er seine Jacke an einen Nagel neben der Tür, öffnete die Speisekammer und suchte darin herum. Mit eingezogenem Kopf kam er wieder heraus, stellte eine Flasche, ein großes Stück Käse, eine Schinkenseite und ein rundes Brot auf dem Tisch ab, holte Gläser und Holzteller aus dem Aufsatz der Anrichte. Mit festem Druck schob er das sperrende Türchen zu und mit einem Quietschen fuhr es an seinen Platz.

»Du scheinst dich hier gut auszukennen.«

Seine bernsteinfarbenen Augen leuchteten auf, als er Helena zulächelte und sich setzte. Er zog die Lade unter dem Tisch auf und suchte Besteck heraus. »Ich hab einen Gutteil meines Lebens hier oben verbracht.«

»Natürlich, Anna hat dir ja den Julianenhof überschrieben.«

Überrascht sah er Christina an. »Woher weißt du das?«

»Leni Oberndörfer hat es mir erzählt. Es ist wirklich nett von euch, dass ihr uns den Hof zeigt. Im ersten Moment dachte ich, hier wohnt niemand. Es sah alles so verlassen aus.«

Niklas verschränkte die Arme und musterte sie. Stellte die Beine auf den breiten Balken unter dem Tisch und kippte den Stuhl zurück. Er überlegte und rief dann laut ins Obergeschoss hinauf. »Barbi?«

Tappende Schritte näherten sich dem Treppenabsatz. Rückwärts kletterte Barbara die Stiege hinunter. Er sprang auf, um ihr zu helfen, und führte sie an den Tisch.

»Danke, Bub. Sie kommt gleich. Wie immer hat sie die Zeit vergessen.«

Die Schwestern sahen einander an und Christina hob die Schultern. Oben klappte eine Tür.

Eine zierliche Frau kam die Stiege herunter. Sie trug einen einfachen schwarzen Rock, der ihr bis auf die Knöchel reichte, ein langärmeliges weißes Baumwollshirt mit rundem Ausschnitt und darüber eine schmal geschnittene, ärmellose Weste aus dunkelrotem Samt. Das Gesicht war fein gezeichnet und faltenlos; eine Haut wie Milch, die sich durchscheinend spannte. Nur an der Beugung der Schultern und den schneeweißen Haaren war ihr Alter zu erahnen. Sie musste über sechzig sein und war doch grazil wie ein Mädchen. Verhalten musterte sie die fremden Gäste. Auf der vorletzten Stufe blieb die Frau plötzlich stehen, hielt inne, wie vom Donner gerührt. In stummer Befangenheit starrten sie sich an.

Mit verwirrter Miene sah Christina von der Frau zu der Schwester und wieder zurück. Stieß ein kleines Ächzen aus und schoss von der Bank hoch.

Helenas Hände flogen an den Mund und sie musste sie fest darauf pressen, um nicht aufzuschreien. In ihrem Kopf machte sich ein Dröhnen breit und ihr Herz setzte einen schmerzhaften Schlag lang aus. Wild, wie ein gefangener Vogel in einer umklammernden Hand, flatterte es und pumpte heißes Blut durch die Adern. Aus jeder einzelnen Pore brach ihr der Schweiß aus.

Die zierliche Frau mit dem nachlässig aufgesteckten Haarknoten ließ sich auf die unterste Stufe sinken, die Augen aufgerissen. Ihr Blick huschte zwischen den Schwestern hin und her. Ein Schluchzen entwich ihr; ein weher Laut, der Helena aufrührte. Die Frau vergrub das Gesicht in den Händen.

Christina begriff zuerst. Sie warf Barbara einen bösen Blick zu und hastete zur Treppe. Kniete hin und berührte mit zaghaften Fingern den Rock der Frau, ihre Schulter, die Haut ihrer Wange. Die hob den Kopf. In den großen schiefergrauen Augen wechselte der Ausdruck in schneller Folge von Schrecken und Staunen zu Unglauben. Rabenschwarze Locken vermischten sich mit spinnwebfeinen weißen Strähnen, als sie sich umklammerten.

Helena war wie in Stockstarre – unfähig, auch nur einen Muskel zu rühren. Niklas saß auf einmal neben ihr und zog sie an sich. Ein heftiges Zittern erfasste sie und sie schob das Gesicht an seine Brust. Sein Arm hielt sie.

»Ich hab's dir gleich gesagt, Barbi. Das war nicht besonders klug.« Niklas' tiefe Stimme drang wie entfernt in das Rauschen ihrer Ohren.

»Papperlapapp, Niki! Wie auch immer wir es angestellt hätten, es wäre grad so gekommen. Einmal musste es sein.«

Steif wie ein Stock saß Barbara auf dem Stuhl und die grünen Augen schimmerten feucht; ihr Gesichtsausdruck war unergründlich.

Mit einem Ruck befreite sich Helena aus Niklas' Arm und stürzte in einem einzigen langen Satz an Barbara vorbei. Sie kauerte sich zu den Füßen der Mutter zusammen und presste das Gesicht in den Rock. Anna hob eine schlanke Hand und berührte ihr Haar.

Augen und Herz flossen über. In Helena ging alles durcheinander. Und dennoch fügte sich etwas zuckend an seinen Platz. Es war, als ob sich ihr Innerstes zurechtrückte; eine blinde Stelle in Helenas Seele schwoll an und füllte sich mit Leben. Sie schob sich enger an Mutter und Schwester, weinte und lachte zugleich. Konnte nicht genug von den hektisch streichelnden Berührungen und gestammelten Koseworten bekommen.

Sie fanden erst in die Gegenwart zurück, als Niklas das Licht einschaltete. Es war den ganzen Tag kaum recht hell geworden und nun brach die Dämmerung herein.

Anna zog die Töchter hoch. Sie setzten sich auf die Bank, die Mutter in der Mitte, die Hände zu dritt fest verschränkt.

Christina wischte sich die Augen und wühlte mit der freien Hand in der Jacke. Mit einem schluchzenden Lachen warf sie ein zerdrücktes Päckchen Papiertaschentücher auf den Tisch. »Ich geb eine Runde aus.« Ihre Stimme war zittrig und sie zog die Nase hoch. Nahm eine Handvoll Tücher heraus, reichte sie Anna und Helena und rieb sich an den Augen herum. Die Wimperntusche hatte sich aufgelöst und schwarze Spuren hinterlassen.

Helena schnäuzte sich geräuschvoll. Als Niklas eine Hand auf ihren Rücken legte, musste sie schon wieder schlucken. Ein neuerliches Schluchzen erschütterte sie und sie drückte den Unterarm vor den Mund, bis sie sich gefangen hatte.

Barbara knüllte das nasse Stofftaschentuch zusammen und steckte es in den Ärmel der Bluse zurück.

Wie Rösle. Eine jähe Sehnsucht nach der Freundin erfasste Helena und erneut stiegen ihr die Tränen hoch. Ach Rösle, wenn du nur hier wärst – unsere Mutter lebt! Sie konnte es nicht glauben.

Sie lebt. Da hatten sie die ganze Zeit angenommen, Anna sei tot. Und jetzt saß sie da, ganz nah bei ihnen, warm und lebendig. Niemand, kein Mensch, hatte es für nötig befunden, auch nur ein Sterbenswörtchen darüber zu verlieren. In ihrem fliegenden Gehirn suchte Helena krampfhaft nach irgendeinem Hinweis, doch sie fand keinen. Nicht den geringsten.

Christina war der Gedanke wohl ebenfalls gekommen, denn sie fuhr Barbara an. »Das wolltest du uns«, sie ruckte mit dem Kinn zu Anna, »und vor allem ihr nicht schonender beibringen, oder? Was denkst du dir eigentlich? Du bist wirklich erst zufrieden, wenn alles nach deiner Pfeife tanzt!«

Niklas schnaubte durch die Nase. »Ich hab's dir gleich gesagt, Barbi. So geht das nicht.«

Barbara sah ihn streng an. »Du wiederholst dich, Niklas, und ich hab's gehört. Wie man sieht, geht es doch. Sie haben sich wieder, nur das zählt. Niemand wusste, ob die Mädchen wirklich kommen. Das war auch für mich eine Überraschung.«

Annas Stimme klang hell und melodisch, wie ein silbernes Glöckchen; noch brüchig vom Weinen und doch durchdringend klar. »Dede, wie lang hast du es schon gewusst?«

Alles steckte in dieser einen Frage.

Unter der altersfleckigen Haut wurde Barbara Sittler einen Ton blasser. Ihre Schultern sanken tiefer und auf einmal sah sie greisenhafter aus, als sie war. Mit fahrigen Bewegungen rang sie die Hände.

Christina sah die Alte scharf an und als Barbara nicht antwortete, lachte sie spröde auf. »Die hat es immer gewusst. Sie war es doch, die uns weggegeben hat.«

Es war wie eine Ohrfeige. Kein Schlag hätte Anna härter treffen können. Ein Zittern lief durch ihren Körper und die grauen Augen verdunkelten sich zu Stein. »Das ist nicht wahr«, hauchte sie. Fuhr hoch und drängte sich an Christina vorbei. »Sag, dass es nicht wahr ist!« Ihre Stimme kippte. »Wie konntest du so etwas tun, Dede? Herrgott, wie konntest du mir das antun?« Annas Hände erstickten ein Schluchzen. Alle Kraft schien aus ihr zu weichen und sie sank auf die Knie.

Das Flüstern zersplitterte die Stille. Obwohl kaum hörbar, war es unerträglich; ein schrillhohes Singen, das Glas zum Zerspringen brachte und der Schmerz darin furchte ihre Herzen. »Kannst du dir vorstellen, wie ich jeden Tag meines Lebens gelitten habe? Hast du überhaupt eine Ahnung, was es bedeutet, seine Kinder zu verlieren?« Sie hob den Kopf und ihre Faust stieß die alte Frau vors Bein. »Grundgütiger! Du hast mich Woche für Woche, jahrelang, einen Kranz dahin legen lassen! Und dabei wusstest du immer, wo meine Mädchen sind! Dass sie leben!«

Kränzchen aus Tanne und Vogelbeeren. Die Gestalt gestern, die am Eingang des Friedhofs an ihnen vorbeigehuscht war! Das musste Anna gewesen sein! Ahnungslos waren sie aneinander vorbeigegangen; sich so nahe, ohne es zu wissen.

Niklas war aufgestanden. Er beugte sich zu Anna und hob sie auf. »Es ist gut. Komm, beruhige dich. Alles wird sich aufklären.«

Sie wand sich aus seinem Griff und sah kalt auf die Tante hinab. Von einem Moment zum nächsten schien Anna in die Höhe zu wachsen.

Die weißen Haare wanden sich wie von selbst aus dem Knoten und sträubten sich um das bleiche Gesicht; mit einem Mal erschien sie übergroß. Königlich. Machtvoll. Wie ein Racheengel stand sie vor Barbara, sprühte vor kraftvoller Energie. Helena hätte es nicht gewundert, wenn sie plötzlich ein flammendes Feuerschwert zöge. Die alte Frau zuckte zurück und konnte doch dem Bann der strahlenden Augen nicht entweichen. Sie duckte sich unter dem schier greifbaren Hass, der ihr entgegenflutete und sie verbrennen wollte.

Dann erlosch der Glanz und es war nur Anna, die vor ihnen stand. Schmal und aufrecht, hochgewachsen zwar, doch keineswegs furchterregend. Sie hatte sich wieder in der Gewalt.

Ihre Haare sehen anders aus, bemerkte Helena und schauderte. Sie waren nicht mehr in einen Knoten gesteckt, sondern hingen in langen Strähnen über die Schultern. Anna ließ sich auf die unterste Stufe der Stiege fallen. Niklas setzte sich neben sie und legte die Hand auf ihren gesenkten Kopf.

»Was war das denn?«, hauchte Christina und ließ die Hand der Schwester los, die sie umklammert gehalten hatte.

»Das war die Gabe«, gab Helena tonlos zurück. »Jetzt hast du sie gesehen.«

Barbara erhob sich und holte den Honigtopf aus der Anrichte. Sie suchte einen Löffel aus der Lade unter dem Tisch und schabte einen Klumpen heraus, drehte ihn und ließ die zähe Masse abfließen. Mit bebenden Fingern hielt sie der Nichte den Löffel hin. Widerstrebend nahm Anna ihn entgegen. Mit geschlossenen Augen saugte sie die Süße in sich auf.

»Wie du früher, Nanni. Du warst verrückt nach Honig und Süßigkeiten, wenn deine Anfälle vorbei waren«, wisperte Christina, unfähig die Augen von Anna zu lösen.

»Das waren keine Anfälle. Wann begreifst du das endlich?« Helena war es müde, sich zu erklären.

Niklas half Anna hoch. Sie setzte sich auf die Bank und krampfte die Hände im Schoß zusammen. Schweigend wartete sie auf eine Erklärung. Ihre Haltung strahlte Eiseskälte aus.

Das Unbehagen war Barbara Sittler anzusehen, sie rutschte auf ihrem Stuhl hin und her. Das Zusammentreffen nahm eine andere Richtung, als sie es sich ausgedacht hatte.

»Anneli, Kind«, sie zögerte. »Ich hatte keine Wahl. Du warst todkrank. Nicht nur das, du warst schon drüben, fast verloren. Weißt du nicht mehr? Juliana hat mir das Versprechen abgenommen, die Zwillinge vor Roman zu retten. Nur deshalb hat sie dich zurückgebracht, weil ich einwilligte. Er hatte bereits Karoline erstickt und wollte die Mädchen ebenfalls umbringen. Sie wären fast erfroren, wie du auch. Ich kam noch zur rechten Zeit in deine Kammer. In dieser Nacht hat er auch mich …« Unter der faltigen Haut zuckten Barbaras Wangenmuskeln und sie schluckte den Rest des Satzes hinunter. »Er hätte es wieder und wieder getan. Du weißt doch, wie er war.«

Helena saß wie unter einem Bann; sie hörte der alten Frau zu und etwas klang in ihr an.

Barbara senkte den Kopf und unter ihrem schütteren Haar war im Licht der Deckenlampe blassrosa Haut zu erkennen. Sie wirkte irgendwie erbarmungswürdig; klein, alt, geschlagen. »Es tut mir so sehr leid, Anneli. Ich weiß, was ich dir angetan habe. Doch es war besser so, für euch alle. Es musste sein. Und sieh nur, was für wundervolle Töchter du hast.« Sie griff nach Annas Arm und ihr Ton wurde bittend. »Er hätte sie niemals am Leben gelassen!«

Anna entzog sich. Traurig schüttelte sie den Kopf. »Du hättest es mir sagen müssen, Dede. Ich habe dir damals schon nicht geglaubt. Und ehrlich gesagt, ich weiß überhaupt nicht mehr, was ich dir noch glauben soll.«

In einer hilflosen Geste hob Barbara die Hände. »Ich musste Juliana versprechen, die Zwillinge aus seiner Reichweite zu bringen. Die Deutschen waren meine Gäste und kinderlos. Sie haben die Mädchen mit nach Deutschland genommen. Es war die einzige Möglichkeit, die mir einfiel. Die Gabe musste überleben. Anneli, ich hatte keine Wahl!«

Anna fuhr auf. »O ja, diese elende Gabe. Soll ich jetzt Mitleid mit dir haben? Ich kann es nicht mehr hören, Dede. Am Ende geht es einzig darum; diese elende Mitgift bestimmt immer alles! Ich habe nicht um sie gebeten. Sie hielt mich hier oben fest wie der Leibhaftige eine arme Seele. Und sie hat mir alles genommen.«

»Du bist nur zu gerne hinübergegangen und du hast das weidlich ausgekostet. Erzähl mir nichts anderes! Was du bist, das bist du durch unser Erbe. Genommen hat dir nur der

Wojtek und dafür hat er bezahlt.« Barbara verzog den Mund und raunte etwas Unhörbares in ihr Doppelkinn.

Helena beobachtete sie und wieder streifte sie ein eigenartiges Gefühl; Barbaras Verhalten ließ sie stutzen. Was meinte sie damit, dass er bezahlt hatte? Anna hatte doch den Wunderbaum gefunden und ihm das Gift in den Wein gemischt. Sie rief sich die Aufzeichnungen in Erinnerung, ging im Geist die Seiten durch, die sie fast auswendig kannte. Ein Gedanke schwamm an die Oberfläche, träge wie in Zeitlupe, und tauchte wieder weg. Schwappte erneut auf und dieses Mal hielt sie ihn fest, bevor er sich verflüchtigte. Hatte der Wojtek etwa auch Barbara …? Womöglich hatte sie das Schicksal selbst in die Hand genommen. War es denkbar, dass Annas Tante ihr zuvorgekommen war? Was sie von Barbara Sittler wusste, war nicht viel. Doch eines schien klar; die sah nie lange zu, sondern handelte.

Zögerlich und ins Blaue hinein, formulierte Helena ihren Verdacht. »Irgendetwas ist in dieser Nacht passiert. Als Anna da drüben war, zwischen Leben und Tod. Du bist ihr nachgegangen und hast sie zurückgeholt. Juliana hat von dir gefordert, dass du ihn aufhältst, nicht wahr? Das war es, was sie zurückgebracht hat – nicht uns zu retten, sondern ihn zu töten. Ihr wart euch sicher einig, denn er kam dir auch zu nahe. Du hast dafür gesorgt, dass es aufhört. *Du* hast ihn getötet.«

Alle Blicke richteten sich auf Barbara, die unter der Anschuldigung still wurde. Hasserfüllt hob sie die schweren Lider und darunter glühten ihre Augen wie die einer hungrigen Katze. »So ist es.«

Mit angehaltenem Atem starrten sie die alte Frau an.

»Er war böse. Und er hätte Anneli niemals in Ruhe gelassen.« Barbara legte die knochigen Hände flach auf den Zirbenholztisch. »Roman hat meiner Schwester das Herz gebrochen und ihr das Kind aus dem Leib geprügelt. Er tötete Mathis und Karoline. Er hat Anneli Gewalt angetan und auch vor mir nicht Halt gemacht.«

Annas Kopf flog hoch.

Ungerührt sprach Barbara weiter, und ihre Stimme wurde bitter. »Der elende Hurensohn hat meine Familie zerstört. Alles, was mir blieb, war euch vor ihm zu retten. Dafür hab ich meine Berufung verraten. Dafür hab ich Kilian aufgegeben. Er hätte das niemals akzeptiert. Meine Tat hat uns getrennt; ich war nachher nicht mehr wie vorher. Und ich hoffe, beim unbefleckten Schoß der Mutter Gottes, es war das Leid wert, und der Wojtek ist elendig an den Pilzen krepiert.« Dass sie durch eine persönliche, selbst geschaffene Hölle gegangen war und wie die sich anfühlte, verschwieg Barbara. Sie hatte schon zu viel preisgegeben.

Anna stürmte zur Tür und stieß sie so energisch auf, dass das Holz gegen die Hauswand schlug. Sie blieb auf der Schwelle stehen und rang nach Luft. Schneeflocken stoben herein und der Wind wehte ihr Haare und Rock auf. Für einen Augenblick erweckte sie den Eindruck einer archaischen Zauberin. Der Wind riss ihr die Worte vom Mund, als sie gallig hervorstieß: »Du also auch … was sind wir doch für eine feine Familie. Zwei Giftmischerinnen erster Güte.« Mit der Faust schlug sie an den altersgeschwärzten Türstock. »Eine von uns wird ihn doch hoffentlich zur Strecke gebracht haben!«

Sie duckten sich unter der Not, die aus ihr quoll.

Niklas zog die Schnapsflasche her und schenkte die Stamperln voll. Schob wortlos jedem eines hin.

Helena stürzte den Alkohol in einem Zug hinunter. Sie brauchte etwas, das den Schock dämpfte. Ihn wegbrannte.

»Das ist mutig, Nanni. Bei uns zu trinken«, krächzte Barbara Sittler und der dünne Mund verzog sich zu einem boshaften Lächeln.

In einem ungewollten Reflex griff sich Helena an die Kehle. Der Schnaps brannte ihr die Speiseröhre aus, flammte in ihrem leeren Magen. Niklas grinste schräg und leerte sein Glas.

»Und wenn es ganz anders war?« Christinas leise Stimme rührte sie auf.

Helena, die noch kaum glauben konnte, dass sie mitten ins Schwarze getroffen hatte, stellte das Schnapsglas hin. Sie kannte Tini, diesen brütenden Ausdruck, wenn sie über etwas nachgrübelte. Irgendwas hatte sie auf Lager.

»Was sagst du da?« Die Falten in Barbaras Gesicht kräuselten sich. Furchten sich zu einem einzigen Fragezeichen.

Endlich schloss Anna die Tür und sperrte die eindringende Kälte aus, lehnte sich mit dem Rücken dagegen. Zweifel stand ihr ins Gesicht geschrieben, als sie die kleine Gesellschaft musterte.

Christina nippte an dem Glas. Schluckte langsam. »Nun ja. Es ist doch komisch, dass er nie gefunden wurde. Irgendwo muss er abgeblieben sein. Ihr beide macht euch euer Leben lang Vorwürfe, und womöglich könnt ihr überhaupt nichts für seinen Tod.« Sie rutschte an die Kante der Bank. »Der Johannes hat einen Freund, Julius. Und dessen Vater, Dávid heißt er, glaube ich, war damals mit dem Wojtek unterwegs. Es gab einen Bergabsturz und er sagt, Roman wurde verschüttet.«

Anna und Barbara wechselten einen Blick und lachten gleichzeitig auf. Es war ein garstiges Lachen.

»Niemals. Er ist durch das Gift des Wunderbaums gestorben; ich weiß nur nicht, wo«, sagte Anna.

Ein Zucken lief über das Gesicht der Sittlerin.

»Roman kannte die Berge besser als jeder andere. Er hörte die Flöhe im Fels husten, nie im Leben hätte er sich in eine solche Gefahr begeben. Es kamen kurz danach zwei Gendarmen auf den Hof und erzählten mir dasselbe. Ich hab das keinen Moment geglaubt.« Anna stieß sich vom Türrahmen ab.

»In der Höhle war der Wojtek jedenfalls nicht«, merkte Barbara eilig an. »In den frühen Achtzigerjahren hat man den Weg zum Einstieg des Erzwerks mit einem Handlauf gesichert. Bei den Arbeiten fanden sie auch den Hohlraum darüber. Er war nicht drin. Der Gruber Pirmin, Theres'

Mann, war damals mit dem Trupp oben und ich hab ihn danach gefragt.«

Christina ließ nicht locker. »Aber da gibt es noch etwas. Du hast in deinem Tagebuch aufgeschrieben, dass zwei Männer hier auf dem Julianenhof waren und nach ihm gefragt haben. Womöglich haben die etwas damit zu tun.«

»Woher weißt du von meinen Büchern?« Mit einem Heben der Brauen registrierte Anna die aufsteigende Röte in Barbaras Gesicht. »Natürlich, das hätte ich mir ja denken können.« Sie warf den Kopf zurück und dachte nach, zuckte dann mit den Achseln. »Ich weiß nicht. Ich hab die Kerle nie wiedergesehen.« Ihr Fuß versetzte dem Stuhl vor sich einen Stoß. »Was soll's. Das ist lange her. Ich mag nicht mehr darüber nachsinnen. Es hat mich schon genug Nächte und Tage gekostet.«

»Es hätte doch sein können. Ich dachte ja nur …«

Helena spürte Tinis Enttäuschung und einen Moment fragte sie sich, ob sie womöglich recht hatte.

Niklas schob den Vorhang zur Seite und sah aus dem Fenster. »Es schneit wieder. Wir sollten bald los. Ich hab keine Lust, hier oben festzustecken.«

»Es ist Platz genug. Ihr könntet bei mir übernachten.«

Helena war fast froh, als Barbara abwinkte. In ihrem Hirn wirbelte alles durcheinander und sie sehnte sich danach, alleine zu sein. Sie hatte über vieles nachzudenken.

»Ich bin eine alte Frau und schätze mein eigenes Bett. Der Bub hat recht, wir sollten fahren. Ich bin müde.« In Barbaras Miene lag etwas wie Furcht. Es war ihr deutlich anzumerken, dass sie wenig Interesse verspürte, noch mehr Wahrheiten auf den Tisch zu packen. »Wenn ihr dableiben möchtet?«

Christina schüttelte den Kopf und stand auf. »Ich hab heut Abend noch etwas vor. Wir sollten erst alle ein bisschen runterkommen, es war viel auf einmal. Wir kommen morgen wieder, okay? Und wir sind ja noch ein paar Tage da.« Ganz kurz wirkte Anna enttäuscht, doch dann fing sie sich. »Mir soll's recht sein. Doch ihr kommt bestimmt, ja? Versprichst du mir das?« Zaghaft berührte sie Christinas Haar und strich darüber. »Du bist wunderhübsch, meine Kleine. Und klug. Ich bin so glücklich.« Sie wandte sich Helena zu. »Himmel, ich kann es noch nicht glauben. Meine Mädchen …« Sie hob die Arme, als ob sie die Tochter umarmen wollte. Doch dann trat sie einen Schritt zurück und legte nur sanft die Hand an Helenas Wange. Graue Augen, sich so ähnlich, tauchten ineinander und etwas floss zwischen ihnen. Ein zaghaftes Erkennen der Seelen. Das Wissen, dass sie beide mehr verband als nur Blut.

Widerstrebend riss Helena sich los. »Bis morgen.« Sie war kaum in der Lage zu sprechen. Hastig nahm sie die Jacke von der Bank und schlüpfte hinein. Drückte die Tür auf und trat hinaus in die wirbelnden Flocken.

Niklas umarmte Anna zum Abschied.

»Danke, Niki. Du ahnst nicht, was es mir bedeutet.« Sie fand nichts, was nur annähernd ausdrückte, wie aufgewühlt sie war. Wie sehr ihr das Herz drückte, so voller Glück. Und dem Schmerz, der sie nie losgelassen hatte.

Liebevoll lächelte er. »Du solltest dich bei Barbi bedanken. Bis morgen, Anneli. Ich bring sie dir herauf. Brauchst du noch etwas aus dem Dorf?«

Sie fuhr ihm durch die Haare. »Nein, Bub. Nur meine Kinder.«

Barbara verließ das Haus als Letzte. Anna gab ihr nicht die Hand. »Wir beide sprechen uns noch, Dede. Du hast mir einiges zu erklären!«

»Gib uns allen Zeit, Anneli«, bat Barbara.

Die Arme unter der Brust verschränkt, sah Anna die Tante ohne ein Wort an, bis die sich endlich abwandte und in das wartende Auto stieg.

Anna sah ihnen nach, verfolgte die Lichter der Scheinwerfer, die sich durch den Wald entfernten. In ihr tobten widerstrebende Gefühle. Das unvorhergesehene Glück, die Töchter wiederzuhaben und – eine heillose Wut auf Dede.

Sie fühlte sich hintergangen, betrogen um die Jahre, die sie ihr gestohlen hatte. Barbara hatte sie belogen. In einem Winkel ihrer Seele hatte sie es immer geahnt.

Feine Flocken rieselten aus dem nachtdunklen Himmel und legten sich kitzelnd auf ihre Wangen. Anna blieb auf der Schwelle stehen und schloss die Augen, hielt das Gesicht in den kalten Wind. Dann verriegelte sie die Tür hinter sich und räumte das unberührte Essen ab. Sie setzte sich an den Zirbenholztisch und drehte den Goldreif vom Ringfinger. Der Mond war fast rund, heute Nacht drängte es sie zur Ahne. Das Silberauge ruhte in ihrer Rocktasche, wie immer, sie tastete danach und nahm es fest in die Hand.

Während der Fahrt wechselten sie kaum ein Wort, zu überwältigt von den Eindrücken und ihren irrationalen Gefühlen. Niklas fuhr vor den Gasthof. Die Schwestern reichten Barbara über die Rückbank die Hand und verabschiedeten sich. Christina winkte ihm zu und verschwand im Haus.

Er blieb neben der geöffneten Fahrertür stehen. »Geht es dir gut, Nanni?«

Ihr Gesicht verzog sich zu einer Grimasse. »Kann man nicht grade behaupten.« Rasch stellte sie sich auf die Zehenspitzen und streifte seine stoppelige Wange. »Danke fürs Fahren. Ich ruf morgen an, ja?«

Er griff ins Leere. Sie war schon dabei, die Stufen hinaufzulaufen.

Kapitel Sechs

Niklas Hallner hob die Hand, um anzuklopfen. Doch dann ließ er sie wieder fallen. Womöglich wollte Helena ihn nicht sehen. Sie hatte so verloren gewirkt, als sie sich verabschiedet hatten. Durchaus nachvollziehbar, er mochte wirklich nicht in ihrer Haut stecken. Das unerwartete Zusammentreffen mit der tot geglaubten Mutter, Barbaras Geständnis; das alles hatte sie vermutlich mehr erschüttert, als sie preisgab. Und doch hatte er das leise Gefühl, dass er ihr nicht gleichgültig war. Eben dieser Eindruck hatte ihn dazu getrieben, noch einmal das Haus zu verlassen. Seit er sie hinter dem Waschhaus ertappt hatte, ließ Helena seine Gedanken nicht mehr los. Die aparte Frau mit den fragenden grauen Augen war besonders, das hatte er sofort wahrgenommen. Sie zog ihn an und er wollte mehr von ihr wissen.

Jetzt, zwei Stunden später und im Gang vor ihrem Zimmer stehend, zweifelte Niklas an seiner vorschnellen Entscheidung. Egal, es konnte ihm nichts Schlimmeres passieren, als dass sie ihn rauswarf. Erneut hob er die Hand und prallte zurück, als die Tür aufgerissen wurde.

Christina stand vor ihm. »Aber hallo! Was tust du denn hier?«

»Ist Helena da?«

Sie musterte ihn von Kopf bis Fuß. Dann grinste sie breit und stieß die Tür mit dem Ellbogen weiter auf. »Nanni, Besuch für dich!« Sie gab den Eingang frei und drückte sich vorbei. »Entschuldige, ich hab's eilig. Viel Glück, George!«

Mit gerunzelter Stirn sah er ihr nach, wie sie den Gang entlang und die Treppe hinunterstürmte. Christina trug das

Herz auf der Zunge, das wusste er bereits. Doch weshalb nannte sie ihn George?

Helena riss ihn aus seinen Überlegungen. Im Bademantel stand sie in der Tür, die Haare feucht und strubbelig.

Plötzlich wusste er nicht mehr, was er sagen wollte. Sie wirkte verwirrt, wickelte den Frotteemantel enger um sich und strich sich verlegen die Haare glatt. An ihren nackten Waden glänzten kleine Wasserperlen. Helena bemerkte seinen Blick und zog den Gürtel des Bademantels zusammen.

Er suchte nach Worten. »Ich dachte, na ja … vielleicht hast du Lust …« Verdammt, er stotterte wie ein Schuljunge. Innerlich wand er sich, hätte sich ohrfeigen mögen. Was mochte sie nur von ihm denken? Spätestens jetzt würde sie ihn rausschmeißen!

Helena hob ein Bein und wischte mit der Fußsohle die Feuchtigkeit von ihrer Wade. Er konnte förmlich zusehen, wie es hinter ihrer Stirn ratterte.

»Entschuldige, ich wollte dich nicht stören. Bestimmt möchtest du allein sein.« Er wandte sich zum Gehen. Verflixt, das hatte er gründlich vergeigt.

»Hej, warte!«

Er war schon an der Treppe, als ihr Ruf ihn aufhielt. Niklas drehte sich um.

»Ich zieh mich schnell an, ja? Vielleicht können wir unten noch was trinken oder so.« Sie lächelte und in den grauen Augen stand ein Ausdruck, der ihn hoffen ließ. »Gib mir zehn Minuten.«

Er wartete im Gang. Sie benötigte nicht einmal vier Minuten. In knöchelhohen Stiefeln, Jeans und einem hellblauen Kapuzenpulli, den Daunenmantel über dem Arm, kam Helena aus dem Zimmer, die Haare noch ein wenig feucht. »Magst du ein Stück mit mir laufen? Ich hätte Lust auf einen Schneespaziergang.«

Er half ihr in den Mantel. »Denselben Gedanken hatte ich auch.«

In einträchtigem Schweigen wanderten sie nebeneinander den Kirchberg hinauf. Ihre Schritte warfen den pulvrigen Schnee auf und die Nachtluft trug einen Hauch von Holzfeuer.

Niklas getraute sich nicht zu fragen, wie Helena sich fühlte; er genoss es, einfach nur neben ihr zu sein.

Im Vorübergehen strich sie mit dem Fäustling die Schneekrone von einem Holzpfosten. »Habt ihr immer so viel Schnee?«

»In den letzten Jahren vor Jänner kaum. Doch heuer schneit es schon seit Mitte November fast ununterbrochen.«

»Wir waren früher oft in der Schweiz, mit unseren Eltern. In Österreich bin ich zum ersten Mal. Hier sieht es ganz anders aus. Die Berge sind schroffer und die Menschen rauer.«

»Was denkst du denn über uns?«

Sie kickte einen Eisbrocken vor sich her. »Na ja, ihr seid so … direkt. Und natürlich. Jeder sagt du und gibt einem das Gefühl, nicht fremd zu sein.«

»Das bist du doch auch nicht. Immerhin stammst du von hier.«

Freudlos lachte Helena auf. »Jetzt, wo du es sagst …« Sie ging nicht weiter darauf ein. Und er fragte nicht nach.

Sie erreichten die Kuppe und überquerten den Vorplatz zum Kirchenportal.

»Warst du schon drinnen? Unsere Sankt Leonhards Kirche ist wirklich sehenswert.«

»Nein, nur auf dem Friedhof. Tini und ich haben uns vorgestern die Gräber angesehen. Meinst du nicht, dass schon abgeschlossen ist? Bei uns in der Stadt sind die Kirchen über Nacht zu.«

»Bei uns auch. Aber ich hab den hier.« Er suchte in der Jackentasche, zog einen eisernen Schlüssel heraus und steckte ihn ins Schloss.

Helena staunte. »Du bist doch Arzt, oder? Wie kommt es, dass du einen Schlüssel hast?«

Niklas zog an der Tür und knarrend ging das Portal auf. »Ich bin ebenso ein Doktor wie du. Den hier habe ich, weil ich im Gottesdienst die Orgel spiele. Mein Vater und ich sind in die Forstau gekommen, als ich fünf war. Zuerst war ich jahrelang Messdiener. Die Musik hat mir immer gefallen und der Küster hat mir das Orgelspielen beigebracht. Nachher hatte ich Unterricht in Radstadt. Ich komm abends oft zum Üben herauf.«

Der Türflügel fiel hinter ihnen zu und sie betraten das schwach beleuchtete Kirchenschiff. Er tauchte einen Finger in den kleinen Weihwasserbehälter aus Messing, der an der Wand angebracht war, bekreuzigte sich und senkte kurz den Kopf.

Helena ging in den hohen Raum hinein und trat behutsamer auf, sobald ihre hallenden Schritte auf dem Marmorboden die Stille störten. Interessiert und ehrfürchtig zugleich sah sie sich um. Ein barocker Hochaltar dominierte das Ende des Kirchenschiffs, flankiert von zwei reich geschnitzten Seitenaltären aus schimmerndem Holz. Den Kopf in den Nacken gelegt, betrachtete sie die in zarten Farben bemalte Decke. Sie kannte sich in Kunstgeschichte nicht besonders aus, doch sie schätzte das Alter der Kirche auf ungefähr Mitte achtzehntes Jahrhundert.

»Komm hier hoch.« Niklas berührte flüchtig Helenas Rücken. Sie riss sich von dem überwältigenden Anblick los und folgte ihm eine einfache Treppe hinauf. Die hölzernen Stufen knarrten überlaut unter ihren Tritten.

»Setz dich.« Er wies zu zwei Klappstühlen, die vor der Brüstung standen, rutschte auf die Orgelbank und drückte einen Knopf. Mit einem Schnaufen erwachte das Instrument zum Leben. Er zog ein paar Register und intonierte mit einer Hand eine schmucklose, einstimmige Melodie. Helena beobachtete ihn; Niklas schloss die Augen und legte den Kopf zurück. Und dann spielte er. Die Orgel rauschte auf und ihr Klang füllte das Kirchenschiff. Ein' feste Burg ist unser Gott.

Unter der Gewalt des alten Chorals überlief Helena eine Gänsehaut. Die Töne pulsierten tief in ihrem Bauch. Strömten um sie wie eine Woge aus Meerwasser und wiegten sie sanft in grauer Gischt. Unter dem Bann der Musik fiel alles von ihr ab. Die Verwirrung der letzten Tage, das verstörende Zusammentreffen mit der tot geglaubten Mutter, Barbara Sittlers Geständnis. Das unsägliche Wissen, die Tochter eines Vergewaltigers zu sein. Wie einen unerwünschten Wurf junger Katzen hatte man sie und die Schwester weggeben; in eine Familie, die den Hunger nach Liebe nie so recht hatte stillen können. Sie schien umgeben von Geheimnissen und Verrat, von Menschen, die ihrem Schicksal nur durch Töten entkommen waren. Gefangen in dem Tasten, zwischen alldem einen Platz zu finden. Wo gehörte sie hin?

Die Macht der Musik löste alle Fragen auf und schwemmte sie hinweg.

Niklas hielt den letzten Ton. Schwebend hing er unter der Kuppel. Verklang zitternd. Mit einem Gefühl des Bedauerns lauschte Helena nach. Die folgende Stille hatte etwas Heiliges.

Niklas schaltete die Orgel aus und nahm neben ihr Platz. Schweigend sahen sie in das Kirchenschiff hinunter. Rötlicher Schein erleuchtete den Altar und brach sich im Gold. In einer Ecke war eine Krippe aufgebaut. In den kleinen Laternen des Heiligen Josef und der Hirten glommen flackernde Lichter und warfen einen Schimmer auf die samtenen Gewänder der Könige.

»Das war wundervoll.« Helena flüsterte nur. Dennoch nahm der hohe Raum ihre Worte auf und gab sie wispernd zurück.

»Bach. Ich mag Bach.« Sie spürte mehr, als sie es sah, wie Niklas sich nach vorn beugte und die Arme auf der Brüstung ablegte. »Für mich beschreibt kein anderer Komponist Gottes Größe eindrücklicher. Er malt mit Noten. Seine Choräle sind geradeaus und klar. An manchen Stellen setzt er Verzierungen, wie kleine Kronen. Sie geben seiner

Musik Tiefe und erheben sie zugleich.« Er stützte das Kinn in die Hände und sah auf die leeren Bankreihen hinunter. »Bist du gläubig, Nanni?« Seine Frage traf sie unvorbereitet.

Sie überlegte lange, bevor sie antwortete. »Ich weiß nicht … wir sind selten zur Kirche gegangen. Ich wurde evangelisch getauft und konfirmiert, das schon. Doch glauben? Man hat mich dazu erzogen, ein anständiger Mensch zu sein. Es allen recht zu machen war immer wichtiger. Das ist die Religion unserer Eltern.« Sie hielt inne, überprüfte sich selbst. »Doch irgendwie glaube ich schon, dass es eine höhere Macht gibt. Etwas oder jemand, der über uns steht und uns lenkt. Ich hab mir nie so richtig Gedanken darüber gemacht. Bei den Protestanten war es mir immer fad, da gibt es nicht so viel Gold und Prunk, es hat mich nie berührt. Doch das hier«, ihre Hand beschrieb einen Bogen, »das ist schon beeindruckend. Ich möchte gern glauben, schon allein deshalb, weil ich nicht akzeptieren will, dass es nach dem Tod vorbei ist. Das wäre zu einfach, nicht wahr?« Im Schutz der Dunkelheit wandte Helena ihm das Gesicht zu. »Ich beneide dich fast ein wenig um deinen Glauben. Die Musik hat ihn ausgedrückt und das hat mich berührt. Ich weiß gerade nur nicht, ob es dein Spiel war oder dein Gott, der mir etwas sagen will.«

Es raschelte neben ihr; er war aufgestanden und zog sie hoch. »Komm mit, ich zeige dir was.«

Helena folgte Niklas die Treppe hinunter. Er schloss das Portal sorgfältig ab und griff nach ihrer Hand. Sie umrundeten die Kirche und das angebaute Pfarrhaus.

»Du musst aufpassen. Hier geht es steil abwärts. Halt dich am Geländer fest.« Er drückte ihre Finger auf das rissige Holz und ging voran. Vorsichtig tappte sie hinterher, darauf bedacht, in der eisigen Spur nicht auszurutschen. Im schummrigen Licht der Straßenlaternen über ihnen schälte sich ein Kirchlein aus den tiefhängenden, dick überschneiten Zweigen. Er wartete, bis Helena den schmalen Fußweg erreicht hatte. Nacht umgab sie und ihre Augen brauchten eine Weile, um sich dem Dunkel anzupassen. Sie hörte Wasser rauschen. Am Ellbogen lotste er sie einige Schritte, bis sie vor einem Gemäuer stehenblieben. Niklas drückte den runden Knauf und schob die mit Holzschnitzerei verzierte Tür auf. Sie betraten ein steinernes Gewölbe.

Ein gehauchtes »Ohhh« kam aus Helenas Mund.

Nur wenige, vom Alter abgeschliffene Bänke standen da. Hinter dem einfachen weiß gedeckten Altartisch glänzte im Schein der Leuchter eine hohe gerundete Felswand. Es roch nach Stein, nach Wachs und würzigem Weihrauch. Auf einem Gestell brannten auf eisernen Dornen ein paar einsame Kerzen, die sich unter der Hitze neigten und gelbe Wachstränen vergossen.

»Das ist unsere Lourdeskapelle. Barbi kommt zum Beten meist hierher. Und mir ist sie auch lieb.« Er führte Helena durch den schmalen Mittelgang und sie setzten sich in eine Holzbank, direkt vor dem geschnitzten Gitter, das den kleinen Altarraum abtrennte.

Sie zog die Fäustlinge aus und legte sie neben sich. Ehrfürchtig blickte Helena zur Figur der Gottesmutter auf, die aus einer Höhlung der Grotte auf sie herabsah. Die gemalten blauen Augen schauten ernst und durchdrangen sie förmlich. Die Schlichtheit der Marienstatue brachte etwas in ihr zum Klingen.

Da bist du endlich, ich habe lange auf dich gewartet, schien sie zu sprechen, und Helena überlief eine Gänsehaut. Jedes einzelne Haar stellte sich ihr auf und unwillkürlich strich sie sich über die Arme. In den Bann gezogen erwiderte sie den innigen Blick und etwas im Ausdruck der Gottesmutter zog sie auf die Knie. Ihre Hände krampften sich um die Gebetsbank.

»Du spürst es also auch.«

Sie schreckte hoch. Niklas kniete neben ihr; sie hatte ihn völlig vergessen.

»Macht es dir etwas aus, mit mir zu beten?«

Helena zögerte. Welch ein Vorschlag! Meinte er das ernst? Sie warf ihm einen Blick zu, wandte die Augen sofort wieder ab. »Ich bin nicht sonderlich geübt darin. Ich kann mich nicht erinnern, wann ich das letzte Mal gebetet habe. Doch wenn du das möchtest … also … äh, nein.«

Was bist du nur für ein erstaunlicher Mann, Niklas Hallner. Ganz anders als jeder andere Mensch, den ich kenne. Tini würde schreien vor Lachen. Und ich weiß auch nicht, was ich davon halten soll. Dennoch folgte sie seinem Beispiel und faltete die Hände. Es fühlte sich richtig an, neben ihm zu knien. Und eigenartigerweise hatte es überhaupt nichts Peinliches.

Mit halblauter Stimme sprach er: »Vater unser im Himmel. Geheiligt werde dein Name.«

Sie lauschte seiner tiefen Stimme, dem Vaterunser, das alle christlichen Konfessionen verband. Es war feierlich, andachtsvoll und die schlichten Worte verfehlten ihre Wirkung nicht. In ihrer Erinnerung kramend, artikulierte Helena zuerst in Gedanken mit und fiel dann leise ein. Das Ende des Herrengebets sprachen sie gemeinsam, Schulter an Schulter. »Denn Dein ist das Reich und die Kraft und die Herrlichkeit. In Ewigkeit. Amen.«

Niklas zögerte kurz, seine nächsten Worte trafen sie mitten ins Herz. »Heilige Gottesmutter, sieh gnädig auf uns. Schenk uns deinen Frieden. Bewahre die Menschen, die wir lieben. Und bitte, sei mit Helena und lass sie finden, was sie sucht. Amen.« Er bekreuzigte sich.

Tränen quollen Helena in den Augen. Etwas brach in ihr. Lautlos weinte sie in den Stoff des Jackenärmels. Der Mann gab ihr Zeit, sich zu fassen.

Ein Stofftaschentuch schob sich in ihre Hand. Dankbar nahm sie es und schnäuzte sich. Dann setzte Helena sich auf die Holzbank zurück. Die blassblauen Augen der Madonna zogen sie erneut an. Eine tiefe Ruhe durchströmte sie und legte sich auf ihre zerrissene Seele. Sie griff nach seiner Hand. »Danke Niklas. Es hat noch nie jemand für mich gebetet.«

Er drückte sanft ihre Finger und sie konnte das Lächeln in seiner Stimme hören. »Woher willst du das wissen?«

Helena antwortete nicht. Doch sie ließ zu, dass er ihre Hand festhielt. Still saßen sie nebeneinander.

»Sie scheint einen direkt anzusehen, nicht wahr?«, sagte er leise.

Helena nickte. »Ich dachte vorhin das Gleiche. Sie ist wundervoll. Danke, dass du mich hergebracht hast.«

Niklas schwieg, dann drückte er ihre Schulter. »Sollen wir gehen? Mir wird langsam kalt.«

»Darf ich noch eine Kerze anzünden?«

Er zog sie hoch. »Natürlich.«

»Ich hab aber kein Geld dabei.« Verlegen sah sie ihn an.

Niklas kramte in der Hosentasche und warf ein Eurostück in den Schlitz des blechernen Kästchens. »Mein Notgroschen fürs Parken. Für Frauen in Not, Kerzen und so weiter. Was immer du willst …« In ihrer Wange erschien ein herziges Grübchen. Und nur dafür hätte er sie jederzeit wieder zum Lachen bringen mögen.

Helena nahm ein Wachslicht aus der Pappschachtel, entzündete den Docht an einer Kerze und steckte sie auf den Dorn. Einen Augenblick verharrte sie vor dem flackernden Schein und senkte den Kopf.

»Magst du mir sagen, für wen die ist?«

Die Worte kamen so verhalten, dass er sie kaum verstand. »Für unseren Vater.«

»Du hast Barbara erzählt, dass er noch lebt.«

»Nein, nicht für ihn. Für unseren leiblichen Vater, Roman Wojtek. Ich glaube, er war eine sehr verlorene Seele. Vielleicht braucht er dort ein Licht, wo er jetzt ist.« Sie schüttelte sich. »Sollen wir? Mir ist nach Glühwein. Es ist furchtbar kalt hier drin.«

Niklas ging zur Tür und schob sie auf. Bevor sie ins Freie traten, blieb Helena stehen und griff nach einem dünnen Seil, das von der Decke hing. »Was ist das denn für eine komische Schnur?«

Bevor er sie zurückhalten konnte, zog sie daran. Eine kleine Glocke ertönte hoch über ihnen. Der silberhelle

Klang trug weit in die Nacht und erschrocken zog Helena den Kopf ein. Sie ließ das Seil los und die Glocke schwang zurück. Bim … Bim. Der zweite Schlag war schwächer, doch noch immer weithin zu hören.

»Ups«, Helena erstickte ein Kichern hinter der Hand, »das wollte ich nicht.«

Niklas zog sie aus der Kapelle und drückte die Tür zu. In gespielter Hilflosigkeit rollte er die Augen und gab ein inbrünstiges Grunzen von sich. »Ich würde mal empfehlen, dass wir schleunigst abhauen. Bestimmt kommt gleich der Küster herunter, um nachzuschauen. Du hast die Totenglocke geläutet, Nanni. Die ganze Forstau wird sich jetzt fragen, wer gestorben ist.«

Mit entsetztem Gesicht sah sie ihn an. Er tippte Helena auf die Nasenspitze und in den braunen Augen tanzten goldene Pünktchen. »Du veräppelst mich!«

Sein voller Mund zog sich belustigt in die Breite. »Nur ein bisschen.«

Sie rannten den schmalen Weg am Bach entlang, warfen Spuren im frisch gefallenen Schnee auf. Unvermittelt fasste Niklas nach einem tiefhängenden Zweig und tat einen Schritt zur Seite. Helena stieß ein Quieken aus, als die Ladung auf sie fiel.

»Du Schuft! Das hast du absichtlich gemacht!« Sie beugte sich vornüber und schüttelte den Mantelkragen aus, strich sich die schmelzenden Flocken vom Hals. Rasch nahm sie eine Handvoll Schnee auf, um nach ihm zu werfen.

Er fing Helenas Hand mitten in der Bewegung ab.

Das Lachen blieb ihnen im Hals stecken. Seine Finger legten sich an ihre Wange, glitten über die erhitzte Haut. Eine lange Sekunde versanken ihre Blicke ineinander. Helenas Augen waren wie Sterne, von einem hellen Grau. Er hätte sie stundenlang ansehen können. Niklas zögerte, doch dann legte er die Arme um sie. Helena barg das Gesicht an seiner Jacke und für den Moment war es alles, was er sich wünschte. Er hielt sie und sie hielt ihn. Das Kinn an Helenas Hals gelegt, der noch feucht vom Schnee war, atmete er ihren ureigenen Duft ein. Sie roch frisch, süß und warm wie Vanille. Wortlos und eng aneinandergeschmiegt standen sie in der dunklen Nacht. In einer Stille, die ihn fast hören ließ, wie sehr sein Herz klopfte.

Helena löste sich und schob ihn weg. »Wir sollten gehen.«

Er trat einen Schritt zurück. »Nanni …«

Sie schob die Hände in die Manteltaschen.

»Niki«, sie benutzte seinen Kosenamen. »Du weißt nichts von mir und ich kenne dich kaum.«

Er schluckte. Fürchtete bereits, was sie jetzt sagen würde.

Helena suchte nach Worten. »Ich fühle mich wohl mit dir. Es ist schön. Doch das reicht mir nicht, Niklas. Ich muss erst mit mir selbst klar werden. Alles kommt so plötzlich.«

Mit einem seltsam schweren Gefühl in der Brust streifte er die vorwitzige Haarsträhne zurück, die ihr ständig ins Gesicht fiel. »Es stimmt, wir wissen nichts voneinander.« Sein Daumen strich über ihre Wange. »Nanni, ich hab noch nie jemanden wie dich kennengelernt. Doch du bestimmst, wie es geht. Wir sind keine Teenager mehr. Und wir haben Zeit.«

»Ich wünschte, wir hätten uns woanders getroffen, Niklas … unter anderen Bedingungen.«

Die Wehmut in ihrer Stimme zerrte an ihm und fast bedauerte er seine Worte. Er wollte sie in den Armen halten, sie spüren. Sie war so schüchtern und dabei so hinreißend; weckte ein Begehren, das er so nie gespürt hatte. Keine andere Frau hatte je dieses Gefühl in ihm ausgelöst. Sie teilten etwas miteinander, und es war nicht die Verbindung zu Anna. Dennoch achtete er Helenas Zurückhaltung, ja, er bewunderte sie sogar dafür. Diese zarte Frau besaß eine innere Stärke, die ihm Respekt abverlangte.

Er bezwang seine Gefühle und sagte leise: »Mach dir nicht so viele Gedanken. Alles wird gut werden.« Umschloss Helenas Hand und fühlte den leichten Druck ihrer kalten Finger. Mit diesem Entgegenkommen gab er sich zufrieden. Er würde die Fehler ihrer Vorfahren nicht erneut begehen.

Schweigend wanderten sie am Bach entlang, überquerten die Straße und gingen zum Gasthof hinüber. Helles Licht fiel aus den breiten Fenstern und Stimmengewirr drang heraus, als er die Tür aufzog.

Helena blieb auf der Treppe stehen. »Können wir nicht noch ein wenig hier draußen bleiben? Ich mag noch nicht rein. Die Leute sind mir zu viel. Und zum Schlafengehen ist es noch zu früh.«

Niklas überlegte kurz, dann blinzelte er verschwörerisch. »Warte hier. Ich bin gleich wieder da.«

An die Brüstung gelehnt, hauchte sie in die Finger. Wo waren ihre Handschuhe? Sie musste sie irgendwo liegen gelassen haben. Genauso, wie sie ihr altes Leben zurückgelassen hatte. Heidelberg, die Arbeit, die Eltern – all das lag weit entfernt. Seit sie in der Forstau war, schien es ihr, als ob sie nur für den Moment lebte. Jeder Tag brachte neue Wendungen und Niklas war eine davon. Sie war drauf und dran, sich zu verlieben, sie wusste das. Und dafür hatte sie überhaupt keinen Plan.

Seine Stimme riss sie aus den Gedanken. »Kommst du?« Er trug einen Korb unter dem Arm und lief die Treppe hinunter.

Helena warf alle Bedenken über Bord. Einmal, ohne Hemmungen, nur den Gefühlen folgen. Wie ihre Schwester, die stets tat, was ihr gefiel. Weshalb eigentlich nicht?

Er wartete unter der Eiche und als Helena bei ihm angekommen war, griff er nach dem Ärmel ihrer Jacke. »Es sind nur ein paar Schritte. Pass auf, es ist glatt.«

Sie folgte ihm, schlitterte über den vereisten Platz. Vor einem kleinen Haus, das sich hinter der Eiche duckte, hielt er an. Die Lichter des Gasthofs reichten kaum bis hierher, doch sie erkannte eine dunkle Wand, staubblinde Fenster, einen Holzstoß unter dem tief herabgezogenen Dach. Niklas warf etwas zu Boden und wischte die Bank vor dem Fenster sauber. Dann machte er sich vor dem Holzstoß zu schaffen, rollte ein paar Rugel durch den Schnee und rückte sie zurecht.

Er breitete eine Decke über die unebene Sitzfläche, ließ sich darauf fallen und zog sie neben sich.

»Voilà, Madame.« Niklas kramte in dem Körbchen, das er auf dem Holzblock abgestellt hatte. Es gluckerte und gleich darauf drückte er ihr einen Becher in die Hand. »Obacht, heiß.«

Angenehm überrascht umschloss Helena den Steingutbecher mit beiden Händen und hielt die Nase darüber. Ein würziger Duft nach Rotwein, Zimt und Nelken stieg auf. Sie nippte und schmeckte Orange und Apfel. Der Glühwein war stark; er wärmte sie von innen, floss heiß durch die Adern und ihre kalten Hände begannen zu kribbeln. Zufrieden ließ sie sich an die Hauswand zurücksinken und stellte die Beine an dem Holzklotz auf. Dieser Mann war voller Wunder.

»Bist du hungrig?«

Als Antwort knurrte ihr Magen vernehmlich und sie mussten lachen. »Sag bloß, du hast auch Essen dabei?«

Er legte etwas auf ihren Oberschenkel und sie ertastete eine runde Kruste, roch frischgebackenes Brot.

»Die Theres hat ein paar Sachen eingepackt, weil du nicht beim Abendessen warst. Heute gab es Hähnchenschlegel.« Es raschelte. Butterbrotpapier? Ein köstlicher Duft nach Gebratenem stieg auf und kitzelte ihren Gaumen.

Helena stellte den Becher auf der Bank ab und streckte die Hand aus, berührte etwas Heißes, Fettiges.

»Hier, hast du?«

Ihre Finger schlossen sich um ein Hühnerbein und zogen, als er nicht nachgab. »Lass los!«

Heißhungrig biss sie in die knusprige Kruste, riss mit den Zähnen das Fleisch ab. Nagte den Knochen bis auf den letzten Rest ab. Bratensaft lief ihr über das Kinn und sie wischte ihn mit dem Handrücken weg. Helena zerteilte das Brot und schob sich ein Stück in den Mund. Es schmeckte nach Kümmel und Roggen; für einen Moment lauschte sie den Bildern nach, die der Geschmack bereithielt. Dann verdrängte sie den Eindruck und genoss die letzten Bissen.

»Wohin damit?« Sie wedelte mit dem Knochen. Niklas hielt ihr eine Tüte hin und sie warf ihn hinein. Bückte sich und reinigte die fettigen Finger im Schnee. Er stupste sie an und reichte ihr ein aufgerissenes Päckchen. Helena griff danach und roch Zitrone.

»Du hast wirklich an alles gedacht«, murmelte sie und wischte sich die Finger sauber. Niklas schenkte nach und sie nahm einen tiefen Schluck, genoss die Hitze in ihrem Mund. Ihr war warm und wohlig zumute; sie fühlte sich satt und zufrieden. Helena lehnte sich zurück und sah in die dunkle Nacht hinaus.

»Wer wohnt hier«, fragte sie träge und nippte an dem würzigen Wein.

»Niemand mehr. Das Haus gehörte früher dem Eichler. Er ist lange tot. Er zählte zu den schlimmsten Nazis überhaupt; war einer von denen, die zu Kriegszeiten die Ohren überall hatten. Barbi hat ihn gehasst wie die Pest. Sie sagte einmal, er war das Geschwür an Hitlers Arsch.«

Helena prustete den Schluck aus, den sie im Mund hatte. »Das war der, der seine Hand verlor, als der Bomber im Dorf abstürzte, oder?«, fragte sie, als sie wieder sprechen konnte.

»Da weißt du mehr als ich. Ich kannte ihn nicht. Der Eichler starb, als ich ein kleiner Junge war. Seine Frau ist mit den Kindern weggezogen. Seitdem steht das Haus leer. Die Alten vergessen nicht. Niemand wollte mehr hier wohnen.«

Sie drehte den Becher in den Händen, während Niklas die Reste der Mahlzeit in den Korb räumte. »Hast du ihre Bücher gelesen?«

»Nein, Nanni. Für mich kam das alles ebenso überraschend wie für dich und deine Schwester. Barbi hat mich vor einigen Wochen gebeten, im Internet nach dir zu suchen. Das war nicht besonders schwierig. Sie drückte mir das Päckchen in die Hand und ich brachte es für sie zur Post. Das ist alles, was ich weiß.« Sie spürte, wie er sich neben ihr zurechtsetzte, sich einen bequemeren Platz suchte.

»Kanntest du den Roman Wojtek?«

»Na ja, ich hab noch eine schwache Erinnerung an ihn. Der Wojtek kam einmal in den Haindlhof. Die Frauen, Anneli und Marie, waren ziemlich verängstigt. Man hatte ihn anscheinend überfallen und er sah übel aus. Sein Ohr hing nur noch an einem Fetzen und blutete wie verrückt. Ich war noch ein kleiner Bub und er machte mir Angst. Sie haben mich in den Stall geschickt. Ich weiß selbst nicht mehr so recht, was daran wahr ist.«

Helena zog die Beine an und legte das Kinn auf die Knie. »Weißt du, was ich mich die ganze Zeit frage? Ich dachte immer, unsere Mutter sei tot. Nun lebt sie …«, sie regte sich unruhig, »das ist wundervoll, versteh mich richtig. Doch wir hatten nicht damit gerechnet. Aber weshalb sollte sie ihre geheimsten Gedanken jemandem übergeben, solange sie noch lebt? Das tut man üblicherweise erst, wenn man weiß, dass man sterben wird. Wie ist Barbara an die Bücher gekommen?«

Sie fühlte förmlich, wie der Mann neben ihr sich anspannte. Er kramte in dem Korb und sie gewann den Eindruck, er wolle Zeit gewinnen.

»Niklas?«

Ihre Stimme rüttelte an ihm und er zog die breiten Schultern zusammen. Legte den Kopf an die Hauswand und wünschte sich weit weg. Warum fragte sie nicht Barbara oder Anna? Er wollte ihr Freund sein und nicht der Bote, dem man den Kopf abschlug, weil er unerfreuliche Nachrichten überbrachte. Er mochte Helena und es war ihm in der Seele zuwider, ihr die Wahrheit sagen zu müssen.

Sie hieb ihn in die Seite. »He, hörst du mir überhaupt zu?«

Niklas biss sich auf die Lippen. Und entschloss sich, ehrlich zu sein. Sie würde es ohnehin herausbekommen. »Anna wollte ihrem Leben ein Ende setzen.«

Helena atmete scharf ein.

»Letzten Herbst fuhr ich auf den Julianenhof. Über den Sommer bin ich abends und an den Wochenenden oft oben und helfe den Wiesers bei der Almarbeit. Nach der Viehscheid war ich einige Tage nicht da gewesen; sie war allein, hatte sich nicht gemeldet und Barbi wurde unruhig. Als ich ankam, lag Anneli an der Steilkante. Sie war bewusstlos. Ich habe sofort die Rettung alarmiert. Die Ärzte sagten nachher, sie hätte großes Glück gehabt, dass ich sie rechtzeitig fand. Sie hatte eine Atemvergiftung, hervorgerufen durch Rizinus Communalis. Du bist selbst Ärztin, ich denke, du weißt, was das bedeutet.« Er schluckte. »Ich kenne Anneli fast mein ganzes Leben lang. Sie ist für mich wie eine Schwester. Zuerst dachte ich an ein Versehen. Das Zeug ist schon tödlich, wenn man nur hineinriecht und sie hat immer gern experimentiert. Wie ernst es ihr war, erkannte ich erst, als ich die Bücher auf dem Küchentisch fand. Das war kein Versehen, dazu kannte sie sich viel zu gut aus. Anneli hatte mit dem Leben abgeschlossen. Heute ist mir klar, weshalb. Sie trägt schwer an ihrer Schuld. Und sie war einfach müde.« Er nahm einen Schluck, wischte sich über den Mund. »Erst vor knapp fünf Wochen wurde sie aus der Landesklinik entlassen und bestand darauf, auf den Julianenhof zurückzugehen. Wir haben sie bekniet, im Haindl zu bleiben, doch das wollte sie partout nicht. Sie hat mir in die Hand versprochen, dass sich so etwas nicht wiederholt.«

»Sie war in der Psychiatrie?« Helena konnte nur krächzen. Er nickte. »Barbara machte sich große Sorgen um Anneli und nur deshalb hat sie dir die Bücher geschickt. Sie dachte, es sei der einzige Weg, um euch hierherzuholen. Sie im Leben zu halten. Darum war ich auch so sauer, dass sie euer Zusammentreffen nicht behutsamer angegangen ist.«

Helena rieb sich die Schläfen. Ihr war zum Weinen zumute. Die arme Anna, was hatte sie nur durchgestanden. Sie war selbst einige Male in der Psychiatrie gewesen und konnte nur zu gut nachvollziehen, wie Anna sich gefühlt haben musste. Jemand wie sie, mit ihren Gaben und Fähigkeiten und dann noch suizidal — das war ein gefundenes Fressen für die Hirnwäscher.

»Nimmt sie Psychopharmaka?«

»Gott bewahre, nein. Anneli ist geistig gesünder als wir alle miteinander. Erstaunlich nach allem, was sie durchgemacht hat. Wenn du sie besser kennenlernst, dann wirst du das selbst sehen. Sie lehnt chemisch hergestellte Medikamente vollkommen ab. Die Pillen, die man ihr in der Anstalt gab, hat sie die Toilette hinuntergespült. Sagt dir der Name Antonia Polzer etwas?«

Helena nickte. »Selbstverständlich! Ich besitze alle ihre Bücher. Sie hat einige sehr gut fundierte Kräuterkompendien verfasst. Eine unserer Forschungen im Institut stützt sich momentan auf einen Polzer-Ansatz. Wir testen Artemisinin, also Beifuß. Er wird schon jahrelang gegen Malaria eingesetzt. Artemisinin reagiert mit Eisen. Vereinfacht ausgedrückt, wir pumpen Krebszellen mit Eisen und Artemisinin voll. Darunter kommt es zu einer massiven Freisetzung von Sauerstoffradikalen und die Zellen explodieren förmlich. Bei Brustkrebszellen hatten wir in den Untersuchungsreihen einen Erfolg von über siebzig Prozent. Und das nach nur sechzehn Stunden; bei leukämischen Zellen sogar schon nach acht Stunden. Sie waren total ausradiert, völlig zerstört. Wir sind daran, auf dieser Grundlage ein Medikament zu entwickeln.«

Niklas schnob durch die Nase. »Na bravo. Sie bekommt tatsächlich noch den Nobelpreis. Nanni, überleg doch. Antonia Polzer, kommt dir da keine Idee?«

Im Dunkeln drehte sie ihm das Gesicht zu. »Wieso? Sollte es das?«

»Antonia ist Annelis zweiter Vorname und Polzer der Geburtsname ihrer Großmutter Juli.«

Nur langsam sickerte das Begreifen in ihr Gehirn.

»Antonia Polzer, die Antonia Polzer, ist Anna Hohleitner? Unsere Mutter?«, ächzte sie.

Er klopfte ihr aufs Knie. »So langsam kapierst du es.« Niklas schwieg einen Moment, bevor er zu einer Erklärung ansetzte. »Eure Mutter ist die Koryphäe in der Kräuterheilkunde. Ihre Ausarbeitungen gehören zum Must-Have eines jeden Homöopathen und stehen in allen Universitätsbiblio-theken. Anneli hat mit den Publikationen anständig verdient, doch sie ist viel zu bescheiden, um damit anzugeben. Sie wollte nie im Mittelpunkt stehen, geschweige denn jemanden auf sich aufmerksam machen. Darum schreibt sie unter dem Pseudonym.«

Helena konnte nur noch den Kopf schütteln. Sie war sprachlos.

Niklas schüttete den Rest des kalt gewordenen Weins in den Schnee und füllte die Becher auf. Sie nahm einen Schluck, verbrannte sich am Glühwein und hechelte kalte Luft über die Zunge. Etwas drängte sie, ihn zu fragen. »Was weißt du über Synästhesie, Niklas?«

»Der Ausdruck stammt aus dem Griechischen, nicht wahr? Ich glaube, Synaisthanomai bedeutet mitempfinden oder so ähnlich. Kann sein, dass ich falsch liege, mein Griechisch ist ziemlich eingerostet und war nie mehr als rudimentär.«

Helena verzog das Gesicht. Die schützende Finsternis ließ sie weitersprechen. »Das trifft es ziemlich genau. Synästheten sind Menschen, die eine erweiterte Wahrnehmung besitzen. In ihrem Gehirn koppeln sich mehrere Bereiche, die üblicher-weise getrennt voneinander agieren. Farben, Buchstaben und Zahlen. Auch Räumlichkeiten und Töne. Sinnesreizungen eben, die sich miteinander verknüpfen und die Wahrnehmung steigern.«

»Dann bin ich auch ein Synästhetiker.«

»Es heißt Synästhet«, verbesserte sie. »Und wir, also Anna, Barbara und ich sind so. Na ja, so ähnlich halt.« Sie suchte nach erklärenden Worten und gab es auf. »Kannst du etwa auch schmecken?«

»Nein, nicht wie ihr. Für mich ist nur Musik farbig. Schon immer. Jeder Ton hat eine eigene Nuance. Bach beispiels-weise strömt in vielen unterschiedlichen Blautönen. Ich hab mir nie groß Gedanken darüber gemacht. Ich empfinde es einfach so. Aber jetzt, wo du es sagst …«

Überrascht sah Helena auf. »Echt jetzt?« Im Innern lauschte sie dem Eindruck der Musik nach, die Niklas auf der Orgel gespielt hatte. Sie hatte keine Farben gesehen, doch die Musik war fühlbar gewesen; wie heranrollende Wellen und aufsprühende Gischt. Sie hatte fast geglaubt, den salzigen Geschmack wahrzunehmen.

»Du meinst, das ist so wie die Gabe? Anna sieht Bilder, wenn sie Dinge schmeckt. Barbi ebenfalls, doch Anneli ist viel besser als sie.«

»Ihr nennt das so, ja. Barbara und Anna sind so etwas Ähnliches wie Synästheten. Geschmackssynästheten, wenn man so will. Ein besseres Wort fällt mir nicht dafür ein. Doch das trifft es nur annähernd, sie können viel mehr. Und da wird es dann unwirklich.«

Er rückte an sie heran und legte die Hand auf ihre. »Nanni, du hast die Gabe?«

Sie nickte. »Ja, ich bin auch so. Und meine Tochter und Tinis ebenfalls.« Jetzt war es heraus. Sie erwartete, dass er die Hand wegziehen würde. Doch er ließ sie liegen, seine Finger zuckten nur.

»Du bist verheiratet?« Die Frage klang verhalten; sie meinte, eine Spur Enttäuschung herauszuhören.

Hastig sagte Helena: »O nein, es gibt niemanden. Jules Vater war ein Studienfreund. Wir waren nur ein paar Monate zusammen. Als ich schwanger wurde, verschwand er aus meinem Leben. Seitdem habe ich nie wieder etwas von ihm gehört. Ich habe meine Tochter alleine großgezogen. Sie ist jetzt fast dreißig und eine wundervolle junge Frau. Jule, eigentlich heißt sie Julia, lebt in Kalifornien und ich sehe sie leider nur selten. Aber wir telefonieren oft.« Sie seufzte. »Keine Ahnung, was sie sagen wird, wenn sie das alles erfährt.«

Er ließ seine Hand liegen und stellte die Beine am Holzklotz auf. »Was meinen eigentlich eure Eltern zu der ganzen Geschichte. Wissen sie, dass ihr hier seid?«

Helena stieß den Atem aus. »Puh, da triffst du mitten ins Schwarze. Dieses Thema ist ein wunder Punkt. Sie sind nicht besonders glücklich darüber. Barbaras Päckchen hat eine Lawine ins Rollen gebracht, wir hatten ja keine Ahnung. Tini und ich haben uns ganz schön mit ihnen angelegt. Mein Vater, Robert, fälschte damals unsere Geburtsurkunden. Er war Richter und das ist ein rabenschwarzer Fleck auf seiner sonst weißen Weste.«

»Hattet ihr es gut? Wie sind sie mit deiner Begabung zurechtgekommen? Ich weiß von Barbara, dass es für Anneli nicht einfach war.«

Helena stürzte den Rest des Weins hinunter, er war nur noch lauwarm und schmeckte plötzlich schal. »Warum fragst du das?«

Er streichelte mit dem Daumen über ihre Handwurzel. »Es interessiert mich einfach. Du musst es mir nicht erzählen, wenn du nicht willst.«

Sie entspannte sich. Seine Stimme klang besonnen und sie hatte nicht den Eindruck, dass er sie aushorchte. »Ich denke schon, dass sie uns lieben. Eben auf ihre Art. Tini ist nicht wie ich. Sie war immer ihre Prinzessin, der Clown, der alle zum Lachen brachte. Die höhere Tochter, die in allen Wettbewerben die Preise einheimste.«

»Und du?«

Helena stieß ein Schnaufen aus. »Ich? Ich war das Aschenputtel, das sie am liebsten im Zimmer versteckten. Unberechenbar, weil ich ihnen vor die Füße kotzte, komische Anfälle bekam, die Augen verdrehte und wirres Zeug daherfaselte. Die meiste Zeit meiner Jugend verbrachte ich in Therapien und in der Psychiatrie, abgefüllt mit Medikamenten. Meinen Eltern war das irgendwann nur noch peinlich.«

Er drang nicht in sie, streichelte nur weiter ihre Hand.

»Zum Glück war ich in der Schule gut. Den versäumten Stoff holte ich immer leicht nach. Gleich nach dem Abi bin ich ausgezogen. Unser Vater hat mir das Medizinstudium finanziert und Christina das Kunststudium. Sie hat ebenfalls das Weite gesucht. Wir beide hatten jahrelang keinen Kontakt. Meine Mutter, na ja, wir verstehen uns nicht sonderlich.

Sie hat ihre festen Ansichten, wie man zu sein hat. Als ich damals schwanger wurde, ist sie ausgeflippt. Am besten redet sich's mit ihr zwischen dem zweiten und dritten Martini. Danach wird sie blöd. Unpässlich nennt man das in ihren Kreisen.« Sie bewegte die kalten Zehen in den Stiefeln. »Aber weißt du, ich habe eine sehr gute Freundin. Rösle würde dir gefallen. Sie ist meine Vermieterin und ich kenne sie seit vielen Jahren. Sie hat mir viel geholfen und mir immer wieder gesagt, dass ich zwar besonders bin, doch keine verrückte Irre.«

Er lachte geradeheraus. »So ein Quatsch. Du bist alles andere als verrückt, Nanni.«

Mit einem Anflug von Galgenhumor erwiderte sie: »Tja, wenn du das sagst. Da haben sie mich jahrelang durch sämtliche Praxen geschleift und nicht herausgefunden, weshalb ich so bin. Und dann komm ich hierher und es gibt plötzlich noch mehr von meiner Sorte. Du kannst dir kaum vorstellen, wie mein Leben bisher war. Klar, ich hatte es gut. Besser als andere Kinder, die man adoptiert hat. Doch ich wusste nie, wo ich hingehöre.«

»Und? Weißt du es jetzt?«

Sie hob die Schultern. »Es ist zu früh, um das zu sagen. Grad bin ich damit beschäftigt, mir aus den Scherben das herauszuklauben, was noch taugt. Mein Leben ist in Stücke gegangen und ich weiß nicht, wo das alles hinführt. Doch irgendwie kann ich auch nicht zurück und einfach dort weitermachen, wo ich aufgehört hab.«

Niklas ließ Helenas Hand los. Er nahm etwas aus dem Korb. Sie erkannte das typische Geräusch knisternder Silberfolie, ein leises Knacken.

»Mund auf, Nanni.«

Gehorsam öffnete sie den Mund. Er schob ihr die Süßigkeit zwischen die Lippen. Sie wollte schon zubeißen, als er sie aufhielt. »Nicht so schnell. Lass sie schmelzen.«

Das Stückchen löste sich langsam auf. Die Schokolade war bittersüß, genauso, wie sie es liebte. Darunter lag eine feine Schärfe, die sich nach und nach in ihrem Mund ausbreitete. Mit aller Kraft drängte sie die Bilder zurück, die aufsteigen wollten.

»Bist du soweit?«

Helena konnte nicht sprechen, ihre Zunge brannte wie Feuer. Etwas gluckerte, dann drückte er ihr ein eiskaltes Gläschen in die Hand. »Hier. Das passt wunderbar zu Chilischokolade.«

Sie setzte das Glas an die Lippen und nippte vorsichtig. Der Marillengeschmack vermischte sich mit zartbitterer Schokolade und glühender Schärfe. Glitt über die empfindliche Zunge wie Balsam und füllte ihren Mund. Die köstliche Mischung explodierte förmlich auf der Zunge. Sie schluckte und spürte dem sanften Brennen nach, das sich langsam bis in den Bauch zog. Gab sich einen Augenblick der Wahrnehmung hin, die sich visualisierte. In ihrem Kopf schwebte eine Leichtigkeit, die sie nur zu gerne annahm und sie kostete dem Eindruck nach.

Niklas berührte sanft mit den Lippen das Innere ihrer Handfläche und raunte: »So schmeckt das Leben, Nanni. Süß. Und manchmal bitter oder auch scharf. Es ist nur vollkommen, wenn wir es auskosten und nichts auslassen. Alles hat seine Zeit.«

Helena legte den Kopf zurück; im Mund noch ein Hauch Brennen. Ihre Füße waren eiskalt, die Zehen fast taub. Doch in ihrem Inneren glühte eine wundervolle Wärme.

Kapitel Sieben

Christina saß mit untergeschlagenen Beinen auf dem Bett und sah von dem Gästebuch auf, als Helena das Zimmer betrat.

»Alles okay?«

Helena nickte, hängte den Mantel über die Stuhllehne und warf sich aufs Bett. »Was tust du da?« Sie drehte sich auf den Bauch. »Ich dachte, du bist bei Johannes.«

»Der muss unten noch aufräumen. Ich geh später zu ihm.« Sie kritzelte in ein Notizbuch und schob es in die Lade des Nachtkästchens. Dann klappte sie das Album zu. »Ich bring das jetzt zurück. Wolltest du nochmal reinsehen?«

Helena schüttelte den Kopf.

Christina schob die Beine aus dem Bett und angelte nach ihren Sneakers. »Wo warst du eigentlich so lange?« Sie zwinkerte und ließ ein gedehntes »Ich ahne es. George …« hören.

Helena rollte die Augen. »Nenn ihn nicht immer so. Das ist doch blöd.« Sie legte den Kopf auf die Arme. »Spazieren, reden. Er ist nett.«

»Okay, und Schnaps trinken? Ich kann es riechen.«

»Auch das. Und Glühwein, wenn du es genau wissen willst.«

Christina lachte. »Super. Der Kerl hat einen guten Einfluss auf dich.« Sie griff nach dem Album. »Kommst du mit? Es ist gleich halb elf und Leni wartet.«

»Warum nicht, dann kann ich mich gleich für den Pick-nickkorb bedanken, den sie für uns gepackt hat.«

»Aha. Ein bisschen kühl zum Picknicken, findest du nicht?«

Helena suchte unter dem Bett nach ihren Pantoffeln. »Nichts ›aha‹ und hör auf, so doof zu grinsen.«

Die Schwester stand schon an der Tür. Sie legte Helena den Arm um die Schulter und gab ihr einen schnellen Kuss auf die Wange. »Nanni, ich freu mich einfach für dich.«

Leni saß in einem Ohrensessel und hatte die Beine hochgelegt. Über dem geblümten Nachthemd trug sie einen Bademantel, der geflochtene graue Zopf ringelte sich dünn über ihre mollige Schulter. »Da seid ihr ja. Hattest du einen schönen Abend, Nanni?« Sie nickte Christina zu und wies auf den Schrank in ihrem Rücken. »Leg es einfach hinein, ja? Ich mag nicht mehr aufstehen.«

Während Helena sich bedankte und Lenis Fragen beantwortete, zog Christina die Lade auf und versuchte, das Buch zu verstauen. Die Schublade war so vollgestopft mit losen Papieren, Postkarten und anderem Krimskrams, dass der Schieber nicht schloss. Sie nahm einiges heraus und ordnete es, schob ein zerdrücktes Pappschächtelchen in die Ecke, um Platz zu schaffen. Der Deckel rutschte ab und Christinas Augen wurden groß. Ein paar Sekunden starrte sie den Inhalt an. Nachher hätte sie nicht erklären können, was sie trieb. Ihre Finger handelten wie von selbst, zogen ein Taschentuch heraus und wickelten den Gegenstand ein. Es dauerte nur einen Augenblick, das Päckchen in die vordere Hosentasche zu stopfen. Dann schob sie den Deckel wieder an seinen Platz, legte das Buch darauf und drückte die Schublade zu.

»Warum arbeitest du eigentlich noch mit? Ist dir das nicht zu anstrengend?«, fragte Helena gerade, als sie sich neben die Schwester auf das durchgesessene Kanapee setzte.

Leni wiegte den grauen Kopf und schmunzelte. »Du verstehst das vielleicht nicht. Aber Arbeitskräfte sind teuer. In der Saison stellen wir meistens zusätzliche Bedienungen ein, doch wir waren immer ein Familienbetrieb und ich kenne es nicht anders. Wir helfen zusammen.«

Christina sah sie an. »Und dein Mann? Du hast mir erzählt, dass du verlobt warst.«

Ein Schatten flog über Lenis Gesicht. »Das hat nicht lange gehalten. Wir haben uns kurz vor der Hochzeit getrennt und nachher hab ich keinen mehr gefunden. So bin ich halt hiergeblieben; dem Poldi war's gleich recht. Die Theres, meine Schwester, hat auch immer mitgearbeitet. Erst wie die Evi ins Haus kam, ist sie zu Haus bei den Kindern geblieben. Als der Pirmin, ihr Mann, vor einigen Jahren starb und der älteste Sohn den Hof übernahm, ist sie ebenfalls wieder hier eingezogen. Poldi hat uns die Wohnung eingerichtet und wir helfen mit, so gut es eben noch geht. Über die Feiertage ist immer viel los, doch danach wird es ruhiger.«

Christina rutschte auf dem Sofa hin und her. Helena sah ihr an, dass sie gehen wollte. Sie stand auf und Tini erhob sich ebenfalls sofort.

»Du bist bestimmt müde. Danke noch mal. Gute Nacht, Leni.«

Leni nickte. »Ihr findet ja alleine raus. Behüt euch Gott.«

Als sie im Flur standen, hielt Christina Helena fest. »Wart einen Moment, ja? Ich sag dem Johannes kurz Bescheid, dass es später wird.« Sie eilte den Gang entlang, klopfte an eine Tür und trat sofort ein. Eine Minute darauf kam sie wieder und rannte die Treppe hinunter.

Verwundert folgte Helena ihr nach. Noch mehr wunderte es sie, dass Christina hinter ihnen abschloss. »Was ist denn? Weshalb hattest du es plötzlich so eilig?«

Christina nahm die Handtasche vom Stuhl und suchte darin herum. Mit einem ärgerlichen Laut kippte sie den Inhalt auf den Schreibtisch.

»Ah, da. Mach mal das Licht hier an, bitte.« Aus dem Durcheinander klaubte sie ein Haargummi und band sich die Haare zurück, setzte die Brille auf und wischte mit dem Arm die restlichen Utensilien beiseite. Dann stand sie noch einmal auf und holte ein Ledermäppchen aus ihrem Koffer.

»Kannst du den Krempel hier wieder in die Tasche tun? Ich brauche Platz. Und bring mir ein paar Wattestäbchen aus dem Badezimmer. Es sind welche in meinem Schminktäschchen.«

Verwirrt ging Helena ins Bad und suchte drei Wattestäbchen aus dem Necessaire. Sie reichte Christina das Gewünschte und räumte die Handtasche ein, während ihre Schwester die Ledermappe öffnete. Sie breitete ein schwarzes Samttuch auf dem Tisch aus und legte ein Fläschchen, eine Lupe, eine schmale Feile und eine Handvoll sternförmiger Teilchen bereit. Aus einem abgetrennten Fach der Ledermappe nahm sie eine anthrazitfarbene Steinplatte heraus; nicht größer als ein Briefumschlag und nur wenig dicker.

»Kannst du mir mal verraten, was du da tust?«

Christina griff in die Hosentasche. »Sofort, einen Augenblick. Drehst du die Schreibtischlampe hierher, bitte?«

Helena kippte den Schirm der Lampe an dem flexiblen Stiel, sodass der Lichtkegel direkt auf das Tuch fiel. Sie zog sich den kleinen Sessel herüber und setzte sich auf die Lehne.

Christina hielt ein Päckchen in der Hand. Sie schlug die Zipfel des Taschentuchs zurück und ließ das Stück vorsichtig auf das Tuch gleiten.

Helena schnappte nach Luft.

Gelbes Gold schimmerte im Lichtkegel der Lampe, nachtblaue fein gefasste Steine glitzerten, von einem kalten Feuer erfüllt. Der schwarze Samt unterstrich die pralle Schönheit des Kreuzes.

»Wahnsinn, oder?«

Mit angehaltenem Atem betrachteten sie das Schmuckstück.

»Woher hast du das, Tini«, hauchte Helena und berührte das Kruzifix. Es fühlte sich unangenehm warm an und hastig zog sie den Finger zurück.

»Geklaut«, erwiderte die Schwester lapidar. »Es lag in Lenis Schrank, als ich das Buch zurücklegte.«

»Bist du denn übergeschnappt? Du kannst doch nicht einfach etwas nehmen, was ihr gehört!«

»Ich hab's mir nur ausgeliehen, Nanni. Irgendwie bringe ich es schon unbemerkt zurück.« Sie schob das Schmuckstück auf dem Samt hin und her. »Findest du es nicht merkwürdig, dass sie etwas derart Wertvolles in einer Pappschachtel zwischen Fotoalben und Postkarten aufbewahrt?«

Nachdenklich drehte Christina das goldene Kreuz in den Fingern. »Solche Arbeiten hat man früher für hohe Kirchenmänner ausgeführt. Man trug die Kreuze an einer Kette. Schade, die fehlt leider. Dieses ist eindeutig orthodox. Sieh mal, man erkennt es daran, dass die Enden gerundet sind wie die Blütenblätter einer Blume. Üblicherweise setzte der Goldschmied einen gekreuzigten Heiland aus Gold oder Silber auf. Hier hat er darauf verzichtet und dafür diese Saphire eingearbeitet. Das ist sehr ungewöhnlich, denn man verwendete lieber Rubine, die das Blut Christi symbolisierten.« Christina hielt die Juwelierlupe über das Kreuz und bewegte sie darüber, Millimeter für Millimeter. Sie drehte es um und tat dasselbe auf der Rückseite. Dann stieß sie ein zufriedenes Grunzen aus. »Na, da haben wir dich ja.« Mit dem Tuch rieb sie über die runde Öse am oberen Ende des Kreuzes und nahm die Lupe erneut zur Hand. Fasziniert blies sie die Luft aus. »Unglaublich. Siehst du diese Punze?«

Helena beugte sich näher. Unter der Vergrößerung erkannte sie am Ende der Öse einen winzigen, stilisierten Männerkopf. Das Halbprofil eines Männergesichts, das einen Strahlenkranz trug. »Das erinnert mich an eine römische Münze.«

»Stimmt genau. Das ist Apollo oder auch Apollon. Das österreichische Punzierungsgesetz schreibt spezifische Stempel vor, je nach Goldgehalt. Dieser Feingoldstempel mit dem Apollogesicht galt bis ungefähr 1870. Nach 1922 verwendete man einen Elefantenkopf. Zwischen 1870 und 1922 musste ein A dazu geprägt werden, je nach Reinheit des Goldes ein A1, A2 oder A3. Da es fehlt, ist das Schätzchen hier also vor 1870 angefertigt worden.«

»Es ist echt?«

»Ich denke schon, aber das werden wir gleich sehen.«

Mit der Feile schabte Christina über eine Rundung des Kreuzes am unteren Rand. Dann schraubte sie das Fläschchen auf und benetzte ein Wattestäbchen mit der Flüssigkeit.

»Was ist das?«

»Salpetersäure. Die einfachste Möglichkeit, um herauszufinden, ob es sich tatsächlich um echtes Gold handelt, kein Doublé also, und welchen Gehalt es hat. Leider habe ich meine Feinwaage und die anderen Konzentrationen nicht dabei. Doch die hier müsste ausreichen.« Sie schabte mit der gerundeten Kante des Kreuzes fest über den Stein und es hinterließ einen feinen Abrieb darauf. Anschließend suchte sie aus dem Häufchen einen Stern aus und zog eine zweite Spur daneben. »Das ist die Referenz, 999er Gold; wir benutzen sie, um den Gehalt abzugleichen.« Mit dem Wattestäbchen tupfte sie über die beiden Striche. Die durchsichtige Flüssigkeit blieb perlend darauf stehen und verstärkte den Schimmer der Goldpartikel. »Na bitte«, murmelte sie zufrieden. »Ich wusste es doch.«

Christina schraubte das Fläschchen zu und steckte es in die Mappe zurück. Sie sah auf und ihre schwarzen Augen glühten. »Das sind astreine vierundzwanzig Karat, Nanni. Feingold. Und wenn ich richtig liege, sind diese Saphire ebenfalls echt. Es würde keinen Sinn ergeben, unechte Steine in Feingold einzusetzen.« Sie drehte das Kreuz ins Licht und die nachtblauen Saphire schimmerten auf. »Schau her, man hat die Steine in Cabochon geschliffen, um ihre innere Struktur zu verstärken. Die Einlagerungen erhalten dadurch einen ganz besonderen Effekt, diese fast perfekt sechsstrahlige und sternförmige Reflexion. Deshalb nennt man sie auch Sternensaphire. Das ist eine wundervoll ausgeführte Arbeit.« Behutsam legte sie das Kruzifix auf den Samt zurück. Mit einem sonderbaren Ausdruck sah sie die Schwester an. »Und jetzt erklär mir eines. Wie kommt eine Leni Oberndörfer zu diesem Kreuz? Roman Wojteks Kreuz.«

Helena rutschte von der Lehne und ließ sich in den Sessel fallen. »Das meinst du jetzt nicht ernst, oder?«

»O doch!« Mit einem Satz sprang Christina auf und holte Annas Niederschrift, suchte mit fliegenden Fingern nach der Stelle und warf Helena die Kladde in den Schoss. »Hier, Anna hat es ganz eindeutig beschrieben. Was denkst du, weshalb ich das Kreuz genommen hab? Das ist annähernd zweihundert Jahre altes Kirchengold, Nanni, und es ist ein kleines Vermögen wert! Ich kenne mich aus damit. Und ich verwette mein Augenlicht darauf, dass es genau das ist, das Roman gehörte!«

Helena musste nicht nachlesen. Kraftlos legte sie den Kopf an die Sessellehne. »Du bringst es zurück, Tini! Ich will nichts mehr darüber wissen.«

»Natürlich bring ich es zurück. Doch glaub mir, irgendetwas stinkt mächtig an dieser Geschichte.« Christina schlug den schwarzen Samt über dem Kreuz zusammen. Blieb noch einen Moment sitzen und dachte nach. Dann räumte sie ihre Utensilien in das Ledertäschchen und legte es in den Koffer zurück. »Schlaf eine Nacht drüber. Ich geh jetzt, Johannes wartet auf mich.« Sie beugte sich zu der Schwester und drückte sie an sich. »Wir reden morgen, ja? Und schließ bitte hinter mir ab!«

Wie betäubt blieb Helena sitzen, völlig erschlagen.

Irgendwann wankte sie ins Badezimmer und putzte sich die Zähne. Es war weit nach Mitternacht, als sie ins Bett kroch und die Decke über den Kopf zog. Sie schlief unruhig und fuhr jedes Mal aus wirren Träumen hoch, wenn die Kirchturmuhr schlug.

Um vier Uhr früh gab sie auf. Helena wechselte das durchgeschwitzte T-Shirt gegen ein frisches, trat ans Fenster und riss es auf. Eisiger Nachtwind fuhr herein, kühlte das Gesicht und trocknete den Schweiß an ihren Schläfen.

Was für ein Neujahrstag das war! Sie kam kaum hinterher mit Erschrecken und Staunen, mit dem Sortieren ihrer Gefühle. Je mehr sie erfuhren, desto verrückter wurde diese ganze Geschichte.

Helena knipste die Schreibtischlampe an und schlug das Samttuch zurück. Das Gold schimmerte auf, von Feuer erfüllt und die blauen Steine verstrahlten kaltes Sternenlicht. Obwohl das Kreuz nicht länger als ihr Ringfinger war, fand sie, es sah protzig aus, irgendwie vulgär. Auf eine Weise schien es, als ströme das Stück eine ungute Aura aus. Sie mochte es nicht in die Hand nehmen.

Helena fröstelte unter dem Luftzug, schloss das Fenster und beugte sich noch einmal über das Kruzifix. Vorsichtig stippte sie es an. Es raschelte leise auf dem Stoff, ein Schaben wie von Spinnenbeinen. Unwillkürlich schüttelte es sie. Das Ding trug etwas Unheilvolles, ja, es war böse. Sie schlug das Samttuch darüber, öffnete die Schublade unter dem Schreibtisch und schob das Päckchen mit spitzen Fingern hinein. Mit einem dumpfen Geräusch fiel es auf die schwarze Bibel, die darin lag.

»Da liegst du goldrichtig, du verfluchtes Ding. Vielleicht treibt sie dir den Teufel aus«, murmelte Helena und drückte die Lade fest zu. Die Arme hinter dem Kopf verschränkt, starrte sie an die Decke und lauschte ins Dunkel. Meinte noch immer zu hören, wie das Kreuz sich leise regte. »Ich kriege schon Wahnvorstellungen«, brummte sie, warf sich auf die Seite und presste sich Christinas Kopfkissen aufs Ohr.

Christina saß bereits am Tisch, als sie zum Frühstück herunterkam. »Hast du es dabei?«, fragte sie mit einem hastigen Seitenblick auf die Umhängetasche, die Helena über der Schulter trug.

Helena schüttelte den Kopf. »Das elende Ding fass ich nicht mehr an, Tini. Ich hab's in die Schreibtischschublade getan.« Sie dankte Evi, die eine Tasse vor sie hinstellte und wartete, bis die Wirtin gegangen war. In eindringlichem Flüsterton beschwor sie die Schwester: »Und du bringst es schleunigst zurück! Es verursacht mir Alpträume – ich hab kein Auge zugemacht.«

In aller Seelenruhe nahm Christina eine Semmel aus dem Brotkorb. »Das ist doch Nonsens, Nanni, reine Einbildung. Schließlich ist es nur ein Gegenstand, wenn auch ein sehr kostbarer. Aber ich verspreche dir, ich überlege mir eine Möglichkeit, wie ich es wieder in Lenis Schrank legen kann, ohne dass sie etwas bemerkt.«

»Hauptsache, du schaffst es raus. Ansonsten tauschen wir heute Nacht die Zimmer!«

»Vergiss es, den Johannes teile ich nicht.« Christina drohte mit dem Messer und fing in letzter Sekunde das Butterstückchen auf, das von der Klinge fiel. »Ach, Kacke, gib mir mal deine Serviette.« Sie wischte sich die Hand sauber und warf die zerknüllte Serviette neben den Teller.

»Ist das etwas Ernstes mit euch beiden?«

»Weiß ich noch nicht. Womöglich schon.« Der verträumte Ausdruck in den dunklen Augen verriet sie und Helena empfand eine verwunderte Heiterkeit. Offensichtlich hatte ihre Schwester sich in den Oberndörfersohn verliebt. Wer hätte das gedacht? Na ja, er war auch wirklich ein netter Kerl. Ob Johannes klar war, dass Tini in ein paar Tagen in ihr unstetes Leben zurückkehrte und ihn, ohne zu zucken, hinter sich ließ? Ihr zweiter Name war sicher nicht Heimchen am Herd. Viel eher Christina, der männermordende Wandervogel. Heute hier, morgen dort, bis du schaust, bin ich fort …

»Wann holt Niklas uns eigentlich ab? Wir wollten doch auf den Julianenhof hinauf«, wechselte die Schwester das Thema.

Niklas. Liebe Güte, sie musste ihr auf jeden Fall berichten, was sie über Anna erfahren hatte. »Um halb zwei. Er wollte in die Praxis und Bürokram aufarbeiten. Wir können anrufen und er holt uns auf dem Rückweg wieder ab.«

»Ein Telefon ist da oben, oder? Ich hab doch kein Handy mehr.«

Helena nickte. »Ich hab meins zwar dabei, doch es funktioniert hier nicht. Kein Netz.« Sie griff nach Christinas Arm. »Tini, Niklas und ich haben gestern über Anna gesprochen.

Du solltest Bescheid wissen, bevor wir sie treffen. Sagt dir der Name Antonia Polzer etwas?«

»Sollte er das?«

»Du wirst aus allen Wolken fallen, glaub mir.«

Helena rückte näher zur Schwester und senkte die Stimme. Im Flüsterton fasste sie die Neuigkeiten zusammen.

»Nun ergibt manches einen Sinn.« Christina lehnte sich zurück. »Ich habe mich die ganze Zeit über gefragt, wie Barbara an die Tagebücher gekommen ist. Johannes hat mir übrigens auch einiges erzählt.«

»Du hast ihn eingeweiht?« Mit einem unbehaglichen Gefühl im Bauch sah Helena sie an.

Christina legte ihr eine Hand auf den Arm. »Nanni, er sagt nichts weiter, das hat er mir versprochen. Ich konnte es ihm nicht verheimlichen und ich vertraue ihm. Sie wissen sowieso schon, wer wir sind. Jetzt geht es schließlich darum, Anna besser kennenzulernen. Und zu sehen, wo es mit uns dreien hingeht.«

Und mit der Gabe. Helena sprach den Gedanken nicht aus, der von weit größerer Tragweite war. »Vielleicht hast du recht. Es wär geschickter, wir hätten hier Freunde anstatt Feinde.«

»Ich bin echt froh, dass du das so gelassen aufnimmst, Schwesterherz. Mir war nicht ganz wohl bei dem Gedanken, doch ich konnte nicht anders. Johannes hilft uns. Und mir ist wesentlich lieber, sie sind im Boot und pinkeln ins Wasser, als dass sie uns von außen hineinpinkeln.« In aller Seelenruhe biss Christina in ihre Semmel.

Helena lachte hellauf. »Sehr treffend, dein Vergleich, so kann man's natürlich auch sehen. Was wusste dein Johannes denn?«

Mit vollem Mund zog die Schwester ein zusammengefaltetes Blatt aus der Hosentasche und schob es ihr hin. »Sieh mal, das hat er mir kopiert. Das Original liegt in den Unterlagen seines Großvaters. Clemens Oberndörfer war über viele Jahre Bürgermeister in Forstau und hat akribisch Buch geführt. Es gibt noch so eine Art Grundbuch von früher, in dem alle Höfe verzeichnet sind; Hofeigentümer, Pächter, Erntehelfer und so weiter. Johannes hat mir gestern Nacht die Unterlagen gezeigt, die den Julianenhof betreffen. Und da haben wir das hier gefunden.« Mit einer Hand glättete sie das Papier. »Roman Wojtek hat kurz vor seinem Verschwinden beim Clemens vorgesprochen und ihm diesen Antrag vorgelegt. Er wollte sich als Annas Vormund einsetzen lassen! Sie hat sein Verschwinden am elften September 1957 gemeldet, das hat der Clemens vermerkt. Und jetzt schau dir das Datum unter dem Antrag an!«

»Der fünfte September 1957. Das war nur wenige Tage vorher.«

»Genau. Er wollte den Hof, wie wir aus den Tagebüchern wissen. Und womöglich hat sein Verschwinden hiermit zu tun. Dem alten Sittler hat das nämlich überhaupt nicht gepasst.«

»Denkst du, dass Anna darüber Bescheid weiß?«

Christina faltete die Kopie zusammen und steckte sie wieder ein. »Wir können sie ja nachher fragen. Ich bin gespannt, was sie dazu sagt.« Sie sah auf ihre Armbanduhr und schob den Stuhl zurück. »Gibst du mir bitte den Zimmerschlüssel? Ich brauche frische Klamotten. Was hast du vor, bis Niklas kommt?«

»Ich wollte die Oberndörfers fragen, ob ich ihren Computer benutzen darf. Jule hat keine Ahnung, wo ich bin und was passiert ist. Das letzte Mal haben wir an Weihnachten telefoniert und ich habe ihr nichts gesagt. Jetzt muss ich ihr unbedingt schreiben und ein Ferngespräch ist mir von hier aus zu teuer.« Sie nahm die Tasche von der Stuhllehne. »Weiß denn deine Annett, wo du bist?«

»Natürlich, doch seit unserem gemeinsamen Urlaub haben wir auch nicht mehr gesprochen.« Sie nahm die Schwester am Arm. »Na komm, wir fragen Evi. Ich glaube, im Büro steht ein Computer, vielleicht ist er gerade frei.«

Eine Stunde später drückte Helena auf den ›Senden‹ Button und schickte die Mail an ihre Tochter ab. Evi hatte den PC eingeschaltet und sie dann alleingelassen. Es war eine lange Nachricht geworden, und während sie die Worte in die Tastatur klopfte und sich die Erlebnisse von der Seele schrieb, fühlte sie sich Jule so nahe, als ob sie neben ihr sitzen würde. Sie schloss das E-Mail-Postfach, loggte sich aus und lehnte sich zurück.

Kurz überlegte Helena, ob sie sich in der Arbeit melden sollte, doch dann verwarf sie den Gedanken. Sie hatte Urlaub, den ersten seit Jahren, und ihr Team würde schon einige Tage ohne sie klarkommen. Das AZKIM lief über die Weihnachtsferien ohnehin auf Notstrom. Lediglich die Labore waren besetzt, denn die Forschungsreihen durften nicht unterbrochen werden. Es gab immer ein paar Cracks, die sich freiwillig eintrugen, denen die Arbeit wichtiger war als Familie oder Freunde. Und die beiden Chemiestudenten, die das Praxissemester im Institut absolvierten, waren sowieso heiß auf zusätzliche Stunden für ihre Diplomarbeit.

Mit einem Anflug der Beschämung gestand Helena sich ein, dass sie seit Tagen keinen Gedanken an das Institut und die Arbeit verschwendet hatte. Zu viel war geschehen; sie hatte nur Anna, Barbara, die Schwester und sich selbst im Blick gehabt. Ihr altes Leben schien Stück für Stück hinter ihr zu verschwinden und nahm die kontrolliert agierende Frau mit sich, die sie noch vor wenigen Tagen gewesen war. An deren Stelle war eine andere Helena getreten. Eine, die sich vorsichtig tastend auf Unbekanntes einließ. Eine, die mit einer Hand im Sumpf der Vergangenheit rührte und mit der anderen nach einer ungewissen Zukunft griff.

Während der Computer summend herunterfuhr, drehte Helena sich auf dem durchgesessenen Bürostuhl um die eigene Achse und ließ den Blick durch das vollgestopfte Büro wandern. Der deckenhohe Wandschrank fiel ihr ins Auge und sie ging hinüber, fuhr mit den Fingern über die Buchrücken und las die Aufschriften. Liebe Güte, hier stand tatsächlich eine Ausgabe von Hitlers *Mein Kampf* zwischen Karl Marx' *Kapital* und jeder Menge Nachkriegsliteratur. Ilse Aichinger, Bachmann und Hans Leberts *Wolfshaut*.

Daneben ein dicker Stapel zerlesener Ausgaben des österreichischen Alpenvereins aus mehreren Jahrzehnten und ein zweiter mit Jahreschroniken aus der Forstau.

Helena unterdrückte ein erstauntes Lachen und zog den *Kampf* heraus. Sie hatte noch nie eine Ausgabe des Machwerks in den Händen gehalten und war sich sicher, dass das Buch verboten war. Mit einem Gefühl sonderbarer Befriedigung stellte sie fest, dass es sich kaum aufschlagen ließ. Die Bindung sperrte, sichtlich ungelesen, und die Seiten klebten aneinander. Sie stellte es an seinen Platz zurück und fuhr mit der Hand der Buchreihe entlang. Böll, Wiechert und Bergengruen. Hier hatte sich jemand mächtig für Politik und den Sozialismus interessiert. Was sie von Clemens Oberndörfer wusste, stärkte das Bild eines Mannes, der nicht blind einem Führer gefolgt war, sondern den kahlen Kopf sehr wohl zum Denken benutzt hatte.

Eine Reihe tiefer standen vergilbte Ordner mit schier unleserlichen Aufschriften. Helena überflog die Jahreszahlen. 1940-1941, 1942-1943 und so weiter, alle im Zweijahresrhythmus. Einem Impuls folgend, zog sie den Ordner 1956–1957 heraus und klappte den schwarzmelierten Deckel auf. Der Schließmechanismus war leicht verbogen und sie hatte Mühe, die vergilbten Blätter über die Bügel umzuschlagen. Einen Moment lauschte Helena nach draußen, es war nichts zu hören. Sie befeuchtete den Finger mit Spucke und blätterte hastig bis zum September durch. Seite für Seite schlug sie um und überflog die Zahlenreihen, nicht wissend, nach was sie überhaupt suchte. Rechnungen von Fleischlieferungen und Spirituosen, Zahlenreihen über Einkäufe und Ausgaben. Einige Seiten, überschrieben mit *Gasthof*. Namen unter Namen und säuberlich daneben vermerkten Zahlen. Ihr Blick blieb an einer Zeile hängen, und das auch nur, weil ein W ein wenig dicker war; als ob jemand sich verschrieben und es verbessert hatte.

Siebter September – Wojtek, R. – 28 Schilling.

Helena starrte auf den Eintrag und in ihrem Gehirn begann es zu arbeiten. Tini hatte ihr doch diese Kopie gezeigt … Krampfhaft versuchte sie, sich an das genaue Datum zu erinnern. Wie war das noch gewesen? Am fünften hatte Roman beim Oberndörfer den Antrag eingereicht und am elften hatte Anna sein Verschwinden gemeldet. Sie hatte ein paar Tage zugewartet. Da musste doch ein Wochenende dazwischen liegen, denn er hatte montags zurück sein wollen. Der Felssturz musste demnach am sechsten oder siebten geschehen sein. Wie kam es dann, dass Roman an diesem Tag noch im Gasthof gewesen war? Und danach hatte man ihn nicht mehr gesehen? Das war seltsam. Was brachte sie durcheinander? Sie musste unbedingt die Wochentage noch einmal nachschauen!

Kräftige Schritte kamen die Treppe herauf und Helena schrak zusammen. Hastig drückte sie den Ordner zu. Die Papiere verklemmten sich und mit fliegenden Händen stopfte sie ihn in den Wandschrank zurück.

Sie trat Evi in der Tür entgegen. »Danke, dass ich deinen Computer benutzen durfte, was bin ich dir schuldig?« Ihre Wangen brannten.

»Aber geh, gar nichts. Unten warten der Niklas Hallner und Tini. Ich wollte dir grad Bescheid geben.«

Evis arglose Freundlichkeit beschämte Helena. Sie nickte ihr zu und rannte die Treppen hinunter.

Anna erwartete sie vor dem Julianenhof. Sie saß vor dem Haus und stand auf, als der Rover auf den Vorplatz fuhr. Niklas stieß zurück, drehte den Wagen um und fuhr direkt vor die Almhütte.

»Ich muss gleich wieder los. Ihr meldet euch, ja?« Er hielt Helena ein Kärtchen hin, während Christina ausstieg und Anna entgegenging. »Die Telefonnummer der Praxis.« Seine Finger streiften ihre Hand, als sie ihm die Notiz abnahm. »Viel Glück, Nanni.«

Helena atmete tief durch. »Mir wär lieber, du könntest dableiben. Du kennst sie.«

Er legte die Hand an ihre Wange und sie zögerte kurz, doch dann schmiegte sie sich in die warme Handfläche. »Wovor hast du Angst?«

Helena versuchte ein Lächeln. »Ich weiß auch nicht. Mir ist ganz komisch zumute.«

»Anneli ist ein guter Mensch. Macht euch vertraut, sprecht miteinander. Alles wird gut, Nanni, ich weiß es. Glaub's mir einfach.«

Sie befeuchtete die trockenen Lippen und nickte. »Okay.«

Schnee spritzte unter den Reifen des Geländewagens weg, als er anfuhr.

Christina saß bereits auf der Bank und streckte das Gesicht in die Sonne. Helena ging zögernd auf Anna zu, die in der offenen Tür stand. Ihr Haar war zu einem lockeren Zopf geflochten, der lang über den Rücken hing und sich am Ende bereits auflöste. Sie war ähnlich gekleidet wie gestern, trug einen wadenlangen Winterrock aus dickem dunkelblauem Stoff, unter der geöffneten Strickjacke eine hochgeknöpfte Bluse und eine ärmellose Lodenweste. Die Füße steckten in festen Halbstiefeln und der hellblaue Rand der grobgestrickten Strümpfe lugte heraus. Ihre Waden waren nackt. Wie sie da in der Tür stand, sah sie aus wie ein spillriges, hochaufgeschossenes Kind, das man in Erwachsenenkleider gesteckt hatte, überschlank und schmal.

Befangen reichte Helena ihr die Hand. Die gestrige Nähe war verflogen und sie empfand eine seltsame Unsicherheit. Scheute sich, sie mit Mama anzureden. Mutter vielleicht? Nein, so nannte sie Erika. Und Anna, na ja, Anna passte irgendwie auch nicht. Während sie darüber nachdachte, streckte Anna die Hand aus.

»Setz dich doch!« Auch sie vermied jegliche persönliche Anrede. »Ist es euch recht, wenn wir noch ein wenig draußen bleiben? Hier an der Hauswand ist es geschützt und diesen Winter hatten wir kaum Sonne. Heute ist es so schön.«

Helena nickte und nahm neben der Schwester Platz. Eine wollene Decke lag auf der Holzbank und Christina breitete eine zweite über ihren Beinen aus. Anna verschwand in der Almhütte. Geschirr klapperte und gleich darauf kam sie mit einem Tablett zurück. Henkeltassen, Steingutteller, eine kleine weiße Porzellankuh mit grünen Streifen, ein Honigglas und eine dampfende Kanne Kaffee standen darauf. Sie stellte das Tablett auf dem groben Holztisch ab.

»Habt ihr Hunger? Ich habe Nockerln gebacken.« Mit fahrigen Händen verteilte sie das Geschirr auf dem Tisch.

»Nockerln?«

Annas Mund verzog sich zu einem schüchternen Lächeln. »Das dachte ich mir schon, dass ihr unsere Salzburger Nockerln nicht kennt.« Auf dem Absatz machte sie kehrt und lief ins Haus zurück.

Helena und Christina wechselten einen schnellen Blick.

»Ist das zu fassen? Sie bewegt sich so fix wie ein junges Mädchen. Und sie ist nervös, ihre Hände zittern«, wisperte Christina, während sie Kaffee eingoss.

»Sie ist nur siebzehn Jahre älter als wir, Tini. Und ich vermute mal, ebenso durcheinander. Kein Wunder, dass sie aufgeregt ist. Ich bin's übrigens auch«, gab Helena im Flüsterton zurück und nahm das Milchkännchen vom Tablett. »Sieh doch, Tini, ist die nicht goldig?« Aus dem runden Maul der Kuh floss in einem gebogenen Strahl sahnige Milch in die Tasse. Der Kaffee färbte sich zu Melange und feine Fetttröpfchen perlten darauf.

»Gib mal her.« Christina hob das Porzellantierchen hoch und untersuchte die Unterseite. »Das dachte ich mir – Gmundner Keramik. Ganz typisch, die grünen Streifen. Die hier scheint echt alt zu sein.« Belustigt lachte sie auf. »Sieht aus wie eine Zebrakuh, findest du nicht? Solche Sahnekännchen sind in den Staaten auf jeder Auktion der absolute Renner. Die Amis sind ja verrückt nach allem, was nur im Entferntesten nach Tradition riecht.« Sie goss sich selbst Milch ein und stellte die kleine Kuh vorsichtig ab. »Total süß. Und irre, hier zu sitzen und so etwas ganz selbstverständlich zu benutzen, oder? Es ist, als wäre man ins vorvorletzte Jahrzehnt katapultiert worden.«

Anna kam aus der Hütte und schubste die Tür mit einer Bewegung der Hüfte hinter sich zu. Sie hatte Christinas letzte

Worte gehört. »Bei uns heroben geht es einfach zu. Hier tickt die Zeit langsamer als im Tal. Mir gefällt es so.« Mit gehäkelten Topflappen hielt sie eine Emailleform an den Henkeln und stellte sie auf dem Tisch ab. Spitz geformte Zacken ragten aus der goldgelben Masse auf, bestäubt mit Puderzucker. Sie stieß eine Gabel in das Backwerk und riss es auseinander. Heißer Dampf und ein süßer Duft entstiegen dem Gebäck. Anna legte jedem ein Stück auf den Teller und pustete sich über die Finger. »Esst die Nockerln, solange sie noch heiß sind.«

Christina schob sich eine Gabel voll in den Mund und kaute. »Uhhh, das schmeckt ja toll.«

Helena brach die Spitze ab und kostete vorsichtig. Aus tiefsitzender Gewohnheit analysierten ihre Sinne die Zutaten: Eischnee, gelbe Dotter, feinstes Weizenmehl, Zucker natürlich und ein Hauch Vanille. Und bevor sie dagegen angehen konnte, schmeckte sie Annas Präsenz, fremd und doch so vertraut. Ein Bild huschte durch ihren Geist. Weiße Hände, die mit einem Spatel schaumigen Teig einschichteten und mit geübter Bewegung die Spitzen hochzogen. Das bange Hoffen und die Liebe, die sie dazu hineingab …

Ein Schmerz zupfte an Helenas Handgelenk und die Stimme der Schwester drängte in ihr Bewusstsein. Im nächsten Moment fand sie sich auf der Bank wieder, Annas wissende Augen auf sich gerichtet.

»Nanni? Sag mal, träumst du?« Vorwurfsvoll sah Christina sie an.

»Hast du mich etwa gerade gekniffen?« Sie rieb sich das Handgelenk und besah die rote Stelle.

»Ja. Wenn du auch mit offenen Augen schläfst!«

Anna fragte nichts. Mit einem feinen Lächeln setzte sie sich und stellte die Füße auf den Querbalken unter dem Tisch. Zaghaft lupfte Helena die Decke. »Rutsch ein wenig herüber. Die reicht doch für uns alle drei.«

Ein zartes Grübchen erschien in Annas Wange, als sie die Decke über die Beine zog.

In schweigsamer Übereinstimmung saßen die Frauen nebeneinander und genossen die Köstlichkeit. Helena konnte sich an der Umgebung nicht sattsehen. Das Tal lag weit unter ihnen, verborgen zwischen den steilen Abhängen des verschneiten Waldes. Kahle Steinwände erhoben sich darüber und im klaren Nachmittagslicht lag das scharf gezackte Massiv des Dachsteins fast zum Greifen nah. Kein Geräusch drang aus der Schlucht herauf. Lediglich das stete Tropfen der Eiszapfen, die bizarr vom Dachfirst hingen, war zu hören.

»Es ist so schön hier oben«, brach Christina die Stille, »aber ist es dir nicht zu einsam?«

Die Hände um den Becher gelegt, ließ Anna den Blick schweifen. »Ich war immer hier und bin es gewohnt. Die Menschen im Tal sind mir zu viel.« Sie nahm einen Schluck. »Einsam kannst du überall sein. Da ist es gleich, wo du bist.«

Insgeheim gab Helena ihr recht. Sie kannte das Empfinden, sich unter vielen Menschen allein zu fühlen, nur zu gut.

Anna stellte die Tasse ab, ihre Augen richteten sich auf Christina, voll banger Neugier. »Magst du mir erzählen, wie dein Leben aussieht? Ich weiß nichts von dir. Von euch.«

Christina legte die Gabel weg und lehnte sich an die sonnendurchwärmte Hauswand. Helena spürte, wie sie sich neben ihr bewegte und nach Worten suchte. War für einen Moment froh, dass die Schwester gefragt wurde; allein hier bei Anna zu sitzen überforderte sie schon. Wie sollte man ein ganzes Leben in ein paar Sätze packen?

»Ich handle mit Kunstgegenständen und reise viel. Irgendwie wohne ich überall und nirgends so richtig. Ich bin ein Zugvogel, das war ich immer. In Lausanne besitze ich eine kleine Eigentumswohnung, damit ich ab und zu bei meiner Tochter sein kann.«

Anna merkte auf. »Du hast ein Kind?«

»Ein Kind ist sie nicht mehr«, sie lächelte. Und wie sie es tat, ging Helena ans Herz. »Annett ist neunundzwanzig. Ich war sehr jung, als ich sie bekam. Mein Böhnli³, ich weiß, das hört sich blöd an, aber so nennen wir sie schon immer, wuchs bei ihrem Vater auf. Mittlerweile steht sie längst auf eigenen Beinen. Sie unterrichtet an der La Source, der Hochschule für Gesundheit. Auch irgendwie lustig, oder? Sie schlägt offenbar ganz nach euch.« Es war überhaupt nicht lustig, die Frauen nahmen den Schmerz in Christinas Stimme wahr. Sie hob die Schultern. »Ich fürchte, ich war keine besonders gute Mutter.«

»Weshalb denkst du so über dich?«, fragte Anna leise.

Christina richtete den Blick auf die schroffen Berggipfel und ihr Bein zuckte an Helenas Seite. »Annetts Vater, Luis, ist ein guter Mensch und er war für sie da. Mehr als ich es sein konnte. Louis und ich mögen uns, doch das reichte nicht aus, um bei ihm zu bleiben. Annett ist besonders und Luis, nun ja, er nimmt sie, wie sie ist, die beiden verstehen sich wunderbar. Ich hingegen bin unstet, ich lebe aus dem Koffer. Ich kann nicht lange an einem Platz sein und konnte ihr nie die Sicherheit bieten, die sie verdient. Ich hatte immer den Eindruck, ich bin in dieser Konstellation einer zu viel …« Sie blinzelte gegen das Sonnenlicht.

Helena fasste nach Christinas Hand, fühlte den Kummer der Schwester wie den eigenen. Nicht zu genügen war bitter, das wusste sie aus Erfahrung. Und doch bereitete es ihr auf eine Art Freude, dass Annett wenigstens einen Vater hatte, der Verständnis dafür aufbrachte, was das Schicksal ihr mitgegeben hatte.

»Hast du auch Kinder, Helena?«, wandte Anna sich in bedachtsamem Tonfall an sie.

Helena nickte. »Eine Tochter, Julia. Wir rufen sie Jule. Sie ist vor Kurzem dreißig geworden und lebt in Kalifornien. Jule arbeitet in der Forschung; in einem Konzern, der Elektronik-implantate für chronisch erkrankte Menschen entwickelt. Leider sehen wir uns viel zu selten. Und bevor du fragst – einen Vater gibt es nicht. Ich habe Jule allein großgezogen.«

³ Schwyzerdütsch für Böhnchen, Kosename

Zusammen mit Rosa. Wäre Rösle nicht gewesen, hätte sie die Kleine in fremde Hände geben müssen. Sie studierte, danach musste sie ihren Lebensunterhalt verdienen und war deshalb froh gewesen, dass Jule bei Rosa gut aufgehoben war. Glücklicherweise hatte ihr Mädchen in Rösle eine wundervolle Ersatzoma gehabt, die sie liebte wie ein eigenes Kind. Die Tochter Mutters kruder Erziehung zu überlassen, stand nie zur Debatte, keinen Tag; schon allein die uneheliche Schwangerschaft hatte Diskussionen nach sich gezogen, die sie am liebsten aus ihrer Erinnerung streichen würde.

»Ich habe zwei Enkelkinder.« Anna blinzelte die Tränen zurück. »Zwei Enkelinnen und zwei Töchter. Ist das zu fassen …« Mit fahrigen Händen strich sie die Decke über dem Rock glatt. »Und ihr beide? Erzählt mir mehr von euch! Hattet ihr es gut bei euren Eltern? Lieben sie euch?«

Helena schluckte. Genau das hatte Niklas gestern gefragt. Wie sollte sie *das* nur erklären?

Christina nahm ihr die Antwort ab. »Wir hatten alles, um uns ein gutes Leben aufzubauen. Unser Vater ist, nein, er war Richter. Finanziell fehlte es an nichts. Wir besuchten gute Schulen, konnten studieren und dann sind wir eigene Wege gegangen. Sie lieben uns, sicher. Doch es war nicht einfach. Für sie nicht und besonders für Nanni nicht.« Christina sah an der Schwester vorbei zu Anna, die jedes Wort begierig in sich einsaugte. »Du weißt, dass sie deine Fähigkeit geerbt hat?«

Für den Bruchteil einer Sekunde glitt ein Schatten über das schmale Gesicht. »Ich dachte es mir bereits. Und du?«

So vehement schüttelte Christina den Kopf, dass die Locken um ihre Wangen wirbelten. »Ich nicht. Großer Gott, zum Glück nein! Eine in der Familie reicht vollauf. Nanni hatte leider niemanden wie du; keinen, der auch nur im Ansatz verstand, wie sie tickt. Deine Tante hat dich wenigstens gelehrt, damit umzugehen.«

Ein grollendes Lachen kam aus Annas Kehle. »Was du nicht sagst. Glaubst du, das hat es leichter gemacht?«

Christina zuckte mit den Achseln. »Keine Ahnung. Zumindest war jemand da, der dich beschützte. Nanni soll dir selbst erzählen, wie es ihr damit erging. Doch letzten Endes war diese verflixte Gabe, wie ihr es nennt, der Grund, dass wir sehr früh von daheim auszogen. Unsere Eltern sind damit einfach nicht klargekommen. Und ich ebenfalls nicht.« Mit der Fingerspitze zog sie eine Spur durch den Puderzucker auf dem Teller. Dann sah sie auf und ihre Augen brannten wie Kohlestücke. »Unsere Töchter sind wie du!« Es klang wie ein Vorwurf.

Ein Ruck ging durch Anna. Helena konnte es nicht nur sehen, nein, mit jeder Faser spürte sie, wie ihr Körper sich anspannte.

Die Schwester stieß einen zittrigen Laut aus. »Deine Ahne hat es dir doch prophezeit. Du hast es aufgeschrieben. Überrascht dich das wirklich?«

»Nein«, gab Anna tonlos zurück. Sie senkte die Lider, die gefalteten Hände auf dem Schoß bewegten sich unruhig, kneteten einander.

Helena beschwor Christina mit einem scharfen Blick und einem Kopfschütteln. Räumte Tassen und Teller auf dem Tablett zusammen und stand auf. »Magst du uns das Haus zeigen?«

Anna stellte das Tablett auf den Ablauf des altmodischen Steinbeckens. Sie warf ein Scheit in den Ofen und klopfte sich die Hände am Rock ab. Der angrenzende Raum lag wie gestern im Dunkeln, unter dem niedrigen Türsturz waren nur ein Tisch und der Rücken einer Bank zu erkennen.

»Die Stube«, erklärte sie und knipste das Licht an. Trat zur Seite und ließ die beiden Frauen vorbei. Ein Ofen stand in der Ecke, mit gerundeten Kacheln, ganz wie der im Haindlhof. Grob getischlerte Bänke umrahmten einen rechteckigen Tisch mit honiggelb schimmernder Maserung, der offensichtlich aus einem einzigen Baumstamm geschnitten war und an den Kanten noch die dunkle Rinde trug. Ein bunter Fleckerlteppich bedeckte die Holzdielen und auf der Wandbank reihten sich bestickte Kissen.

»Mein Vater hat die Möbel geschreinert. Es ist noch alles wie vor gut siebzig Jahren. Ich hab's nie übers Herz gebracht, etwas zu verändern, und mir gefällt es so. Ich nutze die Stube ohnehin nur selten, denn hier drinnen ist es immer kalt. Der Kamin ist ein Monster; er frisst Unmengen Holz und die Wärme nutzt dem Haus nicht. Es ist rückseitig in den Berg gebaut und die Kälte kriecht in die Mauern. Die Küche ist einfacher warmzuhalten.« Sie zeigte auf eine schmale Tür unter der Treppe. »Hier gelangt man zur Milchkammer und zum Hinterausgang. Vor einigen Jahren habe ich sie abteilen und ein kleines Badezimmer einbauen lassen.« Ein schelmisches Lachen flog über ihr Gesicht. »Nur damit ihr wisst, wo es hingeht.«

Sie ging in die Küche zurück und entriegelte einen Verschlag zwischen Anrichte und Spülstein. Wider Erwarten schwang die primitive, aus Brettern zusammengefügte Tür ohne Knarren auf, die groben Eisenstifte drehten sich geschmeidig in den Angeln. »Die Speisekammer. Der Fels hält die Vorräte kühl.«

Helena sah über ihre Schulter in den Raum, der tief in den Fels gehauen war, und schnupperte. Die Vielzahl der Gerüche warf sie fast um. Auf die Schnelle erkannte sie Mädesüß und Rosmarin, Eberraute, Ysop und den zitronigen Duft von Verbene. Einen Hauch nach Geräuchertem, Winteräpfeln und den scharfen Geruch von reifem Käse. Ein durchgehendes Holzbord zog sich rundherum unter der Decke entlang; darauf standen Hunderte von Flaschen und Tiegeln, alle sorgsam beschriftet. In der Ecke hing ein rundes Eisengestell von der Felsendecke, bestückt mit Haken, an denen dicke Kräuterbuschen baumelten.

»Du trocknest deine Kräuter hier drinnen? Ist das nicht zu dunkel und vor allem zu kalt?«

»Ich trockne die Buschen auf der Tenne vor und hänge sie danach hier herein. Das hat schon meine Großmutter Juli so gemacht. Der Fels konserviert die Heilkraft.« Sie schloss den Verschlag.

Im Gänsemarsch folgten die Schwestern ihr die steile Stiege hinauf und kamen in einen schmalen Gang. Anna stieß die Tür zur Linken auf. »Das war früher meine Mädchenkammer. Nun ist es mein Studierzimmer.«

Mit einem unwirklichen Gefühl der Befangenheit trat Helena ein. Wie seltsam es war, hier zu stehen. Nichts erinnerte daran, wie die Kammer früher ausgesehen haben mochte, nichts deckte sich mit ihrer Vorstellung der kärglichen Einrichtung. Bücher über Bücher auf langen Regalen, die sich unter der Last bogen; ein Schreibtisch aus hellem Holz, ein gepolsterter Armstuhl. Zartwürziger Duft schmeichelte sich in ihre Nasen. Es roch wunderbar hier drinnen, nach Zirbenöl, Papier und Wiesenblumen.

»Hier schreibst du also.« Helena musterte den überladenen Tisch, trat an die Wand und besah sich die Schriften. Sie erkannte die vertrauten Bücher wieder und tastete mit den Fingern darüber, strich behutsam den Buchrücken entlang.

Antonia Polzer – Die Alpenapotheke.
Antonia Polzer – Heilkräuter der Tauern.
Antonia Polzer – Geheimnisse der Natur.
Antonia Polzer – Mazerate selbst herstellen.
Antonia Polzer – Tinkturen und Kräuterauszüge.
Antonia Polzer – Ein Kräutlein gegen jede Erkrankung.
Antonia Polzer – Das Buch der Kräuterheilkunde.

In einem Schwung drehte sie sich um, fast schwindelig vor Freude. »Weißt du eigentlich, dass ich alle deine Kompendien besitze? Das ist total verrückt! Mich hat es schier umgehauen, als Niklas mir gestern erklärte, wer sich hinter Antonia Polzer verbirgt.«

»Der Bub redet zu viel.« Mit verlegenem Gesicht winkte Anna ab und schob ein paar lose Papiere zusammen, die auf der Schreibtischplatte lagen.

Verstohlen stieß Christina die Schwester an. Auf einer schmalen Holzleiste an der Wand standen eine Menge geschnitzter Figürchen, liebevoll zu Grüppchen sortiert. Kaum eines größer als in eine Handfläche passte.

»Die sind alle von Mathis«, erklärte Anna mit einem Anflug von Wehmut. Sie war Christinas Blick gefolgt und suchte in der Rocktasche. Ein schwarzes Kätzchen, die weiße Schwanzspitze hochgereckt, lag auf ihrer Handfläche, als sie die Faust öffnete. »Keines ist ihm so gut gelungen wie das hier. Das ist mein Bubi.« In ihrer Stimme klang eine Sehnsucht, die die Schwestern anrührte.

»Wir haben auch welche«, platzte Christina heraus und ihr Mund war plötzlich trocken. »Meines ist eine Biene und Nannis eine Schnecke.«

Anna merkte auf. »Das ist ja seltsam. Die hab ich tatsächlich vermisst. Ich dachte, der Junge hätte sie beim Spielen verbaselt. Dede – bestimmt war sie das! Na ja, das zeigt immerhin, dass sie nicht ganz gefühllos ist.« Sie steckte das Zirbenholzkätzchen ein und wies zur Wand neben dem Fenster. »Früher stand mein Bett dort. Hier drin habe ich euch geboren.«

Stumm schauten die beiden Frauen sich an. Es war eine Sache, darüber zu lesen. Und eine völlig andere, diesen Ort mit eigenen Augen zu sehen.

Anna trat in die schmale Diele zurück und öffnete die gegenüberliegende Tür. Ein altertümliches Doppelbett nahm fast den gesamten Raum ein, das ehemals helle Holz von den Jahren zu Zimtbraun gedunkelt. Die Tür ging nicht ganz auf; ein hölzerner Kleiderkasten befand sich dahinter und sperrte sie. Rotkarierte Vorhänge brachen das einfallende Tageslicht. Helenas Blick blieb an dem schwarz eingebrannten Ring auf den Dielen hängen. Da hatte Anna damals den heißen Topf abgestellt. Auf dem Fußboden vor diesem Bett hatte Marie ihren toten Sohn zur Welt gebracht und ums Leben gekämpft. Wie konnte Anna hier nur schlafen?

Eine nächste Tür schwang mit einem Quietschen auf und Anna trat beiseite, um Platz zu machen. Eine winzige Kammer; unter der Dachschräge ein Fenster, nicht mehr als eine

Scharte, am hinteren Ende der Alkoven mit der schmalen Bettstatt. Kein Schrank, kein Tisch, kein Stuhl, dazu war zu wenig Platz, lediglich ein grober Eichenkasten mit zwei Schubfächern zwängte sich unter das Fensterbrett. »Hier schliefen die Hütebuben.«

»Und dein Stiefvater«, bemerkte Christina mit einem lauernden Unterton.

»Auch der«, erwiderte Anna knapp. Die Arme vor der Brust verschränkt, drehte sie sich zu den Zwillingen um. Ihre Stimme war leise und dennoch scharf, durchdrang den kleinen Gang wie ein zweischneidiges Messer. »Das ist mein Leben. Drei Kammern, in denen mehr Ungutes geschah, als ein Mensch ertragen sollte.« Sie warf den Zopf über die Schulter. »Habt ihr genug gesehen?« Ihre Hand zog die Tür zu und das Licht wurde jäh verschluckt. Mit schnellen Schritten eilte Anna den Frauen voraus, die knarrende Stiege hinunter.

»Weshalb bist du eigentlich dageblieben?«, fragte Christina, als sie wieder in der Küche standen und zusahen, wie Anna Wasser in die Backform laufen ließ. »Du hättest doch jederzeit weggehen können.«

Die schlanke Frau straffte den Rücken. Langsam drehte sie sich um, Wasser tropfte von ihren Fingern auf die Dielen. »Ja, meinst du? Wo hätt ich denn hingehen sollen?« Anna streifte die nassen Hände am Rock ab. »Mädchen, der Julianenhof ist mein Erbe! Mir war sonst nichts geblieben. Ich trug Verantwortung für die Menschen, die sich hier oben den Lebensunterhalt verdienten. Da kann man nicht einfach weggehen!« Die grauen Augen verdunkelten sich zu Schiefer. »Haben euch eure Eltern nicht gelehrt, dass Weglaufen keine Lösung ist?«

Christina lehnte sich an den Tisch und kreuzte die Arme vor der Brust. »Stattdessen hast du beschlossen, deinen Stiefvater umzubringen. Und vor wenigen Wochen wolltest du dein eigenes Leben beenden. Also ich würde das schon als weglaufen oder sogar als ›sich heimlich wegstehlen‹ bezeichnen.«

»Er war nicht mein Stiefvater!«, fauchte Anna und stieß die Spülbürste in die Form. »Du weißt nicht, wie er war. Danke dem Herrgott dafür! Ich würde nicht hier stehen, wenn ich anders gehandelt hätte. Erlaube dir kein Urteil über mich und das, was ich getan hab!« Mit heftigen Bewegungen bearbeitete sie die verkrustete Emailleform.

Helena hob die Hand, blitzte die Schwester an, bevor sie noch direkter wurde. Sie trat neben die Frau und legte ihr den Arm um die Schulter. »Tini hat das nicht so gemeint.«

Die Spülbürste fiel ins Wasser und Anna senkte den Kopf. Erschrocken bemerkte Helena, dass sie weinte. Christina sah es ebenfalls.

Sie stieß sich vom Tisch ab und kam auf die andere Seite, berührte sie zaghaft. »Es tut mir leid. Ich wollte dich nicht verletzen.«

Unwirsch wischte Anna mit dem Ärmel der Strickjacke über die Augen. »Es ist schon gut. Die Wahrheit schmeckt mitunter bitter.« Sie zog die Nase hoch. »Ich sollte mich freuen, dass ich euch wiederhabe. Stattdessen heule ich ins Spülwasser.« Sie legte beide Arme um die Töchter und zog sie zum Tisch. »Setzt euch zu mir. Ihr dürft fragen, was ihr möchtet, ich werde euch alles erzählen, was ihr wissen wollt.«

Helena atmete durch, das war ja gerade noch einmal gut gegangen. Ihre Tasche lag noch draußen auf der Bank und sie trat vors Haus. Es war kalt geworden, die Sonne stand schon weit im Westen und berührte den Rand des Bergmassivs. Es wirkte, als ob glühende Lava über den Grat flösse und die fernen Schneefelder in Flammen stünden. Für einen Moment genoss sie den bezaubernden Anblick, während sie die Decke zusammenfaltete und auf die Bank legte.

»Ich habe dir etwas mitgebracht, äh …«, Helena zögerte, »ich weiß überhaupt nicht, wie ich dich anreden soll.«

Die grauen Augen füllten sich erneut mit Tränen.

»Bitte nicht«, bat Helena, setzte sich schnell und legte die Hand auf Annas Arm.

»Ich werde nicht weinen, Nanni. Darf ich dich so nennen? Und Tini, ja?« Sie sah die Töchter an und um ihren Mund erschien ein zaghaftes Lächeln. »Es würde mich freuen, dann sind wir uns gleich weniger fremd. Und ich schlage vor, dass ihr Anneli zu mir sagt, so ruft mich meine Familie und jeder im Dorf. Für Mama ist es wohl ein wenig spät, nicht wahr? Ihr habt ja schon eine Mutter.«

Beide Frauen nickten erleichtert.

Helena zog die Tagebücher aus der Tasche und schob sie über den Zirbenholztisch. »Ich finde, du solltest sie wiederhaben.« Dann nahm sie das Medaillon ab und legte es darauf. »Und das hier. Es gehört dir.«

Anna hob die Kette hoch und ließ sie baumeln. Sie griff nach Helenas Hand, legte das Schmuckstück hinein und schloss ihre Finger darum. »Diese Kette gehörte meiner Mutter und vor ihr meiner Großmutter. Sie hat einen langen Weg hinter sich und soll nun bei dir bleiben. Behalte sie. Bitte«, sagte sie und drückte Helenas Finger zusammen, »ich will es so.« Ihre Hände strichen über die Heftdeckel. »Ihr habt sie gelesen?« Sie schüttelte den Kopf. »Natürlich habt ihr das. Darum seid ihr ja hier. Nun, dann wisst ihr ja alles über mich. Ich sollte Dede dankbar sein anstatt mich zu ärgern.« Und mit mahlendem Kiefer murmelte sie: »Wenn ich sie in die Finger kriege, reiße ich ihr jedes verbliebene weiße Haar einzeln aus!«

Christina prustete und Helena musste ebenfalls lachen. Die Vorstellung war zu komisch.

Anna blieb ernst. Sie faltete die Hände über den Kladden und in ihren Augen glomm ein merkwürdiges Leuchten. »Und? Versteht ihr nun, welche Aufgabe auf euch liegt?«

Christina schüttelte die Locken zurück. »Sorry, da bin ich raus. Ich besitze die Gabe nicht.«

Anna beugte sich vor, taxierte sie lauernd. »Und was ist mit deiner Tochter? Habe ich da etwas falsch verstanden? Du hast erwähnt, sie ist besonders. Was genau bedeutet das?«

Christina wand sich. Dann legte sie die Hände flach auf den Tisch. »Ja, sie ist wie du. Und Nanni. Weiß der Kuckuck, wie das zugeht.«

Spöttisch verzog Anna den Mund und in ihrem Gesicht lag ein Ausdruck von Kälte. Oder war es Abscheu? »Ich sage dir, wie es geht. Wir gebären, die Töchter leben und die Söhne sterben. In unserer Linie tragen nur Frauen die Gabe weiter, die meisten jedenfalls. Dazwischen sind mitunter welche, die es nicht so hart trifft. Meine Mutter war so. Doch sie wusste immer, wenn Schlimmes auf uns zukam. Und mein Instinkt sagt mir, dass du ebenso bist. Ich kann es in dir sehen. Obwohl du im Aussehen mehr nach deinem Vater schlägst.« Ihr letzter Satz tönte wie Eisen, das auf einen Amboss trifft.

Christina schluckte hörbar. »Ich bin nicht wie er!«

»Du kannst nicht verleugnen, was in dir ist. Er war aus der Familie der Roma und du bist wie er. Eine Fahrende. Nirgendwo zu Hause, das hast du vorhin selbst über dich gesagt. Und glaub mir, er spürte, was wir können. Es hat ihm Unbehagen eingeflößt und trotzdem zog es ihn an. Du gleichst ihm in so vielem, Tini, du bist ebenso hinreißend schön, so schlau. Und stürmisch wie er. Roman konnte einem mit seinem Lächeln Wertloses als kostbar verkaufen. In deinem Wesen sehe ich seine guten Seiten. Und ich erkenne auch meine Mutter in dir. Sie hatte Ahnungen.«

Christina zuckte zurück, als Anna nach ihrer Hand griff und sie festhielt. »Du weißt genau, was ich damit meine, oder?«

Mit einem Schlag erkannte Helena, dass Anna recht hatte. Ihre Schwester besaß ein untrügliches Gespür für Situationen. Das Zucken in Christinas angespannten Wangenmuskeln, der Zorn in den dunklen Augen zeigte überdeutlich, dass die Zwillingsschwester es ebenfalls wusste.

»Damit will ich nichts zu tun haben!« Brüsk wischte sie die Hand der Mutter beiseite und ihre Stimme bekam einen bitteren Beiklang. »Wenn du über Gaben sprechen willst, dann halt dich an meine Schwester.«

Getroffen von der Abfuhr wich Anna zurück.

»Ich würde zu gerne den Schmuck deiner Ahne sehen«, mischte Helena sich ein, »und verstehen, wie du den Kontakt herstellst.« Es drängte sie, die Situation zu entschärfen, obwohl ihr im selben Moment aufging, dass das genau der falsche Ansatz war. Die Atmosphäre war urplötzlich voller Unverständnis, angefüllt mit handfester Ablehnung und kaum zu ertragen. Trennte sie voneinander und zerstörte die zarte Bindung, die aufgekeimt war. Sie las in der Schwester wie in einem offenen Buch, Tini wurde schon wieder bockig. Zwischen den dunklen Brauen stand die scharfe Falte, die sie so gut kannte.

Anna schob den Stuhl zurück. Mit langsamen Schritten ging sie die Stiege hinauf.

»Tini, liebe Güte, was soll das! Was denkst du, was du da tust?«, zischte Helena.

»Verflucht, Nanni. Soll ich hier einfach sitzen und mir sagen lassen, dass ich eine Zigeunerin bin? Ganz der Papa? Und du die Trägerin des Heiligen Grals?« Christina sprang auf und riss die Jacke von der Stuhllehne. »Ihr beiden dürft euch gern eure Geheimnisse zuflüstern. Das hübsche Zigeunermädchen geht jetzt. Es hat nämlich die Schnauze gestrichen voll.« Mit dem Fuß trat sie die Tür auf. »Viel Spaß noch!«

Helena erwischte sie am Ärmel. »Das hat sie weder gesagt noch gemeint. Jetzt sei nicht blöd! Bleib da und nimm dich zusammen! Und vielleicht schaffst du es einmal, deine Emotionen zu kontrollieren? Das wäre wirklich hilfreich!«

Christina riss sich los. Die Hände in den Taschen vergraben, trat sie vors Haus.

»Tini, bitte! Ich kann das nicht allein.«

»Lass mich!« Christina ließ sich auf die Bank fallen.

Hinter ihnen tauchte Anna auf und zog die Strickjacke vor der Brust zu. Blieb in der Tür stehen und musterte die Töchter. »Ist alles in Ordnung?«

Mit finsterer Miene kniff Christina die Augen zusammen. Sie fummelte ein Päckchen aus der Jackentasche und zündete sich mit zitternden Fingern eine Zigarette an.

Beklommen wartete Helena ab.

»Jetzt geh schon!« Christina stieß den Rauch durch die Nase. »Ich komme ja gleich.«

»Was hat sie denn?«, fragte Anna leise, als Helena die Tür hinter sich zuzog. »Habe ich etwas Falsches gesagt?«

Während sie den dunklen Hinterkopf der Schwester durchs Fenster beobachtete, entschied sie sich für Offenheit. »Du hast sie mit Roman verglichen. Das ist nicht leicht für Tini. Wir wissen nur Schlechtes über ihn. Und«, sie sah über den Tisch zur Mutter, »sie fühlt sich ausgeschlossen. Weil sie nicht so ist wie wir. Sie hat das nie verstanden.«

»Oh.« Mit betroffener Miene strich Anna die Haare aus der Stirn. »Ich verstehe.« Sie öffnete die Herdklappe und schob nacheinander drei dicke Scheite hinein. Funken sprühten auf und fielen heraus, verglühten auf dem Steinboden vor dem Herd. Mit dem Schürhaken stocherte sie nachdenklich in der Glut.

Die Frauen sahen den bläulichen Flammen zu, die über das Holz züngelten. Mit einem Fauchen erwachte das Feuer von Neuem. Es knackte laut und Helena fuhr zusammen. Anna trat das herausgesprungene Glutstück aus und schob die Hände in den Taschen ihrer Strickjacke.

»Darf ich dich etwas fragen?« Helena verspürte ein dringendes Bedürfnis, das Schweigen zu brechen, das auf ihnen lastete. Anna reagierte nicht, deshalb sprach sie schnell weiter. »Wenn du nicht wolltest, dass jemand deine Tagebücher liest, warum hast du sie dann Barbara gegeben?«

Sie sah förmlich, wie Annas Rücken sich anspannte. Im selben Moment hätte Helena sich ohrfeigen können. Offensichtlich hatte sie dasselbe Talent, ins nächste bereitstehende Fettnäpfchen zu treten wie ihre stürmische Schwester, die gerade vor dem Haus saß und den Zorn in den Winterhimmel blies. Ohne Zweifel waren sie beide aus demselben Nest gefallen. »Entschuldige«, ruderte Helena zurück, »das geht mich wirklich nichts an.«

»Ich hab sie ihr nicht gegeben.« Anna warf das Ofentürchen zu und verriegelte es. »Sie hat sie mitgenommen.

Als ich meine Tagebücher zurückhaben wollte, sagte Dede, sie hätte sie im Kaminofen verbrannt.« Ein galliges Lachen fuhr aus ihrem Mund. »Es war eine Lüge. Ich weiß grad nur noch nicht, ob ich dafür womöglich dankbar sein muss oder ihr nächstes Mal lieber den dürren Hals umdrehe.« Sie hängte den Schürhaken ordentlich an den eisernen Handlauf und legte die Hände fest darum.

Vor Helenas innerem Auge entstand ein abartiges Bild. Ein Huhn, hilflos flatternd, festgehalten auf dem dunklen Rock, der federngesträubte Hals unter dem schonungslosen Druck dieser weißen Hände brechend. Noch während sie an der Vorstellung kaute, realisierte sie den beißenden Sarkasmus in Annas Augen. Es war nur ein Scherz. Ein boshafter – zugegeben. Niemals würde Anna etwas Derartiges tun. Dennoch konnte sie den Vertrauensbruch so unmittelbar nachvollziehen, als sei er ihr selbst zugefügt worden. Indem Barbara Annas intimste Gedanken weitergegeben und offenbart hatte, war sie über eine unsichtbare Demarkationslinie gegangen. Der Missbrauch wog schwer. Womöglich ebenso schwer wie der, den Roman Wojtek begangen hatte. Anna würde ihn nur schwerlich verzeihen.

Ein Schwall eisiger Luft kam mit Christina zur Tür herein, und aschig schaler Geruch nach Zigarettenrauch. Am Spülstein wusch sie die Hände mit dem Stück Kernseife, das am Rand auf einem Unterteller lag und setzte sich wortlos.

Anna nahm die kleine Holzkiste von der untersten Treppenstufe und stellte sie auf dem Tisch ab. »Es war nicht meine Absicht, dich zu verletzen«, sagte sie schlicht, während sie den Deckel zurückschlug.

Christina antwortete nichts weiter, winkte mit der Hand ab.

Anna nahm ein weißes Kränzchen und einen hölzernen Pressrahmen aus dem Kasten. Ein schmales Buch folgte, ein ineinandergestecktes Paar Babystrümpfe aus hellem Strickgarn und einige verschossene Haarbänder. Ein Tüchlein mit aufgestickten Augen und Schnurrbart, das sie schnell und etwas verschämt zur Seite schob. Ein Rosenkranz mit matt-dunklen Holzperlen, eine Streichholzschachtel.

Die Schwestern verfolgten ihr Tun; die eine in gespannter Erwartung, die andere zurückhaltender und mit finsterem Blick.

Anna zog die Kordel des braunen Samtbeutels auf und ließ die Schmuckstücke auf den Tisch gleiten.

»Heiliges Kanonenrohr!« Christina konnte ihre Über-raschung nicht verbergen.

Rosenrote Rubine leuchteten feurig in einem letzten Sonnenstrahl, der durch das niedrige Fenster fiel. Das sie umschließende Silber war vom Alter schwarz angelaufen und trotzdem ging ein Schimmer davon aus, dem sie sich nicht entziehen konnten. Wie gebannt starrten sie auf den Schmuck.

Mit der Fingerspitze schob Anna die langen Ohrringe zurecht und ordnete das Halsgeschmeide auf dem polierten Holz zu einem Halbbogen. Zog den breiten Goldring vom Ringfinger und legte ihn neben eine gebogene Haar-klammer.

»Das ist Julianas Vermächtnis. Damit kann ich hinüber-gehen.« Voller Wehmut verzog sie den Mund. »Es war noch eine silberne Taschenuhr dabei. Sie gehörte einst meinem Vorfahr Johannes Haindl, Julianas Mann. Doch die hat Roman sich genommen. Er versetzte die Uhr, um seine Schulden zu begleichen.«

Christina beugte sich über den Schmuck, nahm behutsam einen Ohrring auf die Handfläche und drehte ihn ins Licht. Die Rubine fingen die Abendsonne ein und schimmerten blutrot auf. Die winzige Rose vor dem gerundeten Häkchen war bis ins Detail ausgearbeitet und die Steine zwar klein, doch perfekt geschliffen. Dann legte sie das Stück zurück und nahm die Kette auf. Das geschwärzte Silber klimperte leise, als sie das Schmuckstück an den Enden auseinander-zog. Es war rundum mit filigran durchbrochenen Rosetten besetzt, in deren Mitte jeweils ein samtroter Splitter schimmerte. Funkelnd brach sich das Licht in den facettierten Kanten. Aufmerksam untersuchte sie das kastenförmige Schlösschen. Es ließ sich nur schwer einhängen. Sie legte die Kette auf dem Zirbentisch ab und strich andächtig über die fein geprägte Ziselierung der Haarklammer. Dann ließ sie sich auf die Bank zurückfallen. »Wow.«

Auch Helena war von der Schönheit des Schmucks gefangen genommen. Auf eine seltsame Weise schien er alle ihre Sinne anzuziehen. Sie konnte das Metall förmlich riechen und sehnte sich danach, die Stücke anzufassen, spürte fast den Geschmack auf der Zunge. Mit zaghaften Fingern berührte sie das Halsgeschmeide und hörte kaum, was die Schwester erklärte.

»Solche Arbeiten hat man früher in Böhmen angefertigt. Und mit früher meine ich ungefähr das fünfzehnte oder sechzehnte Jahrhundert. Die Schließe klemmt, da ist etwas verbogen. Das wird den Wert mindern. Doch die Ohrringe passen perfekt dazu und das wiederum steigert ihn. Ich kann den Schmuck nicht schätzen, ohne ihn genauer zu untersuchen. Der Materialwert dürfte nicht immens hoch sein, dazu sind die Rubine zu klein – wenn sie überhaupt echt sind. Doch allein das Alter und die kunstvolle Herstellung machen die Stücke zu einer Rarität. Und diese Haarklammer ist einfach fantastisch, so etwas Schönes hab ich noch nicht gesehen.«

Anna steckte den Goldring an den Finger zurück und schob die Ohrringe, das Halsgeschmeide und die Klammer auf dem Tisch zusammen. Nachlässig ließ sie den Schmuck in den Beutel gleiten und zog die Schnur zu.

»Was du da besitzt, ist wirklich wertvoll!« Christina konnte nicht fassen, dass sie die Stücke so sorglos behandelte.

Anna legte den Beutel in die Kiste zurück. »Du verstehst es nicht, oder? Ich habe euch Julianas Schmuck nicht gezeigt, um zu erfahren, was er einbringt. Er ist eine Schnittstelle zwischen der Zeit. *Das* macht ihn wertvoll für mich! Mir ist völlig gleichgültig, wie viel man dafür bekommt! Er gehörte meiner Ahne und ich würde ihn nie verkaufen.«

»Trotzdem solltest du sorgsamer damit umgehen.« Christina schüttelte den Kopf und brummte vor sich hin. »Ihr seid eigenartige Leute. Die kostbarsten Dinge bewahrt ihr an den unmöglichsten Stellen auf.«

Wortlos räumte Anna ihre Habseligkeiten in die Kiste zurück. Mit behutsamen Händen nahm sie das schmale Buch auf und hielt es der Tochter hin. »*Das* hier ist kostbar, mein liebes Kind!«

Mühsam entzifferte Christina die verblichene Sütterlinschrift. »Juliana Haindl, Kräutlein und ihre Wirkungen?«, fragte sie und räusperte sich, um ein Lachen zu verbergen.

Helena streckte in brennender Neugier die Hand aus. »Lass mich das sehen!«

»Vorsichtig, ja? Es ist sehr alt«, bat Anna.

Seite für Seite überflog Helena die handschriftlichen Aufzeichnungen, studierte die fein gezeichneten Tuschebilder. Mit leuchtenden Augen sah sie auf. »Ich kenne das! Du hast es neu auflegen lassen, ich besitze nämlich eine Ausgabe davon. Es heißt jetzt anders, doch mir fällt der Titel nicht ein. Es im Original zu sehen, ist einfach …«

Anna nahm ihr das Büchlein aus der Hand und barg es im Kasten. Sie klappte den Deckel zu und schob die Holzkiste beiseite. »Es heißt jetzt ›Alpenapotheke – Heilkräuter der Tauern‹ und war das erste Buch, das ich herausbrachte. Wenn ich schon nicht Ärztin werden konnte, so wollte ich die Gabe doch nutzbringend einsetzen. Und es ist auch genau das, was ich eigentlich tun wollte. Ich bin keine Heilerin wie die Dede, die Kräuterkunde hat mich immer viel mehr interessiert. Ich habe Julianas Rezepte alle ausprobiert, jedes einzelne, viele hundert Male. Und ich sage dir, sie sind wirksamer als alles, was diese Pharmakonzerne künstlich herstellen und in Pillen pressen. Für jede Erkrankung hat unser Herrgott ein Kraut wachsen lassen. Wir müssen es nur recht anwenden.«

»Du kochst das alles hier in deiner kleinen Küche? Auf diesem Ungetüm von Herd?«

Belustigt lachte Anna auf. »Aber sicher. Mehr als beständige Hitze, ein paar Schalen, Reinlichkeit und ein wenig Geduld braucht es nicht. Alles andere ist Kokolores. Ich hab das immer so getan. Es ist meine Berufung.«

Sie öffnete den Vorratsraum, reckte sich und holte ein dickes Einmachglas vom obersten Bord. Eine grünlichbraune Flüssigkeit schwappte darin. Anna stellte das Glas auf den Tisch und nahm den Deckel ab.

»Was denkst du, was das ist, Nanni?«

Helena zog den Behälter zu sich her und fächelte mit der Hand darüber. Dann steckte sie die Nase ins Glas und schnupperte. Mit dem Zeigefinger strich sie den feuchten Rand entlang und suchte Annas Blick. Als die nickte, steckte sie den Finger in den Mund. Kostete und ließ die Bilder kommen. Bedachtsam öffnete Helena ihren Geist, nur ein Stück. Schuf einen Spalt, gerade weit genug, dass sie sich nicht verlor. Sie war sich überaus bewusst, dass Anna sie genau beobachtete. Es war kinderleicht, der Geschmack der Lösung untrüglich.

»Das ist eine Soletinktur aus Kräutern. Warte, ich hab's gleich. Brennnesselblätter, Löwenzahn, Gänseblümchen und – Gundermann?«

Mit einem feinen Lächeln nickte Anna ihr zu. »Bei uns im Pongau nennen wir den Gundermann Donnerbleaml[4]. Es wächst hier überall und man sagt, wenn man's pflückt, droht Gewitter. Und? Was würdest du damit anfangen?«

Helena legte den Deckel auf das Glas zurück und unterdrückte ihre Heiterkeit. Anna stellte sie auf die Probe! Diesen Test bestand sie mit Leichtigkeit.

»Ich würde die abgeseihte Tinktur äußerlich bei Juckreiz und Hautirritationen einsetzen. Natürlich nur verdünnt, im Verhältnis eins zu vier. Innerlich als Kur zur Anregung des Stoffwechsels. Zehn Tropfen, höchstens fünfzehn, in einem

---

[4] Donnerblume, auch als Gewitterrebe oder Erdefeu bekannt

großen Glas Wasser oder Tee, morgens auf nüchternen Magen und für etwa vierzehn Tage.« Sie konnte nicht anders, forderte Anna heraus. »Du hast für den Ansatz doch hoffentlich das Steinsalz verwendet, kein normales Speisesalz!«

Annas Mundwinkel zuckten. »Was denkst du denn? Ich bin keine Anfängerin. Und Wasser aus unserer eigenen Quelle heroben.« In ihren Zügen spiegelte sich Zufriedenheit, ja sogar etwas wie – stolze Genugtuung?

Christina setzte sich aufrecht hin. »Ich störe ja nur ungern bei eurer Fachsimpelei. Vielleicht verschiebt ihr das auf einen anderen Tag, ja?«

Helena registrierte den ungeduldigen Unterton. Anna wohl ebenfalls, denn sie erhob sich, nahm das Glas und brachte es in die Speisekammer zurück. Als sie sich zum Wandbord reckte, waren unter dem Rock ihre schmalen Waden zu erkennen, der lächerlich himmelblaue Strickrand über den derben Schuhen. Rührend in seiner Einfachheit und doch irgendwie skurril. Wie alles hier.

»Wir wollten sie doch nach dem Antrag fragen, Nanni«, flüsterte Tini. »Es wird schon dunkel.«

Helena sah auf die Armbanduhr. Schade, es hatte grad erst angefangen, Spaß zu machen. Doch Tini hatte recht. »Darf ich kurz telefonieren, Anneli? Niklas will uns abholen.«

»Er kommt schon. Wo solltet ihr auch hingehen?« Anna schürte den Ofen nach und knipste das Licht an. Die Glühbirne unter dem rot karierten Stoff der Pendelleuchte warf einen runden Lichtkegel auf den Tisch, drang nur spärlich in die dunklen Ecken der Küche.

Christina zog das Papier aus der Hosentasche. »Wir wollten dir etwas zeigen«, sagte sie gedehnt und reichte es Anna hin. »Hast du das schon einmal gesehen?«

Anna faltete das Blatt auf. Ihre Stirn zog sich in Falten. »Woher hast du das?«

»Hast du dir das Datum angesehen?«, gab Christina zurück, ohne auf die Frage einzugehen. Noch einmal überflog Anna die Zeilen und sie konnten sehen, wie es hinter ihrer Stirn arbeitete. »Das ist unmöglich …«

Christina zog ein Päckchen aus der Jackentasche und legte es auf den Tisch. »Genauso unmöglich wie das hier?«

Helena saugte die Luft ein. Und ebenso wie die Mutter fuhr sie zurück, als Christina den Samt zurückschlug. »Verdammt, Tini! Du hast versprochen, es zurückzubringen!«

»Das tue ich, Nanni. Sobald ich weiß, wie es in diese Schublade gekommen ist.«

Kalt glitzernd lag das Kruzifix auf dem dunklen Stoff. Helena meinte, schon wieder dieses eklige Kratzen zu vernehmen, schüttelte die Erinnerung an die albtraumhafte Nacht ab. Das Kreuz hatte sich in ihren Kopf gedrängt, in jeden ihrer unruhigen Träume. Sie war entsetzt, es hier vor sich zu sehen. Und sie war wütend auf Tini. Richtig wütend.

Anna saß an die Stuhllehne gedrängt und bog die Schultern zurück, so weit als möglich von dem Kreuz entfernt. In ihren aufgerissenen Augen stand der Schock und sie hielt beide Hände an die Kehle gepresst.

»Du erkennst es also wieder«, stellte Christina fest und die schwarzen Augen glänzten. »Glaubst du mir jetzt endlich, dass es Roman gehörte?«, fragte sie die Schwester und ein zufriedenes Lächeln umspielte ihren Mund.

Helena konnte nur Anna ansehen. Sie war beängstigend blass.

»Woher hast du das?«, stieß Anna heraus. Wartete die Antwort nicht ab. Mit einem Ruck schob sie den Stuhl zurück, rannte zum Waschtisch und übergab sich in den Stein. Zitternd stand sie da, den schmalen Rücken gebeugt und Speichel tropfte in einem langen Faden aus ihrem Mundwinkel.

Gleichzeitig sprangen die Schwestern auf.

»Hier, trink einen Schluck.« Helena füllte einen Becher am Wasserhahn und hielt ihn Anna hin, während Christina sie stützte und ihr das Kinn abwischte.

Sie spülte sich den Mund und spuckte aus. Mit durstigen Zügen leerte sie den Becher. »Danke.« Annas Gesicht war aschfahl, als sie sich setzte. »Woher hast du das?«, wiederholte sie und würgte an den Worten. An ihrer Schläfe zuckte eine bläulich durchscheinende Ader.

Eine Woge schlechten Gewissens überspülte Christina, als sie die pure Angst in den Augen der Mutter erkannte. Erst in diesem Augenblick erfasste sie das Ausmaß dessen, was sie durchlebt haben musste. Wie sehr sie gelitten hatte und noch immer litt. Kalter Schweiß stand auf Annas Gesicht und Christina roch den scharfen Dunst ihrer Furcht.

Mit einem überbordenden Gefühl der Zuneigung legte sie den Arm um die Mutter. »Lieber Gott, Anneli! Es tut mir unendlich leid. Wenn ich gewusst hätte, dass dich das so aufregt, dann …«

»Wo ist er?« Es war wie ein Schrei. Sie schüttelte Christinas Arm ab. »Woher hast du sein Kreuz?« Panik stand in den nachtgrauen Augen und klang aus ihrer Stimme.

Beruhigend sprach Helena auf sie ein. »Er kommt nicht wieder. Du musst keine Angst haben.«

Anna schluckte hart. Sie zog die Jacke über der Brust zu und setzte sich auf. »Nehmt es weg.«

»Natürlich.« Christina schlug den Samt über dem Kreuz zusammen und verstaute das Päckchen in der Innentasche ihrer Jacke. Sie fühlte sich schlecht. Der vorwurfsvolle Blick der Schwester machte nichts besser.

»Großer Gott, Tini, musste das sein?«, fuhr Helena sie an. »Was bezweckst du damit? Wir waren uns einig, dass du es zurückbringst!«

Verwirrt kratzte Christina sich am Kopf. »Ja doch! Ich hatte einfach gehofft, Anneli könnte uns mehr darüber sagen.« Sie räusperte sich und wandte sich der Mutter zu. »Du kannst das. Du musst nur deine Fähigkeit einsetzen.«

Helena blieb die Spucke weg. Nun erkannte sie die Absicht hinter dieser Konfrontation. Christina hatte genau das geplant.

Das Gesicht vor Abscheu verzogen, hob Anna die Hände. »Nicht damit!«

»Aber …«

»Nein, Tini! Zuerst sagst du mir, wo du es herhast!« Mühsam beherrschte sich Anna, allmählich nahm ihr Gesicht wieder eine normale Farbe an.

»Es lag in Leni Oberndörfers Schrank, in einer Pappschachtel unter allem möglichen Krimskrams. Du hast es beschrieben, deshalb erkannte ich es sofort. Und ich frage mich immer noch, wie es dort hinkam. Findest du das nicht auch merkwürdig?«

Mit beiden Händen rieb Anna sich das Gesicht, schüttelte den Kopf. »Das ist wahr. Seltsam. Er trug es immer bei sich und hätte es nie jemandem gegeben. Schon gar nicht Leni. Doch ich glaube nicht, dass ich es noch einmal über mich bringe, dieses elende Ding überhaupt nur anzufassen. Zu viel Blut klebt daran.« Bitter lachte sie auf, noch immer zittrig. »Heilige Mutter Gottes, für einen Moment dachte ich wirklich, er kommt gleich zur Tür herein.«

Das Kinn in die Hände gestützt, überlegte sie. Dann sah sie Helena an. In ihrem Blick lag Angst, doch zugleich brennende Neugierde. Die grauen Augen leuchteten, erfüllt von altem Wissen. »Bist du mit der Gabe schon einmal in die Vergangenheit gereist, Nanni? Was kannst du?«

Helena wusste nicht, was sie darauf antworten sollte und zögerte. »Ich bin nicht ausgebildet wie du. Bei Essbarem analysiere ich fast automatisch, es macht mir keine Probleme mehr. Ich brachte mir selbst bei, die Bilder zu unterdrücken. Das hat ganz gut funktioniert. Erst in den letzten Wochen passiert es mir wieder häufiger, dass ich plötzlich wegtrete.« Seit ich deinen Aufschrieb gelesen habe, und weiß, dass es noch mehr Menschen wie mich gibt.

»Du hast dir die Kontrolle über die Gabe selbst beigebracht?« In Annas Blick stand Staunen. »Da hast du großes Glück gehabt, Nanni. Eine meiner Großtanten ist an der Schwelle zum Erwachsenwerden gestorben. Sie war die begabteste der drei Schwestern, aber ihre Konstitution nicht dafür gemacht. In dieser schwierigen Zeit ist ein Mädchen ohnehin starken Hormonschwankungen unterworfen und … nun ja, sie bekam immer häufiger hohes Fieber.« Sie senkte die Stimme. »Meine Großtante Hannah erzählte mir, dass ihre Schwester starb, als sie das erste Mal geblutet hat. Sie war der Gabe nicht gewachsen.«

Helena berührte instinktiv die kaum sichtbare Narbe an ihrem Handgelenk und starrte durch den offenen Türsturz in die angrenzende, im Dunkel liegende Stube. Erinnerungen stiegen an die Oberfläche, schmerzlich und vergessen geglaubt. Jahrelang zurückgedrängte Erlebnisse, die sie nie mit jemandem geteilt hatte.

Der Abend in der Hartenau'schen Villa, als die Familie den zwölften Geburtstag der Zwillinge gefeiert hatte.

Schon den ganzen Tag über hatte Helena sich nicht wohl-gefühlt, irgendwie fiebrig. Ihr Kopf war heiß und zugleich fror sie. Die komischen Krämpfe wurden nun ebenfalls ärger. Sie musste sich den Magen verdorben haben, ausgerechnet heute!

Aufgedreht, wie eine Sprungfeder kurz vorm Loslassen, hüpfte Tini durchs Kinderzimmer, zerrte noch mehr Klamotten aus den Schränken und bestand darauf, dass sie die neuen, haut-engen Jeans und die angesagten kurzärmeligen University-Shirts anzogen, obwohl es viel zu kalt dafür war. Christina re-dete so überzeugend auf ihre Schwester ein, dass sie die Bauchschmerzen ignorierte und sich in die weiße Jeanshose zwang. Die identischen dunkelblauen Chiffonkleidchen mit den perlmuttfarbenen Knöpfen, die Mutter extra hatte schnei-dern lassen, blieben im Kleiderschrank hängen.

Nie im Leben würde sie Mutters Gesicht vergessen, als sie Hand in Hand die Treppe herunterkamen. Tini drückte fest ihre Finger und zog sie dann hinter sich her. Erikas Miene war ein einziger Aufschrei, die Provokation unbe-schreiblich. Das Herz rutschte Helena in die Magengrube und für einen Moment befürchtete sie, in die Hose gepinkelt zu haben.

Erika kommentierte den Aufzug mit keinem Wort und schickte sie in die Küche, um den Nudelsalat aus dem Kühlschrank zu holen. Erst als Helena die Schüssel auf dem Büfett abgestellt hatte und sich umdrehte, realisierte sie die Blicke. Sie klebten an ihr und sie fragte sich, warum alle so komisch schauten. Wo grad noch ein fröhliches Durcheinander von Stimmen gewesen war, redete niemand mehr; verlegen sahen sie in ihre Gläser. Die Stille war förmlich zu greifen und sie verstand nicht. Dann war Erika plötzlich dicht hinter ihr und drängte sie aus dem Wohnzimmer. Schützte sie mit ihrem Körper. »Ab nach oben. Sofort!« Mit zorndunklen Augen, die Wangen schamrot. Sie folgte Erikas Blick. Sah die roten Flecken auf der Innenseite der schneeweißen Jeans, den dunkel durchtränkten Stoff zwischen ihren Oberschenkeln.

Verwirrt floh sie die Treppe hinauf. Riss sich im Zimmer die Kleider vom Leib und stürmte ins Bad. Nackt stand sie in der Dusche, drehte beide Hähne bis zum Anschlag auf. Wasser schoss aus dem Duschkopf und sie keuchte erst unter der eisigen Kälte, dann unter der Hitze des heißen Strahls. Blassrote Fäden rannen an ihren Beinen herunter und sammelten sich um ihre Füße zu einer rostfarbenen Brühe, in der dunkle Fetzchen schwammen.

Sie blutete. Gott, warum blutete sie? Sie weinte auf und kniff die Lider zu, ließ die Stirn an die gekachelte Wand fallen. Das heiße Wasser färbte die hellen Haare dunkel und schwemmte es über ihr Gesicht, die langen Strähnen gerieten ihr in die Augen, in den Mund. Sie schmeckte den kupfernen Geruch des Bluts auf der Zunge. Er erzeugte einen Film in ihrem Kopf, der unaufhaltsam ablief wie ein Daumenkino, das wieder und wieder von vorn begann, sobald die letzte Seite erreicht war. Zog sie in die schnell und schneller fliegenden Bilder, mit einer solchen Intensität, dass sie nach der Armatur an der gekachelten Wand fasste, um den wild kreiselnden Tanz nur irgendwie anzuhalten.

Aus gelben Kartoffelscheiben, die in einer öligen Masse schwammen, starrten Augenpaare. Sie sahen sie an, voller

Hohn, und zogen ihr unbarmherzig die Haut ab. Helenas Kopf wollte explodieren.

Zusammengerollt wie ein Fötus kauerte sie in der Duschwanne. Zutiefst verstört. Sie hatte große Mühe, nicht abzudriften. Zu oft war ihr das in den letzten Tagen passiert. Zum Glück wurde der Geruch nach Blut schwächer, das bräunlich gefärbte Wasser verschwand gurgelnd im Abfluss. Sie verstand nicht, wo plötzlich das ganze Blut herkam, warum diese Bilder sie überfielen, die außer ihr keiner sah und die sie nicht verstand. Doch eines wusste sie sicher, sie konnte nicht mehr hinuntergehen. Ihnen nicht vor die Augen treten.

Deutlicher als je zuvor realisierte sie: Sie, Helena Hartenau, war eine Schande für die Familie. Hochnotpeinlich – ein Monstrum. Was vorher gewesen war, lediglich eine Farce gegen das grad eben. Sie konnte das nicht mehr aushalten! Die Fragen in den ratlosen Augen der Eltern. Die Bestürzung in ihren Gesichtern. Den Vorwurf, anders zu sein. Hinter all den mahnenden Blicken lugte all das immer hämisch hervor.

Weshalb war sie nicht wie die Zwillingsschwester? Welches Gen fehlte ihr, sich ebenso ungeniert ins Leben zu werfen wie Tini es tat? In einem Winkel des Herzens ahnte die Zwölfjährige die Wahrheit.

Sie war ein Wolfskind. Ein Mowgli, ein Kaspar Hauser – sie passte nicht in diese Welt, die sich so falsch anfühlte. Ohne den Ärger, den sie ständig verursachte, wären alle besser dran. Vaters Rasierklingen lagen in einem dünnen bunt bedruckten Papierpäckchen im Badezimmerschrank. Sie schüttelte eine heraus.

Aus dem Wohnzimmer erklang lautes Gelächter, als sie die breite Treppe hinunterschlich und durch die menschenleere Küche in den Garten lief. Das Seil war taufeucht und knirschte unter ihrem Gewicht, als sie sich über die Knoten zum Baumhaus hinaufhangelte. Doch es hielt. In dem kleinen Bretterverhau zwischen den winterkahlen Zweigen des Apfelbaums war es köstlich still. Das Summen in Helenas Ohren verstummte allmählich. Der muffige Geruch der alten

Matratze, die Erika einst mit einem Blümchenstoff überzogen hatte, drang ihr in die Nase. Sie drückte das Gesicht hinein, suchte nach den langen sonnigen Nachmittagen, die sie hier oben mit Tini verbracht hatte, nach der Leichtigkeit ihres kindlichen Spiels. Wie oft hatten sie sich hier versteckt und kichernd den Rufen der Kinderfrauen gelauscht.

Da war nichts Sonniges mehr, nichts Spielerisches. Das Rosshaar unter dem Bezug stank fürchterlich, der Stoff war klamm.

Die Klinge ritzte die Haut. Helena weinte auf, doch der schneidende Schmerz war nichts gegen den in ihrer Seele. Er war zu sehen. Handfest und wahr. Überdeckte die Pein, die in ihr zerrte. Sie setzte die Klinge neben dem kleinen Schnitt an und drückte ein wenig tiefer. Spürte Nässe herausquellen und fast gleichzeitig das Quellen im Schoß. Die glitschige Klinge entglitt ihr fast, aber sie schnitt erneut – und diesmal richtig tief. Hielt das Handgelenk an die Lippen und schmeckte das eigene Blut. Der Geschmack füllte Helenas Mund und während der Körper sich ausstreckte, griff sie endlich in ihren Geist. Schemen, mit weißem Haar und bleichen Gesichtern, glitten auf sie zu, schrien lautlos und drängten sie zurück. Ihr Blut kannte diese Frauen … Übelkeit durchdröhnte sie und der Schock ließ die Welt wild kippen.

Als sie wieder zu sich gekommen war, waberte in ihrem Kopf nur stumpfes Grau. Dasselbe Grau wie an den schmucklosen Wänden und dem Bettgestell, an das man ihre Arme gebunden hatte.

Mit aller Macht riss Helena sich los. Himmel, wie hatte sie das nur vergessen können! Unwillkürlich rieb sie sich die Handgelenke. Spürte Annas durchdringenden Blick auf sich.

»Du kennst das … Hast du Erfahrung mit Gegenständen, Nanni?«

Absorbiert von der Rückblende, die so plötzlich aufgezuckt war, konnte Helena nicht gleich antworten. Sie schob den Gedanken an die Klinge, den lebendigen, heißen Schmerz von sich. Die Stimme gehorchte ihr kaum. »Früher ja. Als Kind hatte ich oft Visionen, wenn ich etwas in den Mund nahm. Ich habe gelernt, mich zu kontrollieren, sie rechtzeitig zu unterdrücken. Doch vorgestern, mit dem Medaillon … ich saß auf diesem Bänkchen, oberhalb des Schatthofs. Da ist es passiert.«

Mit großen Augen sah Christina sie an. »Du hast nichts davon gesagt!«

»Nein. Es machte mir Angst und, nun, es war mir peinlich. Ich hab vor der Bank in den Schnee gekotzt.«

Anna und Christina lachten auf.

»Das ist normal, Mädchen. Ich muss danach auch noch manchmal speiben.« Anna tätschelte Helenas Arm. »Was hast du gesehen? Darf ich dich das fragen? Wie ist es für dich? Ich hab immer das Gefühl, durch einen Nebel zu gehen.«

Christina rutschte gespannt näher und spitzte die Ohren.

»Oh, es ist schrecklich. Nein, das ist nicht der richtige Ausdruck. Gewaltig. Ich kann nichts dagegen tun. Es nimmt mich total weg. Es fühlt sich an, als ob man mit dem Kopf unter Wasser gerät und kurz vorm Ertrinken ist. Du ringst nach Luft, schluckst Wasser und denkst, du erstickst gleich. Und plötzlich erkennst du, dass du atmen kannst. Anders atmen, mit Kiemen, wie ein Fisch. Es ist eine andere Ebene, eine andere Welt. Was du darin erlebst, fühlt sich unglaublich echt an. Die Bilder reißen dich mit und du bist mittendrin. Wie in einem Sog, dem man nicht entkommen kann. Wenn du aus der Vision auftauchst, geschieht dasselbe, nur umgekehrt.« Helena rief sich die lebhafte Erfahrung mit dem Medaillon zurück. »Anneli, ich sah deine Mutter und deinen Vater! Und dich, wie du Roman aus deiner Kammer vertrieben hast. Und die Männer vor dem Hof. Ich konnte deine Kraft spüren.«

»Hast du die Ahne gesehen?«

Die Mutter saß vornübergebeugt auf der Kante des Stuhls, jeder Zoll des Körpers angespannt.

»Ja. Ich hab Juliana gesehen. Marie und deine Großmutter Juli. Und Barbaras Mutter Hannah. Sie haben dir geholfen. Die Macht ist schrecklich. Und wundervoll.« Ich hab sie schon einmal gesehen. Sie haben mich zurückgeschickt. Doch das sagte sie nicht.

Christina hielt es nicht mehr auf dem Platz. Sie sprang auf; die schwarzen Locken tanzten und ihre Augen sprühten vor Aufregung. »Ihr könnt dagegen sagen, was ihr wollt, doch wir müssen es ausprobieren. Nanni, du und Anneli, nur ihr könnt herausfinden, was mit Roman geschehen ist!«

»Nein!« Aus einem Mund schrien Tochter und Mutter auf.

»Doch! Ich will es wissen. Und seid mal ehrlich zu euch selbst, ihr wollt es doch auch.« Sie sah Anna direkt an. »Was hält dich ab? Wenn es eine Möglichkeit gibt, deine Vergangenheit loszuwerden, warum ergreifst du sie dann nicht?« Sie hielt inne, schüttelte den Kopf. »Ich frag mich schon die ganze Zeit über, warum du es dir so schwer machst. Du hättest doch leicht deine Gabe einsetzen können, um zu erfahren, was mit ihm geschehen ist.«

»So einfach, wie du dir das vorstellst, ist es nicht«, antwortete Anna stockend. »Ich will versuchen, es dir zu erklären. Ich kann wohl in die Vergangenheit sehen, aber dazu braucht es ein Mittel zum Zweck; ein Medium, wenn du so willst. Ich kam an nichts mehr, was ihm gehörte, um es herauszufinden. Und dann: Die Gabe ist heilig. Man hat mir früh beigebracht, die Grenzen zu achten, die sie uns auferlegt. Das ist nichts, womit man spielt, Tini. Ich hab schwer darum kämpfen müssen, mir eine Distanz zu erarbeiten. Meine Neugier hat mich oft an den Rand des Wahnsinns getrieben und einmal sogar fast das Leben gekostet. Damals, nach dem Flugzeugabsturz, hab ich der Dede in die Hand versprochen, dass es nicht wieder passiert. Und dann hab ich die Gabe doch missbraucht und glaub mir, das hat mich mehr gekostet, als du ahnst.«

»Pah. Das ist Blödsinn! Ich versteh dich wirklich nicht.«

Den weißhaarigen Kopf gesenkt, starrte Anna auf ihre Hände, die nervös über den Stoff des Rockes strichen. »Ich tat, was ich tun musste, Tini. Ist es nicht gleichgültig, ob es mein Gift war oder der Berg? Oder sonst jemand? Wozu diese alten Dinge aufrühren.«

Christina stützte die Arme auf den Zirbenholztisch. Eindringlich sah sie Anna an und ihre Stimme wurde leise. Zwang sie. »Vielleicht darum, weil du dann keine Angst mehr haben musst? Weil du Gewissheit bekommen würdest? Was ist dir das wert?« Sie richtete sich auf und wies auf das Blatt, das auf dem Tisch lag. »Und glaubt mir, an dieser Sache ist etwas oberfaul!«

Motorengeräusch erklang von draußen. Gelbes Scheinwerferlicht streifte durch die niedrigen Fenster und ließ Annas Haar aufglänzen. Das Brummen erstarb und gleich darauf kam Niklas herein.

»Grüß euch!«

Er streichelte Anna die Wange, bevor er sich neben Helena auf die Bank setzte. Schaute in die Runde, musterte die schweigenden Gesichter. »Was ist denn, ihr seid so still.«

Niemand wusste so recht, wie darauf antworten.

»Ich hatte auf eine Brotzeit gehofft.«

Die Erleichterung der Frauen war fast mit den Händen zu greifen.

Kapitel Acht

»Kommst du klar?«, fragte Christina beim Abschied.

Helena umarmte sie. »Aber natürlich. Wir sehen uns morgen früh.« Sie ließ die Schwester los. Auf ihrem Gesicht lag ein unsicherer Ausdruck. »Ist es denn für dich in Ordnung?«

»Schon okay, Nanni. Mir ist recht, wenn du über Nacht bei ihr bleibst. Sie war vorhin ganz schön durcheinander und daran bin ich nicht unschuldig.«

»Mach dir keine Gedanken, Anna geht es gut. Hör mal, der Ordner 1956-1957 steht in der zweiten Reihe von oben. Schau im September, unter den Rechnungen vom Gasthof. Du müsstest es gleich finden, ich habe ihn in der Eile nicht sehr ordentlich hinterlassen. Bring das für mich in Ordnung, ja? Und bitte Johannes, dass er uns eine Kopie macht. Den Zimmerschlüssel hast du?«

Christina nickte. »Ruf sofort an, wenn du mich brauchst, ja? Und, Nanni, bitte sei vorsichtig. Ich hab kein gutes Gefühl dabei, dass ihr beiden hier oben allein seid. Wir können das auch verschieben.«

»Das fällt dir jetzt ein? Schließlich hast du es eingefädelt. Du hast genau das gewollt.« Helena empfing das schlechte Gewissen ihres Zwillings und lenkte ein. »Wir sind nicht allein, Tini. Niklas kommt nachher wieder herauf, sobald er nach Barbara gesehen hat. Und es ist wichtig, dass du die Daten überprüfst.« Sie gab ihr einen Stups. »Jetzt geh schon zu deinem Johannes. Und grüß ihn von mir.«

Niklas winkte durch die Scheibe und fuhr los. Helena sah dem Wagen nach. Verfolgte, wie er in den Hohlweg einbog und die Rücklichter von der Dunkelheit verschluckt wurden. Langsam ging sie über das verschneite Plateau zur Steilkante. Ein Windstoß fuhr aus der Schlucht herauf, griff kalt unter ihr verschwitztes Shirt. Mit einem Ruck zog sie den Reißverschluss des Daunenmantels bis zum Kinn hoch. Verflucht eisig war es hier oben. Der Lichtschein glitt durch eine Biegung des Waldes weiter unten und verschwand.

Schritte knirschten hinter ihr im Schnee. Anna stieß sie mit dem Ellbogen an. »Hier, halt mal.«

Helena nahm die beiden Becher entgegen. Würziger Duft nach Zimt, Nelken und rotem Wein stieg ihr in die Nase. Anna schüttelte die grobe Decke aus, faltete sie in der Mitte und breitete den Stoff über dem Schnee aus. Mit einem kleinen Stöhnen ließ sie sich nieder. Helena setzte sich daneben, die heißen Becher balancierend. Sie streckte Anna einen hin und schob vorsichtig die Beine über die Kante. Mit einem schwimmenden Gefühl in Kopf und Bauch blickte sie hinunter. Nachtschwarze Tiefe lag unter ihr, voll dunkler Schatten. Helena schwindelte es, mit der freien Hand tastete sie hinter sich nach festem Boden.

Anna lachte leise und nippte an ihrem Würzwein. »Das ist ein seltsames Gefühl, nicht wahr? Hier zu sitzen, so zwischen Himmel und Erde.« Sie zeigte zu der sichelförmigen Scharte hinüber, deren Kante im Mondlicht glänzte. »Früher saßen wir immer dort drüben. Da war einmal ein flacher Stein, neben einer hohen Kiefer. Ein Orkan hat sie entwurzelt und den Stein mit sich gerissen.«

»Ich erinnere mich, du hast es in deinem Tagebuch aufgeschrieben.«

In Annas Stimme klang Bedauern. »Ich vergesse immer, dass du so viel mehr über mich weißt als ich über dich.« Sie grub den Becher neben sich in den Schnee.

Helena rutschte nach hinten und suchte sich einen festeren Sitz, ließ die Beine baumeln. Ihr Fuß stieß leicht an den der Mutter. Und vielleicht war es das, dieser kleine Kontakt, der ihr ein Stück Sicherheit zurückgab. Das Unwohlsein verflog wie Rauch, der aus einem Kamin steigt und im Wind zerfasert. Den Kopf in den Nacken gelegt, sah sie in den Nachthimmel und staunte. Noch niemals im Leben hatte sie so viele Sterne gesehen, Myriaden blinkender Lichter. Deutlich konnte sie die Milchstraße ausmachen, eine breite Bahn aus Sternenstaub, die sich durch das Firmament zog. In einer vollkommen gerundeten Scheibe stand der Mond am Bergrand. Er ließ den Schnee leuchten und warf einen fast taghellen Schein über die Baumwipfel. Helena war wie unter einem Bann. Regungslos saßen sie nebeneinander und schauten in die silberne Nacht hinaus.

»Sieh doch!« Anna zog an Helenas Schulter. Sie ließ sich neben ihr in den pulvrigen Schnee fallen. Mit der ausgestreckten Hand zeigte Anna in den Osten. Eine Sternschnuppe streifte dort durch den Nachthimmel. Der lange Schweif zog einen weiten Lichtbogen hinter sich her, bevor sie aufglühte und steil nach unten fiel, in einem letzten hell explodierenden Funkenregen erlosch.

Anna drehte das Gesicht zur Seite und berührte zaghaft die Wange der Tochter. »Es ist Zeit, mein Kind.«

Kind. Das Wort hallte in Helena nach. Nur mit Widerstreben löste sie sich von dem zauberhaften Anblick. Sie zog die Beine an und stand auf. Half der Mutter hoch, nahm die Decke, schüttelte sie aus und klemmte sie unter den Arm. In einvernehmlichem Schweigen gingen die Frauen über den verschneiten Vorplatz zum Haus zurück.

Es war Christinas Idee gewesen und erstaunlicherweise hatte Anna zugestimmt. Während der Mahlzeit blieb die Schwester wortkarg und beteiligte sich kaum am Gespräch, brütete mit gerunzelter Stirn über ihrem Teller und schob mit der abgenagten Brotkante die Speckstückchen von einer Seite zur anderen.

Als Helena und Anna den Abwasch erledigten und Niklas mit einem Korb Feuerholz vom Schuppen hereinkam, platzte sie plötzlich heraus: »Ihr solltet es wirklich ausprobieren.«

»Was meinst du?« Helena hob die Brauen.

»Na, ob ihr zusammen hinübergehen könnt! Das muss doch möglich sein. Ihr beiden habt dieselbe Fähigkeit und Anneli könnte dich führen. Ich würde zu gerne wissen, ob es funktioniert.«

Helena hängte das Handtuch an die Trockenstange über dem Herd. »Du spinnst doch! Das kommt überhaupt nicht in Frage!«

»Warum nicht? Stell dich nicht an, Nanni. Ihr könntet es doch mit etwas Einfachem versuchen. Was weiß ich, mit Gabeln, Löffeln oder diesem Kerzenhalter hier.« Sie wedelte mit der Hand zu dem kleinen Messingständer, der auf der Fensterbank stand.

Hell lachte Anna heraus. »Das dürfte sich schwierig gestalten. Stell dir nur vor, wie wir dasitzen und versuchen, das Ding gleichzeitig in den Mund zu bekommen.« Sie zog sich einen Stuhl her. »Aber Tini, ich hatte vorhin genau denselben Gedanken.« Mit glänzenden Augen wandte sie sich ihrer anderen Tochter zu. »Ich würde so gern mit dir hinübergehen, Nanni. Sehen, ob du wirklich bist wie ich. Wir könnten es mit den Ohrringen probieren. Sie sind gleich. Das gleiche Material, dieselbe Herkunft. So könnte es vielleicht gehen. Zu zweit wären wir so viel stärker!«

»Ich halte das für keine gute Idee, Anneli. Mir wär's lieber, Barbi könnte dabei sein«, mischte Niklas sich ein.

Anna stieß verächtlich die Luft durch die Nase. »Ach woher. Ich bin hundertmal ohne die Dede hinübergegangen. Wir brauchen sie nicht. Heute ist Vollmond, Bub. Bei Vollmond ist es sicher.« Sie rieb sich den Mund und sah Christina an. »Ich mache mir eher Gedanken, wie es für dich sein wird, uns dabei zuzusehen. Auf keinen Fall will ich, dass du dich ausgeschlossen fühlst, Tini. Zu zweit zu gehen ist für mich auch neu, doch es wird funktionieren, da bin ich gewiss. Nanni hat schon Erfahrung, du nicht. Dich ebenfalls mitzunehmen, halte ich für ein Risiko. Ich weiß gar nicht, ob es überhaupt möglich ist und wenn, wie wir dich dort halten können.«

Christina strich Anna über den Arm. »Mach dir darüber keine Gedanken, das passt schon. Euer komisches Gabending hat mich übersprungen und wer weiß, wofür das gut ist. Vielleicht braucht ihr ja jemanden, der normal ist.« Sie lachte, bevor sie weitersprach. »Natürlich wäre ich liebend gern dabei. Doch erstens habe ich eh eine Verabredung mit dem Johannes und zweitens noch etwas zu erledigen.« Sie lehnte sich zurück. »Ich mach euch einen Vorschlag. Niklas fährt mich ins Tal und kommt danach wieder herauf. Er kann dabeibleiben und aufpassen, dass keine von euch beiden hyperventiliert. So nennt man das doch, oder? Ich glaube, man braucht dann eine Plastiktüte, um hinein zu atmen, die wird ja aufzutreiben sein?« Sie grinste breit, als Helena sich genervt an die Stirn tippte. »Das war ein Witz, Nanni! Morgen früh soll Johannes mich gleich heraufbringen. Ihr versprecht, dass ihr mir alles haarklein erzählt, ja? Und vielleicht weiß ich dann auch schon mehr. Ich muss mir dringend noch einmal die alten Unterlagen vom Clemens vornehmen.«

»Und das Kreuz zurückbringen!«, erinnerte Helena in scharfem Ton. »Ich tu es nur, wenn du das heute Abend noch erledigst. Wenn Leni bemerkt, dass es fehlt, sind wir in echten Schwierigkeiten. Morgen Nacht will ich in aller Ruhe in meinem Bett schlafen!«

Christina sprang auf. »Soll das heißen, du machst es?« Der Triumph stand ihr ins Gesicht geschrieben und sie klatschte die Faust in ihre Handfläche. »Fantastisch! Das ist der Hammer!«

Helena rollte die Augen und ließ sich rücklings auf die Bank fallen. »Du bist schlimmer als alle zehn Plagen Ägyptens zusammen.«

Niklas und Anna lachten.

Er erklärte sich letztlich ebenfalls einverstanden. Die Neugier überwog seine Bedenken, und er vertraute Anna.

Und während Helena darüber nachgrübelte, wie es soweit hatte kommen können und wo sie nicht rechtzeitig insistiert hatte, saßen sie nun hier und warteten auf ihn.

Niklas warf seine Arzttasche auf die Bank unter dem Fenster.

»Du bist anscheinend auf das Schlimmste vorbereitet?«

»Ich hoffe, ich brauch sie nicht, Nanni. Barbi hat mich darum gebeten.«

Missvergnügt schnalzte Anna mit der Zunge. »Es war nicht zu erwarten, dass sie das einfach hinnimmt, ohne sich einzumischen. Ein Wunder, dass sie nicht mit heraufgekommen ist.«

»Es ging ihr heut nicht besonders, Anneli. Die Kälte steckt ihr in den Knochen und sie ist früh zu Bett gegangen.« Er nahm sich einen Stuhl her und betrachtete die Utensilien auf dem Tisch. Der Honigtopf stand bereit, ein Krug Wasser und zwei Becher. Eine kleine braune Phiole. Eine Schale, gefüllt mit getrockneten Lavendelblüten, Streichhölzer und die Ohrringe. Er zeigte auf das Fläschchen. »Was ist da drin?«

Helena konnte sich ein Kichern nicht verbeißen. »Riechsalz.«

»Wie bitte? Wofür soll das gut sein? So etwas gibt es doch nur in englischen Romanen.«

»Und bei Anneli. Sie hat es aus Hirschhornsalz und Eukalyptus selbst hergestellt. Frag nicht, Niklas, es weckt Tote auf. Und so scheußlich wie es stinkt, glaube ich ihr aufs Wort. Das Pissoir in einer Fußballkneipe ist ein Scheiß dagegen.«

»Verschon mich, Nanni, ich kann's mir lebhaft vorstellen!« Er verzog das Gesicht und streckte die Beine unter dem Tisch aus.

Anna trat vor die Tür. In lockendem Ton rief sie den Kater. »Bubi? Bubiii! Komm, Lieber.«

Der schwarze Kater strich um ihre Waden, als sie die Tür hinter sich zuzog. Sie setzte sich neben Helena auf die Bank und klopfte auf den Rock. Der Kater legte den Kopf schräg, die weiße Schwanzspitze zuckte. Mit einem Satz sprang er auf Annas Schoß. Bubi streckte den Rücken lang und gähnte. Geziert stieg er über Anna hinweg und rollte sich schnurrend auf Helenas Oberschenkeln zusammen.

Anna lächelte erstaunt. »Na, da schau her.« Mit leichter Hand strich sie den seidigen Rücken entlang und zupfte den Kater am zuckenden Ohr. »Du kleiner Verräter, du.«

Sie riss ein Streichholz an und warf es in das Schälchen. Süßlich scharfer Duft stieg aus den glimmenden Blüten auf. Niklas hustete und Anna warf ihm einen ärgerlichen Blick zu. »Wenn du hierbleiben willst, dann schau, dass du nicht störst!«

Er unterdrückte ein neuerliches Hüsteln und wedelte den Rauch mit der Hand weg.

Anna nahm die Ohrringe vom Tisch und gab einen der Tochter. Sie hielt ihr die geöffnete Hand hin, in der das Silberauge schwach glänzte. Helena zögerte, doch dann griff sie zu und ihre Finger schlangen sich ineinander, wie zum Gebet. Gemeinsam hielten sie den Stein fest.

»Bist du soweit, Nanni? Denk dran, lass nicht los. Und bau deinen Schutz auf!«

Helena nickte. Ihre Nerven vibrierten vor Aufregung.

Anna hatte ihr im Schnelldurchgang das Wichtigste beizubringen versucht. Sie nahm sich als Bild die Sternschnuppe. Anna war damit nicht glücklich, doch es blieb zu wenig Zeit, ein anderes zu finden. Helena beharrte darauf. Die verglühende Sternschnuppe war so eindrücklich gewesen; sie wollte kein anderes Bild haben. Mit dem Medaillon gingen sie hinüber, nur für wenige Minuten. Ein blasser Silberschein lag um Helena, Annas schillernde Regenbogenblase tastete den Abglanz ab und nahm ihn in sich auf. Sie harmonierten miteinander, ihre Schutzschilde hatten dieselbe Schwingung. Da hatte die Mutter nachgegeben.

Nun schloss Helena die Augen und visualisierte im Geist den Stern. Den langen Schweif, und wie er eine leuchtende Bahn über den nachtdunklen Himmel gezogen hatte. Das Silberauge schmiegte sich warm in ihre Handfläche. Sie spürte Annas Finger, die hart, fast schmerzhaft zudrückten. Sie hatten ausgemacht, dass sie den Schmuck nur mit der

Zungenspitze berühren wollten. Sich erst einmal langsam herantasten und sehen, was passieren würde.

Es war nicht genug. Helena schob den Ohrring ganz in den Mund. Hungrig nahmen die Papillen ihrer Zunge den Geschmack des Silbers auf. Einen Herzschlag lang staunte sie, es schmeckte metallisch und eigenartig säuerlich. Dahinter lauerte ein süß lockendes Feuer. Gierig tastete Helena danach und ahnte es; die darunter liegende Glut wartete, war nur zu bereit, sie zu tragen. Dann kam das Ertrinken – wie eine Woge aus dem Nichts.

Voller Spannung beobachtete Niklas Hallner die Frauen. Er wusste lediglich aus Annas Erzählungen von den Geistreisen. Miterlebt hatte er sie nie, keine Einzige; sie war immer für sich gegangen. Anna war eine Eigenbrötlerin; sie teilte ihre Erfahrungen mit der Gabe nicht. Die konzentrierte Anspannung in ihren Gesichtern allerdings war ihm vertraut, Barbara sah ebenso aus, wenn sie ihre Fähigkeit einsetzte.

Ellbogen von Mutter und Tochter standen steil auf dem Tisch aufgestellt, die Hände mit dem Stein ineinander verschränkt. Die Frauen agierten wie ein Lebewesen, als ein Mensch, und das faszinierte ihn. Gleichzeitig nahmen sie den Schmuck in den Mund. Verdrehten die Augen und ihre Köpfe fielen im selben Moment zurück. Als das Bewusstsein der Realität versagte, gaben die Arme der beiden jäh nach. Helenas Finger öffneten sich und der Stein fiel auf den Dielenboden. Mit einem leisen Poltern kollerte er unter die Bank.

Der Kater buckelte und zeigte spitze Zähne. Sein Schwanz stand steil in der Luft; mit gesträubtem Nackenfell krallte er sich in Helenas Oberschenkel.

Niklas überlegte nicht. Instinktiv wusste er, dass es so nicht gehen durfte. Er schoss vom Stuhl hoch und warf sich der Länge nach auf den Boden. Das Silberauge lag in einer Ecke unter der Bank. Hastig robbte er darunter und angelte mit ausgestrecktem Arm nach dem ovalen Stein. Er fühlte sich heiß an und einen Augenblick erstaunte ihn das. Niklas kroch wieder unter dem Tisch hervor und legte das Silberauge in Annas Hand zurück. Obwohl sie völlig weggetreten war, krallten ihre Finger sich fest darum. Er griff nach Helenas Arm, der schlaff herunterhing und legte die steifen Finger um Annas Hand. Bog sie um den Stein. Er wusste nicht, ob es richtig war, er tat es einfach.

Der Kater rollte sich auf Helenas Schoß zusammen, maunzte und legte den Kopf auf die Pfoten.

Vor Erleichterung sog Niklas den Atem ein. Mit dem Oberkörper lag er quer über dem Tisch, beide Hände über die nun wieder gekreuzten Finger der Frauen gekrampft. Er schwor sich, dass er nicht loslassen würde.

Anna ging so leicht hinüber wie stets. Fast automatisch griff sie nach ihrem Schutz und zog ihn um sich. Die Blase hüllte sie blauschillernd ein, schützte sie vor den Seelen, die um ihren Geist glitten. Sie fühlte sich leicht und jung – wie immer, wenn sie hier war. Die Last der Jahre fiel ab. Versonnen wanderte sie durch den Haindlhof, neben den Menschen, die einst hier gelebt hatten und erkannte jedes einzelne Gesicht wieder. Sie setzte sich auf die Bank vor den Kamin und zog die Beine hoch. Sah zu, wie sich das Gesinde um den Tisch versammelte.

Ein Unbehagen zog an ihr und sie blickte sich um. Etwas stimmte nicht. Ein leiser Druck in ihrer Handfläche, ein Drängen, das nicht nachlassen wollte. Während sie dem Gefühl nachlauschte und die Finger rieb, saß mit einem Mal Helena da. Sie war in einen zarten Schimmer gehüllt, der sie vom Kopf bis zu den Zehenspitzen umgab. Das Unbehagen verflog und Anna umschloss die Hand der Tochter. Sie würde ihr Kind nicht mehr loslassen.

»Da bist du ja«, wisperte sie und zog Helena an sich. Die schlanke Frau am oberen Ende des Tischs sah auf, als ob sie das Flüstern vernommen hätte.

»Kann sie uns sehen?«

»Nein«, gab Anna leise zurück. »Doch sie spürt uns. Das ist Juliana, unsere Ahnfrau. Sie hütet die Gabe.«

Sie verstummten, als der Bauer den Kopf senkte und das Tischgebet sprach.

Anna wartete geduldig, bis die Tochter sich sattgesehen hatte. Nur zu gut erinnerte sie sich daran, wie es sich anfühlte, das erste Mal hier zu sein. Irgendwann zog sie Helena hoch. »Komm.«

Hand in Hand wanderten sie durch den Hof, durch die Jahrzehnte. Sahen Generationen kommen und gehen. Kinder das Licht der Welt erblicken, aufwachsen und auch sterben. Anna führte Helena durch die Vergangenheit und zeigte der Tochter alles, was auch sie gesehen hatte.

Für Helena war das Hinübergehen ein Schock. Einen Moment lang war sie an Annas Seite. Dann kam das Ertrinken. Als sie aus dem Sog auftauchte und sich mühsam orientierte, entglitt ihr die Hand der Mutter. Bevor sie nach Anna greifen konnte, entschwand die in einem regenbogenfarbig schimmernden Schemen, der schwächer und schwächer wurde.

Helena blieb zurück. Und nie im Leben hatte sie sich verlorener gefühlt. Wo war sie?

Sie sah an sich herab. Nahm mit Staunen wahr, dass eine silbrige Membran ihren Körper umgab, die sich pulsierend bewegte, so, als ob sie ein eigenes Leben besäße. Helena streckte die Arme aus und spreizte die Finger, zog sie durch die Luft. Die Aura folgte der Bewegung und tropfte in langen Strömen herab. Sie drehte sich und sah fasziniert, dass sie eine Schleife zog, wie der aufschäumende Rock eines Ballkleides, und sich dann wieder um sie wand. Entzücken überwältigte sie, Helena hob sich auf die Zehenspitzen und warf die Arme über den Kopf, wirbelte lachend um die eigene Achse. Die Silberfäden lösten sich, strudelten wild und kamen wieder zurück, umschmeichelten sie wie kostbare Seide. Selbstvergessen drehte sie sich in trunkenem Tanz. Sie war eine Sternschnuppe, erfüllt von Licht. Es war bedeutungslos, dass sie am Ende vergehen musste. Ihr Herz schlug hart und wollte schier bersten; so mitreißend, so herrlich war das Gefühl.

Etwas hielt sie fest und stoppte den wilden Reigen. Helena blieb stehen. Die silbernen Schleifen zogen sich eng zusammen, bogen sich um sie und schufen einen flimmernden Schutzwall.

Ein ovaler Stein lag auf ihrer Handfläche. Verwirrt starrte sie ihn an. Er verströmte Hitze und ohne ihr Zutun schlossen sich ihre Finger darum. Und dann saß sie plötzlich neben Anna auf einer Ofenbank. Einen Moment trauerte sie dem eindrucksvollen Erlebnis nach und war doch unendlich erleichtert. Fest umklammerte Anna ihre Hand. Mit köstlicher Sicherheit wusste Helena, dass sie nicht wieder loslassen würde.

Es war wie in einem Traum. Sie roch das Essen, das auf dem Tisch stand, sah die Menschen sich bewegen und hörte sie miteinander sprechen und doch war es, als nähme sie alles nur durch einen milchigen Schleier wahr. Der Essensgeruch war irgendwie fad und reizte ihre Geschmacksnerven nicht. Die Menschen schienen durchscheinend blass und die Stimmen klangen weit entfernt.

»Komm.« Die leise Stimme der Mutter berührte sie.

Sie ließen die niedrige Stube hinter sich, in der die Menschen aus einer Schüssel aßen. Leute mit harten Gesichtern und altmodischen Kleidern.

Hand in Hand wanderten sie durch Raum und Zeit. Helena schaute verstohlen in Betten, in denen geliebt und geschlagen wurde, kniete vor Wiegen und stand vor Totenbahren. Sie hörte das lebensbejahende Schreien der Neugeborenen und schrak vor den weißen Gesichtchen zurück, die man hastig in Leintücher einschlug und hinaustrug. Sah den Schmuck in den Ohren der Bäuerinnen, das silberne Halsband auf milchweißer oder sonnengebräunter Haut, die goldene Spange in eisgrauen und dunklen Haaren ihrer Trägerinnen. Die Hand der Mutter führte sie und ließ nicht los; auch wenn sie verharren wollte, um den Gesprächen zu lauschen, die in Kammern und Stall geführt wurden. Es drängte Helena, länger zu verweilen, ihnen bei ihrem Tun zuzusehen. Doch Anna wurde immer schneller und zog sie mit. Die Bilder verschwammen in einem wirbelnden schwarzweißen Kaleidoskop.

Ein Schmerz durchzuckte Helena. Jagte durch ihr Gehirn und riss sie heraus. Jäh wurde sie in die Realität zurückkatapultiert.

Verwirrt riss sie die Augen auf. Der verletzte Finger brannte wie die Hölle und als sie ihn hob, sah sie, dass das Pflaster blutig war.

Niklas lag quer über dem Tisch und umklammerte mit einer Hand ihre und Annas ineinander verkrampften Fäuste. Erleichtert ließ er los, als er sah, dass Helena sich bewegte. Mit der anderen schnappte er das Riechfläschchen, schlug den Deckel weg und hielt es vor Annas Gesicht. Sie nieste und ein schleimig gelber Rotzfaden troff aus ihrer Nase.

Helena quiekte. Es sah zu komisch aus. Zugleich mit dem Lachen stieg die Übelkeit auf.

Der Kater sprang mit einem langen Satz vom Tisch auf den Boden und floh die Stiege hinauf.

Helena presste die Arme vor den Bauch und krümmte sich. Ihre Hände flogen an den Mund, um den Krampf im Kiefer zu bezwingen. Umsonst. Alles, was sie im Magen hatte und noch mehr quoll auf. Unaufhaltsam.

Würgend übergab sie sich in ihren Schoß.

Sie weinte vor Übelkeit und Scham.

Die Kante eines Bechers schlug an Helenas Zähne und sie schluckte gierig, trank wie eine Verdurstende. Und gleich darauf schmeckte sie goldene Süße, die sich mit einem Summen in ihrem Mund breitmachte.

»Nanni!« Die Stimme der Mutter. Nur mit Mühe öffnete Helena die Augen. Gott, sie fühlte sich so schwach. Sie ließ zu, dass jemand sie an den Schultern packte und auf die Bank legte. In ihrem Kopf pochte es, als würde man ihn mit einem Schmiedehammer bearbeiten.

»Ihr seid doch allesamt komplett verrückt!« Wie durch einen dicken Nebel hörte sie Niklas' Stimme. Dann wurde sie ohnmächtig.

»Geht's wieder?« Er half ihr, sich aufzusetzen. »Du zitterst«, sagte er, »Anneli, sie braucht eine Decke.«

Anna drückte Helena einen dampfenden Teebecher in die Hand und reichte ihr ein Handtuch. »Hier, trink. Und dann wischen wir das schnell auf.«

Kläglich sah sie an sich herunter. Ihre Jeans war eine einzige Sauerei, völlig durchnässt; Erbrochenes klebte daran. Sie stank erbärmlich. Peinlich berührt rieb Helena an der Hose herum.

»Da ist wohl nicht mehr viel zu retten«, konstatierte Anna und nahm Helena das Tuch aus der Hand. »Komm mit ins Badezimmer, ich geb dir frische Sachen von mir.«

Niklas half ihr hoch und schickte sich an, sie zu begleiten.

Helena schüttelte den Kopf. Die Situation war grotesk und ohnehin schon blamabel genug. »Lass mich. Bitte.«

Sie schloss die Tür des kleinen Badezimmers hinter sich und ließ sich auf den Deckel der Toilette fallen. Als Anna hereinlugte, saß sie noch immer dort, mit aufgestützten Ellbogen, das brennende Gesicht in den Händen vergraben.

»Hier, ich denke, die sollten dir einigermaßen passen. Brauchst du Hilfe?«

Helena hob den Kopf. »Nein danke. Es geht schon wieder.«

»Wenn du dich frisch machen möchtest, dort drüben im Kasten findest du alles.« Anna zog sich diskret zurück und schloss leise die Tür hinter sich.

Mit spitzen Fingern streifte Helena die klammen Jeans von den Beinen und stieg aus der Hose. An ihrem Kapuzenpullover klebte ebenfalls Erbrochenes und angewidert wand sie sich heraus. Nachdem sie sich ausgiebig die Zähne geputzt hatte, spülte sie den Mund so lange, bis der bittere Geschmack endlich verschwunden war. Dann drehte sie den Wasserhahn voll auf und schob den Kopf darunter. Das eisige Wasser biss in ihre Kopfhaut und Helena ächzte, doch sie ließ den Kopf unter dem Strahl, bis er vor Kälte fast taub war. Danach fühlte sie sich ein wenig besser. Tropfen rannen ihr kalt den Hals herunter, als sie blind nach dem groben Handtuch tastete und sich trocken rubbelte. Ein kleiner Spiegel über dem Waschbecken warf ihr käsebleiches Gesicht zurück. Helena zog eine Grimasse und fuhr sich mit den Fingern durch die feuchten Haare. Sie sah fürchterlich aus.

Mit gerunzelter Stirn hob sie die Kleidungsstücke auf. Ein einfaches Baumwollshirt mit langen Ärmeln und rundem Ausschnitt, ein schlichter Rock aus festem Leinen und ein dazu passendes Jäckchen aus weicher Wolle.

Annas Kleider passten ihr wie angegossen, sie hatten ungefähr die gleiche Statur. Helena knöpfte den Rockbund zu und strich die eingenähten Falten glatt. Es war ungewohnt, einen langen Rock zu tragen, der grobe Winterstoff kratzte an ihren nackten Beinen. Obwohl sie zugeben musste, dass er wunderbar wärmte, und das war im Moment das Wichtigste. Am besten gefiel ihr das gestrickte graue Jäckchen mit dem feinen Zopfmuster. Die Wolle schmiegte sich eng um Helenas Oberkörper, als sie die kleinen Messingknöpfe schloss. Mit dem Fuß schob sie die verschmutzten Kleider zu einem Häufchen zusammen, ließ die Stiefel daneben stehen und verließ auf Strümpfen das Badezimmer.

Niklas zog sie neben sich. »Geht's wieder?«

Sie nickte. »Alles okay, ich fühl mich nur ein wenig komisch in den Kleidern.«

»Du siehst hübsch aus, Nanni. Und grad wie eine von uns.« Anna strahlte, es war ihr nichts anzusehen. Sie wirkte, als sei sie eben von einem erholsamen Schlaf aufgestanden.

»Anneli hat vollkommen recht. Eure Ähnlichkeit ist wirklich verblüffend.«

Helena ignorierte die Kommentare. »Hast du vielleicht ein frisches Pflaster, Niklas? Der verfluchte Kater hat mich gebissen, genau in meinen verletzten Finger.«

Er zog seine Tasche zu sich her. »Lass mal sehen.« Behutsam zog er das Pflaster ab und besah sich die Wunde. »Anneli, gibst du mal den Enzian heraus?«

Anna stellte die Flasche und drei Stamperl vor ihn hin.

Er sah belustigt auf. »Ich dachte zwar nicht ans Trinken, aber wenn du meinst.« Weiterhin hielt er Helenas Hand, schenkte mit der anderen die Gläschen voll und schob ihr eines hin. »Hier, das bringt dich wieder auf die Beine.«

Sie nippte an dem scharfen Alkohol und verschluckte sich fast, als er im selben Moment einen guten Schuss Enzianschnaps über die Wunde kippte.

»Autsch! Halleluja, das brennt!« Mit einem Zischen zog sie die Luft ein.

Niklas säuberte die Fingerspitze mit einem Stück Zellstoff. »Natürlich brennt es, das soll es ja auch.« Er drehte Helenas Finger ins Licht und begutachtete ihn. »Es sieht nicht nach einem Biss aus. Das Kerlchen hat dich wohl nur ein wenig fest gezwickt und die kleine Stelle hier ist aufgegangen. Es hat schon aufgehört zu bluten. Was hast du denn da gemacht? Der halbe Nagel ist ja abgerissen.«

»Nicht der Rede wert«, Helena winkte ab. »Barbara tat Kuhsalbe drauf und die hat prima geholfen.«

Niklas nahm ein Tiegelchen aus der Tasche und schraubte es auf. Ein verschmitztes Lächeln kräuselte seine Mundwinkel. »Du hast bereits Bekanntschaft mit Annelis Kuhsalbe geschlossen. Na dann, mehr hätte ich jetzt auch nicht gemacht. Bist du gegen Tetanus geimpft?«

Helena zog die Hand endgültig weg. »Ja, zum Kuckuck! Barbara hat mich das auch schon gefragt.«

Anna brachte ein Vesperbrett mit Brot, Käse und Speck an den Tisch und setzte sich.

»Sei froh, dass Bubi bei dir war, Nanni. Katzen besitzen einen siebten Sinn und er ist ein ebenso aufmerksamer Wächter wie sein Vorgänger. Er hat wohl gespürt, dass es Zeit für dich war, zurückzukommen.« Sie nahm sich ein Stück Brot. »Vielleicht gibt die Dede dir ihren Stein, sie braucht ihn ohnehin nicht mehr. Du solltest schnell lernen, damit umzugehen. Das Silberauge funktioniert wie ein Kanal; er ist eine Art Reißleine in die Gegenwart. Ich kann dir beibringen, wie man ihn benutzt. Hätte Niklas nicht instinktiv richtig gehandelt, der Herrgott weiß, wo du jetzt wärst … ich darf gar nicht daran denken.« Ihre schmalen Finger zerbröckelten die Brotscheibe. »Wir dürfen das so nicht mehr tun. Ich habe nicht einmal bemerkt, dass du nicht mehr neben mir warst. Die Dede würde mir den Kopf abreißen, wenn sie wüsste, dass ich dich derart unvorbereitet mitgenommen habe.«

Helena griff über den Tisch nach Annas Arm. »Unsinn! Es war ebenso meine Entscheidung. Und alles ist gutgegangen; wir sind beide wieder hier. Ich danke dir, Anneli, dass du mich mitgenommen hast. Es war unbeschreiblich. Ich hatte fast vergessen, wie es sich anfühlt.« Helena überlegte kurz, ob sie mehr preisgeben sollte. Doch weshalb nicht? Wenn jemand sie verstand, dann die Mutter. Die gemeinsame Erfahrung hatte eine neue Nähe zwischen ihnen geschaffen. Was bisher als unerwünscht, ja, als Makel gegolten hatte, erschien nun in einem anderen Licht. Zögernd fuhr sie fort: »Als ich klein war, ging ich fast selbstverständlich in die Visionen, doch meinen Eltern hat das Angst gemacht. Ich lernte schnell, mich zurückzuhalten. Später, in der Pubertät, wurde es noch einmal richtig schlimm. Ich bin ständig weggetreten und konnte es kaum steuern. Mit zwölf Jahren versuchte ich, mir die Pulsadern aufzuschneiden, weil ich nicht mehr damit klarkam. Ich hab mich ziemlich dumm angestellt und Tini hat mich zum Glück rechtzeitig gefunden. Daraufhin landete ich zum ersten Mal in der Psychiatrie und dort hat man alles darangesetzt, mir meine Fähigkeit regelrecht abzutrainieren. Irgendwie habe ich sie tatsächlich verdrängt und nur noch benutzt, um Essen auszutesten.« Helena schüttelte den Kopf, voller Unglauben über die eigene Naivität. »Erst als ich vor einigen Wochen das Päckchen bekam und deine Aufschriebe las, dämmerte mir, dass ich nicht die Einzige bin, die so empfindet. Und seither kamen auch die Visionen wieder häufiger. Aber so etwas wie heute hab ich niemals erlebt. Es war fantastisch! Ich glaube es selbst noch nicht.« Helena nahm sich ein Stück Käse vom Teller und biss hinein. Der würzig scharfe Geschmack breitete sich in ihrem Mund aus. Legte sich cremig auf die Zunge und für einen Moment verlor sie sich. Ließ zu, dass Bilder aufstiegen. Endlich ungehindert aufsteigen durften.

Wiesen, von Blumen und Grasrispen übersät, die in einer Brise wogten wie Meereswellen. Das samtbraune Fell der Kühe, auf denen warm das Sonnenlicht lag. Süße Milch, die unter kräftigen Handstrichen schäumend in den Blecheimer schoss. Ein Felsenkeller, kühl und dunkel, in dem es nach vergorener Milch und Salzlauge roch. Eine kleine rothaarige Frau, die leise vor sich hin summte und Lab einrührte, runde Käseformen vollgoss und sie mit feuchten Tüchern abdeckte.

Bevor Helena den Druck an der Schulter spürte, war sie wieder zurück. Sie lächelte Niklas an. »Schon gut, lass mich. Ich konnte das viel zu lange nicht zulassen.«

»Erzähl weiter«, forderte die Mutter sie mit einer ungeduldigen Handbewegung auf.

»Rösle brachte mich darauf, dass ich womöglich Synästhetin bin. Hast du schon einmal davon gehört?«

Anna nickte. »Ich las einiges darüber, doch ich gebe deiner Freundin nicht recht. Synästhesie entsteht im Gehirn, dort vernetzen sich unterschiedliche Areale miteinander. Räumliches, Farben und Zahlen, auch Musik. Ich weiß von niemandem, der übers Schmecken so über die Grenze geht wie wir das tun. Vielleicht gibt es irgendwo in unseren Gehirnen dieselbe Gleichschaltung, einen ähnlichen Ansatz, ich weiß es wirklich nicht. Doch was uns tatsächlich mit den Synästheten verbindet, das ist, dass wir Gerüche oder Geräusche viel stärker empfinden als andere Menschen; sie sind manchmal direkt schmerzhaft. Aber Mädchen, glaub mir, unsere Fähigkeit funktioniert völlig anders, denn wir tragen das Erbe unserer Mütter. Doch ich lass mich gern belehren. Wie äußert sich deine Fähigkeit noch? Verbindest du Zahlen mit Farben? Kannst du Räume in Prismen sehen?«

Helena wehrte ab. »Nein, nein, ich kann das nur übers Schmecken und ehrlich gesagt, das reicht mir auch vollkommen. Musik empfinde ich visuell, doch nur als schwachen

Eindruck. Leider bin ich überhaupt nicht musikalisch. Ich krieg keinen graden Ton heraus.« Sie wies auf Niklas, der interessiert zuhörte. »Da musst du ihn fragen, Anneli. Niki kann Töne sehen. Er unterscheidet sie nach Farben und kombiniert sie. Hast du ihn jemals spielen gehört?«

Anna wiegte den weißen Kopf. »Selbstverständlich. Ich dachte mir schon so etwas in der Art. Als er klein war, sang meine Mutter ihm oft vor und er malte dazu. Seine Bilder waren wirr, bunt und voller Emotion. Sie drückten aus, was er empfand. Der Bub hatte von jeher eine besondere Vorliebe für Musik und wich dem Küster nicht vom Kittel. Darum hat ihn sein Vater auch zum Unterricht geschickt. Und man musste ihn wirklich nie zum Üben anhalten. Nicht wahr, Niki?« Sie schlug die Hände zusammen und lachte auf. »Ich find das ja schon irgendwie kurios. Jetzt kommt von der zweiten Seite eine Begabung ins Haus. Nanni, du musst nämlich wissen, die Dede hat in den alten Wirtschaftsbüchern herausgefunden, dass ein Vorfahr von Niklas ein Hallner aus Forstau war. Im vorletzten Jahrhundert, als die Pest ausbrach, verließ er das Dorf. Nikis Ur-Urli gehörte zu der Linie des alten Hallners, meinem Großvater. Darum wird Niki auch einmal den Haindlhof erben, wenn Barbi nicht mehr ist.« Liebevoll schaute sie ihn an. »Eigentlich hab ich ihm den Julianenhof ebenfalls überschrieben; ich wusste ja nicht, dass ich zwei Töchter habe. Das Leben geht manchmal wirklich seltsame Wege. Wir werden das regeln müssen.«

Er gab ihr Lächeln zurück und seine Augen schimmerten warm auf, als er Annas Hand streichelte.

Helena sah es und freute sich daran. Die beiden waren innig verbunden, das spürte sie.

»Aber Anneli, wir sind nicht gekommen, um etwas von dir zu fordern! Der Julianenhof gehört euch«, schob sie rasch ein. »Lass uns bitte nicht darüber reden, wer dich einmal beerbt. Wir wollen nichts von dir, so schön es auch hier oben ist.«

»Ja, was glaubst du, weshalb ich auf der Alm geblieben bin? Die Menschen im Tal sind mir zu anstrengend. Ich ertrage das nur für ein paar Stunden und flüchte schnell wieder auf den Julianenhof. Da hab ich meine Ruhe.« Anna schob die Brotkrümel in eine gerade Linie und zog mit der Fingerspitze kleine Unterbrechungen hinein. Dann sah sie auf. »Nanni, weißt du, ich bin nie von hier weg, hier fühlte ich mich sicher. Doch ich glaube, ich hätte es anders gar nicht ertragen.«

Helena musterte sie. »Es war auch so nicht einfach, oder? Sag mir eins, wolltest du dich wirklich umbringen?« Die Frage stürzte einfach aus ihr heraus und im selben Moment hätte sie sich auf die Zunge beißen mögen. Es stand ihr nicht zu, etwas Derartiges zu fragen.

Anna schloss die Augen und ein dünnes Lächeln kroch um ihren Mund. »Ach ja, das.« Sie schob die Brotkrümel zu einem Häufchen zusammen und wischte es in ihre Hand. Dann stand sie auf, öffnete das Ofentürchen und warf die Brösel ins Feuer. Knisternd vergingen sie. Sie drehte sich um und lehnte sich an den eisernen Handlauf. »Ich hatte es vor. Doch dann, mag es Zufall oder Vorsehung gewesen sein, rutschte mir das Fläschchen aus der Hand, als ich den Korken herauszog und ging auf den Steinen in Scherben. Das Gift des Wunderbaums hat sich wohl über die Jahre potenziert und der Dunst genügte, um mich zu betäuben. Niki fand mich rechtzeitig. Ich danke ihm und dem Herrgott dafür, denn sonst hätte ich euch nicht wiederbekommen. Du musst dich nicht um mich sorgen, Nanni. Das ist vorbei.«

Sie stieß sich vom Herd ab. »Lass gut sein, Mädchen. Für heute haben wir genug in der Vergangenheit gestochert. Ich richte dir das Bett im Alkoven her, ja? Und du fährst ins Dorf, Bub«, sagte sie bestimmt. »Ihr könnt gern noch sitzen bleiben und schwatzen. Aber achtet darauf, dass die Herdklappe zu ist, wenn ihr Schluss macht. Schlaft wohl.« Mit einem Winken drehte sie sich um und tappte die ausgetretene Stiege hinauf.

»Na, damit wäre ja alles geklärt«, spöttelte Niklas und erhob sich. »Magst du noch ein Glas Wein mit mir trinken oder bist du zu müde?«

»Ich glaube, ich kann überhaupt nicht schlafen. In meinem Kopf geht alles durcheinander.«

»Dann werde ich mal in Annas Speisekammer nachschauen, ob noch etwas von dem Rotgipfler[5] da ist, den ich ihr gebracht habe. Wir trinken einen Schluck und du erzählst mir, was du gesehen hast.« Helenas Zusammenzucken blieb ihm nicht verborgen. »Natürlich nur, wenn du das möchtest«, setzte er hinterher und verschwand in der Speisekammer.

»Ist noch genug da«, sagte er, wischte die staubige Flasche mit dem Hemdsärmel sauber und stellte zwei Weingläser auf den Tisch.

Innerlich wand sie sich. »Sei mir nicht böse, Niki, doch ich muss das alles erst einmal verdauen. Können wir nicht einfach hier sitzen und über etwas anderes sprechen?« Du würdest mir ohnehin nicht glauben, dachte sie bei sich. Kein einziges Wort, denn das ist alles viel zu abgefahren.

Der Anflug eines Bedauerns huschte über sein Gesicht, ehe er nickte und den Wein entkorkte. »In Ordnung, Nanni. Anneli ist ebenso verschlossen wie du, wenn es um die Gabe geht. Vermutlich hat man euch das schon früh eingetrichtert und ich achte das. Doch du sollst wissen, dass ich nicht zu denen gehöre, die dich darum für verrückt halten. Ich bin mit ihr groß geworden und sah Barbara oft genug dabei zu, wie sie die Gabe einsetzte, um zu heilen oder eine Medizin herzustellen. Glaub mir, es gibt vermutlich nicht viel, was mich noch überraschen würde.«

Leise gluckernd schoss der helle Wein in die Gläser. Er hob seines und drehte es ins Licht. »Im Wein liegt Wahrheit, sagt man. Trink Nanni, und dann wollen wir sehen, ob es stimmt.« In Niklas' bernsteinfarbenen Augen tanzten goldene

---

[5] Weißweinsorte aus Niederösterreich

Fünkchen, als er sie anlächelte. »Und wenn nicht, so sind wir doch Freunde, nicht wahr?«

Er stieß sein Glas an das ihre und Helena senkte die Lider. Es erschien schon fast unheimlich, wie er ihre Gedanken las.

Geschirrgeklapper und der Duft nach frischem Kaffee weckte Helena. Verschlafen rieb sie sich die Augen und drehte sich auf den Rücken. Mattes Tageslicht drang durch die rotkarierten Vorhänge und streute orangerote Muster auf die abgetretenen Dielen der winzigen Kammer. Sie streckte sich aus und knautschte das dicke Federkissen unterm Kopf zurecht. Noch ein wenig dösig dachte sie an den gestrigen Abend zurück.

Niklas war erst spät gefahren und sie ins Bett gefallen wie ein Stein. Seit Wochen hatte sie nicht so gut geschlafen, tief und traumlos. Der Rotgipfler hatte sicherlich dazu beigetragen.

Es pochte, die Tür ging einen Spalt auf und Anna streckte den Kopf hindurch. »Nanni?«, wisperte sie.

Helena setzte sich auf. »Komm rein, ich bin wach.«

Anna war noch im Nachthemd und trug in jeder Hand einen dampfenden Kaffeebecher. Auf bloßen Füßen tappte sie zum Alkoven. Das weiße Haar hing ihr bis zur Hüfte und sträubte sich am Hinterkopf zu einem Nest aus Spinnenseide. Helena schlug die Decke zurück und schob den Rücken an die Holzwand.

»Kaffee ans Bett? Daran könnte ich mich echt gewöhnen.«

Anna reichte ihr einen Becher und setzte sich auf die Bettkante. Einladend klopfte Helena auf das blütenweiße Laken.

Sie zögerte kurz, dann rutschte sie neben die Tochter und lehnte sich ebenfalls an. Ihre nackten Füße hingen über den Rand und Anna zog die Beine an, stellte sie auf und streifte das lange Nachthemd darüber. Schweigend genossen sie den ersten Schluck.

»Tausendmal hab ich mir in Gedanken ausgemalt, wie es gewesen wäre, meine Kinder hier auf dem Julianenhof groß-zuziehen«, brach Anna die Stille. Ein Zittern schwang in ihrer Stimme. »Mutter Gottes, mehr als tausendmal. Und jetzt sitz ich hier neben dir.« Sie blies über den Kaffee und Helena spürte ihren warmen Körper an der Seite. Es war ein seltsam schönes Gefühl und sie genoss die Nähe.

»Nur seid ihr jetzt erwachsen und ich konnte euch nichts, aber auch gar nichts mitgeben.«

»Es war nicht deine Schuld und auch nicht unsere. Nie-mand trägt Schuld daran«, erwiderte Helena leise. Sie lehnte vorsichtig den Oberschenkel an Annas. Verspürte ein unstill-bares Bedürfnis, die Mutter zu berühren. Zu spüren, dass das hier real war. Sie trank einen Schluck und schmeckte dem rah-migen Geschmack der Milch nach. »Bist du böse auf Barbara? Weil sie uns weggegeben hat? Und wegen der Bücher?«

Anna fuhr sich in die Haare und begann, mit den Fingern die Strähnen zu entwirren. »Böse? Nein.« Sie schüttelte den Kopf. »Wie könnte ich Dede böse sein, wo sie doch euer Leben gerettet hat. Enttäuscht bin ich. All die Jahre hat sie mich glauben lassen, dass ihr tot seid. Wir haben so viel Zeit vergeudet. Die Dede und ich … wir machten es uns gegen-seitig nicht leicht. Zu irgendeinem Zeitpunkt verloren wir uns; wir haben einfach nie gelernt, offen zu reden. Doch es waren schwierige Zeiten und an ihrer Stelle – wer weiß schon, was ich getan hätte.«

Sie leerte den Becher. »Genug gejammert. Sag, wie lange könnt ihr bleiben? Ihr müsst doch sicher bald wieder zur Arbeit.«

Helena überlegte. »Heute ist der dritte Januar, nicht wahr? Ich bin irgendwie völlig aus der Zeit. Am Sechsten wollten wir zurückfahren.«

Anna zupfte das dünne Hemd über ihren Knien glatt. »Werdet ihr wiederkommen?«

»Selbstverständlich. Was glaubst du denn!«, antwortete Helena schnell. »So bald wie möglich. Und dann bringe ich

Rösle mit. Du musst sie unbedingt kennenlernen, sie wird dir gefallen.«

»Davon bin ich überzeugt. Und vielleicht kann ich eines Tages auch eure Eltern treffen. Ich habe ihnen zu danken, sie haben euch beide zu wunderbaren Menschen erzogen.«

»Mal sehen«, murmelte Helena und verzog den Mund. An die Eltern oder gar ein gemeinsames Treffen mochte sie momentan nicht denken.

Anna rutschte vom Bett und streckte der Tochter die Hand hin. Ihre grauen Augen glänzten voller Tatendrang. »Na komm, wir haben zu tun. Zwei Tage sind nichts und wir sollten sie nutzen.«

Nach einem schnellen Frühstück inspizierten sie gemeinsam die Speisekammer. Nichts interessierte Helena brennender, als mehr über den Inhalt der Gläser und Flaschen zu erfahren, die sorgsam geordnet auf den Borden standen. Da waren runde Tiegel, gefüllt mit goldgelben Salben; dunkle Mazerate, in denen allerlei Kräuter darauf warteten, abgeseiht zu werden. Ölauszüge, in sämtlichen Brauntönen schimmernd, und verschiedenste Alkoholansätze in allen Stadien der Verarbeitung. Alle Gefäße trugen Bändchen in verschiedenen Farben, an denen von Hand beschriftete Etiketten hingen.

Für eine Stunde vergaßen die Frauen alles um sich herum. Tauschten ihr Wissen aus und staunten darüber, wie ähnlich sie dachten, wo sie doch in so unterschiedlichen Welten lebten. Sie kosteten diese bestechende und darum so einmalige Übereinstimmung voll aus und Anna nahm bereitwillig das und jenes Behältnis herunter.

Neugierig zeigte Helena auf ein hohes Glas, um das ein rotes Band gewickelt war. »Was ist da drin? Es ist nicht beschriftet.«

»Die Tinktur ist nicht fertig, ich muss sie noch abseihen. Sie zieht erst vier Tage. Rote Bandeln sind für Aschetinkturen, für die Öle nehm ich braune her, für Alkoholauszüge blaue. Und die gelben hier für meine Salben. So ist alles auf den ersten

Blick zu unterscheiden.« Anna löste die beiden Edelstahlklammern, die den Deckel hielten, nahm den Gummi ab und reichte Helena das Glas. »Das ist eine Aschetinktur aus Julianas Kräuterbüchlein. Sie hilft gegen's Reißen. Rheuma halt, du weißt schon.«

Helena lachte auf. »Ich kenn den Ausdruck. Rösle verwendet ihn auch. Stellst du die Asche für den Ansatz selbst her?«

»Freilich. Die Forstarbeiter bringen mir Holz von Birken oder Haseln; auch Salbeiholz eignet sich wunderbar. Ich verbrenne es in einem gusseisernen Topf, den ich nur dafür hernehme. Du weißt ja, es dürfen keine fremden Rückstände oder alten Fette drin sein.«

Helena schnupperte an der Tinktur. Der Geruch war umwerfend intensiv, trug den Duft nach blühenden Almwiesen und Sonne in sich. Instinktiv streckte sie die Hand aus. Anna nahm ein Holzstäbchen aus einem Glas und reichte es ihr. Helena stippte es in die Flüssigkeit und ließ einen Tropfen auf ihren Zeigefinger fallen. Kostete vorsichtig mit der Zungenspitze und schloss die Augen. Geduldig wartete Anna ab. Sie musste nicht fragen, was Helena sah. Sie konnte es ihrem verzückten Gesicht ablesen. Und es gab keinen Zweifel – Nanni war wie sie.

Helena nahm sich aus den Eindrücken heraus und gab ihr das Glas zurück. »Ich erkenne Giersch und Arnika, Salbei und Löwenzahn. In welchem Verhältnis hast du angesetzt?«

Mit vor Stolz geröteten Wangen nickte Anna. »Gut erkannt, Nanni. Hundert Milliliter Asche und den gleichen Teil frische Kräuter, mit dreihundertfünfzig Milliliter Quellwasser. Ich zerkleinere die Kräuter im Mörser zu Brei und gebe dann Asche und Wasser hinzu. Jeden Tag schüttle ich es durch. Man muss darauf achten, dass alles von Flüssigkeit bedeckt ist und nichts am Rand hängen bleibt, sonst gärt es. Morgen oder übermorgen filtere ich ab. Und dann kriegt das Goldkind hier auch eine Bezeichnung.« Sie stellte das Glas in die Speisekammer zurück und brachte ein Tiegelchen mit.

»Schau, das ist mein neuestes Experiment. Pechsalbe. Niki hat mir Shea-Butter besorgt; vorher hab ich Lanolin dazu hergenommen, doch dieses Shea gibt eine viel geschmeidigere Konsistenz. Das wäre übrigens etwas für deinen verletzten Finger, Nanni. Eine prima Zugsalbe, die auch Entzündungen hemmt.« Sie reichte ihr den Tiegel.

»Besser als deine Kuhsalbe?«, Helena schmunzelte.

Anna schüttelte den Kopf. »Über meine Kuhsalbe lass ich nichts kommen, aber manche Leute wollen lieber eine schöne goldgelbe und gut duftende Salbe als die stinkende braune Schmiere.«

Interessiert studierte Helena das längliche Zettelchen, das daran hing. In Annas gestochen scharfer Handschrift mit winzig klein geschwungenen Buchstaben waren die Bestandteile aufgeführt. *Ingredienzen: Zapfenöl, Harzöl, Rotöl, Sheabutter, reines Bienenwachs, Cajeput. Antonia Polzer – eigene Herstellung.*

Ein seltsames Gefühl ging sie an. Hier zu sitzen mit Anna und diesen Namen zu lesen, der ihr lang vertraut war – das bekam sie noch immer nicht zusammen.

Sie gab Anna das Tiegelchen zurück.

»Behalt es, Nanni. Nimm es mit. Mit nach Hause.«

Nach Hause. Helena spürte Tränen aufsteigen und zugleich eine Sehnsucht nach Rösle und Jule. »Danke Anneli. Danke für das alles hier. Ich …«, sie räusperte sich, »dass du es mit mir teilst.«

Annas Hand legte sich über ihre und für einen Moment sahen sie sich in stillem Einverständnis an. »Du bist meine Tochter, Nanni, mein eigenes Blut. Unter anderen Umständen hätte ich dir so viel mehr mitgeben können; euch beiden. Nun ist es halt so und hadern hilft nicht. Keiner von uns.« Sie stand auf und schloss die Tür zur Speisekammer. »Komm mit.«

Helena nahm das Wolltuch, das Anna ihr reichte und schlang es um die Schultern. Folgte ihr hinaus und tat einen nächsten Blick in Annas Welt.

Sie gingen hinüber zum Felsenkeller. Auf dem gescheuerten Holztisch lagen die umgestülpten, sauber ausgewaschenen Käseformen und warten auf den Frühling. Auf einem der in den Stein eingelassenen Holzregale ruhten ein paar Käselaibe, eingewickelt in schützendes Fettpapier.

Anna schnitt aus einem eine Ecke heraus und säbelte die Rinde ab, wickelte den Käse in ein frisches Papier und drückte ihn Helena in die Hand.

Anschließend holten sie im Schuppen Holz und Helena staunte, wie geschickt die schmächtige Frau mit der Axt hantierte und mit welcher Kraft sie die Kloben in Scheite schlug.

Sie ließen den Holzkorb vor dem Schuppen stehen und Helena folgte Anna in den leeren Stall, in die Milchkammer, und hörte zu, was sie über die Almwirtschaft erklärte. Hinter der Mutter tappte sie durch die mit groben Steinplatten ausgelegte Stallgasse. Die Sohlen ihrer Holzpantinen klapperten ungehörig laut in der Stille. Anna stieß die hintere Tür auf. Der Misthaufen war von einer dicken Schneedecke überzogen und auf der schmalen Planke lag ein fingerdicker Saum.

Eine Krähe saß reglos am oberen Ende der Holzdiele, die glitzernden runden Augen auf die beiden Frauen gerichtet. Anna zog die Käserinde aus der Schürzentasche und warf sie ihr zu. Helena zuckte zusammen, als der Vogel krächzte, plötzlich aufflatterte und das Stück aus der Luft fing; der Luftstrom seiner dunklen Schwingen streifte sie.

»Die sitzt im Winter immer hier und wartet, bis ich ihr etwas bringe.« Sie lächelte spöttisch. »Jetzt kennst du meine Freunde, Krähen und Katzen. Grad passend für eine Kräuterhexe, nicht wahr?«

Weiter oben, den verschneiten Abhang hinauf, erkannte Helena eine kleine Felsformation, dahinter den Waldsaum. Bevor sie fragen konnte, zog Anna die Stalltür zu. Es wurde dämmrig und der frische Luftzug verging, nun war der Geruch nach Kuhmist, Ammoniak und Heu stechender. Die Mutter wendete sich zum Gehen. Mattes Licht fiel auf ihr weißes Haar und Helena sah nach oben. Die Bodenluke stand offen. Eine Forke lehnte neben dem Koben, die scharfen Zinken mistverklebt; eine wintermüde grünschillernde Schmeißfliege taumelte durch die Kälte des Stalls und wich ihnen träge summend aus.

Ein Frösteln kroch Helena den Rücken hinauf; die Vergangenheit fiel sie an wie ein Eishauch und ließ ihr das Blut in den Adern gefrieren. Fünfzig Jahre war es her, dass Roman auf dem Heuboden mit Mathis gekämpft und ihn heruntergestoßen hatte. Die Arme um den Oberkörper geschlungen, fragte sie sich, wie Anna es ertrug, Tag für Tag hier hereinzukommen. Der Tagebuchaufschrieb schien sich auf einmal mit der Wirklichkeit zu überlagern, befeuert von den Eindrücken und Gerüchen, und wie in einem schrecklichen Film spulte sich das Geschehen vor ihrem inneren Auge ab. Sie sah den jungen Mathis in seinem Blut in der Mistrinne liegen. Sah Marie vor sich und hörte Annas gellende Schreie, die sich mit dem Toben des Orkans vermischten, der an den Wänden des Stalls rüttelte.

Nicht fähig, die Bilder zu verdrängen, floh sie nach draußen ins Licht.

Als Johannes' Wagen auf den Hof fuhr, standen die beiden Frauen nebeneinander in der weit geöffneten Stalltür. Helena schnappte nach Luft, kreidebleich, sah an sich herunter und rang mit dem Gefühl der Unwirklichkeit. Hier stand sie in einem langen Rock, einer handgestrickten Jacke und Holzpantinen an den Füßen und musste sich krampfhaft in Erinnerung rufen, dass sie sich im Jahr 2005 befand.

Nichts hatte sich an diesem Ort verändert. Trotz seiner urigen Schönheit atmete er die Gewalt, die er gesehen hatte. Der Julianenhof schien gefangen in einer nicht endenden Zeitschleife.

Anna strich ihr über den Rücken und ging Johannes entgegen, der zwei Kisten auslud und sie in die Hütte trug.

Christina stieg aus und wechselte einige Worte mit der Mutter, winkte Johannes zu und kam mit langen Schritten über den Vorplatz zum Stall gelaufen. Sie trug Jeans und einen schmalgeschnittenen schwarzen Wollmantel, hatte die Locken mit einem bunten Tuchstreifen zurückgebunden.

Die Schwestern umarmten sich und Helena legte das Gesicht in Tinis Halsbeuge, nahm den Duft ihres Parfüms wahr. Zitrone und Bergamotte, ein Hauch Vanille und darunter etwas irritierend Aufregendes. Zibetöl, wie sie wusste. Der hübsche Flakon mit dem leuchtend blauen Verschluss stand auf dem Bord über dem Waschbecken und eine Miniatur trug Tini stets in der Handtasche bei sich.

Helena hatte erst am Vortag darüber gewitzelt, dass der sinnliche Guerlainduft seine Wirkung auf Johannes sicher nicht verfehlte. Unbestritten passte er zu ihrer Schwester in ihrer dunklen, wilden Schönheit wie eigens für sie geschaffen. Sie drückte sich an Tini und ein Schluchzen hing in ihrer Kehle.

»Hej hej, was ist denn los?« Christina schob sie von sich und hielt sie an den Schultern, musterte Helena von Kopf bis Fuß.

»Schon gut. Ich glaube, ich hatte eben so etwas wie einen Flashback. Tini, ich bin so froh, dass du da bist!«

»Kein Wunder«, bemerkte Christina trocken. »Ich hatte grad ebenfalls einen, als ich dich in den Klamotten dastehen sah. Was führt ihr auf? Eine neue Folge des Bergdoktors? Was hab ich verpasst?«

Ein Kichern stieg in Helena hoch. Das Entsetzen fiel von ihr ab wie eine Klammer, die jemand plötzlich gelöst hatte, und sie konnte wieder freier atmen.

Ohne eine Antwort abzuwarten, fasste Christina sie an der Hand und zog sie hinter sich her. »Komm ins Haus. Es ist viel zu kalt, um hier draußen rumzustehen. Ich hab dir sowieso frische Kleider mitgebracht. Hab ich jetzt auch die Gabe?« Sie grinste vergnügt. »Seid ihr schon fertig mit frühstücken? Ich könnte nämlich eine Kleinigkeit vertragen.«

Unfähig, das eben Erlebte abzuschütteln, ließ Helena sich mitschleppen. Sie hätte viel darum gegeben, die Dinge so locker wie Tini angehen zu können.

Kapitel Neun

Während Anna und Christina ein zweites Frühstück zubereiteten, verschwand Helena nach oben, um sich umzuziehen. Erleichtert schlüpfte sie in ihre eigenen Sachen, faltete Annas Kleider ordentlich zusammen und legte sie auf die schmale Kommode. Die Luft schmeckte schal, abgestanden, und auf einmal fand sie die Enge der Kammer bedrückend. Sie schüttelte Kissen und Oberbett auf und öffnete das winzige Fenster. Köstlicher Duft nach gebratenem Speck und geröstetem Brot drang herauf und ihr Magen grummelte vernehmlich. In Annas Holzpantinen klapperte sie die Stiege hinunter. Mit jähem Heißhunger stürzte sie sich auf die Mahlzeit.

Christina schüttelte den Kopf und sah zu, wie die Schwester Eier und Speck in sich hineinschaufelte. »Bist du sicher, dass das gutgeht? Wär doch schade um das gute -Essen.«

Mit dem Handrücken wischte Helena sich über den Mund und schaute auf.

»Na ja«, grinste Christina, »du kotzt nachher eh wieder alles aus. War doch immer so und gestern Abend anscheinend nicht anders. Anneli hat's mir schon erzählt.«

»Ich weiß jetzt nicht genau, was du damit sagen willst?« Und ob sie es wusste.

Tini ließ nicht locker, sie würde den Grind auf der schwärenden Wunde abkratzen und noch tiefer bohren. Nein, schlimmer. Sie war wie einer dieser Pitbulls; wenn sie sich in etwas verbissen hatte, ließ sie nicht mehr los.

Plötzlich war Helena übersatt. Die Reste des Eigelbs, die sie gerade mit dem Brot auftunkte, waren ihr mit einem Mal zuwider. Abgestoßen schob sie den Teller mit den gelben Schlieren darauf von sich.

Mutter und Schwester schauten sich an und beide hoben in völliger Übereinstimmung, fast belustigt, die elegant geschwungenen Brauen.

»Nanni, wir sind nicht zum Spaß hier. Anneli meint, wir sollten ein wenig, na ja, üben. Und ich brenne darauf, womöglich kann ich ja mitgehen. Ihr könntet es mir doch beibringen. Das Wetter ist ohnehin so blöd, da können wir auch ein wenig herumprobieren.«

Heißer Zorn kroch in Helena hoch. »So, Anneli meint das? Spinnst du jetzt? Was willst du denn, bitteschön, *üben*? Wie es ist, sich zu verlieren? Glaubst du etwa, das ist spaßig? Ein Zeitvertreib, weil du …«, sie wedelte hektisch mit der Hand, »… weil dir grad nichts Besseres einfällt?«

»Menschenskind, jetzt krieg dich ein! So hab ich das nicht gemeint«, beschwichtigte Christina. »Du nimmst das schon wieder alles viel zu ernst, Nanni.«

»Ich wünschte, *du* würdest es ernster nehmen. Du hast keine blasse Ahnung!« Helena warf die Gabel auf den Tisch.

»O verflucht, Nanni, fangen wir damit jetzt wieder von vorne an? Sei doch nicht so furchtbar empfindlich! Wir waren uns einig, nicht wahr? Wir wollten herausfinden, was mit Roman geschehen ist.«

»Falsch, nicht wir – du wolltest das! Ich habe mich gestern überrumpeln lassen und es war alles andere als ein Spaziergang. Glaub ja nicht, dass ich die nächsten zwei Tage andauernd dein«, Helena ruderte mit beiden Händen durch die Luft und suchte nach Worten, »dein … dein Medium oder so was in der Art spiele. Vergiss es!«

»Herrje«, explodierte Christina und schob krachend den Stuhl zurück. »Wie bist du denn heute drauf? Ich wäre besser mit Johannes zum Skilaufen gegangen!«

»Dann frage ich mich, weshalb du überhaupt hier bist!«, fauchte Helena und sprang auf. Drängte sich an Anna vorbei, die den Disput stumm verfolgte und stieß ihren Teller in die

Spülschüssel. Das Wasser war kochend heiß und sie biss sich auf die Zunge, um einen Wehlaut zu unterdrücken. Nichts verstand Tini, rein gar nichts. Wie es sich anfühlte, anders zu sein. Wie schwer es war, die Gabe zu tragen. Die elenden Visionen zu erleben, die sie bis in Mark erschütterten. Erneut zuzulassen, dass die Bilder sie gefangen nahmen und ihr altes Leben zum Einsturz brachten. Sie hatte so hart darum gekämpft, *normal* zu sein.

»Du kapierst es nicht, wie?« Christina packte sie an der Schulter, die dunklen Augen sprühten vor Zorn. »Wir haben nicht nur eine Mutter, sondern auch einen Vater. Selbst wenn er ein Vergewaltiger und womöglich sogar ein Mörder war und die ganze Sippe ihn munter vergiften wollte, will ich wissen, was mit ihm passiert ist! Vorher geh ich hier nicht weg.«

Hörbar schnappte Anna nach Luft.

Christina beachtete sie nicht. »Verflucht nochmal, ich habe mir die halbe Nacht um die Ohren geschlagen und in diesen scheißblöden Ordnern gewühlt. Und jetzt, wo wir so nah dran sind, kneifst du. Das ist ja wieder typisch für dich! Immer den Weg des geringsten Widerstands, nur nicht über den Tellerrand schauen, nur nichts wagen. Es könnte dich ja etwas anspringen, das nicht in deine perfekte heile Welt passt!«

Zitternd vor Wut klatschte Helena den Baumwolllappen in die Spülschüssel und fuhr herum. »Weißt du was, Tini? Du kannst mich mal! Ich bin nicht dein Versuchskaninchen! Such dir eine andere Idiotin für deine Spielchen. Ab jetzt bin ich raus!«

»Bist du nicht. Es gibt kein einfaches *Raus*. Wir ziehen das durch!«

Sie standen sich gegenüber wie zwei Kampfhähne, vornübergebeugt, die Schultern angespannt. An Helenas Kehle pochte es und ihre Augen hatten sich zu bedrohlichem Schiefergrau verdunkelt. Christina stand ebenfalls purer Zorn im Gesicht. Die dunklen Brauen eng zusammengezogen, furchte sich über der Nasenwurzel eine zornige Falte, ihr olivfarbener Teint brannte vor Röte.

»Wollt ihr wohl aufhören? Sofort!« Annas Stimme trennte sie, messerscharf. »Ich dulde keinen Streit mehr auf meinem Hof, auch wenn ihr meine Töchter seid!«

Die Schwestern fuhren auseinander.

»Ihr setzt euch jetzt beide an diesen Tisch. Und wenn ihr euch beruhigt habt, dann hört ihr mich an.«

Betreten streifte Helena die feuchten Hände an der Hose ab. Christina warf den Kopf zurück und schluckte. Mit den Zähnen knirschend ließ sie sich auf einen Stuhl fallen.

»Du verstehst das nicht, Anneli!«

»O doch, ich verstehe sehr gut«, erwiderte Anna mit schneidender Stimme, »halte mich bitte nicht für einfältig, nur weil ich auf einer Alm lebe. Doch in diesem Haus«, drohend sah sie die Töchter an, »auf diesem Hof wird, solange ich hier lebe, anständig miteinander umgegangen. Ihr werdet euren Ton mäßigen, verstanden? Alles andere hatte ich schon und brauch es nicht wieder.« Sie schob den Stuhl zurück und nahm ihre Jacke vom Haken. »Wir sollten einen Spaziergang machen. Ein wenig frische Luft wird euch beiden Hitzköpfen nicht schaden.«

Sauer aufeinander und mit eingezogenen Köpfen stapften die Zwillinge hinter der Mutter den Berg hinauf. Setzten die Füße in die schmale Spur, die Annas Stiefel in den Schnee gruben. An einem kleinen Felsen hielt sie an; Christina und Helena schwitzten, doch Anna wirkte kühl und gelassen.

Sie stampfte den Schnee vor dem Stein zusammen und setzte sich. Den Rücken an den Felsbrocken gelehnt, wies sie neben sich. Außer Atem ließen sich die beiden nieder.

Am Morgen hatte es erneut zugezogen. Ein grauer Winterhimmel hing tief über dem Tal, verbarg die Schroffheit der Berggipfel und ließ lediglich den Blick über den steilen Abhang frei. Der Julianenhof lag unmittelbar unter ihnen, schwarz zusammengeduckt, die schneebedeckten Dächer lang heruntergezogen. Die Alm lag umgeben von einem Weiß, das alles Leben verbarg. Die Tristesse des fahlen Wintervormittags drückte aufs Gemüt, fand Helena und wünschte sich unter den Sternenhimmel der gestrigen Nacht zurück.

»Hier saß ich oft mit Mathis. Wir haben uns manchmal heimlich heraufgestohlen. Er konnte so wundervolle Geschichten erzählen.« Anna sagte es leichthin, doch in ihrer Stimme klangen die Erinnerungen nach. »Bei gutem Wetter sieht man weit über die Berge.«

Christina reckte den Hals »Wo ist die Kiefer? Du weißt schon, wo er die Sachen vergraben hat.«.

»Nur ein paar Schritte weiter hinauf.« Anna zeigte nach oben und die Frauen folgten der ausgestreckten Hand bis zu dem Baum, der gekrümmt über den Abhang hing und die immergrünen Zweige ausbreitete. »Dort hat der Wojtek Mathis' Messer vergraben. Es liegt noch da, zusammen mit seinem Hemd. Meine Mutter hatte Efeuranken draufgestickt.«

»Hast du nie daran gedacht, es zu melden? Heutzutage kann man DNA-Analysen durchführen. Bestimmt ist sein Blut darauf.«

In bitterem Ton lachte Anna auf. »Und was meinst du, was das bringen soll? Der Mathis wird dadurch nicht mehr lebendig und Roman, nun ja. Er selbst oder irgendetwas hat ihn der Gerechtigkeit entzogen. Ich hoffe bei Gott und allen Heiligen, dass er in der tiefsten Hölle schmort.«

Christina setzte sich mit einem Ächzer zurecht. Die Kälte des Schnees drang so langsam ans Hinterteil und nässte ihren Hosenboden. »Er war am Tag nach dem Felssturz noch beim Wirt.«

»Wer sagt das?«

»Nanni hat eine Rechnung gefunden. Der Oberndörfer führte über alle Gäste genauestens Buch. Darum bin ich gestern auch nicht dageblieben. Ich wollte das nachsehen. Johannes und ich haben uns vergangene Nacht die Wirtschaftsbücher vorgenommen. Und da war noch mehr. So langsam ergibt alles ein Bild.«

Jetzt war auch Helenas Interesse geweckt. Sie beugte sich vor und sah die Schwester über Anna hinweg an. »Was hast du herausgefunden?«

»Ach was? Sieh an, das Medium spricht …« Christina kreuzte die Arme vor der Brust und lehnte den Kopf an den Felsen.

»Lass endlich den Blödsinn, Tini«, fuhr Helena auf.

Mit einem Laut der Verzweiflung griff Anna nach den Händen der Töchter und hielt sie auf dem Schoß fest. »Ihr beiden erinnert mich an zwei Ziegenböcke, die wir vor Jahren auf der Alm hatten. Kaspar musste sie streng voneinander getrennt halten. Sie wollten einfach keine Ruhe geben. Wenn ich mich recht erinnere, hat er ihnen getrennte Futterraufen zugewiesen und sie davor angebunden, während die anderen auf die Weide durften.«

Christinas Mundwinkel kräuselten sich zu einem schmalen Grinsen und Helena konnte sich ein Kichern ebenfalls nicht verkneifen. Der Vergleich war ihnen nicht neu – Erika Hartenau hatte ihn des Öfteren bemüht, wenn sich die Mädchen in die Haare geraten waren – und genau dasselbe getan. Sie hatte jede auf ihr Zimmer geschickt und dort mussten sie die Mahlzeiten allein einnehmen. Tini war mit hoch erhobenem Kopf, einem letzten verächtlichen Blick, gegangen. Die Geräusche aus ihrem Zimmer ließen darauf schließen, dass sie mit Sachen um sich warf. Nur um nachher fröhlich und als ob nichts geschehen wäre, die Treppe herunterzutanzen. Während sie selbst sich verkrochen und stundenlang über dem unangetasteten Teller gebrütet hatte. Letztlich war es meist die Zwillingsschwester gewesen, die das Eis gebrochen hatte; mit einem Scherz, einem herzhaften Stüber, einer neuen Idee. Einfach darum, weil sie sich ausgetobt hatte und danach leicht verzeihen konnte.

Während sie in sich hineinlachten, stahl sich Christinas Zeigefinger aus Annas Faust und berührte Helenas Daumen. »Sorry, Nanni. Ich sag's nicht mehr. Friede?«

Helena musste schon wieder kichern. Sie winkte ab, im Inneren gerührt ob der kleinen Geste. Manche Dinge änderten sich doch nie. »Nur, wenn du's endlich ausspuckst. Was hast du herausgefunden?«

Mit glänzenden Augen wandte Christina sich Mutter und Schwester zu. Sie zog die Hand aus Annas, steckte sich eine dunkle Locke hinters Ohr. »Der Felssturz in der Zinkwand ereignete sich am siebten September, in der Nacht von Samstag auf Sonntag, richtig?«

Anna nickte. »In derselben Nacht kam die Mure von der Reiteralm ins Tal und verwüstete den Brennerhof. Es hatte zuvor wochenlang geregnet. Der Schattbauer und seine Buben nahmen Kaspar und mich mit hinunter, um zu helfen. Ida Brenner hatte sich die Schulter ausgekugelt. Ich erinnere mich noch genau daran.«

»Und Roman ist Freitagfrüh mit Dávid Tòth und der Gruppe losgegangen. Er hat sich an den Giglach-Seen von ihnen getrennt und ist von dort allein weiter, stimmt's?«

»Soweit ich weiß, ja«, bestätigte Anna.

»Du hast Besuch von zwei Männern bekommen, erinnerst du dich daran auch noch? Wann war das genau?«

Angestrengt dachte Anna nach. »Das muss am selben Tag gewesen sein, als er ging. Freitags, gegen Abend. Ja, ich bin sicher. Freitagabend.«

»Weißt du noch, wie sie hießen?«, bohrte Christina weiter.

»Die stellten sich nicht vor, Tini. Ich kann dir beschreiben, wie sie aussahen. Einer hatte eine schwarze Tätowierung, ein überstochenes Hakenkreuz auf dem Handrücken. Das war so ein bulliger Kerl mit einer schiefen Nase. Der andere war kleiner, doch er sah gefährlich aus. Seine Augen waren wie die eines Wiesels, irgendwie verschlagen, und er hatte Haare wie gelber Sand. Es waren dieselben Männer, die den Wojtek damals zusammengeschlagen hatten. Aber frag mich nicht, warum. Ich sah es nur in einer Vision, als ich das Kreuz …« Sie rieb sich über den Mund, als ob sie die Erinnerung daran abwischen wollte.

»Das kann nicht sein«, murmelte Christina und rutschte mit dem Po auf dem Schnee hin und her.

»Weshalb fragst du das alles?«

Mit einem Satz sprang sie auf und streckte der Mutter die Hand hin, um ihr aufzuhelfen. »Friert euch nicht auch allmählich der Hintern ein? Lasst uns runtergehen, ich muss euch etwas zeigen.«

Christina nahm einen braunen Umschlag aus ihrer Tasche und zog etliche Papiere heraus. Sie legte eines auf den Tisch und behielt den Rest in der Hand. »Das hier ist der Antrag, den der Wojtek beim Clemens Oberndörfer gestellt hat; den hast du ja bereits gesehen. Datiert vom fünften September, nur zwei Tage vor dem Felssturz, beziehungsweise seinem Verschwinden. Und das da«, sie schob Anna das nächste Blatt hin, »ist eine Kopie dessen, das Nanni in der Ablage gefunden hat, die Abrechnung des darauffolgenden Sonntags.« Sie tippte mit dem Zeigefinger auf die Zeile mit dem dick verbesserten W. Siebter September – Wojtek, R. – Getränke 28 Schilling. »Er war demnach am Sonntagabend noch beim Wirt und hat für 28 Schilling getrunken. In Anbetracht der damaligen Preise dürfte er ziemlich angeschickert gewesen sein. Und jetzt seht, was direkt darunter steht.«

Siebter September, Wolff, Getränke 43 Schilling, lasen sie.

»Ja und?« Mit fragendem Blick sah Helena auf.

»Warte. Aus den Abrechnungen seht ihr, dass nur wenige Leute beim Wirt waren. Die meisten Dorfbewohner waren vermutlich in Gleiming, um bei den Aufräumarbeiten zu helfen. Johannes sagt, es gibt keine Wolffs in der Forstau, darum haben wir ein paar Tage nach vorn geblättert. Und da ist mir das hier aufgefallen.« Christina legte ein weiteres Blatt auf den Küchentisch.

Buchungen stand in der Kopfzeile und darunter ein Name, gelb markiert.

Sechster September, Wolff (zwei P.), VP à 63 Schilling, Summa 126 Schilling pro Nacht.

Hastig rechnete Helena nach. Hundert österreichische Schilling mussten damals circa vierzehn Deutsche Mark gewesen sein, heute etwas über sieben Euro. »Kaum zu glauben. Für Vollpension und auch noch für zwei Personen? Das nenne ich ein echtes Schnäppchen.«

Anna lachte. »Da magst du recht haben. Doch damals begann der Tourismus bei uns gerade erst und man verdiente nicht viel. Ich denke, für diese Jahre und zudem in der Nachsaison, war das schon ein ordentlicher Preis.« Sie setzte sich und nahm Christina das Papier aus der Hand. Las nach und legte es vor sich ab. »Ich kann nicht erkennen, worauf du hinauswillst.«

»Sie blieben nur eine Nacht. Von Freitag auf Samstag. Mal ehrlich, Anneli. Die Forstau liegt so abgelegen, wer hierherkommt, bleibt mindestens eine Woche oder länger. Weil er nämlich Urlaub macht. Wohin sollte man von hier aus bitteschön durchreisen? Ich kann mir nicht vorstellen, dass vor fünfzig Jahren jemand so ganz zufällig auf das Tal stieß. Und Werbung dürften sie damals noch nicht groß gemacht haben.«

Mit gerunzelter Stirn verglich Anna die Daten. »Ich weiß trotzdem nicht, worauf du hinauswillst. Diese Wolffs sind samstags abgereist. Was sollten sie mit Roman zu schaffen haben?« Sie wies auf die Buchung. »Üblicherweise bezahlt man für die kommende Nacht inklusive Frühstück und reist dann vormittags ab.«

»Ganz genau. Sie hatten am Samstagabend eine Getränkerechnung von über dreiundvierzig Schilling. Im Vergleich zum Abend vorher ziemlich üppig. Ich kann nicht glauben, dass die sich nur aus Wasser und Kaffee zusammensetzt.« Sie sah in den Notizen nach. »Wer fährt denn spätabends los, wenn er dermaßen gebechert hat? Es wäre doch naheliegend, noch einmal zu übernachten, sich auszuschlafen und am nächsten Morgen abzureisen. Ich wette darauf, dass die drei zusammen getrunken haben. Jemand anderes war nämlich nicht da. Und wenn ich richtig liege, handelt es sich bei dem Namen Wolff genau um die beiden Männer, die bei dir auf dem Hof nach dem Wojtek gefragt haben. Sie haben ihn abgepasst und sind dann Hals über Kopf und sehr unvermittelt abgereist. Das stinkt doch zum Himmel, findet ihr nicht?«

»Das kann nicht sein, Tini. Nachdem Roman sich von der Gruppe getrennt hatte, war er wie vom Erdboden verschluckt. Wäre er samstags beim Wirt gewesen, hätte ihn irgendjemand sehen müssen. Und wenn es stimmt, was du sagst, sie alle drei zusammen.«

Christina schüttelte ein Foto aus dem Umschlag und schob es Anna hin. »Erkennst du darauf jemanden?«

»Das hab ich doch schon mal gesehen!«, entfuhr es Helena.

»Hast du. Es ist aus Lenis Gästebuch. Sie hat es mir geliehen.«

Maliziös zog sie die Brauen hoch.

»Schau nicht so dämlich, Nanni. Ich hab sie gefragt«, erklärte die Schwester und zog eine Grimasse.

»Ich erinnere mich«, sagte Anna bedächtig und drehte das Foto in den Händen. »In zwei Sommern hatten wir eine Jausenstation auf dem Hof. Roman brachte oft Wanderer herauf und diese vier waren ein- oder zweimal da. Das hier müsste Leni sein. Der mit dem Stock ist Clemens. Und der Bursche da? Natürlich, Poldi! Liebe Güte, hatte der viele Haare. Das hatte ich vollkommen vergessen.« Sie kicherte. »Ist nichts übrig von der Pracht, mittlerweile trägt er dieselbe Glatze zur Schau wie sein seliger Vater.«

»Sieh dir die Gesichter noch einmal genauer an, Anneli. Könnten die beiden Männer nicht dieselben sein, die an jenem Freitagabend zu dir auf den Hof kamen?«

Anna schüttelte vehement den Kopf. »Auf keinen Fall, Tini. Die Männer sahen völlig anders aus. Ich würde sie bestimmt wiedererkennen. Diese Leute hier verstanden sich gut mit dem Wojtek und haben ganz sicher nichts mit seinem Verschwinden zu tun.« Sie gab der Tochter das Foto zurück.

Geknickt schürzte Christina die Lippen. Die Enttäuschung stand ihr ins Gesicht geschrieben.

»Damit wäre deine Theorie wohl vom Tisch, Sherlock.« Helena konnte sich die kleine Spitze nicht verkneifen.

Christina reagierte nicht; hinter ihrer Stirn arbeitete es und ihre Finger trommelten auf die Tischplatte. Mit einem Satz sprang sie auf und griff nach dem Mantel. »Ich muss nachdenken. Ich geh mal kurz raus.«

Helena sah durchs Fenster zu, wie die Schwester auf dem vereisten Vorplatz hin und her tigerte, zur Felskante ging und sich eine Zigarette anzündete.

Anna erhob sich ebenfalls und füllte den Wasserkessel auf. »Ich glaube, wir brauchen einen Tee. Nanni, in der Anrichte sind Becher. Holst du sie bitte heraus?« Sie schob Holz nach und lehnte die Ofentür an. Mitten in der Bewegung hielt sie inne. In Gedanken verloren kaute sie an der Unterlippe. Dann drehte sie sich um und stapfte die Stiege hinauf. Eine Minute später kam sie wieder und stellte eine flache Schachtel auf den Tisch. *Manner* konnte Helena gerade noch den geschwungenen blauen Schriftzug entziffern, bevor Anna den Deckel abhob und ihn umgedreht auf den Tisch fallen ließ. Sie zog sich einen Stuhl heran und wühlte in der rosafarbenen Keksschachtel, die einen hölzernen Kamm und anderen Kleinkram, etliche Schriftstücke und einige wenige Fotos enthielt.

Die Tür klappte, Christina klopfte sich die Stiefel ab und zog sie aus.

»Was hast du da?« Sie schaute Anna über die Schulter, wie die einen schmalen Goldring und ein geschnitztes Figürchen aus Zirbenholz herausnahm und zur Seite legte.

»Das gehörte meiner Mutter, sie hat darin Dinge aufbewahrt, die ihr wichtig waren. Mir ist gerade etwas eingefallen.«

Tini hat echt recht, dachte Helena. Sie horten ihre Erinnerungen an den unmöglichsten Orten. Zugleich hauchte sie ein Gefühl der Wehmut an. Wie traurig, wenn ein Leben und das, was einem darin wertvoll erschien, in eine Keksschachtel passte.

»Da ist es ja, danach hatte ich gesucht!« Anna zog ein dünnes Päckchen hervor und streifte ein poröses Gummiband ab, das prompt zerfiel. Sie sah die Fotos durch und blätterte sie nebeneinander auf. Mit der Fingerspitze rieb sie über das erste Bild, um den dunklen Streifen zu entfernen, den das Gummi darauf hinterlassen hatte.

Auch Helena beugte sich nun über Annas Schulter.

»Einer der beiden Herren hatte eine Kamera dabei und fotografierte wie wild alles, was ihm vor die Linse kam. Er versprach, die Bilder zu schicken. Nach einigen Wochen kam tatsächlich ein Brief.« Sie suchte in der Schachtel. »Mal sehen, ob der auch noch da ist. Mutter erhielt selten Post und womöglich hat sie ihn aufgehoben.« Sie kippte die Schachtel aus und begann den Inhalt zu sortieren.

Die Schwestern sahen die nachlässig dahingeworfenen Bilder an. Es waren schwarzweiße Fotografien, wie die im Gästebuch des Gasthofs, in demselben altmodischen quadratischen Kleinformat und mit schmal gezackten Rändern.

Die kleine Anna vor dem Brunnen, Roman und Marie unter dem Türsturz vor dem Julianenhof, zwei auftoupierte Damen in engen Steghosen und leichten Blüschen vor einem Bergmassiv. Eines mit Kühen auf einer Weide und ein letztes, auf dem Marie allein abgebildet war. Der Fotograf hatte ihr Profil in einem unbeobachteten Moment eingefangen; sie stand am Herd, den Nacken geneigt und ein Lichtstrahl lag glänzend auf dem geflochtenen Haarkranz, während ihre schlanke Gestalt mit den Schatten der Küche verschmolz.

Helena nahm es in ihre Hand. »Sie war wirklich sehr schön.«

Ein weiches Lächeln umspielte Annas Mundwinkel. »Das war sie. Mutter hatte eine besondere Ausstrahlung. Und sie hätte jeden Mann haben können. Weiß Gott, warum sie sich ausgerechnet für den Wojtek entschied.«

»Vermutlich, weil sie von ihm schwanger war«, bemerkte Christina lapidar. »Dumm gelaufen.«

»Nicht dümmer als bei dir«, erwiderte Anna spitz.

»Schon klar. Doch ich hab deswegen nicht gleich geheiratet.«

»Das musstest du auch nicht. Du hattest eine Ausbildung und konntest auf eigenen Füßen stehen. Und niemand hat dich deshalb krumm angeschaut, nicht wahr? Sei dankbar dafür und richte nicht über sie.« Annas Hand beschrieb einen weiten Kreis. »Du kannst dir vermutlich überhaupt nicht vorstellen, wie es sich als ledige Mutter damals hier lebte. Sie hatte es auch so schon schwer genug und ...«

»Ganz so einfach war es für mich auch nicht«, unterbrach Christina, »ich weiß genau, wovon du redest. Aber ich hatte wirklich Glück, dass Annetts Vater Verantwortung übernahm, das stimmt schon. Meine Mutter«, sie verbesserte hastig, »Erika, die weiß bis heute nicht, dass ich eine Tochter habe. Im Hause Hartenau gelten wohl dieselben Spielregeln wie in deinem Dorf.«

Anna sah die Tochter an und in ihren Augen stand Unglaube. »Du hast ihnen das verschwiegen? Tini, wie konntest du nur?«

»Du hörst dich an wie Nanni, sie hat mir deshalb auch schon Vorwürfe gemacht. Unsere Eltern hätten sich tierisch aufgeregt und Vater seine Unterstützung sofort eingestellt, ich studierte ja noch. Irgendwann hätten sie sich sicher beruhigt und eingelenkt, das tun sie immer. Und da gab es den anderen Grund. Ich wollte verhindern, dass Annett in dieselbe Mühle gerät wie Nanni. Das hätte ich nicht ertragen.«

Anna gab keine Antwort.

Während Helena ihnen zuhörte, betrachtete sie Maries Bild. Sie suchte in den melancholischen Zügen und der Statur ihrer Großmutter nach Ähnlichkeiten. Drehte das Foto, um nach einem Datum zu suchen oder einem weiteren Hinweis. Dabei fiel ihr auf, dass es dicker zu sein schien als die anderen Bilder. Sie hielt es ins Licht. »Sieh mal, Anneli, da klebt noch ein Foto unter diesem hier fest.« Mit dem Fingernagel fuhr Helena zwischen die beiden Bildchen und löste sie vorsichtig voneinander. »Wer ist das denn?« Im selben Moment ahnte sie schon die Antwort.

Der Bursche in den kurzen Lederhosen hatte einen Arm um den Hals einer Kuh gelegt und schaute verschmitzt in die Kamera. Er war breitschultrig und hochgewachsen, mit muskulösen Oberarmen und kräftigen Waden. Und doch haftete ihm etwas jungenhaft Frisches an und in seinem Blick lag eine Sanftheit, die einen anrührte.

Anna warf einen flüchtigen Blick herüber und erstarrte. Sie verlor alle Farbe. Zaghaft streckte sie die Hand aus.

Helena reichte ihr die Fotografie. Mit bebenden Händen strich Anna darüber und kratzte behutsam an dem verklebten Rand, an dem noch etwas Papier haftete. Mit einem Mal glänzten Tränen an ihren Wimpern. Ein Tropfen löste sich, rann an Annas Wange herunter und fiel auf das Polaroid. Hastig tupfte sie ihn mit dem Ärmel auf, bevor er die Oberfläche aufweichte. »Ich besaß nie ein Bild von ihm. Dabei lag es immer hier drin. Und ich wusste das nicht«, flüsterte sie mit erstickter Stimme.

Helena schluckte. Die Schwester legte die Hand auf Annas Arm. Das Pfeifen des Wasserkessels enthob sie beide einer Antwort. Sie hätten sowieso keine gehabt. Helena trat zum Herd und nahm den kreischenden Kessel vom Feuer. Der Schmerz der Mutter ging ihr ans Herz und sie hatte Mühe, sich zu fassen. Christina erging es wohl ähnlich, denn sie stand plötzlich neben ihr und suchte in der Lade. Als sie der Schwester das Teetütchen reichte, glänzten ihre Augen verdächtig.

»Ich heul gleich mit. Wie traurig«, presste sie zwischen zusammengebissenen Zähnen hervor.

Helena nickte nur, löffelte die Krumen in das Teesieb und hängte es in die Porzellankanne ein. Vorsichtig goss Christina heißes Wasser darüber und trug sie zum Tisch.

Anna wischte sich mit dem Unterarm über die Augen und zog die Nase hoch. Sie erhob sich und dachte nach, dann steckte sie die Fotografie vor Toni Hohleitners Bild. Rückte den Rahmen liebevoll wieder gerade und bog das Tannenreis so zurecht, dass es Mathis' Gesicht freigab. Mit einem gebrochenen »Verzeiht« trat sie vors Haus und zog die Tür hinter sich zu. Ihr heiseres Weinen drang dennoch durch die alten Mauern.

Die Schwestern schwiegen. Christina schenkte die Tassen voll, während Helena das Holzfigürchen vom Tisch nahm und es zwischen den Fingern drehte.

»Sieh mal, das ist auch von Mathis. Das muss das Zirbenkind sein; er hat es für Marie geschnitzt, als sie das Baby verlor. Der Junge war wirklich talentiert. Es sieht wunderhübsch aus.« Das Figürchen schmeichelte sich perfekt in ihre Handfläche. Aus den hölzernen Falten eines Tuchs sah ein angedeutetes Gesichtchen heraus, mit runden Wangen und geschlossenen Augen.

»Sie hat es nicht einfach *verloren*, Nanni. Leg es zurück. Bitte. Es gehörte Marie und ich glaub, ich fange sonst auch an zu weinen«, sagte Christina und ihre Stimme klang belegt.

»Ich weiß nicht, wie ich dir danken soll.« Anna trank einen Schluck und setzte die Tasse ab.

»Schon gut, das war reiner Zufall. Du hättest es irgendwann selbst gefunden.«

»Diese Tage sind voller Überraschungen«, murmelte Anna und schüttelte den Kopf. Dann zog sie den Pappkarton zu sich her. »Ich denke, ich habe etwas für dich, Tini.« Sie schob der Tochter einen cremefarbenen Umschlag hin. »Das müsste sein, was du suchst.«

In gestochenen Federzügen, die Unterlängen spitz zulaufend, standen Maries Name und die Adresse des Julianenhofs darauf. Auf der Rückseite befand sich eine goldgeprägte Zeile. *Bankhaus Wolff & Meyer, Maximilianstraße 9-13, D 8000 München.*

Christina pfiff leise durch die Zähne. »Bingo!« Sie steckte den Finger in das Kuvert. »Ich darf doch, oder?«

»Freilich.«

Eine feste Karte aus Büttenpapier mit identischem goldgeprägtem Briefkopf. Die Handschrift dieselbe, in blauer

Tusche. Laut las sie vor: »Verehrte Frau Marie, wie versprochen übersende ich Ihnen die Fotografien. Wir erinnern uns gerne an den Nachmittag auf Ihrem Hof. Mit besten Grüßen an Sie und das reizende Fräulein Tochter. Hans-Peter Wolff nebst Gattin.« Christina lachte. »Mit der reizenden Tochter bist wohl du gemeint.« Äußerst zufrieden lehnte sie sich zurück und wippte auf den Hinterbeinen des Stuhls. Ihre Enttäuschung war wie weggeblasen und Helena wunderte sich.

»Du grinst wie ein Honigkuchenpferd, Tini. Das hört sich ein bisschen gestelzt an, okay. Nebst Gattin …«, sie gluckste, »als ob sie nur ein Anhängsel wäre und keinen eigenen Namen besäße. Trotzdem, bei aller Liebe, worauf willst du hinaus? Irgendetwas hast du in petto, ich kenne dich doch.« Mit scharfem Blick sah sie die gefährlich weit nach hinten kippelnde Schwester an.

Mit einem Poltern schlug der Stuhl auf den Dielen auf, als Christina nach vorn kippte. Sie rutschte an die Stuhlkante. »Stimmt haargenau! Dieser Name stand unter dem Foto in dem Gästebuch; ich hatte ihn mir notiert. Nachdem Johannes und ich gestern Abend die Rechnungen ausgruben, ist mir das wieder eingefallen. Im Internet fand ich tatsächlich ein Bankhaus Wolff und Meyer.«

»Na ja, das ist nun nichts Neues«, warf Anna ein und schenkte sich Tee nach.

Christina spitzte den vollen Mund. »Vielleicht doch. Wolff & Meyer war eine kleine Münchner Privatbank, die vor dem Zweiten Weltkrieg gegründet wurde und einige wenige vermögende Privatkunden betreute, vornehmlich Gelder der süddeutschen Nazi-Bonzen. Nach Kriegsende, als die Luft dünn wurde, setzten die Ratten sich sukzessive ins Ausland ab und nahmen ihre Einlagen mit. Das Bankhaus gab trotzdem noch großzügig Kredite aus, nun aber eher an örtliche Bauunternehmen und Privatleute. Über Hintermänner kaufte es in der Alpenregion Höfe auf, um sie für den Tourismus zu modernisieren. Leider lebten die beiden Teilhaber auf ziemlich großem Fuß, getragen von der Wirtschaftswunder-welle. Sie hatten sich wohl verkalkuliert, denn sie bekamen die Anwesen nicht mehr los. Die österreichische Regierung hatte ein scharfes Auge auf ausländische Investoren. 1957 trennte Wolff sich von seinem langjährigen Teilhaber, Konstantin Meyer. Die vergleichsweise kleine Bank war nämlich nicht mehr liquide. Es wurde von veruntreuten Geldern und unlaute-ren Mitteln zur schnellen Eintreibung der Kredite gemunkelt, die wohl zu einem guten Teil in die eigenen Taschen geflossen waren.«

»Tini, komm zur Sache! Was hat das alles mit Roman zu tun?«, stöhnte Helena.

»Sofort. Meyer und seine Frau setzten sich in den ersten Januartagen bei Nacht und Nebel ab, nicht ohne zuvor noch den Tresor auszuräumen. Hans-Peter Wolff wurde am Jahres-ende zu zehn Jahren Haft verurteilt, weil man ihm nachwies, dass er Gelder veruntreut und Schulden mit Schlägertrupps eingefordert hatte, um noch ein paar Schäfchen ins Trockene zu bringen. Er saß praktisch schon auf gepackten Koffern, als man ihn verhaftete. Die Bank war längst platt.«

Genervt schnaubte Helena durch die Nase. »Aha. Und nun? Worauf willst du hinaus?«

»Nanni, überleg doch! Die müssen mit dem Roman ein solches Geschäft abgeschlossen haben. Sie liehen ihm Geld und weil er es nicht zurückzahlen konnte, schickten sie ihm die beiden Kerle auf den Hals. Und als er immer noch nicht zahlen wollte oder konnte«, demonstrativ fuhr sie sich mit dem Zeigefinger über die Kehle, »da haben sie ihn abge-murkst.«

»Du spinnst doch! Wenn Roman Geld gehabt hätte, wäre das aufgefallen.«

»Es ist immerhin eine Erklärung. Ein Motiv sozusagen«, gab Christina gereizt zurück.

»Pah, du schaust zu viele Krimis, Tini.«

»Ich weiß nicht, so ganz unrecht hat sie vielleicht nicht«, mischte Anna sich ein. »Sie waren nicht mehr hier oben bei uns, doch ich weiß, dass er die beiden noch öfter getroffen hat und ich kann mir schon vorstellen, dass er ihnen Geld schuldete. Ich entsinne mich, dass Mutter und Roman dauernd darüber stritten, dass sie einen Kredit bei diesen angeblichen Freunden aufnehmen sollte, um den Julianenhof zu renovieren. Dedes Vater, mein Großonkel Florian, hielt den Beutel zu, weil er Roman nicht ausstehen konnte. Der hatte kein eigenes Einkommen, doch er soff und spielte beim Wirt auf Teufel komm raus und bezahlte immer selbst. Woher hätte er das Geld haben sollen?«

»Anneli, wir reden hier von eher kleinen Beträgen. Warum sollten sich zwei Bankiers mit einem armen Schlucker wie Roman abgeben?«

Christina schlug mit der flachen Hand auf die Tischplatte. »Weil er ihnen den Julianenhof versprochen hat, Nanni! Himmel, siehst du denn die Verbindung nicht? Diese Lage ist Gold wert! Noch kurz vor seinem Verschwinden hat Roman die Vormundschaft für Anna beantragt. Was glaubst du, weshalb er es plötzlich so eilig hatte? Die haben ihm die Hölle heiß gemacht! Damit hätte er über Maries Erbe verfügen können, wie es ihm beliebte; die Bank locker ausgezahlt und genug übriggehabt, um einigermaßen anständig zu leben. Menschenskind, der hätte doch alles dafür getan, um sich hier festzukrallen.«

»Roman hat sie ausgezahlt, Tini. Er versetzte Johannes Taschenuhr und nahm das Geld, das mir Großonkel Florian zugesteckt hat. Ich weiß bis heute nicht, weshalb er an diesem Tag so viel Geld bei sich hatte. Das waren immerhin über sechstausend Schilling.«

»Womöglich hat es nicht ausgereicht«, beharrte Christina. »Es ist nur eine Theorie, das ist mir bewusst. Doch eine ziemlich gute, wie ich finde. Und sie würde einiges erklären.«

»Nicht, wo der Wojtek abgeblieben ist. Man hätte ihn ja irgendwann finden müssen«, wandte Helena ein und nahm einen Schluck von ihrem kalten Tee. Trotz aller Bedenken musste sie zugeben, dass Tinis Konstrukt halbwegs überzeugend klang.

Die Schwester kratzte sich am Hals. »Vielleicht haben sie ihn mitgenommen und unterwegs irgendwo verscharrt. Und da wäre ja noch das Kreuz. Ihr könntet es leicht herausfinden …«

Anna sog scharf die Luft zwischen die Zähne und Helena verschluckte sich. Sie hustete und musste an sich halten, um nicht quer über den Tisch zu spucken.

Sie legten eine Pause ein; zu verwirrt von den Informationen, die Christina ausgegraben hatte. Trotz ihrer Zweifel musste Helena eingestehen, dass die Schwester den Finger in eine Wunde gelegt hatte. Es passte alles nur zu gut ineinander. Folge dem Geld – ein schlagenderes Motiv konnte es kaum geben. Wenn auch viele Fragen offenblieben, unbestritten gab es eine Verbindung zu Hans-Peter Wolff und Konstantin Meyer.

Anna war erschöpft. Sie erbat eine Auszeit und ging nach oben. Doch anscheinend kam sie nicht zur Ruhe; die Schwestern hörten den Boden über sich knarren, Annas Schritte in der Kammer umhertappen.

Es blieben ihnen nur noch knappe zwei Tage und die Zeit drängte.

»Ich hätte nicht gedacht, dass du auf die Schnelle so viel herausfindest«, gab Helena zu, als sie nebeneinander auf dem Bänkchen vor der Hütte Platz nahmen. Das Tageslicht war bereits im Vergehen.

Christina schüttelte eine zweite Zigarette aus dem Päckchen. »Ohne Johannes wäre ich nicht so weit gekommen. Er hat mich erst darauf gebracht, im Internet zu suchen. Wir haben bis drei Uhr früh alles umgedreht. Die Geschichte hakt, das weiß ich selbst; doch ich bin davon überzeugt, dass Wolff seine Handlanger geschickt hat, um Roman zu bewegen, dass er die Schulden bezahlt.« Die Flamme mit der Hand schützend, entzündete sie beide Zigaretten und hielt der Schwester eine hin.

Während sie rauchten und zusahen, wie der Nebel hereinkroch und den Vorplatz mit weißen Schwaden überdeckte, malte Helena sich aus, was sie wohl mit ihm getan hatten. Ein Gefühl des Bedauerns machte sich in ihr breit. Mit dem Gedanken, Roman als Vater anzunehmen, tat sie sich schwer – jeder andere wäre ihr lieber gewesen. Dennoch, niemand verdiente es, totgeschlagen und wie ein Hund verscharrt zu werden. Roman Wojtek war eine beeindruckende Persönlichkeit gewesen, trotz all dem Unschönen, das sie über ihn wussten. Sie hatte sein Ebenbild neben sich sitzen. Wenn Tini nur einen Bruchteil von ihm mitbekommen hatte, von seiner Attraktivität, seiner schnellen Auffassungsgabe und auch seinem impulsiven Wesen, dann war sie eine leuchtende Fackel. Doch im Vergleich zu ihr musste Roman Wojtek ein Feuerwerk gewesen sein. Aber wollte sie mehr über ihn erfahren? Wozu überhaupt?

»Tini, ich glaube, wir sollten nicht weitermachen. Wir haben unsere Mutter gefunden, das ist doch weit mehr, als wir uns erhofft hatten. Lass uns einfach die paar Tage hier noch genießen.«

Christina blies den Rauch in die kalte Winterluft und sah zu, wie er sich mit dem Nebel vermischte. »Willst du denn nicht wissen, was mit ihm passiert ist?«

»Nein, eigentlich nicht. Er ist mir egal. In den letzten Tagen ist genug geschehen. Und für Anneli ist es schmerzhaft, in den alten Geschichten zu rühren. Du hast gesehen, wie sie das alles mitnimmt.«

»Siehst du, da unterscheiden wir uns«, Christina warf die Zigarette in den Schnee und grub den Absatz darauf. »Es ist zu spät, Nanni. Wir können nicht aufhören. *Ich* kann's nicht. Ich glaube, die Antwort liegt ganz nahe. Mein Bauch sagt mir, dass wir damit alles erfahren.« Sie klopfte auf die Tasche ihres Mantels.

Das Kreuz. Sie hatte es noch. Helena erhob sich und warf ihrem Zwilling einen bitteren Blick zu. Christina hielt stand und sie ahnte, nein, sie wusste es todsicher, ihre dickschädelige Schwester würde nicht aufgeben.

Irgendwo im Haus schrillte ein Telefon, in kurzen, ungewohnt abgehackten Tönen. Als die Schwestern in die Küche traten, stand Anna schon unter der Stiege und hatte den Hörer vom Wandapparat abgehoben.

»Ich frage, warte kurz.« Sie presste den Hörer an die Brust und drehte sich um. »Es ist Niklas. Er möchte wissen, wann er euch abholen soll.«

Die Schwestern warfen einander einen schnellen Blick zu und fast unmerklich schüttelte Christina den Kopf. Unauffällig schob sie die Hand in ihre Manteltasche.

Helena krampfte die Kiefer aufeinander, Christinas Entschlossenheit verursachte ihr ein mulmiges Gefühl. Sie war in die Enge getrieben; eine Versuchsmaus, die im Käfig hockte und wusste, dass etwas Schreckliches, Unausweichliches drohte. »Bitte, Tini. Lass uns morgen darüber reden. Für einen Tag reicht es doch.«

Christinas Schultern sanken herab und in den dunklen Augen verlosch etwas. Ihre tiefe Enttäuschung war unübersehbar.

Helena entschied sich in einem Herzschlag. »Wenn du nichts dagegen hast, dann bleiben wir heute Nacht hier.«

Erfreut nickte Anna und hob den Hörer. »Niki? Die Mädchen wollen bei mir übernachten.« Sie lauschte. »In Ordnung. Dann sehen wir uns heute Abend. Bis später, Bub.« Sie hängte ein und kam zum Tisch herüber. Anna sah müde aus, sie war blass, doch in ihren grauen Augen stand Freude.

Helena konnte es kaum mitansehen, warf sich der Länge nach auf die Bank und stieß ein Ächzen aus.

»Bist du sicher?« Die Stimme der Schwester klang lauernd und doch irgendwie zufrieden.

»Nein verdammt, bin ich nicht!«, fauchte sie. »Doch du wirst ja sowieso keine Ruhe geben. Damit von vornherein eines klar ist: Anneli hat das letzte Wort. Wenn sie nicht einverstanden ist, dann bringst du es zurück, ohne Diskussion! Und zwar noch heute Abend!«

»Wovon redet ihr?«

Verbissen schwieg Helena und drehte den Kopf zur Wand. Sollte Tini gefälligst selbst zusehen, wie sie Anna das erklärte! Warum hatte sie nicht einfach Nein gesagt? Jetzt hätte sie sich dafür ohrfeigen mögen. Wie bescheuert war sie eigentlich?

»Anneli. Wir müssen etwas mit dir besprechen.«

»Wir?«, zischte Helena. Für eine Sekunde war sie versucht, Tini den Mund zu verbieten, sie anzuschreien, sie gefälligst nicht in ihre Angelegenheiten hineinzuziehen. Es war nicht gerechtfertigt, sie wusste das. Sie hatte ein unüberlegtes Zugeständnis gemacht, ohne zu Ende zu denken. Trotzdem. Verdammt, es war wie früher; irgendwie brachte Tini es immer fertig, sie genau dahin zu manövrieren, wo sie partout nicht sein wollte.

Christina spürte Helenas Wut. Ihre Stimme schwankte unsicher, sie schien zu wissen, dass sie sich auf dünnes Eis begab. »Hör mal, Anneli.« Mit der Handfläche klopfte sie auf den Stuhl neben sich und wartete ab, bis Anna sich gesetzt hatte. Tief holte sie Luft. »Ich habe, nein, äh, also Roman hatte … er besaß doch dieses …«

Helena gab ein verächtliches Schnauben von sich und aller Widerwille, den sie empfand, lag darin.

»Halt die Klappe, Nanni!« Christina blitzte die Schwester an und nahm sich zusammen. Die Worte stürzten aus ihrem Mund. »Anneli, ich habe doch das Kreuz. Du weißt schon, Romans Kreuz. Und ich hatte die Idee, dass ihr beide versucht, damit herauszufinden, was mit ihm passiert ist.«

Annas Entsetzen bedurfte keiner Worte. Die Abscheu und zugleich tiefe Enttäuschung, die aus ihr hervorquoll, war mit Händen zu greifen. »Ach. Deshalb wolltest du dableiben.«

»Nein! Verflixt, du verstehst das völlig falsch. Natürlich nicht.« Sie griff nach Annas Hand, hielt sie fest. »Ich hätte nie gedacht, hier eine Mutter zu finden, das musst du mir glauben! Doch wir haben auch einen Vater und ich bitte dich, Anneli, ich bitte dich von ganzem Herzen: Nur du kannst uns helfen, herauszufinden, was mit ihm passiert ist.

Ich weiß, dass es schwer für euch ist. Und womöglich sogar gefährlich.« Christina zog das Samtpäckchen aus der Tasche und legte es auf den Tisch. Sah Annas Zurückzucken und die Angst in ihren Augen. Sprach beschwörend auf sie ein. »Anneli. Ich bin niemand, der ständig in die Kirche rennt und ganz bestimmt keine gute Christin. Doch abgesehen davon, dass ich wissen will, was mit Roman geschehen ist, hoffe ich auch, dass ihr ihn findet. Er sollte anständig begraben werden.«

Mit einem Ruck setzte Helena sich auf. »Das meinst du jetzt nicht im Ernst!«

»Doch«, erwiderte die Schwester schlicht.

Anna sagte nichts. Ihre Hände ballten sich, als ob sie einem Stein Wasser auspressen wollten.

»Anneli?« Christina getraute sich kaum, sie anzusprechen.

»Macht es das Unrecht gut, wenn er in geweihter Erde liegt?«, fragte Anna mit brüchiger Stimme.

»Ich habe keine Ahnung«, antwortete Christina, »doch ich würde mich besser fühlen, wenn er ein Grab hätte. Diese ganze Geschichte ist so fürchterlich, und wenn wir sie nicht endlich beenden, wird sie nie aufhören. Sie hat dein ganzes Leben vergiftet, Anneli, Barbaras Leben und nun auch unseres. Wenn ich übermorgen abreise, will ich das nicht mit mir nehmen. Kannst du das verstehen? Die ungelösten Fragen und diese Ungewissheit in mein oder womöglich sogar Annetts' Leben hineintragen. Das erlaube ich nicht! Und, wenn wir Gewissheit bekommen, kannst du ihm vielleicht sogar verzeihen. Das ist es doch, was dein Jesus lehrt, nicht wahr?«

Anna stand auf. Mit beiden Händen strich sie sich das feine Haar aus der Stirn. Sie trat vor Mathis' Bild und betrachtete es lange. Die Muskeln in ihrem angespannten Gesicht arbeiteten. Dann drehte sie sich um und sah Christina fest in die Augen. »Ich konnte euch nichts geben außer eurem Leben. Betrachte es als mein Geschenk an euch.«

Die wenigen Worte fielen ihr schwer und die Schwestern konnten nur erahnen, was Anna dieser Entschluss kostete.

❄❄❄

Kapitel Zehn

Niklas traf ein, als es bereits dunkel war. Er brachte Barbara mit.

Die Alte humpelte am Stock in die Almhütte und ließ sich schnaufend auf dem Stuhl nieder, den Christina ihr eilig hinschob.

Hinter Barbaras Rücken verdrehte sie die Augen. »Was will sie hier«, formte Christinas Mund lautlos und sah Anna mit gerunzelter Stirn an.

Die zuckte mit den Schultern und wandte sich wieder den Speckstreifen zu, die in der gusseisernen Pfanne schmurgelten. Barbara Sittler war unberechenbar. Niemand wusste, was in ihrem Hirn umhergeisterte und was sie dazu bewegt hatte, gerade heute Abend mit heraufzukommen. Obwohl sie es sich denken konnte; die Tante besaß einen siebten Sinn für Spektakel.

»Was ist das?«, krächzte Barbara und ihre Krallenhand griff nach dem Samtpäckchen, das Christina eben vom Tisch nehmen wollte.

»Ich mach nur Platz fürs Essen.«

»Schmarrn. Erzähl mir nichts! Lass sehen!«

Die Frauen erstarrten mitten in der Bewegung. Anna ließ den eisernen Pfannenwender auf den Herd gleiten und Helena setzte den Tellerstapel hart auf dem Tisch ab. Niklas feixte und rieb sich das stoppelige Kinn.

Barbaras gekrümmte Finger schlugen den schwarzen Samt zurück. Das Kreuz schimmerte im Licht der Lampe auf. Gelb. Schwer. Verheißungsvoll. Die Saphire glänzten mitternachtsblau, erfüllt von eisigem Licht.

»Heilige Mutter Gottes!« Sie stieß es hervor wie einen Fluch; die zusammengekniffenen blassgrünen Augen huschten über die schweigende Versammlung. Zaghaft schubste sie das Kreuz an und zog eilends den Finger zurück, als hätte sie sich verbrannt. »Das ist Zigeunergold!«

»Nicht ganz. Es ist ein orthodoxes Kirchenkreuz und einige hundert Jahre alt«, erklärte Christina rasch.

»Woher habt ihr es?«

»Es gehörte Roman Wojtek.«

Barbara ächzte. Etwas schien sich in ihrem Hals verfangen zu haben, drückte ihr die Kehle zu. Kein Wörtchen wollte mehr heraus. Wojtek! O gekreuzigter Heiland, würde dieser gottverfluchte Kerl sie immer wieder einholen?

Anna löste den Bann. Der Speck wies schon einen sehr dunklen Rand auf. Sie hob die gusseiserne Pfanne mit beiden Händen hoch und knallte sie auf den Tisch. Dann nahm sie die Form mit den gestockten Eiern aus dem Herdloch und stellte sie daneben ab. »Wir essen«, sagte sie knapp. »Alles andere hat Zeit bis später.« Sie fing Barbaras Hand ein, die nach dem Kreuz greifen wollte und schlug den Samt darüber zu. »Nein, Dede. Nachher.«

»Ihr könnt nicht einfach so hinübergehen! Nicht damit. Und gleich gar nicht, wenn es dem Wojtek gehörte«, wetterte Barbara, als der Tisch abgeräumt war.

»Und weshalb nicht? Anneli weiß schon, was sie tut.« Christina klang ärgerlich. Die Alte war drauf und dran, ihren sorgsam erdachten und dennoch so wackeligen Plan über den Haufen zu werfen.

»Pah. Du weißt nichts, Madl!«

»Nenn mich nicht so«, fuhr Christina auf und ihre schwarzen Augen brannten vor unterdrückter Wut. »Ich bin kein kleines Kind!«

Barbara Sittler stieß ein Gackern aus. »Nein, aber ein unwissendes Frauenzimmer.« Sie legte die knochige Hand um den Stock und hievte sich hoch. Richtete den runden Rücken gerade. »So wie du redet nur jemand, der keine Ahnung von der Gabe hat. Wenn ihr das tut, müsst ihr den Preis zahlen. Und manch einer bezahlt mit dem Leben. Oder mit seinem Verstand. Meine Tante ist verrückt geworden und starb, bevor sie recht erwachsen war.« Sie deutete auf Anna. »Frag sie. Ohne mich wär sie noch dort; zwischen den Zeiten verloren.«

»Warum hilfst du uns dann nicht?«, fuhr Christina auf und funkelte Barbara an. »Wenn du doch so genau Bescheid weißt! Hast du etwa Angst davor, was herauskommen könnte? Wo dein Anteil an Romans Tod liegt?«

Barbaras faltiges Gesicht verhärtete sich. Der Mund wurde schmal, hektische Röte stieg ihr den Hals hinauf.

Helena zog die Beine auf die Bank und schob die Arme um die Knie. Niklas saß neben ihr und seine stoische Gelassenheit beruhigte sie. Er legte eine Hand an ihren Knöchel, streichelte mit dem Daumen darüber. Und wie er das tat, so zart und zurückhaltend, stärkte sie.

»Barbi, wir tun es, ganz egal, was du sagst. Schließlich hast du mir die Tagebücher geschickt, weil du hofftest, dass die Gabe mit uns überlebt. Das ist deine Chance, alles zu einem guten Ende zu bringen. Das wolltest du doch immer.«

Barbara Sittler tastete nach der Strähne, die sich längst mit ihrem weißen Haar vermischt hatte. »Es ist gefährlich, Nanni. Ihr seid nicht geübt und das Kreuz ist böse. Sieh es dir doch an, Kind, es wird euch mitreißen! Glaub mir, ich weiß, wovon ich spreche. Und deine Schwester ist störrisch wie ein Maulesel. Sie ist zu sehr wie er.«

»O Himmel! Was kümmert dich das? Ich habe die Gabe sowieso nicht«, fauchte Christina, schon halb erhoben.

Helena hielt sie am Arm zurück. »Sie ist mein Zwilling, Barbara! Enger mit mir verbunden als du oder irgendjemand anders es je sein könnte. Und womöglich hat sie ja eine andere Aufgabe. Hast du das bedacht?«

»Dede denkt nicht, sie handelt«, warf Anna mit einem giggelnden Lachen dazwischen und wich Barbaras Stock aus. Sie trat hinter die Tante und legte die Hände auf deren Schultern. »Wir sollten alles herrichten. Der Mond geht bald auf.«

Damit war es beschlossen.

Die ovalen Steine lagen bei dem Kruzifix auf dem schwarzen Samt. Die Ringeln der Silberaugen schimmerten schwach neben der goldgelben prallen Pracht. Das Licht der Kerze brachte das Gold zu einem pulsierenden Leuchten, brach sich im kristallblauen Feuer der Sternsaphire.

Barbara Sittler hielt die Phiole mit der Belladonna-Essenz. Sie war schneeweiß im Gesicht und ihre Finger zitterten unbeholfen. Ein Tropfen ging daneben und perlte ölig auf der Tischplatte. Sie drückte den Korken zurück und legte das Fläschchen hin. »Ich weiß nicht, ob ich das noch einmal kann. Ich bin zu alt.«

»Du musst nicht mitgehen, Dede«, beruhigte Anna. »Ich pass schon auf. Vertrau mir.« Sie riss ein Streichholz an und legte es in den Teller mit Lavendelblüten. Sofort fingen die trockenen Blüten knisternd Feuer und feiner Rauch stieg auf. »Seid ihr bereit?«

Anna saß zwischen ihren Töchtern auf der Bank unter dem Fenster. »Ich gehe zuerst mit dem Kreuz. Wir werden sehen, ob ich euch mitnehmen kann. Ich weiß nicht, ob es überhaupt funktioniert. Niki wird auf euch achtgeben.« Sie richtete die grauen Augen durchdringend auf Niklas. Auf ihrem Schoß saß der Kater, das Nackenfell gesträubt. »Versprich mir, dass du die Mädchen zurückholst, Niki! Vor mir! Ganz gleich, was geschieht! Ansonsten hältst du dich raus!« Und die Dede ebenfalls. Sie dachte es nur, doch er konnte es in ihren Augen lesen.

»Ich versprech's.« Mehr sagte er nicht, doch es genügte ihr. Der ernste Ausdruck in seiner Miene, die Furcht in den braunen Augen rührte Anna. Er würde Wort halten, weil er Helena liebte. Er liebte auch sie, doch anders. Niklas liebte Helena auf die gleiche Weise, wie sie Mathis geliebt hatte und sich noch immer nach ihm verzehrte. Auch wenn der Junge das noch nicht wusste.

Ihre Tochter, Romans feurige Tochter und sein Ebenbild, regte sich neben ihr. Christina wühlte in der Handtasche, brachte zwei Holzfigürchen zum Vorschein und legte sie auf den Tisch. Anna reagierte mit einem Beben der Nasenflügel. Sie erkannte Mathis' Handwerk sofort wieder.

»Nanni. Hier, deine Schnecke!«

Helena überlegte lange. Entschied sich für das Holzfigürchen und nahm es fest in die linke Hand. Das Silberauge gehörte Barbara, der Stein war auf sie eingestimmt und trug deren Präsenz. Genauso, wie die Holzschnecke die ihre trug.

Mit einem Nicken akzeptierte Anna die Entscheidung. Sie nahm den eigenen Stein vom Tisch und schloss die Faust darum. Dann streckte sie die freie Hand aus. Wortlos legten die Frauen die Hände aneinander; sie waren ebenso kalt wie Annas. Gemeinsam bildeten sie eine Schale, einen unheiligen Gral, der zitternd wartete. Barbara Sittler nahm das Kruzifix von dem Tuch und ließ es in die aneinandergelegten Handflächen fallen.

Anna konzentrierte sich, fixierte das Silberauge. Aus tiefstem Herzen schickte sie ein Stoßgebet zum Himmel. Heilige Mutter Gottes hilf, hilf mir ein letztes Mal. Bewahr meine Kinder! Ich schwör dir, ich tu das nie wieder, wenn du sie heil zurückbringst! Ihre Seele bebte vor Angst, der Gaumen war ausgetrocknet vor Furcht und Erwartung. Sie suchte den Blick der Töchter und fand darin dieselbe Erregung.

Bevor sie es sich anders überlegte, hob Anna in einer schnellen Bewegung das Kreuz an die Lippen und berührte es mit der Zunge. Schmeckte Metall, die Kälte der eisblauen Steine. Ihr Mund öffnete sich zu einem Schrei, doch nur ein gutturales Keuchen kam heraus. Sie spürte, wie das Gold sich brennend in sie hineingrub und riss die Hand aus der Verbindung. Hustete hart und verdrehte die Augen. Mit einem metallischen Klirren polterte das Smaragdkreuz auf den Tisch.

Christina und Helena fingen Anna auf, als sie zurückfiel. Hielten sie umklammert, während Spasmen den schmächtigen Körper durchliefen.

»Barbara, tu doch etwas!« Angstvoll sah Christina die Großtante an. Sie hatte nicht geahnt, dass es *so* sein würde.

»Lasst sie! Sie wird sich gleich wieder beruhigen.« Barbaras Stimme dröhnte wie ein von fern grollender Donner. Hielt Niklas nieder, der schon aufspringen wollte. »Es ist das Kreuz. Es trägt zu viel Unheil. Ich hab das gleich gewusst. Doch sie bezwingt es, sie hat es schon einmal bezwungen. Anneli ist stark.« Sie rappelte sich hoch und kam um den Tisch herum. »Es ist kein schöner Anblick, doch ihr wolltet es ja nicht anders. Auf jetzt, Mädchen, sonst ist sie zu weit weg!«

»Was sollen wir denn tun?« Christina war hell entsetzt; sie hatte sich das völlig anders vorgestellt. Sich ausgemalt, wie es sein würde, Hand in Hand mit Mutter und Schwester in die andere Dimension zu gehen. Endlich zu sehen, was sie sehen konnten. Was nun geschah, flößte ihr mehr Angst ein, als sie jemals verspürt hatte. Annas Körper krampfte in ihren Armen.

Barbara Sittler stieß ein freudloses Lachen aus. »Der Kontakt funktioniert nicht, wenn ihr euch nur an den Händen haltet. Das hätte ich euch gleich sagen können. Wenn ihr mit Anneli mitgehen wollt, dann braucht es mehr. Etwas Persönliches. Spucke, Schweiß, Tränen. Oder Blut.«

Natürlich! Helena begriff. Wie hatte sie nur annehmen können, dass es so simpel war?

»Hilf mir, Tini!« Sie packte die Mutter unter den Achseln und zog sie in eine halbwegs sitzende Haltung, legte behutsam den Kopf an die hölzerne Wand. Anna hatte sich endlich beruhigt. Sie zuckte nicht mehr. Totenblass saß sie da, das Kinn auf der Brust. Ihr Geist war weit weg, der Körper nur eine leere Hülle. Helena spuckte in die Handfläche und hielt sie der Schwester hin. Fragend sah Christina sie an. »Himmel, jetzt mach schon! Spuck rein!«

Tini sog die Wangen ein, versuchte krampfhaft, ihren Speichel zu sammeln. »Ich kann nicht – mein Mund ist zu trocken.« Ihr war zum Weinen zumute, doch nicht eine Träne wollte aus den brennenden Augen kommen.

Helena zerrte die Lade unter dem Tisch auf und riss ein Messer heraus. Bevor Niklas sie aufhalten konnte, umfasste sie die Schneide mit den Fingern und zog das Heft mit einem schnellen Ruck nach unten. Dann griff sie nach der Hand der Zwillingsschwester und drehte sie um. Hielt sie fest und führte die Klinge über Christinas Daumenballen. Die scharfe Messerspitze ritzte das Fleisch. Christina ächzte, als der Schnitt aufklaffte und sich mit Blut füllte. Doch sie begriff, was die Schwester beabsichtigte und hielt still.

All das geschah im Bruchteil einer Minute. Das runzelige Gesicht der Sittlerin leuchtete; erneut fiel sie Niklas in den Arm. »Warte!«

Dunkles Blut kroch aus den Schnitten und rann an den Handgelenken der Frauen entlang.

Helena riss das Kreuz vom Tisch, nahm es in die blut-überströmte Hand und stieß zischend die Luft aus. Das widerwärtige Ding glühte! Sie packte es fester, verschränkte die Hand mit Christinas und zog die Schwester auf die Bank. Gemeinsam knieten sie und hielten die Faust über Annas schlaffen Mund. Das Kreuz sengte sich in ihre Handflächen und Christina gab ein Keuchen von sich. Es war, als tränke das Kruzifix ihr Blut, als schlössen sie einen Pakt mit dem Teufel. Eine Woge aus Hitze schoss durch Helenas Adern und sie suchte Tinis Blick. Sie beugte sich vor, fing die Tropfen mit der Zungenspitze auf und küsste Anna auf den Mund. Helena stürzte in Schmerz und Licht.

Ein Reißen ging durch ihre Nervenbahnen und ließ sie fast ohnmächtig werden. Beißender Lavendelgeruch legte sich betäubend auf ihre Sinne, zerrte sie zurück. Sie war versucht zu folgen, doch etwas in ihr bohrte, dass es noch nicht an der Zeit war. Zuerst mussten sie diese Aufgabe erfüllen. Die

Sternsaphire des Kreuzes gleißten grell auf. Und dahinter waberten Bilder, auf die sie zuging. Nein, schwamm. Oder flog? Sie wusste es nicht. Instinktiv griff Helena nach ihrem Schutzschild und zog ihn hoch. Silbernes Sternenlicht umgab sie, hüllte sie in die dünn glänzende Membran ein. Und für einen köstlichen Moment wollte sie wieder tanzen.

Der kupferne Geschmack im Mund brachte sie zur Besinnung. Oder war es das Glühen des Kreuzes? Tini war nicht da, nicht neben ihr, wie sie es erwartet hatte. Und doch konnte sie ihre Aura fühlen, glühend rot wie Feuerflammen. Eine sonnenheiße Kraft, die sie energisch vorwärtsdrängte. Helena schlug mit den Armen, stieß sich ab und durchbrach den Schleier, der zwischen ihr und dem lag, was das Kreuz offenbaren wollte. Tauchte auf und schnappte nach Luft.

Die Macht des Kreuzes war entsetzlich. Helena ertrank schier unter der Flut der anbrandenden Bilder. Es ist wirklich verflucht, durchschoss es sie, als sie sah, wie das Kruzifix in die Hände der Roma gekommen war und wie sie es mit ihrem Gold vergruben, um ihr Gut vor den gierigen Händen der Nationalsozialisten zu verbergen. Wie Roman es aus der Erde kratzte und floh. Das Metall trug seine Emanation, seine ungeheure Strahlkraft. Und zugleich die der Menschen, die es berührt hatten.

Helena sah es auf der samtglatten Haut eines Mädchens mit wilden Locken und zwischen den faltigen Brüsten einer zahnlosen Frau liegen. Ein Name schwamm auf. Sidi? Sie musste es sein. Die Alte, tot, in ihrem Blut. Helena fühlte den unbändigen Hass, der in Roman loderte; genährt und am Leben gehalten durch seine Wut. Marie. Anna. Der nach Rauch und Alkohol stinkende Atem und sein heißer Körper, der über sie kam. Ein Junge, der ihm ein Messer an die Kehle hielt. Romans Angst, die ihm die Kraft verlieh, sich aus der tödlichen Umklammerung zu befreien und wild umherstoßende Füße, die den Jungen durch die Luke traten. Schweißfeuchte Hände, die einen Säugling erstickten. Eine jüngere Barbara, die unter dem Mann lag und sich wehrte.

Sein Schmerz und auch seine Lust, als sie ihn biss. Eine Felsenhöhle, in der er sich an einem kleinen Feuer zusammenkauerte und die Wut auf dieses undankbare Leben an die Wände schrie.

Tausend und abertausend Bilder, die Helena in ein wirres Kaleidoskop aus Gewalt, Blut und Tränen rissen.

Und dann – ächzend ließ sie den Schutzschild fallen. Überdeutlich sah sie es, am Ende eines langen Bilderbogens, bevor das Kreuz schwarz aufpulste und das obszöne Leuchten erstarb. Vor Entsetzen kreischend prallte sie zurück. Der Schock saugte ihr alle Kraft aus und sie fiel neben Anna auf die Knie. Gemeinsam mussten sie zusehen. Es war zu viel! Helenas Membran verblasste, das silberne Licht verschwand. Schutzlos war sie der Vergangenheit ausgeliefert.

Sie konnte es nicht. Christina hätte schreien mögen vor Enttäuschung, doch die Kehle war ihr wie zugeschnürt. Es funktionierte einfach nicht. Der Schnitt in ihrer Hand pochte und das Kreuz war glitschig vom Blut. Die Schwester lag halb auf dem Tisch und machte keinen Mucks. Helenas Gesicht lag auf Annas Schulter, die Lippen verschmiert; Rot hob sich grell von weißer Haut ab.

Hilflos sah sie auf. »Tut doch etwas!«

Barbara Sittler ließ die beiden Frauen nicht aus den Augen. »Wir warten noch.«

Niklas fingerte bereits an den Spritzen, die vor ihm auf dem Tisch lagen und zog die Schutzkappen ab, im Begriff, die Epinephrin-Ampullen aufbrechen.

»Noch nicht!«, herrschte Barbara ihn an. »Warte, bis ich es dir sage!«

Annas Hals überstreckte sich, ihr Kopf ruckte nach hinten, als ob jemand ihn mit Gewalt zurückgerissen hätte. Sie kam zu sich, öffnete die Augen weit. Ein Würgen schüttelte die schmächtige Gestalt und sie hob beide Hände vor den Mund.

Heftig schüttelte Christina die Mutter. »Wo ist Nanni?!«

Niklas fing Helena auf, die von der Bank zu rutschen drohte.

Annas Augen schauten ins Leere, füllten sich nur allmählich mit Begreifen. Sie rang nach Luft und krümmte sich gleich darauf. Versuchte mit aller Macht, den Drang zu unterdrücken, der ihr das Innerste nach außen kehrte. Die Vision schwamm noch durch ihr Gehirn. Sie wollte bloß speien. Dieses unsägliche Entsetzen loswerden. Anna kämpfte gegen eine Ohnmacht, wehrte mit schwachen Bewegungen die helfenden Hände ab. Griff nach Christina und zerrte sie zu sich her. Die steingrauen Augen waren dunkel vor Angst. »Tini«, keuchte sie, »du musst sie zurückholen. Ich … ich kann nicht … Bitte!« Sie ließ sich zurückfallen und rang würgend nach Atem.

Christina hatte ebenfalls das Gefühl, keine Luft zu bekommen. Was hatte sie mit dieser verrückten Idee nur losgetreten? Verdammt, wenn das schiefging, würde sie des Lebens nicht mehr froh werden. Nur weil sie Helena so sehr bedrängt hatte, war die Schwester nun dort.

Niklas half ihr und gemeinsam fassten sie die schlaffe Gestalt unter den Achseln. Besorgt klopfte er Helena die blassen Wangen und strich ihr das schweißverklebte Haar aus der Stirn. Christina umschlang sie mit beiden Armen.

»Nanni!« Sie weinte auf. »Es tut mir leid, ich wollte das nicht!«

»Das reicht jetzt, Barbi!«, befahl Niklas.

»Zu spät, Junge«, krächzte Barbara. Sie schob das Tellerchen mit der Belladonnaflüssigkeit über den Tisch. »Anneli hat sie verloren. Du musst es tun.«

Entsetzt starrte Christina die Alte an.

»Du musst Nanni das auf den Mund streichen und ihr deinen Atem geben. Und dann folge deinem Herzen, Kind. Du wirst schon das Richtige tun.«

»Verflucht, Barbara! Ich habe die Gabe nicht!« Die Angst um Helena wühlte wie ein hungriges Tier in ihr und Wut, grell aufschäumende Wut ballte sich in ihrem Bauch. Mit aller Kraft widerstand sie dem Drang, Barbara zu ohrfeigen, die alte Hexe durchzuschütteln, bis ihr dieser überhebliche Ausdruck aus dem Gesicht fiel. Warum half sie ihr nicht?

Barbaras Blick war unergründlich. Katzenhaft schimmerten die kleinen Augen aus dem Kranz der Fältchen, die sie umgaben, wie grüne Meereswogen, aufgerührt von einem Sturmwind. »Womöglich behält deine Schwester recht; du scheinst eine Aufgabe zu haben. Du stehst Nanni am nächsten. Wer weiß, vielleicht trägt dich die enge Bindung, die man Zwillingen nachsagt? Ich kann euch nicht helfen.«

Christina war es plötzlich ganz kalt vor Furcht. Eine Woge aus Eiswasser raste durch ihre Adern. Ihr blieb weder eine Wahl noch Zeit, die Schwester brauchte sie jetzt.

Sie hob die Schnecke auf, die auf der Tischplatte lag. »Niklas, gib das Nanni in die Hand und pass auf, dass sie nicht loslässt! Und hilf mir, sie hinzulegen. Mach Platz!«, herrschte sie die Mutter an und drückte sie zur Seite.

Wankend stand Anna auf und hielt sich an der Anrichte fest. Noch drehte sich alles um sie.

Gemeinsam legten sie Helena auf die Bank. Ohne zu blinzeln, starrten die grauen Augen ins Leere. Schauerlich, dachte Christina, dieser tote Blick ist einfach absolut schauerlich. Du bist so weit weg, Nanni, weiter, als du jemals warst. Aber ich komm. Ich bring dich zurück, ich schwör's. Oder wir bleiben beide dort.

Ihre Nerven waren zum Zerreißen gespannt, ihre Adern fühlten sich an wie Kupferdrähte. Sie tauchte den Finger in das Schälchen und strich die ölige Substanz zuerst auf Helenas Lippen, danach auf die eigenen. Der Geschmack war seltsam erdig, süßlich und bitter zugleich. Die empfindliche Haut begann sofort zu kribbeln. Sie beugte sich über Helena und holte tief Luft. Hoffte verzweifelt, dass sie alles richtig machte.

Von Weitem hörte sie Niklas' Stimme, die Worte, die er wie ein Mantra wiederholte: »Die Schnecke, Nanni, schau auf deine Schnecke. Komm zurück, Nanni! Komm zurück zu mir.«

Die Lippen der Schwester waren eiskalt.

»Nanni«, murmelte Christina an Helenas Mund und verband sich mit ihrem Zwilling.

Es war, als würde in ihrem Kopf ein Licht angezündet. Die Erleuchtung war so hell, dass sie wie geblendet war. Nein, geblendet war ein zu schwaches Wort dafür. Das Licht war wie hundert brennende Sonnen, sie konnte nicht hineinsehen, ohne blind zu werden. Mit tiefem Erstaunen versank sie in Helenas Geist, griff nach der Relation, die sich auftat. Ich kann es, triumphierte sie, bevor grelle Sterne vor ihren Augen zerplatzten. Dann kam das Ertrinken. Sie versank in einem Ozean aus Nichts, rang nach Atem und schluckte verzweifelt. Wirbelte durch einen Höllenschlund und trank noch mehr von dem Nichts, bis sie glaubte, die Lungen würden ihr platzen. Während Christina verzweifelt an die Oberfläche zu rudern versuchte – an irgendeine Oberfläche, wie auch immer diese geartet sein mochte – stieß ihr Kopf durch. Plötzlich konnte sie wieder atmen. Lag neben Helena auf lehmig hartem Boden. Sie schluchzte auf und griff nach der Schwester. Krallte die Finger in das reglose Fleisch, als sie sah, was Helena gesehen hatte.

Der Geschmack der Tollkirsche war ekelhaft. Bitter und modrig süß, voller Verheißung auf Leben und todbringend zugleich. Helena leckte sich die Lippen. Schluckte. Eine rotgoldene Lohe wallte durch ihre Adern und köstliche Wärme breitete sich aus. Das Sein der Schwester füllte sie mit einem Mal vollständig an; charmant und sprühend, zauberhaft sinnlich. Tini war ein tanzender Kobold, ein Naturgeist, eine dunkle Elfe. Ihr Name hieß Leidenschaft. Tini brannte. Helena erkannte das Wesen ihres Zwillings und gab sich hin. Der innige Kuss berührte das Innerste und bannte für einen Moment die steinerne Kälte, die sie gefangen hielt. Sie spürte einen Hauch Angst hinter dem Kuss und erschauerte. Zuckte, wie sie sich heute früh unter dem brausenden Flügelschlag der Krähe geduckt hatte. Angst? Weshalb hatte Tini Angst um sie?

»Du kannst nicht hierbleiben. Komm mit, Nanni.«

Die Augen der Schwester waren groß und schwarz, glühten wie Kohlestücke. Christinas Präsenz umfing sie kraftvoll, und voller Dankbarkeit schmiegte Helena sich hinein. Sie hatte sich so verloren gefühlt, ihre Sinne taumelten noch unter dem Entsetzen.

»Tini …« Ihre Stimme war keine, nur dröhnende Gedanken, denn sie sprach nicht wirklich. Sie hätte gar nicht sprechen können. Das Grauen drückte ihr die Kehle ab, lag betäubend schwer auf der Brust und nagelte sie auf dem staubigen Boden fest. Helenas tonlose Stimme schwamm in Christinas Gedanken auf. »Tini, sieh doch!«

Sie lagen in der Ecke eines dunklen Kellers. Alles war voller Blut. Das Kreuz pulsierte in ihren verschlungenen Händen. Angsterfüllt zog Christina die Schwester an sich und versuchte die goldenen Schleifen heraufzubeschwören; den Kontakt, den Helena vor wenigen Tagen zwischen ihnen geschaffen hatte.

Sie brachte es nicht fertig, nicht so, wie Nanni es getan hatte. Das Brennen in ihrer Hand schien stärker zu sein und sie gestand sich die eigene Unzulänglichkeit ein, flehte: »Du hast gesehen, was wir wissen wollten. Doch nun ist es vorbei. Wir brauchen dich. *Ich* brauche dich! Komm mit mir.«

»Ich kann nicht.«

»Natürlich kannst du. Lass nicht alles umsonst gewesen sein, Nanni.« Sie griff nach Helenas Hand und erschrak, sie war kälter als Stein.

»Lass mich«, flüsterte Helenas Stimme in ihr. Und dann zog sie sich zurück und trennte die Verbindung ab.

Es war, als würde ein Tor in Christinas Seele zugeworfen. So unvermittelt, dass sie aufweinte. Ein unsäglicher Schmerz riss in ihr. Sie erinnerte sich nicht, jemals im Leben einen solch heftigen Schmerz gespürt zu haben. Was blieb, war Leere. Tödlich kalte Leere. Für einen Moment lag sie da wie niedergeschlagen. Dann kam die Wut.

Sie schoss hoch wie eine Flamme, sengte sich in die Leere und füllte sie mit rasendem Zorn. Zorn auf Barbara, auf

Anneli und diese gottverfluchte Gabe. Auf Roman Wojtek, der in seinem Egoismus all das Elend verursacht hatte. Zorn, heilloser Zorn auf Helena! Wie konnte sie nur so schwach sein! Einmal mehr gab sie auf und schloss sie aus. Christina kannte das, wusste, wie Helena tickte; es war nicht das erste Mal, dass sie aufgab. Doch so? So war es nie gewesen. Niemals zuvor. Das hier war endgültig.

Sie stieß einen heiseren Schrei aus und schlug der Schwester ins Gesicht. Alle Kraft, die sie aufbringen konnte, legte sie in diesen Schlag. »Verflucht, Nanni, was soll das! Tu das nicht!«

Helena zuckte nicht einmal. Die steingrauen Augen schauten durch sie hindurch.

Dieser seelenlose Blick war es, der Christinas Zorn verlöschen ließ. Die Wut verging und machte pochender Scham Platz. *Sie* hatte Helena in diese, für einen normalen Menschen nicht greifbare Situation gebracht! Nur sie allein, weil sie, verdammt noch mal, ihren Dickkopf durchsetzen musste. Sie weinte auf, krümmte sich und umschlang den reglosen Körper. Sie würde Nanni nicht alleine lassen. Nicht wieder. Dieses Mal blieb sie bei ihr.

Auf einer anderen Ebene der Zeit schoss ein Schwall Blut aus Christinas Nase, rann Helenas Wange entlang und versickerte im Stoff des Shirts. Mit einem Fluch warf Niklas die Spritze auf den Tisch und suchte mit fliegenden Fingern in der Tasche nach Mull. Er drückte den Bausch fest an ihre Gesichter, um das Blut zu stillen, getraute sich aber nicht, die Verbindung der Frauen zu lösen.

Anna rutschte mit dem Rücken der Anrichte entlang zu Boden. Ihre Augen flehten um Aufschub, als Barbara ihr zu Hilfe kommen wollte. Sie umklammerte das Silberauge und hob die Faust, wehrte die Tante ab. Mit letzter Kraft führte sie den Ringfinger an den Mund und saugte an dem Ring.

»Julianaaaa!« Annas Schrei gellte in der verrauchten Küche und durchschnitt die Jahrhunderte.

Sie begegneten sich in einem Strom aus kreisenden Sternen, unter einer bedrohlich dunkelroten Sonne, die wie eine schreckliche Riesin über ihnen stand. Sie leuchtete alles, alles aus, jeden noch so kleinen Winkel ihrer Seelen.

Anna streckte die Arme nach Juliana aus, die ihr entgegenkam. Warf sich zu der Ahnin und umklammerte die durchscheinende Gestalt. »Bitte! Du musst meinen Kindern helfen!« Sie kniete vor Juliana Haindl und umfasste deren Beine. Fühlte den wollenen Rock, die knochigen Gliedmaßen und die Wärme des Körpers. Dieses reale Anfassen war es, das den Sternenwirbel zum Stillstand brachte. Die Worte stürzten übereinander, flogen heraus wie aufgestörte Bienen, an deren Stock man gerüttelt hatte.

»Bitte, Juliana. Ich habe Kinder, wie du es vorausgesagt hast und sie tragen die Gabe. Du hast recht behalten. Du hattest immer recht! Aber nun ist alles verkehrt gegangen. Sie wollten die Vergangenheit sehen und ich – ich war so dumm … Ich konnte ihnen doch nichts mitgeben außer der Gabe! Und jetzt sind sie dort. Meine Mädchen brauchen dich. Sie können nicht mehr aus eigener Kraft zurück!«

Sie drückte das Gesicht in den dunklen Rock, spürte das gesponnene Gewebe, jede einzelne Faser darin, und roch den Hauch des Herdfeuers, der ihm anhaftete. »Hilf uns«, bettelte sie und sah mit tränennassem Gesicht zu den ernst blickenden Augen auf. »Bitte, Juliana, du bist meine letzte Hoffnung! Ich hab sie schon einmal verloren, ein zweites Mal ertrage ich das nicht! Nicht auf diese Weise.« Sie hätte noch so viel mehr sagen können. Dass sie in Helena eine Seelenverwandte gefunden hatte. Dass Christina schön und impulsiv wie Roman war, doch so viel kostbarer und besser als er. Dass gute Männer auf ihre Mädchen warteten, mit denen sie womöglich das Glück fanden, das ihr versagt geblieben war. Dass sie endlich eine Mutter sein durfte!

Julianas Hand lag auf Annas Haar. Sanft streichelte sie darüber. »Wo ist dein Schutz, Kind?«, mahnte sie liebevoll. »Hast du denn alles vergessen, was Barbara dir beigebracht hat?« Sie neigte sich und zog Anna hoch, nahm sie in die Arme. Die Regenbogenblase baute sich wabernd auf und umschloss die Frauen mit schillerndem Schein. Sperrte das sengende Licht der schwarzen Sonne aus. Dankbar ließ Anna sich in die schützende Umarmung gleiten und für einen Augenblick verstummte die Angst.

»Ich kann dir nichts mehr geben, meine Kraft ist schon lang erschöpft. Meine Zeit ist zu Ende«, hauchte Juliana in Annas Halsbeuge. »Du brauchst mich nicht mehr, aber sie brauchen *dich*. Deine Töchter haben noch viel zu lernen, bis sie die Gabe begreifen. Lass sie Liebe lernen! Liebe zu den Menschen und Respekt vor der Natur. Wir haben nur dies eine Ziel, dem Herrgott und seinen Kreaturen zu dienen.«

»Wir haben uns schuldig gemacht, Juliana. Du und ich und Barbara. Wir haben Roman umgebracht. Ich hab die Gabe verraten! Und du auch!«, begehrte Anna auf.

»Das ist wahr«, flüsterte Juliana traurig. »Wir mussten das tun. Unser Vermächtnis ist wichtiger als ein Menschenleben; es muss weiter bestehen. Eines Tages wird die Welt solche wie uns brauchen, Anneli. Wenn alles zusammenbricht, ist unser altes Wissen und der Glaube an unseren Schöpfer der einzige Ausweg zum Überleben. Glaub mir, ich hab es gesehen!«

Anna spürte, wie Julianas schlanker Körper erzitterte. »Du wirst unser Erbe weiterführen, ich lege es in deine Hand.« Sie hob Annas Kinn und zwang ihren Blick. »Du bist jetzt die Hüterin der Gabe, Anneli. Bewahre unser Wissen und lehre sie.«

»Ich?«, stammelte Anna entsetzt.

»Wer anderes als du?« Julianas Lächeln war herzzerreißend und froh zugleich. Es schien, als wäre eine Last von ihr abgefallen. »Wir sind nur Mittler zwischen den Zeiten. In deinen und deren Töchtern liegt die Rettung.«

»Bitte, tu ihnen das nicht an«, schluchzte Anna auf, »wie kannst du nur so etwas verlangen? Soll das immerfort so weitergehen? Du weißt doch selbst, wie viel es kostet. Ich will, dass sie leben! Sie sollen glücklich sein!«

»Was ist Glück, Anneli? Wann warst du am glücklichsten? Sei ehrlich.«

»Wenn ich bei dir war. Wenn ich zwischen den Zeiten wandern konnte. Und bei meinen Kräutern.« Anna flüsterte es nur. Ja, das waren die glücklichsten Momente gewesen, wenn sie ihrer Bestimmung folgen durfte. Und mit Mathis. Mathis, den sie mehr geliebt hatte als sich selbst, und der ihr genommen worden war. Mathis, o Gott, Mathis!

Juliana las den Schmerz in ihren bestürzt blickenden Augen. »Du wirst ihn wiedersehen, Kind. Er ist nur eine Handbreit von dir entfernt. Wir sehen sie alle wieder. Unsere Liebe überwindet die Grenzen des Todes.« Sie griff nach Annas Hand, zog sie an die Lippen und küsste den breiten Reif. »Nimm dein Erbe an, Anna Hohleitner. Ich gebe das Vermächtnis an dich weiter. Du wirst es gut hüten. Ich weiß es – vertrau mir.«

Es geschah nichts. Kein Blitz und kein Donner erschütterten diese Sekunde, die nur ein Innehalten war, während die Weltenzeit weitertickte. Der Stab wurde übergeben. Anna wusste mit einer seltsamen Klarheit, dass es so sein musste und beugte sich unter die Aufgabe. Alles hatte seinen Preis. Sie würde ihn bezahlen.

»Und jetzt komm, du musst deine Kinder zurückholen.«

Hand in Hand traten sie aus dem grellen Licht in den Grund des Kellers.

Die beiden Frauen lagen wie tot und Anna schrie auf. Sie waren zu spät! Sie stürzte zu ihren Töchtern hin, blendete das schreckliche Bild weg, das sie nun wieder sehen musste. Er war an allem schuld! Sie rüttelte an den leblosen Körpern und fiel auf die Knie. »Tini! Nanni!« Aus tiefstem Herzen verfluchte Anna, was sie getan hatte. Ihn. Barbara. Alles.

Julianas verwehende Stimme holte sie aus dem unfassbaren Schmerz, der sie aufsaugen wollte. »Anneli! Der Schlüssel ist Liebe, nicht Schmerz oder Trauer, nicht unser Versagen. Nur Liebe zueinander. In unseres Herrgotts großem Garten sind alle gleich und ein jeder geliebt. Für uns Gesegnete ist es außerdem die Hingabe zu Mensch und Kreatur. Nicht von oben auf sie herabsehen, sondern zu ihnen aufsehen. Zorn, Neid und Hass trennen sie. Wir sind anders – du bist anders. Lass nicht zu, dass die Menschen das verlernen.«

Anna warf einen Blick über die, anscheinend in einem Standbild erstarrte Szenerie des Kellers. Jemand schien die Zeit angehalten zu haben. Ihre Seele ächzte unter dem Eindruck und sie krampfte sich zusammen, war versucht, ihren Hass laut hinauszubrüllen. Diesen unbändigen Hass auf Roman Wojtek, der ihnen das angetan hatte. Der bekommen hatte, was er verdiente und dessen lange Arme doch bis ins Jetzt reichten.

»Liebe, Anneli. Nur Liebe …«

Julianas Stimme drang in sie. Es war, als ob sich ein Vorhang hob. Anna begriff. Mit einem Mal sah sie Elsbeth vor sich, wie sie in das schöne Licht gegangen war. Ohne ein Wort des Vorwurfs hatte Elsbeth ein einfaches Leben gelebt; das Wenige aus den Händen der anderen genommen, das man ihr zugeworfen hatte. Dennoch war ihr ganzes Wesen reine Liebe gewesen. Und grad Elsbeth Suter hätte jeden erdenklichen Grund gehabt, zu hassen.

Jetzt erkannte sie den Sinn hinter alldem. Anna presste die Hände vor den Mund, kämpfte gegen den Hass an, der ebenso heiß loderte wie damals. Niemand nahm ihr diese Aufgabe ab. In ihrer Hand lag es, ob das Unrecht aus ihren vergifteten Gedanken und Seelen getilgt würde. Und verzieh endlich den Frevel der anderen und den eigenen. Das Wegsehen und das Schweigen. Die Tat, die sie seither keinen Tag losgelassen hatte.

»Ich verzeihe dir, Roman Wojtek. Du hast mit deinem Leben bezahlt. Deine Schuld ist gelöscht, vor dem Herrgott und vor uns.« Sie blickte zu Juliana auf, die mit einem feinen Lächeln auf sie herabsah. Setzte sich auf die Fersen und streckte die Hand nach ihr aus.

Juliana schüttelte sanft den Kopf und trat einen Schritt zurück. »Du brauchst mich nicht mehr. Leb wohl, Anneli, Kind meines Herzens. Hüte die Gabe …«

Mit einem wehen Gefühl in der Seele ließ Anna die Ahne gehen. In Demut beugte sie den Kopf und betete zu dem Allmächtigen, bevor sie mit zitternden Händen die bleichen Wangen ihrer Töchter umfasste. *Sie* war der Kanal, durch den die göttliche Kraft fließen musste! *Sie* erhielt die Brücke zwischen Leben und Tod. Als sie die Hände auf ihre Kinder legte und der Lebensfunke übersprang, dieser gleißende Bogen aus abgrundtiefer und lebenserhaltender Liebe, war es fast ein schöpferischer Akt. Nur fast.

Mit einer plötzlichen Gewissheit erkannte Anna, was Juliana ihr immer zu erklären versucht hatte. Sie war nur ein Gefäß, das die Macht bewahrte und fließen ließ. Eine Hüterin, aus Gottes Gnade und nicht aus eigener Kraft, dazu bestimmt, seinen Kreaturen zu dienen.

Es gab nur eine Wahrheit: Die Gabe musste geschützt werden. Doch ohne Liebe war sie nichts wert.

In Christina wallte eine fast schmerzhafte Verbindung zu ihrem Zwilling auf. Ein Lichtstrahl hatte sie berührt und nahm sie aus dem eisigen Grau, in das sie geglitten war. Alles in ihr war taub. Eine Ahnung wuchs, die Erkenntnis, dass sie noch nicht am Ende waren. Da wartete etwas auf sie und Anneli war ein Teil davon. Ihr Teil. Alles war nur ein böser Traum, aus dem sie unversehens erwachte. Die heiße Wut war weg, wie ausgelöscht, als ob jemand einen Schalter umgelegt hätte. Ihre Augen suchten noch einmal den Gräuel, dann wandte sie den Blick ab.

»Nanni, ich weiß, du hast es für mich getan! Doch jetzt ist es genug. Komm mit mir zurück.« Wieder küsste sie die Schwester auf den Mund; fühlte Annas Liebe, die sie durchströmte wie Glutwasser, heiße Ströme aus Lava, die eine Kraft weckten, die unfassbar lebendig war.

Die kalten, blutverschmierten Lippen berührten sich und Helenas Körper zuckte unter ihr.

Christinas lebhafte Präsenz überflutete sie. Im nächsten Moment fand sich Helena auf der Küchenbank. Die Schwester lag schwer auf ihr und Niklas' Faust umklammerte ihre Hand. In Helenas Magen schwappte es und sie schaffte es gerade noch, den Kopf zur Seite zu drehen. In einem heißen Schwall schoss ein übelriechender Brei aus Speck, Eiern und Brot aus ihr heraus.

Nach und nach trafen sie sich vor dem Haus.

Es war eine dieser weißen Nächte, in denen kein Laut ans Ohr dringt. Der Himmel schien wie aufgerissen; ein aufgeblähter Mond schob sich hinter einem Wolkenfetzen heraus und übergoss den schneebedeckten Vorplatz mit Licht. Er stand am Firmament wie eine blankpolierte Silbermünze, mit scharf gezeichnetem Rand und das Innere prall aufgewölbt. Es musste weit nach Mitternacht sein. Sie waren erschöpft, doch ihre Nerven vibrierten.

Die Schwestern hatten sich gewaschen und steckten in Kleidern der Mutter, die Schnitte waren versorgt. Niklas hatte Helenas Handfläche mit drei Stichen genäht, bei Christina hatte einer ausgereicht. Sie trug das buntgemusterte Kopftuch über den noch feuchten Haaren und glich mehr denn je einer schönen Romni. Bis auf die Blässe unter der olivbraunen Haut. Sie zitterte noch immer wie Espenlaub.

Anna brachte einen Stapel Decken heraus und verteilte sie, legte eine um Barbaras Schultern. »Wenn ihr schon nicht hereinsitzen wollt, dann seht wenigstens zu, dass ihr euch nicht erkältet.«

»Sie sind doch nicht aus Zucker«, knurrte Barbara und zog die Wolldecke über der Brust zusammen. »Da drinnen stinkt es noch immer wie in einem Schweinekoben. Und frische Luft wird ihnen nicht schaden.«

Dass die Hutzel nicht *einmal* etwas Nettes sagen kann, dachte Christina und kniff die Lippen aufeinander. Ihr Mund fühlte sich noch immer taub an, doch sie war zu erschöpft, um mit Barbara zu streiten.

Niklas kam aus der Almhütte und stellte zwei geöffnete Weinflaschen auf die rissige Tischplatte. »Das ist dein letzter

Rotgipfler, Anneli. Den habt ihr euch redlich verdient.« Er setzte sich neben Helena auf die Bank und zog sie an sich. Sie schmiegte sich an ihn und genoss das tröstliche Gefühl seiner Wärme.

Anna lächelte, als sie es sah und griff nach Christinas Hand. Hielt sie im Schoß und streichelte ihre Finger. Die Augen der Zwillinge suchten einander. Fanden in der anderen die entblößte Seele wieder, Schrecken und Ewigkeit, und wandten schnell den Blick ab.

Schweigend genossen sie den ersten Schluck und Helena war dankbar, dass keine Bilder aufstiegen. Noch mehr hätte sie nicht ertragen. Sie war völlig ausgebrannt.

»Nun, seid ihr jetzt schlauer?«, fragte Barbara Sittler. Ungeduldig stellte sie das Glas ab und die kleinen grünen Augen lauerten. »Was habt ihr gesehen?«

Helena kaute auf der Unterlippe. Seit sie zurück waren, hatte keine von ihnen ein Wort darüber verloren. Es war zu grauenhaft gewesen. Sie hatte geglaubt, sich die Seele aus dem Leib schreien zu müssen. Das Gefühl, verlorengegangen zu sein, lag ihr unter der Haut wie ein bitterer Beigeschmack. Christina und Anna erging es wohl ähnlich, in den Gesichtern spiegelte sich eine Kopie des eigenen Entsetzens.

»Hat man euch den Mund zugenäht?«

Anna fuhr auf, ihre Stimme war schneidend. »Jesus Christus, was ist nur los mit dir, Dede! Wo ist die Frau geblieben, die mich gelehrt hat? Wann bist du so gefühllos geworden? Gib endlich eine Ruh, ich bitte dich! Du wirst es früh genug erfahren! Sie müssen das erst einmal verkraften. Wir sind einfach nur froh, dass es vorbei ist!« Sie griff nach ihrem Glas und trank einen hastigen Schluck.

Die alte Frau steckte den Tadel ungerührt ein und ließ ein zahnloses Grinsen sehen. »Bub, bestimmt hat sie noch Marillenschnaps in der Speis. Geh mal nachschauen – mir ist nach etwas Stärkerem. Ich hatte nie viel für die dünne Brüh übrig.«

Folgsam erhob er sich. Tief in Christinas Brust entstand ein Kitzeln, stieg Stufe um Stufe herauf, schüttelte sie und mit aufgeblasenen Backen platzte sie heraus. Die alte Hexe war wirklich unglaublich. Anna gab einen schnalzenden Laut von sich. Und dann lachten sie, lachten aus vollem Hals. Lachten die Angst und das Entsetzen weg.

Als Niklas die Gläser vollgeschenkt hatte, griff Christina danach und kippte es auf einen Zug hinunter. Der Schnaps brannte sich durch ihre Kehle und einen Moment atmete sie der sengenden Spur nach.

Die schlimmen Worte konnten endlich heraus. »Ihr habt es auch gesehen, nicht wahr?«, fragte sie, traute der eigenen Stimme kaum. Sie fühlte sich benommen, der Alkohol stieg ihr schnell zu Kopf. »Es war alles ganz anders.«

Kapitel Elf

Um vier Uhr früh mahnte Niklas zum Aufbruch. Ausgefroren und leer geredet räumten sie zusammen und verabschiedeten sich von Anna. Helena war todmüde. Sie wollte schlafen, nur schlafen. Alles hinter sich lassen.

Barbara Sittler war irgendwann eingenickt und Anna hatte sie nach oben in den Alkoven verfrachtet. Sie blieben vor dem Haus sitzen, die klare Luft der Winternacht genießend, obwohl ihnen die Kälte in die Zehen kroch. Tauschten sich im Flüsterton aus und glichen ihre Visionen ab. Es blieb immer das Gleiche. Alle drei Frauen hatten es gesehen. Lange beratschlagten sie, was zu tun war, drehten alles von hinten nach vorn und zurück. Zuletzt blieb nur eines: Sie mussten mit den Oberndörfers sprechen.

Johannes saß auf der Treppe vor dem Gasthof und erwartete sie. Er umarmte Christina und sie küssten sich.

»Heilige Jungfrau Maria, da kann man ja nicht zusehen! Mitten auf dem Dorfplatz; sie sollten sich was schämen«, grantelte die Sittlerin.

Helena tätschelte ihr die knochige Schulter. »Nur kein Neid, Barbi. Du warst auch kein Kind von Traurigkeit, oder?« Die Alte gackerte und verzog das Gesicht. Helena beugte sich über die Lehne und strich über Barbaras Wange. »Ruh dich erst einmal aus. Es war eine lange Nacht.«

»Ihr sagt mir Bescheid, ja? Ich muss dabei sein!«

»Aber natürlich. Wir haben ausgemacht, dass wir abwarten wollen. Uns läuft nichts davon. Einen Tag mehr oder weniger, das ist jetzt egal, oder? Morgen kommen wir zu dir hinüber in den Haindlhof. Und dann reden wir darüber. Versprochen.«

Barbara Sittler gab keine Antwort, vergrub das Kinn tiefer in dem wollenen Tuch.

Sie tat ihr fast leid. Die alte Frau brannte darauf, die unselige Geschichte zu Ende zu bringen. Helena verstand das, Barbara hatte lange darauf gewartet. Sie war alt und für die Großtante zählte jeder Tag. Doch sie alle brauchten jetzt erst einmal Schlaf. Ein paar Stunden Ruhe, bevor sie sich der Wahrheit erneut stellten. Für den Moment wünschte Helena nichts sehnlicher als ein Kopfkissen und die Wärme eines Betts. Sie war erschöpft, ihr überreizter Geist wollte nicht mehr funktionieren; sie wusste kaum mehr, welcher Tag heute war. Zu viel war in den letzten Stunden auf sie eingestürmt. Mit einem Mal sehnte sich Helena schmerzlich nach Rosa. Sie fehlte ihr. Rösle war eine gute Beraterin und sie vertraute der Freundin. Bevor sie zu Bett ging, würde sie zu Hause anrufen, egal wie spät oder früh es war. Sie musste jetzt einfach Rösles Stimme hören und das Erlebte loswerden. Sie würde verstehen. Und, ein Gedanke zuckte auf, vielleicht sollten Tini und sie länger bleiben. Die Zeit lief unaufhörlich und wie es schien, war das alles noch nicht zu Ende. Sie konnte morgen nicht einfach zurückfahren.

Helena stieg aus, umarmte Niklas und erwiderte seinen Kuss. Seine Lippen waren lebendig und herrlich warm. Sie vertrieben ein wenig der Kälte, die ihr Inneres umklammert hielt. Er schmeckte gut, wie dunkle Schokolade, seine Zunge trug noch den Geschmack des Rotgipflers. Hungrig küsste sie ihn wieder, nahm wahr, wie er erstaunt innehielt und sie dann an sich drückte. Für einen fast ewig dauernden Moment begegneten sich ihre Seelen, tasteten behutsam nacheinander. Es war nicht wie sonst, wenn sie jemanden schmeckte. Der Kontakt ließ Helena eintauchen, doch er trieb sie nicht unter Wasser. Sie war ganz bei sich und trotzdem in ihm. Wovor hatte sie nur Angst gehabt? Niklas und sie gehörten zusammen. Zutiefst verwundert gab sie der aufregenden und hoffentlich letzten Erkenntnis dieses frühen Morgens nach.

Es war ihr völlig egal, dass Barbara Sittler zusah.

Bis Christina geduscht hatte, schlief Helena schon fast. Bekam nur am Rande mit, wie Tini ins Bett schlüpfte. Der Arm der Schwester umschlang sie mit noch feuchter Haut und eine wunderbare Hitze verströmend.

Bleib grad so liegen, Tini, das fühlt sich gut an. Wie konnte ich nur glauben, dass ich dich nicht brauche? Das muss so ein Zwillingsding sein, dachte sie und schob den Rücken an Tinis Bauch. Die Gedanken kamen bruchstückartig; sie konnte nicht mehr zusammenhängend denken und drückte die Wange in das weiche Kissen. Ihr erschöpfter Geist glitt ab und schwamm dem Schlaf entgegen.

Es war nach Mittag, als es an die Tür klopfte.

Noch schwer von einem davonfliegenden Traum nahm sie halblaute Stimmen wahr, das Scheppern eines Tabletts. Das Senken der Matratze, als Christina sich wieder ins Bett fallen ließ. Roch Kaffeeduft, der sich in ihre Nase schmeichelte.

»Bist du wach, Nanni?«

Helena gab ein Grunzen von sich.

»Du solltest langsam zu dir kommen. Die hocken alle unten und warten auf uns.«

Helena zog die Decke über den Kopf. Bitte nicht. Bitte. Bitte! Ich bin doch gerade erst warm geworden.

Der Geruch des Kaffees war zu verlockend. Mit einem Auge lugte sie unter der Bettdecke hervor. Ihr Mund war pappig verklebt, und ihre Stimmbänder krächzten. »Wer in Dreiteufelsnamen sind alle?« Dankbar griff sie nach der Tasse, die Christina ihr hinhielt.

»Johannes, Barbara, Anneli und dein Georgie.«

Kraftlos ließ sie sich an die Bettkante sinken. Das unterdrückte Lachen in Christinas Stimme entging ihr dennoch nicht.

»Sein Name ist Niklas. Und Tini, lass das endlich, so langsam wird's wirklich blöd.« Helena setzte sich auf und nahm einen tiefen Schluck. Der Kaffee war stark. Gierig erwartete sie den Kick des Koffeins. Allmählich wurde sie wacher, ihr Gehirn begann, die Information zu verarbeiten.

»Ähh, sie warten unten? Anneli auch? Was will sie?« Das hörte sich lieblos an, sie wusste es schon, bevor sie den Satz zu Ende gesprochen hatte. Helena stellte die Tasse weg. In ihrem Bauch rumorte es, ihr Körper war völlig aus dem Takt, genau wie sie selbst. Am liebsten hätte sie sich wieder unter der Decke verkrochen; eine Neuauflage der gestrigen Nacht konnte sie wirklich nicht ertragen.

Christina zuckte mit den Achseln. »Was weiß ich?«

»Wie viel Uhr ist es denn?«

»Kurz nach zwei.«

»So spät schon!« Helena setzte sich abrupt auf und schwang die Beine aus dem Bett. Ihr Magen lupfte sich ungut und sie schlug eine Hand vor den Mund.

»Mach hin, Nanni. Ich muss auch aufs Klo«, rief Christina, als sie den Schlüssel hinter sich umdrehte.

Die durchdringenden Essensgerüche verursachten Helena schon wieder ein unangenehmes Grummeln, als sie die Treppe hinunterlief und in den Gang trat.

In der Gaststube war es ruhig, die Tische bereits fürs Abendessen eingedeckt. Stimmengemurmel drang aus dem Nebenraum und Christina stieß die angelehnte Tür auf. Johannes, Niklas und Anna saßen am oberen Ende eines langen Tischs.

»Du hier? Ist etwas passiert?« Christina umarmte die Mutter.

»Ich wollte mich nur überzeugen, dass es euch gut geht«, sagte Anna leichthin. »Niki hat mich abgeholt. Gleich will ich zum Haindlhof hinüber, die Dede sollte nicht allein sein. Sie war ziemlich aufgewühlt. Weiß der Herrgott, was sie ausheckt.« Liebevoll strich sie Helena über die Wange und die Frauen setzten sich. »Konntet ihr schlafen?«

»Erstaunlicherweise ja, aber ich bin immer noch platt«, antwortete Christina und schmiegte sich an Johannes' Seite. »Und du?«

»In meinem Alter braucht man nicht mehr viel Schlaf. Ich hatte über vieles nachzudenken. Das ist auch der Grund, warum ich hier bin. Bevor wir die Sache endgültig angehen, hab ich mit der Dede noch etwas zu klären.«

»Was haltet ihr von einem Spaziergang?« Niklas streichelte Helenas Hand. »Ich hab mir freigenommen, ihr fahrt ja morgen wieder. Und wenn ihr mögt – das Wetter soll heut gut bleiben – wir vier könnten gemeinsam eine kleine Schneewanderung unternehmen, bevor im Haindl der Sturm angeht. Ihr habt von unserer schönen Forstau noch nicht viel gesehen.«

»Warum nicht?« Christina schaute in die Runde. »Ganz ehrlich, ich brauch mal ein wenig Abstand. Und Bewegung an der frischen Luft.« Sie sah Anna an. »Vielleicht können wir es auf morgen verschieben? Wär das okay für dich?« Sie schluckte und setzte hinterher, »ich glaub, ich brauch noch ein bisschen Zeit.«

Helena war gottfroh, dass die Schwester ebenso dachte wie sie. Es war alles zu frisch und schon allein der Gedanke an das bevorstehende Gespräch brachte sie innerlich zum Zittern.

»Tini, du musst dich für nichts entschuldigen. Wir machen das so. Also dann morgen Nachmittag. Ich will eben noch kurz mit dem Poldi sprechen.« Anna stand auf und winkte ab, als Niklas ihr in die Jacke helfen wollte. »Und ihr beiden«, sie wandte sich an ihre Töchter, »genießt den Spaziergang und macht euch keine Gedanken. Ich bleib über Nacht im Haindl, lasst euch also Zeit. Sehen wir uns heute Abend? Ihr könntet zum Essen kommen. Das gilt selbstverständlich auch für dich, Johannes.«

»Ich frag mich echt, weshalb ich Vollpension gebucht hab«, grinste Christina, »das nächste Mal bin ich schlauer.«

Sie lachten und in Annas Augen stand eine stille Freude.

Das nächste Mal – sie würden wiederkommen.

Helena war aus tiefstem Herzen dankbar für den kleinen Aufschub.

»Tini, kommst du bitte kurz mit mir hinaus?« Ohne auf die Tochter zu warten, verließ Anna die Gaststube.

Die erhob sich ebenfalls und warf Helena einen verwunderten Blick zu.

Anna erwartete ihre Tochter am Ende des Gangs, vor dem Telefon an der Garderobe.

»Hab ich etwas Dummes gesagt? Wenn ja, dann …«

Anna schüttelte den Kopf. »Aber nein. Ich habe etwas für dich. Und«, sie zögerte einen Augenblick, bevor sie weitersprach, »ich wollte es dir nicht da drin geben.« Sie drückte ihr ein schmales Päckchen in die Hand.

»Was ist das?« Christina nahm den Deckel des Kartons ab. Sie öffnete den Mund und schloss ihn wieder.

»Sie gehört dir.«

»Aber Anneli, das … das kann ich nicht annehmen!«

»Freilich kannst du. Nanni hat das Medaillon und ich wollte, dass du ebenfalls etwas hast. Sie gehörte Juliana Haindl, deiner Ahne. Ich hab sie nur selten getragen. Zu dir passt sie viel besser als zu mir.«

Christina nahm die Haarspange aus dem Karton und strich behutsam über die feingestochene Ziselierung. Mit einem glücklichen Lächeln sah sie auf. »Sie ist wundervoll. Ich werde sie in Ehren halten, das verspreche ich dir.« Den Karton unter den Arm geklemmt, schüttelte sie ihre Locken zurück und wand sie mit einer Hand zu einem Knoten.

»Warte, lass mich dir helfen.« Anna trat hinter sie und schlang den Knoten neu. Sie steckte die Spange in den wilden Locken ihrer Tochter fest und zupfte an den Seiten einige Strähnen heraus. Ihre Finger berührten zärtlich die Haut ihres Nackens, nur für einen Augenblick. Dann drehte sie Christina an den Schultern zu dem kleinen Wandspiegel, der neben der Garderobe angebracht war. »Schau dich nur an! Ich wusste es, sie gehört einfach zu dir. Du siehst aus wie eine Königin.« Meine wunderschöne Tochter, dachte Anna und zum ersten Mal in ihrem Leben zollte sie Roman Wojtek etwas wie einen Dank.

Den Kopf hin und her drehend betrachtete Christina sich im Spiegel; das matte Gold der Spange schimmerte weich zum scharfen Kontrast der schwarzen Haare. Die Augen wurden ihr feucht. »Ich weiß gar nicht, was ich sagen soll …« Sie griff nach der Hand der Mutter und drückte sie an die Wange. »Danke, Anneli. Ich danke dir von Herzen.«

Im Spiegel begegneten sich ihre Blicke.

»Ich habe mir einen solchen Moment immer gewünscht«, flüsterte Anna und mit einem Gefühl der Atemlosigkeit spürte sie die warme Haut ihrer Tochter an der Handfläche. Strich der Wange entlang und folgte den Konturen ihres Kinns, berührte zaghaft das winzige Grübchen, den vollen Mund und die gewölbten Brauen. Ihre Hände tranken Christinas Gesichtszüge, streichelten sie und berauschten sich daran, wie es eine Mutter tat, die zum ersten Mal ihr Neugeborenes hält. »Du ahnst nicht, wie sehr ich mich danach gesehnt habe. Ich danke *dir*, Tini.«

Kapitel Zwölf

Anna ging ums Haus herum und betrat den Haindlhof durch die Hintertür. Sie war übernächtigt und sah auch so aus, das war ihr bewusst. Ihre Nerven zuckten noch unter der Anspannung der gestrigen Nacht, doch die Gedanken waren von einer glasklaren Schärfe. Es hätte Niklas' besorgten Anruf nicht gebraucht, sie wäre auf jeden Fall ins Dorf gekommen. Anna kannte die Tante, doch so wie heute Nacht hatte sie Barbara selten erlebt.

Es war endgültig an der Zeit für einige Wahrheiten.

Sie zog die Bergstiefel aus, stellte sie vor den Kamin und musterte sich flüchtig im verschwommenen Türglas. Strich die feinen Haare glatt, die sich aus der Flechtfrisur sträubten, während sie auf wollenen Socken in die Küche trat. Maria Suter stand am Herd und hängte ein Handtuch am Trockengitter auf.

»Grüß dich, Maria. Ich freu mich, dich zu sehen! Wo ist die Dede?«

»Servus, Anneli. Bist auch mal wieder im Dorf, wie schön. Wir haben uns lang nicht gesehen.« Erfreut erwiderte die Freundin Annas Umarmung. »Wo sie immer ist, im Behandlungszimmer.« Maria seufzte. »Sie ist komisch heut. Scharrt mit den Füßen und tritt Furchen in die Dielen vor dem Schreibtisch. Wie eine Kuh, die nicht gemolken wurde.«

Anna musste lachen, der Vergleich war zu komisch und doch wusste sie genau, was Maria meinte. Kein Wunder, sie waren heute alle durch den Wind. Eine Scheu hielt sie davon ab, der Freundin zu erklären, was geschehen war. Zuerst wollte sie mit der Dede sprechen.

»Ich bleib über Nacht da, Maria. Ich bring Barbara dann auch zu Bett, du brauchst nicht mehr herüberkommen. Ist alles in Ordnung auf deinem Hof?«

»Die Purgl ist wie eh und je. Sie wettert und schimpft und lässt keinen aus. Das Alter macht sie nicht nachgiebiger. Seit der Anderl tot ist, ist sie noch gemeiner als früher«, Maria verzog das Gesicht zu einer schiefen Grimasse. »Nach Martini hatte sie einen Schlag, vielleicht hast du's mitbekommen, und seither kann sie nicht mehr aufstehen. Ihre linke Seite ist gelähmt und sie tut sich mit dem Sprechen schwer. Der Loisl und ich warten nur darauf, dass sie endlich den letzten Atemzug tut. Doch derweil regiert sie noch von der Bettstatt aus.« Maria zuckte mit den Achseln. »Lang wird's nimmer dauern, dann ist der Hof wieder unser. Drexlerkinder sind eh keine da, also fällt das Lehen wieder an uns. Der Bruder kann's kaum erwarten und meine Schwägerin, die Vroni, ebenfalls nicht. Mir ist's gleich. Ich bin sowieso lieber herüben im Haindl. Barbara ist einfacher zu händeln als die Bissgurn. Die jammert wenigstens nicht den ganzen Tag. Hat ein paar Jahre mehr auf dem Buckel und gibt sich trotzdem keine Blöße.«

»Ich weiß, was du meinst, Maria. Dede ist schon ein Unikum. Doch sie hat auch ihre Mucken. Manchmal macht sie es uns nicht leicht.«

Maria wischte den Spülstein sauber, wrang den Lappen aus und legte ihn ordentlich gefaltet neben die Handseife. »Wem sagst du das. Schließlich bin ich jeden Tag hier.« Ein schüchternes Lächeln glitt über das abgearbeitete Gesicht. »Entschuldige, es steht mir nicht zu, so etwas zu sagen. Barbara hat mir ein Auskommen gegeben und mit dem Geld konnte ich die Familie unterstützen. Ich würd nie gegen sie reden. Des Brot ich ess, des Lied ich sing; das hat man mir beizeiten eingebläut. Sei dankbar, Anneli, dass dir das erspart geblieben ist.« Mit beiden Händen streifte sie die grauen Haarsträhnen aus der Stirn und steckte eine Haarnadel fester.

Die Bitterkeit in Marias Stimme war unüberhörbar. Anna schwieg. Was hätte sie auch sagen sollen. Die Suterkinder waren von den Stiefeltern auf dem eigenen Hof gehalten worden wie Arbeitstiere. Maria und sie waren gleich alt, als Kinder hatten sie gemeinsam die Schulbank gedrückt und die wenige freie Zeit miteinander verbracht, wenn Anna im Dorf gewesen war. Und sie hatten um dieselben geliebten Menschen getrauert. Maria war die einzige Freundin, die sie je gehabt hatte, obwohl ihre Wege so verschieden gegangen waren. Wobei – letztlich wurden sie doch beide in den Umständen gefangen gehalten; die eine selbst gewählt, die andere gezwungen.

Wortlos strich sie über Marias Arm. Vernahm deren Worte, als ob es die eigenen wäre.

»Weiß Gott, ich war nie in der Versuchung, dich und mich zu vergleichen. Du wolltest sicher nie mit mir tauschen und ich auch nicht mit dir. Doch eines Tages, Anneli, eines Tages schütteln wir das alles ab!« Sie band die Schürze los und knüllte sie zusammen. Einen Augenblick stand sie so, den Tuchballen in der Hand, das Kinn erhoben. Dann legte sich ein undurchsichtiger Ausdruck über das schmale Gesicht. »Ich red zu viel.«

»Tust du nicht, Maria. Ich weiß, was du meinst.«

»B'hüt dich Gott, Anneli. Dank dir, dass du dableibst, ich komm dann morgen früh. In der Speis steht das Essen von heut Mittag, du musst es nur in den Ofen schieben. Die Barbara wollte nichts. Wo die Keksdose ist, weißt du ja. Es sind noch ein paar Kipferl übrig.« In den blauen Augen, die Mathis' Augen so sehr glichen, stand das vertraute Lachen, als sie ging. In der Anziehkammer raschelte es, dann klappte die Hintertür und gleich darauf stapfte Maria am Fenster vorbei, dem Nachbarhof zu. Gedankenverloren blickte Anna ihr nach.

Wenige Minuten später betrat sie mit einem Tablett Barbaras Behandlungszimmer und stieß mit dem Fuß die Tür hinter sich zu. Die Tante stand vor dem Wandschrank und hielt einen Glasbehälter in der Hand.

Erschreckt drehte sie sich um. »Du bist das!«

»Wen hast du erwartet? Grüß dich, Dede.« Anna stellte das Tablett auf dem Schreibtisch ab. »Ich hab uns Tee gemacht. Was hast du da?«

Barbara schob das Behältnis auf das obere Bord zurück und schloss hastig die Tür des Schranks. Die kleinen grünen Augen zogen sich misstrauisch zusammen. »So, so.«

Dieser finstere Blick war es, nicht das beiläufig dahin geworfene *so, so,* der Zorn in Anna aufschäumen ließ. Im selben Moment nahm sie sich zurück. Zorn war ein schlechter Berater und was sie mit Barbara zu reden hatte, vertrug nicht mehr davon. Bevor sie morgen zusammenkamen, musste sie reinen Tisch machen. Anna zog einen Stuhl her und setzte sich. »Wir müssen reden.«

»Worüber? Es ist alles gesagt.«

»Ist es nicht,« fuhr Anna auf. Barbaras Ton, dieses überhebliche Allwissen, reizte sie bis aufs Blut. »Verflucht, Dede! Manchmal versteh ich dich wirklich nicht. Sprich mit mir.«

Die Tante schlurfte durch den Raum und ließ sich im Lehnstuhl nieder. Drehte ihn mit einem Ruck und das Kreischen der Stuhlbeine auf den abgetretenen Dielen ließ Anna zusammenfahren.

Sie starrten einander an.

»Hier lag dein Vater, Anneli. Auf diesem Tisch. Dein Neugeborenes, Karoline. Meine Mutter, mein Vater und auch deine Mutter. Der Clemens, der Schattner und viele andere. Dieses Zimmer hat mehr tote Menschen gesehen als jedes andere in der Forstau. Ich hab sie alle gewaschen und hergerichtet; ich hab neben jedem die Totenwache gehalten. Ich hab sie alle überlebt. Was willst du? Weshalb kommst du jetzt hierher, wo du all die Jahre nicht weit genug von mir weg sein konntest, und quälst mich? Es gibt nichts zu reden.«

Anna unterdrückte ein Keuchen. Sie fasste es nicht. Konnte nicht glauben, was sie hörte. Der Schmerz, dieser alte böse Schmerz schlug über ihr zusammen und presste Worte hervor, die sie nicht hatte sagen wollen. »Ich quäl dich? Hast du denn überhaupt eine Ahnung, wie ich mich gequält hab, all die Jahre? Dede, du hast mir meine Kinder weggenommen! Du hast mich gezwungen, an diesem Tisch Elsbeths Tod noch einmal zu erleben. Wäre Juliana nicht gewesen – ich hätte dir nie verziehen.«

»Pah. Juliana.« Die Alte stieß ein freudloses Lachen aus. »Verzeihen ist etwas für Schwache. Tünche für eine Wand, die man längst hätte überstreichen sollen. Bild dir nicht ein, dass wir das Schicksal lenken können. Es kommt alles, wie es muss.«

Die Härte in Barbara Sittlers Stimme brachte Anna an den Rand der Beherrschung. »Dede, ich kenn dich nicht mehr. Was ist mit dir geschehen? Du hast mir alles über Heilwissen und Kräuter beigebracht! Du hast mich gelehrt, die Gabe zu gebrauchen. Von dir hab ich gelernt, mich zu behaupten und nicht aufzugeben. Du warst immer mein Vorbild – ist dir das bewusst? Und jetzt schwafelst du von Schicksal und Schwäche? Ausgerechnet du?«

»Ich bin ein altes Weib, Anneli, mir steht das zu. Ich darf schwafeln und Blödsinn daherreden, so viel ich will. Mich nimmt eh keiner mehr ernst.« Krächzend lachte sie auf, ein schrilles Gackern, das den schmächtigen Brustkorb erschütterte. »Ich hatte mir so viel erträumt. Für dich, für mich.« Ihre Hand wies auf den blankpolierten Behandlungstisch und Anna sah, dass sie zitterte. »Grad hier hab ich deinem Vater versprochen, dass ich dich beschütze. Es ist mir nicht gelungen. Jede meiner Entscheidungen war verkehrt. Glaub mir, ich hab das bereut. Dass ich dich nicht auf die Oberschule gehen ließ, dass ich dich auf die Alm gezwungen hab – geradewegs diesem Hurensohn in die Arme getrieben, der dir ein Kind nach dem anderen gemacht hat. Dass ich nicht besser hingesehen hab. Ich war so hilflos. Und du so stark.

Du bist deine eigenen Wege gegangen. Ohne mich. Du hast mich nie gebraucht, Anneli. Juliana war dir immer wichtiger als ich und unser einfaches Leben hier.«

Der Gram berührte Anna ebenso wie das späte Eingeständnis. Und doch fühlte sie Barbaras Enttäuschung in sich wie einen Stich. Wieder quoll der Zorn, ballte sich zu einer brennenden Kugel in ihrem Bauch. »Das ist es also. Du bist neidisch. Das warst du immer! Eifersüchtig darauf, dass ich mehr sehen konnte als du. Ich wusste es. Ich hab das gespürt.«

Müde zuckte Barbara mit den Achseln.

Sie schwiegen. Die Alte nahm ein Vanillekipferl vom Teller und biss hinein. Das Knirschen des Gebäcks, des mahlenden Gaumens, erfüllte den Raum. Sie sog die Wangen ein und schluckte.

»So ist es wohl.« Barbara sah auf und in den blassgrünen Augen glomm Trotz. »Jetzt hast du ja deine Töchter wieder. Mich braucht man nicht mehr. Wie es scheint, ist Nanni nicht weniger begabt als du. Die Schwarze ist wie ihr Vater; sein teuflisch schönes Ebenbild und genauso bockig wie er. Ich mag sie nicht, sie schaut mich immerzu so eigenartig an. Obwohl, sie hat ihre Sache gut gemacht. Ich hätte nicht erwartet, dass sie das Risiko eingeht.«

»Wie kannst du nur so etwas Hässliches sagen. Tini ist nicht wie er!«

»Sein Blut ist in ihr und er war der schlechteste Mensch, den ich je gekannt hab. Sein Erbe wird sich schon noch zeigen.«

»Romans Blut ist auch in Helena, Dede. So langsam glaube ich wirklich, du wirst verrückt.« Anna hielt es nicht mehr auf dem Platz; mit langen Schritten durchmaß sie den Raum. Schwer atmend und den Zorn niederringend, blieb sie am Fenster stehen und sah hinaus. »Du erkennst es nicht, oder? Wie ähnlich ihr euch seid? Womöglich hat sie die Dickköpfigkeit ja von unserer Familie mitbekommen! Tini leidet ebenso wie du darunter, dass sie die Gabe nicht hat. Man hat euch nicht dasselbe geschenkt wie Helena und mir.

Ihr braucht uns, um mitzugehen. Meinst du nicht, es wäre endlich an der Zeit, dass du das akzeptierst? Sie gibt sich wenigstens Mühe, was man von dir nicht grad behaupten kann. Die Mädchen sind bei guten Menschen aufgewachsen. Die Hartenaus haben ihr Potenzial nicht erkannt, doch die beiden sind hier, nach Hause gekommen. Dank dir. Und wir können ihnen nun mitgeben, was sie brauchen, um damit zu leben.«

»Dann hab ich ja wenigstens *eine* richtige Entscheidung getroffen«, erwiderte Barbara gelassen und langte nach einem weiteren Keks. »Nun könnt ihr ja wieder in die Vergangenheit gehen und euch fleißig verlieren. Doch komm nicht angerannt und frag mich um Hilfe. Ich steh nicht mehr zur Verfügung. Du musst allein damit klarkommen.«

Der gestrige Abend drängte sich Anna auf und wie Barbara dagessessen war. Sie hatte sich geweigert, mitzugehen.

»Verflucht, Dede, du hast nichts getan als zuzusehen! Warum?«

Barbara schob die Schultern zurück. Stocksteif saß sie da, das Kinn vorgeschoben. Eine alterslose Sphinx mit unergründlichem Blick.

»Antworte!«

Das Schweigen dehnte sich endlos zwischen ihnen.

Anna lachte auf. Es war ein klägliches Lachen, schwankte zwischen Gewissheit und Unglauben. »Du hattest Angst, Dede, Angst davor, Juliana zu begegnen, nicht wahr?«

»Ich wollte dich schützen.«

»Vor Juliana braucht mich niemand zu schützen. Erst recht nicht du.« Ohne darüber nachzudenken, streckte Anna die Arme aus, ihre Finger spreizten sich. Die weißen Haare schienen sich aus ihrem Zopf zu sträuben. »Du weißt, dass ich dich zwingen könnte, es mir zu sagen. Ich brauch das Medaillon nicht dazu.«

»Das wagst du nicht!«

»Ich tu's auch nicht.«

Sie ließ die Hände fallen und sah die Tante lange an. Das runzelige Gesicht, die gebeugten Schultern, die Hände, die unablässig miteinander rangen, und fast tat sie ihr leid. »Du weißt, wie es ist, nicht wahr? Wie es sich anfühlt, sich mit ihr zu verbinden. Wenn dieser Strom durch deine Adern rast und die Macht dich erfüllt. Dass Juliana einem bis auf den Grund der Seele sieht.«

»O ja, ich weiß.« Die Sittlerin senkte den Kopf, verbarg die Furcht in ihrem Blick.

Mit einem Schritt stand Anna vor der Tante. »Ich sage dir, warum du Angst hattest. Du wolltest meine Tochter opfern. Und Juliana hätte es gewusst. Vor ihr gibt es keine Verstellung.«

»Das ist nicht wahr!«, fuhr Barbara auf. »Immerhin weiß Christina nun, dass die Gabe sie nicht übergangen hat. Hätte ich eingegriffen, wär es anders ausgegangen. Du lässt dich viel zu sehr von deinen Gefühlen leiten, Anneli. Du bist nicht hart genug.«

Oh, du weißt nicht, wie hart ich bin. Du hast mich hart werden lassen. Sie stieß Barbara den ausgestreckten Zeigefinger vor die Brust. »Dann sag mir, was es ist! Was fürchtest du? Die Schande, die über den Sittlers und über dir gehangen hätte, wenn alle wissen, dass der Wojtek mir ein Kind nach dem andern gemacht hat, während du zugesehen hast? Nimm nicht wieder mein Leben in die Hand! Was ist es, das dich umtreibt?«

Mit einer Kraft, die Anna ihr nicht zugetraut hätte, schlug Barbara die Hand weg. »Der Wojtek und das elende Teufelsgold, das deine Tochter angeschleppt hat!« Sie stand auf und ging mit müden Schritten zu dem Wandschrank, öffnete die Tür und hob das Glas heraus. Ein grauer Staubrest klebte an dem gewölbten Boden. Sie presste das bauchige Glas an die Brust. »Ich hab ihn geschmeckt, Anneli … Nicht nur einmal. Ich hab in seine verdorbene Seele gesehen. Wie der Wojtek mich da unten vor der Kapelle fast erwürgte, wurde mir klar, dass ich etwas tun musste. Wochenlang hab ich nachgedacht. Als Niki den Knollenblätterpilz fand, fiel es mir wie Schuppen von den Augen. Es war eine Lösung – die einzige

Lösung.« Ihr Kopf schoss hoch und die grünen Augen glühten. »Er war drauf und dran, dich zu brechen, und da wusste ich, dass ich schneller sein musste.«

»Er hätte mich nicht gebrochen. Niemals. Es war umsonst, Dede. Ein anderer hat ihn der Gerechtigkeit entzogen. Traurig genug, dass du erst gehandelt hast, als es dir an die eigene Haut ging. Das ist das Eine. Doch was du mit meinen Töchtern getan hast, steht auf einem nächsten Blatt. Es wäre besser gewesen, du hättest es mir gesagt. Du hättest mit mir reden müssen! Uns wäre viel Leid erspart geblieben.«

»Ich tat, was ich tun musste! *Sie* hat es mir angeheißen.«

»Das ist nicht wahr! So etwas Schreckliches hätte Juliana nie von dir verlangt«, erwiderte Anna heftig und suchte in Barbaras Gesicht nach der Wahrheit. Wusste im selben Augenblick, dass die Dede nicht log. Barbara sprach nur ihre eigenen Befürchtungen laut aus. Anna ahnte, dass sie selbst genauso hätte entscheiden müssen. Für die Hüterin der Gabe durften die kleinen menschlichen Belange keine Rolle spielen.

Hart setzte Barbara das Glas auf dem Fensterbord ab. »So? Meinst du? Die Ahne hält uns alle in der Hand. Ich hab sie nur ein einziges Mal gesehen, doch das hat mir vollauf gereicht. Sie ist in mich hineingekrochen wie eine Schlange! Hat meine Seele genommen und sie angezündet, dass ich dachte, ich muss verbrennen. Ich hab das zugelassen, um dich zu retten. Obwohl es das Schlimmste ist, was wir einem Nächsten antun können; seine Grenzen nicht zu wahren. Ich hab das alles für dich getan, Anneli! Was erwartest du noch von mir? Soll ich jetzt vor dich hinknien und um Verzeihung betteln?«

Anna biss sich auf die Lippen. Ich weiß genau, was sie mit dir gemacht hat und wie sich das anfühlt. Das ist die Macht, du hast sie leibhaftig erlebt. Du bist über die Grenze zwischen Leben und Tod gegangen und du hast es mit jeder Faser genossen! Wie ich auch. »Nicht vor mir. Du hast Fehler begangen, Dede. Wie ich hast du die Gabe verraten und das hast du dir nie verziehen, nicht wahr? Doch du hast dich darauf ausgeruht, dass es nicht herauskommen würde. Du hast immer gehofft, die Fehler der anderen wögen schwerer als deine eigenen. Doch Verzeihen wär ein Weg. Ich hab das gestern Nacht gelernt. Lernen müssen. Es lässt sich dann leichter tragen.« Sie verschwieg, welchen Auftrag ihr die Ahne gegeben hatte und wies auf das Glas. »Schmeiß das weg, Dede. Einen dermaßen elenden Tod wünsch ich dir nicht und keinem anderen.« Sie legte eine Hand auf die Schulter der alten Frau, spürte in ihrem Inneren dem Eindruck nach, den das nächtliche Erleben hinterlassen hatte. Fühlte, wie unter dem Leid der Tante ihr Zorn verlosch und freien Raum schuf. »Wenn es dir hilft zu vergeben, Dede, ich trag dir nichts nach, gar nichts. Du musstest wohl so handeln. Lass die alten Geschichten fahren. Und lass deine Schuld endlich los.«

Unsicher zwinkerte Barbara Sittler, gefangen in dem Kreislauf, der sie seit Jahren festhielt; sie fixierte das Glas, den tödlichen Pilzstaub darin.

Anna beugte sich vor und drückte ihr einen sanften Kuss auf die Stirn. »Tu nichts Dummes, Dede. Denk an uns und wie wir damit leben müssten. Ich hab das letztes Jahr nicht bedacht, und Gott sei Dank ist es nicht geglückt. Ich bin noch hier und ich brauche dich. Wir brauchen dich! Verzeih dir selbst, Dede. Du hast nicht mehr viel Zeit …«

Die Nachmittagssonne neigte sich bereits dem Westen zu, als die vier losgingen. Noch war es hell, der Himmel von einem so stählernen Kobaltblau, dass es einem fast den Atem nahm. Die Sonne lag gleißend auf den weiß überschneiten Bäumen und tauchte die Hänge in ein Wechselspiel aus hellem Licht und dunklen Schatten. An den Gipfeln des Dachsteinmassivs hing ein nebelweißer Wolkenschleier. »Dieses Licht ist der Hammer«, sagte Christina, »so klar, man könnte meinen, die Berge, der Wald und alles ist zum Greifen nah.« Sie drehte sich auf dem Absatz, tänzelte ein paar Schritte rückwärts. »Schau doch, Johannes, wie herrlich das aussieht.«

»Pass auf!«

Mit einem hastigen Satz warf Christina sich gegen den Schneewall, als sie Johannes warnenden Blick wahrnahm und gleichzeitig lautes Rufen hinter sich hörte. Zwei Skifahrer zischten auf dem schneeglatten Weg an ihnen vorbei und einer hob grüßend den Stock.

Johannes lachte auf und griff nach ihrem Arm. »Achte mal lieber auf deine Füße; jetzt kommen die Skifahrer von der Piste ins Dorf und die haben Vorfahrt. Der Weg ist vereist, die können hier schlecht abbremsen.« Er half ihr über den seitlich aufgetürmten Schnee. »Wir müssen eh über die Kreuzung.«

Niklas und Helena warteten auf der anderen Straßenseite.

»Wohin gehen wir?«, fragte Christina unternehmungslustig, als sie zu den beiden aufgeschlossen hatten.

»Ich dachte, wir laufen ein Stück den Sonnberg hinauf. Am Waldhaus vorbei führt ein kleiner Wanderweg ins Dorf zurück; wir müssten die Runde schaffen, bevor es dunkel wird. Es ist ungefähr eine Stunde.« Niklas schnäuzte sich und stopfte das Taschentuch in die Tasche seiner Hose. »Ist das saukalt, mir frieren schon die Nasenlöcher zu!« Er zog den Schal fester um den Hals und nahm Helenas Hand.

Aneinandergereiht wie dunkelgebrannte Lebkuchenhäuser standen die Anwesen, die Dächer mit Schnee bedeckt, der sie wie mit dickem Zuckerguss überzierte; umgeben von beschneiten Hecken, Holzzäunen und Gärten. Die Straße stieg leicht an und die Geräusche des Dorfs blieben zurück, als sie in einen schmalen Weg einbogen. Ein Fischteich lag oberhalb, die Wasserfläche zum Teil gefroren, an seinem Ende sprudelte es leise gluckernd aus einem Zulauf. Die Wiesen lagen unberührt, keine Spur durchzog sie. Ein Meer aus weißen und sanft gerundeten Wogen.

»Das ist ja wie im Märchen«, sagte Christina verzückt. »Wie in ›Drei Nüsse für Aschenbrödel‹, fehlt bloß noch der

Prinz auf dem Schimmel.« Leise und erstaunlich melodisch sang sie vor sich hin: »A beautiful sight, oh, we're happy tonight, walking in a winter wonderland …«

»Das ist aber nicht aus Aschenbrödel«, feixte Niklas. »Und dein Prinz, na ja, ich weiß auch nicht.«

Johannes sang laut mit und Christina hieb ihn in die Seite. »Hör bloß auf, du verdirbst die Stimmung! Singen kannst du ja echt nicht.« Er gab den Stoß zurück und schubste sie gegen einen Busch. Wich der Handvoll Schnee aus, die sie ihm ins Gesicht drücken wollte.

»Wo ist denn jetzt dieses Waldhaus?«, fragte Helena mit einem belustigten Seitenblick auf die kreischende Schwester. Wie es aussah, bekam Tini eine ordentliche Abreibung.

Mit dem Kinn deutete Niklas über die Schulter. »Wir sind kurz vorher abgebogen. Das Waldhaus ist das letzte Haus an der Abzweigung zum Oberstein hinauf. Es wurde nach der Jahrhundertwende gebaut und im letzten Jahr gründlich renoviert. Jetzt kann man es mieten. Ich war erst vor einigen Wochen drinnen; man hat die Bausubstanz des alten Blockhauses komplett erhalten und es innen toll hergerichtet. Es ist sehr schön geworden, eine Mischung aus urigem Ambiente und allem modernen Schnickschnack. Im Keller gibt es sogar eine Sauna, mit Zugang direkt in den Garten.«

»Hej, das hört sich fantastisch gut an«, rief Christina, mit roten Backen und atemlos vom Gerangel; die beiden hatten sie wieder eingeholt. »Stellt euch das mal vor! Am Abend kommen wir völlig durchgefroren vom Skilaufen nach Haus und hocken erst mal eine Runde in die heiße Sauna. Und danach bringt uns der Herr Oberndörfer hier ein paar Flaschen Wein vorbei.«

Johannes zog an ihrem Haar, das unter der Mütze hervorhing, voller Schnee und Eisstückchen. »Ach so? Wer sagt denn, dass ich nicht dabei bin, wenn du splitternackig im Schnee herumspringst? Das lass ich mir nicht entgehen!«

»Okay, aber nur wenn du nicht singst.« Sie lachte und wich dem nassen Handschuh aus, der sich schon wieder ihrem Gesicht näherte. »Dann halt dein Vater. In eurem Weinkeller steht doch genug …« Christinas Stimme erstarb und sie biss sich auf die Lippen.

Helena zog abrupt die Hand aus Niklas' Manteltasche. »Mein Schuh ist aufgegangen. Geht schon weiter.« Sie kniete sich hin, um die Schleife fester zu binden. Mit den Fäustlingen war es unmöglich, darum zog sie die Handschuhe mit den Zähnen ab und warf sie neben sich auf den Weg. Sie schnaufte abgehackt in den Schal und spürte ihren Atem kalt an der Wolle kleben. Tinis Worte hatten die gerade erst wiedergewonnene Seelenruhe ins Wanken gebracht. Wie konnte sie nur so gedankenlos, so dumm daherreden?

Christina blieb stehen und ließ die Männer vorausgehen. Wartete, bis sie aufstand.

Helena schob den Schal weg und atmete in hektischen Stößen so tief ein, dass ihr die Luft in den Lungen brannte. Der Weg öffnete sich zwischen den Bäumen und gab den Blick auf die endlose Weite frei. Die stille Schönheit der Umgebung nahm sie kaum wahr.

»Nanni, darf ich dich etwas fragen?«

Mit gefurchten Brauen sah sie zu der Schwester hin, die neben ihr ging. Christina hatte das Kinn tief in den Kragen der Jacke vergraben. Die Röte in ihrem Gesicht, das eben noch übermütig gestrahlt hatte, war einer Blässe gewichen, die sie ungesund aussehen ließ.

»Du fragst auch sonst nicht um meine Meinung.« Es klang unfreundlich, sie wusste das, doch Tini hatte den Moment, dieses kurze Innehalten, zerstört.

»Bitte, sag das nicht. Nicht in diesem Ton.« Christina zog die Schultern hoch. »Du bist so, ach, ich weiß auch nicht. So komisch. Bist du jetzt böse auf mich?« Sie griff nach Helena und hielt sie an der Jacke fest. Musste den Schritt beschleunigen, um mit ihr gleichauf zu bleiben. »Nanni, verdammt, du hast ja recht, ich hab es selbst bemerkt. Ich hätte das nicht sagen sollen, es ist mir einfach herausgerutscht.«

»Du darfst alles sagen. Ich bin nicht deine Mutter.«

»Jetzt sei doch nicht schon wieder so eine nervige Oberlehrerin! Es. Tut. Mir. Leid!«

Helena erwiderte nichts, eine seltsame Scheu schnürte ihr die Kehle zu. Dass Tini so fröhlich sein konnte nach alldem. Das zu verstehen, fiel ihr schwer. Sie stand noch ganz unter dem Eindruck des Geschehens. Mehr als Smalltalk hatte sie seither nicht über die Lippen gebracht und tunlichst vermieden, die letzte Nacht anzusprechen. Weder das, was sie gesehen hatten, noch das, was sie zurückgeholt hatte.

»Jetzt bleib doch mal stehen!«

Sie wappnete sich gegen das schlechte Gewissen, das sie überspülte, und ging langsamer.

»Ich wollte dich fragen … wie war das für dich? Heute Nacht.« Christinas Stimme schwankte. »Ich … ich hatte nicht erwartet, dass es funktioniert. Und dann war ich plötzlich dort. Es war so unwirklich und zugleich real. Ich weiß, dass ich das alles gesehen hab, ich hab's erlebt, doch es verstößt gegen jegliche Gesetze der Natur. Es kann einfach nicht sein!«

Helena wusste nicht, was sie darauf antworten sollte. Die Gabe hob alle Gesetze auf; die der Natur, der Physik und allen, denen sie bisher vertraut hatte. Es blieb ihnen nur, es zu akzeptieren. Dem zu glauben, was sie erlebt hatten. »Es ist, wie Barbara sagte.«

»Ja, klar«, erwiderte Christina barsch und trat nach einem Eisbrocken. »Tränen, Schweiß und Blut, blablabla. Die alte Hexe ist nur dagesessen und hat mich mit ihrem giftigen Blick durchlöchert. Ich wusste nicht, was ich tun sollte!«

»Du hast das Richtige getan.«

»Schon. Anscheinend.« Mit den Fingern zog Christina die Eisbröckchen aus den durchnässten Locken. »Aber Nanni«, sie zögerte, »darüber wollte ich nicht reden, nicht über das, was wir gesehen haben, sondern über uns beide. Da war eine Frau mit langen weißen Haaren und sie trug ganz altmodische Kleidung. Hast du sie auch gesehen oder bilde ich mir das ein? Hab ich auch die Gabe?« Sie seufzte schwer. »Es ist wie ein Traum, ein ganz schlimmer Traum, aus dem man aufwacht, und einem das Herz schlägt wie verrückt. Und am nächsten Morgen ist alles verschwommen und man kann sich kaum erinnern.«

»Sei dankbar, wenn du es vergessen kannst. Und ich kann wirklich nicht beurteilen, ob du die Gabe hast oder phantasierst.«

»Na ja, ich weiß noch genug. Und das da hab ich auch.« Sie drehte die Handfläche mit dem Pflaster nach oben. »Diesen Keller vergess ich nicht. Es war so gruselig. Aber wir – Gott, ich dachte, du stirbst! In dem Moment wollte ich auch sterben.«

Gefrorene Tränentropfen hingen wie kleine Steinchen in Helenas Augenwinkeln, hart und störend. Sie wollte nicht weinen, nicht schon wieder. Zum Kuckuck, weshalb war sie nur so eine Memme!

»Ich dachte wirklich, ich hätte dich verloren. In mir war alles so kalt. Wenn Anneli nicht eingegriffen hätte – ich weiß nicht, was sie gemacht hat. Doch mit einem Mal wollte ich leben.« Sie stockte. »Aber nicht ohne dich.« Christina hob den Kopf und in den schwarzen Augen glänzte es feucht. »Nanni, ich weiß überhaupt nichts mehr. Mein altes Leben ist irgendwie mittendurch gesprungen. Die ganzen Jahre hab ich ohne dich ganz gut gelebt. Und nun denke ich, ich halt es keinen Tag aus, von dir getrennt zu sein. Ist das so ein Zwillingsding, wie Barbara sagt, oder hat diese Juliana das mit mir gemacht? So oder so, ich kann nicht in mein altes Leben zurück.«

Helena musste lachen. Es war nur ein kleines, schnelles Lachen und die Winterkälte riss es ihr vom Mund, bevor es über die Lippen gekommen war. »Komisch, nicht wahr? Ich hab das auch gedacht, gestern Nacht, als du ins Bett gekommen bist.« Sie blieb stehen. »Irgendetwas ist da. Ich kann es nicht greifen. Und Tini, es macht mir ebenso viel Angst wie dir.« Sie atmete tief durch, streckte die behandschuhte Hand aus und legte sie auf Christinas Brust. »Dass du das getan hast, bei mir geblieben bist …« Helena schluckte und überwand mit dem Kloß in ihrem Hals auch die innere Distanz, die sie aufrechterhalten hatte, ohne zu wissen weshalb. »Tini, manchmal bin ich wirklich eine doofe, superblöde Kuh. Ohne dich wär alles total aus dem Ruder gelaufen. Ich hatte aufgegeben.«

»Das konnte ich sehen. Ich war stinksauer auf dich. Aber das war das letzte Mal, ja? Versprich mir das! Noch einmal kann ich das nicht aushalten.«

Helena nickte. Sie zögerte einen Moment, dann umarmte sie die Schwester.

»Es tut mir unendlich leid, dass ich damals nicht stärker war«, murmelte Christina in Helenas Schal.

Helena schob sie von sich und sah ihr ins Gesicht. »Du warst noch zu jung und nicht für mich verantwortlich. Es war meine Entscheidung und sie war grottenfalsch. Genauso falsch, wie dich aus meinem Leben auszuschließen. Was wir hier erlebt haben, übersteigt alles. In mir ist ein einziges Durcheinander und ich weiß nicht, wo das hinführt. Tini, wir müssen es den Mädchen sagen, es betrifft sie ebenso wie uns. Und den Eltern! Und davor hab ich richtig Panik.«

Christina zog die Nase hoch. »Ich auch, das kannst du mir glauben. Wir bringen das morgen noch hinter uns und dann sehen wir weiter, ja? Ein Schritt nach dem andern.« Sie griff nach Helenas Hand und presste sie fest. »Du wirst sehen, Nanni, alles wird gut.«

Woher nimmt sie nur diese ungeheure Energie, fragte sich Helena und wünschte sich einmal mehr, sie hätte nur ein wenig davon. Sie selbst lief nur noch auf Notstrom, kam sich vor wie früher, wenn sie einen 24-Stunden-Dienst nach dem anderen geschoben hatte. Ebenso todmüde, erschöpft bis auf die Knochen und dennoch überwach; ausgereizt bis zum Äußersten, mit blank liegenden Nervenenden. Gerade darum war sie unendlich froh, Tini an ihrer Seite zu haben. Wenn hier auch alles völlig anders gekommen war als erwartet, so hatten sie dennoch auf eine Art zusammengefunden, die

Helena nicht für denkbar gehalten hatte. Womöglich war das tatsächlich so ein Zwillingsding. Im tiefsten Innern wusste sie, dass es mehr war, viel mehr. Die Geistreise hatte ihrem Leben die Wendung in eine andere Richtung gegeben. Nach alldem war sie nicht mehr dieselbe wie zuvor. Sie war ertrunken, durch die Sterne gegangen und erloschen – liebe Güte, war das wirklich sie, die nüchterne Helena, die solch überspannte Worte dafür hernahm, doch sie hatte keine anderen – suchte nach ihrer Identität und fand nicht mehr, wer oder was sie war. Eine Hartenau, eine Hohleitner oder eine Wojtek? Tini war die feste Größe in diesem Chaos, ihr Halt zwischen den Stationen der Irrfahrt, nur das wusste sie mit einer seltsamen Klarheit.

»Was ist das eigentlich, mit dir und Johannes?«, fragte Helena, als sie endlich weitergingen. Die beiden Männer hatten eine Kuppe erreicht; im letzten Licht der sinkenden Sonne standen sie nebeneinander, zwei dunkle Scherenschnitte, scharf gezeichnet vor schneeigem Weiß.

»Was ist das mit dir und Georgie?«, gab Christina ebenso leise zurück und ein verträumtes Lächeln zog ihre Mundwinkel in die Breite. »Wie es aussieht, hab ich mich wohl verliebt. Ich bin jedenfalls ziemlich in ihn verknallt. Ist mir lang nicht passiert. Und bevor du jetzt wieder die Gouvernante auspackst, Nanni, es ist mir scheißegal, wie du oder sonst wer darüber denkt. Bei dem ganzen Mist und dem Getue mit Gaben und so; Johannes ist das Beste an allem.«

Kaum merklich nickte Helena und lauschte dem Gefühl nach, das in ihr aufstieg. So war es, ganz genauso. Johannes Oberndörfer und Niklas Hallner hielten sie beide am Boden der Realität.

Sie hatten die Männer erreicht und Helena erwiderte Niklas fragenden Blick mit einem zaghaften Lächeln, steckte die Hand wieder zu der seinen in die warme Jackentasche. Lehnte sich an ihn und war für einen Augenblick einfach nur dankbar.

»Wo sind wir hier? Da oben müsste der Julianenhof liegen, oder?« Christina wies den bewaldeten Berg hinauf.

»Richtig. Dort drüben ist der Schablbergweg, er führt durch den Wald. Die Steinwandalm liegt weiter oben. Man kann nur im Sommer direkt hinauf, es geht ziemlich steil aufwärts. Im Winter ist über die Wiesen kein Durchkommen. Da geht es nur über den Steinwandweg, und das auch nur, wenn er geräumt ist.«

Helena ließ den Blick über die steilen Hänge gleiten und rief sich Annas Tagebuchaufzeichnungen in Erinnerung. Was hatte sie nur für ein hartes Leben gehabt. Tagtäglich diese weiten Strecken gehen zu müssen, bei jedem Wetter, um die Dorfschule zu erreichen.

Sie folgten einem kleinen Stichweg, der abzweigte. An seinem Ende lag ein Gehöft. Ein weiter See erstreckte sich davor. Die zugeschneite Oberfläche lag im letzten Licht des Tages, glattgestreckt zwischen den sanften Erhebungen.

»Dort war früher der Langegghof. Der See hat einmal das ganze Gebiet hier bedeckt«, erklärte Johannes. »Es gibt eine Geschichte dazu. Wollt ihr sie hören?«

»Klar, erzähl doch.«

»Meine Tante, die Theres, weiß bestimmt mehr darüber. Als ich klein war, hat sie uns Kindern oft die alten Geschichten erzählt. Mal sehen, ob ich es noch zusammenbekomme. Sie hatte eine ganz eigene Art zu erzählen.«

Während sie gemächlich den schmalen Weg entlang wanderten und die Dämmerung allmählich hereinbrach, grub Johannes in seiner Erinnerung nach Theres' Worten.

»Es muss schon lang her sein, dass der Hof erbaut wurde. Der letzte Langegger war der achte Besitzer und er glaubte, dass sein Haus das erste war, das in der Forstau überhaupt gebaut wurde. Er gab gern zum Besten, wie der Hof zu seinem Namen gekommen war. Vor unendlich langer Zeit war da ein See, so groß, dass er noch heute mehr als zwei Drittel des bewohnten Gemeindegebiets bedecken würde. Vom Auwald, nahe dem Totenstein bis zum Fallhausgut im Winkl soll das Wasser gereicht haben. Nur jenes Köpfl, auf dem damals der Hof stand, ragte aus dem Wasser. Schon bald fanden Fischer den Weg zu dem fischreichen Gewässer und bauten auf der kleinen Insel die erste Hütte – wohl, um sich vor Tier und Feind zu schützen. Weil die Ansiedler aber keine guten Zimmerleute waren, geriet ihnen ein Eck des Hauses zu lang. Seither nannten die später dazu gekommenen Bauern und Fischer den Besitzer den ›Langegger‹ und den Hof ›Langegg Hof‹. Im Lauf der Zeit wurde den Bewohnern das Haus zu klein. Sie fügten Zubauten hinzu, sodass das Haus etwas verbaut erschien. Bald nach dem Heimischwerden der ersten Fischer fand der See einen Abfluss ins Steirische. Er riss einen immer tiefer werdenden Graben auf, bis der gesamte See verschwunden war und der Talboden austrocknete. Oben, wo früher nur eine kleine Insel aus den Fluten ragte, stand noch der Langegg-Hof. Rundherum grüßten grüne Felder und der Wald reichte bis ans kleine Bacherl, das sich dort mühsam seinen Weg sucht.« Johannes räusperte sich. Die Luft war kalt und seine Stimme rau. »Vor über fünfzig Jahren, so hat der letzte Langegger erzählt, ließen die Wirtin und ihr Sohn auf der Rosswiese einen Fischteich aufstauen. Dieser Teich, der heute noch unter dem Hof liegt und in jedem Jahr Brutstätte für ein Wildentenpaar ist, ist also nur mehr ein bescheidenes Wasserl im Vergleich zum ehemaligen Forstau-See. Der letzte Langegger ist schon lange tot. Ich hab ihn nicht mehr erlebt«, setzte Johannes nach einer Pause hinzu.

Sie waren längst am See vorbei und unter den Bäumen angelangt. Der Wald umfing sie mit geheimnisvoller Düsterheit.

»Und was ist mit dem Hof geschehen? Wohnt da noch jemand?«, fragte Helena. Ihr war ganz eigenartig zumute. Aber das machte wohl nur die hereinbrechende Dämmerung. Sie ließ den Wald so unheimlich erscheinen.

»Nein, den gibt es schon lang nicht mehr. Man sagt, der letzte Langegger hat nach und nach alles Brennbare vom Hof entfernt und verheizt. Ob von dem ursprünglichen Anwesen noch etwas steht, weiß ich nicht. Da müsst ich die Theres fragen. Vom alten Langegg-Hof existieren wahrscheinlich nur noch die Fundamente. Aber der See, zumindest ein Teil davon, ist noch immer da.«

Schweigend gingen sie zwischen den Bäumen, die sich unter der Schneelast neigten und leise ächzten.

Diese Geschichte ist eine Metapher für das, was wir hier angetroffen haben, dachte Helena. Nach und nach hatten Anna und Barbara Sittler ein Gebilde aus Schweigen geschaffen, Mauern und Anbauten um den Schrecken erstellt. Es hatte all die Jahre gehalten, ihnen Schutz geboten und ihr Geheimnis bewahrt. Letzten Endes war der Graben doch aufgerissen und das Wasser abgeflossen. Und nun stolperten sie über die lange Ecke; die Schuld, die sie sich aufgeladen hatten. Wenn nur jemand käme, der die alten Fundamente herausriss und sie dem Erdboden gleichmachte. Die Schuld abtrug. Sie fröstelte und umklammerte Niklas' Hand fester. Waren Tini und sie diejenigen, die diese Aufgabe erfüllen mussten? Und was würde letztlich übrig bleiben?

Kapitel Dreizehn

Es war dunkel, als sie den Haindlhof erreichten und die Schuhe an der Steinstufe abklopften. Die karierten Vorhänge vor den Fenstern waren zugezogen und warfen rötliches Licht nach draußen. Als sie die Diele betraten, empfing sie ein köstlicher Duft.

»Boah, endlich etwas zu essen, ich bin völlig ausgehungert!« Christina warf ihre Jacke schwungvoll auf die Dielenkommode, rieb die kalten Hände und schnupperte. »Zwiebeln und Käse … wunderbar, ich hoffe, es ist genug da.«

Anna hatte in der Küche gedeckt und stellte die Steingutform auf einem Holzbrett ab, während sie sich auf die Eckbank drängten.

»Wo ist Barbi?« Niklas war im Begriff wieder aufzustehen, doch Annas Blick hielt ihn zurück.

»Lass sie. Dede ist in ihrer Kammer. Sie isst nicht mit uns.«

»Was ist los?« Ohne ihre Antwort abzuwarten, verließ er die Küche.

Anna überging es, setzte sich an den Tisch und sah die Töchter erwartungsvoll an. »Hattet ihr einen schönen Nachmittag?«

»Habt ihr euch gezofft?«

Helena verdrehte die Augen und streckte die Beine aus. Nicht schon wieder. Tini war die Axt im Wald. Immerfort bereit, in die Kerbe zu hauen.

Annas Mund verzog sich und sie gab einen Seufzer von sich. »Wenn du so willst, wir hatten eine kleine Meinungsverschiedenheit. Nichts von Bedeutung. Und nichts, was uns den Appetit auf Marias Kasnocken verderben sollte. Die Dede beruhigt sich schon wieder.«

»Oh oh, dicke Luft? Du hast mein ganzes Mitleid, Anneli. Der alte Haudegen kann kräftig austeilen, nicht wahr?« Christina blies mit dramatisch gespitzten Lippen die Luft aus.

»Sie ist deine Großtante und verdient Respekt«, wies Anna die Tochter zurecht. »Was wir miteinander haben, geht dich nichts an.« Sie stieß das Messer durch die goldgelbe Käsekruste. »Jetzt wollen wir essen.«

Betreten schwieg Christina. Anna streckte die Hand aus und nahm ihren Teller entgegen, gab eine großzügige Portion darauf. Sofort schob sie sich einen gehäuften Löffel in den Mund und verschluckte sich fast, als Anna beiläufig sagte: »Wir warten, bis jeder hat. Und üblicherweise beten wir vor dem Mahl.« Sie erhob sich, um den Wasserkrug aufzufüllen.

Helena grinste verstohlen. »Anneli gibt's dir ordentlich, nicht wahr? Pass auf, was du sagst«, wisperte sie aus dem Mundwinkel, damit Anna es nicht hörte. Sie wich dem Tritt der Schwester aus, legte brav das Besteck neben den Teller und wartete ab. Und wurde nicht enttäuscht.

Niklas kam herein, mit Barbara am Arm. Er schob ihr den Stuhl zurecht, holte einen Teller aus dem Wandschrank und stellte ihn vor sie hin. Dann setzte er sich wieder neben Helena auf die Bank. »Wir sind eine Familie. Eine Familie isst gemeinsam.« Er sagte nichts weiter.

Anna zog die Lade unter dem Tisch auf und nahm ein Besteck heraus. Ohne ein Wort legte sie es neben Barbaras Teller hin. Doch wie sie es tat, sacht und mit einem feinen Lächeln in den grauen Augen, drückte die Dankbarkeit aus, die sie empfand. Sie schenkte Niklas einen innigen Blick und senkte dann den Kopf.

Die Hände ineinander gelegt, sprach er leise: »Danke für die Speise, HERR. Segne die Hände, die sie zubereitet haben. Und danke, dass wir hier zusammen sein dürfen. Schenk uns deinen Frieden und bewahre dieses Haus und alle, die darin sind. Amen.«

Einen Augenblick saßen sie still da, berührt von dem Gebet und den schlichten Worten, die ausdrückten, was sie sich alle wünschten.

Sein Oberschenkel lag warm an Helenas Bein und in diesem Moment war sie zufrieden. Erstaunt – nun ja, das auch – doch nicht wirklich überrascht. Mit wenigen Worten hatte Niklas die ungute Situation gedreht und sie in etwas Normales verwandelt. Sie waren eine Familie. Eine Familie, die sich gerade erst gefunden hatte und zögernd nacheinander tastete. Die Tiefen auslotete und nachspürte, wie tragbar das dünne Seil war, auf dem sie balancierten. Was man aussprechen konnte und was nicht. Drei Generationen saßen hier, an diesem Tisch, und aßen aus einer Schüssel, wie die Generationen vor ihnen.

In ihre Gedanken verloren schob Helena die Speise auf dem Teller hin und her. Nahm einen Bissen und schmeckte goldgelbe Nocken, würzigen Käse von der Alm und braun geschmorte Zwiebeln. Sie spießte einen Zwiebelring auf, betrachtete die Gabel und drehte sie hin und her. Dachte eine Weile nach und drehte die Idee, die ihr gekommen war, ebenso. Warum eigentlich nicht? Entschlossen hob Helena den Kopf. »Tini, was hältst du davon, wenn wir einen oder zwei Tage dranhängen? Morgen, na ja, wir wissen nicht, wie sich das ausgeht. Ich glaube nicht, dass ich dann noch Lust auf die lange Fahrt habe. Es ist sowieso Wochenende; ich muss erst am Montag wieder zur Arbeit.«

Christina wechselte einen erleichterten Blick mit Johannes, die Freude in ihren Augen war unübersehbar. »Echt jetzt, Nanni? Ich hab mich nicht getraut, dich zu fragen.«

»Dann machen wir es so.«

Den Mund voller Kasnocken, lächelte Anna. Barbara Sittler nickte und das erste Mal an diesem Tag schlich sich so etwas wie Zufriedenheit in ihren finsteren Blick.

Niklas Hand lag plötzlich an Helenas Taille, schob sich unter das Sweatshirt und lag warm auf ihrer Haut. Sie drückte sich näher an ihn, damit er sie nur ja nicht wegnahm. Für den

Augenblick fühlte sie sich aufgehoben. Sicher in dem kleinen Kreis, der ihre Familie war.

Das Gefühl der Sicherheit schwand zusehends. Als Helena am nächsten Nachmittag die Haustür des Haindlhofs aufstieß, wich es dem Grauen, das sie gestern Nacht empfunden hatte. Sie hatte Angst. Brüllende Angst vor der Konfrontation mit der Wahrheit und vor den Menschen, die sie zu verantworten hatten.

Anna saß mit Barbara an dem runden Tisch, als die Schwestern die Stube betraten. Die heimelige Wärme des bollernden Kachelofens änderte nichts, Helena war es kalt bis ins Mark. Ihnen allen stand die Sorge im Gesicht, wie es ausgehen mochte.

Der gestrige Abend hatte sie näher zusammengebracht. Sie waren noch eine Weile beieinandergesessen; wider Erwarten überaus entspannt, ja, es war sogar lustig geworden. Jeder hatte vermieden, die schwelende Thematik anzusprechen. Johannes gab einige Geschichtchen vom Wirtshaus zum Besten und sie bogen sich vor Lachen. Wie einer der Hausgäste spätnachts nicht ins Zimmer fand. Seine Frau machte das ganze Haus schalou und hielt stundenlang alle auf Trab, weil der Ehemann abging. Erst am Morgen fand Theres ihn im Kegelkeller. Seelenruhig schnarchend und mitten auf der Bahn lag er da, zugedeckt mit einem Tischtuch. Und wie sein Großvater, der alte Oberndörfer, den Zehnjährigen zur Jagd mitnahm. Die Kumpane gaben dem Buben dicke Zigarren zu rauchen und füllten ihn derart ab, dass er darauf zwei Tage das Bett hüten musste. Er erinnerte sich nicht mehr an viel; nur dass er auf Jahre hinaus das Würgen bekam, wenn er Zigarren und Stroh-Rum nur ansatzweise roch. Nicht einmal die eingelegten Früchte der Mutter mochte er mehr essen, die es sonntags zum Nachtisch gab, weil ihm sofort die Galle stieg.

An diesem Punkt knüpfte Anna nahtlos an. Gab unter schallendem Gelächter preis, wie sie Quittenmus, das sie eingelegt hatte und ihr vergoren war, zum Schweinefutter schüttete. Die Sau sprang im Stall herum wie toll und überrannte den Rotschopf. Das Viech sprengte den Koben auf und schoss über den Hof durch die Vordertür in die Almhütte. Verkroch sich unter der Bank und quiekte zum Steinerweichen; Kaspar hatte seine liebe Mühe, es aus dem Haus zu bekommen. Das Tier setzte in seiner Angst noch einen Haufen unter die Eckbank und der Gestank war fürchterlich. Sie hatten ausgeknobelt, wer den Haufen wegmachen musste, und Anna hatte verloren.

Barbara taute zusehends auf. Erzählte unter Lachtränen, wie die Burgerin eines Mittags am Haindlhof anklopfte, hilflos die Hände rang und sie drängte, doch bitte und jetzt gleich mitzukommen. Sie hatte nicht herausgebracht, weshalb. Als sie in der Küche der Burgers stand, hatte sie Mühe, sich das Lachen zu verbeißen. Der Bauer war wohl im Ehegeschäft zu stürmisch vorgegangen; sie hatten es am Herd getrieben und die Hex fuhr ihm dabei so unglücklich ins Kreuz, dass er mit dem Gesicht auf die heiße Herdplatte fiel. Mit heruntergelassenen Hosen lag der Vinzenz auf dem Fußboden, unfähig, sich zu rühren. Auf seiner Wange prangte eine fette Blase. Sie stand der Röte des nackten Hinterns in nichts nach, als er ihr denselben präsentierte. Barbara zog ihm zuerst einmal die Hosen hoch, bevor sie sich der üblen Verbrennung und dem herausgesprungenen Wirbel widmete.

Unter der Vorstellung schütteten sie sich aus vor Lachen. Lachten die Furcht vor dem morgigen Tag weg.

Die Schwestern waren spät zurückgekehrt und danach sofort zu Bett gegangen. Müde vom Spaziergang und müde von dem schweren Essen. Todmüde – und dennoch hatten sie eine Weile hellwach und ohne miteinander zu sprechen, im Bett gelegen. Irgendwann war Helena dann doch weggedämmert, während sie dem Atmen der Schwester lauschte.

Draußen klopfte es und gleich darauf kamen Johannes und sein Vater herein. Leni Oberndörfers füllige Gestalt tauchte hinter den Männern auf. Sie war in einen unförmigen knöchellangen Mantel aus braunem Loden gekleidet, der sie aussehen ließ wie einen knorrigen Baum. In ihrem Gesicht stand Argwohn und sie zögerte einzutreten.

Anna ging ihnen entgegen und half Leni aus dem Mantel. »Grüßt euch. Setzt euch her zu uns.«

Johannes bugsierte seine Tante zu dem bereitstehenden Stuhl und zwängte sich neben Christina auf die Eckbank. Ungeniert küsste er sie mitten auf den Mund.

»Müsst ihr schon wieder schnäbeln? Guter Gott!«, raunzte Barbara Sittler und kniff die Augen zusammen.

»Dede, bitte!«, mahnte Anna und goss Tee ein, doch ein winziger Schalk blitzte aus ihren Augenwinkeln. Unbeabsichtigt hatte Barbara die Situation entspannt. Niklas war aus der Küche gekommen, lehnte abwartend am offenen Türsturz. Er zwinkerte Anna zu und sein ermutigendes Lächeln half ihr, sich zu fassen. Entschlossen stellte sie die Kanne ab, räusperte sich.

»Ihr wundert euch sicher, dass wir euch hergebeten haben.«

Leopold Oberndörfer blickte in die Runde. »Was ist denn so dringend, Anna? Es ist bald Abendessenszeit und mein Gasthof hockt voller Leute.«

»Es dauert nicht lang, Poldi, doch ich wollte, dass du dabei bist. Wir möchten euch etwas zeigen.«

Sie hatten besprochen, nicht viel zu fragen. Wozu auch? Sie wussten es ohnehin schon, das Bild hatte sich tief eingegraben. Christina hob das Päckchen auf den Tisch, das neben ihr auf der Bank gelegen hatte und schlug den Samt zurück.

Johannes sah das Kreuz zum ersten Mal und ihm erging es nicht anders als jedem, der es ansah. Sein Mund rundete sich zu einem lautlosen *Oh*. Er hatte mit der Sache nichts zu tun, war damals gerade erst geboren. Doch Christina hatte ihm alles erzählt, er wusste Bescheid. Trotzdem raubte ihm das Kreuz den Atem.

Sein Vater stieß einen leisen Pfiff aus. Beugte sich vor und betrachtete das Kruzifix fasziniert, doch er berührte es nicht. Seine Brauen hoben sich in wortloser Frage.

Niemand beachtete ihn, weil sie alle Leni anschauten.

Leni Oberndörfer konnte das Erschrecken nicht verbergen. Sie krampfte die Hände im Schoß zusammen, ihr Gesicht verlor alle Farbe. Sie hatte es geahnt. Schon als sie Helena und Christina zum ersten Mal gesehen hatte, hatte sie gewusst, dass alles herauskommen würde. Trotzig schaute sie Anna an. »Du weißt es.« Nur das. Und nichts weiter. Doch es war genug. Sie senkte die schweren Lider.

Die dichte Atmosphäre war fast mit Händen zu greifen, hing unter den niedrigen Deckenbalken der Stube wie erstickender Qualm.

Leopold bewegte sich unruhig, sah von einem zum andern. Der Ernst in den Gesichtern störte ihn auf. »Kann mir vielleicht jemand erklären, was das alles zu bedeuten hat?«, polterte er.

Sie zuckten zusammen.

Er erschrak selbst und nahm sich sofort zurück. Zupfte verlegen an seinem Bärtchen und beschwichtigte: »Anna, wir kennen uns unser ganzes Leben lang und ich glaubte immer, wir seien Freunde. Was soll jetzt diese plötzliche Heimlichtuerei? Was tust du da und was haben wir damit«, er wies auf das Kreuz, »zu schaffen?«

Anna sah ihn lange an. Ihr Mund lächelte traurig. Ein Lächeln, das die schieferfarbenen Augen nicht erreichte.

Johannes griff nach dem Arm des Vaters. »Dade …«

Barbaras knarrende Altweiberstimme furchte die Stille. »Frag sie, Poldi. Sie ist schließlich deine Schwester. Es spricht nicht gerade für deine Familie, dass sie das Geheimnis so lange gehütet hat. Womöglich wusstet ihr ja davon und habt gemeinsame Sache gemacht. Dein Vater hatte auch viele Geheimnisse.« Mit lauerndem Blick fixierte sie ihn.

Niklas löste sich vom Türsturz und kam mit langen Schritten an den Tisch. Er legte die Hände auf Helenas Schultern. Die Nachsicht, die sonst in seiner Stimme lag, wenn er mit der Ziehmutter sprach, wich einer Härte. »Lass gut sein, Barbi. Clemens war dein Freund, er hat dir oft geholfen, vergiss das nicht. Poldi hatte keine Ahnung.«

Barbara stieß den Stock auf den Boden und das dumpfe Poltern ließ sie alle zusammenfahren. »Das mag sein. Doch sie haben ihn umgebracht und uns jahrelang im Unwissen gelassen! Wir hätten alle in Ruhe leben können, ohne zu befürchten, dass der Wojtek eines Tages wieder dasteht und unseren Grund und Boden für sich fordert.«

Mit zitternder Stimme lachte Leni auf. »Du glaubst doch selbst nicht, was du da sagst! Denkst du, wir wissen nicht, was du getan hast? Warum erzählst du davon nichts?« Sie kreuzte die Arme vor der Brust und begegnete furchtlos den grünen Augen.

»Weil es da nichts zu erzählen gibt.«

Leni gab ein verächtliches Schnauben von sich. »So? Das seh ich anders. Wenn ich hier zu Gericht sitzen muss, dann wirst du es ebenfalls tun. Du hast Anneli die Kinder weggenommen und sie den Deutschen mitgegeben. Du warst nicht vorsichtig genug, Sittlerin. Zu großzügig mit deinen hart verdienten Schillingen. Glaubst du, ich bin auf den Kopf gefallen?«

In Barbaras Gesicht zuckte es.

»Ich hab euch gesehen, als er dich an der Lourdeskapelle bedrängt und in den Bach gestoßen hat. Wie du heulend heraufgestiegen bist. Du hast ausgesehen wie eine ersoffene Ratte.«

Die Kiefer der alten Frau mahlten aufeinander. Diesen Tag würde sie niemals im Leben vergessen. Sie hatte grad ihre Mutter Hannah beerdigt und in der Kapelle einen Augenblick Ruhe gesucht. Dort hatte der Wojtek ihr aufgelauert. Dass ausgerechnet Leni sie beide beobachtet hatte … danach war alles aus dem Ruder gelaufen. Der alte Zorn kroch in ihr hoch. Die Scham, die Wut. Barbara öffnete schon den Mund.

Doch Leni Oberndörfers nächste Worte ließ sie verstummen. Es kam noch schlimmer. »In diesem Sommer bist du plötzlich dauernd zum Schwammerlsuchen gegangen. Hast sie über deinem Schreibtisch und im Herdofen getrocknet.

Mit einer Leinenbinde vor deinem Schandmaul hast du sie zerstoßen, damit dir nur ja nichts von dem Gift in den Rachen kommt. Und dann bist du tagelang verschwunden, um nach seinem Unterschlupf zu suchen. Die Franzi hat dich an der Vögeialm gesehen, wie du unter der Hütte vorbeigeschlichen bist. Du bist in die Zinkwand hinauf, streite es nicht ab! Wo wir doch alle wissen, wie ungern du in die Berge gehst. Du konntest danach nur humpeln, weil du Blasen hattest, groß wie Froschaugen. Seit jenem Sommer bist du nicht mehr du selber gewesen, Barbara. Sogar Kilian hat sich von dir abgewendet. Du hast den Hallner eh nicht verdient, er war zu gut für dich. Schau dich doch an, was aus dir geworden ist! Eine Giftmischerin, eine Mörderin! Und da wagst du es, mich und meine Familie in den Dreck zu ziehen?«

»Woher weißt du das alles!«, giftete Barbara und funkelte Leni böse an.

»Herrgott, Barbara! Das Dorf ist klein und wir gehen tagtäglich beieinander ein und aus. Und wir reden miteinander, wenn es auch nicht das ist, was du tust. Du versprühst nur noch Bitterkeit.«

»Maria Suter! Sie hat es dir gesagt.«

»Und wenn schon? Du wirst Maria in Frieden lassen. Ihr Leben war schwer genug.«

Beschämt senkte Barbara Sittler den Kopf. Mutter Gottes, was war nur aus dieser unseligen Verbindung zwischen Marie und Roman hervorgegangen. Sie hatte doch immer nur ihre Kleine schützen wollen. Anna, die Tochter, die sie nie selbst haben durfte. Ihr Mädchen, das die Gabe trug. Sie hatte das alles nur für Anneli getan! Das konnten und würden sie nicht verstehen. Niemand würde es verstehen. Es hatte sie so viel gekostet, sich als eigenständige Frau durchzusetzen. Zwischen all diesen Männern mit dem dominanten Gehabe ihre Würde zu behalten. Man hatte sie auf die Höfe gerufen, um den Kindern auf die Welt zu helfen. Sie hatte geheilt, Wunden genäht und war den Frauen zur Seite gestanden. Wissen war immer ihre Macht gewesen. In diesem Augenblick erkannte

Barbara die Wahrheit in Julianas Worten. Es war nicht mit weißem Haar abgetan. O nein! Jeder bezahlte für seine Schuld. Genau da, wo es am meisten schmerzte. Dass anscheinend das ganze Dorf wusste, wie schäbig sie gehandelt, wie schmählich sie ihre Berufung verraten hatte, drückte Barbara mehr nieder als die Schuld, die sie jahrelang allein getragen hatte. In den letzten Tagen des Lebens holte Julianas Schiedsspruch sie ein. Ihre Strafe war tatsächlich, dass es sie Lebenszeit gekostet hatte, denn sie lebte noch immer.

Fast mitleidig sah Leni auf Barbaras gesenkten Kopf. Die Frau dauerte sie. Einst war sie so etwas wie eine Freundin gewesen. Doch nun war es an der Zeit, die Wahrheit auszusprechen. Sie mochte Annas Töchter; es war nicht recht, dass sie länger schwieg. »Ich will euch erzählen, was damals passiert ist. Ich hab nie darüber gesprochen. Doch es zerstörte mein Leben und das Schlimmste daran ist – ich war selbst schuld.«

Anna schob Leni den Teebecher hin und sie dankte ihr mit einem schnellen Blick. »Er ist nicht unter dem Felssturz ums Leben gekommen. Und nicht durch deine Hand, Barbara, auch wenn du's drauf angelegt hast.« Sie ignorierte den feindseligen Blick der Sittlerin. »An diesem Tag ist er mit dem Ungarn Dávid Tòth und einer Wandergruppe in die Zinkwand hinauf. Sie trennten sich, weil Roman in den Pochstollen weiter wollte. Dort hatte er einen Unterschlupf. Ich war einmal mit ihm in der Höhle. Es ist schön dort oben, nicht wahr, Barbi?«

Sie konnten fast hören, wie Barbara mit den Zähnen knirschte.

»Das Wetter war wochenlang schlecht und der Aufstieg erschien ihm zu gefährlich. Er kehrte um und kam zurück ins Dorf. Zu mir. Roman hat mir alles erzählt. Er hat mir noch mehr erzählt, denn er vertraute mir, selbst wenn euch das nicht schmeckt.« Sie sah Anna an. »Anneli, er hatte Schulden, große Schulden, wusstest du das? Nicht nur bei meinem Vater, sondern auch bei einem Bankhaus in München.«

Christina setzte sich auf.

»Roman wollte den Julianenhof, um sie auszuzahlen. Er hat beim Clemens die Vormundschaft für mich beantragt, nur wenige Tage, bevor er verschwand. Die Mädchen haben die Unterlagen im Grundbuch gefunden.«

»Das wird ja immer besser!« Der Oberndörfer haute auf den Tisch.

Johannes fiel ihm in den Arm. »Ich war das, ich hab ihnen geholfen. Wart ab, was die Tante zu sagen hat. Ich bitt dich, Vater.«

Leni ließ sich vom Ausbruch ihres Bruders nicht beeindrucken. »Ich kenne den Antrag. Roman hat's mir gesagt und mich gebeten, beim Vater ein Wort für ihn einzulegen. Damals fand ich es für recht, dass er den Hof bekommt. Schließlich war er Maries Ehemann und du noch ein Mädchen. Sie haben ihn betrogen. Der Meyer hat ihn übers Ohr gehauen und dann seine Schläger hergeschickt. Und ich hab sie den ganzen Tag auch noch bewirtet.«

»Übers Ohr gehauen«, murmelte Barbara und schüttelte den Kopf, aber niemand achtete auf sie.

»Er hat die Männer vor dem Gasthof gesehen und sich vor ihnen versteckt. Ich weiß das alles. Auch, dass du von ihm schwanger warst, Anneli. In diesem Sommer kam Roman oft ins Wirtshaus herunter. Er saß immer bis zuletzt und eines Abends nahm ich ihn in meine Kammer mit hinauf. Wir hatten so etwas wie ein Verhältnis – und darauf bin ich nicht besonders stolz. Ich war dem Martl Heidinger versprochen und nicht grad glücklich darüber. Mein Vater wünschte es und hat die Verlobung mit dem Heidinger eingefädelt. Ich wurde nicht gefragt, es war damals eben so.« Leni zuckte mit den Achseln und in ihren Augen schimmerte die Erinnerung an eine verlorene Liebe auf. »Der Roman ging um mich herum wie ein Pfau, jeden Abend. Er war charmant und sah so gut aus. Manchmal trank er ein bisschen zu viel und dann begann er von seiner Familie zu erzählen. Seiner Sippe, wie er sie nannte. Sie waren Lovara-Roma und sind im Krieg alle umgekommen. Die Nazis deportierten sie; er sah sie nicht wieder und das hat er nie verwunden.«

»Hattest du etwa Mitleid mit ihm?«, fragte Christina verwundert.

»Natürlich, nur ein Unmensch hätte das nicht gehabt. Du bist in einer anderen Zeit groß geworden. Du kannst nicht verstehen, welche Wunden der Krieg in unsere Familien geschlagen hat. Wir haben Schreckliches mitgemacht und waren alle haltlos. Roman hatte alles verloren, was ihm je etwas bedeutete. Und für ihn war es mit dem Krieg nicht vorbei. Marie war tot; er hockte auf dem Julianenhof fest, der ihm nicht gehörte.«

»Sag bloß, du verteidigst ihn auch noch!« Christina stieg die Galle hoch. »Er hat unsere Mutter geschwängert, als sie gerade vierzehn war!«

Leni schluckte. »Du hast recht und heute sehe ich alles anders. Es gibt keine Entschuldigung dafür, weder für sein Verhalten noch für meins. Doch damals, ich weiß auch nicht, ich war einfach in ihn verliebt. Blutjung und unerfahren; ich stand vor einer Ehe, die ich nicht wollte. Der Martl war ein Grobian. Ich hab immer hart arbeiten müssen und auf seinem Hof wär es grad so weitergegangen. Roman gab mir das Gefühl, schön und wertvoll zu sein. Einen Sommer lang schenkte er mir das, wovon ich träumte. Mein Vater hätte mich totgeschlagen, wenn er von Roman und mir gewusst hätte. An diesem Abend hat er uns erwischt.« Ihr Blick verlor sich in der Erinnerung an das, was Roman Wojtek ihr erzählt hatte. Und an den entsetzlichen Ausgang des Abends, der ihr Leben aus der Bahn geworfen hatte. Ein Stück von ihr war in jener Nacht mit ihm gestorben.

Kapitel Vierzehn

1957

Roman Wojtek stieg vor der Wandergruppe die Anhöhe hinauf. Sie erreichten den See und hielten eine kurze Rast im Stehen, weil es so sehr regnete und alles nass war.

»Du kommst alleine mit denen klar, Dávid, oder? Ich würd gern weitergehen.«

Dávid Tòth umfasste seinen Unterarm. »Sei behütet, lieber Freund. Und pass auf dich auf!«

In strömendem Regen umrundete Roman Wojtek den See; froh, dass er die murrenden Menschen hinter sich lassen konnte, die anscheinend ihn für das schlechte Wetter verantwortlich hielten. Die immerfort etwas zu fragen hatten und andauernd stehenblieben, um eine Kamera aus dem Rucksack zu nesteln und zu fotografieren. Er verstand das nicht. Warum konnte man nicht mit dem Herzen sehen, durch die eigenen Augen? Weshalb mussten sie alles mit diesen neumodischen Apparaten festhalten und dabei unentwegt schnattern und plappern, anstatt die stille Schönheit der Bergwelt mit ihren Sinnen zu erleben.

Der Steig war glitschig und je höher er stieg, desto mulmiger wurde ihm. Er kannte die Berge und im Felsen raunte ein beständiges Murmeln, das ihm nicht behagte. Überall rann Wasser herab, teils schlammig, doch dann wieder klar; in kleinen Rinnsalen, die über die Vorsprünge plätscherten und am Gestein entlang tropften. Noch in keinem Jahr hatte er erlebt, dass so viel Wasser aus dem Berg kam, und das beunruhigte ihn. Dieser elende Sommer war wirklich verflucht.

Roman legte die schwielige Hand an den Fels und lauschte. Er konnte das Rinnen spüren; tief innen drin mahlte der Berg. Ein unheilvolles Grollen und Grummeln, das ihm eine seltsame Furcht verursachte. Der Stein begehrte auf, wand sich unter dem Wasser, das in ihn eindrang.

Spontan beschloss er, umzukehren. Er würde den Teufel tun und sein Leben riskieren, nur um in den Pochstollen zu gelangen. Auf dem schmalen Steig drehte er sich, vorsichtig, Schritt für Schritt. Den Rücken an den Berg gepresst, stand er und blickte in den Regen. Dann stieg er ab. Fast unten angelangt, rutschte er auf einem trügerisch flachen Stein aus. Instinktiv warf er sich zurück und der Rucksack prallte an einen hervorstehenden Felsbrocken. Es klirrte leise darin. Gleich darauf roch er den herben Geruch des Weins, nahm wahr, dass es an seinem ohnehin feuchten Hosenboden noch nasser wurde. Mit einem Fluch auf den Lippen überwand er die letzten Meter. Nahm den Rucksack ab, kniete sich hin und räumte ihn aus. Das Mädchen hatte ihm eine Flasche Rotwein eingepackt. Es waren nur grüne Scherben übrig. Er schüttelte den Beutel aus und war froh, dass wenigstens die Schnapsflasche es heil überstanden hatte.

Am Seeufer angelangt, beschloss Roman, nicht zur Gruppe zu stoßen. Es war ihm grad zuwider und Dávid würde das schon allein meistern. Er wusch den Buckelsack im See aus und warf die durchweichte Brotzeit den Fischen und Enten zu. Stand noch einen Moment am Ufer und schaute mit gerunzelter Stirn zu, wie die Regentropfen ins Wasser platschten und tiefe Krater aufwarfen. Der böige Wind schwippte kleine schaumige Wellen ans steinige Ufer. So kannte er den Giglach-See nicht. Bedrohlich grau und nach noch mehr Wasser riechend. Er sollte zusehen, dass er von hier wegkam.

In einem Heuschober, unweit der Oberhütte, übernachtete er. Völlig durchnässt schlüpfte Roman dort unter, einfach, weil er wenig Lust hatte, im strömenden Regen weiterzulaufen. Er trug schon jetzt keinen trockenen Fetzen mehr am

Leib und fror. Er verwünschte den Regen, diesen Sommer und rundweg alles, kroch in das stachelige Heu und nestelte sich ein Bett zurecht. In der Frühe würde er zurückgehen.

Als Roman am nächsten Morgen erwachte, regnete es immer noch. Das Wasser rann in langen Bindfäden vom Dach des Heuschobers und er verspürte wenig Lust, sich erneut nass regnen zu lassen. Er würde Stunden brauchen, um ins Dorf zu gelangen, und sein Lieblingsweg übers Klamml war sowieso keine Option. Dort würde das Wasser herunterschießen wie eine Sintflut und er keinen Stein finden, auf den er den Fuß setzen konnte. Warum also nicht hierbleiben, wo es trocken und gemütlich war?

Gegen Abend ließ der Regen nach, nur ein bisschen, und Roman machte sich auf den Weg. Er war ausgeschlafen und hungrig, sehnte sich nach trockenen Kleidern und einem Glas Burgenländer. Der Schnaps war längst ausgetrunken.

Am späten Abend langte er vor dem Gasthof an. Zu müde, um auf den Julianenhof hinaufzugehen. Leni, die dralle Oberndörfertochter mit den breiten Hüften und den herrlich weichen Brüsten würde ihn sicher aufnehmen. Wie so oft.

Zwei Männer standen vor der Treppe zum Wirtshof neben einem Auto und rauchten. Ein Gefühl warnte ihn und ohne zu überlegen, folgte er seiner Intuition. Roman huschte die Stufen zur Trafik hinunter und verbarg sich im Schatten des Eingangs. Legte sich flach auf die nach nassem Stein riechenden Tritte und lauschte.

Sie unterhielten sich leise. Die fistelnde Stimme weckte eine unangenehme Erinnerung. »Wozu noch warten, ich bin dafür, dass wir fahren. Die Kleine im Gasthof meint, er ist auf einer Wandertour und kommt nicht vor Dienstag. Wir sind schon zu lange hier, es wird auffallen. Soll der Wolff entscheiden.«

Sandfarbene Haare schimmerten auf, als der Mann die Beifahrertür öffnete und das Licht im Innenraum des Wagens anging.

Roman Wojtek hielt den Atem an. Verflucht, er kannte diese Stimmen. Das mussten die Kerle sein, die ihn zusammengeschlagen hatten. Es war höchste Zeit, dass der alte Oberndörfer dem Antrag stattgab – anscheinend verlor Wolff langsam die Geduld. In den Abgang der Trafik geduckt, wartete er, bis das Auto vom Vorplatz gefahren und um die Ecke gebogen war. Auf leisen Sohlen schlich er um das Haus herum und betrat es durch die Hintertür. Der Gasthof lag im Dunkeln und erstaunt registrierte er das. Wo waren nur all die Leute? Ansonsten saß am Abend hier alles voll.

Im Gang traf er auf Leni. Sie keuchte auf, als er im Dunkeln nach ihr griff und sie an sich zog.

»Roman! Heilige Jungfrau! Bist du verrückt, mich so zu erschrecken?« Sie drückte sich an ihn und schob ihn sofort wieder weg. »Du bist klatschnass.«

»Es regnet, Liebchen«, lachte er leise und verschloss ihr den Mund mit einem Kuss. Sie gab willig nach, süß und warm. »Gibt's noch was zu trinken? Oder sogar etwas zu essen? Ich bin völlig ausgehungert«, murmelte er an ihren Lippen.

Leni zog ihn in die dunkle Gaststube. »Komm, es ist keiner da. Von der Reiteralm ist eine Mure abgegangen und hat den Brennerhof verschüttet. Alle sind unten, um zu helfen.«

Zwei Stunden später schlichen sie hinauf. Sie schwankte kurz und stützte sich an seinem Arm ab. Er kam ebenfalls ins Trudeln und mit einem kieksenden Laut fiel sie gegen ihn. »Hoppla. Ich glaub, ich hatte zu viel! Ich muss noch die Abrechnung machen, der Vater wird sonst fuchsteufelswild. Geh schon vor, ja? Ich komm gleich nach.« Sie schubste ihn zur oberen Treppe. »Du kannst in meine Kammer. Es ist keiner da, die Mutter schläft bei Theres drüben.«

Leni öffnete die Tür zum Büro und setzte sich auf den durchgesessenen Schreibtischstuhl. Die Hand wollte ihr nicht gehorchen und sie gluckste, verbesserte das missglückte W und schrieb in runden Kleinmädchenbuchstaben den Betrag von dem kleinen Handzettel ab. Liebe Güte, das war ganz schön viel für einen Abend! Darunter trug sie die Rechnung der beiden Herren ein, die den ganzen Tag in der Gaststube gesessen und sie über den Julianenhof und den Wojtek ausgefragt hatten. Sie hatte schon nicht mehr gewusst, was darauf antworten. Zum guten Glück waren die Männer endlich abgereist.

Leni warf den Kugelschreiber in die Bleistiftschale und schlug den Ordner zu. Nahm die Geldtasche aus der Schürze und schloss sie im Schreibtisch ein. Sie löschte das Licht und tanzte leichtfüßig die Treppe hinauf. Zwar musste sie sich ab und zu an der Wand festhalten, doch das störte sie nicht. Es brachte sie eher zum Lachen. In ein paar Wochen würde sie eine verheiratete Frau sein. Weshalb sollte sie vorher nicht noch ein wenig Spaß haben?

Sie schliefen eng aneinandergeschmiegt, die Beine ineinander verschlungen, ihre Hand in seinen Locken vergraben. Das Rufen des Vaters hörte sie nicht, ebenso wenig wie das Poltern der Stiefel auf der Treppe.

Laut hämmerte es an die Kammer. Bevor Leni recht wach war, wurde die Tür aufgerissen und das Deckenlicht flammte auf. Schlaftrunken blinzelte sie in die Helligkeit, zog die Decke verschämt über die nackten Brüste.

Der Vater stand vor dem Bett, schlammbedeckt und vor Wut schnaubend. Hinter ihm ein fassungsloser Martin Heidinger. Ihr Verlobter. Leni blieb das Herz stehen.

Clemens Oberndörfer holte den Mann aus dem Bett der Tochter. Der Stock, der ihm sonst beim Gehen half, war seine Waffe, die eiserne Spitze seine Wehr. Doch sie genügte! Nackt taumelte Roman die Treppen hinunter und Clemens Oberndörfer folgte ihm mit dem klappenden Holzbein schneller, als er zu Bewusstsein kam.

Er konnte überhaupt nicht denken – es ging alles viel zu rasch, in einem Bruchteil von Sekunden. Der Oberndörfer trieb ihn vor sich her, den Martl im Gefolge und Roman hielt es für besser, das Maul zu halten. Der Heidinger war ein Riesenkerl und hatte die dicken Fäuste geballt.

Am Fuß der Treppe hielten sie vor einem hölzernen Verschlag. Martl riss Roman den Kopf an den schwarzen Haaren nach hinten und legte einen muskulösen Arm um seinen Hals. Clemens zog die Bodenluke auf und der Heidinger stieß ihn eine nächste steile Holzstiege hinunter.

Er fand sich in einem muffigen Keller wieder. Roman rappelte sich auf und rieb die schmerzende Schulter. Ein Vorratsraum, angefüllt mit Fässern, Stapeln von Bierkästen und einer erklecklichen Anzahl leerer Flaschen, Holzkisten mit in Sand eingelegtem Gemüse, um es frisch zu halten. Von der Decke hingen Würste und geräucherte Schinken, in einem Hohlraum neben ihm befand sich eine riesige Kartoffelsteige. Er sah sich hastig um, auf der Suche nach einem Fluchtweg. Die Luke über der Schütte war hoch oben und nicht mehr als ein breiter Schlitz. Er würde nicht hindurchpassen. Der einzige Weg hinaus führte über die Stiege. Und die versperrte der Heidinger.

Clemens zog an einem hölzernen Weinregal. Mit einem Knarren schwang es um und wieder hob der Glatzkopf den Stock. Roman wich vor der eisernen Spitze zurück und floh in den Hohlraum, der sich auftat. Erneut stürzte er, dieses Mal nur wenige Tritte tief und kam auf dem Rücken zu liegen. Clemens zog an einer Schnur und Licht flammte auf. Bis der Alte die Stufen überwunden hatte, stand Roman bereits wieder, hatte den langgezogenen Kellerraum durchquert und drückte sich an die steinerne Wand. Unter der staubig trüben Funzel baute sich der Wirt vor ihm auf, streckte den feisten Bauch heraus und stach nach ihm. Gerade rechtzeitig zog Roman den nackten Fuß zurück – im Lehmboden prangte ein Loch. Himmel, der Alte war stinksauer.

»Du Hundsfott!« Clemens spuckte aus. »Ich hätte dem Sittler glauben sollen! Er hat nie viel von dir gehalten. Erst jetzt versteh ich, warum.« Er fletschte die Zähne, stocherte mit der eisernen Spitze des Stocks nach ihm und hielt ihn damit in Schach. Instinktiv hob Roman die Hände und schützte die bloße Mitte. Clemens nickte zu dem Heidinger hin. »Der Saukerl hat einen Denkzettel verdient. Wir erledigen das auf unsere Weise. Ich sag nichts. Mach zu!«

Der erste Fausthieb traf ihn seitlich am Kopf, der zweite ließ ihn Blut schmecken. Roman spuckte in hohem Bogen einen abgebrochenen Schneidezahn aus und versuchte, aufrecht stehenzubleiben. Vergeblich. Martl trat zu. Hörbar knackte etwas in seinem Bein und er fiel nach vorn. Der Schmerz in dem zertrümmerten Knie ließ ihn aufheulen.

»Vater! Martl! Hört auf!«

Clemens fuhr herum. Leni stand in dem gemauerten Durchgang, wenigstens hatte sie ein Hemd übergezogen. Darüber trug sie Romans Lodenjanker, in der Eile hatte sie nichts anderes gefunden. Die aufgelösten Zöpfe fielen ihr strähnig über die Schultern. Sie kletterte die Stiege herunter und eilte Roman zu Hilfe.

»Du Metze!« Er riss Leni am Arm zu sich, krallte die Finger in ihren Nacken und zwang sie zu Boden. »Wie konntest du nur! Ausgerechnet ihn in dein Bett zu holen? Schämst du dich nicht?«

Schluchzend krümmte sie sich auf dem staubigen Lehmboden zusammen. »Vater, bitte. Es tut mir leid! Lasst ihn aus!«

Etwas Hartes stach sie in die Seite. Sie griff danach, tastete, ohne zu überlegen, in die Innentasche der Jacke. Ihre Hand schloss sich um einen Gegenstand und zog ihn heraus. Sie hatte keine Zeit, nachzuschauen was es war, doch es gehörte Roman, der Liebe ihres Lebens. Weinte laut auf und krümmte die Finger darum. Kalt schlug eine Kette an ihren Unterarm.

Clemens Oberndörfer hielt sie mit eiserner Klammer nieder. Mit dem Kinn nickte er zu dem jungen Mann hin. »Die Kiste da! Mach sie auf!«

Martl drückte sich an Clemens vorbei. Er kniete sich vor die Truhe und schlug den Deckel zurück. Die Gewehre waren in Holzwolle eingebettet, lagen ölig und schwarz glänzend im Licht der trüben Kellerleuchte. Der Bursche nahm eines heraus, wog es bewundernd in der Hand. »Das ist ein Sturmgewehr. Woher hast du die?«

»Was interessiert dich das? Gib her!«

Martl reichte ihm den Karabiner und Clemens gab den Nacken seiner Tochter frei, ließ den Stock fallen. Der stählerne Lauf des Sturmgewehrs zielte genau auf Romans bloße Mitte. »Du wirst nie wieder ins Bett meiner Tochter steigen, Wojtek. Bei meinem Leben, das schwör ich! Vorher schieß ich dir den Schwanz ab.«

Nackt kniete der muskulöse Mann auf dem staubigen Boden, die schwarzen Augen waren voller Schmerz. Und doch glitt ein höhnisches Lächeln über das verzerrte Gesicht.

»Xan tu e ruv![6]«, stieß Roman in der Sprache der Roma heraus. Er würde hier sterben, das wusste er. Aber er gab dem Oberndörfer noch ein Geschenk mit, pflanzte ihm ein letztes, böses Samenkorn ein. Es würde wachsen, ihn umschlingen wie eine Purpurwinde und dem einbeinigen Krüppel den Saft aussaugen. Clemens sollte leiden wie er selbst; an der eigenen Haut spüren, wie nah Hass und Liebe beieinanderlagen. »Sie war willig. Wie die Theres auch«, nuschelte er und spuckte einen Batzen Blut aus.

Scharf zog Clemens Oberndörfer die Luft ein.

Erneut trat Martl nach ihm und Roman fühlte eine Rippe brechen, dieselbe wie damals. Der stechende Schmerz war entsetzlich und er stöhnte auf. Doch er blieb auf den Knien, schwankte hin und her. »Frag die Theres, von wem sie ihren Sohn hat.« Halb erstickt von dem Blut, das seinen Mund füllte, gurgelte sein Lachen auf. »Du wirst doch nicht dein eigenes Enkelkind umbringen, Oberndörfer. Mein Fleisch wird immer in deiner Familie leben!« Er, Roman Wojtek, war ein Lovara-Rom und sein stolzes Blut floss für alle Zeit in den Adern der Oberndörfers. Kein Kind trug seinen Namen, wie Marie es vorhergesagt hatte. Doch was waren schon Namen?

Leni hob den Kopf. Sie sah die Wahrheit in seinen Augen. Er hatte sie verraten. Das Kreuz brannte plötzlich kalt in ihrer

---

[6] Die Wölfe sollen dich fressen. Fluch der Roma

Hand. Steinkalt, so kalt wie Romans Worte. Es kroch in sie hinein und krallte lange Eisfinger um ihr jagendes Herz. Presste den pochenden Muskel hart zusammen und löschte jegliches Empfinden aus. Das Kruzifix rutschte ihr aus der Hand und landete mit einem dumpfen Laut auf den Lehmboden.

Sie schoss hoch und fiel dem Vater in den Arm; mit beiden Händen griff sie nach dem Karabiner.

Clemens schwankte unter dem Anprall, verlor mit dem Holzbein das Gleichgewicht und stürzte.

Sie achtete nicht auf ihn und zog den Lauf ratschend durch, es war leicht, nicht viel anders als bei einem Jagdgewehr. Mit Jagdgewehren kannte sie sich aus. Hoch aufgerichtet, regungslos wie ein Steinmal, stand Leni Oberndörfer vor Roman, die blauen Augen ausdruckslos. Noch niemals im Leben hatte sie sich so betrogen gefühlt. Nicht einmal, als der Vater sie dem Martl angelobt hatte. Ihr Zeigefinger berührte sacht den Abzug. Dann drückte sie durch. Sie bewegte den Lauf von links nach rechts und ließ erst los, als es leer klickte. Der Rückstoß kugelte ihr fast die Schulter aus, das Gebrüll der Schüsse in dem niedrigen Gewölbe ließ sie taub werden. Leni gab nicht nach. In ihr war eh schon alles taub.

Die Kugeln fuhren in einem breiten Bogen über die Wand, rissen Steinchen und Staub aus dem Lehm, erfassten Roman und zogen eine rot aufspritzende Welle durch sein Fleisch. Die Vehemenz der Schüsse nagelte ihn an die Wand. Ungläubig riss er die Augen auf. Voller Erstaunen sah er an sich herab, griff sich an die zerfetzte Brust. Er hob die blutige Hand und die schwarzen Pupillen weiteten sich. In Zeitlupe rutschte er seitlich weg, hinterließ eine breit gefächerte Blutspur. Fiel auf den Boden. Er schrie nicht, atmete nur schwer. Seine Fersen trommelten auf den Lehmboden; er verlor Wasser und eine Urinlache breitete sich glänzend zwischen den Oberschenkeln aus. Mit einem erstickten Ächzen bäumte er sich auf, sein Blick brach. Dann war es vorbei.

Leni ließ das Gewehr fallen.

Martl stand wie versteinert, die Hände an den Kopf gepresst und in seinen Augen wucherte dasselbe Grauen wie in denen des Oberndörfers. Der lag noch immer am Boden und sah voller Entsetzen zu seiner Tochter auf. Die plötzliche Stille war betäubend.

In Lenis Ohren klingelte es. Sie wischte sich die Hände am Nachthemd ab. Ging zu Roman hinüber und stieß ihn mit dem nackten Fuß an. Er regte sich nicht. Sie hob die Kette von der Erde auf und schlängelnd beschrieb das goldene Band einen Bogen, glitt aus der Öse und fiel auf die zerrissene Brust. Das Kreuz blieb in ihrer Hand zurück.

Kapitel Fünfzehn

Leni zog den Rotz hoch, der ihr aus der Nase troff, sie wirkte um gut zehn Jahre älter als noch vor wenigen Minuten. Niemand sagte etwas, alle waren zu geschockt.

»Die Nacht darauf haben wir den Keller zugemauert; Martl, Vater und ich. Das Weinregal davor gerückt und nie wieder ein Wort darüber gesprochen. Er liegt noch immer da drin.« Leni schluchzte auf. Tränen rannen die faltigen Wangen herab und tropften in ihren Schoß.

Barbara Sittler zog ein Taschentuch aus dem Rock und reichte es ihr. Doch Leni nahm das Tuch nicht an; mit dem Ärmel der Bluse wischte sie sich über das Gesicht. Dann sah sie auf. Ihre Augen flehten um Verständnis. »Ich liebte ihn. Das müsst ihr mir glauben!«

Leopold Oberndörfer verzog den Mund, sein Schnurrbart zitterte. Aber er sagte kein Wort.

»Darum also hast du deine Verlobung aufgelöst«, überlegte Christina laut.

»Martl war es. Er wollte nichts mehr mit mir zu tun haben. Er hat das Dorf verlassen und sich nachher in Altenmarkt mit einer anderen Frau verheiratet.« Ein kläglicher Laut entrang sich ihrer Kehle. »Ich war nicht besonders unglücklich darum. Das Schlimmste war, Theres' Sohn aufwachsen zu sehen. Es hätte unserer sein können. Pirmin ahnte nichts davon und ich bitte euch, lasst Theres und den Burschen in Ruhe. Es würde ihn um sein Erbe bringen.«

Erst jetzt wurde ihnen bewusst, wie groß das Ausmaß der Tragödie war und wie weit es reichte. Die unselige Geschichte betraf nicht nur die Zwillinge, die Hohleitners, die Sittlers, nein, im Dorf hatten weit mehr Menschen einen Anteil daran. Sie alle hatten auf ihre Weise dazu beigetragen, dass es so gekommen war. Sie hatten zugesehen und geschwiegen, gehandelt nach ihrem Gutdünken. Gott allein wusste, wie viele Kuckuckskinder der Wojtek noch in fremde Nester gelegt hatte.

Helena beugte sich vor und schlug den Samt über dem Kreuz zusammen. Sie schob Leni das Päckchen hin. »Es tut mir leid, dass wir es genommen haben. Nimm es zurück. Es gehört dir.«

Leni hob die Hände und wehrte ab. »Mutter Gottes, nein! Sein Blut klebt daran.«

Wie recht sie hat, dachte Anna und zog die Schultern hoch. Nicht nur seines, sondern unser aller Blut; das meiner toten Kinder, der Mutter und weiß Gott wie vieler Generationen vor uns. »Wir wollen es ebenfalls nicht. Ich danke dir für deine Offenheit, Leni. Du bist eine mutige Frau.«

Barbara Sittler ließ ein erbostes Schnauben hören.

Mit scharfem Blick wies Anna sie zurecht. »Wir tragen ebenso viel Schuld an seinem Tod wie Leni. Sie hat bloß zu Ende gebracht, was wir beide vorhatten. Glaubst du denn, er wäre an unserem Gift leichter gestorben? Es ist an der Zeit, Dede, dass wir das eingestehen.« Sie wandte sich den Oberndörfers zu. »Wenn ihr einverstanden seid, soll der Wojtek ein christliches Begräbnis bekommen, das ist das Mindeste. Und dieses elende Ding wird mit ihm unter der Erde verschwinden.«

Leni senkte den Kopf. »Das wäre schön, Anneli. Doch ich bitte dich, halte meine Familie heraus. Vater ist tot. Und die anderen haben damit nichts zu schaffen. Sie wussten nichts davon.«

»Das Kreuz ist eine Menge wert«, wandte Christina ein. »Ich würde es für euch anbieten, es gibt ganz sicher Interessenten. Ihr könntet euch den Erlös teilen.«

»Nein.« Anna stand auf und legte den Arm um die Oberndörferin. »Es wäre Blutgeld. Wir haben alle genug zum Leben. Das Kreuz wird bei ihm in geweihter Erde liegen und niemand soll es je wieder berühren.«

Sie begleitete Leopold und Leni hinaus.

»Woher wusstest du es, Anneli?«, fragte Leni und umklammerte die Türklinke, während ihr Bruder schon vorausging.

Einen Augenblick presste Anna die Lippen aufeinander, doch dann straffte sie die Schultern. Keine Lügen mehr. »Die Dede und ich können mehr sehen als andere, Leni«, sagte sie leise. Dass ihre Töchter die Gabe ebenfalls besaßen, erwähnte sie nicht. Es tat nichts zur Sache. »Genügt dir das als Antwort?«

»Ja, Anneli. Das reicht mir. Ich wusste es ohnehin schon. Wir alle wissen Bescheid über euch. Doch niemand im Dorf wird es nach außen tragen. Das taten wir nie.« Sanft ließ sie die Hand über Annas Wange gleiten, strich über das feine Haar. »Ich danke dir, dass du es mir gesagt hast. Deine Familie ist gesegnet.«

Tränen schossen Anna in die Augen. Die ganze Zeit über hatte sie Ruhe bewahrt, doch jetzt durchbrachen Lenis Worte ihre mühsam aufrecht gehaltene Fassung. Aufgewühlt blieb sie auf der Steinschwelle stehen und sah Leni nach.

Gesegnet? Jesus Christus!

Sie saßen um den runden Tisch, benommen von Lenis Worten. Die Bilder, die sie in der Vision gesehen hatten, waren neu auferstanden.

»Was für eine Tragödie«, würgte Helena endlich heraus. »Mein Gott, die arme Frau. Dass sie das so lang mit sich herumgetragen hat.«

»Sie hat ihn hingerichtet. Leid tut's mir nicht um ihn.« Barbara erhob sich. Sie ging zum Ofen und blieb davor stehen, hieb die Faust an die gerundeten Kacheln und unterdrückte ein Ächzen. »Wir müssen alle bezahlen«, zischte sie. »Alles hat seinen Preis. Und Leni hat bezahlt, wie wir auch.« Sie wandte sich um und in ihrem Gesicht stand eine große Traurigkeit. »Ich wünschte wirklich, ich könnte das

Ganze ungeschehen machen.« Sie schlurfte aus der Stube, an Anna vorbei, die eben hereinkam, und zog die Tür hinter sich zu.

Stumm saßen sie. Keiner fand ein erlösendes Wort.

Kinderstimmen klangen vor dem Haus, Getrappel von Füßen und Gelächter. Anna schob den Vorhang zur Seite und lugte hinaus. Gleich darauf klopfte es und die Haustür klappte.

»Die Sternsinger.« Sie eilte in die Diele, flüchtete dankbar vor dem Schweigen, das auf ihnen lastete.

Helena schlug sich die Hand an die Stirn. »Tini, Menschenskind, heut ist Dreikönigstag. Anneli hat Geburtstag! Hast du dran gedacht?«

»Verflixt, nein, total vergessen.«

»Du hättest ja auch mal einen Pieps sagen können!«, fuhr Helena Niklas an.

Der hob die Schultern. »Sie hat's vermutlich ebenso vergessen; ich kann mich jedenfalls nicht erinnern, dass Anneli ihren Geburtstag einmal gefeiert hat. Sie hält nicht viel darauf.«

Was kein Wunder ist, er weckt üble Erinnerungen, dachte sie. Aus der Diele erklang ein Vers und nahm sie aus ihrer Überlegung. Eine Jungenstimme, in einer Tonlage, die den Stimmbruch schon erahnen ließ.

Sie drängten sich in den Türrahmen und die Männer ließen Helena und Christina den Vortritt. Die Arme um die Schultern der Frauen gelegt, schauten sie zu.

Anna stand am Kamin und neben ihr die Sittlerin.

Es waren vier Könige, nicht drei, gekleidet in farbenfrohe Gewänder in Gelb und Blau, unter denen eisverkrustete Stiefel hervorsahen. Über der Brust trugen sie bunte Schärpen und auf den Köpfen Turbane mit rund gewickelten Rändern, aus denen die Zacken der goldpapiernen Kronen herausragten. Alle hielten sie etwas in den bloßen Händen, denen die Kälte deutlich anzusehen war. Eines trug eine Silberschatulle, die wohl vom Waschtisch seiner Mutter stammte und unterm

Jahr deren Schmuck beherbergte, ein anderes ein verbeultes Kupfergefäß, auf dessen Deckel ein Kreuzchen thronte, an dem man ihn abheben konnte. Ein kleines Mädchen mit schulterlangen braunen Haaren hielt den Stab mit dem gelben Stern. Ein hochgewachsener Mann mit dunklen Augen, eine Wollmütze auf dem Kopf, unter der sich schwarze Locken heraus sträubten, stand hinter den Kindern in der geöffneten Haustür.

»Wir kommen daher aus dem Morgenland, wir kommen geführt von Gottes Hand. Wir wünschen euch ein fröhliches Jahr: Kaspar, Melchior und Balthasar. Es führt uns der Stern zur Krippe hin, wir grüßen dich, Jesus, mit frommem Sinn. Wir bringen dir unsre Gaben dar: Weihrauch, Myrrhe und Gold fürwahr. Wir bitten dich, segne nun dieses Haus und alle, die gehen da ein und aus. Verleihe ihnen zu dieser Zeit: Frohsinn, Friede und Einigkeit.«

Eng umschlungen standen die vier in der Stubentür und lauschten den Kinderstimmen. Helenas Augen wurden feucht und sie schluckte den Kloß im Hals weg. Frohsinn, Friede und Einigkeit – welch schöne Wünsche nach diesem fürchterlichen Nachmittag. Es gab keine Passenderen. Diese Kinder waren grad zur rechten Zeit gekommen. Mit ihrem Spruch verscheuchten sie die Schatten, die ihnen die Seele schwer machten.

Einer der Könige, ein rundlicher Junge, dessen blitzblaue Augen nicht so recht zu dem geschwärzten Gesicht passen wollten, schwenkte das Weihrauchfässchen, das an einer Kette an seinem Arm hing. Würziger Duft breitete sich in der Diele aus. Und es war, als ob er den üblen Dunst mit sich nahm, der über ihnen lag. Er reinigte das Haus, legte sich wohltuend in die Herzen und ihre Gedanken und reinigte auch sie.

»Das habt ihr gut gemacht! Dank euch für den Segen und ich wünsch euch dasselbe. Wo habt ihr denn euer Sackerl?« Anna nahm das vorbereitete Körbchen von der Dielenkommode und schüttete den Inhalt in den Jutesack, den eines der

Kinder aufhielt. Dann steckte sie einen Geldschein in die Kassette des schlaksigen Buben, der fast ebenso groß wie sie war. Unter dem Stoffturban, der ein wenig schief auf den kurzen Locken saß, blickten schwarze Augen, die denen des Mannes an der Tür glichen. »Vergelt's Gott, Anneli. Wir sammeln heuer für die Überlebenden des Tsunamis in Südostasien. Die haben alles verloren – und wir haben doch mehr als genug.«

Sie legte ihm eine Hand auf die Schulter. »Das hast du schön gesagt, Seppi. Du bist ein feiner Bub. Bewahr dir dein Mitgefühl.« Sie wandte sich den Kindern zu. »Ich find das ganz großartig, dass ihr eure Zeit opfert, um für diese armen Menschen zu sammeln. Unser Herrgott wird's euch lohnen, ganz bestimmt. Es ist unsere Aufgabe als Christen, denen zu helfen, die unverschuldet in Not geraten sind.«

Das Mädchen mit dem Stern trat von einem Fuß auf den andern und sah zur Sittlerin auf. »Barbi? Hast noch ein Kipferl für mich? Ich mag die so arg.«

Barbara strich der Kleinen über den Kopf und das bittende Gesichtchen ließ sie schmunzeln. »Bestimmt ist noch eins übrig für dich, Eva.« Die Keksdose stand auf dem Kaminsims, wo Anna sie am frühen Nachmittag abgestellt hatte. »Da schau, greif zu, deine Tante hat sie gebacken. Nehmt euch alle eins. Kipferl müssen spätestens zu Dreikönig aufgegessen sein, danach schmecken sie nämlich nicht mehr.« Sie griff in die Rocktasche und zog ein Beutelchen heraus. »Hier, da sind die Zuckerl. Ich weiß doch, dass ihr die mögt.«

An Helenas Rücken gedrückt, lachte Niklas leise auf. »Barbi teilt wieder mal ihre Hustenbonbons aus.« Auf den fragenden Blick hin, flüsterte er ihr ins Ohr: »Das ist Barbis Beitrag, damit die Dorfkinder gesund durch den Winter kommen. Sie schwört darauf und niemand darf dabei zusehen, wenn sie die Zuckerl herstellt; die Rezeptur ist ihr kleines Geheimnis. Weiß Gott, was sie da reinmischt. Auf jeden Fall stinkt die Küche danach tagelang nach Ingwer, Thymian und was weiß ich und alles klebt. Sie verbraucht eine gewaltige Menge Honig. Die Kinder sind verrückt nach Barbis Zuckerln.«

Erstaunt sahen sie zu, wie die alte Frau sich zwischen den Kindern bewegte, sie alle mit Namen ansprach und mit ihnen scherzte.

»Nicht zu glauben«, wisperte Christina, »so hab ich die alte Hexe noch nicht erlebt. Die scheinen sie ja wirklich zu mögen.« Sie stieß die Luft durch die Nase. »Wenn ich höflich frage, meint ihr, ich krieg dann auch eins?«

»Du sicher nicht«, grinste Johannes und zuckte unter dem Ellbogen, der zwischen seine Rippen stieß. »Aua, wirst du das sein lassen? Sie war doch die Hebamme im Dorf, hat sie alle auf die Welt gebracht und kennt sie von klein auf«, beeilte er sich, zu erklären.

»Ich weiß das, Johannes! Mich übrigens auch«, gab Christina zurück, schärfer als beabsichtigt.

»Das kleine Mädchen da, ist das ein Suter-Kind?«, fragte Helena, nur um sich zu vergewissern.

»Eva ist Loisls Tochter, er hat erst vor wenigen Jahren geheiratet. Sie kommt oft mit Maria herüber.« Niklas zeigte auf den Halbwüchsigen. »Und der Bursche dort ist der jüngste Enkel von Theres.«

Helenas Blick huschte von dem Buben zur Tür, wo der Mann gestanden hatte. Er war in der Dunkelheit verschwunden und wartete wahrscheinlich vor dem Haus auf die Kinder. Ihr Herz zog sich zusammen, als sie die Informationen aneinandersetzte. Zu gern hätte sie noch einmal genauer hingesehen.

Barbara stand auf der Steinstufe des Haindlhofs. Die Hinfälligkeit, die sie gezeichnet hatte, war einem Elan gewichen, der sie weit jünger wirken ließ als sie war. Die gekrümmte Gestalt strahlte etwas Erhabenes aus, ihre Augen glänzten meergrün in dem runzeligen Gesicht.

»Komm noch mit in die Stube, Dede«, bat Anna und nahm die Tante beim Arm. »Sitz ein wenig her zu uns. Schlafen kannst du, wenn die Mädchen abgefahren sind.«

Barbara machte sich los und drückte die Tür hinter den Sternsingern zu. Völlig unerwartet legte sie die Arme um Anna. »Anneli.« Barbaras Stimme zitterte. »Du bist heute fünfundsechzig Jahre alt. Ich hab's nicht vergessen. Den Segen unseres Herrgotts wünsch ich dir. Für mich wünsch ich nur eins, dass du mir verzeihst. Eines Tages vielleicht …«

»Nicht eines Tages, Dede. Es ist gut.« Sie zog die Tante mit sich und stieß die Tür zur Stube auf, schaute in die Gesichter ihrer so unterschiedlichen Töchter, die sie erwartungsvoll ansahen. Ein tiefes Glück wallte in ihr auf. Leni hatte recht – sie war gesegnet.

Die Begegnung mit den Sternsingern hatte die ungute Atmosphäre aufgebrochen. Nun saßen sie am Küchentisch und begingen Annas Geburtstag, feierten mit den übrig gebliebenen Keksen und Barbara holte bereitwillig ihren sorgsam gehüteten Wacholderschnaps aus dem Wandschrank des Behandlungszimmers. Wider allem Erwarten fanden sie sich plötzlich in einer heiteren Runde, lachten und sprachen miteinander, als ob es nie etwas anderes als diese Familie gegeben hätte.

Der Abend brachte eine nächste Überraschung, eine, mit der niemand, am wenigsten Helena und Christina, gerechnet hatten.

Nach neun Uhr fuhr ein Wagen am Haindlhof vorbei. Niklas hörte das Motorengeräusch und schob den Vorhang zur Seite. Den schmalen Seitenweg, der an den wenigen Höfen vorbeiführte, kam selten ein Auto entlang. Zu dieser späten Stunde waren es nur die Anrainer und die waren schneller unterwegs, zielgerichteter. Der Wagen hielt beim übernächsten Nachbarn, die Rücklichter erloschen. Er ließ den Vorhang zurückfallen.

Wenige Minuten später, er dachte schon nicht mehr daran, pochte es an der Hintertür und Marias aufgeregte Stimme ertönte in der Diele. »Anneli! Barbara!«

Anna schob den Stuhl zurück. »Lass nur, Dede, ich geh nachsehen. Vielleicht ist was mit der Purgl.« Sie kam nicht weit, die Küchentür flog auf und Maria stand da.

Sie trug ein Nachthemd aus geblümter Baumwolle, ihre nackten Füße steckten in Holzpantinen und sie hatte nur ein dickes Stricktuch umgeworfen, das sie mit einer Hand über der Brust zusammenhielt. Hinter ihr stand jemand. Nein, mehrere Personen warteten da. Und dann schoben sich Gesichter über Marias Schultern, eines rechts und das andere links. Zwei Frauen mit hellblonden Haaren, die voller Neugierde in die Küche schauten und dann, wie aus einem Mund, ausriefen: »Mami!«

Helena schlug die Hände vor den Mund. Ihre Augen sahen, doch der Kopf kam so schnell mit Begreifen nicht hinterher. Sie glaubte es nicht! Wie war das möglich? Sie träumte, nein, sie hatte Halluzinationen! Oder zu viel getrunken. Bestimmt war es das, denn alles andere konnte nicht sein. Wie in Zeitlupe tropfte die herrliche Gewissheit in Helenas Gehirn.

»Jule?« Sie krächzte, kaum Herr ihrer Stimme. »Julchen!« Es riss sie förmlich von der Bank. Sie drückte sich an Niklas vorbei und stolperte über dessen Beine. Hastig griff er nach ihr, hielt sie, bevor sie der Länge nach hinfiel. Helena rappelte sich auf. Im nächsten Augenblick war Julia bei ihr und umarmte sie so stürmisch, dass ihr der Atem wegblieb. Sie schluchzte und lachte in einem. »Jule, Mäuschen!«

Auf der anderen Seite der Bank kletterte Christina über Johannes' Knie und schubste ihn weg, weil er nicht schnell genug aus dem Weg war. Der Tisch rutschte mit einem Quietschen ein Stück nach vorn, die Kerze und zwei gefüllte Becher kippten um; Wachs und heißer Glühwein flossen über die nackte Tischplatte.

Eilig griff Barbara nach ihrem Becher und rutschte im Lehnstuhl ein Stück zurück.

»Böhnli!« Christinas Stimme schlug über; strahlend vor Freude warf sie beide Arme um die Tochter. Sie wiegten einander, küssten sich ab und tanzten, zwei wild gewordene Derwische, durch die Küche.

Der Tumult war unbeschreiblich.

Unter dem Türsturz neben Maria stand ein hochgewachsener Mann, etwa dreißig, vielleicht auch ein wenig älter. Die dunklen Haare trug er an den Seiten raspelkurz, über dem spitzen Haaransatz und der hohen Stirn sträubte es sich lässig nach oben, so, als ob er eben mit den Fingern hindurch gefahren wäre. Ein gutaussehendes Gesicht mit markantem Kinn, einer Nase, die ein wenig zu lang schien. Ein voller Mund, der lächelte und weiße Zähne sehen ließen, die in Reih und Glied standen, wie Reklame für Zahnpasta. Der Schatten auf den rasierten Wangen verlieh ihm etwas Verwegenes.

Anna war es, die sich zuerst fasste und zu ihm und Maria hinging. »Ihr kommt jetzt erst einmal herein. Und wenn sie sich beruhigt haben, erfahren wir vielleicht, was hier los ist.« Sie wusste es bereits. Süßer Heiland, und wie sie es wusste! Diese beiden jungen Frauen mussten ihre Enkeltöchter sein. Sie glichen Helena und ihr wie ein Ei dem anderen. Es war nicht zu fassen – wenn sie es nicht mit eigenen Augen sehen würde, sie hätte es nicht geglaubt. Es war, als ob sie in einen Spiegel schaute, nun ja, zumindest früher, als sie jung gewesen war. Diese milchweiße Haut. Das schmale Gesicht mit dem spitzen Kinn und den hohen Wangenknochen, weißblondes Haar, das lang und fein bis zur Taille reichte. Zwei graue Augenpaare. Eines ins Bläuliche spielend, bei der anderen in einem überaus faszinierenden Anthrazit. Und beide umgab eine Ausstrahlung, die sie sprachlos machte.

Anna spürte es mit jeder Faser. Sie trugen das Erbe! Es konnte nicht anders sein. Sie wünschte es sich. Und fürchtete es zugleich.

»Mami, das ist Abel, wir sind zusammen.« Julia schlang den Arm um die Hüfte des jungen Mannes. Mittlerweile saßen sie in der Stube und drängten sich um den runden Tisch, der fast zu klein für die vielen Menschen war. Maria drückte sich ans Ende der Bank; befangen saß sie da, die Beine aneinandergestellt und schien sich ein wenig zu schämen, weil sie so unangemessen bekleidet war. Doch niemand achtete darauf, sie waren zu aufgeregt.

»Ich hab dir von ihm erzählt. Dass ihr euch so kennenlernt, stand nicht auf dem Plan.« Schüchtern sah Julia die Runde. »Ich hoffe, wir kommen nicht ungelegen.«

Die Sittlerin brummte in ihr Doppelkinn: »Pah, ungelegen drückt es nur unzulänglich aus. So ein Spektakel.« Aber auch in ihrem Gesicht stand etwas wie – Freude? Oder gar Zuversicht?, fragte sich Anna, während Barbara nur den Kopf schütteln konnte. Da schneiten diese jungen Frauen ins Haus, zu einem Zeitpunkt, wo sie geglaubt hatte, es könne nichts mehr geben, das sie erschüttern würde. Und nun das. Allmählich fühlte sie sich wirklich zu alt für solch unvorhergesehene Überraschungen.

Helena war überglücklich. Jule war da! Was auch immer ihre Tochter hierhergeführt hatte, sie konnte nicht anders als glücklich sein, obwohl sie das alles nicht begriff. Wie waren die Mädchen nur zusammengekommen? Sie hatten doch keinerlei Verbindung zueinander. Bis vor wenigen Wochen hatte sie ja selbst nicht geahnt, dass Christina eine erwachsene Tochter und sie eine Nichte hatte. Voller Erwartung musterte sie die junge Frau, die selbstbewusst, mit lässig ausgestreckten Beinen, zwischen Anneli und Julia saß. Gott im Himmel, sie ist bildschön. Nur Annetts Augen sind anders, dunkler als unsere, der Mund voller und ihr Haar lockiger. Doch unbestritten, sie könnte Jules Schwester sein.

Niklas schenkte allen ein. Er schob Helena das Glas hin und abwesend griff sie danach. In einem Zug schüttete sie den Alkohol hinunter und ignorierte Julias erstaunten Blick. Der Wacholderschnaps war genau richtig. Er brannte sich durch ihre Kehle und ließ sie husten. Helena räusperte sich und setzte das Glas ab. Ihre Gedanken flogen durcheinander wie aufgestörte Hummeln, wogen das Mögliche gegen das Unmögliche ab. Wie konnte das sein und überhaupt – wie hatten die Mädchen sich gefunden? Gerade zu diesem Zeitpunkt! Gab es solch einen unwahrscheinlichen Zufall? Das war schon fast unheimlich; wo Tini und sie vorgehabt hatten, heute nach Hause zu fahren. Hatte sie das Julia überhaupt geschrieben? Sie wusste es nicht mehr.

»Ich glaub, du musst mir einiges erklären. Ich kapier es nicht, Jule, was tust du hier? Nicht, dass ich mich nicht freue, ganz im Gegenteil!«

»Wir sind uns am Salzburg Airport begegnet.« Annett ergriff das Wort. Ihre Stimme war melodisch, volltönend wie eine Glocke in Moll. »Ich hab seit Weihnachten nichts von dir gehört, Mami. Du hättest dich schon mal melden können, oder?«

»Ich hab doch mein Handy verloren«, gab Christina zurück. »Ach ja? Schwacher Versuch, Mami. Hier gibt's kein Telefon, keine Mail, kein gar nichts? Also echt, das ist *so* typisch für dich, oder?« Sie rollte das R auf eine kehlige Weise und hängte, wie alle Schweizer es zu tun pflegen, das unvermeidliche *oder* an. Obwohl sie einen vorwurfsvollen Ton anschlug, klang es so drollig, dass sie lachten. Sogar Barbara kicherte und verbarg ihre Heiterkeit hinter einem Hüsteln.

»Ihr seid euch am Flughafen begegnet?«, fragte Anna nach. Sie war nicht nur neugierig, sie brannte vor Erwartung. Jeden Zoll des Körpers angespannt, saß sie auf der Kante des Stuhls. Konnte sich an den Gesichtern der beiden jungen Frauen nicht sattsehen.

»Ja, also, das war echt verrückt. Im ersten Moment dachte ich, Abel nimmt mich hoch, als er sagte: Ich seh doppelt. Jule, dich gibt's zweimal.« Ein Lächeln huschte über das schmale Gesicht, als sie Helena ansah. »Ich soll dich übrigens von Großpapa und Großmama grüßen. Sie haben uns zum Flughafen gebracht.«

Helena schluckte trocken und unterbrach sie. Das wurde ja immer besser. »Du warst zu Hause?«

»Nur für einen Tag. Klar, wenn ich schon mal heimkomme, dann wollte ich sie auch sehen. Ich hatte nicht vor, nach Deutschland zu kommen, aber Abel hat ein Haus in der Nähe von Heidelberg geerbt und muss sich um einige rechtliche

Dinge kümmern. Und dann kam deine Nachricht und spontan habe ich mich entschlossen, mitzufliegen. Na ja, deine Mail war so kryptisch und irgendwie hatte ich ein komisches Gefühl. Wir haben daheim übernachtet und Rösle sagte, dass ihr erst am Sonntag zurückfahrt. Und tatsächlich haben wir noch einen Flug erwischt. Wir warteten am Sixt-Schalter, um das Auto abzuholen, das wir reserviert hatten. Annett stand hinter uns. Ich hab sie erst nicht gesehen. Abel aber, der hat sie angestarrt wie eine Erscheinung. Und mir ist echt die Spucke im Hals steckengeblieben.«

»Sie fragten nach Forstau. Genau dahin, wo ich auch hin-wollte. Ich hab das gehört und mich vorgedrängelt.« Annett grinste breit und das Grübchen auf ihrer Wange grub sich tiefer ein. »Als ich Jule gesehen hab, das hat mich komplett umgehauen. Das war so verrückt! Es ist ganz schön verwir-rend, plötzlich in sein eigenes Gesicht zu sehen, oder?« Sie schoss ihrer Mutter einen vorwurfsvollen Blick zu. »Du hast mir einiges zu erklären, Mami!«

Christina biss sich auf die Lippen. Sie sah aus, als hätte sie in etwas Unappetitliches gebissen.

Helena sah förmlich, wie die Schwester sich wand, spürte Barbaras Befriedigung wie die eigene. Für eine Sekunde be-gegneten sich ihre Blicke und Helena musste ein Glucksen unterdrücken. Fast hätte sie herausgeprustet, doch im letzten Moment nahm sie sich zusammen. In Barbaras Gesicht konnte man lesen wie in einem offenen Buch. Annett war wunderbar direkt und offensichtlich besaß sie dieselbe Spon-taneität wie Tini. Das konnte ja heiter werden. Hoffentlich hielt die Sittlerin den Schnabel und sagte jetzt nichts Bissiges. Die Schwester würde explodieren.

Barbi tat ihr den Gefallen. Sie schwieg, senkte die schweren Lider und verzog nur die Mundwinkel.

»Ich hoffte, dass ich dich noch antreffen würde und über-reden könnte, hier das Wochenende mit mir zu verbringen, bevor ich wieder zurückmuss.« Annett beugte sich vor und funkelte ihre Mutter an. »Über eine Woche hör ich kein

Sterbenswörtchen von dir! Ich hab mir echt Sorgen gemacht! Hej, wir haben das ganze Weihnachten nur von Annas Tagebüchern gesprochen und deinen Trip. Über eine Tante, von der ich bis dato nichts wusste. Daran hatte ich schon ziemlich zu kauen, aber gut. Ich hab's zwar nicht verstanden, doch hingenommen. Jetzt hab ich plötzlich eine Base, die du mir vorenthalten hast – und Großeltern.«

Ein Zucken ging durch Anna, als Annett die Tagebücher erwähnte, doch sie schwieg still.

Du armes Mädchen, dachte Helena. Und jetzt kommst du hierher und triffst auf noch mehr Familie. Eine weitere Großmutter und eine Großtante obendrein. Sie las den gleichen Gedanken in dem schüchternen Blick, mit dem die junge Frau Anna streifte. Annett lehnte sich zurück, schlug die Beine übereinander und kreuzte die Arme vor der Brust.

»Ich hätte mich schon gemeldet«, wandte Christina ein.

»Pffh. Das glaub ich sofort! Nichts hättest du. Du wärst in die Staaten zurück und ich hätte dir jeden Wurm einzeln aus der Nase ziehen können, oder? Kannst du vielleicht verstehen, dass mich das auch etwas angeht? Dass ich selbst sehen muss, was an dieser Geschichte dran ist, wenn du mir nichts sagst?«

Christina senkte den Kopf, kaute sichtlich an den Vorwürfen ihrer Tochter. Ließ zu, dass Johannes ihre Hand nahm und sie hielt. Das schlechte Gewissen schien ebenso an ihr zu nagen wie die Sorge, dass ihre Tochter diesen Vertrauensbruch nicht vergab.

Was hatten sie nur getan? Im Nachhinein verstand Helena weder sich noch die Schwester – es wäre so einfach gewesen, offen miteinander zu sein, darüber zu sprechen. Es war unverzeihlich, dass sie und Tini den Kindern die Wahrheit vorenthalten hatten. Wie mochten die Mädchen sich nur fühlen, nachdem sie so unvermittelt aufeinandergetroffen waren? Betrogen war noch ein zu schwaches Wort dafür. Sie waren keinen Deut besser als Barbara Sittler und deren Heimlichtuerei.

»Dass wir uns begegnet sind, ist kein Zufall«, sagte Annett ernst. »Ganz bestimmt nicht. Ihr könnt darüber denken, wie ihr wollt, doch ich weiß, dass das so sein musste. Es ist so etwas wie Vorsehung, keine Ahnung. Oder Schicksal.« Sie rieb sich über den Mund, schüttelte den Kopf. »Wir haben den Mietwagen dann sein lassen und uns eine ruhige Ecke gesucht. Den Rest könnt ihr euch sicher denken.«

Das konnten sie. Und wie sie es konnten.

Annett schubste das geleerte Glas in Richtung der Flasche. »Krieg ich noch einen?« Die anthrazitgrauen Augen glänzten voller Entschlossenheit, bereit für das, was kommen würde.

Niklas beeilte sich, nachzuschenken. Schob der jungen Frau das Gläschen hin und musterte sie. Es war ihm anzusehen, dass er sich Fragen stellte. Vermutlich dieselben Fragen, die mich umtreiben und noch einige mehr, schoss es Helena durch den Kopf. Sie war überfordert von der Situation. Erst vor wenigen Tagen waren Tini und sie hierhergekommen und hatten allerhand durcheinandergewirbelt. Und jetzt tauchten die Mädchen auf. Vergrößerten den Wirrwarr noch, wo sie doch geglaubt hatten, gerade einen kleinen Zipfel erhascht zu haben, der die Knoten löste. Sie blendete den Mann neben sich aus, betrachtete die Nichte, die ihr gegenübersaß und die sie jetzt schon ins Herz geschlossen hatte. Sie war so ganz bei sich und herrlich selbstbewusst.

Annett prostete fröhlich in die Runde und ignorierte Christinas finstere Miene. »Freut mich riesig, euch kennenzulernen. Stört euch nicht an unserem kleinen Disput, das musste einfach raus. Jetzt sind wir klar miteinander und können neu anfangen, oder?« Sie setzte das Stamperl auf dem Tisch ab. Beugte sich zu ihrer Mutter und drückte ihr einen schmatzenden Kuss auf die Wange. »Hol endlich Luft, Mami. Alles ist gut. Und glaub ja nicht, dass ich nicht mitbekomm, dass du unterm Tisch Händchen hältst.« Mit einer raschen Bewegung zog Christina die Hand weg und legte sie in den Schoß.

Der Gesichtsausdruck der Schwester war urkomisch und Helena gab ein Glucksen von sich. Annett gefiel ihr. Und wie sie ihr gefiel! Wie sie eben ihre Mutter schachmatt gesetzt hatte, genau wie Tini das manchmal tat. Oder Barbara. Drei Generationen und alle aus demselben Holz geschnitzt. Die Erkenntnis warf Helena fast um; erhellender als die anderen Ähnlichkeiten. Falls sie je Zweifel gehabt hätte – die hatte sie nicht, doch nur falls – dann wären sie jetzt ausgeräumt. Diese Art von Humor kannte sie nur zu gut.

Auf einmal lachten alle. Und als ob damit etwas wie Entgegenkommen Einzug in die zusammengewürfelte Gemeinschaft hielt, fanden sie zusammen. Das Lachen schuf eine zarte Verbindung. Es schenkte eine nachsichtige Friedfertigkeit und auferlegte zugleich eine Aufgabe: Alle miteinander trugen sie Verantwortung, die Schuld zu besiegen. Damit die alten Verletzungen heilen konnten, die sie in sich verborgen hielten, eine jede für sich.

An dem runden Tisch, der seit Jahrhunderten in der Stube des Haindlhofs stand, erkannten die Frauen, dass Annett die einzig gültige Antwort gegeben hatte. Es war Vorsehung, nur das, nichts anderes. Sie suchten einander mit Blicken, zaghaft; graue und blassgrüne Augen fanden sich, und ihnen war, als ob ein Hauch sie anrührte. Ein Wispern, das nur sie wahrnahmen, vertraut und süß, es flutete ihre Seelen wie rosiges Morgenrot. Eine Präsenz, derart körperlich intensiv, dass sie verharrten wie unter einem Bann.

Ihr seid die Zukunft. Werdet eins und hütet die Gabe …

Die Sittlerin bestand darauf, dass der Überraschungsbesuch über Nacht im Haindlhof blieb. Es war ohnehin zu spät, eine Unterkunft zu suchen.

Das Haus summte wie ein Bienenstock. Maria überzog die Betten in den leer stehenden Fremdenzimmern mit den Leinen, die im Dielenkasten aufgestapelt lagen und feuerte die eisernen Öfen an, die jahrelang kalt geblieben waren. Im Nachthemd wuselte sie geschäftig durchs obere Stockwerk und ging erst zum Suterhof hinüber, als Niklas ein Machtwort sprach. Allmählich kehrte Ruhe ein.

In den oberen Zimmern tappte jemand hin und her; die Dielen knarrten unter den Schritten, eine Schranktür quietschte und Wasser lief. Eine Tür schlug zu; leises Stimmengemurmel und unterdrücktes Gelächter drangen durch die Holzdecke nach unten. Das alte Bauernhaus war voller Geräusche. Lange hatte es stillgehalten und auf Leben gewartet. Nun schien das Gebälk sich auszustrecken, zufrieden seufzend, als ob es die Arme schützend um die Menschen darin breitete.

Barbara hatte sich zurückgezogen und Anna räumte in der Küche auf, während Helena und Niklas vor den Haindlhof traten. Einige Meter entfernt standen Johannes und Christina, sie küssten sich mitten auf dem Weg.

»Du könntest heut Nacht dableiben, Nanni …«, flüsterte Niklas an ihrem Ohr. Sein Atem strich über Helenas Hals und kitzelte ihre bloße Haut.

Sie atmete tief ein, drehte sich um und grub ihren Blick in die bernsteinfarbenen Augen. Wie konnte man nur solch wundervolle Augen haben? Jede Frau hätte ihn glühend um diese goldgesprenkelte Iris, den Ausdruck darin, beneidet. »Das meinst du jetzt nicht ernst.« Oder doch? Sie erkannte es in seinem erwartungsvollen Blick; er meinte es geradeso, wie er es gesagt hatte.

»Warum nicht? Die zwei kommen ganz bestimmt ohne dich klar.« Leise lachte er und zog Helena fester an sich. Schob die Hände in die offene Jacke und legte sie unter dem Pullover an ihre Haut. Mit einem kleinen Laut lehnte sie sich an ihn, genoss seine Zuneigung ebenso wie die intime Berührung. Es war ein gutes Gefühl, ihm nahe zu sein. Dieser Mann war so besonders. Er schien sie zu verstehen; akzeptierte, wie und was sie war. Zeigte sein Begehren auf eine Weise, die sie anrührte. Behutsam, abwartend. Mehr als das, Niklas Hallner füllte etwas in ihr, das lange brachgelegen war. Sie wollte ihn, o ja, doch nicht so. Kein verstohlenes

Zusammentreffen, kein heimliches Hinaufschleichen und darauf hoffen, dass niemand sie hörte. Und schon gar nicht mochte sie morgen früh neugierigen Blicken begegnen. Dafür war sie wirklich zu alt. Die Verschmelzung ihrer beider Seelen – sie fand keinen anderen Ausdruck dafür, denn genau das war es – würde elementar sein, das wusste Helena. Sie wusste es ebenso sicher, wie sie überzeugt war, dass Niklas und sie mehr füreinander empfanden als nur Sympathie oder körperliche Lust. Doch dieses erste Mal – sie unterdrückte den Anflug eines Lachens, das unvermittelt aufstieg, das erste Mal, lieber Himmel, es war nicht ihr erstes Mal und dennoch fühlte es sich so an – sollte frei von den Erlebnissen der letzten Tage sein. Was sich zwischen ihnen angebahnt hatte, so sacht und zugleich überwältigend, durfte nur ihnen allein gehören. Irgendwann ganz sicher, doch nicht jetzt. Nicht heute Nacht. Nicht nach diesem Tag.

Mit einem Bedauern machte Helena sich los. »Nein, Nik.« Rasch legte sie ihm einen Finger auf den Mund. Zeichnete den Bogen der vollen Oberlippe nach und hob sich auf die Zehenspitzen. »Nicht heute«, murmelte sie an seinem Mund. Unter dem Kuss nahm sie Niklas' Gedanken wahr, schmeckte seine Gefühle und fast wurde sie schwach. Der weiche Bart streifte ihre Wange wie die Berührung einer Vogelschwinge, zart und überaus verheißungsvoll.

Das Singen der Gardinenstange, als Anna den Vorhang vor dem Fenster aufzog, ließ sie auseinanderfahren. Genervt verdrehte Niklas die Augen. Anna schaute durch die Scheiben nach draußen und begegnete Helenas Blick.

»Darum«, sagte sie schlicht.

Mit einem schiefen Grinsen nickte er und drehte sich mit ihr im Arm so herum, dass er mit dem Rücken zum Fenster stand. »Ich verstehe.«

»Ich weiß.«

Anscheinend hatte Anna den Wink richtig gedeutet, denn der Vorhang glitt ratschend zu und tauchte den Platz, an dem sie standen, in mildes Licht.

»Hast du über meinen Vorschlag nachgedacht?«, fragte er leise und zog Helena enger an sich. »Den anderen.«

»Ja.« Sie drückte das Gesicht an seine Hemdbrust. Himmel, er roch so gut. Nur zu oft hatte sie ein Problem mit menschlichen Gerüchen, und kein Geringes. Darum umarmte sie selten, ging nur verhalten in direkten Kontakt und hielt sich da eher zurück, was ihr den Ruf verschafft hatte, unnahbar zu sein. Jeder Mensch besaß einen spezifischen, ganz eigenen Geruch und die meisten waren ihr zu aufdringlich. Die Sensibilität ihrer Veranlagung sperrte sich wie von selbst dagegen. Niklas hingegen … er besaß einen Duft, der nur ihm eigen war und von dem sie nicht genug bekam. Wie Harz eines eben gefällten Baums, würzig und zugleich frisch.

Helena hatte Mühe, sich loszureißen. »Ich denke die ganze Zeit darüber nach, Nik. Ich bin noch nicht so weit. Gib mir Zeit …« Sie spürte den leichten Druck seines Kinns auf ihrem Scheitel.

Ein letzter Kuss. Widerstrebend ließ er sie los.

»Schlaf süß, Nanni. Bis morgen.«

Vierter Teil

❄❄❄

Kapitel Eins

Dumpf spielte das Handy die kleine nervige Melodie. Ohne hinzusehen, griff Helena in die Handtasche, die über der Lehne des Bürostuhls hing und wühlte darin. Das Klingeln endete und sie gab es auf, weiter danach zu kramen. Niklas musste bis morgen warten. Sie setzte sich aufrecht hin und reckte den Hals, suchte durch die verspiegelte Scheibe im Vorzimmer ihrer Sekretärin nach der Uhr, die dort drüben an der Wand hing. Bereits elf vorbei; höchste Zeit, endlich heimzufahren. So müde wie sie war, begriff sie ohnehin nichts mehr. Die endlosen Buchstaben und Ziffernreihen führten schon wilde Tänze auf. Da konnte sie ebenso gut Schluss machen.

Seit Mittag saß Helena über dem Protokoll der vergangenen Tage und zermarterte sich das Hirn. Die letzte Versuchsreihe des Artemisinin-Ansatzes hatte eine Abweichung ergeben. Diese verdammten HER2-Rezeptoren hatten nicht wie erwartet reagiert. Der Status war leicht erhöht, das würde zu einer Überflutung der Krebszellen mit Wachstumssignalen führen anstatt sie zu blockieren. Es könnte mit dem Peroxidanteil zusammenhängen, überlegte sie und blätterte zum hundertsten Mal einige Seiten zurück, um erneut die Laborergebnisse zu vergleichen. Artemisinin besaß eine bestimmte Peroxidstruktur. Bei hoher Konzentration an Eisenionen, wie das bei Tumorerkrankungen der Fall war, wurde das Peroxid instabil und zerfiel in freie Radikale, die die Krebszellen zerstörten. Das hatten sie nicht getan, warum auch immer. Etwas war falsch gelaufen.

Eine gefühlte Ewigkeit brütete Helena über dem Bericht und suchte fieberhaft nach der Schnittstelle, an der die bisher positiven Ergebnisse eine andere Richtung genommen hatten. Es konnte sich genauso gut um einen winzigen Fehler im Procedere oder eine Verunreinigung der Proben handeln. Oder verfolgten sie womöglich doch einen völlig falschen Ansatz? Das konnte sie sich nicht vorstellen, die bisherigen Durchgänge waren vielversprechend gewesen. Sie hatten sich so nahe am Ziel geglaubt, doch nun zwang das vorliegende Resultat sie dazu, von vorn zu beginnen. Ehe das Institut einen klinischen Versuch wagte, mussten die Ergebnisse unantastbar sein. Ohnehin waren noch reichlich rechtliche Hürden zu bewältigen, bevor sie auf den Grundlagen der Studie das verbesserte Medikament vorstellten und das AZKIM konnte es sich nicht leisten, gerade jetzt zurückzurudern. Andere Institute forschten ebenfalls an der wachstumshemmenden Wirkung der Artemisia Annua[7] und es war ein Kopf-an-Kopf-Rennen, wer den Zuschlag der Pharmakonzerne bekam. Eine unvorstellbare Menge Geld knüpfte sich an die Entwicklung.

Doch wie es schien, mussten sie die Versuchsreihe komplett einstampfen. Irgendwo war ein saublöder Fehler passiert und der konnte das AZKIM Hunderttausende an Fördergeldern kosten. Und den Frauen, die auf Heilung ihres Mammakarzinoms hofften, womöglich das Leben. Die Reihe war erst einmal gestorben. Obwohl sie sich weigerte, dies zu akzeptieren, war es wohl so. Den Gedanken an Anna und deren Anteil daran, drängte Helena weg. Davon durfte sie sich nicht beeinflussen lassen. Sie hätte der Mutter den Erfolg oder zumindest einen Anteil daran gegönnt. Obwohl sie nur zu genau wusste, dass Anna sich keinen Deut um so etwas wie Erfolg scherte. Fast bereute Helena, über die Feiertage Urlaub genommen zu haben. Wäre sie da gewesen, hätte sie früher mitbekommen, wo diese verkackte Versuchsreihe aus dem Ruder gelaufen war.

Verärgert klappte Helena den Ordner zu. Rieb sich die Augen und massierte die Furche über der Nasenwurzel. Sie hatte das so satt! Dieses ewige Kämpfen um Fördergelder,

---

[7] Einjähriger Beifuß

das Geradestehen für die nicht immer fruchtbare Arbeit ihrer Mitarbeiter. In schönster Regelmäßigkeit einen Schritt vor und zwei zurück. Was tat sie hier nur? Sie sollte bei den Menschen sein und ihnen zur Seite stehen – richtige Arbeit leisten. Nicht an einem Schreibtisch über endlosen Zahlenreihen hocken und den Kopf hinhalten müssen für die Misserfolge der Laborratten. Sie wusste, dass ihr Unmut nicht gerechtfertigt war. Eines Tages revolutionierten sie vielleicht die Krebsforschung und brachten vielen Menschen die überlebensnotwendige Hilfe. Doch im Augenblick wünschte sie sich nur weg. Weg von diesem überladenen Schreibtisch und der drohenden Katastrophe.

Erneut klingelte das Handy in der Handtasche und meldete beharrlich sein Vorhandensein. Helena nahm es heraus, doch bevor sie den Anruf annehmen konnte, verstummte es. Mit einem missbilligenden Laut starrte sie auf die unbekannte Zahlenreihe. Wer war das? Kaum jemand besaß ihre Nummer und ihre wenigen Kontakte hatte sie unter Namen abgespeichert.

Sie warf das Nokia auf den Tisch und stopfte den Ordner in die Tasche. Dann nahm sie den Mantel vom Garderobenhaken und schlüpfte hinein. Sie würde die Unterlagen mit nach Hause nehmen, eine Nacht darüber schlafen und morgen früh, wenn sie wieder denken konnte, erneut einen Blick darauf werfen.

Das Handy summte und klingelte zugleich, bewegte sich vibrierend auf dem Schreibtisch. Verflixt, wer hatte es denn zu dieser Zeit so dringend? Das artete ja in nächtlichen Telefonterror aus.

»Nanni?«

»Du bist das!« Erstaunt vernahm sie Johannes' tiefe Stimme. »Entschuldige, dass ich nicht gleich rangegangen bin. Die Nummer war mir nicht bekannt und ich dachte, das ist irgend so ein Verrückter. Ich bin noch in der Ar …«

Er unterbrach sie mitten im Satz. »Nanni, am Wochenende brechen Vater und ich den Gewölbekeller auf.«

Seine Worte machten, dass ihr eine Gänsehaut den Rücken hinaufkroch. Jetzt war es so weit. Die Tasche glitt zu Boden und im Mantel ließ sie sich auf den Bürostuhl fallen.

»Leni will, dass du dabei bist. Kannst du kommen?«

Helena stieß die Luft aus. Das Handy ans Ohr gedrückt, wartete sie. Er sagte nichts weiter. »Bist du noch dran? Johannes?«

Sie hörte, wie er atmete. »Ja.«

»Aber weshalb das denn? Ich kann hier nicht weg! Auf keinen Fall vor übernächstem Wochenende, mir steht die Arbeit bis zum Hals.« Oder überübernächster Woche, vermutlich sogar dem gesamten nächsten Monat und die Wochen darauf. Für den Moment war Helena versucht, Johannes wortreich zu erklären, was sie in Heidelberg festhielt. Von den kommenden Tagen hing das Fortgehen ihrer Karriere ab und sie musste jederzeit verfügbar sein. Doch sie ließ es sein.

»Nanni, nächste Woche beginnen die Faschingsferien. Ab dem schmutzigen Donnerstag haben wir bis nach Ostern das Haus brechend voll. Wir müssen das vorher tun. Nämlich jetzt.«

»Ich kann hier nicht weg, Johannes.«

»Verflucht, Nanni. Du musst kommen.« Mit eindringlicher Stimme beschwor er sie. »Ich meine, es sollte jemand von einer Behörde dabei sein. Wen sollen wir denn fragen? Der Vater springt im Viereck seit Lenis Geständnis.«

»Ich bin an einem deutschen Institut tätig, Johannes. Mit österreichischem Recht kenne ich mich nicht aus. Bestimmt wird meine Meinung nicht anerkannt. Außerdem bin ich kein Leichenbeschauer. Und wenn ihr einen Arzt dabeihaben wollt – Niklas ist doch da.« Sie schüttelte den Kopf. »Wir hatten besprochen, dass wir nicht an die Behörden gehen. Ich verstehe das jetzt nicht.« Helena sah förmlich vor sich, wie Johannes den Hörer ans andere Ohr nahm.

»Du hast recht. Das ist nicht der Grund.«

Helena hob die Tasche vom Boden auf. Durchquerte das Vorzimmer und legte einen Stapel Unterlagen auf dem

Schreibtisch ab. Löschte das Licht, aktivierte die Alarmanlage und schloss das Büro hinter sich ab. Während sie die gewohnten Handgriffe erledigte und den dunklen Gang entlangging, hörte sie seinen, sich überhastenden Worten zu.

»Bitte, Nanni, tu es für die Tante. Leni ist kreuzunglücklich und ich kann's nicht mehr mit ansehen. Du kannst dir nicht vorstellen, wie sie grad ist. Die meiste Zeit sitzt sie oben in ihrem Zimmer und starrt ins Leere. Ich kenn sie gar nicht mehr. Wir machen uns große Sorgen um sie. Und sie besteht darauf, dass du dabei bist.«

»Hast du Tini verständigt?« Sie hasste es, dass sie so schwächlich klang, die Verantwortung von sich schieben wollte. Die Vorstellung, in diesen Keller einzudringen, und was sie dort antreffen mochten … Davor grauste ihr mehr, als sie in Worte fassen konnte. Andererseits, Niklas würde da sein, Anna und Barbara. Seit drei Wochen hatten sie sich nicht gesehen. Mit jedem Tag war die Sehnsucht ein bisschen größer geworden.

»Natürlich. Sie ist unterwegs«, antwortete er kurz.

Helena schwieg. Dann traf sie einen schnellen Entschluss. »Okay. Ich komme.«

Nachdenklich trat sie in den Fahrstuhl. Während der Lift nach unten fuhr, musterte sie sich in der Wand aus mattem Edelstahl. Mit einem Ausdruck humorvoller Verzweiflung grinste sie der Frau, der man den langen Arbeitstag deutlich ansah, ins Gesicht und spürte dem erwartungsvollen Kribbeln nach, das in ihr aufstieg. Die nächsten Jahre lagen ausgebreitet vor ihr, ein nicht enden wollender Zyklus eintöniger Tage. Ein langweilig grauer Teppich, an dessen Ende sie sich an einem Schreibtisch sitzen sah, über Zahlenreihen grübelnd; alt geworden und einsam und irgendwie verloren. Mit dem Arm rieb Helena über die Wand, wischte die fettigen Tapser weg, die andere Hände dort hinterlassen hatten. Das Bild der Gestalt blieb, wurde nicht schärfer, sondern bloß verschwommener. Genau so wird es sein, wenn ich nichts dagegen unternehme. Ich werde immer blasser werden und eines Tages verschwinden. Und niemand wird sich an Helena Hartenau erinnern.

Endlich hielt der Fahrstuhl im Erdgeschoß. Sie trat rückwärts heraus und zeigte dem Schemen die Faust. Bleib du bloß da drin — ich will nicht werden wie du!

Bis Helena die Eingangshalle des AZKIM durchquert hatte, wusste sie, was sie zu tun hatte. Mit ruhiger Hand legte sie den Funkempfänger in den breiten Schlitz unter der Plexiglasscheibe, die das Licht der Nachtbeleuchtung widerspiegelte. »Gute Nacht, Herr Seidel.«

Der ältere Herr schrak von dem Buch auf, über dem er eingenickt war. Er klappte es zu und rollte mit dem Stuhl an die Scheibe. Legte den kahlen Kopf schräg und lächelte sie an. »Sie sind spät dran, Doktor Hartenau. Wie immer, nicht wahr?«

»Was lesen Sie denn da?«

Er wirkte verlegen. »Ach, nur eine Anthologie über den Pongau. Es heißt ›Eine Generation erinnert sich‹. Die Nachtdienste sind lang und da beschäftige ich mich gern mit alten Geschichten. Ich bin gebürtiger Österreicher und in den Dreißigern geboren. Kennen Sie den Pongau, Doktor Hartenau?«

»Ich war erst kürzlich dort«, brachte Helena heraus. »Und fahre bald wieder hin.«

»Das ist schön. Kommen Sie gut heim.«

Sie war angerührt von der Wehmut im Lächeln des alten Herrn und dem guten Wunsch, der mehr beinhaltete, als er ahnen konnte. Sie hob die Hand, um zu winken, überlegte es sich dann anders und schob sie durch den Schlitz, streckte ihm die Finger entgegen. Spontan griff er danach und sie wechselten einen festen Händedruck.

»Ganz bestimmt. Leben Sie wohl, Herr Seidel.«

Er nahm den Funkempfänger und steckte ihn zu den anderen an die Wand, folgte der Frau Doktor mit diesen wunderbaren grauen Augen, die ihm stets bis in die Seele zu blicken schienen. Etwas Besonderes umgab Helena Hartenau und er mochte sie; die zierliche Frau mit dem silberhellen Haar hatte immer ein freundliches Wort für ihn. Doch heute war sie noch seltsamer als sonst.

Mit schnellen Schritten trat Helena vor den Eingang und atmete die feuchtnebelige Januarluft ein, die wie eine Dunstglocke über der Stadt lag. Sie sehnte sich nach Schnee, träumte sich in die Winternächte der Forstau, in die klare Luft. Zu Niklas.

Helena riss sich zusammen und arbeitete die Nacht hindurch. Nahm sich den Bericht erneut vor und kritzelte mit grünem Fineliner zwischen die Zahlenreihen. Jetzt, wo die Entscheidung gefallen war, erkannte sie mit blendend klarer Gewissheit, was zu tun war. Sie musste diese Arbeit zu Ende bringen. Zu einem guten Ende. Doch danach würde sie ihr Leben in die Hand nehmen. Sie wurde geliebt und gebraucht. Wer war sie, dass sie das verschenkte?

Anschließend packte sie, warf ein paar Sachen in den Koffer und setzte sich zuletzt an den Küchentisch, um eine Mail zu schreiben. Einen Augenblick verharrte Helena und las die wenigen Zeilen noch einmal durch. Dann hieb sie entschlossen auf die Entertaste. Ihre Vorgesetzte würde toben. Das Hochgefühl, das durch ihre Adern pulste, war es wert, alles in die Waagschale geworfen zu haben. Tini konnte stolz auf sie sein.

Um fünf Uhr früh stand sie vor Rosas Tür und klopfte die Freundin aus dem Bett.

»Du denkst also nicht, dass ich spinne?« Helena legte die Hände um die Teetasse. Sie getraute sich kaum, Rosa Tobel anzusehen.

Die zog den Gürtel des gesteppten himmelblauen Morgenmantels fester. »Herzchen, ich habe lange darauf gewartet, dass du eine Entscheidung triffst. Ich seh doch, dass dir die Arbeit so gar keine Freude mehr macht.«

»Ich komme mir schlecht vor, wenn ich alles hinschmeiße. So verantwortungslos. So was hab ich noch nie getan. Und was mach ich, wenn es schief geht?«

Rosa Tobel nahm den Löffel aus dem Honigglas und schob ihn in den Mund, leckte genüsslich die klebrige Süße ab. »Dann kommst du eben wieder her. Mit deiner Qualifikation kriegst du allemal einen neuen Job. Wo ist das Problem?«

»Du bist echt keine große Hilfe, Rösle.«

Die alte Dame stellte die Füße in den übergroßen Lammfellschlappen nebeneinander und beugte sich vor. »Jetzt hör mal gut zu, Nanni, ich sag das nur einmal.«

»Ich will's gar nicht wissen«, erwiderte Helena trotzig.

»Dann frage ich mich, weshalb du eine alte Frau morgens um fünf herausklingelst.« Die Knöchel ihrer Hand klopften auf den Tisch. »Du hörst mich jetzt an. Dann kannst du gehen und tun, was immer du willst!«

»Bist du sauer auf mich?«

»Nein, bin ich nicht. Aber ich werde gleich sauer, wenn du das Getue nicht endlich sein lässt!« Rosa legte die Hand unter Helenas Kinn, sah sie ernst an. »Wie lang sind wir miteinander befreundet? Fünfundzwanzig Jahre? Eher an die dreißig.«

»Sechsunddreißig«, verbesserte Helena und zog das Kinn aus Rosas Griff.

»Na, lass es so lang sein. Ich seh dich vor mir, Nanni, als du hier eingezogen bist. Einen Gutteil deines Lebens habe ich dich begleitet und deine Kleine großgezogen. Ich hab dich unterstützt, weil ich dich liebe wie eine Tochter. Und ich habe immer an dich geglaubt. Deine Begabung ist eine wunderbare Sache und jetzt geht es nicht nur um deine Zukunft, sondern auch darum, was du aus ihr machst. Ob du richtig entschieden hast, kann ich dir nicht sagen. Das Institut wird eine andere Mitarbeiterin finden, glaub ja nicht, dass du unersetzlich bist. Niemand ist das.« Rosa schüttelte den Kopf. »Nanni, wenn du diese Chance vergibst, bist du wirklich jenseits von Gut und Böse. Und, du hast dich doch längst entschieden.«

Wie zur Bestätigung schlug die Wanduhr.

»Es ist an der Zeit, dass du den Tatsachen ins Auge siehst und dich ihnen stellst. Du kannst nicht für den Rest des Lebens in deinem Schneckenhaus bleiben, das ist ungesund.«

»Hast du dich mit Tini abgesprochen? Die sagt das nämlich auch ständig.«

Die alte Dame schenkte frischen Tee nach und stellte die Kanne zurück. Strich die Tischdecke glatt und sah auf. »Liebst du ihn?«

»Was meinst du?«

»Jesses, Kindchen. Stell dich nicht dümmer als du bist.« Sie verdrehte die blauen Augen. »Ich erwarte eine ehrliche Antwort von dir. Wir waren doch immer ehrlich zueinander.«

»Ja. Aber ich weiß nicht, ob …«

»Papperlapapp. Was braucht es noch, um dich zu überzeugen? Wirst du jetzt endlich deinem Herzen folgen?« Sie richtete sich auf und stützte die Arme auf den Tisch. »Nanni, verflixt nochmal! Du hast Angst vor der eigenen Courage. Lebe endlich *dein* Leben. Da geb ich deiner Schwester recht, sie hat das längst getan. Wenn du das jetzt nicht angehst, dann zweifle ich wirklich an deinem gesunden Menschenverstand.« Um den Zweifel an ihrer Entscheidung endgültig vollzumachen, setzte Rosa hinterher: »Aber zuvor gehst du zu deinen Eltern. Sie haben es nicht verdient, dass du klammheimlich abhaust.«

Scharf zog Helena die Luft ein. »Tu mir das nicht an, Rösle. Ich schwimm eh schon.«

Sacht und dennoch bestimmt, legte Rosa die Hand auf Helenas Arm. »Das ist nicht verhandelbar, Nanni. Du bist ihnen das schuldig.«

»Nichts bin ich schuldig! Ich bin nicht dafür verantwortlich, was sie getan haben.«

»Das ist wahr, Liebes. Sie haben sicher vieles falsch gemacht, aber nicht mehr oder weniger als andere Eltern auch. Ich weiß das, weil ich zusehen musste, und ich hab es oft genug bedauert. Aber du hast es jetzt in der Hand, ob du Frieden schließen willst oder alle Brücken hinter dir abbrichst. Denk das zu Ende und welche Folgen es haben wird. Was ist mit Jule? Willst du deiner Tochter die Großeltern wegnehmen?«

Jule, natürlich. Helenas ohnehin schon schlechtes Gewissen wurde noch größer.

Die zwei Tage mit Jule und Annett waren viel zu schnell verflogen. Reich an Tränen und Lachen; einem vorsichtigen Kennenlernen, einander Abtasten und Ausloten. Und heftigen Auseinandersetzungen, die nicht ausblieben. Es hätte an ein Wunder gegrenzt, wäre es anders gewesen.

Am Sonntagabend wünschte Helena fast, dass es ein Ende nähme. Die zusammengewürfelte Gemeinschaft war furchtbar anstrengend. Laut, impulsiv, voller Erwartungen. Fröhlich und lustig, aber auch angefüllt mit Enttäuschung und Unverständnis, und irgendwie allem zugleich. Über ihnen hingen die Erlebnisse der vergangenen Tage. Alte Verletzungen, die sie in sich trugen, waren auf den Tisch gebracht worden. Barbara schien am wenigsten mit der neuen Situation zurechtzukommen. Wieder und wieder legte sie sich mit Christina an, zornsprühend und nicht bereit, einzulenken. Bis Niklas eingriff und androhte, er würde sie zu Maria hinüberbegleiten; dort könne sie der Purgl Gesellschaft leisten.

Trotzdem fiel Helena der Abschied schwer. Abel, Jule und Annett flogen am selben Tag, an dem Christina und sie abreisten. Am späten Sonntagabend verabschiedeten sie sich unter Tränen voneinander. Während die Autos nacheinander losfuhren, sah Helena im Rückspiegel die drei Menschen kleiner werden, die ihr Leben verändert hatten.

Anna und Barbara standen untergehakt auf der Steinstufe des Haindlhofs, die eine gebeugt, die andere sie um Haupteslänge überragend, die Hand zu einem letzten Gruß gehoben. Und Niklas … ach, Nik. Er begleitete sie zum Auto und versprach, jeden Abend anzurufen. Was er auch tat. Sie vermisste ihn mehr, als sie geglaubt hatte.

Auf eine Art hatte Helena sich auf zu Hause gefreut. Sich nach der kleinen, stillen Wohnung gesehnt, die nur ihr allein gehörte; nach Rosa und dem Gleichtakt ihres ereignislosen Lebens. Nach einem Stückchen Normalität. Nichts davon war eingetreten. Die Wohnung fühlte sich befremdlich leer an; die liegengebliebene Arbeit im Institut und die erfolglose Studie, die über ihr hing wie ein Damoklesschwert, überforderten sie. Und nun hatte Rosa anscheinend nichts Besseres zu tun, als ihr den Kopf zu waschen.

»Ich wollte nur von dir wissen, was du dazu sagst, wenn ich Knall auf Fall kündige. Keinen Fahrplan, wie ich den Eltern das Seelenheil rette!«

Die Fältchen um Rosas Augen zogen sich zu einem feinen Netz, sie lachte leise und dennoch stand Bedauern in ihrem Blick. »Die Hartenaus sind deine Familie, Nanni.«

»Was du nicht sagst. Jahrelang haben sie uns belogen! Anna ist unsere Mutter.«

»Ja, zum Kuckuck, das haben sie! Vielleicht hatten sie keine andere Wahl? Angst vor eurer Reaktion, ein schlechtes Gewissen? Ich wünsche mir, dass du das in deine Überlegungen einbeziehst. Ich bitte dich inständig, Nanni, geh zu Erika und Robert. Rede mit ihnen! Schlag die Tür nicht hinter dir zu.«

»Ich bin kein kleines Mädchen mehr, Rösle. Du musst mir nicht sagen, was ich zu tun habe«, wandte Helena ein.

In aller Ruhe entgegnete Rosa: »Dann verhalt dich auch so, Liebes.«

Sie verzichtete darauf, zu klingeln, und benutzte ihren Hausschlüssel. Wozu das ganze Haus aufwecken?

Erika Hartenau stand mit dem Rücken an die Arbeitsplatte gelehnt und hielt eine Tasse in der Hand, als Helena die Küche betrat. Das kleine Arbeitslicht über dem Herd warf einen gelben Glanz auf ihr kastanienbraun gefärbtes Haar.

»Helena? So zeitig? Ich habe dich nicht erwartet.« Sie nahm einen vorsichtigen Schluck aus der heißen Tasse und sah Helena über den Rand an. Trotz der frühen Stunde war sie angekleidet und sorgfältig geschminkt. Draußen war es noch finster; der neue Tag hielt sich zurück, dämmerte nur langsam herauf.

»Du bist schon auf, Mutter?« Helena warf den Schlüssel auf den Tisch und legte ihre Tasche daneben.

»Ich schlafe zurzeit schlecht.« Erika drehte sich um und nahm eine weitere Tasse aus dem Küchenschrank. »Kaffee?« Sie wartete Helenas Antwort nicht ab und goss aus der Glaskanne das tiefschwarze Gebräu ein. Reichte die Tasse ihrer Tochter hin.

Schweigend hielten sie sich daran fest; vermieden es, sich anzusehen. Der Ausgang des Gesprächs vor wenigen Wochen war ihnen beiden nur zu lebhaft in Erinnerung. Seither hatten sie sich nicht gesehen.

Die Schwester hatte sich aus dem Staub gemacht, mal wieder, und es Helena überlassen, die Eltern über die Geschehnisse zu informieren. Tinis Flug war am Montagfrüh gegangen; Helena hatte sie auf der Rückfahrt in München abgesetzt. Sie fuhr direkt zur Arbeit und suchte die Eltern erst am nächsten Abend auf. Die Hartenaus waren gerade dabei, den Christbaum abzuschmücken. Robert Hartenau legte die letzte Kerze der Lichterkette in die ausgeleierte Halterung im Inneren des Pappkartons, rollte das Kabel auf und stopfte das Knäuel zusammen mit dem Stecker an die Seite. Der Deckel wölbte sich, als er ihn darauf drückte. Eine Ecke riss ein und platzte auf. »Wieso passt denn das nie? Es ist doch jedes Jahr dasselbe«, schimpfte er und gab dem Karton einen Schubs.

»Gib schon her, Robert. Lass mich das machen, sonst kriegen wir das Gewirr nächstes Weihnachten nicht auseinander. Du bist immer so ungeduldig.« Sorgfältig schlug Erika ein Vögelchen aus buntem Glas in dünnes Seidenpapier und legte es zu den anderen in die Schachtel, dann nahm sie ihrem Mann den Karton ab.

Sie hörten Helena nicht hereinkommen. An den Tür-rahmen gelehnt, sah sie den Eltern zu, amüsiert über den klcincn Wortwechsel. Für einen Moment fühlte sie sich in ihre Kindertage zurückkatapultiert.

Das Abschmücken des Baumes war wie das Herrichten einer der Fixsterne im traditionsverhafteten Jahresablauf der Hartenaus. Mutter zelebrierte das regelrecht. Der Baum durfte erst am Heiligen Abend aufgestellt werden und Erika brauchte Stunden, bis jede Kugel, jedes Lamettafädchen dort hing, wo es perfekt passte. In ihren Kindertagen klebten die Zwillinge mit einem Ohr an der verschlossenen Tür und versuchten, einen Blick auf das Christkind zu erhaschen. Nicht wenige Male wurde die Tür aufgerissen und ein sicht-lich genervter Robert Hartenau stürmte heraus. Das Ab-räumen des Tannenbaums ging ebenso betulich vor sich, da Erika nicht zuließ, dass jemand anders als sie allein die mundgeblasenen Kugeln und Vögelchen verpackte. Der Vater war für die Lichterkette zuständig und dafür, dass der Baum – möglichst ohne allzu viele Nadeln zu verlieren – aus dem Haus kam.

Mit einem Gefühl der Wehmut verfolgte Helena das vertraute Prozedere und wappnete sich gegen das, was ihr bevorstand.

Sie schluckten sichtlich an der unglaublichen Geschich-te, die die Tochter ihnen auftischte. Dass Barbara Sittler und die leibliche Mutter der Zwillinge lebten, war kaum zu glauben; nach so vielen Jahren. Helena hatte nur das Not-wendigste erzählt, dennoch war es unvermeidlich, dass die vererbte Gabe zur Sprache kam. Tatsächlich empfand sie mittlerweile sogar etwas wie Stolz, anders zu sein. Sie war keine kranke Verrückte, es gab noch mehr Menschen wie sie. Ob man ihr hier glaubte oder nicht, das fiel nicht mehr ins Gewicht. Sie wusste es besser und dieses Wissen ver-schaffte ihr Rückendeckung. Was Christina und sie erlebt hatten, war surreal gewesen, sicherlich, doch deshalb nicht weniger wahr.

Dennoch war die sorgsam aufgebaute Scheinwelt der Hartenaus ins Wanken geraten. Als Annetts Name fiel und die Eltern beharrlich nachbohrten, realisierten, dass Christina ihnen die Enkeltochter vorenthalten hatte, wurde es laut. Sie gerieten in Streit. Robert verschwand ins Jagdzimmer und zog die Schiebetür mit einem derart heftigen Schwung hinter sich zu, dass die Kristallgläser im Wohnzimmerschrank klirrten. Ließ Mutter und sie einfach sitzen. Noch jetzt verfluchte Helena die Schwester dafür, dass sie die Überbringerin der Botschaft sein musste. Zumindest das wäre Tinis Aufgabe gewesen. Dass sie diese Last aufgebürdet bekam, wo sie doch selbst genug mit sich auszumachen hatte, war ihr in der Seele zuwider.

Erika war in Tränen ausgebrochen und hatte sich gegen eine Umarmung gewehrt. Konnte Helenas schwachen Trost nicht annehmen; in der Seele verwundet und bitter enttäuscht.

Helena war gegangen, ebenso enttäuscht über die Zurückweisung. Und im Bewusstsein, es wieder einmal gründlich versaut zu haben.

Nun stand sie der Mutter in der modern eingerichteten Küche gegenüber und kam sich einmal mehr vor wie eine Zwölfjährige. Dass sie Hals über Kopf gekündigt hatte, würde den Eltern einen weiteren Schlag versetzen und sie in tiefstes Unverständnis stürzen. Die Tochter, die sie nie verstanden hatten, warf ihnen jetzt auch noch eine hoffnungsvolle Karriere vor die Füße. Damit versetzte sie all ihren Erwartungen den Todesstoß.

Erika setzte die Tasse ab. Sie war blass, die Lider verquollen und wirkte ebenso übernächtigt wie Helena sich fühlte. »Hast du Hunger?« Sie holte einen Toaster aus dem Schrank. »Von gestern sind noch Laugenstangen da. Ich backe sie schnell auf. Du hast doch bestimmt nicht gefrühstückt.«

»Mutter, lass das bitte.«

Erika nahm den kühlen Unterton wahr und legte den Stecker auf die hell beleuchtete Arbeitsplatte zurück. Behutsam, mit langsamen Bewegungen, ordnete sie die weiße Schnur zu einer schneckenförmigen Spirale. Dann drehte sie sich um und öffnete den Mund.

Helena kam dem zu erwartenden Redeschwall zuvor. »Setz dich, ja?«

Erika schluckte eine Erwiderung hinunter und folgte der Aufforderung.

»Ich fahre nachher nach Österreich. Sie werden den Keller öffnen und ich soll, nein, ich will dabei sein. Außerdem hab ich im Institut gekündigt. Ich wollte, dass ihr das wisst.« Nun war es heraus. Helena holte tief Luft, dann fuhr sie rasch fort. »Ich weiß, dass das ein Schock für dich ist und es tut mir leid, dass ich euch enttäusche. Aber ich kann das nicht mehr. Ich kann so nicht weitermachen.« Mit zitternden Fingern griff sie nach der Tasse und hob sie hoch. Stellte sie wieder hin. »Es geht nicht, Mutter. Ich hab's versucht. Wirklich.«

Erika sah sie nicht an, hielt die Lider fest zusammengekniffen. Ihr Mund war nur ein dünner Strich in dem blassen Gesicht, von dem sich das Wangenrouge in kreisrunden rosagetönten Flecken abhob. »Du gehst weg.« Wie sie es sagte, gab Helena einen Stich. »Zu ihr, deiner richtigen Mutter. Nun ja, wahrscheinlich haben wir es nicht anders verdient.« Sie senkte den Kopf, rieb sich die Schläfen. »Wir haben alles falsch gemacht.«

»Nein, nicht deshalb!« Hastig sprang Helena auf die Füße. »Nicht wegen euch!« Es war nur die halbe Wahrheit. Und wie sie es wusste, wusste das auch Erika Hartenau. In raschem Wechsel glitten die Empfindungen über ihr Gesicht. Unverständnis, Zorn und eine Traurigkeit, die sie schnell verbarg.

»Ich muss dahin, Mutter. So, wie ich bin, das hat einen Grund, einen Sinn. Ich glaube, ich habe eine Aufgabe zu erfüllen. Ich fühle das.«

»Was meinst du damit? Kind, wir haben doch alles getan, um dich dahin zu bringen, wo du jetzt bist. Und nun wirfst du das alles weg? Nur wegen eines – Gefühls?« Spöttisch lachte Erika auf. »Was glaubst du denn, wartet auf dich? Was willst du dort sein? Etwa eine Bäuerin?« Sie griff nach Helenas Arm. »Es ist wegen diesem Mann, nicht wahr? Er hat dir diesen Floh in den Kopf gesetzt.«

»In der Forstau gibt es keinen Arzt und Niklas hat mir angeboten, im Haindlhof eine Praxis zu eröffnen«, verteidigte Helena sich und dachte im selben Moment, wie schafft sie das nur immer wieder? Kaum tu ich den Mund auf, drängt sie mich in die Defensive. Ich komme einfach nicht dagegen an.

»Hör doch mit diesem Unsinn auf«, unterbrach Erika. »Du hast im Institut eine Position erreicht, nach der sich andere die Finger lecken würden. Wenn deine Vorgesetzte in Pension geht, und das wird bald sein, bist du die erste Wahl.«

»Vielleicht will ich das überhaupt nicht«, begehrte Helena auf.

»Weshalb solltest du das nicht wollen?«, gab Erika zurück, zutiefst irritiert.

Weil ich nicht bin wie du, schrie sie der Mutter lautlos entgegen. Weil ich ein anderes Leben haben will, nicht dieses Fremdbestimmte, das ihr für mich ausgesucht habt. Ich möchte heilen, meine Gabe endlich einsetzen, bei Menschen, die akzeptieren, wie ich bin und für die sie ein Geschenk bedeutet; eine gottgegebene Erweiterung des Bewusstseins. Keine Krankheit, wie ihr mir das immer einzureden versucht.

Nichts davon sprach sie aus. Bekam kein einziges Wort über die Lippen. Verdammt. Dass es so schwer sein würde, hatte sie befürchtet. Erika konnte das nicht verstehen. Wie sollte sie auch? Niemand, der einigermaßen bei gesundem Menschenverstand war, verstand das. Jetzt die alten Geschichten hervorzuholen und neu auszubreiten, würde nichts bringen. Das hatte es nie getan.

Helena griff nach dem Medaillon in der Hosentasche und wappnete sich. Sie hatte weiß Gott nicht vor, die Macht zu demonstrieren. Das war nichts, was man einfach so vorführte. Doch Erika Hartenau war ein Mensch, der nur glaubte, was er mit eigenen Augen sah. Nun, wenn sie es nicht anders haben wollte, dann würde sie ihr zu sehen geben! Die Kraft der Vormütter war bei ihr und die konnte sie jederzeit heraufholen. Obwohl sie inständig hoffte, es nicht zu müssen.

Sie zog das Medaillon heraus und legte es auf den Tisch. »Diese Kette gehörte Anna Hohleitners Mutter. Marie. Ich hab dir von ihr erzählt.«

»Ja und? Was hat das damit zu tun, dass du deinen Job hinschmeißt?«

»Eine ganze Menge, Mutter. Die Frauen in der Hohleitner Familie tragen die Gabe. Ich hab dir das doch erklärt.« Helena drehte die Kette um den Zeigefinger und suchte nach Worten, die nur halb so surreal klangen wie die Macht, die dem Medaillon innewohnte. »Sie sind wie ich. Ich könnte dir zeigen …«

Mit einem Laut der Verzweiflung warf Erika den Kopf zurück. »Nanni, auch wenn du mir das übel nimmst, ich sollte es ja mittlerweile gewohnt sein, hörst du dir eigentlich selbst zu? Das ist grotesk. Du bist verrückt.« Sie fuhr mit dem Zeigefinger über den Rand der Tasse, streifte daran entlang, immer rundherum.

Das Geräusch, das Erikas Finger auf dem Porzellanrand verursachten, reizte Helena bis aufs Blut. »Was du mir ja immer eingetrichtert hast, du konntest es nicht oft genug sagen! Ich war dir immer peinlich, Mutter. Nichts konnte ich dir recht machen. Tini war euer Prinzesschen und ich nur die kranke Irre, die man lieber versteckte!« Sie hätte kotzen können, so wütend war sie plötzlich.

Der Unglaube in Erikas Augen wurden abgelöst von dem nachsichtigen Lächeln, das sie nur zu gut kannte und das ihr zuwider war wie die Pest. »Darum geht es. Du fühlst dich vernachlässigt. Trotzdem hast du es immer geschafft, dich in

Szene zu setzen.« In Erikas Stimme lag etwas Essigsaures. »Und jetzt hast du dich in einen Mann verguckt. Irgendwie verstehe ich das sogar. Hoffentlich ist er es wert, dass du das hier aufgibst.« Sie sprach so elitär, so selbstherrlich, dass es Helena schier die Luft nahm.

Ungesagt hing zwischen ihnen, was Erika nicht aussprach.

Du hast dich nie in diese Familie eingefügt. Warst nicht bereit, dich anzupassen und hast alles dazu getan, uns vorzuführen. Du bist eine Schande, Helena. Hast dir von diesem Hallodri ein uneheliches Kind machen lassen; darüber hinaus konntest du keinen Mann länger als ein paar Monate an deiner Seite halten. Und jetzt wirfst du deinem Vater und mir den Rest vor die Füße. Weil du glaubst, du bist etwas Besonderes. Hast einen Mann abbekommen und lässt dich von deinen überschießenden Hormonen steuern. Großartig, Helena Hartenau und genau das, was wir von dir erwartet haben.

Die lang unterdrückte Wut brach heraus wie der erlösende Durchstich eines aufgestauten Damms. Schwoll über, eine Walze schwarzen Wassers, die alles klare Denken und die Absicht souverän zu bleiben, überschwemmte. Sie riss Helena die Worte aus dem Mund. Heftiger, lauter, als sie gewollt hatte. »Wie kannst du nur so sein? Wie kannst du nur so über mich denken! Hast du nur die geringste Ahnung, wie es für mich war? Wie es sich anfühlte, in die Psychiatrie abgeschoben zu werden, weil ich euch nicht in den Kram passte? Weil ich anders war? Ihr habt mich nie verstanden! Ihr wolltet mich gar nicht verstehen, denn das lag außerhalb eures Vorstellungsvermögens. Tini machte anscheinend alles richtig und darum hab ich sie glühend beneidet. Sie bekam eure Aufmerksamkeit, wurde gehätschelt und stolz hergezeigt. Mich habt ihr weggeschafft oder da oben eingesperrt. Ihr seid wie diese drei komischen Affen – nichts sehen, nichts hören, nichts sagen.« Sie lachte hart auf. »Wusstest du, dass es noch einen Vierten gibt? Die Japaner nennen ihn Shizaru oder See-No-Evil. Er bedeckt mit beiden Händen seinen Unterleib. Ich übersetz dir das gern, Mutter, es bedeutet: Tu nichts Böses, hab bloß keinen Spaß und schon gar keinen Sex.«

Erika zuckte zusammen, doch Helena überging es. »Genauso seid ihr, und verlogen obendrein. In dieser Familie wimmelt es von unehelichen und angenommenen Kindern und ihr werft einfach euren Heiligenschein darüber. Tut so, als sei alles beim Alten. So sehr euren spießbürgerlichen und verknöcherten Traditionen verhaftet, dass ihr alles um euch herum ignoriert, was dem entgegensteht; sogar Tini und mich. Die Ehre und der Dünkel der Hartenaus zählen mehr als wir beide und unsere Kinder. Vater und du, ihr spielt euch ein heiles Leben vor und lügt euch in die eigene Tasche. Siehst du eigentlich, was da gerade passiert? Oder willst du es nicht sehen? Ich kann dir gar nicht sagen, wie zuwider mir das alles ist!«

Erika wollte aufbegehren, doch Helena fiel ihr ins Wort. »Du sagst jetzt nichts, Mutter. Dieses eine Mal wirst du mich bis zum Ende anhören! Ich bin noch nicht fertig.« Sie beugte sich vor, richtete den Zeigefinger auf Erika. »Was uns beide angeht … ich weiß, dass ich anders bin. Ich weiß auch, dass du damit nicht klarkommst. Doch wenn du mir nur einmal zur Seite gestanden hättest. Nur ein einziges Mal. Aber nein, nicht mal an diesem schrecklichen Abend. Du hast mich ins Zimmer hochgeschickt und bist wieder zu der Party und deinen ach so wichtigen Gästen gegangen. Es war dir scheißegal, wie ich mich gefühlt hab. Nie hab ich mich mehr geschämt als an diesem Abend. Ich hätte dich so sehr gebraucht. Ich war verwirrt und unsicher, was da mit mir geschah. Doch du hattest nichts Besseres zu tun als weiter zu feiern. Hauptsache, die peinliche Tochter mit den blutigen Hosen war aus den Augen. Nur wegen dir hab ich mir die Pulsadern aufgeritzt, weißt du das eigentlich? Es war auch mein Geburtstag, verdammt nochmal! Auf Tini wart ihr stolz; sie war ja *normal*, aber mich hättet ihr am liebsten aus eurem Leben gestrichen.«

»Hör auf damit, Nanni! Das ist nicht wahr!«

Mit einem verzweifelten Laut ließ Helena sich zurückfallen. »Und ob es wahr ist! Du kannst dir das schönreden. Oder auch schöntrinken. Es ist mir gleich.« Nahm einen Schluck aus der Tasse und schob sie angewidert weg. Der Kaffee war kalt und schmeckte bitter. Bitter wie der Ausdruck in Erikas Gesicht.

Geschmeidig und kühl lag die Kette an Helenas Finger und sie widerstand dem Drang, nach der Macht zu greifen.

»Es war immer schwierig mit dir; Tini war da einfacher zu händeln«, sagte Erika. Es klang so dürftig, so erbärmlich billig.

»Man kann so etwas nicht *händeln*, Mutter. Man muss lieben. Das hab ich immer vermisst. Dass du mir zeigst, dass du mich liebst. Ich weiß, dass ich ein schwieriges Kind war. Ich kann nichts dafür, dass ich so bin. Trotzdem …« Sie war es müde, sich zu erklären und legte die Hände an die Stirn. In ihrem Kopf pulste es und sie fühlte sich ausgelaugt. Ein wütender Hammer klopfte unaufhörlich an ihren Schläfen.

»Kind.« Erika fuhr sich mit den Händen durchs Haar.

»Wenn du das nur endlich sein ließest«, begehrte Helena auf. »Sag das nicht andauernd! Ich bin kein Kind mehr. Ich war nie *dein* Kind.« Der verletzte Ausdruck auf Erikas Gesicht ließ sie fast bedauern, was sie gesagt hatte. Es war besser, jetzt den Mund zu halten. Mit zusammengepressten Lippen schob Helena das Medaillon in die Tasche zurück. Eine Demonstration war nicht nötig. Sie hatte schon mehr als genug preisgegeben.

Erika Hartenau legte beide Hände auf die Oberschenkel und strich die Bügelfalte ihrer dunkelblauen Tuchhose glatt. Unablässig fuhr sie den Rand entlang. Endlich sah sie auf und in den blauen Augen lag ein Leid, eine Qual, die nicht minder zu sein schien als Helenas. »Du wirst immer *mein* Kind sein«, brachte sie stockend heraus und jedes einzelne Wort schnitt durch Helenas Herz. »Auch wenn euch eine andere Frau geboren hat, ihr werdet immer meine Kinder sein. *Sie* wird euch mir nicht wegnehmen.«

Der Schmerz in ihrer Stimme löschte die heiße Flamme des Zorns aus.

Erika Hartenau erhob sich und ging mit müden Schritten zum Fenster. Zog die Schultern hoch und sah auf die verlassene Veranda und in den Garten hinaus, wo das Gras braun und niedergedrückt unter der Nässe des grauen Wintermorgens lag. »Tu, was du tun musst, Nanni. Wir stehen dir nicht im Weg. Papa nicht und ich auch nicht.«

Helena schwieg. Eigenartigerweise konnte sie das Zugeständnis nicht auskosten. Sie fühlte sich lausig, wünschte fast, die harten Worte zurücknehmen zu können. Niemals war sie die Mutter derart angegangen. Zu keiner Zeit hatte sie sie mit den schrecklichen Erfahrungen oder gar der eigenen Scham konfrontiert. Mit der Wahrheit, die ihre war und der tiefsitzenden Trauer, dass sie nicht genügte. In diesem Moment erkannte sie, dass Erika eigene Wahrheiten hatte. Sie hatte schlichtweg Angst. Angst, dass eine andere Frau die Töchter für sich beanspruchte. Nur deshalb sagte sie solch schreckliche Dinge. Gegen eine leibliche Mutter kam sie nicht an. Mit einem Mal schmeckte der kleine Sieg schal.

Für eine lange Zeit sprachen sie nicht.

Dann drehte Erika sich um. Ihre blauen Augen waren feucht und ein Ausdruck hilflosen Entsagens stand darin. Sie kam zum Tisch herüber und blieb neben Helena stehen. Sah auf den gebeugten Kopf der Tochter. »Nanni, ich kann nicht ändern, was geschehen ist. Und vermutlich kann ich auch deine Entscheidung nicht beeinflussen.« Sie berührte das helle Haar und strich darüber, ließ die feinen Strähnen durch die Finger gleiten und streifte zaghaft eine hinter ihr Ohr. Helena ließ es geschehen. »Meinetwegen geh dahin und gib auf, was du erreicht hast. Gib uns auf. Dein Vater und ich werden lernen müssen, damit zu leben.« Dann, mit einer plötzlichen Bewegung, packte sie Helenas Schulter und brachte ihr Gesicht nahe an das der Tochter. »Aber du musst mir etwas versprechen!«

Aus tiefsitzendem Misstrauen heraus wollte Helena sich weg winden, doch Erika ließ es nicht zu. Hielt sie fest und grub die Finger in ihr Fleisch.

»Du tust mir weh, Mutter!«

Erika ließ los, legte die Hand an Helenas Wange und streichelte darüber. »Entschuldige. Anscheinend tu ich dir immer weh …«

Fast wünschte Helena, sie hätte sich nicht zurückgenommen. Tatsächlich war es einfacher, Erika abzulehnen, sie zu all den alten Verletzungen in eine Lade zu stecken und sie zuzustoßen. Entgegenkommen oder gar eine Einsicht hatte sie nicht für möglich gehalten. Nicht nach dem, was die Mutter ihr an den Kopf geworfen hatte. Angespannt wartete sie, was nun kam.

»Zwischen uns ist es nicht immer gut gelaufen, Nanni. Aber bitte, lass uns nicht im Bösen auseinandergehen. Nicht so.« Ein seltsamer Laut drang aus Erikas Kehle, etwas wie Schluchzen und ein um Luftringen zugleich. »Diese Frau, Anna, sie mag eure leibliche Mutter sein. Ich verstehe, dass ihr nach eurer Herkunft sucht. Ich weiß auch, dass ihr euch getäuscht fühlt. Es war ein großer Fehler, euch die Wahrheit zu verschweigen. Irgendwie schien nie der rechte Zeitpunkt dafür zu sein und das tut mir leid. Aber Nanni, egal, was dir dort begegnet, versprich mir, dass du uns nicht vergisst. Lass uns nicht aus deinem Leben raus wie bisher. Das ertrage ich nicht länger.« Sie stockte einen Augenblick. »Es gab Momente, da hab ich die Entscheidung fast bereut. Aber Nanni, du und deine Schwester habt auch so viel Licht in unser Leben gebracht. Und was du nicht weißt, ihr habt unsere Ehe gerettet. Euer Vater und ich«, Erika würgte an den Worten, »nun ja, ich habe ihn förmlich dazu gezwungen, euch mitzunehmen. Damals habe ich ihm das Messer auf die Brust gesetzt und gedroht, dass ich nur bei ihm bleibe, wenn er das für mich tut. Ich war drauf und dran, Robert zu verlassen. Ich kam nicht damit zurecht, dass ich unfähig war, ein Kind auszutragen, und ich verstand nicht, dass es Robert nicht so wichtig war wie mir.« Sie richtete sich auf und begegnete den Augen der Tochter mit einem derart wunden Blick, dass etwas in Helena aufriss. »Robert hat sein Richteramt aufs Spiel gesetzt, um euch für legal erklären zu lassen. Er hat Wege beschritten, die er stets ablehnte; er war nie käuflich und hat auch danach niemals wieder jemanden gekauft. Doch für mich, und für euch, ist er das Wagnis eingegangen.« Sie umrundete den Tisch und ließ sich auf den Stuhl fallen. »Ihr Mädchen habt uns wieder zu einem Ehepaar gemacht. Und zu Eltern. Ich wollte, dass du das weißt, bevor du gehst.«

Mit beiden Händen griff sich Helena an den Kopf. Guter Gott. Hörte das nie auf? Kam immer noch eine andere Wahrheit nach? »Warum erzählst du mir das, Mutter, gerade jetzt? Willst du mir ein schlechtes Gewissen machen? Was erwartest du von mir?«

»Nichts, Nanni. Nur, damit du nicht vergisst, dass du einen Platz bei uns hast. Egal, was passiert, du bist ein Teil von uns. Hasse mich dafür, was ich bin und wie ich bin und auch dafür, dass ich dich nie recht verstanden habe. Deine seltsame Begabung ist mir noch immer nicht geheuer, aber was soll's. Diese Anna hat euch geboren und das blieb mir leider versagt. Hunderttausendmal hab ich mir gewünscht, selbst ein Kind zur Welt bringen. Es sollte nicht sein. Als Barbara Sittler den Weidenkorb brachte und ich euch darin liegen sah, wusste ich, dass ihr zu uns gehört. In einem Herzschlag habe ich mich für dich und Tini entschieden! Und dabei wird es bleiben bis zum Ende meiner Tage.« Sie schluckte die Tränen weg und senkte den Kopf. »Lass mich ein Teil deines Lebens bleiben, Kind. Ich wollte doch nur immer das …«

Unter Erikas Worten war der Groll kleiner und kleiner geworden. Zu einem Kloß geschrumpft, der Helena in der Brust kleben blieb. Krampfhaft rang sie um Beherrschung. Legte die Hand vor den Mund und drückte mit Daumen und Zeigefinger die Nasenflügel zusammen, stieß den Atem in ihre gewölbte Handfläche, bis das Zittern verging. Dann stand sie unvermittelt auf. »Ich wollte, du hättest mir das früher gesagt, Mutter. Es hätte mir, nein, uns beiden, über manches hinweggeholfen. Es tut mir leid, aber irgendwie hab ich gerade das Gefühl, du willst nur dein schlechtes Gewissen beruhigen.« Mit fahrigen Fingern fädelte sie den Reißverschluss ihrer Jacke ein und zog ihn hoch. »Ich muss darüber nachdenken.«

Mit hastigen Schritten eilte Helena über den gepflasterten Weg und stieß das Gartentor auf. Als sie ihr Auto erreicht hatte und die widerstrebende Tür endlich aufging, warf sie sich auf den Fahrersitz. Umklammerte das Lenkrad und legte die Stirn an das kalte Leder. Erst nach einigen Minuten hatte sie sich soweit im Griff, dass sie den Motor starten konnte. Schlingernd fuhr sie rückwärts, erkannte durch den Tränenschleier kaum die schmale und abschüssige Teerstraße.

Am Küchenfenster, die nunmehr kalt gewordene Kaffeetasse an die Brust gepresst, sah Erika Hartenau der Tochter nach. Wie hatte es nur soweit kommen können? Ein seltsames Geräusch kam aus ihrem Mund; ein tierhaftes Stöhnen, das tief aus dem Inneren herausdrängte. Nur unzulänglich gab es den Schmerz, der an ihr riss, wieder.

Kapitel Zwei

Am Abend sahen die Schwestern zu, wie die Oberndörfers die Wand aufbrachen.

Der Keller war weitläufig, ein Raum, der dem Grundriss des alten Gasthofs entsprechen musste, und in dem man die Vorräte lagerte. Einige offene Durchbrüche führten in kleine Zellen ab. In einen, der Treppe am nächsten liegend, konnte Helena hineinsehen. Es musste der Kartoffelkeller sein, denn ein strenger Geruch nach Erde und Stärke entströmte ihm. Im düsteren Licht erkannte sie eine überdimensionierte Kartoffelsteige; ein paar runde Knollen lagen vor der Holzverstrebung auf dem Boden. Nicht gerade meine Größenordnung, dachte Helena. Sie kaufte ihre Kartoffeln im Supermarkt, in orangenen Netzen aus Kunststoff, zu zweieinhalb Kilogramm. Und sogar die wuchsen aus, weil sie zu selten kochte. Sobald sich die eklig blassen Triebe wie Tentakel einer Krake aus dem Netz schoben und sich darin verhakten, warf sie die runzeligen Dinger dann auch weg.

Der Duft nach eingelagerten Winteräpfeln, Räucherschinken und langen Kantwürsten, die an Eisenhaken von der Decke hingen, war ebenso betäubend intensiv wie der strenge Geruch aus dem Verschlag. Neben der Treppe, der gesamten Wand entlang, türmte sich eine Doppelreihe Kästen; Bier, Cola und diese zuckrigsüße Limonade mit Waldmeister- und Himbeergeschmack, die im Gasthof angeboten wurde und nach der Tini verrückt war.

An der gegenüberliegenden Wand, neben dem Weinregal, befanden sich drei niedrige Fässchen, auf deren Deckel mehrere Glasflaschen standen, gefüllt mit klarer Flüssigkeit. Schnaps bestimmt. Und trotz des unwirklichen Szenarios unterdrückte Helena, hier unten auf der Stiege hockend, ein Glucksen. Lieber Himmel, nie im Leben hatte sie so oft Schnaps getrunken wie in der Forstau; in Variationen, die ihr bis dahin völlig unbekannt gewesen waren. Hier stellte man die aromatischen Brände aus allem her, was die Natur schenkte. Von Wacholder-, Enzian- und Zirbenschnaps hatte sie zuvor nie gehört oder gar gekostet. Im Hause Hartenau wurde Wein getrunken, in kleinen Schlückchen wohlgemerkt, mit Oh und Ah. Nun ja, Mutter mit ihren Martinis einmal ausgenommen. Der Gedanke an Erika war höchst unwillkommen, Helena ließ ihn schnell gehen und wandte die Aufmerksamkeit den Männern zu.

Leni hatte ihnen gezeigt, wie das Weinregal zu bewegen war. Nach einigem Ruckeln reagierte der Mechanismus; mit einem Knarren schwang das hölzerne Regal in die Mitte des Raums und gab den Blick auf die dahinterliegende Wand frei. Deutlich war ein rechteckiger, grob verputzter Fleck zu erkennen. Mit versteinerter Miene starrte Leopold die Wand an. Er hatte nicht recht daran geglaubt, dass es unter dem Vorratsraum seines Gasthauses noch einen tiefer liegenden Keller gab. Erst jetzt schien er wirklich zu begreifen, dass seine Schwester die Wahrheit gesagt hatte.

Leni Oberndörfer hockte hinter Helena auf den Stufen der Treppe, die in den Vorratskeller führte. Ihr rundes Gesicht war käsebleich; in den wenigen Wochen, seit sie sich gesehen hatten, schien die Frau um Jahre gealtert zu sein. Sie hatte an Substanz verloren, zusammengekauert saß sie da, ein Schatten ihrer selbst. Ein Rosenkranz war um ihre Hände geschlungen und unablässig ließ sie die Rosenholzkugeln durch die Finger gleiten, während ihr faltiger Mund ein Ave ums andere murmelte. »Gegrüßet seist du, Maria, voll der Gnade, der Herr ist mit dir. Du bist gebenedeit unter den Frauen, und gebenedeit ist die Frucht deines Leibes, Jesus. Heilige Maria, Mutter Gottes, bitte für uns Sünder jetzt und in der Stunde unseres Todes. Amen.« Die sich stetig wiederholenden Worte hatten etwas Hypnotisches.

Bröckelnder Speis löste sich unter den Hieben der Männer. Die Wand gab nach, als ob sie nur darauf gewartet hätte. Polternd fielen Ziegelsteine zu Boden und wirbelten Staub auf. Nachdem er sich gelegt hatte, ließ Leopold Oberndörfer den Pickel sinken und zog sich das Halstuch vom Mund. Mit kraftvollen Schlägen klopfte Johannes weiter und verbreitete das Loch.

Dann trat er einen Schritt zurück und hustete. »Wer geht rein?«

Niemand wollte der Erste sein.

Christina griff nach der Arbeitsleuchte, die neben ihr auf einer Bierkiste lag. »Wo schaltet man das Ding ein?«

Bevor Leopold bei ihr war, fand sie den Knopf und der grelle Strahl schoss an die Decke. Er erfasste die blassen Gesichter, streifte über die Wände und verharrte auf dem herausgebrochenen Durchgang.

»Nanni?«, fragte sie mit dünner Stimme und drehte den Kopf. Helena trat hinter die Schwester. Griff nach Christinas Anorakkapuze und umklammerte den glatten Stoff.

»Obacht, da geht's gleich eine steile Stiege hinunter. Passt auf, wo ihr die Füße hinsetzt.« Lenis Stimme klang ebenso atemlos, wie Helena sich fühlte.

Die Köpfe eingezogen, zwängten die Zwillinge sich seitlich durch den Spalt. Blieben einen Augenblick auf der obersten Stufe stehen und sogen mit geweiteten Nasenflügeln die Luft ein, bevor sie sich mit unbeholfenen Schritten die Stiege hinuntertasteten. Das morsche Holz knackte unter ihren Tritten und Helena hoffte inständig, es würde halten. Es roch nicht nach Verwesung – was sie, mit einer jetzt fast wunderlich erscheinenden Selbstverständlichkeit, erwartet hatte – sondern nach eingesperrter Luft. Ein Geruch, wie er in vielen anderen Kellern ebenfalls vorhanden sein mochte; trocken, sauber und nach Stein. Durchzogen von einem Hauch frisch gemähtem Gras oder Herbstlaub.

Überdies herrschte hier unten eine ungeheuerliche Kälte, was sicher daran lag, dass der Gasthof tief in den Felsen hineingebaut worden war. Helena fröstelte trotz der dicken Jacke. Kein Wunder, schoss es ihr durch den Kopf, wir müssen mindestens vier Meter unter der Erde sein.

Christina packte den Metallgriff der Arbeitsleuchte fester und hielt sie auf Brusthöhe. Der breite Strahl zuckte über Wände aus Lehm, die niedrige Decke und ließ tanzende Staubpartikel aufleuchten. Erfasste am Ende des Gewölbes den Umriss einer Gestalt. Ein Ruck durchfuhr sie und mit einem japsenden Laut ließ sie den Scheinwerfer fallen. Dumpf schlug die Lampe auf und das Licht verlosch jäh.

Die Zwillingsschwestern standen im Dunkeln, wie zur Salzsäule erstarrt. Der Raum, geformt wie ein Schlauch, war erfüllt von stoßweisem Atmen und schien das Hämmern ihrer Herzen um ein Vielfaches zu verstärken. Pochte dröhnend in Helenas Ohren und für einen Moment war sie versucht, sich umzudrehen und zu flüchten.

»Heilige Scheiße«, fluchte Christina und bückte sich, um den Scheinwerfer zu suchen. Helena krampfte die Finger in den Kragen ihres Anoraks. Der Keller war gespenstisch still und die beklemmende Atmosphäre drückte ihr den Hals zu.

»Alles in Ordnung bei euch?« In dem Kellerloch wurde es noch finsterer, als Johannes' breite Gestalt den Durchgang verschloss und die wenige, von oben hereinfallende Helligkeit verschluckte.

»Verdammt, geh aus dem Licht!«, rief Christina erstickt und richtete sich auf. »Nanni, du erwürgst mich!«

»Entschuldige.« Schuldbewusst ließ Helena den tröstlichen Kragen fahren. Sie hörte, wie die Schwester nach Luft schnappte. Dann fanden ihre Finger Christinas Arm und umklammerten ihn. Das hastig aufgezuckte Bild hatte sich tief in ihre Netzhaut gebrannt. »Hast du das gesehen? Bitte sag mir, dass du es auch gesehen hast!«

Von oben glitt der dünne Strahl einer Taschenlampe über ihre Füße und half Christina, die Leuchte zu finden. Sie schüttelte den Scheinwerfer und suchte mit fliegenden Fingern nach dem kleinen Kippschalter. Nichts tat sich.

Ein Klacken drang überlaut in die atemlose Stille. Überraschend flackerte ein schummriges Deckenlicht auf. Leni hatte Johannes über die Schulter gegriffen und an einer Schnur gezogen. Eine von der Decke hängende Glühbirne, die vor knapp fünfzig Jahren das letzte Mal geleuchtet hatte, tat brav ihren Dienst. Die alte elektrische Leitung summte und blassgelber Schein, durch Staub getrübt, legte sich über sie.

Gleich darauf kamen Leni, Johannes und Leopold heruntergetappt. Ohne ein Wort blieben sie am Fuß der Stiege stehen. Sohn und Vater schauten sich befangen um. Viel gab es nicht zu sehen, doch das Wenige genügte vollauf. Bis auf eine Sperrholzkiste und den toten Mann war der Keller, in dem sie kaum aufrecht stehen konnten, leer.

Leni ließ sich auf die unterste Stufe sinken und barg das Gesicht in den Händen. Leopold bekreuzigte sich hastig.

Der Mann lag auf dem Boden, die Beine gespreizt und die Arme ausgebreitet. Obwohl die Gestalt längst eingetrocknet war, rief ihre Position in Helena Leonardo da Vincis Studie des vitruvianischen Menschen wach; sie war ebenso wohl proportioniert und die lang ausgestreckten Extremitäten schienen einen imaginären Kreis zu berühren. Lediglich die Wand dahinter störte die seltsam anmutende Harmonie des Ruhenden. Sie war durchzogen von einer Reihe tiefer Löcher, wo die Kugeln den Lehm vom Felsen gesprengt hatten. Der erdige Putz hatte das Blut längst aufgesaugt, dennoch waren die weit verteilten Spritzer und der breite Fleck, den der herabrutschende Körper hinterlassen hatte, deutlich zu erkennen. Ein bizarr gemaltes Fresko, das den namenlosen Schrecken in Schatten von Braun und Schwarz verewigt hatte. Ein Bild, das sie bereits kannten. Und doch war es schockierend in seiner zur Unvergänglichkeit erstarrten Tristesse.

Die Hand vor den Mund gepresst, gab Leni ein ersticktes Stöhnen von sich. Sie hastete die Stiege hinauf. Es war nicht zu überhören, wie sie sich oben übergab. Das Würgen wurde begleitet von einem Wimmern, das die Stille zerriss.

Kapitel Drei

Die Jahre und der Staub hatten ein graues Leichentuch über den Leichnam gebreitet und erst bei näherem Hinsehen offenbarte die Hinrichtung ihr volles Ausmaß.

Der Mann lag da, als ob es gerade erst geschehen wäre. Den Mund geöffnet; ein schwarz ausgetrockneter Schlund, in dem ein letzter Schrei zu stecken schien, die Augen blicklos und weit aufgerissen. Nur, dass in ihnen nichts mehr war. Die Glaskörper waren zu stumpf gewordenen Scheiben eingefallen; dunkle Löcher, die von kantigen Lidern gesäumt wurden. In wilden Locken lag das schwarze Haar um den Kopf, von Spinnweben durchzogen. Es war abgefallen, nur spärliche Strähnen hingen an dem kantigen Schädel. Das unversehrte Gesicht war noch immer auf eine seltsame Art ansehnlich, obwohl die Haut sich ausgedörrt über die Knochen spannte. Über die ledrige Wange zog sich eine dünne scharfgezeichnete Narbe, die dem Antlitz etwas Heroisches verlieh.

Er sieht aus wie ein Indianerhäuptling und, Gott, wenn er jetzt noch so aussieht, wie muss er erst gewesen sein, als er lebte, dachte Helena, bevor ihr die Knie nachgaben. Sie spürte Christinas eiskalte Finger an ihrem Nacken.

»Ich glaub das nicht. Ich kann es einfach nicht glauben.« Tinis Stimme war heiser, die Worte kratzten, als ob sie Sand essen würde. »Warum liegt er noch so da? Er müsste doch längst …«

Das brachte Helena zur Besinnung und sie spürte wieder die Kälte des Bodens; ihre Knie fühlten sich ebenso taub an wie alles andere in ihr. Sie kam auf die Füße und schüttelte die Benommenheit ab. Betrachtete den Leichnam mit den Augen eines Mediziners, während Johannes den Arm um Christina legte. Leopold Oberndörfer regte sich nicht. Mit nach wie vor versteinerter Miene stand er am Fuß der Stiege.

Vorsichtig trat Helena einen Schritt näher zum Leichnam und registrierte die Kette, die sich, einer goldenen Schlange gleich, auf der breiten Brust ringelte. Zumindest auf dem, was von ihr übrig war. Die Krater, die die Kugeln hinterlassen hatten, waren tief; das Fleisch förmlich zerfetzt. Zu schwarzen Krinkeln gewordenes Blut überkrustete Oberkörper und Bauch, die ausgebreiteten Arme und Hände wie der brüchige Firnis einer jahrhundertealten Ikone. Das Gold der Kette schimmerte, unberührt von den Jahren, und glänzte im matten Licht der Birne. Der Leichnam lag gebettet in einen schwarz getrockneten See, über dessen Ufer sie nicht zu treten wagte. Jemand gab ein Ächzen von sich. Helena nahm es kaum wahr.

Roman Wojtek war gut gebaut gewesen, das war noch jetzt deutlich zu erkennen. Obwohl die Haut sich vom Fleisch abgelöst hatte und eng gefaltet an den Knochen lag, da die Muskeln jegliche Feuchtigkeit eingebüßt hatten, wirkte der Tote erstaunlich gut erhalten. Zudem wies er kaum Zeichen der Verwesung auf. Der Unterkörper und die Beine waren unversehrt und seltsamerweise fast frei von Blut. Im Gegensatz zu der zerklüfteten Brust waren sie makellos und die Haut in ihrer Farbe gespenstisch karamellartig. Zwischen den langen Strängen der ehemals muskulösen Schenkel, auf denen Helena Haare zu erkennen meinte, lagen zu kleinen Nüssen geschrumpfte Testikel und ein Penis, der einem hölzernen Stöckchen glich. Harmlos. Lediglich ein Knöchelchen. Wie jenes, das der eingesperrte Hänsel der Hexe anstatt des Fingers hingehalten hatte, um sie zu täuschen. Genauso hatte Roman die Frauen in seinem Leben getäuscht. Hatte das schöne Gesicht hingehalten und ihnen eine falsche Liebe vorgegaukelt, um danach mit diesem Ding da …

✦✦✦

Bevor Helena die unerträglichen Bilder, die sich in ihrem Hirn aufbauen wollten, zuließ, schüttelte sie sie auch schon wieder ab. Zwang sich zu professionellem Handeln, obwohl es sie vor Widerwillen grauste. Vorsorglich hatte sie ein Paar Latexhandschuhe eingesteckt, die streifte sie jetzt über. Nahm sich zusammen und beugte sich über den Leichnam.

Neben den dunklen Löchern, die einmal Augen gewesen waren, gaben weder die vertrockneten Genitalien noch der Rest des Körpers einen weiteren Hinweis darauf, dass er seit einem halben Jahrhundert hier unten lag. Sie ging in die Knie und berührte den verholzt anmutenden Fußknöchel an der Unterseite. Einer Stelle, an der ein Pathologe vermutlich nicht sofort suchte. Und wenn, es war gleichgültig, ein Pathologe würde ihn ohnehin nie zu Gesicht bekommen. Eine schmierige Substanz blieb ihr an den Fingern haften.

Während des Studiums hatte sie schon einmal etwas Derartiges gesehen. Die Erinnerung an den Vormittag, als sie sich mit Kommilitonen um den Stahltisch gedrängt hatte, um einen Blick auf den Leichnam der Frau zu erhaschen, der von einer eigentümlich wachsähnlichen Schicht überzogen gewesen war, drängte sich ihr auf. Der Referent hatte den Ausdruck *Fettleiche* benutzt.

Fieberhaft suchte sie die Informationen zusammen und war dankbar, dass ihr Gehirn den Dienst nicht versagte. Der Verwesungsprozess durchlief verschiedene Stadien. Bei einer Erdbestattung war ein Körper üblicherweise nach circa zwölf Jahren zersetzt, Knochen jedoch brauchten wesentlich länger. Darum war auf Friedhöfen die Ruhefrist auf zwanzig bis dreißig Jahre festgelegt. Blieb der Zutritt von Sauerstoff aus, was in lehmigen oder tonhaltigen Böden der Fall war, bildeten sich die Hautfette zu Leichenlipiden um, die sich im Körpergewebe einlagerten. Die Substanz setzte sich krümelig weich auf der Haut ab und verhinderte die Zersetzung. Der Leichnam der Frau hatte über sechzig Jahre auf einem Friedhof geruht, der einen hohen Grundwasserstand verzeichnete und keinerlei Anzeichen einer Verwesung aufgewiesen. Die Gesichtszüge waren erstaunlich gut erhalten geblieben und der lebendige Ausdruck darin hatte die jungen Studenten ergriffen. Es war nicht die erste Leiche gewesen, die Helena geschen hatte, doch die Beeindruckendste. Unterbrach Wasserentzug den Verwesungsprozess, dann führte die trockene Umgebung dazu, dass eine Mumifikation eintrat.

Hier schien beides der Fall zu sein. Auf den ersten Blick wirkte die Leiche mumifiziert, an der Unterseite jedoch hatte sich dieselbe wachsähnliche Schicht ausgebildet wie bei der Frau. Der unterirdische Keller war von jeglicher Sauerstoffzufuhr abgeschlossen und der Boden bestand aus Lehm. Auch die felsigen Wände waren mit Lehm verputzt. Der hermetisch abgeriegelte Raum hatte Fliegen keine Lebensgrundlage geboten, was erklärte, dass das Gewebe erhalten geblieben war. Helena kratzte noch ein wenig der Substanz ab, nahm das Klümpchen zwischen die Finger und zerrieb es. Die Masse fühlte sich tatsächlich wachsartig, fast fettig an. Sie hob den Finger an die Nase und schnupperte, vermied es jedoch, ihn in den Mund zu stecken. Der Film trug Roman Wojteks ganzes Leben in sich und einen solchen Input würde sie nicht aushalten. Angewidert wischte sie die Hand an ihren Jeans ab.

»Wir müssen ihn herausschaffen«, sagte sie bestimmt und richtete sich auf. »Wo bleibt eigentlich Niklas?«

»Ich bin da, Nanni.« Die tiefe Stimme drang von oben herab und erschrocken fuhren die vier zusammen. Mit eingezogenem Kopf zwängte sich Niklas durch den Mauerdurchbruch und kam seitlich, mit vorsichtigen Schritten die Stiege herunter. Die Holzstufen ächzten unter seinen Tritten. »Ihr habt ihn tatsächlich gefunden.« Er ließ den Blick über die unwirkliche Szenerie gleiten.

»Wie kriegen wir ihn hier heraus?« Leopold schien endlich die Sprache wiedergefunden zu haben.

»Erst einmal gar nicht. Oder willst du ihn vor allen Augen durchs Dorf tragen? Irgendjemand sieht euch bestimmt.« Er ging neben dem Leichnam in die Knie und musterte ihn, berührte jedoch nichts. »Was spricht dagegen, dass er bleibt, wo er ist? Wir mauern den Durchgang wieder zu. Ihr habt erfahren, was ihr wissen wolltet.«

»Auf keinen Fall! Ich will keine Leiche unter meinem Haus!«, fuhr Leopold auf.

»Er lag die letzten fünfzig Jahre hier und es hat keinen gestört«, sagte Niklas achselzuckend.

»Schön, aber da wusste ich nichts davon!« Bevor ihn jemand abhalten konnte, stieß er mit der Stiefelspitze nach der Hand des Toten. Sie schabte über den Boden und auf der Höhe der Achsel knackte es vernehmlich. Der perfekte Kreis, den die langen Gliedmaßen gebildet hatten, war durchbrochen. Der Arm stand in einem unnatürlichen Winkel ab und Helena schluckte an dem Speichel, der sich in ihrem Mund sammelte.

»Er kommt raus, und zwar schleunigst. Meinetwegen schafft ihn zu Barbara. Oder, noch besser, verbrennt ihn, gleich hier. Er hat genug Schaden angerichtet«, schnarrte er.

»Was redest du denn da? Du tickst doch nicht richtig! Wir können ihn nicht einfach verbrennen!« Christina fuhr zu Leopold herum und bohrte ihm den Zeigefinger in den staubigen Janker. »Wie kannst du nur so kalt sein? Du hast doch mit der ganzen Geschichte überhaupt nichts zu tun. Leni hat das all die Jahre mit sich herumgetragen, nicht du! Hörst du dir eigentlich selbst zu? Du widersprichst dir, Poldi. Er wäre nämlich immer noch hier. Unter deinem Haus!«, fauchte sie. Sie ignorierte seine finstere Miene und wandte sich den anderen zu. »Ihr habt versprochen, dass er ein christliches Begräbnis bekommt. Und darüber hinaus, das da drüben ist mein Vater! Mir wär's auch lieber, es wär anders, aber es ist nun mal so.«

Helena wand sich aus Niklas' Arm. »Ich will ihn mir genauer ansehen und das kann ich hier unten nicht. Aber die Idee ist nicht dumm«, setzte sie hinterher. »Bei Barbi wär es genau richtig und im Haindlhof hätte ich alles zur Verfügung, was ich brauche.«

»Pah, was willst du denn noch herausfinden? Lass gut sein, Nanni, ich bitte dich. Mir reicht vollauf, was ich gesehen hab.« Die Augen zu Schlitzen zusammengekniffen, schoss Leopold einen wilden Blick zu dem am Boden Liegenden. »Macht, was ihr wollt. Bis morgen früh ist er jedenfalls weg!« Er machte auf dem Absatz kehrt, stampfte die Stiege hinauf und zog eilig das Bein hoch, als eine der Holzstufen unter seinem Tritt ein unheilvolles Knirschen von sich gab.

Mit betretenen Mienen sahen sie ihm nach.

Um nicht in weitere unliebsame Diskussion hineingezogen zu werden, war Johannes neben die längliche Sperrholzkiste getreten. Nun klappte er den Deckel zurück. Das Poltern, als er gegen die Wand schlug, riss sie aus der Erstarrung. »Heiliger Sankt Leonhard! Seht euch das an.«

Der Karabiner lag quer auf der Holzwolle; als ob jemand ihn eilig in die Kiste geworfen hätte. Er nahm das schwere Gewehr hoch und wog es in der Hand, strich bewundernd über den matt gewordenen Lauf. »Das ist eine AK 44«, hauchte er überwältigt, »ein russisches Sturmgewehr aus dem Zweiten Weltkrieg. Ich hätte nie geglaubt, dass ich einmal so eins zu sehen krieg.« Er hob es an die Wange und drückte den Stutzen an die Schulter.

Niklas wühlte in der Holzwolle und schob sie beiseite. »Da sind noch mehr davon. Mindestens vier weitere und jede Menge Munition.« Seine Hände brachten einen länglichen Behälter zum Vorschein und reichten ihn Johannes. Der zog das leere Magazin heraus und legte es neben sich auf die Erde. Dann schob er das volle hinein und mit einem metallischen Klicken rastete es ein. Johannes schwenkte den Lauf, fixierte die schaukelnde Glühbirne und legte den Finger an den Abzug.

Mit schreckgeweiteten Augen fuhr Christina ihn an: »Seid ihr denn völlig verrückt geworden? Ihr spinnt ja komplett!« Sprühend vor Zorn baute sie sich vor den beiden Männern auf. »Was ist das mit euch Kerlen? Fühlt ihr euch erst dann stark, wenn ihr eine Knarre in der Hand haltet? Ich glaub das nicht!« Mit einer schnellen Bewegung schlug sie Johannes den Lauf des Sturmgewehrs weg und instinktiv zog Helena den Kopf ein.

»Da liegt mein Vater! Erschossen von diesem Gewehr. Und du hast nichts anderes zu tun, als …« Ihre Stimme kippte.

Womöglich war es der Moment, der Helena endgültig bewusst werden ließ, dass der tote Mann dort auch ihr Vater war. Nicht irgendein Namenloser, sondern Roman Wojtek; der Mann, dessen Samen sie in die Welt gebracht hatte. Was vor wenigen Wochen weit außerhalb ihres Denkens gelegen war, ballte sich nun zu kalter Realität. Die Vorstellung war zu Fleisch geworden, wenn auch totes Fleisch, und was das Schlimmste war, sie konnte ihn nichts mehr fragen. Roman Wojtek hatte keine Antworten mehr zu geben.

Er hatte seine Strafe erhalten, aus einer Hand, die diese Tat aus dem Affekt heraus begangen hatte. Nicht um zu sühnen, was er Anneli und Marie angetan hatte, nein, er hatte Lenis Liebe verraten und die hatte es ihm mit gleicher Münze vergolten. Auge um Auge, Zahn um Zahn. Im Moment tiefster Verletztheit war der jungen Leni Oberndörfer das mosaische Recht weit nähergestanden als das neutestamentliche Gebot. Nicht für einen Augenblick hatte die Oberndörfertochter in Erwägung gezogen, die Wange für den nächsten Schlag hinzuhalten. Kaltblütig hatte sie ihn hingerichtet. Und damit nicht weniger Schuld auf sich geladen als Barbara und Anna, die den Mord über Monate geplant hatten. In hilflosem Versuch, sich vor dem zu schützen, was auf sie einprasselte, zog Helena die Arme um sich. Fragen, denen die Schwester sich längst gestellt hatte. Sie hingegen hatte sich nur mit Anna beschäftigt, war so gierig danach gewesen, auszuloten, was sie die Gabe nannte. Den Mann, der die Schwester und sie gezeugt hatte, hatte sie ausgeblendet. Nichts, rein gar nichts, hatte sie von ihm wissen wollen. Er war unwirklich geblieben, eine alte Geschichte, ein gesichtsloser Schatten. Nun war er echt geworden, lag zu ihren Füßen und sie konnte ihn nicht länger ignorieren.

Das Kinn auf die Brust gepresst, fragte sie sich, wer sie war. Suchte nach der Sicherheit, die Helena als Identität bezeichnete und fand sie nicht wieder. Sie fühlte sich, als sei sie innerhalb weniger Augenblicke in der Mitte auseinandergebrochen. Was sie zu Helena Hartenau gemacht hatte, war nichts als Lug und Trug. Ein Gedanke baute sich übermächtig auf und zum ersten Mal, seit sie Annas Tagebücher in den Händen gehalten hatte, wünschte sie sehnlichst, dass Robert Hartenau ihr Vater wäre. Ein besserer Vater, einer, der diese Bezeichnung verdiente.

Die schlichte Wahrheit und ein entferntes Verstehen für die Eltern sickerten in Helenas Hirn und ihr Herz tat einen harten Schlag. Wenn sie denn eine Stimme gehabt hätte, sie hätte geschrien. Doch kein Laut kam aus ihrer Kehle. Von einer Sekunde auf die andere schwand der sichere Abstand, den sie bis hierher gewahrt hatte und wich einem Gefühl, das sie schwindeln ließ. Helena legte den Arm vor den Mund und atmete hektisch hinein. Dann drehte sie sich um und rannte nach oben. Unter ihrem Fuß brach die morsche Stufe und sie strauchelte, ruderte mit den Händen nach den scharfkantigen Steinen, die aus der Wand ragten. Fiel in den Keller hinein und kam neben der sauer stinkenden Lache auf, die Leni Oberndörfer hinterlassen hatte. Hätte am liebsten daneben gekotzt. Die Wucht des Aufpralls trieb Helena die Luft aus den Lungen. Auf dem Bauch liegend, rang sie nach Atem. Keuchte das Schluchzen weg, das ihr die Kehle versperrte.

»Nanni.« Niklas war ihr nachgeeilt und kniete sich neben sie. »Nanni, Liebes, was ist mit dir?«

Sie zuckte unter seiner Hand weg, rollte sich zusammen und wünschte, dass er sie einfach nur in Ruhe ließe.

»Jetzt komm schon, es tut mir leid. Das war wirklich blöd.«

»Geh weg«, flüsterte Helena in die Beuge ihres Arms und presste die Lippen aufeinander, um nicht loszukreischen.

Er streichelte ihr über das helle Haar.

»Du solltest tun, was sie sagt.« In Christinas Stimme lag eine Härte, die Stahl hätte schneiden können.

Er suchte in den schwarzen Augen nach einem Zeichen der Freundschaft, die sie verband. »Jetzt geh schon!«

Er zögerte und als sie ungeduldig nach ihm stieß, gab er nach. »Ich hoffe, du weißt, was du tust.«

Christina warf den Kopf zurück und streifte ihn mit einem glühenden Blick. »Tu ich. Sie ist nämlich mein Zwilling. Das eben war einfach nur … gefühllos. Wie konntet ihr nur? Hau bloß ab, Niklas! Und nimm Johannes gleich mit.«

Den vollen Mund zu einer dünnen Linie gepresst, erhob er sich. Sie beachtete ihn nicht weiter. Legte sich neben die Schwester und hielt sie. Christina wartete, bis das Zittern nachließ. Dann setzte sie sich aufrecht hin und kreuzte die Beine.

»Komm.« Sie zog Helena in ihren Schoß, umschlang sie mit beiden Armen und legte das Kinn auf ihren Scheitel. Wiegte sie und strich ihr über den zuckenden Rücken.

»Bin ich wie er?« Helena weinte in harten Schluchzern, das Gesicht an Christinas Jacke gedrückt. Die Worte klangen dumpf, abgehackt.

Christina dachte nach, bevor sie antwortete. »Bin ich wie er, Nanni?« Obwohl ihr keineswegs zum Lachen zumute war, stieß sie eines aus. Es klang heiser und erschütterte sie beide. »Ich weiß genau, wie du dich fühlst, Nanni. Du fragst dich, was du von ihm in dir trägst, nicht wahr? Welches Erbe er in dir hinterlassen hat. Glaub mir, ich hab mich das gefragt, seit ich von dieser Geschichte weiß.« Sie schob die Schwester von sich und hielt sie mit beiden Händen an den Schultern, sah ihr ins Gesicht. »Nichts hast du von ihm, hörst du? Rein gar nichts! Ebenso wenig wie ich.«

»Aber …«

»Kein aber!« Sie schüttelte Helena und die silberblonde Haarsträhne fiel ihr ins Gesicht. »Lass das los, Nanni. Denk keine Sekunde darüber nach. Er ist nur der Erzeuger; Robert war und ist tausendmal mehr unser Vater als Roman. Hör auf damit! Es bringt nichts, du machst dich bloß verrückt.«

»Vielleicht bin ich das ja. Ich war es schon immer. Und es kommt von ihm, nicht von Anna.« Die alte Angst kroch in Helena hoch, gepaart mit der Furcht, dass sie wieder dort stand, wo sie schon früher gewesen war. Packte sie mit der scharfen Klaue, die sie fürchtete wie die Pest. Es würde sie immer wieder einholen. Einmal ein Freak – immer ein Freak.

Christina erkannte die Not und es brauchte keine weitere Erklärung; sie wusste, was die Schwester empfand und grub die Finger in Helenas Schulter. »Du bist nicht verrückt und Anneli ebenso wenig! Ihr seid anders, besonders halt, aber nicht verrückt.« Ihr Mund verzog sich zu einem schiefen Lächeln. »Verstehen muss das keiner. Irgendjemand hat euch das geschenkt und je länger ich hier bin, desto eher glaube ich, dass es tatsächlich etwas Göttliches ist. Oder zumindest annähernd so was in der Art. Ich hab's selbst erlebt, Nanni, also versuch nicht, mir das auszureden.« Sie zog die Schwester wieder an sich, drückte ihr Gesicht an die Brust, um den wunden Blick nicht länger ertragen zu müssen. »Wir mussten hierherkommen, erkennst du das denn nicht? Unsere Aufgabe ist es, diese unselige Geschichte zu Ende zu bringen. Du und ich, wir sind Anna und Roman. Wir sind auch Robert und Erika. Wir sind Barbara und Leni. Sie brauchen uns, wir geben ihnen eine Stimme.«

Unter den Worten riss etwas in Helena; das straff gespannte Gummiband, das ihre Nervenenden in einem unerträglichen Spannungszustand gehalten hatte, gab nach als ob es jemand zerschnitten hätte, die Enden schnappten nach ihr. Erneut weinte sie auf und umklammerte die Schwester.

»Ich weiß, Nanni. Ich weiß …« Christina streichelte ihr Gesicht. »Wir müssen es annehmen. Es ist nicht nur unsere Geschichte, es ist auch ihre. Annelis, Barbaras, die unsrer Eltern und auch Lenis. Wir müssen das akzeptieren.«

»Ich kann nicht.« Helena hasste sich dafür, wie mutlos sie klang. »Die Kette. Hast du die Kette gesehen?«

»Ja, und wen interessiert das? Es ist doch nur Metall. Und, Nanni, du kannst!«, erwiderte Christina ernst. Die dunklen Augen, Roman Wojteks Augen, glänzten feucht.

»Wir bringen das jetzt gemeinsam zu Ende. Verflixt, du hast schon ganz anderes gestemmt. Willst du dich davon umwerfen lassen?« Christina zwang Helenas Kopf hoch, bis ihre Nasenspitzen sich berührten; die Muskeln ihres unter der Bräune blassen Gesichts arbeiteten. »Du bist stark, Nanni, stärker als sie alle zusammen. Ich bin an deiner Seite und ich pass auf dich auf. Diesmal geh ich nicht weg.« Aus einem Impuls heraus küsste sie die Schwester auf den Mund und umschlang die Hände mit ihren. »Er ist unser Vater. Aber wir haben keinen Grund, uns dafür zu schämen!«

Was dann geschah, erstaunte Helena mehr als alles andere.

Für einen Moment verschlug es ihr die Sprache.

Christina bannte ihren Blick und ein Glühen schien sie zu erfüllen, sie strahlte eine fast mystische Aura aus. Zart und golden entstieg ein dünnes Band ihren schlanken gebräunten Händen und züngelte schwach um die verschlungenen Finger. Fächerte sich, breitete sich aus und tauchte sie bis zu den Handgelenken in warmes Licht. Für eine schier endlos andauernde Minute saßen sie so, bis der Schein in sich zusammenfiel. In Christinas Blick stand dieselbe Verwunderung, die sie empfand.

Helena sah die tiefe Liebe in der Seele ihres Zwillings und fühlte sie zugleich mit jeder Faser. Sie teilten mehr als nur Blut und Herkunft! Eine Hand wurde ihr gereicht, ein Arm, der sich schützend um sie legte. Sie musste nicht allein damit fertigwerden. Die Schwester war wie Barbara, pragmatisch, das Hier und Jetzt bejahend. Sie war Erika Hartenau mit deren seltsam arroganten Spott, der stets über allen anderen zu schweben schien; verkörperte ebenso Robert Hartenau in dessen geradliniger Seriosität. Sie war wie Roman Wojtek; über die Maßen schön, bezwingend kraftvoll und gesegnet mit einem köstlichen Humor. Und anscheinend besaß sie Annas Gabe … wie anders war das eben zu erklären?

Tränen schossen ihr in die Augen, zugleich warf sie den Kopf in den Nacken und lachte befreit auf. Umschlang Christina und drückte sie an sich. Spürte voller Glück dem nach, was sie beide verband. Die Schwester erdete sie. Sie bannte den Schrecken. Nur tat sie es jetzt auf eine andere Art; als ob sie über eine neue Kraft verfügte, die die Rebellion ersetzte. Nun, vielleicht nicht ganz, doch offensichtlich war sie in der Lage, nach der Macht zu greifen und sie einzusetzen. Was musste Tini das bedeuten! Die Gabe der Mütter lebte – in ihnen beiden. Es war wie eine Erlösung. Sie konnten die Last teilen.

Christina machte sich los. »Das reicht jetzt, Nanni. Du heulst mich ganz nass.« Mit einem verlegenen Grinsen sprang sie auf die Füße und hielt ihrem Zwilling die Hand hin. »Wir gehen jetzt da hoch und zeigen denen, wer wir sind! Komm, Mimöschen, ich denke, wir haben noch einige Wogen zu glätten. Johannes und Niklas werden ein mächtig schlechtes Gewissen haben. Nicht, dass ich den beiden Idioten das nicht von Herzen gönne.«

Hand in Hand stiegen sie die Treppe nach oben und drückten die Tür zum Keller hinter sich zu. Bereit, sich vom Leben umfangen zu lassen.

Kapitel Vier

Noch vor dem Morgengrauen schafften Johannes und Niklas die menschlichen Überreste des Roman Wojtek in den Haindlhof.

Am Tag darauf mauerten sie den schmalen Durchbruch zu. Niemand sollte diesen elenden Ort und die dort verbliebene Kiste mit den Sturmgewehren je wieder zu Gesicht bekommen. Leopold schickte seine Frau ins Stift Admont, um bei den Mönchen eine Weinlieferung abzuholen, die er am frühen Morgen eilig geordert hatte. Er wollte Evi aus dem Haus haben; sie stellte ohnehin schon unangenehme Fragen, weil er die Nacht nicht ins gemeinsame Bett gekommen war. Mit einem entgleisten Saufabend beim Hintergassner redete er sich heraus, doch Evi war nicht dumm. Mit gerunzelter Stirn hatte sie den Haufen verdreckter Kleidung vor der Waschmaschine begutachtet und als er nichts weiter erklärte, hatte sie ihn nur angesehen. Nun war er froh, dass sie endlich gefahren war; er hasste es, wenn Evi so schaute. Sie hatten nie Geheimnisse voreinander gehabt, doch er hatte Leni versprechen müssen, den Mund zu halten. Der Hintergassner würde es ebenso tun; ein Anruf bei dem alten Freund hatte genügt. Jetzt kniete Leopold vor dem Regal und befestigte die Breitseiten mit stabilen Senkschrauben im Boden. Später würde er die Weinflaschen hineinsortieren und kein Mensch konnte mehr ahnen, was sich dahinter verbarg. Es war besser, zu vergessen.

Zur gleichen Zeit, während Barbara und Helena den Leichnam einer gründlichen Inspektion unterzogen, fuhr Christina zum Julianenhof hinauf, um Anna ins Dorf zu holen. Sie hatte keine Ahnung, dass die Töchter in der Forstau waren, es war alles zu schnell gegangen. Die Schwestern mussten am Sonntag zurück und die Zeit drängte.

Helena hatte einiges zu regeln. Ein Vertrag war zu erfüllen; sie hatte nicht die Absicht, sang- und klanglos zu verschwinden. Auch wenn sie überstürzt gekündigt hatte und sich überaus bewusst, dass niemand unersetzlich war, wollte sie die Studie zu einem anständigen Ende bringen. Das war sie ihrem Team schuldig.

Christina plante, zu Annett in die Schweiz zu fahren; auch sie trug sich mit einer Entscheidung und wollte diese mit der Tochter besprechen. Von Annett hing es ab, ob die Schwester den Antrag annahm, den Johannes ihr noch in der Nacht gemacht hatte. Wohl bemerkt, nachdem sie ihm gründlich den Kopf gewaschen hatte.

Sie standen an einer Wegkreuzung und wohin die Straße führte, wollte gut überlegt sein. In der Mitte des Lebens traf man keine übereilten Entscheidungen mehr, ihrer beider Zukunft hing an einem seidenen Faden. Ein Faden, der in der Forstau festgeknüpft war. Dort, wo alles seinen Anfang genommen hatte.

Wojteks Leichnam war mit einem Tuch abgedeckt und Helena bestand darauf zu warten, bis Anna da war. Sie hatte nur wenig geschlafen und sich die meiste Zeit im Bett gewälzt; zu aufgewühlt von den Ereignissen der Nacht. Für den Moment war sie vollauf damit beschäftigt, Barbara in Schach zu halten. Die alte Frau umrundete ein ums andere Mal den Behandlungstisch, die weißen Locken wirr um das Gesicht gesträubt. In den blassgrünen Augen lag Wissbegierde, gepaart mit einer großen Unruhe.

»Wo bleiben sie denn?« Barbara Sittler krallte die Hände um die Kanten des Tischs.

»Lieber Gott, jetzt setz dich endlich hin, Barbi. Sie werden schon kommen.«

»Bemüh du nicht den lieben Gott!«, gab Barbara zurück. »Hat man dich nicht gelehrt, den Namen des HERRN nicht zu missbrauchen? Kein Wunder, ihr seid ja gottlos aufgewachsen«, murmelte sie und schlurfte zum Fenster.

Für einen Moment war Helena sprachlos und ließ sich in den Stuhl vor Barbaras Schreibtisch zurückfallen. Ihr fehlte die Energie, sich mit der Großtante über ihre religiöse Erziehung auseinanderzusetzen. Gottlos trifft es ja bestens, dachte sie bei sich. Du bist nicht viel besser; was du getan hast, war weit mehr als das. Doch sie schwieg, Barbara war genug gestraft. Der beißende Zynismus war wohl nur ein Ausdruck des eigenen Versagens. Es lohnte nicht, darum zu streiten. Sehnlichst wünschte sie, Tini und Anneli träfen endlich ein.

Ein Auto fuhr vor den Hof und gleich darauf war vor dem Haus Christinas Stimme zu hören; die Hintertür klappte. Dann eilte Anna herein und brachte einen Schwall kalter Schneeluft mit, über den schmalen Wangen lag hektische Röte. »O Nanni!«

Die Frauen umarmten sich und gaben einander hastig wieder frei; Barbaras drängende Ungeduld und das Leintuch über dem Körper, der sich darunter abzeichnete, ließen keinen weiteren Austausch zu. Mit einem Ruck zog die Sittlerin das Tuch weg und raschelnd kam es auf dem Dielenboden zum Liegen. Ein zweites, etwas kleineres Stück Leinen verbarg gnädig die tiefen Wunden und bedeckte den Unterleib.

Erschrocken prallte Anna vor dem Anblick zurück. Erneut trat Roman Wojtek in ihr Leben und brachte, wie er es immer getan hatte, das Entsetzen wieder. Jesus, ihr war, als würde er gleich aufstehen. Mit Grausen erinnerte sie sich an die Bibelworte des Propheten Hesekiel. Worte, vor denen sie sich schon als Kind gefürchtet hatte und die nun, im Angesicht seiner, an Substanz zu gewinnen schienen. Ich lasse Sehnen und Fleisch um euch wachsen und überziehe euch mit Haut. Meinen Atem hauche ich euch ein, damit ihr wieder lebendig werdet. Daran sollt ihr erkennen, dass ich der HERR bin. Noch während ich seine Botschaft verkündete, hörte ich ein lautes Geräusch und sah, wie die Knochen zusammenrückten, jeder an seine Stelle. Vor meinen Augen wuchsen Sehnen und Fleisch um sie herum, und darüber bildete sich Haut.

Und obwohl der Verstand ihr einflüsterte, dass das nicht sein konnte, hörte sie es geradezu. Die Hände an die Ohren gedrückt, presste sie die Lider zusammen, um das Entsetzen auszusperren. O nein, Mutter Gottes, bitte nicht, tu mir das nicht an, flehte sie tonlos.

Eine Hand berührte sie am Arm und als Anna die Augen öffnete, sah sie in Christinas besorgtes Gesicht. »Anneli? Alles in Ordnung?«

Nach dem Silberauge in der Rocktasche greifend, drängte Anna die Angst weg. Begriff endlich, dass das Knistern und Knacken vom Feuer aus dem Ofen kam. Sie schüttelte den Eindruck ab. »Entschuldigt, ich … für einen Augenblick war ich … ich hab geglaubt, dass er …«

»Wir sollten gut überlegen, was wir nun tun«, knarrte Barbaras Stimme.

Am späten Nachmittag standen sie wieder um den langen Behandlungstisch. Anna neben Barbaras gebeugter Gestalt an der einen Längsseite, die Zwillingsschwestern gegenüber. Die Mutter war dagegen gewesen, doch Barbara und die Zwillinge hatten sie überstimmt.

Ein glänzendes Schillingstück lag auf Roman Wojteks Stirn. Barbara hatte es aus dem Portemonnaie genommen und sorgsam unter fließendem Wasser von allen Eindrücken gereinigt, nachdem Helena sich geweigert hatte, das Medaillon dafür herzugeben. Das Silber nahm ihn auf, trank ihn und würde das Tor öffnen, ohne dass Helena die wächserne Schicht bemühen musste, die seine Unterseite überzog. Maries Erbstück sollte ihn nicht berühren. Außerdem brauchten sie es für etwas anderes.

Barbara wusste nur zu gut, was es mit Helena anstellen konnte; die Erinnerung an Elsbeth, und was deren Eindruck mit Anneli gemacht hatte, war ihr präsent. Er hatte die Nichte aus der Lebensbahn geworfen und dazu beigetragen, dass sie die Alm kaum mehr verließ. Eine derartig tiefgreifende Erfahrung wollte sie den Mädchen ersparen. Das Schillingstück musste genügen.

»Seid ihr soweit?«, fragte Barbara heiser. Sie streckte die knorrigen Hände aus, die Frauen taten es ihr nach und schlossen den Kreis. »Wer hat das Medaillon?«

»Ich«, sagte Christina und zeigte die Silberscheibe. »Ich bin das schwächste Glied unter euch. Bei mir wird es am wenigsten Schaden anrichten. Und wenn es bei mir funktioniert, dann … na ja, wir werden das gleich sehen.« Bevor Anna etwas einwenden konnte, legte Christina die ovale Scheibe auf die Zunge. Die dünne Kette berührte kalt ihr Kinn und für einen Moment kam sie sich vor wie ein Hündchen, das man an die Leine legte. Sie schmeckte den säuerlichen Geschmack des Silbers und konnte kaum etwas damit anfangen. Da war nichts. Zuerst nicht. Doch wo eben die feste Kante des Tischs an ihrem Bauch gelegen war, waberte es plötzlich in Wellen und taumelnd suchte sie Halt. Etwas kroch in sie, langte in ihre Seele, und der unerwartete Übergriff warf sie fast um.

Und während Barbara, wie früher schon, endlos fiel, Helena durch einen Sternennebel trudelte und Anna die vertraute schillernde Regenbogenhaut um sich zog, ertrank Christina in einem See aus Schwärze. Stieß mit dem Kopf an eine Oberfläche, die nicht nachgeben wollte und rang nach Luft. Sie schrie, atmete dunkles Wasser ein und glaubte zu ertrinken. Bevor ihr die Sinne vergingen, packten Hände fest zu. Zogen sie hoch und ihr Kopf stieß ans Licht. Plötzlich stand sie aufrecht, am ganzen Körper schlotternd, neben Helena, bei Anna und Barbara. Alles war wie zuvor – und doch nicht. Die Atmosphäre im Behandlungsraum war verändert, obwohl er genauso aussah. Und während sie sich wunderte, traten die Frauen her.

Sie kamen aus dem Nichts. Manifestierten sich nacheinander aus einem milchigen Nebel, der mit Blicken nicht zu durchdringen war, und gewannen an Substanz. Ich träume, dachte Christina verwirrt, oder ich bin verrückt geworden. Das kann nicht sein!

Die Frau mit den roten Locken trug ein schelmisches Lächeln um den Mund und sie wusste, dass dies Hannah sein musste. Eine Braunhaarige mit stillen Augen und Marie, die Großmutter mit dem traurigen Gesicht und eine Vierte, die ihr vertraut erschien. Sie war hochgewachsen und schlank, trug ein altmodisches Kleid, das bis über Füße reichte, und – das silbrige, flusige Haar, diese schiefergrauen Augen – sie sah Anna derart ähnlich, dass es nur Juliana sein konnte.

»Wir sind eurem Ruf gefolgt.« Die Frauen traten zwischen sie, und Christina war so gefangen, dass sie sich nicht einmal fragte, was sie beabsichtigten. Die Scheibe auf ihrer Zunge schwoll an, schien zu pulsieren und sie öffnete schon den Mund, um das Medaillon ausspucken.

Marie legte den Finger an Christinas Lippen. »Wir können nur hier sein, solange du die Verbindung aufrecht hältst.« Ihr Mund bewegte sich nicht, doch die Stimme dröhnte so laut in Christinas Kopf, dass sie das Medaillon fast verschluckte und der Finger, er fühlte sich so echt an. Warm und fest.

»Das ist nicht wahr, oder? Ich sehe das nicht wirklich.« Sie konnte kaum sprechen, das Medaillon lag aufgequollen in ihrem Mund.

Festzustellen, dass Anna wehmütig lächelte und Barbara Sittlers meergrüne Augen gierig glänzten, verstörte sie mehr, als es der warme Finger getan hatte.

Marie trat neben Anna, die Füllige mit den roten Locken zu Barbara, deren faltiges Gesicht aufleuchtete. Juli Hallner und die Silberfrau nahmen ihre Plätze bei den Schwestern an der Längsseite des Tischs ein. Juliana Haindls Präsenz war so kraftvoll, dass die Zwillinge instinktiv einen Schritt zur Seite machten.

Die Hand, die sich ihnen entgegenstreckte, brachte Christina endgültig an einen Punkt, an dem sie alles, was sie je für surreal gehalten hatte, fahren ließ. Mit geweiteten Augen starrte sie darauf und in ihrem Hirn kippte etwas. Das konnte kein Trugbild sein! Trugbilder hatten keine solch wahrhaften Finger, keine gerade geschnittenen Nägel mit runden zartrosa Halbmonden, nicht eine derart lebendig erscheinende Haut; sie besaßen nicht die kräftigen Hände einer Heilkundigen. Alles, was Christina über Geister zu wissen glaubte, und – es gab keine Geister – stammte aus einschlägigen Filmen und den Gespenstergeschichten, die sie früher verschlungen hatte und die immer mit dem Satz Seltsam? Aber so steht es geschrieben endeten. Die waren stets in knochigem Weiß dargestellt und nie so derartig lebensecht dahergekommen.

Julianas Hände griffen nach den verkrümmten der Bäuerinnen und Sennerinnen und den glatten, geraden der Jüngeren. Bevor Christina sich gefasst hatte, fand sie sich selbst in dem Kreis und der Kontakt jagte eine Welle der Energie durch ihre Adern. Durchdrang sie alle wie ein Feuerstoß. Er ging durch die Jahrhunderte, verband die Zeiten und schweißte die Generationen zusammen. Es war ein köstliches Erkennen und machte alle Fragen nichtig.

Mit verschränkten Händen standen die Frauen um den Tisch. Das silberne Schillingstück auf Roman Wojteks Stirn glänzte.

»Ihr habt die Wahl.« Juliana Haindls Stimme war leise und beruhigend normal. »Es steht euch frei, was ihr nun tut. Dringt in ihn oder lasst ihn gehen. Doch wählt sorgsam.«

Helena stutzte. »Ich verstehe das nicht. Warum müssen wir uns entscheiden? Wir wollen nur erfahren, weshalb er so war. Irgendwo muss auch Gutes in ihm gewesen sein und wir müssen das wissen …«

Hannah Sittler war es, die antwortete. »Die Gabe steht über menschlichem Denken und Tun. Sie dient uns und wir dienen ihr.«

»Legitimiert sie auch seinen Tod?« Pures Unverständnis stand auf Helenas Gesicht.

»Die Gabe ist uns vom Schöpfer gegeben, Kind. Wir dürfen sie nicht für unsre kleinen Bedürfnisse missbrauchen. In seinen

Geist einzudringen, überschreitet die Grenzen. Was in seiner Seele ist, gehört nur ihm.«

»Trotzdem habt ihr ihn umgebracht!«, begehrte Christina auf.

»Leni hat den Wojtek getötet. Er hätte nicht gezögert, euch das Leben zu nehmen«, erwiderte Juliana. »Frag sie«, sie nickte zu Anna hin, »sie hat das Kreuz geschmeckt. Oder frag Barbara …«

»Er stand euch im Weg! Du hast die Gabe ebenso verraten.«

Am Ende des Tischs senkte die Sittlerin den grauen Kopf. »Nur, um euch Kinder zu schützen. Ein Leben gegen zwei. Es war meine Aufgabe, die Gabe zu bewahren.«

Ein Leben gegen zwei. In einem Winkel ihrer nur mühsam arbeitenden Sinne erfassten die Zwillingsschwestern, was Juliana zu erklären versuchte. Sie ständen nicht hier, hätte Barbara anders entschieden. Doch war ein Menschenleben es wert, gegen ein nächstes eingesetzt zu werden?

Juliana schien die Gedanken aufzufangen; mit ruhigem Blick sah sie auf den ausgestreckten Körper. »Er wurde geopfert, das ist wahr. Ihr könnt das vielleicht nicht verstehen, noch nicht. Doch unser Leben gehört der Gabe. Er hier war im Begriff, sie auszurotten, und das durfte nicht geschehen. Die Gabe ist nicht nur eine Fähigkeit, sie bedeutet weit mehr. Eines Tages wird der Zeitpunkt kommen, an dem man das alte Wissen braucht, damit die Menschheit überlebt. Dann wird auch Romans Wojteks Hingehen einen Sinn bekommen. Wir sind nur die Mittler; das Gefäß, das sie weiterträgt.«

»Er ist nicht einfach nur hingegangen. Er wurde exekutiert!«, schrie Helena auf und fasste damit den sprachlosen Zorn der Schwester in Worte.

»Letztlich hat Leni euren Vater gerichtet, da gebe ich dir recht. Wie es geschah, war furchtbar, doch die Tat kann nicht rückgängig gemacht werden. Wir haben nicht die Gewalt über die Entscheidungen der Menschen. Aber was ihr jetzt tun wollt, überschreitet das Gebot der Gabe um ein Vielfaches.

Was ihr erfahren würdet, nützt nur eurem eigenen Verständnis und nicht dem Fortbestand der Gabe. Roman Wojteks letzte Gedanken gehören einzig ihm allein. Er ist schon nackt, wollt ihr ihn noch weiter entblößen?«

Zum ersten Mal, seit die Frauen erschienen waren, hob Juli Hallner die Stimme. »Mir erging es einst wie diesem Mann hier … wäre Hannes nicht gewesen, der mir den Julianenhof gebaut hat, damit ich mich zurückziehen konnte, man hätte mich aus der Dorfgemeinschaft ausgestoßen. Nur darum, weil ich anders war.« Das herbe Gesicht furchte sich voller Sorge. »Die Zeiten scheinen sich nicht zum Besseren geändert zu haben. Noch immer werden Menschen zu Parias gemacht, nur weil sie nicht in das Gefüge passen. Der hier passte auch nicht und das hat ihn zu dem werden lassen, was er im Leben war. Bei mir war es mein seltsames Gebaren — bei ihm seine Herkunft, das fremde Aussehen, Blut, das nicht so wertvoll zu sein schien wie das der anderen; ein Rom, ein Zigeuner, den keiner haben wollte. Ich hatte das Glück, dass man mir einen Rückzugsort schuf. Er hingegen war zeitlebens auf der Flucht, auf der Suche nach einer Heimat.« Julis Stimme wurde zu einem Flüstern. »Es war mir immer ein Gräuel, wenn man mir zu nahekam. Deshalb stehe ich hier und jetzt für ihn ein. Obwohl er meiner Marie kein guter Ehemann war, im Angesicht seines Todes bitte ich euch: Lasst ihn in Frieden ruhen.« Sie schluckte hart. »Lernt mit der Gabe umzugehen, nur das zählt. Sie steht über allem. Unser Leid darf nicht umsonst gewesen sein.«

»Der Wojtek soll uns und euch ein Mahnmal sein. Damit wir nicht vergessen, dass Gott jeden Menschen liebt, gleich seiner Herkunft und seines Blutes. Lasst ihm die letzte Würde und erinnert euch daran, dass wir alle Geschöpfe des HERRN sind, ganz gleich, aus welchem Stamm wir geboren sind. Wir können euch nur bitten. Die Entscheidung bleibt euer«, ergänzte Johanna den Appell.

Anna sah in die Runde und suchte das Einverständnis aller, dann nickte sie Barbara zu. Die nahm widerstrebend das silberne Schillingstück von Roman Wojteks Stirn und ließ es in die Rocktasche gleiten. Sie bückte sich und hob das Leintuch vom Dielenboden auf. Die Frauen kamen ihr zu Hilfe und gemeinsam breiteten sie das Tuch über den Leichnam.

»Wir werden mit euch Totenwache halten«, sagte Juliana.

Anna wandte sich um und holte die gedrechselten Kerzenständer aus der Ecke. Stellte sie neben dem Kopfende des Tischs auf und entzündete die Wachslichter.

Der Abend senkte sich schweigend über die Forstau, drang durch die niedrigen Fenster und verfinsterte den Raum. Nur die flackernden Dochte erhellten ihn. Mit zuckenden Schatten huschte der Kerzenschein über die Gesichter der Frauen und den Armstuhl, in dem die zusammengesunkene Barbara Sittler saß. Keine sprach; eine jede focht einen eigenen Kampf mit der Entscheidung aus, die sie getroffen hatten. Die Mütter standen ihnen zur Seite, unsichtbar für den, der hereingekommen wäre. Doch niemand störte, Niklas nicht und auch nicht Maria. Eine seltsame Ruhe umgab den Haindlhof. Als ob jemand die Zeit angehalten hätte.

Die Nacht dauerte endlos und schien dennoch kurz wie ein Wimpernschlag. Die Uhr stand still, hielt die Wachenden im Vakuum der Unendlichkeit.

Als der Morgen graute und erstes Düsterlicht über dem Hohberg aufkam, stand Anna auf und streckte die steifen Glieder. Dann reichte sie den Töchtern die Hände und zog sie vom Fußboden hoch. »Es ist Zeit.«

Gemeinsam traten sie an den Tisch und Anna streifte das Tuch von Roman Wojteks Gesicht. »Wir haben das Unsrige getan. Nun geh. Geh mit Gott.« Ein letztes Mal fanden sich die Hände der Lebenden mit denen der Ahnen.

Juliana Haindls Stimme streifte durch den Raum, streichelte die Wangen der Frauen wie ein Frühlingshauch. »Gut so. Ihr habt unser Vermächtnis über das Irdische gestellt. Nun können wir ebenfalls gehen.« Ein Luftzug ließ die

Wachslichter aufflammen, flackerte über die Gestalten der Ahnen und beleuchtete Annas übernächtigtes Gesicht.

»Die Gabe ist bei dir in guten Händen, ich wusste das stets. Bewahre sie, Anneli, bis zu der Stunde, in der eine nächste Hüterin deinen Platz einnimmt. Du wirst diese Aufgabe besser meistern als ich. Wir sind erst wahre Hüterinnen, wenn wir die Abgründe durchlebt haben«, sagte Juliana leise. In ihren Augen stand Trauer und zugleich Hoffnung.

Sie trat zu Helena. Steingraue Augen tauchten in schieferfarbene; ein blanker Spiegel, der eine Wahrheit offenbarte, die Helena noch nicht bereit war, anzunehmen. »An deiner Wiege stand unser allmächtiger Schöpfer. Du bist einzigartig und kostbar, Nanni. Vergiss das nicht. Niemals. Schließ Frieden mit der Vergangenheit; sie hat dich zu der gemacht, die du bist.« Ihre Finger strichen sanft über Helenas gewölbte Augenbrauen und den geraden Nasenrücken, wie die tastenden Hände einer Blinden. »Du bist geliebt, mein Kind.« Tränen füllten die klaren Augen und sie wandte sich Christina zu, legte die Hände um deren Wangen. »Bleib dir treu, Tini, sie brauchen solche wie dich. Du bist der Anker, der sie hält.« Ein feines Lächeln kräuselte Julianas Mundwinkel. »In dir steckt mehr, als du glaubst … ein wenig hast du schon gesehen, nicht wahr? In jeder von uns steckt ein Stückchen der Gabe, sie ist ein Gottesgeschenk. Man muss sie nur erkennen und sie pflegen. Tu das, ja? Versprich es mir.«

Christina konnte nur nicken.

Ohne ein weiteres Wort trat Juliana in die Reihe der Vormütter und die Gestalten der Frauen verschmolzen mit dem undurchdringlichen Nebel, aus dem sie gekommen waren. »Wir geben euch unseren Segen«, sprachen sie mit einer Stimme. Die Schemen verblassten und nahmen den Bann, der über ihnen gelegen hatte, mit sich. Das Ticken der Wanduhr durchdrang die Stille des Behandlungsraums und riss sie aus der Verwunderung. Der Zeiger ruckte weiter, schob die Zeit neu an.

Schlaftrunken fuhr Barbara im Lehnstuhl hoch und sah sich um; verfluchte das Alter, das sie so müde werden ließ, dass sie nicht einmal mehr eine Totenwache durchhielt. Sie hatte geträumt, Mutter Hannah stünde neben ihr. Erteilte ihr die Absolution, nach der sie sich sehnte. Im Moment des Erwachens spürte Barbara die Nähe der Mutter derart intensiv, dass es sie schüttelte. Deine Zeit ist bald vorüber, flüsterte die geliebte Stimme in ihrer Seele. Hadere nicht länger mit deinen Entscheidungen, keine von uns hat immer alles richtig gemacht. Das Erbe ist bei ihnen sicher. Du hast deine Aufgabe erfüllt, Barbi. Wir erwarten dich …

Noch nicht, murmelte Barbara tonlos und schloss die knochigen Finger um das Schillingstück. Noch nicht. Zuerst muss der Wojtek unter die Erde.

Nach einem späten Frühstück bat Barbara sie auf den Boden über dem Stall, wo einst Toni Hohleitners Schreinerei gewesen war. Seit über sechzig Jahren hatte niemand mehr die Sägemaschine bedient und dicker Staub lag auf den Brettern, die in allen Längen an der hinteren Wand aufgestellt waren.

»Ich denke, wir brauchen einen Sarg«, sagte sie lapidar und wies auf das Holz. »Der Wojtek kann nicht im Haindlhof bleiben und jemanden aus dem Dorf können wir nicht fragen.«

»Ich übernehme das.« Christina sah sich in der Werkstatt um. »Hilfst du mir, Niklas? Wir werden schon etwas Brauchbares zusammenzimmern.«

Helena trat an die Werkbank und rollte eine der Zeichnungen auf. Das brüchige Papier sperrte unter ihren Händen. »Seht mal«, hauchte sie.

Stumm sahen sie auf das ausgebreitete Blatt, das sich an den Enden störrisch aufbog. Mit Kohle hatte jemand den Entwurf einer Wiege angefertigt; darunter, neben den einzeln ausgeführten Ansichten, waren in winzigen Ziffern Maße angegeben. Die Skizze des gerundeten Kopfteils war sorgfältig ausgearbeitet; ein erhabenes A zierte es; die weit ausgezogenen Schleifen der Frakturbuchstaben mündeten in einem Herzen und darin angedeutetem M und T.

»Marie und Toni. Das muss mein Vater gezeichnet haben«, sagte Anna leise. »Ich erkenne das. Die Wiege steht auf dem Dachboden. Nach mir war Karoline das einzige Kind, das darin …« Sie schluckte und Christina nahm die Zeichnung, rollte sie zusammen und legte sie auf die Werkbank zurück. Toni Hohleitner war kein einfacher Möbelschreiner gewesen, nein, vielmehr ein Künstler. All seine Liebe hatte er in die Zeichnung gelegt und schon der Entwurf war perfekt. Wie musste nur das Ergebnis aussehen? Sie roch fast das Holz und die Kunsthändlerin in ihr gierte danach, die Wiege mit eigenen Augen zu sehen. Nur anschauen … Ihre älteste Schwester war darin gelegen und wenn es einen anderen Weg gegangen wäre, auch Nanni und sie.

Doch jetzt musste sie zuerst einen Sarg zimmern.

Während Niklas und Christina die Bretter abmaßen, sie zurecht sägten und die alten Hobel hernahmen, um sie zu schleifen, bereiteten Anna und Helena den Leichnam vor. Viel war nicht zu tun. Das Waschen war hinfällig und so begnügten sie sich damit, die Arme an seinen Körper zu bringen und die verdorrten Beine zusammenzuschieben. Ihn zu kleiden war unmöglich, abgesehen davon – die wenigen Kleidungsstücke, die dem Wojtek einst gehört hatten, waren längst entsorgt. Als Anna behutsam die schwarzen Locken an seinen Schädel legte, hatte sie damit zu tun, sich nicht in bösen Erinnerungen zu verlieren. Vor vielen Jahren – sie war ein Kind gewesen, ein Mädchen, das gerade zum ersten Mal geblutet hatte – hatte sie an einem Winterabend Romans Haare geschnitten. Was danach geschehen war, bildete den Auftakt zu einem Schrecken, der sie mehr als nur ihre Jungfräulichkeit gekostet hatte. Gefangen in einem jahrelangen Martyrium, dem sie nur zu entkommen glaubte, indem sie ihm das Leben nahm. In dieser Stunde, abwesend Barbaras Weisungen folgend, durchlebte Anna die Drangsal erneut. Abbitte zu leisten wog noch immer so schwer.

Mit wenigen Worten verständigten sie sich darauf, den Wojtek in das Leintuch einzunähen. So wie man es in den alten Zeiten getan hatte. Es kam ihnen falsch vor, den Toten nackt in einen Sarg zu legen. Trotz des Schreckens, den Roman Wojtek zu Lebzeiten verbreitet hatte, gestanden sie ihm eine letzte Hülle zu. Nach menschlichem Ermessen hatte er sie nicht verdient. Doch wer hatte das schon? Traten sie nicht alle dem Schöpfer nackt und bloß gegenüber, so, wie er sie geschaffen hatte? Letztlich wussten sie, dass es nur das letzte Vollziehen althergebrachter Bräuche war, wo der Tod sich doch längst offenbart hatte.

Schweigend arbeiteten sie, und als Anna den letzten Stich getan und das Leintuch über Roman Wojteks Füßen geschlossen war, atmeten sie auf.

Am Abend hoben sie das Bündel von Barbaras Behandlungstisch und betteten es in den schlichten Sarg. Das Holz verströmte einen harzig frischen Geruch, der sich wohltuend über die stickige Luft im Raum legte. Sie hatten nicht genug Bretter einer Sorte gehabt und improvisieren müssen. Der nach unten schmal zulaufende Korpus der Kiste war aus Fichtenholz gefertigt, der Deckel aus Zirbe. Niklas legte ihn auf und suchte in der Tasche seines Jankers nach den Nägeln, die er aus der Werkstatt mitgenommen hatte.

»Warte. Tini?«

Christina hielt Annas durchdringendem Blick nur einen Moment stand, dann senkte sie die Lider und ging zum Schreibtisch, auf dem ihre Tasche lag. Sie nahm das eingewickelte Päckchen heraus und wog es in ihrer Hand. Dann legte sie es mit einem langen Seufzen auf den verhüllten Leichnam.

Barbara trat neben sie und ließ die goldene Kette fallen. Leise klingend ringelte sich das Band auf dem schwarzen Samt. »Fahr zur Hölle, Wojtek, und friss dort dein Gold!« Sie flüsterte es nur, doch derart bitter, dass ihnen das Blut in den Adern gefror.

Ohne ein weiteres Wort schob Niklas den Deckel über dem Toten zu. Jeder Schlag saß; er trieb die Nägel so tief hinein, dass das Holz knirschte.

Anschließend trugen sie den Sarg über den Hof zur Rückseite des Stalls. Dort wehte der Nordwind den Schnee her und türmte ihn hoch auf. Unter der verschneiten Wand hatte Johannes eine Höhlung freigeschaufelt. Bis sie Gewissheit hatten, ob der Wojtek ein christliches Begräbnis bekommen konnte, musste er dort bleiben.

Der Sarg war erstaunlich leicht und als die Männer ihn in die eisige Kammer schoben und Schnee darüber schaufelten, ließ Barbara ein abgrundtiefes Ächzen vernehmen. Niemand würde etwas vermuten. Für die nächsten Tage konnten sie in Ruhe nachdenken.

Bevor sie gingen, kratzte Anna mit den Fingern ein Kreuzzeichen in die feste Schneewand.

Gleich nach der Messe am Sonntagmorgen sprachen Johannes und Leopold beim Pfarrer vor. Er war an das Schweigegelübde gebunden und würde es halten; niemandem diente es, wenn die unselige Geschichte nach so langer Zeit herauskam. Falls doch jemand nachfragte, hatten sie sich eine Geschichte zurechtgelegt. Der Wojtek sei wegen einer Liebschaft weggegangen, in der Fremde gestorben und sollte nun neben Marie begraben werden, da er nirgends sonst Familie hatte. So ganz gelogen war es nicht, lediglich die Wahrheit ein wenig gebeugt.

Er stimmte zu und das erleichterte sie alle. Sie hätten sonst nicht gewusst, wohin mit dem Wojtek. Sie baten den Geistlichen, der den alten Pfarrer abgelöst hatte und seit einigen Jahren den Kirchensprengel betreute, ein Seelenamt zu halten. Und auch dazu erklärte er sich bereit.

Die Sittlerin bestand auf einer großzügigen Spende zugunsten der geplanten Arbeiten um die Lourdeskapelle. Christina spöttelte, dass die Großtante damit wohl ihr Gewissen beruhigte, bevor sie Roman in die Hölle nachfolgte.

Johannes war es, nicht Anna, der ihr mit einem ernsten Blick Schweigen gebot. Und tatsächlich schluckte Christina einen nächsten flapsigen Satz hinunter.

Die Wahrheit war, dass Barbara Sittler tatsächlich noch ein altes Versprechen offen hatte. Damals, nach dem Absturz des Bombers und den sich überschlagenden Geschehnissen hatte sie geschworen, der Lourdeskapelle eine Heiligenfigur zu stiften. Dieser Schwur war nie eingelöst worden. Jahrelang hatte sie nicht mehr daran gedacht, doch nun löste sie das Versprechen endlich ein. Der erkleckliche Betrag war nur ein Tropfen auf den heißen Stein; doch tatsächlich bedeutete er ihr eine Wiedergutmachung. Es war das Mindeste, was Barbara leisten konnte. Was war schon Geld, wenn sie dafür Frieden bekam?

Kapitel Fünf

Helena ging durch die leere Wohnung. Sie kippte das Küchenfenster, damit der Geruch nach frischer Farbe abzog und nahm die Schlüssel vom Fensterbrett. Sie verspürte ein wehmütiges Bedauern. Hier war immer ihr Zuhause gewesen, hier hatte sie sich sicher gefühlt. Behutsam zog sie die Tür hinter sich zu, schloss ab und legte die Handfläche an das Türblatt. Sie hätte nicht gedacht, dass ihr der Abschied so schwerfallen würde.

Jede zweite Stufe nehmend, sprang sie die Treppe hinauf und klopfte an Rosas Tür, die nur angelehnt war und streckte den Kopf hinein. »Sie warten, Rösle. Bist du soweit?«

Rosa Tobel trank den letzten Schluck Kaffee, spülte die Tasse aus und stellte sie umgedreht in das Abtropfgestell. Ihre Haare waren frisch gelegt, sie trug eine leuchtendgrüne Wanderjacke mit neongelben Streifen zu einer winddichten Hose und ihre Füße steckten in nagelneuen Bergstiefeln, ebenfalls in einem schreienden Grün.

Helena grinste breit. »Rösle, in dem Outfit siehst du aus wie ein Gummibärchen. Diese orangenen Schnürsenkel sind echt der Hit. Hast du vor, auf eine Bergtour zu gehen? Da wirst du Pech haben, es ist nämlich noch tiefster Winter in der Forstau. Verloren gehst du jedenfalls nicht. Deine Bergretter würden ihre helle Freude an dir haben.«

Neben den Sportsendungen verpasste Rosa keine einzige Folge der heißgeliebten Fernsehserie.

Sie hob die Reisetasche hoch. »Liebe Güte, was hast du denn alles eingepackt? Es ist doch nur ein Wochenende.«

»Halt den Schnabel, Nanni. Ich war in der Stadt und der nette Herr bei Intersport meinte, das wäre genau richtig für mich.«

Helena schüttelte den Kopf und nahm die Tasche in die andere Hand. »Er hat dich vermutlich gründlich abgezockt, aber was soll's, du kannst es dir ja leisten. Ich sag dir was, im Auto wirst du in den Sachen schwitzen wie ein Bär.« Sie lachte. »Meine Güte, du, Barbi und dann noch Mutter, das wird ein Heidenspaß werden. Ihr werdet euch lieben! Ich mag gar nicht daran denken; spätestens heute Abend bereue ich das von ganzem Herzen. Zum Glück ist es nur über Ostern.« Mit dem Ellbogen schubste sie die Freundin an. »Komm jetzt, wir haben eine lange Fahrt vor uns.«

Die Eltern warteten vor dem Haus. Christina stand an den Mercedes ihres Vaters gelehnt, Robert Hartenau saß auf dem Beifahrersitz und Erika hatte es sich auf dem Rücksitz bequem gemacht.

»Endlich! Das wurde aber auch Zeit. Wo bleibt ihr denn?« Christina umarmte die Schwester und schnippte an ihre Wange. »Na, alles klar?«

»Mir ist schon ein wenig seltsam zumute. Meinst du, es ist richtig?«

»Das wirst du erst wissen, wenn wir das Wochenende hinter uns haben. Liebe Zeit, mir graust es schon. Alle auf einem Haufen und die alte Hexe mittendrin. Ich hoffe, sie haben genügend Schnaps im Haus, ich werde mich das ganze Wochenende betrinken müssen, um es mit ihr auszuhalten.« Mit einem komischen Seufzer gab sie Helena einen Stoß vor die Schulter. »Na komm! Es ist Gründonnerstag und da hat man dem Heiland das Ohr abgehauen, oder? Schlimmer wird's nicht werden.« Sie warf sich auf den Fahrersitz.

Helena lachte, stieg in den Astra und zog die klemmende Tür zu. Kurbelte das Fenster herunter und beugte sich heraus, bevor sie den Motor aufheulen ließ. »Es war übrigens Petrus und das Ohr gehörte einem Römer! Dafür wird Barbi dir eine Extrastunde in Religion verpassen!«

Am Abend, im Schutz der Dämmerung, fanden sie sich in der Lourdeskapelle ein.

Hannah Sittler war an einem Gründonnerstag gestorben und für Barbara und Anna war es ein besonderer Tag, wenn auch aus unterschiedlichsten Gründen.

Nur die Eingeweihten nahmen an Roman Wojteks Seelenamt teil. Helena und Christina mit Niklas und Johannes an der Seite. Anna, die Barbara am Arm hielt. Leopold und Leni Oberndörfer. Niemand sonst.

Der Pfarrer hatte einen außergewöhnlichen Bibeltext ausgewählt. Helena überlief eine Gänsehaut, als er mit dröhnender Stimme las: »Wenn aber das Verwesliche wird anziehen die Unverweslichkeit, und dies Sterbliche wird anziehen die Unsterblichkeit, dann wird erfüllt werden das Wort, das geschrieben steht: Der Tod ist verschlungen in den Sieg. Tod, wo ist dein Stachel? Hölle, wo ist dein Sieg?«

»Mein Gott, was für ein schrecklicher Bibelvers«, murmelte sie und umklammerte Niklas' Hand fester. »Bitte nicht. Wir sind doch alle froh, dass es endlich vorbei ist.«

»Du musst richtig hinhören, Nanni, und es verstehen. Ich erklär's dir nachher.« Beruhigend drückte er ihre Finger.

Beklommen folgte sie der kurzen Predigt und als sie die Kapelle verließen, blieb Helena stehen und zog kräftig einige Male dem Glockenseil.

Hell bimmelte die Totenglocke auf und der Klang flog durch das nächtliche Dorf.

Wie vor fast fünfzig Jahren, an Hannah Sittlers Beerdigung, war es strenger Winter. Der gleiche schneidende Ostwind fuhr ihnen in die Mantelkrägen, als sie hintereinander zum Friedhof hinaufstiegen. Im Dunkeln scharten sie sich um die ausgehobene Grube und sahen zu, wie Leopold und Johannes den Sarg mit Romans sterblichen Überresten in das Loch hinabließen.

Der Pfarrer betete ein Vaterunser und murmelnd sprachen sie mit. Dann nahm er nacheinander drei Handvoll mit Schnee vermischter Erde auf und ließ sie in das Grab rieseln. »Erde zu Erde. Asche zu Asche. Staub zu Staub. Aus der

Erde sind wir genommen und zur Erde kehren wir wieder zurück.«

Einen Ministranten gab es nicht, deshalb sprengte der Pfarrer selbst das Weihwasser auf den Sarg. Die absurde Situation war ihm nicht ganz geheuer; die Leidtragenden schienen nicht weniger froh zu sein, dass es schnell vorüber war. Kaum, dass er sich die Hände am Talar abgestreift hatte, verabschiedete er sich.

Christina stieß Helena an und deutete mit dem Kinn auf Maries Grabstätte, die nebenan lag. »Sieh mal, Nanni, derselbe Bibelvers wie vorhin.«

Tod, wo ist dein Stachel. Hölle, wo ist dein Sieg.

Anna trat zwischen sie und legte die Arme um ihre Töchter. »Ich wollte das so.«

Schweigend sahen sie zu, wie der Oberndörfer die gefrorene Erde in das Loch schippte. Leopold hatte darauf bestanden, diese Aufgabe zu übernehmen; vielleicht darum, seinen Teil beizutragen. Womöglich wollte er auch nur ganz sicher gehen, dass der Wojtek wirklich unter der Erde war. Er neigte den kahlen Kopf und bekreuzigte sich. Leni trat neben ihn und legte einen Bund weißer Christrosen auf den Hügel. Dann griff sie nach Leopolds Hand, nickte Anna und Barbara zu und die beiden verließen den Friedhof. Die anderen bleiben noch einen Moment stehen.

Unvermittelt löste sich Christina aus Johannes' Arm und stapfte zum Grabmal der Kinder hinüber, das nur wenige Meter entfernt lag. Mit dem Stiefel fuhr sie über die Schneeschicht und suchte nach dem flachen Stein, bückte sich und hebelte ihn heraus. Auf dem Weg zurück kratzte sie mit dem Handschuh das Eis ab und sah Anna an.

»Bist du damit einverstanden«, sie zögerte und setzte dann hinzu, »Mama?«

Tränen schossen Anna in die Augen. Sie konnte nur nicken, holte mit einem kleinen Schluchzen Luft.

Christina kniete sich in den Schnee, drückte die Steinplatte fest auf die Erde und fuhr die goldene Erzader nach, die mitten durch den Schiefer lief. »Ruhe endlich in Frieden, Vater.« Ihre Stimme war leise und voller Zuversicht. Helena legte die Hand auf Christinas Kopf und streichelte ihr die Schneeflocken vom feuchten Haar. Sie fand keine Worte.

Die Schwestern hakten Barbara Sittler unter und gemeinsam verließen sie den Gottesacker. Am Durchlass trafen sie auf Theres, die von einem breitschultrigen Mann begleitet wurde. Ihre Blicke begegneten sich kurz, dann trat Theres zur Seite und ließ sie vorbei.

»Servus, Gruber«, sagte Barbara in gewohnt bissigem Ton und blieb stehen. »Oder sollte man dich nun besser Wojtek nennen?«

Er schob seine Mutter durch den Eingang und sah auf die gebeugte Gestalt herab. Die dunklen Augen brannten sich in Barbaras. Er nahm die Mütze ab und strich sich die glänzend schwarzen Locken zurück, warf Christina einen schnellen Blick zu. Mit offenem Mund starrte sie den gutaussehenden Mann an.

»Sittlerin, der Pirmin ist mein Vater und war es immer. Doch ich danke dir, dass du mir auf die Welt geholfen hast. Behüt dich Gott.« Er sagte es sanft und ohne Groll.

Am Morgen des Ostersonntags besuchten sie den Gottesdienst in der Sankt Leonhard-Kirche. Anna trug die Pongauer Tracht der Ahnin. Sie hatte den Schwestern ebenfalls welche schneidern lassen und zeigte ihnen, wie man die Schürze band. Das sorgte für Erheiterung in der Küche des Haindlhofs. Nach kurzer Diskussion entschieden sie sich für rechts gebunden. Zwar waren Helena und Christina nicht verheiratet, doch beide bestanden darauf, dass sie nicht mehr zu haben waren.

»Mittig wäre ja wohl der Witz schlechthin. Das mit den Jungfrauen nimmt uns ja eh keiner ab«, platzte Tini heraus, als Anneli endlich fertig mit Erklären und Zurechtzupfen war. »Oder prüft der Pfarrer das etwa nach? Hoffentlich hast du ein sauberes Höschen an, Schwesterchen.«

✳✳✳

Helena versetzte ihr einen Hieb. »Boah, bist du eklig. Raus aus meinem Kopf, Tini!«

Erika stellte die Kaffeetasse ab. Sie öffnete den Mund, um ihre Tochter zurechtzuweisen, doch dann fiel sie in das schallende Gelächter ein.

Helena drehte sich und genoss das ungewohnte Rascheln des schweren Tafts, der um ihre weißbestrumpften Beine schwang. Das schwarze Mieder mit den silbernen Knöpfen lag eng an und der kleine Hut aus Hasenwolle mit den langen Bändern war einfach entzückend. Wieder und wieder strich sie über die seidene Schürze und genoss das Knistern des Stoffs unter ihren Händen.

Anna platzte schier vor Glück und Stolz, als sie mit den beiden Töchtern die Kirche betrat. Sie hakte ihre Mädchen unter und ging ganz nach vorn, bis in die erste Reihe.

Epilog

Bei strahlendem Sonnenschein standen sie vor dem Haindl-hof, unter ihren Sohlen knirschte der verharschte Schnee. Robert Hartenau lehnte seinen Stock an den Türsturz und trieb den Nagel in das Holz.

Zufrieden sah Helena ihm zu. Das Schild gefiel ihr. Der Vater hatte es extra für sie anfertigen lassen. Das blankpolierte Messing glänzte in der Sonne des Auferstehungstags, die geschwungenen Buchstaben verkündeten, dass Dr. Helena Hartenau hier ihre Praxis hatte.

Erika und Anna schlossen sie gleichzeitig in die Arme und für einen Moment fühlte Helena sich zwischen ihnen hin und her gerissen. Dann sah sie den Blick, den die Frauen wechselten und eine Woge der Zärtlichkeit für ihre beiden Mütter flutete auf. Wer konnte schon von sich behaupten, dass er zwei Mütter hatte?

Christina trat neben sie und löste die beiden Frauen ab. Nebeneinander nahmen Anna und Erika bei Barbara auf der Bank unter dem Fenster Platz, und wie die drei da saßen, ließ hoffen.

»Ich freu mich so für dich, Nanni! Und ich, nein«, sie zog Johannes neben sich, »wir beide wünschen dir alles Glück.« Sie umarmte Helena fest und der Hasenhut rutschte ihr in den Nacken. »Und weißt du was? Ich bin so froh, dass wir gemeinsam den neuen Anfang wagen. Das ist doch ein ver-rücktes Ding, oder?« Ihre ebenmäßigen Gesichtszüge verzo-gen sich zu einem koboldhaften Grinsen und das Grübchen in der elegant geschwungenen Wange vertiefte sich. »Ich hab dich lieb, Nanni«, sagte sie leise und Helena musste zwinkern, weil ihr die dummen Tränen schon wieder in die Augen schossen.

»Ich hab dich auch lieb, Tini. Wir werden sehen. Ich hab noch keine Ahnung, was daraus wird«, flüsterte sie und drückte das Gesicht in das seidene Brusttuch, das Tinis Duft trug.

»Jetzt hör bloß auf mit der Heulerei, Nanni. Und hey, wenn sie uns auf die Nerven gehen, dann zeigen wir ihnen den da.« Sie streckte den Mittelfinger aus und wackelte damit vor Helenas Gesicht. Die Schwestern sahen sich an und prusteten zuerst unterdrückt, dann brachen sie in schallendes Gelächter aus.

Niklas schubste Christina zur Seite. »Schleich dich, ich bin dran.« Er breitete die Arme aus. »Bereit, Nanni?«

Der lange Rock war hinderlich, aber Helena achtete nicht darauf. Sie sprang hoch, umklammerte Niklas mit beiden Beinen und schlang die Arme um seinen Hals. Halb stolperte er und schleppte sie, begleitet vom Gelächter und den Rufen der Familie, unter dem mit Tannenreis, Lärchenzapfen und roten Vogelbeeren geschmückten Türstock über die steinerne Schwelle.

In der Diele ließ er Helena herunter und trat die Tür hinter sich zu. »Heilige Jungfrau, bist du schwer«, schnaufte er und ließ sich gegen das Holz fallen.

»Bereust du es schon?«, fragte sie. In den schieferfarbenen Augen, in die er sich vom ersten Tag an verschaut hatte, funkelte es.

Niklas zog sie an sich, sein Gesicht wurde ernst. Das Lachen blieb ihr im Hals stecken und zitternd holte sie Luft.

Er legte die Hände um ihre kalten Wangen. »Willkommen im Haindlhof, Nanni Hohleitner. Hier ist dein Zuhause. Es hat auf dich gewartet. Ich hoffe, du teilst es mit mir. Und mit Barbi natürlich«, setzte er hinterher.

Sein warmer Mund berührte ihre Lippen. Und spätestens jetzt wusste Helena, dass ihre Entscheidung richtig war. Süßer konnte ein Willkommen nicht sein.

Eine Heirat stand nicht zur Debatte, nichts lag ihr ferner als der Gedanke an ein Eheversprechen. Niklas bot ihr ein Leben als eigenständige Frau an, ohne eine Gegenleistung zu erwarten. Sie wusste es, hier und an seiner Seite würde sie die Erfüllung finden, nach der sie stets gesucht hatte. Und wenn er sie eines Tages fragen würde – oder sie ihn – weshalb nicht? Doch bis dahin war Zeit. Viel Zeit.

Er fasste Helena um die Taille und sie warf den Kopf zurück. Drehte sich mit ihm, wirbelte um die eigene Achse, dass die schweren Röcke flogen. Die Arme ausgestreckt, tanzten sie mit langen Schritten die breite Diele entlang und zurück, traten sich gegenseitig auf die Füße und stießen an das eiserne Türchen des Kamins.

»Wir müssen das üben«, sagte Niklas und kratzte sich das Kinn. »Es geht nicht an für eine Forstauerin, dass du den einfachsten Ländler nicht beherrschst.«

Helena legte den Kopf zurück und schaute ihm in die Augen; golden wie Bernstein und der Ausdruck darin warm wie das Herdfeuer in einer kalten Nacht. »Ich werde es lernen, Nik. Versprochen. Ich hab noch so viel zu lernen …«

»Weißt du was, Nanni? Das ist mir wurscht. Hauptsache, du bist hier. Bei mir.«

Helena lachte glückselig, sie fühlte sich leicht wie eine Feder. Er schob den silbernen Anhänger zur Seite und sein Mund berührte die pulsierende Stelle an ihrer Kehle. Unter der Berührung spürte Helena das Tasten seines Geistes und fand den Gleichklang. Sie waren längst miteinander verbunden und das Erkennen so wundervoll vertraut. Er war wie sie ein Mensch, der tiefer spürte als andere. Sah Töne und verlieh ihnen einen Ausdruck derselben Macht, die in der Gabe lag. Gemeinsam würden sie zusammenbringen, was der Herrgott ihnen zugedacht hatte. Niklas legte ihr nicht nur den Hof, sondern auch sein Herz zu Füßen und schenkte ihr damit mehr, als sie je zu wünschen gewagt hatte. Er gab mit ganzer Seele, ohne etwas zu fordern. Er verlangte nichts, und das unterschied ihn. Von den Männern, die sie gekannt hatte und von Roman Wojtek.

Liebe würde ausreichen, um das Beste daraus zu machen. Und davon hatten sie genug.

Helena legte das Kinn auf die Schulter des Mannes, der sie hielt und kostete das Gefühl aus.

Sonnenhelle Lichtfinger fielen schräg durch das Oberfenster der Hintertür und malten einen runden Fleck auf den Steinboden. Für einen Moment bildete Helena sich ein, dass dort, am Fuß der Treppe, eine hochgewachsene Frau stand; das mit einer gebogenen Klammer aufgesteckte Haar im gebrochenen Schein flimmernd, den Mund zu einem feinen Lächeln gebogen.

Sie kniff die Augen zu und schaute noch einmal hin.

Da war nichts. Nur Staubfünkchen, die golden im Licht tanzten.

❄❄❄

Zu diesem Buch

Am Ende einer Erzählung anzulangen ist wunderbar und traurig zugleich. Die Geschichte hat mich über drei Jahre begleitet. Ich bin mit der Wintertöchter-Saga zu Bett gegangen, nahm sie mit in meine Träume und wachte mit den Stimmen im Kopf auf.

Im Gegensatz zur Erzählung ist die Forstau real. Alle Örtlichkeiten, die ich beschrieb, lassen sich besuchen, anschauen und erleben.

Den Haindlhof gibt es. Ich habe viele Tage dort verbracht, saß in der Küche, am Kamin und dem runden Tisch. Überhaupt kommt diesem Tisch eine besondere Bedeutung zu und vielleicht konntest Du, lieber Leser, das spüren. Wenn auch Annas Lebensgeschichte erfunden ist, so ist er es nicht.

Im Sommer 2018, als ich mit meinen Eltern zu einer Lesung in die Forstau reiste, erwartete mich im Haindlhof an diesem Tisch freudestrahlend meine Schwester. Zusammen gingen wir auf Spurensuche, auf die Fageralm und die Steinbachalm, die in der Erzählung der Julianenhof ist. Wir stapften durch Matsch und Kuhfladen und sahen mit eigenen Augen die Wolken, die vor dem Dachsteinmassiv hingen und über die Hochalm drängten. Annaland nahm uns wieder gefangen, wie es das immer tut, sommers wie winters. Es ist ein seltsam ansteckender Virus und wir sind unheilbar infiziert.

In diesem letzten Teil der Trilogie ist das Dorf mit dem Gasthaus des Forstauer Wirts ein Mittelpunkt der Geschichte.

✳✳✳

Eines mag ich klarstellen: Unter dem Wirtshaus gibt es keinen geheimen Keller! Zumindest keinen, von dem ich wüsste. Es gibt kein Weinregal, das sich drehen lässt und es existieren weder Kisten mit Sturmgewehren noch Leichen. Ehrlich gesagt: Ich kam nie über das Erdgeschoss hinaus, sprich darunter.

Was Roman unter dem Lagerkeller zustieß, ist also nie so geschehen. Ebenso wenig, wie es Ähnlichkeiten zu den Menschen gibt, die dort leben, auch wenn der Leser danach sucht. Doch das Wandtelefon im Gang bei der Garderobe, das gab es wirklich. Den Stammtisch beim Tresen und die Ecke im großen Saal, an der Helena und Christina ihren Platz haben, sind da. Und ganz früher gab es tatsächlich ein Nebenzimmer. Ich weiß das, denn ich hab da nämlich mal gefrühstückt, als wir in den achtziger Jahren, nach einer stundenlangen Höllenfahrt frühmorgens in der Forstau ankamen. Und da hört die Wahrheit dann auch schon auf …

Auf ein Wort zur Synästhesie.

Eine Drei ist für Dich gelb? Rot steht für eine Acht? Dann bist Du womöglich ein Synästhet.

Synästhesie ist ein Phänomen, das gar nicht so selten auftritt. Bei dieser zusätzlichen Wahrnehmung kommt es im Gehirn zu einer außergewöhnlichen Verknüpfung von Sinnesreizen. Wohl gibt es unter den Synästheten einige wenige, die Worte oder Farben schmecken können, doch Anna ist keine Synästhetin.

Die Gabe ist von mir schlichtweg ersonnen. Warum ich dennoch die Synästhesie an die Gabe knüpfe, hat einen Grund. Nämlich den, dass diese hochsensiblen und zumeist hochbegabten Menschen ebenso wie Anna und Barbara um die Anerkennung ihrer Fähigkeit kämpfen.

Synästheten haben es in unserer hochtechnisierten Welt schwer. Ihre Begabung wird oft als pure Überempfindlichkeit abgetan. Nichtsdestotrotz sind sie besonders, gerade darum, weil sie mehr empfinden. Und womöglich findet sich hier die

Verbindung zu der Gabe, die ich Anna und den Frauen ihrer Familie angedichtet habe. Auch wenn wahre Synästheten erst einmal aufstöhnen, weil ihre Fähigkeit in dieser Geschichte eine andere und sogar realitätsferne Komponente erhält – diese Erzählung ist ein Roman und möchte zuerst einmal unterhalten. Und für Verständnis werben für alle, die anders sind.

Nun gibt also doch so eine Art Happy End und ich hoffe und wünsche, damit ist all denen Genüge getan, die Annas Geschichte bisher melancholisch und sogar als düster empfanden. Das ist sie und so war sie auch angelegt.

In vielen Gesprächen habe ich Annas Erleben diskutiert. Den Schrecken, die Anna Hohleitner begegneten, sind tausende Frauen noch heute, jeden Tag, ausgesetzt. Einige wenige reagieren mit genau der Gewalt, die sie am eigenen Leib erfuhren und nehmen dafür die Strafverfolgung des Gesetzes in Kauf. Die anderen jedoch – und das sind ungleich mehr – leiden wortlos, gefangen in den Umständen; in materiellen und schlimmer, in seelischen Abhängigkeiten.

Es spielt keine Rolle, wo Gewalt passiert; ob in einer stillen Enklave oder lauten Großstädten, dem Vergehen auf freiem Feld oder hinter verschlossenen Türen. Missbrauch geschieht, nach wie vor. Er zieht sich durch alle sozialen Schichten. Zumeist ist es ohnehin nicht der Fremde, vor dem unsere Mütter warnen. Leider zeigen die Statistiken übergenau auf, dass sexuelle Gewalt zum größten Teil in Kinderzimmern und damit in engstem sozialen Umfeld stattfindet. Dort, wo liebevoller Schutzraum sein soll.

Nichts, nichts und rein gar nichts relativiert anmachende Sprüche oder tatschende Finger; negiert ein Nein, das zu einem Ja interpretiert wird, weil der Rock zu kurz, der Lippenstift zu rot oder die Armlänge Abstand nicht eingehalten wurde. Mit Sexualität oder gar Liebe hat das nichts mehr gemein, Missbrauch in jeder Form ist immer ein Zepter der Macht.

Lassen wir uns also nicht von dieser Erzählung, fiktiven Kammern und einer erfundenen Geschichte blenden. Sie fasst nur in Worte, was Mädchen und Frauen auf der ganzen Erde erleben. Schauen wir genau hin! Und scheuen uns nicht, unserem angeborenen Warngefühl zu trauen und einzugreifen, wenn es uns signalisiert, dass da etwas nicht stimmt. Regional gibt es für Betroffene Angebote und Notfallnummern; ich will Mut machen, sie zu nutzen. Über die 110 oder 112 wird man zu den entsprechenden Stellen weitergeleitet. Die Menschen am anderen Ende der Leitung sind mitfühlend und das Anliegen ist leider nicht neu. Doch sie helfen. Nicht das Opfer – der Täter hat Grenzen überschritten und eine Straftat begangen.

Zu den Menschen

Zuallererst ist es mir ein Bedürfnis, all denen zu danken, die WINTERTÖCHTER lesen und gelesen haben. Ich erhielt viele persönliche Zuschriften und kann gar nicht ausdrücken, wie sehr ich mich über jedes einzelne Feedback freue.

Mein großer Dank gilt der Familie Herbert und Josef Hohenwallner. In allen Teilen der Trilogie rankt sich die Geschichte um den Haindlhof.

Ich verbinde wunderbare Erinnerungen an die Tage, die ich dort verleben durfte. Wenn ich die Diele betrete und die Tür zur Küche öffne, ist es ein Nachhausekommen. Ich weiß, dass es anderen ebenso geht. Wir alle durften immer ein Teil der Familie sein und das macht den besonderen Zauber aus. Meinen ersten Skiunterricht erhielt ich vom Sohn der Familie; später, als ich glaubte, ich könne ganz gut Skilaufen, nahm der Haindlbauer mich mit auf die Fageralm und fuhr mir in einem Schneestaub davon. Wir trafen uns erst auf der Zeffereralm wieder. Dort erwartete er mich, über das ganze Gesicht lachend und mit zwei Stamperln in der Hand. Mit Juli trank ich den heftigsten Jagertee meines Lebens und bei einer wahnwitzigen Rodeltour brach sie mir fast die Rippen. Juli Hohenwallner vereinte viele Facetten in sich. Für mich war sie eine mütterliche Freundin; doch sie konnte einem durchaus den Kopf zurechtsetzen und hatte ihre Prinzipien. Nicht umsonst trägt Juliana Haindl im Buch ihren Namen.

Wenn ich mir eines wünsche, dann ist es, dass das wunderschöne Bauernhaus bleibt, was es ist. Aus jeder Mauerfuge atmet es Geschichte und trägt die warme Handschrift seiner Bewohner. Solang die Holzböden knarzen und der runde Tisch in der Stube steht, solang wird die alte Seele des Hauses zu spüren sein.

Kornelia Hohenwallner. Ich habe unsere gemeinsame Zeit sehr genossen und bin mit dem Gefühl gegangen, einem besonderen Menschen nahe kommen zu dürfen. Und dafür danke ich dir.

Familie Buchsteiner danke ich für die Unterstützung. Ich weiß zu schätzen, dass Ihr mir erlaubt, den Gasthof zu verwenden und beim Namen zu nennen. Alles andere wäre unecht. Zudem, in eurem Haus eine Buchlesung zu erleben, war eine Erfahrung, die mich tief berührt hat. Nie zuvor hatte ich vor einer Lesung dermaßen Herzklopfen! Ihr habt mich herzlich aufgenommen und es mir leicht gemacht. Euch und allen Forstauern, ganz besonders den Frauen des Dorfs, danke ich für den großen Vertrauensvorschuss. Mir ist bewusst, dass ich auf fremdem Terrain »gewildert« habe und hoffe, niemanden zu nahe getreten zu sein. Das war nie meine Absicht.

Die Alm in der Löbenau, die in der Erzählung dem Julianenhof als Vorlage dient, ist in Privatbesitz. Die urige Hütte liegt hoch über dem Dorf, inmitten der herrlichen Almen und der Ausblick ist phänomenal. Ich könnte mir keinen schöneren Ort für Annelis Refugium ausdenken. Wozu auch, wenn es ihn gibt?

Meine Mam, Gudrun Warth, ist die Testleserin der ersten Stunde. Sie begleitete die Forstau-Saga durch jedes Kapitel der drei Bände. Ohne sie wäre die Erzählung nicht das geworden, was sie jetzt ist. Bevor jemand anderes über Ungereimtheiten stolperte, tat sie es. Ihrer Akribie und der Verbundenheit zur Forstau ist es zu verdanken, dass sich die Geschichte in authentischen Bahnen bewegt. Meine Schwestern lasen vorab und forderten Taschentücher ein.

Das ist der schönste Lohn, wenn eine Geschichte berührt. Was will man denn als Schriftstellerin mehr?

Katrin Schliemann. An einem Tag setzte ich in der Gruppe *Kraut und Salbe* einen Post, weil ich wissen musste, ob ein bestimmtes Kraut in den Tauern gedeiht und wie man es dort nennt. Sofort erhielt ich viele hilfreiche Antworten. Aus Deiner entstand ein persönlicher Schriftwechsel und Du hast mir freundlicherweise Rezepte Deiner Großmutter überlassen. In Ansätzen sind die kostbaren Aufschriebe ins Manuskript eingeflossen; vor allem die Pechsalbe hat es mir angetan. Katrin, ich lasse Dir hier einen herzlichen Dank! Du bist eine wahre Kräuterfrau und die Sittlerin hätte ihre helle Freude an dir. In meinem nächsten Buchprojekt wird deine Kenntnis weitere Verwendung finden, denn das alte Heilwissen muss bewahrt und weitergegeben werden.

Christine Gradel. Du hast meine Recherche versiert; das mit den Goldpunzen war große Klasse! Im Leben braucht man unbedingt einen Arzt, einen Rechtsanwalt und – wie war das noch? Für hier jedenfalls eine Goldschmiedin.

Danke, Silke Boger. Die Wintertöchter-Saga ist bei Dir und Deinem Team vom pinguletta Verlag in besten Händen. Als wir im Juli 2017 unsere Zusammenarbeit begannen, ahnten wir nicht, wo uns der Weg hinführt. Eine Erzählung zu verlegen, deren Ende man nicht kennt, ist ein Risiko. Du bist es eingegangen, und ich weiß das zu schätzen.

Elsa Rieger. Wären Worte Drachen, dann flögen sie und Du wärst ihre Reiterin. Liebe Elsie, Meisterin der Sprache, ich habe mächtig viel Spaß mit dir und hoffe sehr, Du bist beim nächsten Projekt als Lektorin wieder dabei.

Der größte Dank gilt meiner Familie. Meine Söhne empfehlen ihren Freunden die Bücher. Das macht mich froh, denn es zeigt mir, dass sie nicht blöd finden, was ich tue. Mein

Herzensmensch, der Mann an meiner Seite, bringt mich seit fast dreißig Jahren jeden Tag zum Lachen. Darüber hinaus schenkt er mir den Freiraum zum Schreiben.

Auch das ist ein Ausdruck von Liebe.

MIGNON KLEINBEK

Literaturhinweise und Quellen:

Mein Kräuterhexengarten, Gabriele Bickel, Kosmos Verlag

Das war unsere Zeit! Eine Generation im Pongau erinnert sich ... , Salzburger Bildungswerk

Hartes Brot, Barbara Passrugger, Heyne Verlag

Steiler Hang, Barbara Passrugger, Heyne Verlag

Mein neues Leben, Barbara Passrugger, Böhlau Verlag Wien

Ein Jahr geht über die Berge, Hannes Broer, Eigenverlag Hannes Broer, Schladming

Radstadt-Schladming, Wanderkarte 31, Kompass Verlag,

Der Langegg Hof, aus einer handschriftlichen Gemeinschaftsarbeit der Schüler und Lehrer der Volksschule Forstau. Mit freundlicher Genehmigung des Gemeindeamts Forstau

http://www.leben-ohne-dich.de/notfall.htm

www.heilkraeuter.de

www.natur-lexikon.de

www.zobodat.at

www.styria-alpin.at/index_htm_files/ka-zinkwand.pdf

http://azkim.de/

https://austria-forum.org/af/Bilder_und_Videos/Giftgewächse_in_den_Alpen

http://www.lickl.net/2h/punzen.pdf

HALLO.
Wir sind pinguletta.

Mehr Lesestoff von pinguletta.

Wundervoll.

Mignon Kleinbek
Wintertöchter

Die Bestseller-Trilogie als Gesamtausgabe im Schuber.
Natürlich ist jeder Teil auch einzeln erhältlich.

Wintertöchter. Die Forstau Saga

Die Bestseller Trilogie – Spannung mal drei! In der letzten Raunacht des eisigen Winters 1940, irgendwo in der kargen Bergwelt Österreichs, wird Anna Hohleitner geboren. Sie wächst auf in einer unwirtlichen Welt, die ihr wenig Liebe schenkt – weder ihre verschlossene Mutter Marie noch der jähzornige Stiefvater Roman scheinen sie zu mögen. Nur bei Ihrer Ziehtante Barbara, Hebamme und frühe Homöopathin, findet das wissbegierige Mädchen Zuwendung und Anregung. Und noch etwas verbindet die zwei: Beide tragen die »Gabe« in sich – durch Schmecken können sie hinter die Geschichte von Gegenständen blicken. Eine ungewöhnliche Fähigkeit, die sie durch Zeiten wandern und ihren eigenen Ahnen begegnen lässt. Und so begleiten wir Anna bei ihrer Entwicklung vom stillen Mädchen zur selbstbewussten Frau, lesen von ihren Qualen, ihrer Liebe, ihren Kindern und den vielen unerfüllten Träumen – aufgezeichnet in zwei Tagebüchern.

Heidelberg, Winter 2004: Annas Zwillinge Helena und Christina sind längst erwachsen, als ihnen eben diese Tagebücher zugespielt werden. Und plötzlich kommen unbequeme Wahrheiten ans Licht, Geständnisse aus längst vergangenen Zeiten ändern alles. Der Jahreswechsel beschert den beiden Schwestern wenig besinnliche, sondern vielmehr aufregende Festtage. Mit Begegnungen, die ihr bisheriges Leben gehörig auf den Kopf stellen – und bald ist nichts mehr, wie es war. In Teil 3 finden wir die Antwort auf die vielen offenen Fragen aus den vorangegangenen Bänden: Was geschah mit Annas Töchtern? Wird die wundervolle Gabe in einer von ihr weiter bestehen? Wie kann Ziehtante Barbara mit ihrer Schuld leben? Und vor allem: Wo ist Roman Wojtek geblieben – konnte er sich den Anfeindungen auf sein Leben entziehen?

Die Saga macht von Beginn an vor allem eins – sie zieht ihre Leser:innen sofort und bedingungslos in ihren Bann: Wer den ersten Teil »Wintertöchter. Die Gabe« gelesen hat, wird auch den zweiten Band »Wintertöchter. Die Kinder« verschlingen, um endlich in Teil drei »Wintertöchter. Die Frauen« zu erfahren, wie alles zusammenhängt. **Eine Geschichte wie ein Sog!**

Mignon Kleinbek. Roman-Trilogie

 Teil 1 Die Gabe
Teil 2 Die Kinder
Teil 3 Die Frauen

 E-Books

 Hörbucher

Tipp: **Die Gesamtausgabe im edlen Schuber.**

Wintertöchter. Die Gabe Teil 1

 Taschenbuch
365 Seiten

 E-Book

 Hörbuch
715 Minuten

Wintertöchter. Die Kinder Teil 2

 Taschenbuch
342 Seiten

 E-Book

 Hörbuch
687 Minuten

Wintertöchter. Die Frauen Teil 3

 Taschenbuch
480 Seiten

 E-Book

 Hörbuch
873 Minuten

Das Vermächtnis der Meda von Trier

Oberlothringen zu Beginn des 12. Jahrhunderts: Das
Reich Kaiser Heinrichs V. wird noch immer von Kämpfen
erschüttert, und Gero muss sich am Mittelrhein gegen
neue Feinde behaupten. Zudem stellt seine Familie ihn
vor große Herausforderungen. Seine älteste Tochter Ida
gerät in ein ungleiches Kräftemessen, geschürt durch
Hass und Rachsucht. Eine neue Generation auf Burg
Rheinsporn zwischen Vergeltung und Liebe an einer
Zeitenwende. **Die mit Spannung erwartete Fortsetzung
der Meda von Trier Saga!**

Christine Rhömer. Historienroman

 Taschenbuch
516 Seiten

 E-Book

Verbotene Versprechen

Frankreich 1498: Anne de Bretagne, Herzogin der Bretagne und Königin von Frankreich, hat bereits zwei Ehen hinter sich, all ihre sechs Kinder sind ebenfalls tot. Als sie die Hoffnung auf die wahre Liebe bereits aufgegeben hat, lernt sie Jean de Thyberon kennen. Nach einigen wunderschönen Monaten müssen sich ihre Wege wieder trennen, denn das Protokoll befiehlt, dass Anne König Ludwig XII. zu heiraten hat. **Ich darf dich nicht lieben – so der Imperativ, der gleich einem Damoklesschwert über der Romanze der beiden schwebt.**

Valeska Réon & C.H. Schwarz Historienroman

 Taschenbuch 368 Seiten

 E-Book

 pinguletta.de

Hinter deinem Schatten

Die fünfzehnjährige Michelle ist psychisch krank. Bei einem Filmprojekt trifft sie auf den verheirateten Alexander. Schon bald beginnt der Regisseur, Michelles Grenzen zu übertreten und missbraucht sie auf subtile Weise über Jahre hinweg. Die Jugendliche verfällt immer mehr in eine totale emotionale Abhängigkeit dem wesentlich älteren Mann gegenüber, aus der sie nicht entkommen kann. Sei geräte in einen nicht enden wollenden Kreislauf aus Selbstzerstörung, bis sie nur noch einen letzten Ausweg sieht: Den eigenen Tod.

Michelle Müller-Nagy. Autobiografie

 Taschenbuch
357 Seiten

 E-Book

 pinguletta.de

Der Pinguin.
Sympathischer Bewohner
der Südhalbkugel.
Unser Maskottchen.

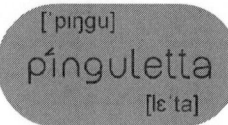

['pɪŋgu]

pínguletta

[lɛˈta]

La Lettera.
Italienisch für Buchstabe
oder Schreiben.
Unsere Leidenschaft.

**BUCHstaben
zum Anhören.
Der pinguletta Podcast.**

QR-Code einscannen -
und ab geht's zum
pingu-Podcast.

pinguletta Verlag
Durlacher Str. 32
75210 Keltern
Deutschland
Tel. 07236 932471
verlag@pinguletta.de
www.pinguletta.de

A07 F13_2024 2026-03-12